Reginald Hill
Die Launen des Todes

Reginald Hill

Die Launen des Todes

Roman

Aus dem Englischen von
Karl-Heinz Ebnet

Droemer

Originaltitel: Death's Jest-Book
Originalverlag: HarperCollins Publishers, London

**Besuchen Sie uns im Internet:
www.droemer.de**

Die Folie des Schutzumschlages sowie die Einschweißfolie sind
PE-Folien und biologisch abbaubar.
Dieses Buch wurde auf chlor- und säurefreiem Papier gedruckt.

Copyright © 2002 by Reginald Hill
Copyright © 2005 der deutschsprachigen Ausgabe bei
Droemer Verlag
Ein Unternehmen der Droemerschen Verlagsanstalt
Th. Knaur Nachf. GmbH & Co. KG, München
Alle Rechte vorbehalten. Das Werk darf – auch teilweise – nur mit
Genehmigung des Verlages wiedergegeben werden.
Redaktion: Claudia Alt
Umschlaggestaltung: ZERO Werbeagentur, München
Umschlagabbildungen: Zefa / Masterfile / Daryl Benson
und Photonica / Jake Rais
Satz: Ventura Publisher im Verlag
Druck und Bindung: Ebner & Spiegel, Ulm
Printed in Germany
ISBN 3-426-19623-9

2 4 5 3 1

*Für Julia
die niemals Rabatz macht.
Danke*

Die den dreizehn Teilen des Romans vorangestellten Holzschnitte stammen aus dem *Totentanz* von Hans Holbein dem Jüngeren. Die Initialen zu Beginn jeden Kapitels sind dem *Totentanz-Alphabet* desselben Künstlers entnommen.

Mehr als das Leben ist der Tod »ein Schwank«, verstehen Sie,
Vertrautheit schafft rasch Ekel, Antipathie.
Diese Weisheit verdanke ich der Anatomie.

T. L. Beddoes, Zeilen an B. W. Proctor

... dicke Männer können keine Sonette schreiben

T. L. Beddoes, The Bride's Tragedy I.ii

1

Der Arzt

Imaginierte Szenen
aus
Unter anderem:
Die Suche nach Thomas Lovell Beddoes

Von Dr. phil. Sam Johnson
(erste Fassung)

Clifton, Glos., Juni 1808

»Genau, Mann. Halt er ihren Kopf, halt er ihren Kopf. Um Gottes willen, er da hinten, stemm er die Schulter dagegen. Mach schon, Mädel, mach schon.«
Der diese Anweisungen schreit, ein stämmiger Mann um die fünfzig mit kurz geschorenem Haupthaar und gebieterischem Antlitz, steht mitten auf einer breiten, geschwungenen Treppe. Einige Stufen unter ihm spreizt sich ein Bauer, dessen von Natur aus gesunde Gesichtsfarbe durch die Anstrengung noch röter leuchtet, wie der Ankermann beim Tauziehen in die Treppe und zerrt mit aller Kraft an einem Seil, dessen unteres Ende um den Hals einer großen braunen Kuh gebunden ist.
Hinter dem Vieh wedelt ein sichtlich nervöser Lakai ermunternd mit den Händen. Unten in der mit Marmor ausgelegten Eingangshalle sehen eine Haushälterin und ein Butler mit empörtem Missfallen zu, während oben, die Arme voller Laken, zwei Hausmädchen an der Balustrade des Treppenabsatzes lehnen und sich, alle Zucht und Ordnung fahren lassend, der ungetrübten Freude ob dieser seltenen Belustigung hingeben, wobei besonders die Verlegenheit des Lakaien sie in ihren Bann schlägt.

Zwischen ihnen kniet ein kleiner Junge mit ernstem Gesicht, er hält das vergoldete schmiedeeiserne Geländer umfasst und betrachtet die Szene mit interessiertem, aber keineswegs überraschtem Blick.

»Schieb er an, Mann, schieb er an, sie beißt ihn schon nicht!«, brüllt der Stämmige.

Der Lakai, gewohnt zu gehorchen und vielleicht auch der Blicke der Hausmädchen gewahr, lehnt sich mit beiden Händen gegen die Hinterbacken der Kuh.

Und das Vieh, als würde es durch den Druck stimuliert, schwingt den Schwanz nach oben und entleert sein Gedärm. Der Lakai, vom verderblichen Strahl mitten auf die Brust getroffen, taumelt nach hinten, die Mädchen kreischen, der kleine Junge lächelt ob des Spaßes, und die Kuh, angetrieben von ihrer überschwänglichen Eruption, galoppiert mit solcher Geschwindigkeit die noch verbliebenen Stufen hinauf, dass sowohl der Bauersmann wie der Stämmige nur unter Mühen sicher den Treppenabsatz erreichen.

Unten vergewissern sich derweil Butler und Haushälterin, dass der beschmutzte Lakai unverletzt ist. Dann hastet die Frau die Treppe hoch, ihr Gesicht feuerrot vor Entrüstung, worauf die Mädchen vor ihrem Anblick eilends den Rückzug antreten.

»Dr. Beddoes!«, schreit sie. »Das geht über jedes Maß hinaus!«

»Kommt, Mrs. Jones«, sagt der stämmige Mann. »Ist die Gesundheit Eurer Herrin nicht der kleinen Mühe mit Besen und Kehrichtschaufel wert? Führ er sie weiter, George.«

Der Bauersmann lotst die nun völlig eingeschüchterte Kuh über den Treppenabsatz zu einer halb offen stehenden Tür. Der Mann folgt ihm, einen Schritt dahinter der kleine Junge. Mrs. Jones, die Haushälterin, der nichts Rechtes auf den Tadel des Arztes einfallen will, ändert ihre Stoßrichtung.

»Ein Krankenzimmer ist kein Ort für Kinder«, ruft sie aus. »Was würde seine Mutter nur sagen?«

»Seine Mutter, Ma'am, eine Frau mit Verstand, die sich ihrer Pflichten bewusst ist, würde sagen, dass es sein Vater am besten weiß«, gibt der Arzt spöttisch zu Bedenken. »Die Augen eines Kindes sehen die simple Natur der Dinge. Es sind erst die Fantasiegebilde alter Weiber, die jener den Anschein des Schrecklichen verleihen. Mein Junge hat ungerührt Dinge erblickt, die so manchen strammen Studenten der Medizin zum Rinnstein haben taumeln lassen. Es wird ihm von Nutzen sein, wenn er dem Vorbild seines Vaters folgt. Komm jetzt, Tom.«

Mit diesen Worten nimmt er den Jungen an der Hand, schiebt sich an der Kuh und ihrem Hüter vorbei und drückt die Tür zum Schlafzimmer auf.

Es ist ein großer Raum, erbaut im zeitgemäßen, luftigen Stil, allerdings von schweren Vorhängen verdunkelt, die vor den Fenstern hängen, und nur von einer einzigen Wachskerze beleuchtet, in deren fahlem Schein die Umrisse einer Gestalt erkenntlich sind, die in einem großen, rechteckigen Bett liegt. Es handelt sich um eine Frau, sie ist alt, mit eingefallenen Wangen, geschlossenen Augen, so blass wie das Wachs der Kerze, und sie zeigt nicht das geringste Anzeichen von Leben. Neben ihrem Bett kniet ein hagerer, ganz in Schwarz gekleideter Mann, der aufblickt, als die Tür sich öffnet, und sich daraufhin langsam erhebt.

»Ihr kommt zu spät, Beddoes«, sagt er. »Sie wurde bereits von ihrem Schöpfer abberufen.«

»Das ist von Berufs wegen Eure Meinung, nicht wahr, Padre?«, sagt der Arzt. »Gut, dann wollen wir mal sehen.«

Er geht zum Fenster, zieht die Vorhänge zur Seite und lässt den hellen Strahl der Sommersonne herein. In ihrem Licht begibt er sich ans Bett, sieht auf die alte Frau, seine Hand ruht leicht an ihrem Hals.

Dann dreht er sich um und ruft: »George, trödel er nicht, Mensch. Führ er sie herein.«

Der Bauersmann kommt mit der Kuh.

Der Pfaffe schreit auf. »Nein, Beddoes, wie unschicklich, das geziemt sich nicht! Sie ruht in Frieden, sie ist schon bei den Engeln.«

Der Arzt beachtet ihn nicht. Mit Hilfe des Bauersmanns, im Beisein seines Sohnes, der mit großen, weit aufgerissenen Augen zusieht, manövriert er den Kopf der Kuh über die reglose Gestalt im Bett. Dann drückt er dem Vieh leicht gegen den Magen, sodass es sein Maul aufsperrt und einen ausgiebigen Schwall seines grasigen Odems der Frau direkt ins Gesicht atmet. Einmal, zweimal, dreimal tut er dies, und beim dritten Mal schleckt die Kuh mit ihrer langen, feuchten Zunge leicht über das bleiche Antlitz.

Die Frau schlägt die Augen auf.

Vielleicht erwartet sie Engel oder Jesus oder vielleicht sogar den unbeschreiblichen Heiligenschein der Gottheit selbst zu erblicken.

Was sie stattdessen undeutlich zu Gesicht bekommt, ist ein aufgerissenes Maul, darüber breite, zuckende Nasenlöcher, die von zwei gebogenen spitzen Hörnern gekrönt werden.

Sie stößt einen Schrei aus und sitzt aufrecht im Bett.

Die Kuh weicht zurück, der Arzt legt der Frau stützend den Arm um die Schulter.

»Ich darf Euch wieder willkommen heißen, My Lady. Wollt Ihr eine kleine Stärkung zu Euch nehmen?«

Ihr Blick klärt sich, der Schreck schwindet aus ihrer Miene, schwach nickt sie, und der Arzt lässt sie wieder auf ihre Kissen nieder.

»George, führ er Betsy hinaus«, sagt Beddoes. »Sie hat ihre Pflicht erfüllt.«

Und zu seinem Sohn sagt er: »Jetzt siehst du, wie das ist, junger Tom. Der Pfaffe predigt Wunder. Aber es liegt an uns geringeren Menschen, sie zu bewirken. Mrs. Jones, ein wenig Kraftbrühe für Eure Herrin, wenn Ihr die Güte hättet.«

Clifton, Glos., Dezember 1808

Ein anderes Schlafzimmer, ein anderes Bett, darin eine andere reglose Gestalt, die Arme auf der Brust verschränkt, blinde Augen, die an die Decke starren. Doch hier liegt keine alte Frau, die von Krankheit und Altersschwachsinn in ein Abbild des Todes geworfen wurde. Der Gnade Gottes und den Darreichungen ihres Arztes sei Dank ist sie noch am Leben, Thomas Beddoes Sr. allerdings, erst achtundvierzig Jahre alt und von so kräftigem, resoluten Aussehen wie eh und je, ist seiner alten Patientin nun ins Grab vorausgehüpft.

Zwei Frauen stehen am Bett, eine, deren Gesicht so sehr von Schmerz gezeichnet ist, dass sie aussieht, als müsste sie statt ihres Ehemannes auf die Totenbahre gelegt werden; die andere, einige Jahre älter, den Arm um die Hüfte der Frau gelegt, spendet Trost.

»Anne, lass dich vom Schmerz nicht niederringen«, drängt sie. »Denk an die Kinder. Du musst ihnen nun eine Stütze sein, und sie werden dir eine Stütze sein.«

»Die Kinder ... ja, die Kinder«, sagte Anne Beddoes abwesend. »Man muss es ihnen sagen ... sie müssen ihn sehen und Abschied nehmen ...«

»Nicht alle«, sagt die andere mit sanfter Stimme. »Tom soll es stellvertretend für die anderen tun. Er ist für sein Alter sehr verständig und wird am besten wissen, wie er es den anderen zu erzählen hat. Soll ich ihn jetzt holen, Schwester?«

»Bitte, ja, wenn du meinst ...«

»Zuerst aber seine Augen ... sollen wir ihm nicht die Augen schließen?«

Sie betrachten das starrende Gesicht.

»Der Priester hat's versucht, aber er konnte die Lider nicht nach unten drücken«, sagt Anne. »Er war im besten Alter, noch voller Tatendrang ... ich glaube nicht, dass er schon bereit war, die hiesige Welt zugunsten der jenseitigen zu verlassen ...«

»Es ist ein großer Verlust, für dich, für uns alle, für die Armen in Bristol, die Welt der Wissenschaft. Sammle dich ein wenig, Schwester, dann hole ich den kleinen Tom.«
Sie verlässt den Raum, muss aber nicht weit gehen.
Der kleine Thomas Lovell Beddoes sitzt auf der obersten Treppenstufe und liest ein Buch.
»Tom, mein Lieber, komm mit«, sagt sie.
Der Junge hebt den Blick und lächelt. Er mag seine Tante Maria. Für die Welt ist sie Miss Edgeworth, die berühmte Romanschriftstellerin. Als er ihr sagte, dass er eines Tages ebenfalls gern Bücher schreiben würde, hat sie ihn nicht ausgelacht, sondern ernstlich erwidert: »Und das wirst du auch, Tom, sonst wärst du nicht der Sohn deines Vaters.«
Sie erzählt ihm auch Geschichten. Gute Geschichten, fein strukturiert, doch fehlt es ihnen an jener Buntheit und Exaltation, die er schon jetzt an einer Erzählung so gern mag. Doch das spielt keine Rolle, denn wenn er sie seinen Brüdern und Schwestern wiedergibt, ist er durchaus in der Lage, selbst genug von diesen Elementen beizusteuern, damit sie Albträume bekommen.
Er steht auf und fasst seine Tante an der Hand.
»Geht es Vater wieder gut?«, fragt er.
»Nein, Tom, auch wenn er jetzt an einem Ort ist, wo es allen gut geht«, sagt sie. »Er hat uns verlassen, Tom, er ist jetzt im Himmel. Du musst nun deine liebe Mama trösten.«
Der kleine Junge runzelt die Stirn, sagt aber nichts mehr, als Tante Maria ihn ins Schlafzimmer führt.
»O Tom, Tom«, schluchzt seine Mutter und umarmt ihn so heftig, dass er kaum noch Luft bekommt. Doch während sie seinen Kopf gegen ihre Brust presst, ist sein Blick auf die reglose Gestalt im Bett gerichtet.
Seine Tante löst ihn von der schluchzenden Frau und sagt: »Jetzt verabschiede dich von deinem Vater, Tom. Wenn du ihn das nächste Mal siehst, dann in einer besseren Welt als dieser.«

Der Junge geht an die Bettstatt. Er steht eine Weile davor, schaut mit ebenso unbewegtem Blick in die starren Augen. Dann beugt er sich vor, als wollte er dem Toten einen Kuss auf die Lippen drücken.

Doch statt zu küssen, bläst er. Einmal, zweimal, dreimal, jedes Mal fester schickt er seinen warmen Lufthauch zum blassen Mund und den geweiteten Nasenflügeln.

»Tom!«, ruft seine Tante. »Was machst du?«

»Ich bring ihn zurück«, sagt der Junge, ohne aufzublicken.

Wieder bläst er. Die Gewissheit, die bislang in seiner Miene lag, beginnt zu schwinden. Er ergreift die rechte Hand seines Vaters, drückt die Finger und sucht nach einem Gegendruck. Seine Tante stürzt zu ihm.

»Tom, hör auf damit. Du regst deine Mama auf. Tom!«

Sie packt ihn, er wehrt sich, bläst nicht mehr, sondern schreit, und sie muss ihn mit roher Gewalt von dem Leichnam wegziehen. Seine Mutter steht daneben, die Faust gegen den Mund gepresst, sprachlos vor Entsetzen in Anbetracht dieser unerwarteten Wendung.

Und während er von seiner Tante aus dem Schlafzimmer und über den Treppenabsatz und die Stufen hinuntergezerrt wird, verklingen seine Schreie wie die Rufe einer Schleiereule über dem sich verdunkelnden Moor; Schreie, die noch lang in der Erinnerung nachhallen, obwohl sie dem Ohr längst verstummt sind.

»Holt die Kuh … holt die Kuh … holt die Kuh …«

2

Der Dieb

1. Brief, erhalten: Samstag, 15. Dez., per Post

𝔖t. 𝔊o𝔡ric's 𝔊ollege
𝔊ambri𝔡ge

Freitag, 14. Dez.
Wohnung des Quästors

Lieber Mr. Pascoe,

Cambridge! St. Godric's College! Wohnung des Quästors! Bin ich nicht grandios? Bin ich nicht die beste Werbung für das Innenministerium und die resozialisierende Kraft unseres britischen Strafrechtssystems?

Aber wer bin ich, muss Ihnen durch den Kopf gehen. Oder hat Ihnen das Ihre sensible Intuition, für die Sie zu Recht berühmt sind, bereits zugeflüstert?

Wie auch immer, ich möchte allen Spekulationen ein Ende setzen und Ihnen ersparen, dass Sie an das Ende dieses Briefes blättern müssen, der doch recht lang werden könnte.

Geboren wurde ich in einem Dorf namens Hope, und ich mache mir gern einen kleinen Spaß daraus, dass, sollte ich zufällig im Lake Disappointment in Australien ertrinken, die Inschrift auf meinem Grabstein lauten würde:

Hier liegt
Francis Xavier Roote
Geb. in
HOPE
Gest. in
DISAPPOINTMENT

Genau, Mr. Pascoe, ich bin's, und da ich mir ausmalen kann, wie Sie darauf reagieren, wenn Sie Post von jemandem erhalten, den Sie, wie man so schön sagt, für die besten Jahre seines Lebens eingebuchtet haben, lassen Sie mich eiligst versichern:
Dies ist kein Drohbrief!
Ganz im Gegenteil, dies ist ein *vertrauenschaffender Brief.*
Und keiner, von dem ich auch nur im Traum daran gedacht hätte, ihn zu schreiben, hätten die Ereignisse des vergangenen Jahres nicht deutlich gezeigt, wie sehr Sie dieses Vertrauens bedürfen. Was auch für mich gilt, insbesondere nachdem mein Leben eine solch unerwartete Wendung zum Besseren erfahren hat. Statt mich weiter in meinem kleinen, erbärmlichen Apartment abzuplagen, residiere ich nun im Luxus der Quästoren-Wohnung. Und für den Fall, dass Sie meinen, ich müsse dort eingebrochen sein, lege ich das Programm der Jahreskonferenz der Romantic and Gothic Studies Association bei (abgekürzt RAGS!). Auf der Liste der Teilnehmer findet sich auch mein Name. Und wenn Sie unter Samstag, neun Uhr, nachsehen, werden Sie ihn erneut finden. Plötzlich habe ich eine Zukunft, ich habe Freunde; aus der Verzweiflung heraus habe ich den Weg zurück zur Hoffnung gefunden, und es sieht so aus, als steuerte ich trotz allem doch nicht auf die kalten Wasser des Lake Disappointment zu!
Wie es der Zufall wollte, teilte ich diesen kleinen makabren Scherz einer meiner neuen Freunde mit, Linda Lupin, der Abgeordneten des Europäischen Parlaments, als sie mich gerade mit einem weiteren meiner jetzigen Freunde bekannt machte, Frère Jacques, dem Begründer der Third-Thought-Bewegung.
Er kam mir nämlich in den Sinn, als wir auf den Ländereien der Abbaye du Saint Graal standen, des Cornelianischen Klosters, als dessen hoch angesehenes Mitglied Jacques sich rühmen darf. Einzig durch einen mäandrierenden, von Kresse erstickten Bachlauf abgegrenzt, öffneten sich die Ländereien zu

einem Soldatenfriedhof aus dem Ersten Weltkrieg, dessen weißen Kreuzreihen sich zu einer niedrigen Anhöhe erstreckten, sodass die einzelnen Kreuze immer kleiner wurden, bis die entferntesten nicht größer erschienen als die etwa ein Zentimeter großen Exemplare, die Linda und ich an Silberketten um den Hals trugen.

Linda lachte laut auf. Der äußere Eindruck kann täuschen (wer weiß das besser als Sie?), und die Erkenntnis, dass Linda einen ausgeprägten Sinn für Humor besitzt, war ein wichtiger Schritt in unserer Beziehung. Auch Jacques grinste. Nur Frère Dierick, der sich Jacques als eine Art Amanuensis angeschlossen hatte und durchaus gewillt war, sich in seinem Boswellschen Status zu gefallen, spitzte aus Missfallen über diese unangebrachte Leichtfertigkeit die Lippen. Mit seiner hageren, fleischlosen Gestalt sah er aus wie der Tod in Mönchskutte, in Wirklichkeit aber war er bis über beide Ohren mit flämischem Phlegma gesegnet. Glücklicherweise hat Jacques, obwohl er groß und blond ist und etwas vom überschwänglichen Wesen eines Skilehrers an sich hat, sehr viel mehr gallisches Gebaren und Feuer in sich, außerdem ist er ein unverbesserlich anglophiler Zeitgenosse.

»Mal sehen«, sagte Linda, »ob wir Sie nicht etwas weiter südlich in Australien loswerden können, Fran. Ich glaube nämlich, dort gibt es einen Lake Grace. In Gnade gestorben, darum geht's beim Third Thought doch, nicht wahr, Bruder?«

Dierick riss seine knochige Nase hoch, als er hörte, wie die Bewegung auf einen Scherz reduziert wurde, doch bevor er etwas sagen konnte, lächelte Jacques und meinte: »Das gefällt mir so an euch Engländern. Ihr macht euch über alles lustig. Je ernster die Sache, umso mehr reißt ihr Witze darüber. Das nenne ich köstlich kindisch. Nein, das ist nicht das Wort. Kindlich. Ihr seid die kindlichste Nation in ganz Europa. Das ist eure Stärke und kann eure Rettung sein. Euer großer Dichter Wordsworth wusste, dass die Kindheit ein Zustand der Gnade ist. Der heranwachsende Junge wird dann mehr und mehr von den

Schatten der Gefängnismauern umfangen. Nur das Kind allein weiß, wie heilig die Empfindungen des Herzens sind.«

Jacques, alter Bruder, da bringst du deine Romantiker durcheinander, dachte ich mir und versuchte herauszufinden, ob die Sache mit den Schatten der Gefängnismauern nicht ein Seitenhieb auf mich war. Aber ich glaube nicht. Nach allem, was man wusste, hatte es Jacques in der Vergangenheit selbst so bunt getrieben, dass er andere dafür kaum zurechtweisen konnte. Außerdem ist er nicht der Typ dafür.

Aber es ist schon seltsam, wie sensibel man auf solche Dinge wie ein Vorstrafenregister reagiert. Ich weiß, heutzutage haben es einige Ex-Knackis zu einer höchst profitablen Profession gemacht, dass sie eben Ex-Knackis sind. Ihnen und Ihren Kollegen muss das doch sicherlich sauer aufstoßen. Aber ich gehöre nicht dazu. Alles, was ich will, ist, meine Zeit drinnen zu vergessen und mein Leben weiterzuführen, meinen Garten zu bestellen, sozusagen.

Was ich recht erfolgreich und letztlich auch im Sinne des Wortes getan habe, bis Sie durch die Hecke brachen, die ich zu meinem Schutz und zur Wahrung meiner Privatsphäre errichtet hatte.

Nicht ein-, nicht zwei-, sondern dreimal.

Zuerst, weil Sie argwöhnten, ich würde Ihre getreue Ehefrau belästigen!

Dann, weil Sie den Verdacht hegten, ich würde Ihrem werten Selbst nachstellen!!

Und schließlich, weil Sie mich anklagten, ich wäre in eine Reihe brutaler Morde verwickelt!!!

Was der Hauptgrund ist, warum ich Ihnen schreibe. Die Zeit ist gekommen, dass wir ein offenes Wort miteinander reden – nicht um uns gegenseitig zu beschuldigen, sondern damit wir beide im Anschluss daran unser Leben fortführen können, Sie in der Gewissheit, dass weder Sie noch jene, die Sie lieben, Schaden durch mich zu befürchten haben, und ich im sicheren Wissen, dass ich, nachdem mein Leben nun diese abrupte

Wendung zum Besseren genommen hat, mich nicht mehr darum sorgen muss, dass die zarten Samen in meinem Garten das Gewicht Ihrer trampelnden Füße zu spüren bekommen.

Alles, was dazu erforderlich ist, scheint mir vollkommene Offenheit zu sein, eine Rückkehr zu dieser kindlichen Ehrlichkeit, die wir alle besitzen, bevor die Schatten der Gefängnismauern uns umfangen. Und vielleicht kann ich Sie dann davon überzeugen, dass ich während meiner Zeit im Chapel Syke Prison, Yorkshires Antwort auf die Bastille, niemals auch nur einen Gedanken daran verschwendet habe, an meinen teuren alten Freunden Mr. Dalziel und Mr. Pascoe Rache zu üben. Gewiss habe ich mich mit Rache beschäftigt, doch nur in der Literatur und unter Anleitung meines weisen Mentors und geliebten Freundes Sam Johnson.

Wie Sie wissen, ist er, Sam, jetzt tot, und das Gleiche gilt für den Mann, der ihn getötet hat, möge Gott seine Seele verdammen. Es sei denn, Sie schenken Charley Penn noch irgendwelche Beachtung. Der zweifelnde Charley! Der niemandem traut und nichts glaubt.

Doch selbst Charley kann nicht leugnen, dass Sam tot ist. Er ist tot.

Wenn du das weißt, dann weißt du, welch verkohlter Schlackehaufen diese Welt doch ist.

Ich vermisse ihn jeden Tag, umso mehr, da sein Tod so viel zu jenem dramatischen Umschwung in meinem Leben beigetragen hat. Seltsam, nicht wahr, wie aus der Tragödie Triumph erwachsen kann? In diesem Fall allerdings aus zwei Tragödien. Hätte der arme Student von Sam letzten Sommer in Sheffield nicht eine Überdosis erwischt, wäre Sam nicht nach Mid-Yorkshire gegangen, und er wäre nicht dem monströsen Wordman zum Opfer gefallen. Und wäre das nicht geschehen, könnte ich mich nun hier am God's (so, habe ich erfahren, nennen die Illuminati das St. Godric's!) nicht im Glanz meiner gegenwärtigen Annehmlichkeiten und des versprochenen Erfolgs sonnen.

Aber zurück zu Ihnen und Ihrem dicken Freund.

Ich sage nicht, dass ich Ihnen beiden besonders tiefe Zuneigung oder Dankbarkeit entgegenbringe für das, was Sie mir angetan haben. Wenn ich an Sie überhaupt dachte, dann in konventionellen Begriffen: guter Bulle, schlechter Bulle; das Knie, das einem in die Eier gerammt wird, die Schulter, an der man sich ausheulen kann; natürlich sind Sie beide Ungeheuer, aber von der Sorte, auf die eine solide Gesellschaft nicht verzichten kann, sind Sie doch die Bestien, die unsere Tore bewachen und uns sicher in den Betten schlafen lassen.

Außer wir sind im Gefängnis. Dann können Sie uns nicht beschützen.

Mr. Dalziel, das eierzermalmende Knie, würde wahrscheinlich sagen, wir hätten ja auf Ihren Schutz verzichtet.

Aber nicht Sie, lieber Mr. Pascoe, mit Ihrer von Tränen aufgeweichten Schulter. Was ich in den Jahren seit unserem ersten Zusammentreffen gehört und gesehen habe, lässt mich glauben, dass Sie mehr sind als nur jemand, der eine Rolle zu erfüllen hat.

Ich vermute, Sie haben so Ihre Zweifel an dem Strafrechtssystem in seiner jetzigen Form. Ich vermute sogar, dass Sie an sehr vielen Aspekten unserer brüchigen Gesellschaft zweifeln, aber als Karrierepolizist fällt es Ihnen natürlich schwer, dies offen auszusprechen. Was allerdings Ihre werte Lady nicht davon abhält, es zu tun, die liebe Mrs. Pascoe, Ms. Soper, wie sie noch in jenen lang zurückliegenden Zeiten hieß, als ich ein junger, freier und ungebundener Student am Holm Coultram College war. Wie erfreut war ich doch, als ich hörte, Sie beide hätten geheiratet! Neuigkeiten wie diese lassen selbst durch die feuchten, grauen Mauern des Chapel Syke ein wenig Wärme und Freundlichkeit sickern. Manche Verbindungen scheinen im Himmel geschlossen worden zu sein, nicht wahr? Wie die von Marilyn und Arthur, von Woody und Mia, Charles und Di ...

Gut, kann ja nicht alles klappen, oder? Was jedoch das Überdauern Ihrer Ehe anbelangt, könnte sie die Ausnahme sein, die die Regel bestätigt. Gut gemacht!

Aber wie ich bereits sagte, hinter diesen Mauern kann noch nicht einmal ein netter, besorgter Polizist wie Sie viel ausrichten, um die Rechte eines jungen und verletzlichen Häftlings wie mich zu schützen.
Selbst wenn ich daher geplant hätte, Rache zu nehmen, hätte ich nicht die Zeit dazu gefunden.
Ich war allzu sehr damit beschäftigt, mich um mein eigenes Überleben zu kümmern.
Ich brauchte Hilfe, denn eines war mir sehr schnell klar:
Im Gefängnis kann man allein nicht überleben.
Wie Sie sehr wohl wissen, bin ich nicht ganz schutzlos. Meine Zunge ist meine wichtigste Waffe, und lässt man mir genügend Raum, kann ich mich misslichen Lagen meist hurtig entziehen. Doch biegt dir ein widerlicher Häftling die Arme auf den Rücken, während dir ein zweiter seinen Schwanz in den Mund steckt, erweist sich eine gewisse Zungenfertigkeit als eher kontraproduktiv.
Das war mein mutmaßliches Schicksal, falls ich ins Syke geschickt werden sollte, wie es mir ein Kerl, der mit mir in Untersuchungshaft saß, genüsslich ausmalte. Ein gut aussehender, blonder, blauäugiger Junge von schlanker Gestalt wäre dort sehr willkommen, versicherte er mir und fügte mit bitterem Lachen hinzu, dass er selbst einst ein gut aussehender, blonder, blauäugiger Junge gewesen sei.
Es fiel mir schwer, das zu glauben, als ich sein vernarbtes, hohlwangiges Gesicht mit der gebrochenen Nase und den zerklüfteten Zahnreihen betrachtete. Etwas in seiner Stimme aber verlieh seinen Worten eine gewisse Überzeugungskraft. Dieselbe besaß auch jene seines Richters, denn das nächste Mal begegneten wir uns, als wir gemeinsam im Chapel Syke eingeliefert wurden.
Er gehörte dort zu den erfahrenen Insassen, und obwohl ich schnell herausfand, dass er in der Hackordnung viel zu weit unten stand, um als Beschützer in Betracht zu kommen, quetschte ich, wenn wir uns an die den Neuankömmlingen zu-

geteilte Aufgabe des Scheißhausputzens machten, alles aus ihm heraus, was er über den Laden wusste.

Der Obermacker war ein zu zehn Jahren verurteilter Insasse namens Polchard, Vorname Matthew, von seinen Kumpel nur Matt genannt. Er machte äußerlich nicht viel her, war spindeldürr, glatzköpfig und so weiß im Gesicht, dass man glaubte, man könne den Schädelknochen unter der Haut erkennen. Sein Status aber zeigte sich darin, dass er während der »Freizeit« im überfüllten »Gemeinschaftsraum« immer einen Tisch für sich hatte. Dort saß er dann, brütete über einem Schachbrett (Matt: kapiert?) und studierte ein Büchlein, in dem er sich gelegentlich etwas notierte, bevor er den nächsten Zug ausführte. Hin und wieder brachte ihm jemand eine Tasse Tee. Wollte man mit ihm reden, stellte man sich geduldig einige Schritte vom Tisch entfernt auf, bis er sich dazu herabließ, einen wahrzunehmen. Und wenn, was sehr selten vorkam, man etwas sagte, was sein Interesse weckte, wurde man dazu eingeladen, einen Stuhl heranzuziehen und sich zu setzen.

Polchard selbst hatte mit Sex nicht viel am Hut, unterrichtete mich mein »Freund«, seine Statthalter allerdings hielten immer nach neuen Talenten Ausschau, und wenn er ihnen sein Einverständnis signalisierte, würde mir nichts anderes übrig bleiben, als meine Zehen zu umklammern und an Gott und Vaterland zu denken.

Kurzfristig allerdings, fuhr er fort, hätte ich mehr von einem Freiberufler wie Brillo Bright zu befürchten. Sie sind ihm und seinem Zwillingsbruder Dendo vielleicht schon mal begegnet. Weiß Gott, woher sie ihre Namen hatten, allerdings habe ich gehört, dass Brillo seinen bekam, nachdem er einige Zeit in einer Gummizelle verbracht hatte (Brillo-Seifenkissen, okay?). Irgendwann hatte Brillo beschlossen, dass es der Schönheit seines Antlitzes sehr zugute komme, wenn er sich auf seine Plätte und buschigen Brauen einen Adler mit ausgebreiteten Schwingen tätowieren lasse, dessen Klauen sich um die Augenhöhlen legten. Wahrscheinlich hatte er damit Recht. Was sich dadurch auf jeden Fall verbesserte, war die Wahrscheinlichkeit, erkannt zu werden, wenn er seinem auserkorenen Beruf des bewaffneten Raubüberfalls nachging. Dadurch lässt sich vermutlich erklären, warum er die Hälfte seiner etwa dreißig Jahre im Gefängnis verbrachte. Verglichen mit ihm, und nur verglichen mit ihm, war sein Bruder Dendo ein Intellektueller, ansonsten eher ein unberechenbarer hinterhältiger Schläger. Die Brights waren die einzigen Insassen, die gegenüber Polchard eine gewisse Unabhängigkeit genossen. Oberflächlich betrachtet waren sie alle Kumpel, tatsächlich aber waren sie für Polchard viel zu labil, als dass er riskieren wollte, sich auf eine unwägbare Konfrontation mit ihnen einzulassen. So existierten sie ähnlich wie die Isle of Man, vor der Küste gelegen, mit engen Verbindungen zum Mutterland, aber in vielem doch eigenen Gesetzen gehorchend.

Wenn sich Brillo und Dendo daher zu einem leckeren Novizen verhalfen, hätten sie ihre Unabhängigkeit unter Beweis stellen können, ohne Gefahr zu laufen, dadurch den Obermacker zu provozieren.

Wollte ich überleben, musste ich es schaffen, mich unter Polchards Schutz zu stellen, ohne dabei unter einem seiner Jungs zu liegen zu kommen. Nicht dass ich ernstliche Vorbehalte gegen eine gleichgeschlechtliche sexuelle Beziehung hätte, doch aufgrund gewisser Anekdoten und meiner Beobachtungen wusste ich, dass man ganz unten im Haufen fixiert wurde, als wäre man mit einer Drahtklemme durch den Bauchnabel an den Boden geheftet, wenn man sich im Gefängnis zum Centrefold machen ließ.

Als Erstes musste ich klarstellen, dass mit mir nicht zu spaßen war.

Also schmiedete ich meine Pläne.

Einige Tage später wartete ich, bis ich Dendo und Brillo in den Duschraum gehen sah, dann folgte ich ihnen.

Brillo sah mich an wie ein Fuchs, der soeben ein Hühnchen erblickt hatte, das in seinen Bau geschlendert kam.

Ich hängte mein Handtuch auf und trat, die Shampooflasche aus Plastik in der Hand, unter die Dusche.

Brillo sagte etwas zu seinem Bruder, der daraufhin lachte, dann kam er auf mich zu. Für einen so großen Kerl wie ihn war er etwas schwächlich bestückt, doch das, was da war, zeigte sich sehr erfüllt von feiner Vorfreude.

»Hallo, Mädel«, sagte er. »Soll ich dir den Rücken schrubben?«

Ich schraubte die Shampooflasche auf und sagte: »Hast du deswegen dieses Huhn auf deinem Kopf sitzen, damit jeder gleich weiß, dass du Rühreier im Hirn hast?«

Es dauerte eine Weile, bis er den Satz ganz durchdrungen hatte, doch dann traten ihm vor Wut die Augen hervor, was mir nur recht war, verdoppelte sich dadurch doch meine Zielfläche.

Als er auf mich losstürzte, hob ich die Flasche, drückte ab und schickte einen Strahl Kloreiniger, womit ich die Flasche gefüllt hatte, ihm genau in die Augen.

Er schrie, rieb sich mit den Knöcheln die Augen, während ich einen weiteren schnellen Strahl auf die gehäutete Spitze seines aufgerichteten Schwanzes folgen ließ. Nun wusste er nicht, wohin mit den Händen. Ich beugte mich vor, riss ihm den linken Fuß weg und trat zurück, während er vornüberfiel und mit dem Schädel mit solcher Wucht gegen die Wand krachte, dass eine Kachel zu Bruch ging.

All das geschah innerhalb weniger Sekunden. Dendo, der bislang nur ungläubig dagestanden hatte, kam nun auf mich zu. Ich fuchtelte mit der Shampooflasche vor den beiden herum. Er blieb stehen.

»Entweder du bringst das Vogelgehirn hier zu einem Arzt, oder du wirst ihm einen weißen Stock kaufen müssen«, sagte ich.

Dann nahm ich mein Handtuch und verzog mich.

Sie sehen, ich gebe mich in Ihre Hände, mein lieber Mr. Pascoe. Ich gestehe einen tätlichen Angriff mit schwerer Körperverletzung und Todesfolge. Denn es stellte sich heraus, dass Brillo für einen so dicken Mann einen überraschend dünnen

Schädel hatte. Seine Verletzung führte zu verspätet diagnostizierten meningealen Problemen, die wiederum zu seinem Ableben führten. Wahrscheinlich könnten Sie, obwohl bereits viel Zeit verstrichen ist, noch eine Untersuchung in die Wege leiten. Der Beifall der Behörden im Syke dürfte Ihnen allerdings kaum gewiss sein. Sie leierten schon damals eine Untersuchung an, doch Bruder Dendo, der sich selbst unter Umständen wie diesen nicht dazu überwinden konnte, mit dem Gesetz zu kooperieren, verlor die Selbstbeherrschung, als einer der Schließer es seinem toten Bruder gegenüber an gehörigem Respekt mangeln ließ, weshalb er ihm den Kiefer brach.
Sehr zu meiner Erleichterung schafften sie ihn fort. Unter den Knastbrüdern wusste natürlich jeder, was vorgefallen war, doch ohne Polchards Zustimmung plauderte keiner etwas aus. Und da sich die Schließer bei Brillos Tod ein gewisses Maß an Nachlässigkeit vorwerfen mussten und deshalb froh waren, ihn und die Affäre begraben zu können, wurden nur sehr wenige Fragen gestellt.
Das war Stufe eins. Auch Polchard war vermutlich kaum betrübt über den vorzeitigen Abgang der Brights. Allerdings gab es noch eine ganze Menge anderer Insassen, die nur allzu bereit waren, Dendo einen Gefallen zu erweisen; der Schutz eines Topmanns war also nach wie vor unabdingbar.
Damit zu Stufe zwei.
Beim nächsten Aufenthalt im Gemeinschaftsraum näherte ich mich seinem Tisch und stellte mich in gehöriger Entfernung davor, wie sie mir für ein Bittgesuch als angemessen erschien. Er ignorierte mich völlig, er sah unter seinen buschigen Augenbrauen noch nicht einmal auf. Die Gespräche und Aktivitäten im Raum wurden weitergeführt, doch über allem lag diese unwirkliche gedämpfte Stimmung, die vorherrscht, wenn alle nur so tun als ob.
Ich studierte das Schachbrett, während er sich den nächsten Zug überlegte. Er hatte ganz offensichtlich mit einer orthodoxen Damenbauer-Eröffnung begonnen und sie mit einer Ab-

wandlung der Slawischen Verteidigung gekontert. Gegen sich selbst zu spielen ist eine Übung, bei der der Top-Spieler seine Grundfertigkeiten entwickeln kann, die eigentliche Prüfung aber kommt natürlich immer erst dann, wenn man gegen einen gleichwertigen oder überlegenen Spieler antritt.

Schließlich, nach wohl zwanzig Minuten, wobei uns nur noch fünf Minuten im Gemeinschaftsraum blieben, führte er seinen Zug aus.

Dann, ohne aufzublicken, sagte er: »Was?«

Ich trat vor, nahm den schwarzen Läufer und schlug seinen Springer.

Im Raum wurde es still.

Natürlich war es eine Falle gewesen, den Springer dem Läufer auszuliefern. Eine, die er sich selbst gestellt hatte und auf die er selbst nicht hereingefallen wäre. Aber ich war darauf hereingefallen. Was er nun wissen wollte, war: Hatte ich es aus reinem Unvermögen getan oder verfolgte ich einen eigenen Plan? Jedenfalls hoffte ich, dass er das wissen wollte.

Nach einer langen Minute, in der er noch immer nicht aufblickte, sagte er: »Stuhl.«

Ein Stuhl wurde mir gegen die Kniekehlen geschoben, ich setzte mich.

Die restliche Zeit verbrachte er mit dem Studium des Schachbretts.

Als die Klingel uns in unsere Zellen zurückrief, sah er mir zum ersten Mal ins Gesicht und sagte: »Morgen.«

Und so, Mr. Pascoe, ließ ich die erste Stufe meiner Gefängniskarriere, die auch die gefährlichste ist, hinter mir. Hätte ich nur dagesessen und Rachepläne gegen Sie geschmiedet, wäre ich zu diesem Zeitpunkt bereits vergewaltigt, wahrscheinlich verstümmelt, sicherlich jedoch zum Fußabstreifer degradiert worden, den jeder nach Lust und Laune treten und demütigen konnte. Nein, ich musste pragmatisch sein, um mit der bestehenden Situation, so gut ich konnte, zurechtzukommen. Genau so verhält es sich auch jetzt. Ich mache keinen Hehl daraus. Ich will nicht ständig über die Schulter blicken und Angst haben müssen, dass Sie, angetrieben von Ihren eigenen Ängsten, hinter mir her sind.

Vielleicht werden wir beide eines Tages zu der Erkenntnis kommen, dass die Flucht vor einer Sache, die wir fürchten, sich nicht so sehr von dem Streben nach jener unterscheidet, die wir lieben. Falls und wenn dieser Tag kommt, dann, hoffe ich, mein lieber Mr. Pascoe, werde ich Ihnen ins Gesicht sehen und Ihre ausgestreckte Hand ergreifen und Sie sagen hören: »

esus, Maria und Josef!«, sagte Peter Pascoe.
»Ja, ich weiß, es ist die Jahreszeit«, sagte Ellie Pascoe, die auf der anderen Seite des Frühstücktisches saß und ohne allzu großen Enthusiasmus den Packen Umschläge durchsah, in denen zweifellos Weihnachtskarten steckten. »Aber ist es gerecht, einem radikalen jüdischen Agitator und seiner Bagage die Schuld dafür zuzuschieben, dass der westliche Kapitalismus seinen angeblichen Geburtstag zum Vorwand nimmt, um den großen Reibach zu machen?«
»Dieser aufgeblasene Kotzbrocken!«, rief Pascoe aus.
»Ah, ein Ratespiel«, sagte Ellie. »Okay. Das Schreiben stammt vom Königshaus und teilt dir mit, dass die Königin beabsichtigt, dich auf ihrer Neujahrs-Ehrungsliste zur Herzogin zu machen. Nein? Okay, ich geb's auf.«
»Es stammt vom vermaledeiten Roote. Er ist, Gott steh uns bei, in Cambridge!«
»Der vermaledeite Roote? Du meinst Franny Roote? Den Studenten? Den Kurzgeschichtenschreiber?«
»Nein, ich meine Roote, diesen Ex-Häftling. Den Psycho-Kriminellen.«
»Ach, den Roote. Und, was schreibt er?«
»Ich bin mir nicht ganz sicher. Ich glaube, der Dreckskerl verzeiht mir.«
»Das ist doch schön«, gähnte Ellie. »Wenigstens ist das interessanter als diese dämlichen Karten. Was macht er in Cambridge?«
»Er nimmt an einer Konferenz teil, *Studien zur Romantik im frühen neunzehnten Jahrhundert*«, sagte Pascoe mit Blick auf das dem Brief beigelegte Programmheft.
»Schön für ihn«, sagte Ellie. »Dann muss es ihm gut gehen.«
»Er ist nur wegen Sam Johnson dort«, sagte Pascoe ausweichend.
»Hier ist es ja. Neun Uhr morgens. Mr. Francis Roote trägt einen Aufsatz des verstorbenen Dr. Sam Johnson vor, Titel: *Die Suche nach*

dem Lachen in *Death's Jest-Book*. Klingt ausnehmend spaßig. Worum zum Teufel geht's da?«

»*Death's Jest-Book?* Um die Possen des Todes. Du erinnerst dich noch an Thomas Lovell Beddoes, mit dessen Leben Sam sich vor seinem Tod beschäftigt hat? Na ja, *Death's Jest-Book* heißt das Stück, an dem Beddoes sein Leben lang schrieb. Ich hab's nicht gelesen, aber soweit ich weiß, ist es ein ziemliches Schauerstück. Und es geht um Rache.«

»Um Rache. So, so.«

»Stell keine Verbindungen her, die nicht da sind, Peter. Lass mal den Brief sehen!«

»Ich bin noch nicht fertig. Das verdammte Ding scheint kein Ende zu nehmen.«

»Gut, dann reich uns den Teil, den du schon gelesen hast. Und lass dir mit dem Rest nicht zu viel Zeit. Die Zeit und unsere Tochter stehen nämlich nicht still.«

Es hatte eine Zeit gegeben, in der ein dienstfreier Samstag die Aussicht bereithielt, dass er lange schlafen, frühstücken oder, wenn das Glück ihm ganz hold war, noch genüsslichere Häppchen im Bett vernaschen konnte. Damit war es vorbei, seitdem seine Tochter Rosie ihre musikalische Ader entdeckt hatte.

Ob irgendeine kompetente Autorität auf dem Gebiet diese Entdeckung bestätigen würde, vermochte Pascoe nicht zu sagen. Er verfügte zwar über ein gewisses Gespür für Musik, sein Verständnis der Materie aber ging nicht so weit, um beurteilen zu können, ob die stockenden, schrillen Noten, die sogar in diesem Moment ihre Klarinette ausstieß, jenen des präpubertären Benny Goodman glichen oder ob sie damit bereits den Höhepunkt ihrer musikalischen Schaffenskraft erreicht hatte.

In der Zwischenzeit, während er darauf wartete, dies herauszufinden, musste Rosie Unterricht bei der besten verfügbaren Lehrerin nehmen, das hieß bei Ms. Alicia Wintershine von der Mid-Yorkshire Sinfonietta, deren Vortrefflichkeit schon von der Tatsache unterstrichen wurde, dass sie lediglich eine freie Stunde anbieten konnte (und das auch nur, weil eine andere knospende Virtuosin für

sich die Ponys entdeckt hatte), nämlich am Samstagmorgen, neun Uhr.
Damit hatte es sich mit dem Frühstück im Bett und so.
Doch ein Mann ist, wenn schon nicht Herr über sein Haus, Herr über seinen Kopf, und Pascoe butterte sich eine weitere Toastscheibe und machte sich daran, den Schluss von Rootes Brief zu lesen.

Brief 1,
Fortsetzung

Verzeihen Sie mir wegen des Aussetzers! Ich wurde durch die Ankunft eines ganzen Zugs von Gepäckträgern gestört, die so viele Koffer schleppten, dass sie für einen längeren Staatsbesuch der Königin von Saba gereicht hätten. Hinter ihnen folgte ein kleiner, schlanker, athletischer Mann mit braun gebrannter Haut, sodass sein blonder Haarschopf fast weiß wirkte. Von Schutzumschlagfotos erkannte ich ihn sofort als Professor Dwight S. Duerden von der Santa Apollonia University, California (oder St. Poll Uni, CA, wie er sich ausdrückte). Er schien ein wenig verstimmt, als er feststellte, dass er die Quästoren-Wohnung mit mir zu teilen hatte, obwohl ich in aller Bescheidenheit das kleinere der beiden Schlafzimmer belegt hatte.

(Sie dürften mittlerweile bestimmt selbst draufgekommen sein, dass ich nicht der Quästor – wer immer das sein mag – des God's bin, sondern lediglich ein zeitweiliger Logisgast, der während der Konferenz in dessen Räumlichkeiten einquartiert wurde. Der Quästor selbst, habe ich gehört, führt eine Gruppe hellenophiler Reiseteilnehmer auf einem Luxus-Kreuzfahrtschiff durch die Ägäis. Ein Aspekt seiner Arbeit, der auf seltsame Weise mein Interesse weckt!)

Professor Duerden und der Großteil seines Gepäcks sind nun endlich in seinem Schlafzimmer verschwunden. Falls er beabsichtigt, alles auszupacken, dürfte er dazu eine Weile brauchen. Ich werde daher fortfahren.

Wo war ich stehen geblieben? Ach ja, mitten in einem Abschnitt, der Gefahr lief, zu einer ermüdenden philosophischen

Abschweifung auszuufern, lassen Sie mich daher zu meiner Erzählung zurückkehren.

Am darauf folgenden Tag erreichte ich im Spiel gegen Polchard ein Remis. Ich glaube, ich hätte ihn schlagen können, will es aber nicht beschwören. Außerdem erschien mir für den Anfang ein Remis als das Beste.

Danach spielten wir jeden Tag. Anfangs hatte er immer Weiß, nach unserem dritten Remis aber drehte er das Brett um, und danach wechselten wir ständig ab. Das sechste Spiel gewann ich. Im Raum herrschte Grabesstille, nicht im Gedenken an dieses denkwürdige Ereignis, sondern mehr in Erwartung, nun gleich Zeuge einer Opferung zu werden. Als ich zu meiner Zelle zurückging, wandten die Männer, die in den vorangegangenen Wochen mir gegenüber immer freundlicher aufgetreten waren, sich von mir ab. Ich schenkte ihnen keine Beachtung. Für sie war Polchard der Rattenkönig, für mich war er der Großmeister. Es macht keinen Spaß, gegen jemanden zu spielen, der nicht gut genug ist, um einen zu schlagen, und noch weniger, der zwar gut genug, aber zu verängstigt dazu ist. Mein langfristiger Überlebensplan beruhte darauf, zwischen uns eine Art Gleichberechtigung herzustellen.

Das hatte ich mir ausgemalt, wusste aber, dass ich mich täuschen konnte. In jener Nacht träumte ich, ich befinde mich in jener Szene in Bergmans *Das siebente Siegel*, in der der Ritter und der Tod miteinander Schach spielen. Schweißgebadet wachte ich auf und glaubte, einen schrecklichen Fehler begangen zu haben.

Am nächsten Tag aber wartete er bereits mit den aufgestellten Figuren, und ich wusste, ich war die Sache richtig angegangen. Nun musste ich nur noch einen Weg finden, ihn gewinnen zu lassen, ohne dass er es bemerkte.

Aber nicht sofort, dachte ich. Das wäre zu offensichtlich. Schlimmer als ständig zu gewinnen wäre es gewesen, wenn er mich dabei ertappte, dass ich absichtlich verlor. Kurz darauf zog Polchard dreimal schneller als sonst, und als ich das Brett studierte, erkannte ich, dass ich mir keine Sorgen zu machen brauchte. Seine einsamen Übungsstunden hatten ihn zu einem hervorragenden Defensivspieler werden lassen. Nun, das wird man unweigerlich, wenn man sich der Gambits zu erwehren hat, die man sich selbst ausdenkt. Doch der Hurensohn hatte sich alle Einzelheiten meiner Spielweise eingeprägt und ging plötzlich zum offenen Angriff über. Und ich geriet in Schwierigkeiten.

Es wäre ein Leichtes gewesen, vor seiner Überrumpelung alles hinzuwerfen, doch das tat ich nicht. Ich wand und bog mich, versuchte mich zu entziehen und zu entschlüpfen, und als ich schließlich meinen König flachlegte, wussten wir beide, dass er fair und ehrlich gewonnen hatte.

Er lächelte, als er die Figuren erneut aufstellte. Wie kräuselnde Wellen auf einem dunklen Teich.

»Schach, Krieg, Job«, sagte er. »Alles das Gleiche. Bring sie dazu, das eine zu glauben, und dann machst du das andere.«

Kein schlechter Schlachtplan, vermute ich, wenn man ein Berufsverbrecher ist.

Danach machte ich mir keine Sorgen mehr wegen der Ergebnisse.

Alle waren jetzt wieder meine Freunde, aber ich machte nicht viel Aufhebens darum. Ich wollte als Gleicher akzeptiert, nicht als Günstling beneidet werden. Ich wusste, solange ich meine Karten und meine Figuren richtig spielte, hatte ich einen Freifahrtschein in der Tasche, um so komfortabel wie möglich meine Zeit hinter mich zu bringen.

Doch so komfortabel man sich in einem lärmenden, stinkenden, überfüllten, vor Eisengittern starrenden Gefängnis aus dem neunzehnten Jahrhundert auch einrichtet, es bleibt, verdammt noch mal, ein Gefängnis.

Es war an der Zeit, die Energien auf mein nächstes Projekt zu konzentrieren: dort rauszukommen.

Sie sehen, ich hatte keine Zeit für den Luxus, mich mit Racheplänen zu beschäftigen! Ich hatte einen heiklen Drahtseilakt zu vollführen, musste Polchards Freund bleiben und gleichzeitig mir den Ruf eines reformierten Insassen erwerben, damit ich in den freundlichen offenen Strafvollzug verlegt wurde. Trotz des gegenteiligen Anscheins befleißigt sich die Staatsgewalt des rührenden Glaubens, dass Bildung und Tugend miteinander korrelieren. Ich schrieb mich daher an einer Fernuniversität ein und entschied mich für ein starkes soziologisches Element, um die Staatsgewalt mit meinem wiedererwachten Sinn für staatsbürgerliche Verantwortung zu beeindrucken. Außerdem ist das Zeug denkbar einfach. Jeder, der nur halbwegs bei Verstand ist, bekommt in zehn Minuten mit, welche Knöpfe zu drücken sind, damit die Tutoren über deine Essays zu gurren beginnen. Man verrühre einige sentimentale linke Meinungen zu einem weichen Schaum, gebe als Bindemittel Statistiken zum sozialen Niedergang bei, und schon ist man auf der sicheren Seite – oder im völligen Abseits, wenn es nach den alten, nicht reformierten Thatcher-Anhängern gehen würde. Nachdem jene beiseite geräumt waren, begann ich einen MA-Kurs. Meine Abschlussarbeit behandelte das Thema Schuld und Sühne, was mir die Möglichkeit eröffnete, mich großspurig als geläutertes Mitglied der Gesellschaft zu gerieren. Nur leider war es geradezu tödlich langweilig.

Es wäre alles in Ordnung gewesen, hätte ich nur die Wahrheit über meine Mithäftlinge erzählen können, für die das Verbrechen ein Job wie jeder andere war, nur dass es das Problem mit der Arbeitslosigkeit nicht gab. Es ist völlig sinnlos, das Gefängnis als Weiterbildungseinrichtung zu betrachten, wenn man mit Leuten zu tun hat, die sich selbst nicht als arbeitslos, sondern als aus dem Verkehr gezogen betrachten. Es wäre besser, wenn man sie mit Steuergeldern auf Urlaub ins Ausland schicken würde, in der Hoffnung, dass sie sich dort eine Lebensmittelvergiftung oder die Legionärskrankheit zuziehen. Aber ich war mir völlig darüber im Klaren, wenn ich solche Theorien ausarbeitete, würde mir das kaum universitären Ruhm eintragen. Daher sonderte ich den üblichen Quatsch von Sozialisierung und Rehabilitation ab, und als die Zeit reif dafür war, wurde aus mir Francis Roote, MA.

Aber ich war noch immer im Syke, trug mich allerdings mit der Hoffnung, nun meinen Weg zum Butlin geebnet zu haben, Yorkshires neueste und luxuriöseste offene Haftanstalt am Rande des Peak District.

Ich konnte nicht verstehen, dass ich keinerlei Fortschritte in diese Richtung erzielte. Okay, ich spielte mit Polchard Schach, gehörte aber im strengen Sinn nicht zu seinem Gesindel. Ich legte die Sache einem der Schließer vor, mit dem ich durch Süßholzgeraspel auf halb-vertraulichem Fuß stand.

»Ihr könnt mir das doch nicht verweigern, nur weil ich Schach spiele«, protestierte ich.

Er zögerte, bevor er sagte: »Vielleicht sind es gar nicht wir, die dir das verweigern.«

Und das war's dann. Aber es genügte.

Es war Polchard, der dafür sorgte, dass ich nicht verlegt wurde. Er wollte nicht den einzigen Typen im Flügel, vielleicht sogar im ganzen Syke verlieren, der ihm auf dem Schachbrett was bot für sein Geld. Um mich dazubehalten, musste er die Schließer nur wissen lassen, dass es ihn und damit alle anderen sehr, sehr unglücklich machte, wenn er mich verlieren würde.

Da ich keine Möglichkeit sah, das zu ändern, musste ich mir Gegenmaßnahmen einfallen lassen.

Ich brauchte einige schwere Puncher in meiner Ecke. Aber wo sie finden?

Der Gefängnisleiter war zu sehr damit beschäftigt, seinen Hintern gegen politische Gutmenschen zu verteidigen, um sich mit individuellen Fällen zu befassen, während der Kaplan ein altmodischer Whisky-Priester war, dessen alkoholisierte Liebenswürdigkeit so vereinnahmend war, dass er sich sogar für Dendo Bright einsetzte, der Gott sei Dank in einen weit entfernten Hochsicherheitstrakt verlegt worden war.

Was meine nahe liegendste Wahl anbelangte, den Gefängnis-Psychiater, so war er ein fröhlicher kleiner Mann mit dem nicht sehr vertrauenerweckenden Spitznamen Plemplem, bei dem sich alle einig waren, dass man in der Tat verrückt sein musste, wenn man ihn konsultierte. Doch dann wurde die Anstalt einer staatlichen Inspektion unterzogen, was zu einer zeitweiligen Verbesserung des Speiseplans und, unter dem Mantel der Verschwiegenheit, zur permanenten Entfernung des ungerührt lächelnden Plemplem führte.

Kurz darauf stellte jeder im Gefängnis die Ohren und andere Dinge steif, als verkündet wurde, dass ein neuer Seelenklempner zugewiesen wurde – eine Frau!

Professor Duerden hat mich erneut unterbrochen.

Ich habe seine Reaktion, als wir uns das erste Mal begegneten, wohl missinterpretiert. Nicht die Tatsache, dass er die Quästoren-Wohnung mit mir zu teilen hat, hatte ihn verdattert, sondern dass er sie mit jemandem teilt, den er noch nie gesehen und von dem er noch nie gehört hat.

Ein Engländer hätte sich bei dem Thema gewunden, auch manche Amerikaner können um den heißen Brei herumreden, er jedoch gehört zu jenen, die kein Blatt vor den Mund nehmen.

»Na, mein Junge, wo arbeiten Sie denn?«, fragte er mich.

»An der Mid-Yorkshire University«, erwiderte ich.

»Wirklich? Dann helfen Sie mir mal auf die Sprünge, wer leitet denn im Moment Ihren Fachbereich?«

»Mr. Dunstan«, sagte ich.

»Dunstan?« Er wirkte verwirrt. »Ist das vielleicht Tony Dunstan, der Mediavist?«

»Nein, es ist Jack Dunstan, der Obergärtner«, sagte ich.

Nachdem er seine Überraschung darüber, was ihn nicht wenig amüsierte, überwunden hatte, gab es für mich keinen Grund, nicht vollkommen offen zu ihm zu sein. Ich erklärte, dass mir Sam Johnson einen Job in der Gärtnerei besorgt hatte, und da ich nicht nur sein Student war, sondern auch ein enger Freund von ihm, war es mir durch die guten Dienste seiner

Schwester zugefallen, als sein literarischer Nachlassverwalter zu fungieren.

»Sam sollte einen Vortrag bei der Konferenz halten«, schloss ich meine Ausführungen, »und als das Programmkomitee mich kontaktierte und fragte, ob ich sein Referat *in loco praeceptoris* vortragen wolle, fühlte ich mich seinetwegen verpflichtet zuzusagen. Ich nehme an, dass man daraufhin seinen Namen generell durch meinen ersetzt hat, wodurch ich in die Quästoren-Wohnung einquartiert wurde.«

»Ja, so wird's wohl gewesen sein«, sagte er, aber ich befürchte, er schätzte noch nicht einmal Sam hoch genug ein, damit dieser es verdient gehabt hätte, sein Mitbewohner zu sein.

Tatsächlich machte ich mir bereits selbst darüber Gedanken, und ich glaube, ich weiß, woher der Wind weht. Im Programmheft wird Sir Justinian Albacore, dem Dekan des St. Godric's, unter dessen Auspizien wir an der Universität zu Gast sind, besonderer Dank erwiesen. Bei dem Namen klingelt's bei mir. Könnte es sich um jenen J. C. Albacore handeln, dessen Abhandlung über die dunkle romantische Seele, *Die Suche nach Nepenthe*, Sie wahrscheinlich kennen? Ich habe das Buch nie gelesen, aber oft gesehen, war es doch unter das gebrochene Sofabein in Sam Johnsons Arbeitszimmer geschoben. Denn niemanden hasste Sam in seinem Leben mehr als diesen Mann. Sam zufolge hatte er Albacore bei der Abfassung der *Nepenthe* sehr geholfen, und dieser hatte es ihm gedankt, indem er ihm sein Beddoes-Projekt vor der Nase wegschnappte! Sam schöpfte Verdacht, als er feststellte, dass jemand vor ihm in einigen nur selten aufgesuchten Archiven gewühlt hatte. Schließlich wurde publik, dass Albacore an einer kritischen Beddoes-Biographie arbeitete, die 2003 erscheinen soll, zum zweihundertsten Geburtstag von TLB. Und kurz vor seinem Tod spuckte Sam Gift und Galle, als er das Gerücht aufschnappte, Albacores Verleger wolle das Buch bereits Ende 2002 veröffentlichen, um als Erster auf dem Markt zu sein.

Ich bezeichnete mich Dwight gegenüber als Sams literarischen

Nachlassverwalter, was nicht ganz stimmt. In Wirklichkeit, Sie haben wahrscheinlich davon gehört, beschloss Linda Lupin, Abgeordnete des Europaparlaments, Sams Halbschwester und einzige Erbin, in ihrer Großzügigkeit, Sams Forschungsarbeiten in meine Hände zu geben. Wahrscheinlich wird es Sie nicht überraschen, wenn Sie hören, dass der Verleger, bei dem Sams Biographie erscheinen soll, davon nicht gerade begeistert war.

Ich kann seinen Standpunkt verstehen. Wer bin ich denn? Literarisch ein Nichts, obwohl meine »bunte« Vergangenheit etwas ist, was den Vertrieb sehr wohl angekurbelt hätte, wäre nur keine Konkurrenz erwachsen. Doch nachdem Albacores Buch bereits als die »definitive« Biographie vermarktet wurde, kamen sie zu dem Schluss, dass sie dem schlechten Geld noch gutes nachwerfen würden, wenn sie mich Sams Arbeit hätten fortsetzen lassen.

Also, tut uns Leid, Kumpel, keinen Vertrag für das große Buch, auf das Sam abgezielt hatte.

Sie machten jedoch einen Alternativvorschlag.

Da Beddoes' Leben kaum dokumentiert ist, hatte Sam in sein Skript Abschnitte eingeflochten, die er ganz klar als »imaginierte Szenen« bezeichnete. Diese, wie er in der ersten Fassung des Vorworts erklärt, tragen nicht den Anspruch, ausführliche Beschreibungen tatsächlicher Ereignisse zu sein. Manche basieren zwar auf gesicherten Fakten, andere allerdings sind lediglich fantasievolle Projektionen, erfunden, um dem Leser ein Gespür für die realen Gegebenheiten von Beddoes' Leben zu vermitteln. Viele von ihnen, so vermute ich, wären in der Endfassung noch stark überarbeitet oder ganz gestrichen worden.

Was, wurde ich gefragt, würde ich denn dazu sagen, wenn ich den größten Teil des literaturkritischen Zeugs rauslasse, mir noch einige dieser »imaginierten Szenen« ausdenke, sie mit knisterndem Sex und handfester Gewalt würze und eine dieser Pop-Biographien produziere, die sich in den vergangenen Jahren so gut verkauft haben?

Die Bedenkzeit, die sie mir dafür einräumten, benötigte ich nicht.
Ich sagte ihnen, sie könnten sich das alles sonst wohin stecken.
Ich sei Sam zu wesentlich mehr verpflichtet.
Und während sich mir im Kopf noch alles drehte nach dieser Ungerechtigkeit, kam die Einladung, bei dieser Konferenz Sams Platz einzunehmen.
Für mich war unbesehen klar, dass die Konferenzplaner damit einem wertgeschätzten Kollegen posthum ihren Tribut zollten und sich dabei gleichzeitig ersparten, ihr Programm umzuwerfen. Aber das erklärte nicht, warum ich wie die Mehrzahl der Vortragenden nicht in irgendeiner Studentenbude untergebracht wurde, sondern zusammen mit Dwight Duerden in der Q-Wohnung residierte. Es musste ein anderes Motiv dahinterstecken. Als ich dann Albacores Namen entdeckte, argwöhnte ich, dass er sich wohl Hoffnungen machte, mir Sams Forschungsarchiv über Beddoes abschwatzen zu können.
Vielleicht bin ich paranoid. Doch in den Hainen der Akademe tummeln sich zahllose Raubvögel, das hat Sam mir immer eingetrichtert. Wie auch immer, ich werde das besser beurteilen können, wenn ich die Gastgeber der Konferenz kennen gelernt habe, was bei der Begrüßungs- und Einführungsveranstaltung in einer Viertelstunde geschehen wird.
Nun, wo war ich stehen geblieben? Ach ja, bei der neuen Psychologin. Ihr Name, stellen Sie sich nur vor, lautete Amaryllis Haseen!
Neckische Schattenspielereien mit Amaryllis, Sie erinnern sich, gehörten neben der Abfassung von Gedichten zu den Dingen, die Miltons höchst unpuritanische Vorstellungskraft ihm eingaben. Mir selbst ist die Blume nur in Form der aufdringlich fleischigen Exemplare bekannt, die manchmal zu Weihnachten auftauchen. Nun, verglichen mit ihnen entsprach Ms. Haseen ihrem Namen vollkommen und wurde von den meisten der sexuell ausgehungerten Knastbrüder als vorgezogenes Weihnachtspräsent betrachtet. Wie einer von Polchards Top-

Kumpel verträumt sagte: »'nem Zuckerpüppchen wie dem kann man seine ganzen sexuellen Fantasien auftischen, das ist noch besser, als seinen Pimmel über *Women on Top* abzuwedeln.«
Jeder unter uns entwickelte daraufhin psychologische Probleme. Ms. Haseen allerdings war nicht dumm. Sie übernahm die Beratungsstelle im Chapel Syke, um Material für ein Buch über die psychologischen Auswirkungen der Einkerkerung zu sammeln, das, hoffte sie, ebenso ihrem Renommee wie ihrem Bankkonto zugute kam. (Es erschien letztes Jahr, heißt *Dunkle Zellen* und bekam viele nette Kritiken. Ich bin übrigens Inhaftierter XR, S. 193-207.) Die Wichser sortierte sie schnell aus. Als Polchards Adjutant sich beschwerte, dass er rausgeworfen wurde, während ich zweimal in der Woche zur Sitzung erscheinen durfte, lächelte ich und sagte: »Du musst ihr das Gefühl geben, dass sie dir helfen kann, das heißt, du kannst ihr nicht einfach, wie du es tust, deine Latte hinhalten und sagen, so, jetzt besorg es mir mal rundherum!« Das brachte sogar Polchard zum Lächeln, und wenn ich von nun an von meinen Sitzungen zurückkehrte, wurde ich mit obszönen Fragen bestürmt, wie weit ich auf dem Weg in ihre Unterwäsche schon vorangeschritten sei.
Um Ihnen die Wahrheit zu sagen, ich glaube, ich hätte es geschafft, aber ich habe es noch nicht einmal versucht. Auch wenn mir Erfolg beschieden gewesen wäre, was hätte ich dafür bekommen?
Einige mittelmäßige Momente gedankenlosen Vergnügens (unter den gegebenen Umständen wäre nicht mehr drin gewesen, als sich wackelige Knie zu holen) und eine Koda postkoitaler Trauer, die sich jahrelang hinziehen kann!
Ich musste Realist bleiben. Auch wenn ich Amaryllis zu neckischen Spielereien im Schatten hätte verführen können, so wäre sie doch, wenn sie durch das Haupttor des Sykes wieder in den hellen Sonnenschein hinaus zu ihrer viel versprechenden Karriere und glücklichen Ehe schritt, vor Scham und

Angst erschaudert und möglichen zukünftigen Vorwürfen meinerseits zuvorgekommen, indem sie mich als einen gefährlichen Fantasten gebrandmarkt hätte. (Sie meinen, ich sei zu zynisch? Lesen Sie weiter.)
Also richtete ich mein Augenmerk darauf herauszufinden, was sie von mir in ihrer beruflichen Rolle wollte, und sorgte dafür, dass sie es bekam.
Und noch eine andere Gefahr lauerte hier. Sie verstehen, was sie wirklich wollte, war herauszufinden, wie ich tickte. Das Problem war, dass dieses Thema mich ebenfalls faszinierte.
Ich habe immer gewusst, dass ich nicht so bin wie die anderen. Wie sich dieses Anderssein jedoch manifestiert, hat sich mir immer entzogen. Basiert es auf einem Zuviel oder einem Zuwenig? Habe ich etwas, was anderen fehlt, oder fehlt mir etwas, was andere haben?
Mit anderen Worten, bin ich unter den Sterblichen ein Gott oder nur ein Wolf unter Schafen?
Die Versuchung, ihr alles offen auf den Tisch zu legen, um dann zu sehen, was sie mithilfe ihres fachkundigen Verstandes mit diesem faszinierenden Durcheinander anstellte, war groß. Das Risiko allerdings war noch größer. Angenommen, sie käme zu dem Schluss, dass ich ein unheilbarer Soziopath sei?
Bedauerlicherweise musste ich mir also die Freuden vollkommener analytischer Ehrlichkeit für später aufheben und sie auf einen Zeitpunkt verschieben, an dem ich die Sitzung aus eigener Tasche und nicht mit meiner Freiheit bezahlen konnte.
Ich lenkte meine Energien daher ganz darauf, Amaryllis das finden zu lassen, was für uns beide am vorteilhaftesten war – eine leicht zerrissene Persönlichkeit, die in ihrem Buch einen interessanten Absatz abgeben könnte.
Es machte viel Spaß. Ich war bemüht, die nachprüfbaren Fakten meiner Vergangenheit nicht zu ändern. Darüber hinaus aber waren der Kreativität keine Grenzen gesetzt; wie Dorothy nach dem Wirbelsturm verließ ich die Schwarzweiß-Welt von

Kansas und trat in die grellen, bunten Farben von Oz ein. Wie die meisten Seelenklempner war sie auf meine Kindheit fixiert, und ich amüsierte mich köstlich, wenn ich absurde Geschichten über meinen lieben alten Dad erfand, der in Wirklichkeit so früh aus seinem und meinem Leben geschieden war, dass ich keinerlei Erinnerungen an ihn habe. Die meisten davon finden Sie in ihrem Buch. Ich wusste, dass ich ein Talent für die Fiktion habe, lange bevor ich den Kurzgeschichtenwettbewerb gewonnen habe.

Gleichzeitig war mir bewusst, dass Amaryllis keineswegs auf den Kopf gefallen war. Ich musste davon ausgehen, dass sie meinen Plan, mir selbst zu helfen, indem ich anscheinend ihr half, durchschaute. Ich musste also, wie bei den Schachpartien, auf mehreren Ebenen spielen.

Es waren nicht viele Sitzungen nötig, bis ich dachte, ich hätte alles unter Kontrolle.

Doch dann gelang es ihr, mich vollends zu überraschen. Sie begann mit der Frage: »Welche Gefühle bringen Sie jenen entgegen, die Ihrer Meinung nach dafür verantwortlich sind, dass Sie ins Syke gesteckt wurden?«

»Sie meinen die außer mir?«, sagte ich.

Es schien mir eine gute Antwort zu sein, sie grinste mich jedoch nur an, als wollte sie sagen, »hören Sie schon auf damit!«.

Also lächelte ich zurück und sagte: »Sie meinen die Polizisten, die mich verhaftet und die Indizien gegen mich zusammengetragen haben?«

»Wenn Sie sie für verantwortlich halten«, sagte sie.

»Da fühle ich gar nichts«, sagte ich. »Ich habe seit dem Prozess noch nicht einmal an sie gedacht.«

»Sie haben keinen Gedanken an Rache verschwendet? Keine kleinen Fantasien, um sich nächtens die Zeit zu vertreiben?«

Es war witzig, seit Wochen hatte ich ihr Lügen und Halbwahrheiten aufgetischt, und nun, als ich ihr ohne Ausflüchte und Verdrehungen erzählte, wie es ist, bekam ich von ihr ein ungläubiges Grinsen.

»Lesen Sie es mir von den Lippen ab«, sagte ich betont. »Rachegedanken haben weder meinen Schlaf gestört noch mich tagsüber umgetrieben. Dafür lege ich meine Hand ins Feuer, küsse die Bibel und schwöre beim Grab meines Vaters.«
Ich meinte es genauso, wie ich es sagte, jedes Wort. Bis heute.
»Wie erklären Sie sich dann das Thema für Ihre Dissertation?«, fragte sie.
Mir blieb die Luft weg, aus zwei Gründen.
Erstens: Woher zum Teufel kannte sie den Gegenstand meiner Arbeit?
Und zweitens: Wie sollte ich es ihr erklären.
Das Thema der Rache im englischen Drama.
Konnte es sein, dass tief in mir ein bitterer, Ränke schmiedender Zorn sein Unwesen trieb und ich von Rachegedanken gegen Sie und Mr. Dalziel besessen war, während ich die ganze Zeit über glaubte, ich würde gänzlich rational, ungerührt, gleichmütig und gefasst meine Zukunft gestalten?
Nun, ich hatte seitdem viel Zeit, um darüber nachzudenken, und ich kann die Hand aufs Herz legen und ehrlichst verkünden, dass mir kein Gedanke an Sie oder Mr. Dalziel durch den Kopf schwirrte, als ich das Thema für meine Dissertation auswählte.
Wie ich bereits sagte, ich war zu Tode gelangweilt von dem soziologischen Mist, den ich für mein Studium wegzuschaufeln hatte. Ich wollte etwas anderes. Ich wollte etwas, was mit wirklichen Menschen, wirklichen Leidenschaften zu tun hatte. Deshalb musste ich mich von der Soziologie ab- und der Literatur zuwenden, und dort vor allem dem Theater. Ich erinnerte mich an einen alten Englischlehrer, der immer sagte, dass es im Drama drei Handlungstriebfedern gebe – Liebe, Ehrgeiz und Rache –, von denen die Rache die stärkste sei. Daher begann ich die elisabethanischen und jakobäischen Autoren zu lesen und stellte schnell fest, dass er Recht gehabt hatte. Hinsichtlich der dramatischen Energie erwies sich nichts produktiver als die Rache. Die Liebe bewegt, der Ehrgeiz treibt an, die Rache aber

explodiert! Ich wusste, ich hatte mein Thema gefunden. Allerdings war es eine ästhetische, akademische, autotelische Wahl, die nichts mit äußeren Faktoren wie meine eigene Situation zu tun hatte.

Aber ich verstand, wie dies auf Amaryllis mit ihrem scheelen freudianischen Blick wirken musste.

Ich setzte bereits zu einer Erwiderung an, wollte ihr meine Argumente darlegen, beschloss dann aber, dass es die falsche Taktik sei, und sagte stattdessen: »Großer Gott, da habe ich ja noch nie drüber nachgedacht. Und wenn ich's recht bedenke ... nein, nein, nie.«

Soll sie doch sehen, wie ich dummes Zeug sülze, dachte ich mir. Soll sie doch meinen, alles unter Kontrolle zu haben.

Währenddessen überlegte ich fieberhaft, woher sie von meinem Thema wusste. Ich hatte es ihr gegenüber nie erwähnt. Ich hatte es selbst erst die Woche zuvor zusammengestellt und es an die für Fernstudien zuständige Abteilung der Universität von Sheffield geschickt, die noch nicht geantwortet hatte ...

Das war es! Ihr Ehemann. Laut den Gerüchten war er Universitätsdozent. Dass sie im Syke tätig war, ließ darauf schließen, dass er an einer der Universitäten in Yorkshire eine Anstellung hatte. Ich hatte angenommen, dass er im selben Fachbereich wie sie lehrte, aber warum sollte das so sein?

Wenn ich Recht hatte ... doch zuerst wollte ich es nachprüfen. Mir fiel dazu kein leichterer Weg ein als der unmittelbarste.

»Ich nehme an«, sagte ich, »dass Ihnen wohl Ihr Ehemann von meiner Bewerbung erzählt hat. Und Sie haben ihm dann von mir erzählt. Komisch. Sind denn im Fall von verurteilten Schwerverbrechern die Verschwiegenheitspflicht des Arztes und dessen priesterliche Verantwortung gegenüber dem Patienten außer Kraft gesetzt?«

Einem gewöhnlichen Fischzug hätte sie sich vielleicht entwinden können, hier jedoch wurde eine Handgranate in hohem Bogen ins Wasser geworfen.

Sie gab ihr Bestes, doch trieb sie vom Start weg mit dem Bauch nach oben.

»Nein, wirklich, nichts Schlimmes«, sagte sie und strahlte mich mit ihren vollen Lippen und einem »Alle Neunmalklugen vereinigt euch«-Lächeln an. »Nur eine der kleinen Koinzidenzen des Lebens. Jay, das ist mein Mann, ist zufällig im Vorsitz des Ausschusses, der sich mit diesen Dingen befasst, und zufällig hat er erwähnt, dass sich einer aus Chapel Syke beworben hat …«

Ein erfahrener Vernehmungsbeamter wie Sie hätte sofort die Symptome erkannt: zu viele »*zufällig*«, Ausflüchte, mit denen sie die Tatsache verschleiern wollte, dass sie, wenn sie hier fertig war, sofort nach Hause eilte und munter mit ihrem Lackaffen von Ehemann drauflos plauderte und von den witzigen Dingen erzählte, die ihr ihre durchgeknallten Patienten anvertrauten, Scheiß auf die Schweigepflicht, vielleicht ließ sich damit auch die Gesprächsrunde am Essenstisch mit kleinen Anekdoten auflockern, die sie von unseren mühsam der Seele abgerungenen Beichten geklaut hatte.

Einen Augenblick lang war ich richtiggehend empört, bis mir einfiel, dass das meiste, was ich ihr erzählte hatte, sowieso Mist war und eher den Hintern denn die Seele bloßlegte.

»Nun«, sagte ich, »das trifft sich gut. Vielleicht könnten Sie mir ja einen kleinen Hinweis geben, wie meine Bewerbung aufgenommen wird, nachdem sie sich anscheinend unendlich lang Zeit nehmen, mir eine direkte Antwort zukommen zu lassen. Ich habe schon überlegt, ein Wörtchen mit dem Gefängnisinspektor zu reden. Er macht um die Rechte der Strafgefangenen immer einiges Geschrei.«

Da hatte sie einiges zum Nachdenken. Lord Threlkeld, unserer Oberinspektor, muss Ihnen ja vertraut sein. Ich wette, er gehört zu den Lieblingsfeinden der alten Rumpelwampe, ist berüchtigt für sein weiches Herz und freut sich über jeden handfesten Fall von Amtsmissbrauch seitens der Polizei oder des

Gefängnispersonals, den er seinen Leuten im Oberhaus dann um die Ohren knallen kann.

Sie sammelte sich und antwortete: »Natürlich dürfte ich Ihnen das gar nicht sagen, aber ich glaube, sie sind von der Qualität Ihres Exposés wirklich beeindruckt. Ich weiß, dass insbesondere Jay sich sehr dafür einsetzt, dass Ihre Bewerbung angenommen wird ... aber natürlich geht alles mit rechten Dingen zu ...«

Oh, meine Amaryllis, ist Schach eines der Spiele, die du im Schatten treibst?, fragte ich mich und verbarg mein Lächeln, während ich ihre Worte interpretierte. Der gute alte Jay würde liebend gern dein Doktorvater sein, doch das dürfte schwierig werden, wenn du einen dummen Kommentar über seine Frau ablässt ...

»Nun, das freut mich«, sagte ich. »Besteht die Möglichkeit, dass Ihr Ehemann meine Arbeit persönlich betreut?«

»O nein«, beeilte sie sich zu antworten. »Er wird im nächsten Trimester eine Stelle an seinem alten College antreten, er wird also nicht mehr hier sein. Aber es gibt einen Kollegen, Dr. Johnson, der großes Interesse an Ihnen hat ...«

Und damit hörte ich zum ersten Mal Sams Namen, allerdings empfand ich es kaum als epiphanischen Moment, war ich doch zu sehr damit beschäftigt, meinen Vorteil ganz auszuspielen.

»Nun haben Sie also zufällig von meinem Dissertationsthema erfahren, was, meinen Sie, sagt das nun über mich aus?«, fragte ich. »Glauben Sie wirklich, dass ich insgeheim Rachegedanken gegen jene hege, die schuld daran sind, dass ich jetzt hier bin?«

»Das wäre wahrscheinlich zu stark ausgedrückt«, sagte sie. »Ich sehe Sie nicht als eine übermäßig rachsüchtige Persönlichkeit. Es wäre überraschend, wenn Sie keine Ressentiments hegten, Ihre Themenwahl ist für mich jedoch eher die Sublimation dieser Gefühle. Mit anderen Worten, es ist Teil des Heilungsprozesses, gehört aber nicht zum Trauma.«

Das war *Reader's Digest*-Geschwätz, dachte ich fröhlich. Genau die simple Kost, mit der die Holzköpfe, die über meine Zukunft zu entscheiden hatten, gefüttert werden sollten.

»Damit, Frau Doktor, meinen Sie, dass mein Dissertationsthema, wenn es in Sheffield angenommen wird, mir dabei helfen kann, dass ich nach Butlin verlegt werde? Ich meine, es wäre doch nicht günstig, wenn ich von meinem Doktorvater zu weit entfernt bin, oder?«

»Das kann ich verstehen«, sagte sie, nickte und machte sich eine Notiz. »Das ergibt für mich einigen Sinn.«

Ich fasste es als ein Ja auf, und als solches sollte es sich auch herausstellen. Tatsächlich wurde ich dann nach Butlin verlegt, noch bevor meine Dissertation angenommen wurde. In dieser Zeit lernte ich auch Sam kennen. Später war ich froh, dass er nie ins Syke kommen musste, denn das Erste, was ich im Butlin zu hören bekam, war, dass ich den Zuchthausgestank mitgebracht habe. Man nimmt ihn selbst nicht mehr wahr, aber andere bemerken ihn, und später bemerkte ich ihn selbst, wenn Neuzugänge eintrafen.

Schon seltsam, das kreative Vermögen des Geruchs! Er führte mich auf der Stelle zurück zu den knallenden Türen, überfüllten Zellen, dem Kloreinigen und der ständigen Angst – o ja, auch wenn man Polchards Schachkumpan war, lebte man ständig in Angst – vor einem sadistischen Schließer, einem Amok laufenden Durchgeknallten, abgefeimten Schläger, einem neuen Rattenkönig, der Polchard von seiner Thron stieß. Man wusste nie, welche tödlichen Veränderungen jeder Tag mit sich bringen würde. Verglichen damit waren wir hier im Lande Beulah. Jeden Tag blickten wir über den Fluss ins Gelobte Land.

Nur ein Dummkopf hätte es zugelassen, dass er wieder woandershin geschickt wurde.

Ich war damals kein Dummkopf und bin es auch jetzt nicht.

Es dürfte Ihnen wohl schwer fallen zu glauben, dass meine Gefängniserfahrung mich resozialisiert und rehabilitiert hat, aber sicherlich werden Sie einsehen, dass ich seither entschlossen bin, keinerlei Risiken einzugehen, um wieder einrücken zu müssen.

Also, keine Rachedrohungen, noch nicht einmal Rachegedanken, auch nicht, wenn ich provoziert werde – und provoziert haben Sie mich, mein lieber Mr. Pascoe, das müssen Sie selbst zugeben.

Was ich vom Leben will, kann ich durch einfache, ehrliche Mittel erreichen, zumindest durch solche, die in den Hainen der Akademe als solche durchgehen! Ich sehe mich um – die alten Eichenpaneele des Raums, in dem ich schreibe, ihre seidene Patina, die den Schein des offenen Feuers reflektieren und das Frösteln des kalten Wintertags vertreiben, dessen blasses Sonnenlicht den stillen viereckigen Hof vor meinem Fenster erfüllt.

Ich bin erst vor wenigen Stunden eingetroffen und werde, wie ich Ihnen bereits sagte, nur für ein Wochenende bleiben, doch in jenem Augenblick, in dem ich den Fuß an diesen Ort setzte, wusste ich, dass dies oder etwas, was dem sehr nahe kommt, genau das ist, was ich will. Deshalb schreibe ich Ihnen, Mr. Pascoe. Seit geraumer Zeit geht mir im Kopf um, dass es doch sehr schön wäre, wenn wir die Sache zwischen uns bereinigten. Jetzt weiß ich, dass es geradezu lebenswichtig ist – für mich aus, wie ich zugebe, ganz selbstsüchtigen Gründen sowie für Sie, damit Sie Ihren Seelenfrieden finden.

Habe ich genug gesagt? Vielleicht, vielleicht nicht. Ich werde es später nachprüfen. Nun aber muss ich fort. In fünf Minuten beginnt die Einführungsveranstaltung zur Konferenz. Dwight ist bereits gegangen, er hat auf seine Uhr gezeigt und mit der Hand eine Trinkbewegung angedeutet.

Es würde sich nicht gut machen, wenn der Neue zu spät käme. Bei der Portierswohnung gibt es einen Postkasten, dort werde ich den Brief einwerfen, wenn ich hinuntergehe. Ich glaube nicht, dass ich Ihnen ein weiteres Mal schreibe, lieber Mr. Pascoe. Ich hoffe, ich habe alles zwischen uns aus dem Weg ge-

räumt. Die Vergangenheit ist der Hades, die Vergangenheit sind die Städte der Ebene; ein Blick zurück, und die Katastrophe tritt ein. Mein Blick ist fest auf die Zukunft gerichtet.
Ich muss zugeben, dass ich mich ein wenig nervös fühle, aber auch freudig erregt bin.
Das könnte der Anfang meines neuen Lebens sein.
Wünschen Sie mir Glück!

Und Ihnen und Ihren Lieben ein überaus frohes Weihnachten
Franny Roote

llie Pascoe war eine schnelle Leserin, es dauerte nicht lange, da hatte sie sich alle von ihm abgelegten Blätter gegriffen und schnappte ihm auch noch das letzte zwischen den Fingern weg, bevor er es fallen lassen konnte.
Pascoe sah ihr zu, bis sie mit der Lektüre fertig war, dann sagte er: »Und, was hältst du davon?«
»Es freut einen doch immer wieder, wenn man sein eigenes Urteil bestätigt findet.«
»Entspricht dein Urteil auch dem des Gerichts – dass Roote ein amoralischer, infamer Psychopath ist?«
»Hat das der Richter gesagt? Dann muss mir das entgangen sein. Ich dachte, er sei wegen Beihilfe zum Mord verurteilt worden. Wie auch immer, das Urteil, auf das ich mich beziehe, ist jenes, aufgrund dessen Charley Penn und ich ihm beim Kurzgeschichtenwettbewerb der *Gazette* den ersten Preis verliehen haben. Er schreibt sehr unterhaltsam, findest du nicht auch?«
»So? Ich lese lieber den Gaszähler ab.«
»Jeder wie er will. Aber wenigstens musst du ihm zugestehen, dass er wirklich das Beste aus seinen Möglichkeiten macht.«
»Womit du eine ganz brauchbare Definition für die meisten Verbrechen lieferst.«
»Ich sehe hier keinerlei Bezug zu irgendwelchen Verbrechen.«
»Brillo umzubringen ist kein Verbrechen?«
»Der Fehler, mein lieber Peter, liegt nicht in unserem Fran, sondern im System, das ihn dorthin gebracht hat.«
»Und die Erpressung Haseens, um nach Butlin verlegt zu werden? Und was ist mit Linda Lupin, die er an der Nase herumgeführt hat, damit sie ihn unter ihre Fittiche nimmt? Die dumme Kuh sollte lieber die Augen aufsperren, sonst wird sie noch feststellen, dass sie sich auf ihrem Europäischen Luxusdampfer einen festen blinden Passagier eingehandelt hat.«
»Haseen scheint sich ziemlich unprofessionell benommen zu haben,

sie hat es regelrecht herausgefordert. Und Loopy Linda hat es nicht anders verdient. Außerdem kann sie sich sehr gut um sich selbst kümmern. Zumindest verschwendet sie nicht sonderlich viel Energie darauf, sich um andere zu kümmern.«

Pascoe lächelte. Er wusste, dass sich das Mitleid für Linda Lupin, die Tory-Abgeordnete im Europäischen Parlament und Schreckgespenst aller linken Feministinnen, in sehr engen Grenzen hielt. Dass sie auch die Halbschwester des kürzlich verschiedenen Sam Johnson und dessen einzige Erbin war, hatte Ellie regelrecht schockiert, für Franny Roote jedoch war es offenbar die Gelegenheit gewesen, die er mit beiden Händen ergriffen hatte.

»Und bist du nicht auch ein wenig paranoid?«, fuhr Ellie fort. »Er erzählt dir doch nur, dass für ihn alles bestens läuft, warum sollte er also Groll gegen dich hegen?«

»Wenn für einen Kriminellen alles bestens läuft, dann hat es mit Kriminalität zu tun«, murmelte Pascoe.

»Vielleicht. Aber wo kann sich ein kriminelles Talent ganz legitim besser austoben als im akademischen Bereich?«, sagte Ellie, die, seitdem ihr erster Roman angenommen und sie damit offiziell als schöpferisches Genie anerkannt worden war, manchmal dazu neigte, überaus herablassend auf ihr altes Leben als College-Dozentin zurückzublicken. »Jedenfalls hat er seine Schuld abgebüßt, und wahrscheinlich wäre er dir nie mehr in die Quere gekommen, wenn du nicht auf ihn losgegangen wärst, und das auf nicht besonders feinfühlige Art.«

Das war so ungerecht, dass Pascoe der Atem gestockt hätte, wäre ihm in seinem Leben mit Ellie nicht permanent die Luft weggeblieben.

»Ich habe ihn nur aufgesucht«, sagte er in mildem Tonfall, »weil du bedroht worden bist und er wie ein möglicher Kandidat aussah.«

»Ja, und die anderen Male? Pete, gib zu, du hast Franny Roote immer besonders hart angefasst. Warum? Er muss etwas an sich haben, was speziell dich aufbringt.«

»Nicht dass ich wüsste. Nur dass er eben etwas absonderlich ist. Das musst du doch zugeben! Nein? Gut, betrachten wir es von einer anderen Seite. Findest du es nicht ein wenig verrückt, dass er mir einen Brief wie diesen schickt?«

»Du tust ja glatt so, als wäre es ein Drohbrief«, sagte Ellie. »Obwohl er sehr großen Wert darauf legt, dir zu sagen, dass es kein Drohbrief ist! Was muss er denn noch schreiben?«

»Ein Mann kommt dir in einer dunklen Straße entgegen. Er bleibt vor dir stehen und versichert dir: ›Keine Sorge, ich werde dich nicht vergewaltigen.‹ Wie sicher würdest du dich fühlen?«

»Wesentlich sicherer jedenfalls, als würde er wie Dick Dee splitterfasernackt ein Messer schwingen. Damals konnte der junge Bowler das Schlimmste gerade noch verhindern. Wie geht's ihm übrigens?«

»Sah ganz gut aus, als ich ihn am Donnerstag getroffen habe. Sollte Mitte nächster Woche zurückkommen. Falls er sich am Wochenende nicht übernimmt.«

»Übernimmt? Wobei?«

»Rye Pomona, das Licht seiner Liebe, hat ihn aus Dankbarkeit für ein langes Wochenende in ein nettes, romantisches Hotel in den Peaks eingeladen. Er hat am Donnerstag von nichts anderem gequasselt. Na ja, entweder klappt es dann endlich, oder die Kiste geht in die Brüche.«

»Wie schön muss es sein, wenn man wie du eine immer während pubertäre Ader in sich hat«, sagte Ellie. »Aber es freut mich, dass er alles so gut überstanden hat. Wie geht's dem Mädchen?«

»Komisch, sie sah viel schlechter aus als beim letzten Mal, als ich sie gesehen habe.«

»Wieso komisch?«

»Schließlich war er es, der sich eine Schädelfraktur zuzog und ins Krankenhaus eingeliefert werden musste, wenn du dich erinnern magst.«

»Und sie wäre beinahe vergewaltigt und ermordet worden«, gab Ellie zurück.

Sie schwiegen eine Weile, während jeder über den dramatischen Höhepunkt dieser Geschichte sinnierte, die als der Wordman-Fall bekannt werden sollte. Der Hauptverdächtige, Dick Dee, Leiter der städtischen Bibliothek, hatte seine Assistentin Rye Pomona in eine

abgelegene Hütte aufs Land gelockt. Als DC Hat Bowler, vor Liebe ganz verrückt nach ihr, dies herausfand, stürmte er zu ihrer Rettung davon, Pascoe und Dalziel rasten schleunigst hinterher. Bei Bowlers Ankunft waren Rye und Dee, beide nackt und blutüberströmt, in einen Kampf auf Leben und Tod verstrickt. Im anschließenden Handgemenge gelang es Hat, Dee das Messer zu entwinden und ihm tödliche Wunden zuzufügen, wobei er aber selbst ernsthafte Verletzungen am Kopf erlitt. Pascoe, der als Nächster am Schauplatz eintraf, fürchtete bereits, der junge Mann könnte den Verletzungen erliegen; eine Angst, die von den eigenen Schuldgefühlen noch verstärkt wurde, hatte er sich doch zu sehr von jenem Namen auf der Liste der Verdächtigen ablenken lassen, der nun erneut aufgetaucht war und den ruhigen Lauf der Dinge störte – von Franny Roote.
Er hatte sich damals geirrt, vielleicht übertrieb er jetzt erneut. Ellie jedenfalls war sich dessen sicher.
Sie kam erneut darauf zu sprechen.
»Um auf unseren Fran zurückzukommen«, sagte sie. »Jetzt beginnt die Jahreszeit der Freude und der Liebe, behauptet jedenfalls die Fernsehwerbung, die Jahreszeit, in der man mit Menschen in Kontakt tritt, auch wenn sie in Zeit und Raum ganz fern sind, deshalb auch diese vielen Karten, die einen noch verblöden lassen und bei denen du mir übrigens helfen könntest, sie zu öffnen. Es ist die Zeit, in der man seine Beziehungen und sein ganzes Leben wieder neu ordnet. Was ist also so seltsam daran, wenn Roote das ebenfalls will, nachdem es für ihn momentan doch so gut läuft?«
»Okay, ich strecke die Waffen«, sagte Pascoe. »Ich nehme Rootes Versöhnungsangebot an. Aber ich werde ihm keine Weihnachtskarte schicken. Mein Gott, schau nur, wie groß diese hier ist!«
Er riss den Umschlag auf und entnahm ihr die Reproduktion irgendeines angeblichen alten Meisters. Zu sehen war eine Bande Schafdiebe, die verständlicherweise alarmiert in einen Lichtstrahl aufblickte, der von einem Polizeihubschrauber stammen könnte und um den eine Girlie-Jazz-Band herumtanzte.
»Und wer zum Teufel ist Zipper? Auch noch mit drei Küssen«, fragte er und öffnete die Karte. »Wir schicken doch niemandem eine

Karte, der Zipper heißt, oder? Ich hoffe doch sehr, dass wir das nicht tun.«

»Zipper. Kommt mir irgendwie bekannt vor. Lass mal sehen ...« Ellie drehte den Umschlag um. »Scheiße. Er ist an Rosie adressiert. Zipper, das war der kleine Junge, den Rosie in den Ferien so in Anspruch nahm. Seine Eltern sind irgendwelche großkotzigen Torys. Wir sollten den Umschlag wieder zukleben, sonst verklagt sie uns noch beim Europäischen Gerichtshof für Menschenrechte.«

»Warum werfen wir ihn nicht einfach in den Müll? Es geht doch nicht an, dass sich unsere Tochter in den falschen Kreisen herumtreibt, oder?«

Ellie ignorierte seinen Kommentar. »Es ist ihr erster Liebesbrief. Mädchen hüten solche Sachen. Ich bringe ihn hoch und sag ihr, dass sie schon mal den Mantel anziehen soll. Und du solltest langsam den Wagen anwerfen, vorausgesetzt, du kannst dich von deiner eigenen Fanpost losreißen. Du weißt doch, wie das an einem so kalten Morgen ist. Du solltest dich wirklich mehr darum kümmern.«

Eine himmelschreiende Ungerechtigkeit. Pascoes Wagen fror nachts nur deswegen draußen ein, weil Ellies altertümliches Gefährt nach dem Grundsatz, wer als Erster kommt, auch als Erster beschützt wird, meist die Garage okkupierte.

»Warum bringst du sie nicht hin«, sagte er, »wenn deine Rostschüssel doch so wunderbar schnurrt?«

»Geht nicht. Ich bin um zehn mit Daphne auf einen Kaffee im Estotiland verabredet, und danach werden wir uns voller Todesverachtung in die Weihnachtseinkäufe stürzen. Außer du willst tauschen?«

»Dich gegen Daphne, meinst du? Wäre vielleicht keine so schlechte Idee ... tut mir Leid! Aber Rosie möchte vielleicht Miss Wintershine gegen Estotiland tauschen.«

Estotiland war ein riesiger Vergnügungs- und Einkaufsstempel (dessen Konzept von Rory und Randy Estoti, einem kanadischen Bruderpaar, entwickelt worden war) und lag auf einem aufgelassenen Industriegelände an der Grenze zwischen South- und Mid-Yorkshire. Die Estotis brüsteten sich damit, dass Estotiland alles bot, was

Männer, Frauen und Kinder begehrten. Der Laden war so kundenfreundlich wie nur möglich, enthielt neben den Ladenzeilen, die sich über mehrere Stockwerke erstreckten, Clubs und Sporteinrichtungen, wobei die Junior Jumbo Burger Bar und die dazugehörigen Spielbereiche sich zur ersten Adresse für die Partys der Kids entwickelt hatten.

»Das Mädchen will ein Wunderkind werden, also soll sie es auch werden«, sagte Ellie, die so vieles von sich selbst in Rosie sah, um gegen deren Launen gewappnet zu sein. »Ich mach ihr mal Beine.«

Sie verließ das Zimmer. Pascoe schob sich das letzte Stück Toast in den Mund, leerte die Kaffeetasse, steckte Rootes Brief in die Tasche und ging zu seinem Wagen.

Wie vorhergesehen widerstrebte es der Karre anzuspringen, worin sie sich kaum von Pascoe unterschied, nur ihr morgendlicher Husten war noch schlimmer. Irgendwann zwischen dem dritten und vierten Keuchanfall stieg Rosie ein und setzte sich auf den Beifahrersitz. Schweigend saß sie eine Weile lang da, bevor sie in ihrer edelmütigen, leidenden Märtyrerstimme sagte: »Wenn ich mit Mum fahre, komme ich nie zu spät.«

»Komisch«, sagte Pascoe. »Ich hab da die genau gegenteilige Erfahrung. Er kommt!«

Der Keuchhusten verwandelte sich in ein Stottern, dann in ein rhythmisches Rattern und schließlich in etwas, was dem Klang einer Verbrennungsmaschine entsprach, die bereit war, ihrer Aufgabe nachzukommen.

»Dann wollen wir mal sehen, wer zu spät kommt«, sagte Pascoe.

Ms. Wintershine wohnte in der St. Margaret Street, was unglücklicherweise bedeutete, dass die Hauptstraße ins Stadtzentrum zu nehmen war. Zunächst kamen sie gut voran, dann begann sich der Verkehr zu verdichten.

»Mein Gott«, sagte Pascoe. »Es findet doch kein Fußballspiel oder so was statt, oder?«

»Das sind die Weihnachtseinkäufer«, sagte Rosie. »Mum sagt, wir hätten viel früher losfahren sollen.«

»Viel früher warst du nicht fertig«, erwiderte Pascoe. Damit hätte er punkten können, wenn er mit laufendem Motor in der Einfahrt auf Rosie hätte warten müssen.

Allmählich wurde der Verkehr zähflüssig, geriet schließlich ins Stocken, dann kam er ganz zum Erliegen.

Rosie sagte nichts. Von ihrer Mutter hatte sie jedoch die Fähigkeit geerbt, durch ein kaum wahrnehmbares Anspannen der Nasenmuskulatur ein unüberhörbares »Ich hab's dir doch gesagt« zu vermitteln.

»Okay«, sagte Pascoe. »Dann machen wir was, was deine Mutter nicht kann.«

Er fasste nach hinten auf den Rücksitz, ergriff das magnetische Blaulicht, kurbelte die Scheibe nach unten, knallte es aufs Dach und bog in die leere Busspur zu seiner Linken ein.

Mit heulender Sirene, blitzendem Warnlicht raste er am stehenden Verkehr vorbei.

Ihre Freude über diese Wendung der Ereignisse brachte Rosie dadurch zum Ausdruck, dass sie bis über beide Ohren strahlte und wie verrückt den Leuten in den feststeckenden Autos zuwinkte.

»Tu mir einen Gefallen, Liebes«, sagte Pascoe. »Hör auf, dich wie die Königinmutter zu benehmen. Setz entweder ein Gesicht auf wie ein Kind, das im Sterben liegt und schleunigst ins Krankenhaus gebracht werden muss, oder wie eine gefährliche Schwerverbrecherin auf dem Weg ins Gefängnis.«

Als sie in die St. Margaret Street einbogen, sah er mit einiger Genugtuung an der Uhr der St. Margaret's Church, dass sie fast noch fünf Minuten hatten. Da alle Parkplätze vor dem Haus besetzt waren, bog er in den für die Leichenwagen reservierten Platz vor der Kirche ein, schaltete die Sirene aus und sagte zu Rosie: »Hier sind wir. Zu früh.«

Sie drückte ihm einen hastigen Kuss auf die Wange. »Danke, Dad. Das war toll.«

»Ja, und tu mir noch einen Gefallen. Sag deiner Mum nichts davon. Wir sehen uns in einer Stunde.«

Er sah ihr nach, wie sie über den Bürgersteig lief, auf der obersten Stufe, die zum Haus führte, stehen blieb, ihm zuwinkte und im Eingang verschwand.

Er entspannte sich in seinem Sitz. Was jetzt? Bei dem Verkehr hatte es keinen Sinn, nach Hause zu fahren. Er hätte sich, kaum dort angekommen, sofort wieder in den Wagen setzen und zurückkehren müssen. Für Hochzeiten und Beerdigungen war es noch zu früh, er konnte also genauso gut hier warten. Etwas zu lesen wäre nett gewesen. Er hätte sich die Zeitung mitnehmen sollen. Oder ein Buch. Alles, was er hatte, war Franny Rootes Brief.
Er zog ihn aus der Tasche und begann ihn von neuem zu lesen.
Vor seinem geistigen Auge sah er das blasse ovale Gesicht mit den dunklen, starren Augen, denen es gelang, mitfühlend und spöttisch zugleich zu wirken, gleichgültig, ob er dabei ihm, Pascoe, gerade eins über den Schädel zog, mit aufgeschlitzten Handgelenken in der Badewanne lag oder lediglich bemerkte, welch schöner Tag doch sei.
Musste er sich in seiner Beziehung zu Roote irgendetwas vorwerfen? Hatte das legitime Verhör des Mannes bei der Ausübung seiner ermittlerischen Pflichten den Beigeschmack des Schikanösen an sich gehabt?
Nein!, sagte er sich wütend. Wenn hier jemand schikaniert wurde, dann doch eher er, Pascoe. Die Besessenheit lag einzig und allein auf Seiten Rootes. Und warum zum Teufel machte er sich überhaupt Gedanken um ihn? In diesem Moment würde der Dreckskerl den Aufsatz des verstorbenen Sam Johnson über *Death's Jest-Book* vortragen.
»Hoffentlich bekommt er dabei Schluckauf!«, murmelte Pascoe und starrte auf die Kirche, als wollte er sie dazu herausfordern, seine fehlende Nächstenliebe zu verdammen.
Und musste feststellen, dass er dabei geradewegs in jene dunklen, starren Augen blickte.
Roote stand auf dem Weg, der an der Kirche entlangführte und von einem großen Gedenkkreuz aus verwittertem weißen Marmor teilweise verdeckt wurde. Die Entfernung betrug etwa zehn bis zwölf Meter, der mitfühlend-spöttische Gesichtsausdruck allerdings war so klar zu erkennen wie auf einer Nahaufnahme.
Die Kirchturmuhr begann die Stunde zu schlagen.

Zwei Glockenschläge lang sahen sie sich an.

Dann wollte Pascoe die Wagentür aufreißen, musste feststellen, dass er zu nah an einer verschrumpelten Eibe geparkt hatte, weshalb er zum Beifahrersitz hinüberhechtete und sich zur Tür hinausdrängte.

Als er sich aufrichtete und zur Kirche blickte, ertönte der neunte Schlag der Glocke.

Der Kirchhof war leer.

Er ging durch das Tor und eilte den Weg entlang, am weißen Kreuz vorbei zur Rückseite des Kirchengebäudes.

Nichts. Niemand.

Er kehrte zum Kreuz zurück und betrachtete den Boden. Das Gras war noch vom morgendlichen Reif überzogen, Fußspuren waren keine zu erkennen.

Dann sah er nach oben und betrachtete die Kreuzinschrift.

Es war dem Andenken eines gewissen Arthur Treebie gewidmet, der im Alter von zweiundneunzig Jahren das irdische Tränental verlassen hatte, sehr betrauert von seiner gewaltigen Familie und der Armee von Freunden. Treebie, der möglicherweise um die Lücke wusste, die er hinterlassen würde, hatte sich den trostreichen Text vielleicht selbst ausgesucht:

»*Sehet, ich bin überall bei euch, bis ans Ende der Welt.*«

Pascoe las es, fröstelte, sah sich erneut auf dem leeren Friedhof um und eilte zurück in die tröstliche Wärme des Wagens.

In den frühen Stunden an diesem Samstagmorgen war Detective Constable Hat Bowler aus einem Traum erwacht. Seit dem Vorfall, bei dem er sich seine schweren Kopfverletzungen zugezogen hatte, von denen er sich offiziell noch erholte, wurde er immer wieder von düsteren Albträumen heimgesucht, in denen er erneut mit der nackten, blutig-glitschigen Gestalt des Wordman kämpfte. Im Unterschied zur Wirklichkeit wurde er in diesen Träumen stets bezwungen, lag nur hilflos da, während über ihm sein Gegner unaufhörlich mit einer schweren Kristallschale auf ihn einschlug, bis er das Bewusstsein verlor und die verzweifelten Schreie Rye Pomonas durch seinen geborstenen Schädel hallten. Und wenn er aufwachte, in ein Knäuel schweißgetränkter Laken gewickelt, waren es die Erinnerung an diese Schreie sowie seine Schmerzen und die Angst, die er aus der Finsternis mit sich brachte.

Auch diesen Morgen erwachte er in einem Knäuel schweißgetränkter Laken und der Erinnerung an Ryes Schreie, aber diesmal spürte er nicht Angst und Schmerzen, sondern Liebe und Freude.

Er hatte geträumt, in einem Hotelbett zu liegen, sein Körper eine brennende Fackel in der kalten, kalten Ödnis umsichtiger Behutsamkeit, in der er sich gefragt hatte, ob es klug oder idiotisch gewesen war, die Sache mit Rye nicht zu einer definitiven Entscheidung, Zustimmung oder Ablehnung, vorangetrieben zu haben, als er die Tür aufgehen hörte und im nächsten Moment die Wärme eines weichen nackten Körpers mit der seinen verschmolz und eine Stimme ihm ins Ohr murmelte: »Gott sei Dank herrscht hier Gleichberechtigung.« Und dann sagte sie nichts mehr bis zu den finalen wortlosen, aber ach so ausdrucksstarken Schreien, die den Höhepunkt ihrer leidenschaftlichen Vereinigung anzeigten.

Er stöhnte leise bei der süßen Erinnerung an diesen Traum, versuchte sich zu entspannen und wieder in den glücklichen Schlummer zu fallen, drehte sich im breiten Bett um und schreckte, hellwach, hoch.

Sie war da. Entweder träumte er noch immer, oder ...

Sie legte die Arme um ihn und zog ihn nach unten.

»Wie geht's deinem Kopf?«, flüsterte sie.

»Weiß nicht. Ich glaub, ich hab Wahnvorstellungen.«

»Dann sollten wir uns doch gleich noch mal dem Wahnsinn hingeben!«

Wenn das ein Traum war, würde er liebend gern für immer schlafen.

Danach lagen sie eng ineinander verschlungen, lauschten, wie das Hotel zum Leben erwachte und daraufhin die Vögel, die an einem Morgen, der so dunkel war wie dieser, später munter wurden als die Menschen.

»Was war das?«, fragte sie.

»Ein Goldfink.«

»Und das?«

»Eine Misteldrossel.«

»Ich mag Männer, die mehr wissen als ich«, sagte sie. »Hungrig?«

»Was schwebt dir vor?«

»Würstchen, Speck und Eier, zum Anfang.«

Sie rollte sich von ihm weg, hob den Telefonhörer ab und wählte.

Er hörte zu, wie sie das komplette englische Frühstück für zwei Personen auf sein Zimmer bestellte.

»Ist dir das denn überhaupt nicht peinlich?«, fragte er.

»Glücklicherweise nicht«, sagte sie. »Oder hast du etwa letzte Nacht geplant, mich zu überraschen?«

Er schüttelte den Kopf. »Nein, tut mir Leid. Ich wollte es, mein Gott, und wie ich es wollte! Aber irgendwie hab ich Muffensausen bekommen ...«

»Wie?«, sagte sie neugierig. »Du bist mir nie als der Typ vorgekommen, der noch als Jungfrau in Rente geht.«

»Nein? Na ja, gewöhnlich ... nicht dass es da sonderlich viele gegeben hätte ... aber in den meisten Fällen hat es einfach keine Rolle gespielt, abgewiesen zu werden, meine ich. Manchmal verliert man, manchmal gewinnt man, so ist das eben. Aber bei dir hatte ich Angst, ich würde alles verlieren, wenn ich zu sehr dränge. Ich wollte sichergehen, dass du mich magst.«

»Das Mädel organisiert einen dreitägigen Urlaub in einem romantischen Landhotel, und du bist dir nicht sicher?«, sagte sie ungläubig.

»Na ja, ich dachte ... und dann waren wir hier, und du hast zwei Zimmer gebucht.«

»Sicherheitsmaßnahme, für alle Fälle ... jedenfalls war es deine Rolle, enttäuscht auszusehen und zu sagen, ›hey, brauchen wir wirklich zwei Zimmer?‹«

»Oh, ich war enttäuscht«, sagte er grinsend. »Wäre ich im Dienst gewesen, wäre ich sofort raus, hätte die ersten zehn Personen, die es gewagt hätten zu lächeln, vom Fleck weg verhaftet und sie angeklagt, weil sie glücklich sind. Also, enttäuscht ja, aber nicht richtig überrascht.«

»Das heißt?«

»Das heißt, in den vergangenen Wochen hast du mich umsorgt, du hast dich um mich gekümmert, es hat viel Spaß gemacht, mit dir zusammen zu sein, trotzdem hatte ich immer das Gefühl, dass es eine Art Grenze gibt, du weißt schon: Bis hierhin ist alles in Ordnung, aber nur einen Schritt weiter, und du kannst dich verziehen, Kumpel! Drücke ich mich verständlich aus?«

Sie hörte ihm stirnrunzelnd zu.

»Du glaubst, ich wollte es dir bewusst schwer machen?«

»Ist mir so durch den Kopf gegangen«, gestand er. »Aber es schien nicht zu dir zu passen. Obwohl, vor ein paar Wochen, als alles so toll lief ... du erinnerst dich? Und ich dachte, diese Nacht, jetzt klappt es! Und dann hast du Kopfschmerzen bekommen! Mein Gott!, dachte ich. Kopfschmerzen! Wie abgedroschen!«

»Du treibst dich mit zu vielen unehrlichen Leuten rum, Hat«, sagte sie. »Wenn ich sage, ich habe Kopfschmerzen, dann habe ich Kopfschmerzen. Du meinst also, weil ich nicht bei der ersten Gelegenheit mit dir ins Bett springe, müsse ich ... was sein? Was hast du dir in diesen letzten Wochen nur gedacht, Hat?«

Er sah weg, dann blickte er ihr direkt in die Augen. »Manchmal dachte ich, na ja, vielleicht bist du dankbar für das, was geschehen ist. Vielleicht ist das die Grenze, bis zu der du in deiner Dankbarkeit gehen willst, aber nicht weiter. Nun, auf Dauer hätte mir das nicht gereicht, aber ich war noch nicht bereit, das Risiko einzugehen, dass du es auch offen aussprichst. Also, so sieht der schlaffe Wichser aus, auf den du dich eingelassen hast.«

»Schlaff, vielleicht, aber das Wichsen kannst du dir jetzt sparen, was, Constable?«, sagte sie und zog ihn zu sich heran. »Ich liebe dich, Hat. Von jetzt an bist du bei mir in Sicherheit.«

Was Hat selbst in Zeiten der Gleichberechtigung als eine etwas seltsame Formulierung erschien. Doch er wollte sich nicht beschweren, und tatsächlich fühlte er sich in ihren Armen so rundweg unverwundbar gegenüber allem, was das Schicksal ihm entgegenschleudern wollte – und sollte es in Gestalt des berserkerhaft tobenden, fetten Andy Dalziel daherkommen –, dass sie vielleicht sogar das Recht hatte, so etwas zu sagen.

in Schneesturm tost über die öde Landschaft, Donner grollt, Wölfe heulen. Weit in der Ferne eine Bewegung. Langsam teilt sich das Schneetreiben, der Betrachter erkennt ein Pferd, nein, drei Pferde, die einen Schlitten ziehen. Als dieser sich nähert, werden die Insassen sichtbar, ein Mann und eine Frau und zwei Kinder, alle lächeln, und während der tobende Sturm abflaut und von den anschwellenden Tönen von Prokofjews »Troika« abgelöst wird, ändert sich die Perspektive, über den auf und ab hüpfenden Köpfen der Pferde sieht man die Türme und Kirchen einer Kleinstadt, die aus der weißen Ebene auftaucht, und darüber spannt sich leuchtend wie ein Nordlicht das Wort ESTOTILAND.

»Weihnachten beginnt im Estotiland«, intoniert eine Stimme, als wäre sie die Stimme einer transatlantischen Gottheit. »Hier im Estotiland macht das Shoppen so viel Spaß, dass man es gar nicht mehr lassen kann. Und nicht vergessen, Estotiland ist von acht bis zweiundzwanzig Uhr geöffnet, am Sonntag ebenfalls ganztags. Also, Kinder, sagt eurer Mom und eurem Dad, sie sollen das Pony vor den Schlitten spannen und gleich morgens rausfahren. Aber passt auf! Es könnte sein, dass ihr nie mehr nach Hause wollt!«

Die Musik schwillt an, während der Schlitten, der nun an der Spitze einer breiten Kolonne vieler anderer Schlitten steht, diese alle in die funkelnde Stadt führt.

»Was für ein Scheiß«, bemerkte Andy Dalziel von der Wohnzimmertür aus.

»Andy. Hab dich gar nicht kommen hören.«

»Kein Wunder bei der Lautstärke. Bekomm ich einen Kuss, oder verpasst du dabei deine Lieblingswerbung?«

Er beugte sich über das Sofa und drückte Cap Marvell einen Schmatz auf die Lippen, den eine weniger zugeneigte, weniger unverwüstliche Empfängerin als einen veritablen Hieb empfunden hätte.

Die Werbeunterbrechung wurde beendet, eingeblendet wurde der Moderator des Frühabendprogramms von Ebor TV, der fast bis zur Schulter in einem sehr, sehr weichen Armsessel versank.

»Hier sind wir wieder«, sagte er. »Und ich darf Sie daran erinnern, dass unser heutiger Gast ein wahres Multitalent ist, es ist der Anwalt, Initiator zahlreicher Wohltätigkeitsveranstaltungen und Historiker Marcus Belchamber.«

Die Kamera zeigte einen Mann im besten Mannesalter. Er trug ein makellos geschnittenes Dinnerjacket und saß wie der Moderator in einem tiefen Sessel, ohne dass bei ihm die Gefahr bestand, dass ihm seine aufrechte Haltung oder sein konzentrierter Gesichtsausdruck abhanden kommen könnte. Er hatte graue Augen, einen festen Blick, der Kopf entsprach der Idealform eines römischen Senatorenhauptes, darauf grau melierte Locken, eine perfekte Frisur, als wäre sie wirklich vom Meißel des Maestro höchstselbst hindrapiert worden und nicht den Fertigkeiten eines Friseurs zu verdanken. Kurz: ein Gentleman, dem man absolut vertrauen konnte.

Dalziel presste einen Furzlaut durch die Lippen.

»Was dagegen, Liebling, wenn ich mir das ansehe?«, sagte Cap.

»Ich hol uns einen Drink«, sagte der Dicke und stapfte in Richtung Küche.

Er und Cap Marvell wohnten nicht zusammen. Ab einem bestimmten Reifegrad ihrer Beziehung hatten sie jedoch die Schlüssel ausgetauscht, und zu den Freuden der Heimkehr gehörte für Dalziel nun auch die Möglichkeit, dass das Licht brannte, im Kamin ein Feuer flackerte und Cap auf seinem Sofa saß oder in seinem Bett schlief. Sie versicherte ihm, dass sie dieselben Gefühle hege. Das Privileg, ihre Wohnung zu betreten, übte er allerdings mit großer Umsicht aus, nachdem er eines Tages vom Schrei einer durchreisenden und als Gast im Haus weilenden Nonne geweckt wurde, als er splitterfasernackt auf dem Läufer vor dem Kamin genächtigt hatte.

Aus dem Wohnzimmer ertönte die Stimme des Moderators.

»Bevor wir uns, Marcus, über den Weihnachtsfonds für benachteiligte Kinder unterhalten, dem Sie dieses Jahr vorstehen, möchte ich kurz mit Ihnen über etwas reden, was auf Ihre Initiative hin in den nächsten Wochen Kindern sowie Erwachsenen zugänglich sein wird. Denn nun ist es möglich, für viele von uns wohl zum letzten Mal, den Elsecar-Schatz zu sehen. Allen, die es noch nicht wissen, möchte ich sagen, dass Marcus neben seinen vielen anderen Tätigkeiten auch Präsident der Archäologischen Gesellschaft von Mid-Yorkshire ist und landesweit, wenn nicht sogar international, als einer der angesehensten Experten über Yorkshire unter der römischen Besatzung gilt.«

»Sie sind zu liebenswürdig«, antwortete Belchamber mit seinem tiefen Timbre, das manche nicht unschmeichelhaft mit der Stimme des verstorbenen Richard Burton verglichen hatten.

»Vielleicht sollten Sie uns ein wenig über die Hintergründe erzählen – falls es in der Grafschaft noch irgendjemanden geben sollte, der mit dieser Geschichte nicht vertraut ist.«

»Gewiss. Der Elsecar-Schatz ist wahrscheinlich der historisch wertvollste Schatz in Yorkshire, streng genommen allerdings – und darin liegt der Kern des Problems, das vor etwa einem Jahr auftauchte – gehört er nicht Yorkshire, sondern der Familie Elsecar. Der erste Baron Elsecar eroberte sich gegen Ende des Rosenkrieges in der Grafschaft eine gewisse Machtstellung. In den nächsten drei Jahrhunderten gelangte die Familie zu Ansehen und Reichtum, aufgrund ihrer von Haus aus gepflegten konservativen Einstellung in Bezug auf wirtschaftliche Dinge traf sie die industrielle Revolution allerdings völlig unvorbereitet. Noch zu Zeiten Viktorias hatten sie ziemlich zu kämpfen. Der größte Teil ihres Landbesitzes, der, wie sich später herausstellte, reich war an Mineralien und Kohlevorkommen, musste zu niedrigen landwirtschaftlichen Bodenpreisen verkauft werden, um die Schulden zu bezahlen.

1872, als der achte Baron einen morastigen Abschnitt seiner wenigen noch verbliebenen Ländereien trockenlegen ließ – in der völlig aussichtslosen Hoffnung, dort Kohle zu finden, wie ihm jeder kompetente Geologe hätte versichern können –, stießen seine Arbeiter auf eine Bronzekiste.

Es stellte sich heraus, dass sie eine große Menge römischer Münzen enthielt, von denen die Mehrzahl aus dem vierten Jahrhundert stammte, dazu, was noch wichtiger ist, zahllosen Zierrat unterschiedlichster Herkunft. Es fanden sich einheimische keltische Schmuckstücke, daneben welche aus dem Mittelmeerraum und dem Orient. Besonders auffällig war ein goldenes Diadem aus zwei ineinander verschlungenen Schlangen …«

»Ach ja«, unterbrach ihn der Moderator, der wie alle TV-Persönlichkeiten unter der schrecklichen Vorstellung litt, er würde sofort aufhören zu existieren, wenn er nicht lange genug im Bild blieb. »Das ist also das Schlangendiadem, richtig? Gehörte sie nicht irgendeiner Königin der Brigantinen?«

»Der Herrscherin über die Briganten, was nicht ganz das Gleiche ist«, murmelte Belchamber manierlich. »Es handelte sich um Cartimandua, die Caractacus an die Römer verriet. Ihre Verbindung zu diesem Diadem ist jedoch äußerst fragwürdig und beruht, wegen ihres Verrats, wohl mehr auf viktorianischen Horrorgeschichten als auf gesicherten historischen Fakten. In unserer christlichen Gesellschaft stehen Schlangen für Falschheit und Verrat. In der keltischen Kunst aber tragen sie, wie Sie sicherlich wissen, eine ganz andere symbolische Bedeutung …«

»Ja, natürlich«, kam es vom Moderator. »Eine ganz andere Bedeutung. Genau. Aber dieser Schatz, woher stammt er wirklich? Und ist das alles nicht einfach eine Frage des Finderlohns?«

»Vor dem Gesetz gibt es keine einfachen Fragen«, sagte Belchamber lächelnd.

»Das kannst du laut sagen, du Drecksack«, murrte Dalziel in der Küche.

»Die Gelehrten vermuten, dass der Schatz zur Sammlung eines bedeutenden und weit gereisten römischen Beamten gehörte, der sich, ob zufällig oder in voller Absicht, ziemlich isoliert in Britannien wiederfand, wo die römische Herrschaft bereits früh im fünften Jahrhundert zusammenbrach. Die große juristische Frage lautete nun: War der Schatz von seinem Eigentümer vorsätzlich versteckt worden, weil dieser es vielleicht für geraten hielt, seine Reichtümer zu verbergen, bis ruhigere Zeiten anbrachen – in diesem Fall würde es sich um einen herrenlosen Schatzfund handeln, der der Krone zu-

stünde; oder ging der Schatz verloren, oder wurde er einfach vergessen, in welchem Fall er das Eigentum des Landbesitzers wäre. Zur Freude der Elsecars wurde der Fall zu ihren Gunsten entschieden, nachdem bei weiteren Drainagearbeiten die Überreste eines Radkarrens gefunden wurden. Dies ließ darauf schließen, dass die Kiste während des Transports Opfer eines Unfalls oder eines Hinterhalts wurde, bei dem der Karren umkippte und im Sumpf versank.«
»Damit also gehört er ohne Frage ihnen? Warum haben sie ihn nicht sofort verkauft, wenn es ihnen so schlecht ging?«, fragte der Moderator.
»Weil das Glück wie das Unglück selten allein kommt. Etwa zur selben Zeit angelte sich der rechtmäßige Erbe der Baronswürde eine reiche amerikanische Erbin, worauf sie den Schatz im Tresorraum einer Bank einlagerten, um ihn für schlechtere Zeiten aufzubewahren ...«
»Die jetzt angebrochen sind«, unterbrach der Moderator, der von seinem Produzenten unmissverständlich signalisiert bekam, die Sache um Gottes willen endlich voranzutreiben.
Dalziel erging es ebenso. Er war mit den Drinks zurückgekehrt, hatte sich neben Cap auf dem Sofa niedergelassen und starrte mit so finsterer, hasserfüllter Miene auf den Bildschirm, wie er sie sich sonst nur für siegreiche walisische Rugbymannschaften aufsparte.
»Lord Elsecar hat den Schatz zum Verkauf ausgeschrieben«, fuhr der Moderator im Galopp fort. »Das beste Angebot stammt bislang aus Amerika, dem Britischen Museum wurde allerdings die Möglichkeit eingeräumt nachzuziehen. Doch trotz der Gelder aus der staatlichen Lotterie und einem öffentlichen Spendenaufruf fehlt noch ein beträchtlicher Teil der Summe. Als letzte Chance und auf Anregung, um nicht zu sagen, auf Druck der von Ihnen geleiteten Archäologischen Gesellschaft von Mid-Yorkshire haben die Elsecars zugestimmt, den Schatz auf eine Wanderausstellung zu schicken, wobei der Erlös aus den Eintrittsgeldern dem Fonds zur Rettung des Schatzes zugute kommen soll. Wird das reichen?«
Belchamber gab einen hoffnungsvollen, undefinierbaren Laut von sich. Cap Marvell lachte spöttisch.

»Nie und nimmer«, sagte sie. »Es fehlt noch so viel, da müsste schon jeder in Yorkshire fünfmal in die Ausstellung laufen, damit man auch nur in die Nähe der benötigten Summe kommt. Das ist der erste Anwalt, den ich gesehen habe, der nicht rechnen kann!«

»Wunderbar«, sagte der Moderator. »Also, liebe Kulturbeflissene, packen Sie Ihre Familien ein und sehen Sie sich an, mit welchem Geld Ihre Vorfahren in dunkler Vorzeit gezahlt und wofür sie es ausgegeben haben. Der Schatz ist bis Neujahr in Bradford und anschließend bis zum sechsundzwanzigsten Januar in Sheffield zu sehen, dann kommt er nach Mid-Yorkshire. Verpassen Sie ihn nicht! Und jetzt zur Weihnachtsparty. Wie viele Kinder hoffen Sie dieses Jahr beglücken zu können, Marcus?«

Dalziel erhob sich. »Noch einen Drink?«

»Ich hab meinen noch kaum angerührt«, sagte Cap, während sie die Fernbedienung zur Hand nahm und den Ton wegschaltete. »Aber ich wär dankbar für einen kleinen Hinweis. Läuft auf einem anderen Sender ein Wrestling-Programm, das du gern sehen möchtest?«

»Nein. Nur, ich bekomm diesen Arsch, diesen Rülpser, oft genug zu hören, ich muss ihn nicht auch noch in mein Wohnzimmer lassen«, sagte Dalziel.

»Dem entnehme ich, dass er Verbrecher vertritt und seine Sache ziemlich gut macht?«

»Mehr als das«, sagte Dalziel angesäuert. »Er verbiegt das Gesetz, bis es beinahe bricht. Jeder Top-Schurke in der Grafschaft steht in seiner Kundenkartei. Heute Abend wurde es nur deswegen so spät, weil unser einziger Zeuge im Linford-Fall bedroht wurde, und rate mal, von wem Linford vertreten wird?«

»Du willst doch nicht andeuten, dass Marcus Belchamber, der Solicitor, Gentleman, Gelehrte und Philanthrop, herumläuft und Zeugen einschüchtert?«

»Natürlich nicht. Aber ich zweifle nicht daran, dass er es war, der Wally, Linfords Dad, erzählt hat, dass der Fall hoffnungslos ist, es sei denn, sie würden unseren Zeugen zum Schweigen bringen. Jedenfalls, es hat sich als falscher Alarm herausgestellt. Ich hab Wieldy dagelassen, um den Jungen wieder zu besänftigen.«

»Ach ja. Und der Sergeant, kann der das?«
»O ja. Er muss nur erzählen, dass er die ganze Nacht da bleiben wird, wenn sie sich nicht beruhigen. Das reicht dann schon.«
Cap, der es manchmal nicht leicht fiel festzustellen, ob Dalziels politische Unkorrektheiten postmoderne Ironie oder prähistorische Beleidigungen waren, schaltete den Ton wieder an.
»Sie sehen äußerst elegant aus, Marcus«, sagte der Moderator. »Heute noch was vor?«
Belchamber zeigte ein verhaltenes, gequältes Lächeln, mit dem er vor Gericht häufig Ungereimtheiten oder albernes Geschwätz kommentierte, das die Zeugen der Staatsanwaltschaft vorbrachten. »Ich fahre noch nach Leeds zum Dinner der Northern Law Society.«
»Nun, dann trinken Sie hoffentlich nicht zu viel, sonst müssen Sie am Ende noch sich selbst verteidigen.«
»Dann hätte ich einen Dummkopf als Klienten«, sagte Belchamber. »Aber Sie können beruhigt sein. Ich werde die Nacht dort verbringen.«
»War ja nur Spaß! Einen schönen Abend noch! Es war mir eine Ehre, Sie in der Sendung begrüßen zu dürfen. Ladies und Gentlemen, Marcus Belchamber!«
Belchamber federte leicht aus den Tiefen seines Sessels hoch, der Moderator mühte sich heraus, die beiden Männer gaben sich die Hand, und der Anwalt verließ unter begeistertem Applaus die Bühne.
»Ein sehr attraktiver Mann«, provozierte Cap.
»Er wäre noch attraktiver, wenn man ihn auf einen Tauchstuhl schnallen würde«, sagte Dalziel.
»Und hast du sein Dinnerjacket gesehen? Was für ein schöner Schnitt. Verdeckt das Embonpoint, ohne einengend zu wirken. Wenn du ihn das nächste Mal siehst, musst du ihn unbedingt nach seinem Schneider fragen.«
Diese Provokation ging zu weit.
»Genau, Mädel, wenn du nur vorbeigekommen bist, um mir auf die Nerven zu fallen, kannst du dich auf der Stelle wieder in deine hübsche Wohnung verziehen. Weshalb bist du überhaupt hier?«

Sie grinste ihn an und fuhr mit der Zunge über den Rand ihres Glases.

»Eigentlich, dachte ich mir, könnte ich auf einen Sprung vorbeischauen, um zu sehen, was du zu Weihnachen haben möchtest«, sagte sie mit sinnlich-träger Stimme.

»Darüber muss ich erst noch mindestens dreißig Sekunden nachdenken«, sagte Dalziel. »Aber es ist keine Mandarine in einem Strumpf, so viel kann ich dir schon verraten.«

etective Sergeant Edgar Wield war guter Laune, als er auf seine alte, aber erstklassig erhaltene Triumph Thunderbird stieg, einige Male den Motor hochjagte und sich mit diesem ziemlich unnötigen Crescendo von der Mid-Yorkshire Central Police Station verabschiedete. Einige uniformierte Constables, die den Hof betraten, sprangen respektvoll zur Seite, als er an ihnen vorbeiröhrte. Für die meisten seiner jüngeren Kollegen war er noch immer ein Mysterium. Aber ob man ihn nun, wenn er mit hundertfünfzig Sachen auf dem Grünstreifen der M1 dahinjagte, als alternden Rocker ansah, der die Hühner lebend verspeiste, oder den Gerüchten glaubte, denen zufolge er die Obermatrone einer Transvestitengemeinschaft im finstersten Eendale war, man ließ sich nicht das Geringste anmerken, weder dass man Spekulationen wie diese anstellte noch dass man sich darüber amüsierte. Dalziel war auf seine offene Art Furcht einflößend, Pascoe hatte eiserne Finger in Samthandschuhen stecken, Wield jedoch hatte das Gesicht, das einen noch im Traum verfolgte.

Es war ein langer, letztendlich aber sehr produktiver Tag gewesen. Ein Verdächtiger war schließlich, kurz bevor die Zeit knapp wurde, unter dem Druck von Wields skrupellosem Verhör und seiner undurchdringlichen Miene eingebrochen. Dann, gerade als er gehen wollte, hatte Dalziel ihm den Job aufs Auge gedrückt, Oz Carnwath, den Zeugen im Linford-Fall, davon zu überzeugen, dass der stämmige Typ vor seiner Tür, der unaufhörlich vom Tod faselte, in Wirklichkeit ein Leichenbestatter war, der sich nur in der Haustür geirrt hatte. Der junge Mann schien ganz glücklich zu sein, als Wield ihn verließ und dafür sorgte, dass nachts von Zeit zu Zeit ein Streifenwagen bei ihm vorbeischauen würde. Dann war er in die Dienststelle zurückgekehrt, hatte seine Lederkluft angezogen und die Maschine angelassen, schließlich war er auf dem Nachhauseweg, freute sich auf einen verbrechensfreien Sonntag in Gesellschaft von Edwin Digweed, seinem geliebten Partner. Nichts Besonderes; er zweifelte, dass sie weiter als bis zum Morris kamen, ihrer Stammkneipe, vielleicht spazierten sie auch am Een entlang, dessen Tal sogar mitten im Winter von Natur aus lieblich wirkte, oder sie gingen zur Enscombe Old Hall hinauf, um zu sehen, wie Monte, der winzige Krallenaffe, den er aus einem pharmazeutischen Forschungslabor »gerettet« hatte, mit der kalten Witterung zurechtkam.

Dinge, die, wenn man sie Tag für Tag sieht, einen Tag für Tag erfreuen, müssen schön sein. Oder so ähnlich. Einer von Pascoes kleinen Späßen, die sonst an seinen Ohren vorbeirauschten und kaum eine Spur hinterließen, dieser jedoch war bei ihm hängen geblieben. Als er sich nun daran erinnerte, bemühte er sich abergläubisch, ihn gedanklich nicht mit dem Satz *Ich bin ein sehr glücklicher Mensch* in Verbindung zu bringen.

An der Ampel hielt er an. Vor ihm erstreckte sich verführerisch die Straße an der Westseite des Charter Parks. Parkanlagen sind die Lungen der Stadt. Die Tatsache, dass Mid-Yorkshires Umgebung Natur in Hülle und Fülle aufwies, die noch dazu leicht zu erreichen war und für jeden Geschmack etwas bot, hatte die Gründerväter nicht davon abgehalten, für die Lungenfunktion der Stadt vorzusorgen. Über die Jahre hinweg hatten die Stadtplaner mit unsentimentalem Blick immer wieder gierig auf diese unbezahlbaren Grünflächen geschielt, doch die jedem Yorkshireman eigene Lust auf »Kohle« rangierte bei den für ihn charakteristischen Eigenschaften nur an zweiter Stelle hinter der unbeugsamen Entschlossenheit, dass »das, was mir gehört, mein ist und kein Arsch mir's wegnehmen wird«. Die Stadtplaner mochten versuchen, was sie wollten, keinen Morgen Grund, keinen Spaten Erde, nicht einen Grashalm hatten sie den Besitzern des Charter Parks – der steuerpflichtigen Bürgerschaft – abgerungen. Deshalb erstreckte sich die Straße breit und gerade neben dem Park über eine Länge von einem Kilometer und noch mehr, und auf einer mächtigen Maschine konnte man gut und gerne hundertfünfzig Sachen erreichen, obwohl dann zu bezweifeln war, ob man noch Zeit hatte, ein lebendes Huhn zu verdauen.

Wield kostete den Kitzel der Versuchung. Es war ein ungefährliches

Schwelgen. Im Lauf der Jahre hatte er sich genügend Stärke erworben, um zu widerstehen.

Die Ampel schaltete auf Grün, die Maschine röhrte, aber es war das Brüllen eines alten Löwen, der sagte, er könne das Weißschwanzgnu schon zur Strecke bringen, wenn er denn wollte, alles in allem aber strecke er sich doch jetzt lieber unter einem Busch aus und halte ein Nickerchen.

Der Sergeant fuhr ruhig und gesetzesgetreu an.

Es war seiner langsamen Geschwindigkeit zu verdanken, dass er die versuchte Entführung auf dem Parkplatz bemerkte, der sich fast über die gesamte Länge des Parks hinzog.

Von der Straße durch eine lange Lindenallee abgetrennt, war er im Grunde nichts anderes als eine parallel verlaufende Durchgangsstraße. Tagsüber stellten die Parkbesucher dort der Reihe nach ihre Wagen ab. An einem Sommerabend mochte er ziemlich voll sein, mitten im Winter aber war kaum etwas los, sah man von einem hier und dort geparkten, auffälligen Vehikel ab, dessen beschlagene Scheiben von junger Liebe oder alter Lust kündeten. Als Wield jedoch daran vorbeifuhr, sah er, wie ein Mann einen Jungen in seinen langsam fahrenden Wagen zu zerren versuchte.

Er bremste scharf ab, riss wie ein Speedway-Fahrer schlitternd die Maschine herum, brachte sie wieder hoch und steuerte die Lücke zwischen zwei Linden an, musste feststellen, dass sie bereits von einer Bank besetzt war, richtete die Maschine auf die nächste Lücke aus, fuhr hindurch, verlor auf dem lockeren Schotter ein wenig die Bodenhaftung und hatte zu tun, die Thunderbird wieder unter Kontrolle zu bringen. Die gesamte Zeit über warnte er mit der Hupe vor seinem Kommen. Vorbeugen war besser als Heilen. Das Letzte, was er wollte, war eine Verfolgungsjagd durch die Straßen der Stadt, bei der er mit hoher Geschwindigkeit einem Wagen hinterherhetzen musste, der ein Kind gekidnappt hatte.

Es funktionierte. Vor sich sah er den Jungen auf dem Boden liegen, während der Wagen in einer Staubwolke davonraste, was es unmöglich machte, das Nummernschild zu erkennen, noch dazu, da der Wagen die Lichter nicht eingeschaltet hatte.

Er hielt neben dem Jungen an, der sich mittlerweile in eine sitzende Position aufgerappelt hatte. Er sah wie zehn aus, vielleicht ein wenig älter, sagen wir zwölf. Er hatte große dunkle Augen, schwarze Locken und ein schmales, blasses Gesicht. Er hatte sich durch den Sturz die Hand aufgeschürft und hielt sie nun an den Mund, um sie zu säubern und den Schmerz zu lindern. Er wirkte eher wütend als verängstigt.

»Alles in Ordnung, Junge?«, sagte Wield und stieg ab.

»Ja, glaub schon.«

Er sprach einheimischen städtischen Akzent. Er wollte aufstehen.

»Halt«, sagte Wield. »Irgendwo Schmerzen?«

»Nein. Nur die beschissene Hand.«

»Sicher? Okay. Ganz ruhig.«

Wield ergriff seinen Arm und half ihm auf.

Er zuckte zusammen, als er aufstand, dann bewegte er der Reihe nach alle Glieder, als wollte er zeigen, dass noch alles funktionierte.

»Gut«, sagte Wield. Er fasste in seine Lederjacke und holte das Handy heraus.

»Was machst du da?«, wollte der Junge wissen.

»Informier nur jemanden, damit er nach dem Typen Ausschau hält, der dich da gepackt hat. Weißt du zufällig, was es für ein Wagen war? Sah wie ein Montego aus.«

»Nein. Ich meine, ich hab nicht drauf geachtet. Hör zu, was soll das? Vergiss es einfach. Er ist weg.«

Ein sehr selbstbeherrschter Youngster.

»Junge, vielleicht wirst du die Sache vergessen. Aber das heißt nicht, dass er es nicht wieder versucht.«

»Was versucht?«

»Jemanden zu entführen.«

»Ja ... na ja ...«

Der Junge schob die Hände tief in die Taschen seiner dünnen Windjacke, zog den Kopf ein und schickte sich an wegzugehen. Er wirkte verlassen und verloren.

»Hey, wo willst du hin?«, sagte Wield.

»Was interessiert dich das?«

»Ich mach mir Sorgen, das ist alles«, sagte Wield. »Hör zu, du stehst unter Schock. Du solltest um diese Zeit hier nicht mehr rumlaufen. Spring hinten rauf, ich nehm dich mit.«
Der Junge sah ihn fragend an.
»Wohin?«
Wield überlegte. Ihm anzubieten, dass er ihn nach Hause brachte, wäre vermutlich kein besonders geschickter Zug. Vielleicht trieb er sich deswegen so spät auf der Straße herum, aus Angst vor dem, was ihn zu Hause erwartete. Um das herauszufinden, wäre es das Beste, wenn er sich zurückhielt, mit ihm freundlich plauderte und ihm nicht auf die Nase band, dass er ein Bulle war. Er steckte das Handy weg. Der Wagen wäre mittlerweile sowieso längst verschwunden, und außerdem, was hatte er schon? Einen dunkelblauen Montego, vielleicht.
»Lust auf einen Kaffee oder eine Coke oder so was?«, fragte er.
»Okay«, sagte der Junge. »Warum nicht? Kennst du das Turk's?«
»Kenn ich«, sagte Wield. »Spring auf. Hast du auch einen Namen?«
»Lee«, sagte der Junge, als er das Bein über den Soziussitz schwang. »Und du?«
»Du kannst mich Mac nennen. Halt dich fest.«
Der Junge ignorierte den Ratschlag und saß locker auf dem Sitz, als sähe er keinerlei Notwendigkeit, sich sicher zu verankern. Wield sagte nichts, beschleunigte entlang des Parkplatzes, bis die Linden zu verschwimmen begannen, bremste ab und schwang die Maschine zwischen ihnen hindurch, um zur Straße zurückzukehren. Er lächelte, als er spürte, wie die Arme des Jungen sich um seine Hüfte legten und sich dort festklammerten.
Turk's Café lag im Windschatten des Hauptbahnhofs. Es bot nicht viel, war schmuddelig, am Rand zur Verwahrlosung, hatte aber den Vorteil, dass es bis spät in die Nacht geöffnet hatte, um, so der theoretische Ansatz, hungrige Reisende versorgen zu können, nachdem die Snackbars am Bahnhof früh am Abend ihre Rollläden runterließen. Tatsächlich bestand die nahezu permanent anwesende Stammkundschaft aus einsamen Männern in schäbigen Parkas, die über leere Kaffeetassen gebeugt waren und bei denen wenig darauf hin-

wies, dass sie irgendwohin reisten. Die einzige Person, die irgendwelche Lebenszeichen von sich gab, und das auch nur, um die Kunden schleppend und missmutig zu bedienen, war der mürrische und schweigsame Besitzer, der Türke, der dem Café seinen Namen verliehen hatte und dessen Kaffee Grund genug war, um das Land aus der EU fernzuhalten, Menschenrechtsverletzungen hin oder her, dachte sich Wield, während er dem Jungen zusah, wie er eine Coke trank und in ein Stück klebrigen Käsekuchen biss.

»Also, Lee«, sagte er, »was ist passiert?«

Der Junge sah zu ihm auf. Er hatte, als Wield den Helm abnahm und ihm die ganze Hässlichkeit seines Gesichts präsentierte, angeborene Höflichkeit oder angeborene Gleichgültigkeit an den Tag gelegt, jetzt jedoch musterte er ihn mit scharfem Blick.

»Nichts. Nur 'ne kleine Auseinandersetzung.«

»Hast du den Typen im Wagen gekannt?«

»Spielt das eine Rolle?«

»Könnte eine Rolle spielen, ob es ein Familienvater war oder irgendein Verrückter, der herumkurvt und Kinder kidnappen will.«

Der Junge zuckte die Achseln, kaute auf einem Stück Kuchen herum und spülte es mit Coke hinunter. »Worauf willst du hinaus?«

»Was meinst du?«

»Mischst dich in diese Sache ein.«

»Du meinst, ich hätte einfach weiterfahren sollen?«

»Vielleicht. Die meisten würden es tun.«

»Ich nicht.«

»Okay, die Unterhaltung, das hier …« Er fuchtelte mit der Gabel und dem darauf aufgespießten letzten Kuchenstück in der Luft, bevor er es verschlang. »Wozu das Ganze? Bist du irgendein Wohltäter?«

»Klar«, sagte Wield. »Ich kauf dir noch einen Kuchen und rette damit deine Seele.«

Das amüsierte den Jungen. Wenn er lachte, wirkte er wieder so jung, wie Wield ihn ursprünglich geschätzt hatte. Andererseits machte ihn seine Abgebrühtheit um einige Jahre älter.

»Okay«, sagte er. »Und noch 'ne Coke.«

Wield ging zur Theke. Der Käsekuchen sah aus, als würde er gegen jegliche, jemals aufgestellte Ernährungsregel verstoßen, der Junge allerdings hatte es nötig, dass er ein wenig zulegte. Pass auf, Edgar, nahm er sich selbst auf den Arm. Du denkst schon wie deine Mutter! Ein Gedanke, der ihn dazu veranlasste, für sich ein Schinken-Sandwich zu besorgen. Edwin würde sich wieder reichlich verstimmt zeigen, wenn er noch später als angekündigt nach Hause kam, noch dazu, wenn er mit seinen »abscheulichen Kantinengewohnheiten« den harmonischen Tenor ihrer unverfälschten Küche störte.

Als er wieder Platz nahm, verzog der Junge beim Anblick des Sandwichs das Gesicht. »Das willst du essen? Er macht sie aus den illegalen Einwanderern, die den Trip nicht überleben.«

»Ich riskier es einfach«, sagte Wield. »Gut. Und jetzt zu deiner Seele.«

»Die ist schon längst verraten und verkauft. Was treibst du so?«

»Sorry?«

»Was machst du, um Kohle zu verdienen? Mal sehen ...«

Er nahm Wields linke Hand und strich mit dem Zeigefinger sanft über die Innenfläche.

»Du bist nicht bei der Marine, Mac«, sagte er. »Und ein Gehirnchirurg bist du auch nicht.«

Wield zog abrupter die Hand zurück, als er beabsichtigt hatte. Der Junge grinste.

Er hat mich durchschaut, dachte Wield. Nur ein paar Minuten, und er kennt mich in- und auswendig. Wie kann er so gerissen sein für sein Alter? Und, zum Teufel, welche Signale sende ich aus? Ich habe ihm gesagt, er soll mich Mac nennen! Warum? Weil Wield komisch klingt? Weil nur Edwin mich Edgar nennt? Alles gute Gründe. Nur, keiner hat mich Mac genannt seit ...

Es war die Abkürzung für Macumazahn, der Eingeborenennamen von Allan Quartermain, dem Helden aus vielen von Wield so geliebten H.-Rider-Haggard-Romanen. Der Name bedeutete »Der mit offenen Augen schläft« und war ihm von einem längst vergessenen Liebhaber verliehen worden. Keiner hatte ihn benutzt, bis einige Jahre zuvor ein junger Mann kurz in sein Leben getreten war ...

Er verbannte die Erinnerung an das tragische Ende dieser Beziehung aus seinen Gedanken.
Hier saß kein junger Mann vor ihm, sondern ein Kind, Gott sei Dank war er nie auf Kinder gestanden. Es war an der Zeit, die Sache zu Ende zu bringen und in den häuslichen Frieden und die Sicherheit von Enscombe zurückzukehren.
Er trank aus und schob den Stuhl zurück. »Okay, lassen wir das mit der Rettung deiner Seele und schaffen wir wenigstens deinen Körper nach Hause.«
»Nach Hause? Nee. Es ist ja noch früh am Abend.«
»Nicht für Kinder, die auf der Straße herumlungern und sich mit fremden Männern streiten.«
»Ja, da hast du Recht, es war eine Nacht der fremden Männer, oder? Außerdem bin ich mir nicht sicher, ob ich auf deiner mittelalterlichen Maschine noch mal fahren möchte. Man weiß ja nie, wo du mich hinbringst.«
Wieder dieses wissende Grinsen in seinem Gesicht. Es war an der Zeit, diesen Unfug zu beenden.
Wield zückte seine Brieftasche und zeigte ihm den Polizeiausweis.
»Ich kann dich entweder nach Hause bringen oder in die Zelle, bis wir herausgefunden haben, wo dein Zuhause ist.«
Der Junge betrachtete den Ausweis, er sah nicht sonderlich besorgt aus.
»Willst du mich verhaften oder was?«
»Natürlich werde ich dich nicht verhaften. Ich will nur sichergehen, dass du nach Hause kommst. Und wenn du als Minderjähriger nicht mitspielst und mir deine Adresse nicht nennst, ist es mein Job, sie herauszufinden.«
»Als Minderjähriger?«
Der Junge fasste in seine Gesäßtasche, zog ein dickes Bündel Geldscheine heraus und mit ihm ein zerschlissenes Blatt Papier. Er reichte es Wield. Es war die Fotokopie einer Geburtsurkunde, der Wield entnahm, dass er sich in Gesellschaft von Lee Lubanski befand, eines Einwohners der Stadt, in der dieser neunzehn Jahre zuvor geboren worden war.

»Du bist neunzehn?«, sagte Wield. Er kam sich dämlich vor. Er hätte es sofort an seinem Verhalten erkennen müssen ... aber die Kids heutzutage benahmen sich alle wie Erwachsene ... vielleicht hatte er den Jungen auch nicht mit den Augen eines Bullen gesehen ...

»Ja. Ich hab immer Ärger in Pubs, deswegen trag ich das Ding ja auch mit mir herum. Es ist also nicht nötig, mich nach Hause zu begleiten, Mac. Oder soll ich dich jetzt Sergeant nennen? Ich hätte es schon bemerken müssen, als du von Familienvätern gequasselt hast. Aber du scheinst ... okay zu sein. Du weißt, was ich meine?«

Er lächelte zweideutig.

Wield sah nun alles klar vor sich. »Dieser Wagen ... der Fahrer wollte dich nicht reinziehen, er hat dich rausgestoßen.«

»Stimmt«, sagte Lee. »Ich mach den Park nicht mehr, ich bin jetzt in der gehobenen Preisklasse, jawohl. Aber ich war ein wenig knapp bei Kasse, schlenderte ein wenig rum, und dieser Typ ... na ja, schien in Ordnung zu sein, meinte, der Betrag ist kein Problem, aber er gab mir nur die Hälfte im Voraus, und als wir fertig waren, warf er den Rest aus dem Fenster. Hat mich nicht überrascht, viele sind so, sie lechzen danach, und wenn sie's dann bekommen haben, können sie sich nicht schnell genug aus dem Staub machen. Aber als ich die Scheine aufhob, bemerkte ich, dass zwanzig fehlten. Ich riss die Tür auf, als er wegfahren wollte, und ... na ja, den Rest hast du ja gesehen.«

»Ja, den Rest hab ich gesehen. Warum erzählst du mir das, Lee?«

»Wollte dir nur die Mühe ersparen, dass du nach diesem Montego fahnden lässt. Außer du hast vor, mir mein Geld zurückzuholen? Aber es wird dir sicher nicht gefallen, wenn deine Kumpel mitbekommen, wie falsch du die Situation eingeschätzt hast, oder? Kann mir gar nicht vorstellen, was du dir dabei gedacht hast«, sagte er grinsend.

»Ich auch nicht«, sagte Wield. »Dachte, du steckst in Schwierigkeiten. Na ja, Lee, du steckst in Schwierigkeiten. Aber ich nehme an, das weißt du. Okay, hat nicht viel Sinn, jetzt darüber zu reden, aber wenn du vielleicht mal jemanden brauchst, mit dem du reden willst ...«

Er reichte dem Jungen eine Karte mit seinem Namen und der Nummer seines Diensttelefons.
»Ja, danke«, sagte Lee. Er wirkte überrascht, als hätte er diese Reaktion nicht erwartet. »Doch so eine Art Wohltäter, was, Mac?«
»Sergeant.«
»Sorry. Sergeant Mac. Hör zu, hau jetzt nicht ab, jetzt bin ich dran, dir was zu spendieren. Nimm ein Stück vom Käsekuchen, er ist nicht schlecht. Wirkt vielleicht als Gegengift auf den Immigranten-Schinken.«
»Nein danke. Ich hab nämlich ein Zuhause, wo ich jetzt hinmuss.«
»Du Glücklicher.«
Er klang so wehmütig, dass Wield eine Sekunde lang versucht war, sich wieder zu setzen. Dann bemerkte er die schimmernden, wachsamen Augen unter den langen, halb geschlossenen Wimpern.
»Bis irgendwann, Lee«, sagte er. »Pass auf dich auf.«
»Ja.«
Draußen stieg Wield auf seine Thunderbird, erleichtert, die Gefahr gemieden zu haben.
Durch das verschmierte Fenster des Turk's sah er den Jungen noch immer am Tisch sitzen. Er hatte nun kein Publikum mehr, das er beeindrucken konnte, aber irgendwie wirkte er jetzt noch verlassener und verlorener als sonst.
So leise wie möglich fuhr Wield in die Nacht davon.

Der Ritter

2. Brief, erhalten: Montag, 17. Dez., per Post

St. Godric's College
Cambridge

Samstag, 15. Dez.
Wohnung des Quästors

Mein lieber Mr. Pascoe,

ehrlich, ich hatte nicht vor, Sie ein weiteres Mal zu belästigen, doch sind Dinge geschehen, die ich mit jemandem teilen muss. Ich weiß nicht warum, aber Sie scheinen mir die richtige Person dafür zu sein.
Lassen Sie mich davon erzählen.
Ich ging hinunter zur Begrüßungsveranstaltung im Senior Common Room, in dem sich bereits, wie ich feststellen musste, die Konferenzteilnehmer drängelten. Die Vorräte kostenloser Alkoholika sind bei solchen Veranstaltungen anscheinend begrenzt, weshalb die alten Hasen dafür sorgten, dass sie als Erste an der Quelle waren.
Die Teilnehmer lassen sich grob in zwei Gruppen gliedern. Die eine besteht aus den eher erfahrenen Gestalten, Gelehrten wie Dwight, die sich ihren Ruf bereits erworben haben und in erster Linie darauf bedacht sind, ihr Revier zu verteidigen und andere von ihren Steckenpferden zu stoßen.
Die zweite Gruppe besteht aus den Jungen, die auf dem Sprung sind, verzweifelt darum bemüht, die Fleißpünktchen zu sammeln, die sie für die Teilnahme an solchen Veranstaltungen erhalten, wo sie Vorträge präsentieren oder bei den anschließen-

den Diskussionen durch polemische Kommentare aufzufallen hoffen.

Ich vermute, ein oberflächlicher Beobachter hätte mich dieser letzteren Gruppe zugerechnet, mit einem großen Unterschied allerdings – sie alle hatten den Fuß bereits auf der akademischen Leiter, und mochte die Sprosse noch so niedrig sein.

Natürlich nahm ich das alles nicht mit einem Blick wahr, so wie Sie es getan hätten. Nein, aber was ich sah und hörte, verband ich mit dem, was mir Sam Johnson in der Vergangenheit erzählt und was mir der liebe alte Charley Penn vor kurzem in satirischen Farben ausgemalt hatte, nachdem er erfuhr, dass ich an meinem ersten, wie er es nannte, »Gaudium« teilnehmen sollte.

»Vergiss nicht«, sagte er. »Mag dein Akademiker noch so domestiziert aussehen, seinem Instinkt und seiner Ausbildung nach ist er ein Anthropophag. Egal was auf der Speisekarte steht, du bist auf jeden Fall drauf!«

Anthropophag. Charley liebt solche Wörter. Wir spielen noch immer Paronomania, trotz der schmerzlichen Erinnerungen, die sich dabei einstellen.

Aber wo war ich stehen geblieben?

Ah ja, aufgrund solcher Vorwarnungen – und der zurückliegenden Erfahrung im Chapel Syke, in das ich mit noch weniger Vorbereitung geworfen worden war – fühlte ich mich durchaus in der Lage, in diesen neuen Gewässern zu überleben. Tatsächlich musste ich noch nicht einmal etwas dafür tun. Anders als im Syke, wo ich den Rattenkönig aufzusuchen und mich ihm dienstbar zu machen hatte, strebte er hier im God's suchend auf mich zu.

Als ich unsicher im Türrahmen stand, konnte ich in dem dichten Gedränge nur eine mir bekannte Person ausmachen: Dwight Duerden. Er sprach mit einem langen, hageren Mann, der sich durch eine Plantagenet-Physiognomie und eine blonde Mähne auszeichnete, die so voller Schwungkraft war, dass er mit Shampoo-Werbung ein Vermögen hätte verdienen

können. Duerden erblickte mich, sagte etwas zu dem Mann, der augenblicklich die Unterhaltung abbrach, sich umdrehte, wie ein Timeshare-Makler, der einen fast schon geköderten Kunden entdeckt hatte, lächelte und mit dem Amerikaner im Schlepptau auf mich zustürzte.
»Mr. Roote!«, sagte er. »Seien Sie willkommen, seien Sie willkommen. Freut mich so sehr, dass Sie sich zu uns gesellen konnten. Wir fühlen uns geehrt, sehr geehrt.«
Nun ist man versucht, jeden, der so spricht, vor allem, wenn sein Akzent klingt, als spräche die Queen Cockney, der sich des Gehabes eines Shakespeare-Mimen aus dem neunzehnten Jahrhundert befleißigte und eine maßgeschneiderte Weste mit dazu passender Fliege trägt, als einen beknackten Lackaffen einzustufen. Doch Charleys Warnung klingelte mir noch im Ohr, weshalb ich nicht lauthals in Gelächter ausbrach. Das war auch gut so, denn Duerden sagte: »Franny, ich darf Sie unserem Gastgeber vorstellen, Sir Justinian Albacore.«
»Freut mich, Sie kennen zu lernen, Sir Justinian«, sagte ich.
Der Lackaffe wedelte mit seiner lauen Hand. »Keine Titel, bitte. Für meine Leser bin ich J. C. Albacore, für Bekannte Justinian und für meine Freunde einfach nur Justin. Ich hoffe, Sie fühlen sich in der Lage, mich Justin zu nennen. Darf ich Sie mit Franny ansprechen?«
»Ich wünschte, ich hätte auch einen Titel, den ich weglassen könnte«, sagte Duerden bissig.
»Wirklich, Dwight? Die Liebe zum Altertümlichen, das müssen Cambridge und Amerika gemeinsam haben. Als ich in der heillosen Provinz arbeitete, hätten sie Steine nach mir geworfen, wenn ich meinen Titel gebraucht hätte. Aber hier im God's wird das Altertümliche, in den Gegenständen wie in den Traditionen, höher geschätzt als alles andere. Unser liebstes Besitztum ist eine der frühesten Abschriften der *Vita de Sancti Godrici*, Sie müssen sie auf jeden Fall sehen, Franny, wenn Sie schon mal hier sind. Gentlemen ...« – dies sprach er zu einer Gruppe distinguiert aussehender alter Furzer – »ich darf Ihnen Mr.

Roote vorstellen, einen neuen Stern an unserem Firmament, von dem wir hoffen dürfen, dass er sehr hell brennen wird.«
Wie Jeanne d'Arc, dachte ich. Oder Guy Fawkes.
Während er so dahinplapperte, versuchte ich herausfinden, welches Spiel Albacore trieb. Hielt er mich wirklich für einen so naiven Tropf, dass er meinte, es würde reichen, mir ein hübsches Zimmer anzuweisen und mich vor den feinen Pinkeln in den Himmel zu loben, damit er mir Sams einzigartige Forschungsergebnisse aus der Nase ziehen konnte, um sie in seinem eigenen Buch zu verwerten?
Wer von den Dekanatshöhen eines Cambridge College auf die Welt hinabsieht, verspürt vielleicht nur noch herzhafte Verachtung für all die kleinen Gestalten, die dort unten ihrem Treiben nachgehen. Falls dem so sei, versicherte ich mir großspurig, würde er bald feststellen müssen, dass er mich unterschätzt hatte.
Stattdessen sollte mir bald bewusst werden, dass ich ihn unterschätzt hatte.
Nach dem Empfang zogen wir alle in einen Vorlesungssaal um, wo der ordentliche Teil der Konferenz mit der offiziellen Eröffnung eingeleitet wurde, gefolgt von einer Grundsatzansprache durch Professor Duerden über das Thema »Imagination unseres Wissens: Romantik und Naturwissenschaft«.
Ein durchaus interessanter Vortrag; er bewies trockenen Yankee-Humor (er stammt aus Connecticut; das Schicksal und eine Neigung zur Bronchitis hatten ihn nach Kalifornien verschlagen) und war Meister in der Kunst der Provokation, ohne sich dabei zu weit aus dem Fenster zu lehnen. Ich hörte auf dem mir reservierten Platz in der ersten Reihe mit Interesse zu, war halb in Gedanken, aber noch immer bei dem Rätsel, das Albacore mir aufgab, dessen Pflichten als Konferenzvorsitzender ihn davon abgehalten hatten, weiter mein Ego zu hätscheln.
Als aber der Vortrag und die sich anschließende Diskussion vorüber waren und sich alle auf ihre Zimmer zerstreuten, war mein neuer Freund Justin wieder an meiner Seite, steuerte mich

mit der Hand am Ellbogen in den Innenhof und weg vom allgemeinen Strom der Delegierten.

»Nun, was halten Sie von unserem transatlantischen Freund?«, fragte er.

»Es war wirklich eine Ehre, ihn zu hören«, schwärmte ich. »Er weiß alles so wunderbar darzulegen, wobei ich zugeben muss, dass wohl vieles meinen Horizont übersteigt.«

Ich hatte beschlossen, mir mit diesem Idioten einen kleinen Spaß zu erlauben, indem ich ihm den leidenschaftlichen, aber nicht allzu hellen Studenten gab und dabei sehen wollte, wohin es führte. Ich hatte nicht erwartet, dass meine Aufführung zynisches Gelächter provozieren würde.

»Oh, das glaube ich nicht, junger Franny«, sagte er, noch immer glucksend. »Ich glaube, es müssen schon sehr tiefsinnige Gedanken sein, damit sie Ihren Horizont übersteigen.«

Das klang nicht mehr nur nach Lobhudelei.

»Entschuldigung«, sagte ich. »Ich kann Ihnen nicht ganz folgen.«

»Nein? Ich lasse Sie lediglich wissen, welch großen Respekt ich vor Ihren geistigen Fähigkeiten hege, lieber Junge.«

»Das«, sagte ich, »schmeichelt mir sehr, aber Sie kennen mich doch gar nicht.«

»Im Gegenteil. Ich kenne Sie seit schon langem, ich kenne Sie in- und auswendig.«

Er blickte mich von seiner Höhe herab an, seine Augen funkelten wie ferne Sterne.

Und plötzlich begriff ich.

J. C. für die Leser. Justinian für seine Bekannten. Justin für seine Freunde.

Und Jay für seine Frau.

»Sie sind Amaryllis Haseens Ehemann«, sagte ich.

Das alles erscheint jetzt so offensichtlich zu sein. Wahrscheinlich kamen Sie mit Ihrem wunderbaren detektivischen Verstand lange vor mir zu diesem Schluss. Aber Sie werden verstehen, warum diese Offenbarung mir beinahe die Sprache verschlug, vor allem, nachdem ich vorher an jenem Tag so viel Zeit darauf verwendet hatte, diesen Teil meiner Vergangenheit Ihnen zuliebe aufzubereiten. Nichts ist umsonst in diesem Leben, wie Frère Jacques predigt. Die Vergangenheit ist kein fernes Land. Sie ist nur ein anderer Teil des Labyrinths, das wir durchwandern, und es sollte uns nicht überraschen, wenn wir denselben Abschnitt aus einer anderen Richtung ein weiteres Mal betreten.

Albacore klärte mich auf.

»Meine Frau hat eine sehr hohe Meinung von Ihnen und Ihrem Potenzial, Franny. Sie meint, was die simple akademische Intelligenz anbelangt, können Sie mit nahezu jedem mithalten. Aber sie entdeckte in Ihnen noch eine andere Art von Intelligenz. Wie drückte sie es aus? Ein listenreicher Geist, ein Auge für die große Chance, flink im Denken, scharf im Urteil, skrupellos in der Umsetzung. O ja, Sie haben sie sehr beeindruckt.«

»Und Sie auch, nach Ihrem Tonfall zu schließen«, sagte ich.

»Kaum«, sagte er lächelnd. »Ich war amüsiert, als sie mir erzählte, wie Sie sie sauber in den Schwitzkasten nahmen. Zu dieser Zeit aber war ich auf dem Weg von der grässlichen Ödnis South Yorkshires zurück zu God's eigenem College, und abgesehen von der klammheimlichen Freude, dass der liebe Sam Johnson mit einem gerissenen Galgenvogel als Doktoranden geschlagen war, verschwendete ich keinen Gedanken mehr an Sie. Bis ich natürlich vom traurigen Ableben des armen Sam hörte. Schaffte es leider nicht selbst zur Trauerfeier, ein Freund aber erzählte mir von der dramatischen Rolle, die Sie darin spielten, und ich dachte mir, hallo, ist das nicht dieser Kerl, wie heißt er noch? Dann hörte ich, dass Loopy Linda Sie zu Sams literarischem Nachlassverwalter oder Ähnlichem bestimmt hat, was der Zeitpunkt war, an dem ich Amaryllis bat, ihre alten Fallaufzeichnungen hervorzukramen.«

»Es überrascht mich, dass Sie nicht einfach ihr Buch gelesen haben«, sagte ich.

Er schüttelte sich. »Mein lieber Junge, ich kann es nicht ausstehen, wie sie schreibt. Das Thema trieft im Allgemeinen vor Langeweile, und ihr Stil ist psychobarbarisch, wie ich es nenne. Wie auch immer, das Interessanteste an ihren Sachen sind immer die Marginalien zu ihren Fallstudien. Und wenn sie sich nicht irrt, was selten der Fall ist, sind Sie jemand, mit dem ich ins Geschäft kommen kann.«

»Wobei das Geschäft darauf hinausläuft, Sam Johnsons Beddoes-Forschungen umzuverteilen«, sagte ich.

»Sehen Sie. Ich wusste, ich hatte Recht. Einen geschmeidigen Geist muss man nicht erst behutsam einseifen.«

»Nein? Warum habe ich dann das Gefühl, dass mir nicht nur Honig ums Maul, sondern über den ganzen Körper geschmiert wird?«, frage ich. »Die Quästoren-Wohnung, die schmeichelhaften Bemerkungen.«

»Proben«, sagte er. »Alles nur Proben. Wenn man sich zu einem Geschäft zusammensetzt, gönnt man seinem Handelspartner erst mal einen Blick auf das Angebot. Sie verstehen, ich weiß sehr gut, was Sie mir zu bieten haben, Sie aber dürften Ihre Zweifel hegen, was meine Offerte betrifft. Es ist sehr wenig, es sei denn, Sie wollen es, dann aber ist es die ganze Welt. Es ist ...«

Er vollführte die Geste eines Zirkusdirektors, die den Hof einschloss und die umliegenden Bäume und noch viel mehr.

»Wenn Sie daran nicht interessiert sind, müssen wir nach anderen Anreizen Ausschau halten«, fuhr er fort. »Aber wenn unser klösterliches Leben, in dem für den Intellekt und die Sinne so köstlich gesorgt und die einengende Moral fest auf ihren Platz verwiesen wird, eine starke Anziehungskraft auf Sie ausübt, wie ich nach der kurzen Begegnung mit Ihrer Person zu hoffen wage, dann können wir direkt ins Geschäft kommen. Ich habe Einfluss, ich habe Kontakte, ich weiß, wo viele Leichen begraben liegen, ich kann Sie auf die Überholspur Ihrer akademischen Karriere und in die kulturellen Talkshows bringen, wenn das Ihr Begehr ist. Ich kann Sie Verlegern und Lektoren vorstellen. Kurz gesagt, ich kann Euer Hüter, Euer Beschützer sein, steh an Eurer Seit' in größter Pein. Also, schätze ich Sie richtig ein? Werden wir handelseinig?«

Das war ein offenes Wort. Er nahm absolut kein Blatt vor den Mund, war uneingeschränkt ehrlich, was immer Grund genug ist, äußerst argwöhnisch zu sein.

Es war an der Zeit, ihm genauso zu kommen und ihn damit auf die Probe zu stellen.

»Falls ich es wirklich auf all diese Dinge abgesehen habe, die Sie mir bieten«, sagte ich, »wer soll mich denn davon abhalten, sie mir selbst zu besorgen? Ich bin, wie Sie sagten, intelligent. Ich mag skrupellos manipulierend sein, wie Ihre Frau andeutet. Ihr Buch, nehme ich an, ist zum größten Teil nur eine Aufbereitung der wenigen bekannten Fakten zu Beddoes' Zeit auf dem Kontinent, zweifelsohne ausgeschmückt mit dem, was Sie Sam abtrotzen konnten, bevor er sich Ihres perfiden Tuns bewusst wurde.«

Das saß. Nur ein unscheinbares Zucken, aber vom Syke her war ich es gewohnt, auf solche Dinge zu achten, denn wenn man es nicht tat, bedeutete es dort, dass man ein Schachspiel verlor. Oder ein Auge.

Ich ließ nicht locker.

»Wie Sie sicherlich wissen und was durch Ihr Interesse bestätigt wird, hat Sam eine beträchtliche Menge neuen und unterschiedlichsten Materials zu Tage befördert. Egal, in welcher Beziehung Ihr Buch zu seinem steht, gleichgültig, ob es davor oder danach erscheint, es wird immer in seinem Schatten stehen.«

Erneut hielt ich inne.

»Worauf wollen Sie hinaus?«, sagte er.

»Ich will darauf hinaus, dass es keinen Grund gibt, um etwas zu handeln, was bereits in meiner Reichweite liegt.«

Er lächelte. »Sie meinen, Sie vollenden Sams Buch selbst, sonnen sich in dem Glanz, der doch eigentlich nur von ihm auf Sie abfällt, und beschreiten dann Ihren eigenen aufstrebenden Weg? Vielleicht könnten Sie das. Aber es ist ein harter Weg, an dem sich schon andere die Zähne ausgebissen haben. Natürlich können Sie nicht erwarten, dass ich zustimme, wenn Sie sagen, mein Buch würde in seinem Schatten stehen, aber ich bin mir sehr sicher, dass es ihm zumindest im Weg stehen wird. Aber wenn Sie jemanden finden, der gewillt ist, auf einen völlig Unbekannten zu setzen, dann nur zu, mein lieber Franny.«

Er wusste es. Der Dreckskerl wusste, dass Sams kleinmütige Verleger so kalte Füße bekommen haben, dass sie nun auf Frostbeulen herumlaufen.

Er bemerkte meine Reaktion und setzte nach.

»Wie geht's übrigens Ihrer Doktorarbeit? Haben Sie schon einen neuen Doktorvater gefunden? Da fällt mir ein, vielleicht könnte ich Ihnen ja meine eigenen Dienste anbieten? Das hieße, Sie würden nach Cambridge ziehen, und wenn Sie nach Höherem streben, würde Ihnen in den oberen Gefilden nichts passieren, nicht wahr?«

Vielleicht hätte ich sagen sollen, weiche von mir, Satanas! Doch jeder Glaube an meine eigene göttliche Unverwundbarkeit, den ich einst gehabt hatte, war am Holm Coultram College verschwunden, als es Ihnen trotz meiner heftigsten Anstrengungen gelang, mich zu schnappen.

Deshalb, bitte verachten Sie mich nicht, sagte ich, ich würde es mir überlegen.

Ich dachte den gesamten Abend darüber nach, achtete kaum auf die Veranstaltungen, bei denen ich zugegen war, und nahm kaum etwas vom abendlichen Büffet, das für uns angerichtet wurde. (Morgen Abend gibt es ein großes offizielles Dinner, in der Zwischenzeit aber, vom Sherry einmal abgesehen, wird vor allem der Appetit des Geistes bedient.)

Und ich denke noch immer darüber nach, auch während ich das schreibe. Bitte verzeihen Sie mir, wenn ich so unzumutbar ausufernd werde, aber auf der ganzen Welt gibt es keinen, mit dem ich so frank und frei reden kann wie mit Ihnen.

Zeit fürs Bett. Werde ich schlafen können? Ich dachte, ich hätte im Gefängnis gelernt, überall und jederzeit zu schlafen,

heute Nacht jedoch wird es mir wahrscheinlich schwer fallen, ein Auge zuzutun. Gedanken winden sich in meinem Kopf wie kleine Schlangen, die in einem Totenschädel nisten. Was bin ich dem lieben Sam schuldig? Was bin ich mir selbst schuldig? Und welches Patronat ist das wertvollere, das von Linda Lupin oder das von Justin Albacore? Welchem würde der Weise mein Vertrauen schenken?
Gute Nacht, lieber Mr. Pascoe. Das zumindest hoffe ich für Sie. Für mich sehe ich nur lange, leere Stunden vor mir, in denen ich wach liege und über diese Dinge grüble, und über allem schwebt das Problem, was ich auf Albacores Angebot antworten soll.

Ich habe mich getäuscht!
Ich schlief wie ein Toter und erwachte zu einem gloriosen Morgen, strahlendem winterlichen Sonnenschein, kein Wind, nur leichter Frost in der Luft, der jeden Atemzug, den ich tat, in ein Glas Champagner verwandelte. Ich stand früh auf, frühstückte herzhaft und machte mich dann zu einem Spaziergang auf, um den Kopf freizubekommen und meine Nerven zu beruhigen, bevor ich zur Neun-Uhr-Sitzung Sams Referat vortrug. Ich verließ das College durch den Hintereingang, schlenderte an der Cam entlang und bewunderte, was hier gemeinhin als *The Backs* bezeichnet wird, das Hinterland. Nur wer sich der Schönheit absolut sicher ist, kann so verschwenderisch damit umgehen. Ach, welch zauberhafter Flecken dieses Cambridge doch ist, Mr. Pascoe. Ich bin mir sicher, Sie kennen es gut, auch wenn ich mich nicht erinnern kann, ob Sie selbst dort oder in Oxford waren. Es ist ein Ort für die Jugend, an der sich die Seele weiten kann, und auch ich fühle mich, trotz allem, noch jung. Albacore sah ich erst, als ich kurz vor neun Uhr den Vorlesungssaal betrat. Seine hasenartige Nase zuckte vor Erleichterung. Wahrscheinlich hatte er sich darum gesorgt, dass sein »offenes Wort« vergangenen Abend für meinen schwachen Magen zu viel gewesen war und ich Reißaus genommen hätte!

Er hatte für mich eine Plenarsitzung anberaumt, jeder Stuhl war besetzt. Er trödelte nicht lange herum – wahrscheinlich bemerkte er mehr als ich, wie nervös ich in diesem Moment war –, sondern stellte mich nur kurz vor, verwies dankenswerterweise nur durch eine knappe, förmliche Bemerkung auf Sams tragischen Tod, während ich dasaß und auf die erste Seite des Vortrags meines verstorbenen Freundes starrte.
Der Titel lautete: »Die Suche nach dem Lachen in *Death's Jest-Book*.«
Ich las den ersten Satz – *In seinen Briefen sprach Beddoes von seinem Theaterstück* Death's Jest-Book *als einer Satire: aber auf was?* – und versuchte die gedruckten Worte in meinem Mund in entströmende Laute umzuwandeln, was mir aber nicht gelang.
Es kam ein lautes Räuspern. Es stammte von Albacore, der seinen Platz in der ersten Reihe eingenommen hatte. Neben ihm saß seine Frau Amaryllis Haseen. Sie blickte mich mit ihren großen veilchenblauen Augen an, die mir von unseren Sitzungen im Syke so vertraut waren.
Ihr Anblick führte vielleicht dazu, dass auch noch mein letzter Nervenstrang riss.
Niemals in meinem Leben ist es mir so hart angekommen, von meinem Stuhl aufzustehen. Ich muss wie ein Betrunkener ausgesehen haben, als ich die wenigen Schritte zum Pult zurücklegte. Glücklicherweise handelte es sich um ein solides, altmodisches Möbelstück, sonst hätte es im Einklang mit mir vor sich hin geschlottert, während ich mich mit beiden Händen daran festhielt, um mein Zittern unter Kontrolle zu bekommen. Und mein Publikum – es war, als säßen alle am Grund eines Schwimmbeckens und als versuchte ich, sie durch die vom Wellengekräusel gebrochene und im reflektierten Sonnenlicht funkelnde Oberfläche zu erkennen. Die Anstrengung verursachte Übelkeit. Ich richtete den Blick zur Rückwand des Vorlesungssaals und starrte auf die große Uhr, die dort hing. Langsam kamen ihre Zeiger in meinen Fokus. Es war Punkt neun. Ferne Glockenschläge tönten durch den Raum. Ich senkte den

Blick. Der Schwimmbecken-Effekt war noch immer da, ausgenommen davon war nur eine einzige Gestalt, die in der Mitte der letzten Reihe saß. Diese konnte ich klar erkennen, nicht weniger verzerrt, als blickte ich durch eine Glasscheibe. Und dennoch wusste ich, dies alles musste eine Täuschung sein.

Denn es waren Sie, Mr. Pascoe. Dort saßen Sie und blickten mich unverwandt an. Einige Sekunden lang trafen sich unsere Blicke. Dann lächelten Sie mir aufmunternd zu und nickten. Und in diesem Augenblick wurde alles andere ebenfalls vollkommen klar, ich hörte auf zu zittern, und Sie verschwanden. Ist das nicht seltsam? Dieser Brief, den ich schreibe, muss ein so starkes, unbewusstes Bild von Ihnen erzeugt haben, dass mein Geist, der verzweifelt Halt suchte, es externalisierte, als ich dessen bedurfte.

Wie auch immer die Wahrheit lauten mag, meine Nervosität schwand, und ich war in der Lage, einen ganz anständigen Auftritt zu liefern.

Es gelang mir sogar, einige Worte über Sam von mir zu geben, wenn auch nichts allzu Schweres. Dann trug ich seinen Aufsatz über *Death's Jest-Book* vor. Kennen Sie das Stück? Beddoes ersann es in Oxford, im Alter von gerade einundzwanzig Jahren. »Ich denke an eine sehr schauerliche Tragödie, für die ich ein Juwel von einem Namen habe – DEATH'S JEST-BOOK – natürlich wird es nie einer lesen.« Womit er fast Recht hatte. Da er den Rest seines kurzen Lebens unausgesetzt daran arbeitete, nimmt es bei jedem Versuch, seinen Genius analysieren zu wollen, eine sehr zentrale Rolle ein.

Kurz, es geht um zwei Brüder, Isbrand und Wolfram, denen von Herzog Melveric von Munsterberg das Geburtsrecht gestohlen, die Schwester entehrt und der Vater ermordet wurde. Nach Rache dürstend, lassen sie sich am herzoglichen Hof nieder, Isbrand in der Rolle des Narren, Wolfram als ein Ritter. Doch Wolfram fühlt sich so zum Herzog hingezogen, dass die beiden, sehr zu Isbrands Bestürzung und Abscheu, die besten Kumpel werden.

Sams Theorie geht nun davon aus, dass der exzentrische Lauf von Beddoes' seltsamem Leben ihm nach dem tragisch frühen Tod seines geliebten Vaters vom Gefühl diktiert wurde, nur Treibgut zu sein. Laut Sam wird nun ein Aspekt dieser Suche des Dichters nach Möglichkeiten, die von dieser mächtigen Persönlichkeit hinterlassene Lücke auszufüllen, durch Wolfram symbolisiert; er findet Trost, indem er nicht den Mörder seines Vaters tötet, sondern aus ihm eine Art Ersatzvater macht. Hinsichtlich der Geschlossenheit des Stücks weist diese Suche leider viele andere, oftmals einander widersprechende Aspekte auf, die jeweils von Zeit zu Zeit dominieren, was sowohl die Handlung als auch den Ton des Stücks sehr verwirren. So ist der Tod abwechselnd ein Narr und Spaßvogel oder Spott und Spaß selbst, ein erbitterter Feind und ein verführerischer Freund. Keats, werden Sie sich erinnern, behauptete, er sei *halb verliebt gewesen in den erleichternden Tod*. Für unseren Tom gab es dieses leisetreterische Drumherumreden nicht. Für ihn zählte nur die alles vereinnahmende Leidenschaft!
Zurück zu meinem Konferenzdebüt. Ich beendete meinen Vortrag, ohne allzu viel zu stottern, schaffte es sogar, einige eigene Bemerkungen einzuflechten, und nahm schließlich die Fragen entgegen. Albacore tat sich als Erster hervor, seine Fragen waren wohlabgewogen und ließen mir jede Möglichkeit zu glänzen. Daraufhin führte er die Sitzung wie ein erfahrener Zirkusdirektor, leitete, ermutigte, besänftigte und hielt mich immer im Mittelpunkt des Geschehens. Danach gratulierten mir alle, deren Gratulation ich mir sehnlichst erhofft hatte. Nicht jedoch Albacore. Er näherte sich mir nicht, nur gelegentlich erhaschte ich seinen Blick in der Menge und erhielt ein freundliches Lächeln.
Mir war klar, was er tat: Er zeigte mir, wozu er fähig war.
Und ich entdeckte durch Zuhören und Fragen einige interessante Dinge über die aktuelle Lage. Am God's ist der Rektor der oberste Boss; der gegenwärtige Amtsinhaber ist wohl eine unnahbare, schwache Person, sodass die eigentliche Macht in

Händen seines Stellvertreters liegt, des Dekans. (Der Quästor wird hier übrigens *Bursar* genannt.) Albacore fungiert im Moment als Vertreter des Rektors, der sich auf einem dreimonatigen Sabbatical an der Universität Sydney aufhält. (Sydney, um Gottes willen! Mitten im englischen Winter! Diese Jungs wissen, wie man die Dinge zu arrangieren hat!) Bei seiner Rückkehr wird er sein letztes Amtsjahr antreten. Natürlich gehört Albacore zu den Bewerbern um den Job, doch die Nachfolge, man ist hier schließlich in Cambridge, ist noch lange nicht in trockenen Tüchern. Ein wichtiges, erfolgreiches Buch, das gerade zum Höhepunkt des Wahlkampfs erscheint, würde sich sehr nützlich machen, um das Wahlvolk (d.h. die Dozenten, sprich die Dons vom God – klingt wie die Vatikan-Abteilung der Mafia, oder?) davon zu überzeugen, dass Albacore akademisch noch so einiges zu bieten hat. Außerdem könnte er durch den erhofften kommerziellen Erfolg demonstrieren, dass er über ein Sesam-öffne-dich zu den innersten Zirkeln der Medienwelt verfügt, in der so viele der mit der Zeit gehenden Dons sich danach sehnen, ihr Gefieder zu spreizen.

Ach, je mehr ich von diesem süßen Geruch schnupperte, umso mehr dachte ich, *das ist genau das Leben für mich!* Lesen und Schreiben, Handeln und Feilschen, klösterliches Leben und, parallel dazu, Leben auf der Überholspur, und die Winter in der Sonne verbringen, wenn man es geschafft hat.

Aber eine so wichtige Entscheidung wie diese wollte ich nicht überstürzen. Ich entschlüpfte in mein Quartier, um alles zu überdenken, und nichts erschien mir dazu besser zu sein, als vor Ihnen meine Gedanken und Hoffnungen auszubreiten. Wie bei der Vision heute Morgen kommt es mir beinahe so vor, als wären Sie hier bei mir im Zimmer. Ich spüre, dass Sie meiner endgültigen Entscheidung, zu der ich nun gekommen bin, zustimmen.

Dieses ruhige, klösterliche, doch weder untätige noch unaufgeregte Leben in den alten, fruchtbaren Hainen der Akademe ist genau das, was ich will. Und wenn es hieße, dass ich Sams

Forschungsarbeiten dazu aufgeben muss, dann bin ich mir sicher, dass es genau das ist, was er von mir gewollt hätte. Der Würfel ist also gefallen. Ich schlendere nun hinaus, gebe diesen Brief auf und besuche vielleicht noch eine der nachmittäglichen Sitzungen. Sollte ich auf Albacore stoßen, werde ich ihm nicht den geringsten Hinweis auf meine Gedanken liefern. Soll er doch schwitzen, zumindest bis heute Abend noch!

Danke für Ihre Hilfe,
                                             Ihr Franny Roote

m Montagmorgen, gerade als Pascoe das Haus verlassen wollte, war die Post gekommen.
Er nahm sie mit in die Küche und teilte sie sorgfältig auf drei Stapel auf – seine eigene, Ellies und die gemeinsame (vor allem Weihnachtskarten).
In seinem Stapel lagen zwei Umschläge, die das Wappen von St. Godric trugen.
Ellie war auf dem Weg zur Schule, was ihm vollkommene Handlungsfreiheit einräumte.
Er riss den ersten Brief auf.
Nicht dass er wusste, dass es der erste war, glich doch der Poststempel exakt jenem des zweiten. Aber ein schneller Blick auf die erste Seite bestätigte, dass dieses Schreiben dort fortfuhr, wo das letzte geendet hatte.
Als er zu der Stelle mit der Vision kam, bei der Roote ihn in der letzten Reihe des Vorlesungssaals gesehen haben wollte, legte er den Brief für eine Minute zur Seite und diskutierte mit sich aus, ob er sich deswegen nun mehr oder weniger Sorgen um sich selbst machen musste. Weniger, beschloss er. Oder vielleicht doch mehr? Er las weiter. Er hatte kein konkretes Bild von Roote vor Augen, spürte aber dessen Einfluss, der ihm aus seinen Worten entgegenschlug und ihn in dessen Leben zu ziehen versuchte. Wozu? Das war Pascoe nicht klar. Aber es konnte nichts Gutes verheißen, davon war er felsenfest überzeugt.
Vielleicht machte der zweite Brief alles klarer.
Seltsamerweise widerstrebte es ihm, ihn zu öffnen. Er saß nur da, wog ihn in der Hand und glaubte zu spüren, wie er von Minute zu Minute schwerer wurde.
Ein Geräusch schreckte ihn aus seinen Träumereien auf. Die Eingangstür wurde geöffnet, Ellies Stimme war zu hören. »Peter? Du bist noch da?«
Nun hätte er die Möglichkeit gehabt, das zu erhalten, was er sich

noch vor nicht allzu langer Zeit gewünscht hatte: Ellies heilsame, vernünftige Meinung zu der gesamten Angelegenheit.

Stattdessen ertappte er sich dabei, wie er sich beide Briefe, den gelesenen wie den ungelesenen, in die Tasche stopfte.

»Noch immer da«, sagte sie, als sie in die Küche kam. »Ich dachte, du seist schon längst fort. Es geht doch heute um den Linford-Fall. Ich hoffe, sie sperren diesen Dreckskerl ein und werfen den Schlüssel weg.«

Ellie, ansonsten eher weichherzig veranlagt, verlor jegliche Sentimentalität und ereiferte sich geradezu, wenn die Sprache auf Liam Linford kam.

»Ärgere dich nicht«, sagte er zu Ellie. »Der kleine Scheißer kommt uns nicht mehr aus. Mit Rosie alles okay?«

»Darauf kannst du wetten. Alles dreht sich nur noch um die Proben fürs Krippenspiel. Sie hat Zippers Karte mitgenommen, angeblich, um Miss Martingale zu beweisen, dass Engel wirklich Klarinette spielen. Aber ich vermute, sie will bei ihren Freundinnen nur mit ihrer sexuellen Eroberung angeben.«

»O Gott. Das Krippenspiel. Wann ist das? Am Freitag? Ich nehme an, wir müssen da hin.«

»Da kannst du dein süßes Leben drauf verwetten«, sagte sie. »Was ist nur los mit dem großen Hüter der Traditionen? Du wärst ja fast an die Decke gegangen, als der Antrag eingereicht wurde, es aus Gründen der ethnischen Diskriminierung zu verbieten. Was hast du damals gesagt? ›Erst knickt man hier ein, und als Nächstes sind Truthahnbraten und Papadams dran.‹ Und jetzt willst du nicht hin! Du bist doch sehr konfus, DCI Pascoe.«

»Natürlich will ich hin. Ich hab sogar Onkel Andy gebeten, mir dafür das göttliche Imprimatur zu erteilen. Ich mach mir nur Sorgen, dass eine Engelrolle ohne Text Rosie nicht besonders zufrieden stellen wird.«

»Wenigstens hat Miss Martingale sie davon überzeugen können, dass es keine so gute Idee wäre, wenn Tig in der Krippe liegen würde, und das Klarinettensolo wird sie ihr zweifellos auch noch ausreden.«

»Vielleicht. Aber vergangenen Abend hat sie mir gesagt, es komme ihr doch seltsam vor, dass die Engel nicht herabkamen und den Herbergswirt nach Strich und Faden verprügelten, als er zu Maria sagte, er habe kein Zimmer frei.«

»Ein berechtigter Einwand«, sagte Ellie. »Hat auch für mich noch nie viel Sinn ergeben, wenn man die Macht hat und sie nicht einsetzt.«

Er küsste sie und ging. Sie hatte Recht, wie immer, dachte er. Er war ziemlich konfus, er war alles andere als das kühle, rationale, nachdenkliche, reife Wesen, an das Franny Roote vorgab zu glauben.

Der ungelesene Brief beulte seine Tasche aus. Vielleicht sollte er ungelesen bleiben. Welches Spiel Roote auch immer treiben mochte, es waren dazu ganz klar zwei Spieler nötig.

Andererseits, warum sollte er sich vor einem kleinen Wettbewerb drücken? Was hatte Ellie soeben gesagt? »Hat auch für mich noch nie viel Sinn ergeben, wenn man die Macht hat und sie nicht einsetzt.«

Er bog aus dem morgendlichen Verkehrsstrom in eine ruhige Seitenstraße und suchte sich einen Parkplatz.

Es war ein langer, langer Brief. Nach zwei Dritteln griff er zur Morgenzeitung, zu der er bislang nicht gekommen war, und fand im Innenteil, wonach er gesucht hatte.

»O, du Dreckskerl«, sagte er, las den Brief zu Ende, ließ den Wagen an, drehte um und reihte sich angriffslustig in den Verkehrsstrom ein.

3. Brief, erhalten: Montag, 17. Dez., per Post

St. Godric's College
Cambridge

Sonntag, 16. Dez.
(sehr früh!)

Mein lieber Mr. Pascoe,

so schnell schon wieder! Aber wie viel Zeit doch vergangen ist, gemessen an den Pendelschlägen meiner Empfindungen! Beschwingt von dem Gefühl, eine weise Entscheidung getroffen zu haben, die noch dazu Ihre Zustimmung finden würde, ging ich heute Abend hinunter zum Dinner, warf dabei den letzten Brief ein und traf Albacore, der mir eine Auswahl trockenen oder sehr trockenen Sherrys anbot. Ich stellte meine Unabhängigkeit zur Schau, wies beides zurück und verlangte Gin. Dann, weil ich mich erholen und meinen Spaß haben wollte, ließ ich mich erweichen und sagte ihm, dass ich mich vorbehaltlich gewisser Einzelheiten und Sicherheitsvorkehrungen auf sein Angebot einließe.

»Ausgezeichnet«, sagte er. »Mein lieber Franny, ich könnte nicht mehr erfreut sein. Amaryllis, meine Liebe, komm und erneuere eine alte Bekanntschaft.«

Sie hatte sich nach meinem Vortrag nicht mehr blicken lassen, hier aber war sie wieder, in einem hauchdünnen Seidenkleid, das so kurz geschnitten war, dass es einem Mann auf der Stelle jeden Ansporn zum Ruhm raubte. Sie begrüßte mich wie einen alten Freund, küsste mich auf die Lippen und plauderte über andere Häftlinge im Syke, als würden wir uns über alte Bekannte vom Tennisclub unterhalten.

Es war wirklich eine ganz exzellente Nacht. Alles – die Umgebung, das Essen, der Wein, die Atmosphäre, die Unterhaltungen – bestätigte die Weisheit meiner Entscheidung. Da es zu wenige weibliche Konferenzteilnehmer gab, um die übliche Geschlechterabfolge einzuhalten (auch Akademia ist ein Land, in dem Gleichberechtigung herrscht, doch sind nicht alle *so* gleich), wurde ich zwischen Amaryllis und Dwight Duerden platziert, und der Druck ihres Oberschenkels, den sie zu häufig ausübte, um als zufällig erachtet zu werden, ließ mich fragen, ob diese glückliche Nacht nicht in jeglichem Sinn zu einem passenden Höhepunkt geführt werden könnte.

Glücklicherweise vielleicht ergab sich die Gelegenheit nicht. Nach dem Dinner lud Albacore einige unter uns (die Auserwähltesten und mich) in die Wohnung des Dekans, alles Männer außer Amaryllis. Sie zog sich bald zurück, als die Zigarren ausgepackt wurden und die Luft sich mit aromatischem Rauch verdickte. Das alles war entzückend altmodisch, ich liebte es.

Albacore behandelte mich mittlerweile wie einen jüngeren Bruder. Als Dwight einen Rundgang durch die Wohnung erbat, legte er mir den Arm um die Schulter, und wir beide führten die Gruppe an.

Die Dekanwohnung war eine Art Annex aus dem frühen achtzehnten Jahrhundert, das dem ursprünglichen Universitätsgebäude angepfropft worden war, und musste eine Zeit lang wie eine neue Nase im Gesicht eines alternden Stars herausgestochen haben. Cambridge jedoch besitzt die zauberhafte Gabe, alles Neue in sich aufzunehmen und es mit liebender Sorgfalt abzutragen, bis es letztlich ebenfalls Teil des zeitlosen Ganzen wird. Es war ein schönes altes Gebäude, das jene Atmosphäre ausstrahlte, die ich an mit Leben erfüllten Kirchen so sehr liebe, unendlich prächtiger als die Quästorensuite (wie muss erst das Domizil des Rektors aussehen, ein kleines Herrenhaus auf einer grasbestandenen Kuppe mit Blick auf den Fluss?) und voll gepackt mit Möbeln, Statuen und Gemälden, die stilistisch eigentlich ein wahres Sammelsurium darstellten, hätten sie sich nicht in die alles harmonisierende Aura dieser magischen Welt eingefügt.

Mich gelüstete danach; Justin erkannte wohl meine Sehnsucht, und ich spürte, wie mich dies immer enger mit seinen Wünschen verband und mich fester an ihn schmiedete, je weiter unsere Tour fortschritt.

Das Arbeitszimmer war für mich das Sanctus sanctorum, von fahlem religiösem Licht erhellt, die mit Büchern bedeckten Wände atmeten den herrlichen Duft alten Leders und Papiers, für mich der Weihrauch der Gelehrsamkeit. In der Mitte stand ein wunderbarer alter Schreibtisch, mit Schnitzereien verziert, darauf eine Lederunterlage, die groß genug war, damit Pygmäen darauf hätten Tennis spielen können.

Dwight, vielleicht verstimmt, weil er sich in der Hackordnung des Dekans hinter mir fand, sagte: »Wie zum Teufel können Sie in dieser Düsternis arbeiten? Und wo haben Sie Ihren Computer versteckt?«

»Meinen was?«, rief Albacore indigniert aus. »Computer können mir gestohlen bleiben! Mein Verleger meinte, dass es zugunsten der Geschwindigkeit von Vorteil wäre, wenn er mein Beddoes-Buch auf CD-ROM gebrannt – oder Scheibe, wie er sich auszudrücken pflegte – bekäme. Worauf ich ihm erwiderte: ›Sicher doch, wenn Sie mir eine genügend große Scheibe Carrara-Marmors und einen monumentalen Steinmetz besorgen können, der meine Worte transkribiert!‹ Sie drücken Tasten und produzieren Buchstaben auf einem Bildschirm, und was haben Sie davon? Nichts! Einen elektronischen Tremor, den eine Unterbrechung der Stromversorgung zerstören kann. Zeigen Sie mir ein großes Werk, das per Textverarbeitung geschaffen wurde. Wenn ich mit meinem Stift schreibe, schreibe ich auf meinem Herzen, und was darin eingeschrieben ist, muss Gott schon mit einem Gummi ausradieren.«

Dwight, der vermutlich sogar ein computergesteuertes Klo sein Eigen nennt, war hinreichend betrunken, um seinem Gastgeber mitzuteilen, dass er Stuss erzähle, und da ich nicht wollte, dass diese von mir so sehr genossene Atmosphäre durch Meinungsverschiedenheiten einen säuerlichen Beigeschmack erhielt, versuchte ich mich an einer leichtherzigen Ablenkung.
»Gott benutzt Gummis?«, sagte ich. »Muss dann aber wohl geplatzt sein, als er in Maria fuhr.«
Solch vulgäre Blasphemie wird am Hohen Tische augenscheinlich sehr goutiert. Wie Kinder, die Arsch sagen, sagte Charley Penn, erfreuen sie sich an ihrer eigenen Ungehörigkeit. Jedenfalls funktionierte es hier so, jeder reagierte mit seinem Verständnis von Amüsement, die hochwohlgeborenen Briten mit kopfnickendem Glucksen, was in ihrer Klasse als Gelächter durchgeht, der Plebs mit lautem Gewieher und Dwight und einige andere Amerikaner mit einer Art brüllendem Gejohle.
Danach fragte Dwight in versöhnlichem Tonfall, wie Justin denn dann arbeite, und Albacore, der sich nun entschuldigte, ein dummer alter Maschinenstürmer zu sein, zeigte ihm sein kompliziert aufgebautes, aber ganz offensichtlich höchst effizientes Karteikartensystem und öffnete Schubladen mit unzähligen Blättern im 34,2 x 43,1-Zentimeter-Format (kein vulgäres A4 für unseren Justinian), dicht beschrieben mit seinem eleganten Gekritzel.
»Und das ist Ihr neues Buch?«, sagte Dwight. »Nur ein Exemplar? Mein Gott, können Sie nachts denn ruhig schlafen?«
»Sehr viel leichter als Sie, vermute ich«, erwiderte Albacore. »Meine handbeschriebenen Blätter üben auf Einbrecher keinerlei Anziehungskraft aus. Einen Computer andererseits lohnt es sich durchaus zu stehlen, das Gleiche gilt für Disketten. Außerdem kann sich keiner in ein Manuskript einhacken, um zu sehen, woran ich gerade arbeite, oder in wenigen Sekunden Ausschnitte daraus kopieren, um mir mit meinen Ideen zuvorzukommen. Ihre elektronischen Worte, mein lieber Dwight, sind im Vergleich dazu die übliche im Umlauf

befindliche Währung. Jemand hustet einen halben Kontinent entfernt, und Sie fangen sich einen Virus ein.«

Ich unterband, was auf eine provozierende Verteidigung des Computers hinausgelaufen wäre, indem ich Albacore fragte, inwiefern sein Buch dazu beitragen könne, Beddoes von den kalten Randbezirken der romantischen Literatur Großbritanniens in sein warmes Zentrum zu bringen.

»Ich versuche es noch nicht einmal«, gab er zurück. »Meine These lautet, um ihn verstehen zu wollen, dürfen wir ihn nicht als zweitrangigen englischen, sondern als bedeutenden europäischen Autor behandeln. Er war – völlig zu Recht in der damaligen Periode unserer Geschichte – ein sehr guter Europäer. Byron ist der Einzige, der ihm darin nahe kommt. Beide liebten Europa, nicht nur, weil es dort wärmer und billiger war als zu Hause, sondern wegen seiner Geschichte, seiner Kultur und seiner Menschen.«

Er führte dies noch eine Weile lang aus, sprach mich beinahe direkt an. Fast als wollte er, nachdem er unseren kleinen Wettbewerb gewonnen hatte, die Erinnerung an unser Armdrücken und die annähernde Bestechung beiseite schieben und demonstrieren, dass er ein ernsthafter Beddoes-Gelehrter war.

Auch die anderen lauschten glückselig, saßen in den tiefen Lederarmsesseln und auf dem Sofa, die der weitläufige Raum bereithielt, tranken aus ihren riesigen Schwenkern Brandy und pafften an ihren echten Havannas, bis der aromatische Rauch beinahe die Stuckdecke verhüllte. Manchmal denke ich mir, dass es nicht das geringste Philistertum des zwanzigsten Jahrhunderts war, die Kunst des Tabakgenusses zerstört zu haben. Wie der Dichter sagt, ein Fick ist nur ein Fick, eine gute Zigarre aber ein Genuss.

Lange bevor Albacore sein Publikum langweilte (große Redner sind auch Meister des Timings), hörte er auf, über Beddoes zu reden, und lud uns alle ein, das Exemplar der *Vita S. Godrici* zu bewundern, das er mir gegenüber bereits erwähnt und das er aus dem Sicherheitsbereich der Universitätsbibliothek geholt hatte, damit wir uns an ihm delektieren konnten. Für die meisten unter uns genügte es bereits, etwas so Schönes und Altes anfassen zu dürfen, Dwight allerdings, bar jeden Schamgefühls gegenüber Geld, was zum Kennzeichen des zivilisierten Amerikaners gehört, brachte es auf den Punkt: »Wie viel würde das Ding auf dem freien Markt denn so bringen?«

Albacore lächelte. »Wieso, das hier ist eine Perle, die wertvoller ist als Ihre ganze Sippschaft zusammen. Überlegen Sie nur, was Sie hier vor sich haben. Das zeitgenössische Buch über das Leben eines Zeitgenossen, geschrieben von einem Mann, der Godric in seiner Hütte in Finchale persönlich besucht hat, nämlich Reginald von Durham, selbst ein Mann von solcher Frömmigkeit und Gelehrsamkeit, dass, so sagt die Überlieferung, diese Eigenschaften auf alle nachfolgenden Schreiber übergehen, die seinen Namen und Titel tragen. Mit anderen Worten, Sie berühren hier ein Buch, das die Hand des Mannes berührte, der die Hand des Heiligen selbst berührte. Wer kann für so etwas schon einen Preis nennen?«

»Nun«, sagte Dwight nicht im Geringsten eingeschüchtert, »ich kenne einen Händler an der St. Poll, Trick Fachmann mit Namen, der bereit wäre, es mal zu versuchen.«

Sogar Albacore lachte. Die Unterhaltung erstreckte sich von nun an auf das eher Allgemeine, sie floss wie Quecksilber von Zunge zu Zunge, auf Gutes folgte Gutes, Weisheiten und Witz verteilten sich in verschwenderischer Fülle, und ich spürte Tränen in den Augen ob des Privilegs und der Freude, Teil dieser Gemeinschaft zu sein, an diesem Ort, zu dieser Zeit.

Gält' es jetzt zu sterben, jetzt wär' mir's höchste Wonne.

Ewig hätte ich dort bleiben können, doch alle Dinge haben ihr natürlich vorherbestimmtes Ende, und schließlich zerstreuten wir uns, manche zu ihren Studentenunterkünften, Dwight und ich auf unstetem Weg zurück in unser Quästorenquartier, Arm in Arm uns gegenseitig stützend.

Ich entkleidete mich und stieg ins Bett, konnte aber keinen Schlaf finden. Zunächst wegen meiner Aufregung über die

Welt des Profits und der Glückseligkeit, die sich mir anscheinend auftat. Doch dann fand eine plötzliche und völlige Umkehrung statt ... *mächtig im Geist / Die Freude, die größer nicht sein kann, / So hoch man steigt im frohen Überschwang, / Wenn dunkler Trübsinn naht, so tief sinkt man.* Weswegen, lieber Mr. Pascoe, mein alter Wordsworthscher Egelsammler, ich mich jetzt aufrecht gegen mein Kissen drücke und Ihnen diese Worte niederschreibe. War es richtig, dass ich Albacore nachgegeben habe? In meinem letzten Brief war ich mir sicher, Ihre Zustimmung zu erhalten. Nun bin ich mir gleichermaßen sicher, dass Sie mit Ihren strengen Prinzipien und unverrückbaren moralischen Überzeugungen mich für meine Käuflichkeit verachten. Es ist mir überaus wichtig, dass Sie meine Seite verstehen. Ich bin hier ein unschuldig Verirrter, ein Pygmäe, der mit Riesen die Lanzen kreuzt. Es ist uns nicht immer gegeben, dass wir uns die Mittel unseres Aufstiegs aussuchen können. Auch Sie müssen manchmal dieses Gefühl in Ihrer Beziehung zum polygnathosen Dalziel verspüren. Sie dürften sich sicherlich gelegentlich gewünscht haben, dass die funkelnden Auszeichnungen Ihrer Karriere nicht von der Gnade seinesgleichen abhängen. Durch unwürdiges Betragen gelangt man zu Würden. Auch geschieht es zuweilen durch Schlechtigkeit.
Wenn ich Sie daher anscheinend um Ihren Segen bitte, dann desweg

Wieder eine Unterbrechung!
Zu welchen Seifenopern sich meine Briefe doch entwickeln, jeder Teil endet am gerade spannendsten Moment!
Und welch eine sich zuspitzende Unterbrechung diesmal, gleichrangig mit den Schlussepisoden von Serien wie *Emergency Room*, die den »Was passiert als Nächstes«-Appetit derart anzuregen verstehen, dass man dem Ende der Sommerpause so hungrig wie nie zuvor entgegenfiebert.
Aber ich darf nicht frivol werden. Was wir hier haben, ist keine Seifenoper, sondern Realität. Und eine tragische noch dazu.

Es war das ängstliche Gebimmel einer Glocke, das mich ablenkte.
Ich sprang aus dem Bett und stürzte zum offenen Fenster. Seit meinem Aufenthalt im Syke schlafe ich immer, zu jeder Jahreszeit, bei geöffnetem Fenster. Im Innenhof konnte ich nichts entdecken, rechts von mir aber hörte ich anwachsenden Tumult. Als ich den Kopf in die Nachtluft hinausreckte, kam es mir vor, als wäre die dunkle Silhouette der Gebäude, die an dieser Seite an den Hof angrenzen, im rosigen Schein der Dämmerung in den Himmel gestanzt.
Nur dass es dafür noch viel zu früh war und ich außerdem nach Norden blickte.
Ich ließ mir kaum die Zeit, in meine Schuhe zu schlüpfen und einen Regenmantel über die Schultern zu ziehen, und eilte in die Nacht hinaus.
O mein Gott, welch ein Anblick, als ich vom Quästoren- zum Dekanshof kam!
Es war das Dekansquartier, kein Hort der Schönheit mehr, sondern ein hockendes, hässliches, marodierendes Monster; lange Flammenzungen loderten aus den unteren Fenstern und leckten begierig an der Fassade.
Ich hastete vorwärts, bemüht zu helfen, und wusste doch nicht, was tun. Feuerwehrleute schleppten Schläuche von ihrem Fahrzeug, das sich unter einem gotischen Bogen, der einzigen Zufahrt zu diesem Teil des College, verkeilt zu haben schien, manche trugen Atemmasken, sie schwärmten um mich herum aus, in akuter Zweckgerichtetheit, die den selbstbewussten Profi auszeichnet.
»Was um Gottes willen ist hier geschehen?«, rief ich einem zu, der neben mir stehen geblieben war, um einen beurteilenden Blick auf die Szenerie zu werfen.
»Ein alter Bau«, sagte er lakonisch. »Viel Holz. Konnte drei Jahrhunderte lang austrocknen. Solche Gebäude brennen wie Zunder. Wer sind Sie?«
»Ich bin ….« Wer war ich?

Plötzlich wusste ich es nicht mehr. »Ich bin hier bei der Konferenz.«

»Ah«, sagte er und verlor das Interesse. »Ich brauche jemanden, der weiß, ob sich dort drin Personen aufhalten.«

»Das weiß ich«, beeilte ich mich zu sagen.

Es stellte sich heraus, dass er der Stellvertreter des Feuerwehrhauptmanns war, ein, was seine scharf geschnittenen Gesichtszüge anbelangte, gut aussehender junger Mann.

Ich erzählte ihm, dass Sir Justinian und Lady Albacore, soweit ich wusste, die einzigen Bewohner des Gebäudes seien, und versuchte ihm aus der Erinnerung an unsere Besichtigungstour anzuzeigen, wo sie sich vermutlich befanden. All dies wiederholte er in sein Funkgerät. Während wir sprachen, hatte das Feuer hinter ihm die oberen Stockwerke erreicht. Mir schwante Böses, wir wurden Zeugen einer wahrhaft schrecklichen Tragödie. Dann kam knisternd über Funk die gute Neuigkeit, dass Amaryllis sicher und wohlauf sei. Meine Freude darüber verlor sich jedoch augenblicklich, als von Justin jede Spur zu fehlen schien.

Zu diesem Zeitpunkt begann es heftig zu regnen, was für die Feuerwehrleute eine gute Nachricht war. Da ich keinerlei Sinn darin sah, mir beim Betrachten des Feuers eine Erkältung einzufangen und mir den Tod zu holen, kehrte ich in mein Zimmer und zu meinem Brief zurück. Ich bezweifelte, dass ich wieder einschlafen konnte, weshalb ich ebenso gut weiterschreiben könnte.

Wieder falsch!

Ich wurde auf meinem Stuhl von Dwight geweckt, der mich an der Schulter rüttelte.

Und während ich noch mit dem Schlaf kämpfte, war seinem Gesicht abzulesen, dass es nichts Gutes zu vermelden gab.

Sondern Schlimmstes.

Im Erdgeschoss, wo das Feuer am heftigsten gewütet hatte, war Justinian Albacores Leiche gefunden worden.

Ich war am Boden zerstört. Es gab für mich kaum einen Grund, den Mann zu lieben, doch etwas in seiner spöttischen, subtilen Art hatte mich zu ihm hingezogen, sodass ich vergangene Nacht kein Problem mit der Aussicht hatte, viel Zeit in seiner Gegenwart zu verbringen.

Dwight wollte mit mir reden, ich jedoch wollte für mich allein sein.

Ich zog mich an und ging hinaus. Die Grundmauern der Dekanwohnung, sanft dampfend unter dem leichten Nieselregen, waren nur noch entsetzliche Illustration der Gewalt der Flammen. Der hübsche junge Feuerwehrhauptmann gesellte sich zu mir, während ich so stand und alles betrachtete, und lieferte mir ein Bild der Ereignisse der vergangenen Nacht, wie sie es sich zusammengereimt hatten.

Es scheint, dass Amaryllis von Justin geweckt wurde, der in den frühen Morgenstunden das Bett verließ. Schlaftrunken fragte sie, was los sei, worauf er erwiderte, unten etwas gehört zu haben, wahrscheinlich aber sei nichts und warum sie nicht wieder zu schlafen versuche. Was sie auch tat. Als sie einige Zeit später erneut aufwachte, quoll dicker Rauch ins Zimmer. Auf dem Treppenabsatz vor dem Schlafzimmer, stellte sie fest, war alles noch viel schlimmer, die Flammen waren bereits am Fuß der Treppe sichtbar. Sie zog sich ins Schlafzimmer zurück und alarmierte die Feuerwehr. Dann schlüpfte sie eiligst in eine Freizeithose, zog ein T-Shirt und mehrere warme Pullover an, trug ein wenig Make-up auf und öffnete das Schlafzimmerfenster, das den Blick auf das Dach eines architektonisch widersinnigen Gewächshauses freigab, errichtet von einem orchidomanischen Dekan zu Viktorias Zeiten, als es so was wie gesetzliche Bestimmungen zum Pflanzenschutz noch nicht gab. Auf dieses Dach ließ sie sich unter Zuhilfenahme einer Regenrinne hinab und schlitterte von dort in die Arme des ersten Feuerwehrmanns am Einsatzort.

Über Justin gibt es im Moment nur Spekulationen.

Wahrscheinlich brannte sein Arbeitszimmer bereits lichterloh, als er die Treppe hinabstieg. Dass dort der größte Schatz des College, Reginald von Durhams *Vita S. Godrici* lag, das er persönlich und skrupellos aus der Universitätsbibliothek entfernt hatte, muss sein Urteilsvermögen getrübt haben. Statt Alarm zu schlagen, stürzte er wahrscheinlich hinein, um das wertvolle Manuskript zu retten, wurde von der Hitze allerdings zur Türschwelle zurückgedrängt, wo er unter dem Rauch zusammenbrach und starb.

Nach allem, was ich selbst erblickte und mir mein neuer Freund erzählte, dürfte es offensichtlich sein, dass nicht nur die *Vita* zu Asche verbrannt ist, sondern auch keine einzige Seite von Albacores Beddoes-Manuskript und nicht eine Karte seines Karteikartensystems das Inferno überstanden haben.

Es ist noch zu früh, um irgendwelche Schlüsse zur Brandursache zu ziehen, doch als ich dem Feuerwehrhauptmann erzählte, dass wir alle vergangene Nacht im Arbeitszimmer gesessen, Brandy getrunken und Zigarren geraucht hatten, funkelten seine großen blauen Augen, und er notierte sich eine Bemerkung in seinem Notizblock.

Die Konferenz ist natürlich abgebrochen worden, und nachdem ich am Morgen Fragen beantwortet und Aussagen getätigt habe, sitze ich nun wieder hier und schreibe Ihnen, lieber Mr. Pascoe, in der Hoffnung, dabei meine Gedanken ordnen zu können.

Ich weiß, Sie werden mich für selbstsüchtig halten, doch tief in mir, unter meiner aufrichtigen Trauer über Justinians Tod, liegt ein winziger Klumpen Selbstmitleid.

Gestorben sind auch all meine Hoffnungen, all die herrlichen Träume über meine Zukunft in Cambridge, ich hatte sie nur ein einzige Nacht.

Was bin ich doch nur für ein armer Mensch, wie?

Noch eine Unterbrechung, diesmal hoffentlich definitiv die letzte!
Während ich den letzten, selbstmitleidigen Satz schrieb, kam

Dwight in mein Zimmer und fragte mich mit amerikanischer Unverblümtheit: »So, Franny-Boy, wie sehen jetzt Ihre Pläne aus?«

»Pläne?«, sagte ich verbittert. »Für Pläne braucht man eine Zukunft, doch die scheine ich nicht zu haben.«

Er lachte nur. »Mein Gott, Fran, kommen Sie mir nicht auf die weinerliche Tour. Das bringt nichts ... Sie haben doch eine große Zukunft vor sich. Nach allem, was ich in den letzten Tagen aufgeschnappt habe, haben Sie ein halbfertiges Buch über Beddoes geerbt, und nach dem, was letzte Nacht geschah, ist der Weg jetzt frei. Sagen Sie, haben Sie irgendeinen Vertrag mit einem britischen Verleger?«

»Nein«, sagte ich und erklärte ihm die Situation.

»Aber besteht denn die Möglichkeit, dass diese Typen auf Sie zukommen und behaupten, Sie hätten wegen des Vorschusses ein Anrecht auf alles, was Dr. Johnson bislang geschrieben hat?«

»Nein. Ich habe mir eine schriftliche Verzichtleistung aushändigen lassen. Das erschien mir ganz vernünftig ...«

»Das will ich aber meinen!«, stimmte er zu. »Dann können Sie sich jetzt also dransetzen und das Buch fertig schreiben, so wie Sie es wollen, und sich einen Namen schaffen, was?«

Ich dachte darüber nach. Dieser Aspekt der Tragödie war mir bislang noch gar nicht in den Sinn gekommen. Wahrlich, Gott beschreitet rätselhafte Wege!

»Schon mal daran gedacht, es in den Staaten zu veröffentlichen?«, sagte er. »Dort herrscht reges Interesse an Beddoes. Und eine Menge Kohle ist auch da, wenn man weiß, wo man zu suchen hat.«

»Wirklich?«, sagte ich. »Dann wünschte ich, ich wüsste, wo ich zu suchen habe!«

»Ich weiß es«, sagte er. »Vor kurzem hat sich der Verlag meiner Universität bei mir gemeldet. Ich sag es ihnen ja schon seit Jahren, aber anscheinend sind sie erst jetzt aufgewacht: Entweder sie erweitern ihr Programm, oder sie gehen unter. Ich will Ihnen was sagen, ich werde jetzt packen, dann fahr ich nach London hoch ...«

»Runter«, sagte ich.

»Wie bitte?«

»Von Cambridge aus fährt man nach London oder jedem anderen beliebigen Ort immer runter.«

Er kam nah an mich heran. »Hören Sie, Fran, das genau ist das Denken, das Sie sich aus dem Kopf schlagen sollten. Gut, Cambridge war mal ein Ort, der angesagt war, aber das war zu jener Zeit, in der heute die Kostümfilme spielen. Nichts steht still. Entweder du gehst weg, oder es macht sich vor dir davon. Zum Teufel, vor kurzem war ich in Usbekistan, und da ich ein alter Romantiker bin, wollte ich einen Blick auf den Aralsee werfen. Nun, ich bin also dahin, wo mein alter zerschlissener Baedeker mich hinlotste, und wissen Sie, was ich da gefunden habe? Nichts. Wüste. Die Russkis haben über einen so langen Zeitraum Wasser abgeleitet, dass der See auf die Hälfte seiner ursprünglichen Größe geschrumpft ist. Ich sprach dann mit einem alten Kerl, der noch in dem Haus lebt, in dem er geboren wurde, und der zeigte auf den rissigen, steinigen Boden vor seinem Eingang und sagte, als Kind sei er an den Sommermorgen nackt aus dem Haus gerannt und in die Wellen gesprungen. Jetzt muss er verdammt noch mal dafür zweihundert Meilen weit rennen! Mit Cambridge ist es genauso. Alles ist ausgetrocknet. Schauen Sie sich genau um, und was sehen Sie? Alte Filmkulissen. Einst hat man da ein paar gute Sachen gedreht, aber mittlerweile sind die Kameras und die Scheinwerfer und der ganze Trubel weitergezogen. Nichts ist so traurig wie alte Filmkulissen, die man stehen gelassen hat, damit sie im Regen vermodern. Denken Sie darüber nach, Fran. Ich werde in einer Stunde fahren. Ich hoffe, Sie kommen mit.«

Nun, danach musste ich spazieren gehen, um den Kopf freizubekommen. Ein weiteres Mal schlenderte ich durch die *Backs*. Nur diesmal betrachtete ich die Gebäude mit ganz anderen Augen.

Und wissen Sie, was ich diesmal sah? Keine Tempel der Schönheit und Gelehrsamkeit, nicht den friedlichen Hafen, in dem ein Mann Anker werfen und auf ewig seinen Landaufenthalt genießen kann.

Nein, ich sah es mit Augen, von denen Dwight die Schuppen genommen hat, und was ich sah, waren alte Filmkulissen, die im Regen verteufelt traurig wirkten!

Warum um alles in der Welt wollte ich in einer Bruchbude wie dieser mein Leben verquatschen, verhuren und versaufen?

Ich habe nun also gepackt – es hat kaum eine Minute gedauert, um meine wenigen Habseligkeiten zusammenzuwerfen – und warte auf Dwight. Er sollte bald fertig sein, ich werde diesen Brief also endlich zu einem Abschluss statt einer Unterbrechung führen.

Ich hoffe, die Luft zwischen uns ist nun rein. Vielleicht werde ich mich irgendwann in Zukunft wieder dazu hinreißen lassen, Ihnen zu schreiben. Wer weiß? In der Zwischenzeit, da das Jahr sich seinem Ende nähert, darf ich Ihnen und Ihrer lieben Familie erneut ein frohes Weihnachten wünschen?

Unterwegs *per ardua ad astra!*

Ihr Franny Roote

auerarsch und Rostdumm«, sagte Andy Dalziel.
»Was?«
»Der Aralsee. Mein Gott, an den hab ich seit Jahren nicht mehr gedacht. Was nicht alles so hängen bleibt, ha? Trocknet der wirklich aus?«
»Das weiß ich nicht, Boss«, sagte Peter Pascoe. »Aber spielt das eine Rolle? Ich meine ...«
»Es spielt eine Rolle, wenn du da reinspringst, und er ist nicht da«, sagte Dalziel tadelnd. »Sauerarsch und Rostdumm! Der alte Beenie wäre quietschvergnügt.«
Pascoe sah zu Edgar Wield, in dessen Miene sich ebenso Verständnislosigkeit abzeichnete wie in seiner.
Seine Entscheidung, Rootes Briefe bei der CID-Sitzung anzusprechen, fußte auf überwiegend pragmatischen Gründen. Er hatte den größten Teil des Vormittags damit verbracht, Roote in verschiedenen Richtungen nachzurecherchieren, und hegte nicht den geringsten Zweifel, dass dies weder Andy Dalziels Adlerauge oben noch Edgar Wields Luchsauge unten entgangen war. Also war es das Beste, die Sache gleich offiziell anzusprechen. Das triumphierende Gefühl, sein Feind habe sich aus freien Stücken in seine Hände begeben, hatte sich jedoch nach und nach verflüchtigt. Und wenn er nun über die Sache nachdachte, empfand er sogar leichtes Schamgefühl darüber. Daher hatte er in ruhigen, gemessenen Worten seinen Kollegen die Briefe vorgestellt, ohne (hoffte er) ihnen zu zeigen, wie sehr ihm an ihrer Zustimmung lag, dass es Grund zur Besorgnis gab.
Stattdessen hatte er den Dicken dazu gebracht, dass er wie ein pyknischer Prophet in Zungen sprach!
Und fort bramarbasierte er.
»Er sagte mir mal, der alte Beenie, ›Dalziel‹, sagte er, ›wenn ich mal einen Gelehrten foltern will, dann lasse ich dich Blankverse vorlesen.‹ Er hatte ein scharfes Mundwerk, wusste, wie jemand anzufas-

sen war. Aber, mein Gott, was war das für ein langes, langweiliges Gedicht! Vielleicht erinnere ich mich deshalb ans Ende, weil ich so froh war, als ich endlich dort ankam!«

»Welches Gedicht?«, fragte Pascoe, der es mittlerweile aufgegeben hatte, gegen die schlammige Flut anzuschwimmen.

»Hab ich doch gesagt. Sauerarsch und Rostdumm, hast du das nicht in deinem albernen Kindergarten gelernt?«, sagte Dalziel. Dann ließ er sich erweichen und fügte hinzu: »Sohrab und Rustum‹, so heißt's wirklich, aber wir haben es nur Sauerarsch und Rostdumm genannt. Kennst du es?«

Pascoe schüttelte den Kopf.

»Nein? Na ja, ich nehm an, als du zur Schule gekommen bist, da gab's nur noch dieses moderne Zeug, voller Schimpfwörter und ohne Reim.«

»Blankverse reimen sich nicht«, sagte Pascoe etwas unklug.

»Ich weiß, dass sie sich verdammt noch mal nicht reimen. Aber das braucht's auch nicht, weil es wie Poesie klingt, oder? Und es ist ein wenig elend. Dieses Gedicht ist ziemlich elend. Rostdumm murkst Sauerarsch ab und findet dann heraus, dass der Typ sein eigener Sohn ist. Dann sitzt er die ganze Nacht mitten in dieser komischen Wüste, die choresmische Öde nennt er's, neben dem Leichnam, während um ihn herum die Armeen ganz geschäftig ihrem Treiben nachgehen, eine der traurigsten Szenen der ganzen engl. Lit., hat Beenie gesagt, und dieser Fluss, der Oxus, fließt ständig vorbei. Fast wie in ›Ol' Man River‹, wirklich.«

»Und was hat das mit dem Aralsee zu tun?«, fragte Pascoe.

»Das will ich dir erzählen«, sagte Dalziel.

Er warf sich in Pose und begann im Schuljungen-Singsang zu deklamieren, wobei er am Ende jedes Verses, ohne Rücksicht auf Zeichensetzung und Sinnhaftigkeit, eine deutliche Pause einlegte.

.... bis endlich tönt.
Der Wellen heller, lang ersehnter Klang.
Und weit und lichtdurchflutet öffnet sich.
Das heimische Gewässer. Frisch benetzt.

Aus seinem Grund die Sterne steigen auf.
In deren Schimmer der Aralsee strahlt.

»Also, verdammt, das ist doch Poesie, da gibt's nichts zu deuteln«, schloss er.
»Und das ist das Ende von diesem säuerlichen und angerosteten Gedicht?«, sagte Pascoe. »Und der alte Beenie ...?«
»Mr. Beanland, MA Oxon. Er hätte für England im Kreidewerfen antreten können. Hat dir auf fünf Meter das Auge ausgeworfen. Und brabbelte und palaverte von diesem Aralsee, wie abgelegen und schön und rätselhaft er sei. Und jetzt kommt dieser Yankee und sagt, dass er austrocknet, und die Touristen fahren hin, und er ist nicht mehr da. Wie das Leben, was? Genau wie das beschissene Leben.«
»Ich seh darin keinerlei Korrespondenz, sticht mir nicht unbedingt ins Auge«, sagte Pascoe verstimmt.
»Was geschehen würde, wenn ich ein Kreidestück bei der Hand hätte«, grummelte der Dicke. »Apropos Korrespondenz, warum verschwende ich meine wertvolle Dienstzeit mit der Lektüre deiner Post?«
»Weil sie von Franny Roote stammt, weil sie implizit Drohungen enthält, weil er darin bei mehreren Verbrechen seine Mittäterschaft zugibt. Und«, schloss Pascoe wie ein englischer Komiker im Glasgow Empire, der merkt, dass seine besten Gags in einem Meer aus Gleichgültigkeit versinken, und deshalb verzweifelt versucht, zu seinem Publikum Kontakt herzustellen, »weil er dich als Schwabbelbacke bezeichnet hat.«
Doch sogar diese komplizenhafte Provokation ging ins Leere.
»Oh, aye. Eine Beleidigung aus dem Munde eines Experten klingt wie eine Liebesbezeigung«, sagte der Dicke gleichgültig.
»Schön, dass du heute so gelassen bist«, sagte Pascoe. »Aber die Drohungen ...«
»Welche Drohungen? Ich entdecke keine. Wie steht's mit dir, Wieldy? Hast du irgendwelche Drohungen entdeckt?«
Der Sergeant blickte entschuldigend zu Pascoe. »Nicht direkt.«
»Nicht direkt«, äffte Dalziel nach. »Das heißt verdammt noch mal

überhaupt keine! Der Bursche macht sich doch die Mühe zu sagen, dass er dir keinen Drohbrief schreibt. Tatsächlich scheint er dich ziemlich zu schätzen, würde mich nicht wundern, wenn er dir als Nächstes eine Valentinskarte schickt!«

»Das gehört doch dazu, seht ihr das denn nicht? Genau wie das Theaterstück, von dem er erzählt, *Death's Jest-Book*, das alles ist ein makabrer Scherz. Das Gerede über die Vieldeutigkeiten der Rache, ein Bruder wird zum besten Freund des Herzogs, der andere platzt vor Hass, damit sagt Roote doch nur, wie er sich fühlt.«

»Nein, das tut er nicht. Ich erinnere mich, er sagt ganz ausdrücklich, dass er sich wie der freundliche Bruder fühlt. Und diese Verbrechen, von denen du ständig schwafelst, was soll denn da gewesen sein?«

Pascoe öffnete die mitgebrachte Akte und legte mehrere Blätter vor.

»Du hast doch nicht wieder mit deinem Computer gespielt?«, sagte Dalziel. »Du wirst noch blind davon.«

»Harold Bright, Brillo genannt«, sagte Pascoe. »Zur selben Zeit im Syke übel zugerichtet, als auch Roote dort war. Hatte einen Unfall in der Dusche. Schädelbruch. Spuren eines ammoniakhaltigen Reinigungsmittels wurden in den Augen gefunden, konnte sich keiner erklären. Komplikationen bei der Behandlung. Starb darauf.«

»Um den ist es nicht schade«, sagte Dalziel. »Ich erinnere mich an die Brights. Schlugen bei der Festnahme zwei von uns krankenhausreif, einer von denen musste vorzeitig in den Ruhestand. Dendo ist noch drin?«

»Nein. Hat seine Zeit in Durham abgesessen, ist letzten Monat entlassen worden.«

»Dann ist das Problem gelöst. Schick ihm Rootes Adresse. Er schnappt sich deinen Knaben, und wir buchten ihn wieder ein. Zwei zum Preis von einem.«

Über die Jahre hinweg hatte Pascoe ein ziemlich gutes Gespür dafür entwickelt, wann der Dicke Spaß machte. Trotzdem gab es immer noch Graubereiche, bei denen es besser war, nicht nachzufragen.

»Worauf ich hinauswill«, sagte er. »Wir wissen, es ist jemand gestorben, und jetzt haben wir ein Geständnis.«

»Quatsch«, sagte Dalziel. »Seine Aussage hätte genauso gut Hans Andersen schreiben können. Und wie er schon selbst sagt, wo willst du denn Zeugen auftreiben? Wie auch immer, wenn er's wirklich war, dann hat er einen Orden verdient. Noch was?«

»Ich hab's nachgeprüft, Polchard saß zur selben Zeit wie Roote in Haft, der Anstaltsleiter im Syke erinnert sich, dass sie zusammen Schach gespielt haben«, sagte Pascoe schmollend.

»Willst du Roote drankriegen, weil er geschummelt hat? Ich erinnere mich an Matt Polchard. Ein durchtriebener Halunke. Ist er schon draußen?«

»Ja, Sir«, kam es von Wield, dessen Job es war, alles zu wissen. »Wurde im Sommer entlassen. Hat sich zur Erholung in sein Haus in Wales zurückgezogen.«

Nicht nur in seiner Vorliebe für Schach unterschied sich Polchard von gewöhnlichen Ganoven. Er hielt nicht viel vom Luxus einer spanischen Villa samt dazugehörigem ausschweifenden Leben. Sein liebstes Versteck war ein abgelegenes walisisches Bauernhaus in Snowdonia.

Aber wenn es darum ging, seine Interessen zu wahren, dann handelte er, wie es sich für seinesgleichen gehörte. Kurz nach dem Kauf des Bauernhofs brannte eine Scheune ab, und an eine Wand war auf Walisisch eine Nachricht gesprüht, darunter auch gleich die hilfreiche englische Übersetzung. *Hau ab, Engländer, sonst ist beim nächsten Mal das Haus dran.* Einige Tage später wachte der Anführer der wichtigsten walisischen Aktivistengruppe in den frühen Morgenstunden in seinem Bett auf und musste feststellen, dass drei Männer in seinem Schlafzimmer standen. Sie waren unbewaffnet und nicht maskiert, was er eher beängstigend als beruhigend fand. Sie sprachen sehr höflich auf ihn ein, zeigten ihm eine Liste mit den Adressen von etwa einem Dutzend Mitglieder seiner Gruppe, seine eigene stand ganz oben, und versicherten ihm, dass jedes dieser Anwesen innerhalb der nächsten vierzehn Tage dem Erdboden gleichgemacht werden würde, falls es zu einem weiteren Vorfall auf Mr. Polchards Grund und Boden käme. Dann gingen sie. Fünfzehn Minuten später ging der Schuppen in seinem Garten hoch und brannte mit solcher

Wucht nieder, dass er nur noch ein Haufen Asche war, bevor die Feuerwehr auch nur in die Nähe kam. Anzeige wurde nicht erstattet, die Polizei allerdings bekam schnell Wind von der Sache, welche Dalziel nun lang und breit ausführte und womit er zu verstehen gab, dass er an Roote keinerlei Interesse mehr hatte.

Pascoe hörte sich mit kaum verhohlener Ungeduld die oft erzählte Geschichte an und nahm sie als Ausgangspunkt, um wieder auf sein Thema zurückzukommen.

»Polchard ist nicht der Einzige, der mit Feuer umzugehen weiß«, sagte er. »Dieser Brand im St. Godric's, von dem Roote schreibt, ich hab hier mehrere Zeitungsartikel, außerdem habe ich mit der Feuerwehr im Cambridge gesprochen, die Jungs von der Brandursachenforschung werden mich zurückrufen ...«

»Stopp, Junge, sofort«, sagte Dalziel. »Ich hab den Brief nicht röntgen und auf vergiftete Tinte untersuchen lassen wie du, aber ich hab ihn gelesen, und ich kann mich nicht erinnern, dass er auch nur im Entferntesten die Brandstiftung gesteht! Hab ich da was verpasst? Wieldy, was meinst du?«

Der Sergeant schüttelte den Kopf.

»Nein, definitiv kein solches Geständnis, nicht direkt ...«

»Da hast du's wieder. Nicht direkt! Ja was denn sonst, wenn nicht direkt?«

Pascoe hatte genug.

»Um Himmels willen«, unterbrach er wütend, »was ist nur in euch gefahren? Es ist doch ganz klar, dass er sich über uns lustig macht, nur darum geht's in diesem Brief. Und auch ohne den Brief hätte ich gewusst, dass etwas nicht stimmt. Schaut euch die Tatsachen an. Franny Roote ist ein Niemand, ein Ex-Häftling, der als Gärtner arbeitet. Dann wird sein Doktorvater Sam Johnson ermordet, und Roote becirct Johnsons Schwester, worauf ihm dessen fast fertig gestelltes Buch über Beddoes in den Schoß fällt. Plötzlich steht dieser akademische Niemand mit einem Bein in der ersten Liga. Nur eines steht ihm im Weg – Konkurrenz erfährt er in Gestalt dieses Typen Albacore, der anscheinend sein Œuvre einige Monate früher in die Läden bringen kann. Roote und Albacore lernen sich kennen,

Albacore glaubt, er hätte ein gutes Geschäft gemacht. Nimm Roote mit an Bord, press Johnsons Recherchen aus ihm heraus, und dann könnte er Roote wie einen widerlichen Scheißhaufen, der er ja ist, fallen lassen. Nur weiß er zu diesem Zeitpunkt noch nicht, dass der Scheißhaufen Zähne hat.«

Dalziel hatte bislang mit offenem Mund und so sprachlos, wie es ihm möglich war, gelauscht, jetzt konnte er nicht mehr an sich halten. »Ein Scheißhaufen mit Zähnen! Ich sag's ja, das kommt davon, wenn man moderne Gedichte liest!«

Pascoe, der sich durchaus ein wenig auf seine Ausdrucksweise einbildete, wirkte verlegen, ließ aber nicht locker. »Und was geschieht? Ein Feuer bricht aus, Albacore kommt darin um, und sein Werk geht in Flammen auf. Zufall? Ich glaube nicht. Wie ich schon sagte, es käme mir bereits verdächtig vor, wenn ich es nur in der Zeitung lesen würde. Aber das reicht dem Arsch noch nicht! Er muss es mir auch noch schreiben und dabei seine hämische Schadenfreude demonstrieren!«

»Schadenfreude? Hab ich nicht bemerkt. Wie ist's mit dir, Wieldy? Bist du über irgendwelche Schadenfreude gestolpert? Und wenn du noch einmal ›nicht direkt‹ sagst, reiß ich dir die Zunge aus und stopf dir damit das Maul!«

Wield strich sich mit der Zunge über die Lippen, als spielte er das Manöver in Gedanken durch, bevor er sagte: »Nein ... könnte nicht sagen, dass das definitiv Schadenfreude ist. Aber wie ich schon meinte, wenn Pete so ein Gefühl hat ... und ich stimme ihm zu, Roote ist ein abgefeimter Dreckskerl ...«

»Nicht so abgefeimt, dass wir ihn nicht eingelocht hätten«, sagte Dalziel selbstzufrieden.

»Er ist seitdem im Gefängnis in den Genuss einer erstklassigen Ausbildung gekommen«, sagte Wield.

Er meinte es eher ironisch, was der Dicke allerdings ignorierte.

»Schon«, sagte er. »Aber wenigstens kam er nicht als Soziologe wieder raus wie die meisten der Typen, denen drinnen Unterricht zuteil wird. Mir vergeht es jedes Mal, wenn ich die Arschlöcher in den Talkshows höre.«

Der DCI schloss die Augen, und Wield fügte schnell hinzu: »Vielleicht sollten wir abwarten, bis uns die Feuerwehr in Cambridge mehr sagen kann.«

Das Telefon klingelte derart prompt, dass sie nicht im Geringsten überrascht waren, als Pascoe, der sich den Hörer schnappte, mit den Lippen stumm das Wort *Cambridge* formte.

Auch ein Beobachter mit einem weniger scharfen Blick als Dalziel und Wield hätte fraglos bemerkt, dass Pascoe nichts Gutes zu hören bekam. »Vielen Dank«, sagte er. »Wenn sich noch etwas ergibt … ja, danke. Auf Wiedersehen.«

Er legte den Hörer auf.

»Und?«, sagte Dalziel.

»Nichts Verdächtiges«, sagte Pascoe. »Soweit sie es feststellen konnten, begann das Feuer in einem Lederarmsessel, vermutlich ausgelöst durch einen glühenden Zigarrenstumpen, der hinter das Kissen gerutscht war. Das Einzige, was auf einen Brandsatz hinweist, ist ein explodierter Brandy-Dekanter.«

»Aye, nun, da raucht also ein Haufen betrunkener Dons dicke Zigarren, in einem Gebäude, das wahrscheinlich gegen sämtliche Feuerschutzbestimmungen verstößt, die in den letzten fünfhundert Jahren erlassen worden sind, da kann man drauf warten, dass was passiert«, sagte Dalziel. »Nun, ich bin froh, dass wir das aus dem Weg geschafft haben.«

»Um Himmels willen«, sagte Pascoe, »du wirst doch nicht annehmen, dass einer wie Roote mit einer Paraffinbüchse herumwerkt? Nein, er war da, er sagt es uns auch noch, er pafte mit den Auserwählten Zigarren. Wahrscheinlich hat ihn das erst auf die Idee gebracht.«

»So? Hast du jetzt das zweite Gesicht, Peter?«, sagte der Dicke. »Nur schade, dass das Gesetz zur Beweismittelerhebung so was noch nicht anerkennt. Meiner Meinung nach reicht es für heute mit Roote. Ich habe nichts dagegen, wenn meine Beamten einem Hobby nachgehen, solange sie das in ihrer Freizeit machen.«

»Und was«, gab Pascoe wütend zurück, »hältst du davon, wenn deine Beamten prima-facie-Beweise ignorieren? Sir?«

»Prima facie? Wär das nicht der Fall, wenn Roote mit dem Messer in der Hand über einem italienischen Kellner mit durchgeschnittener Kehle steht? Wieldy, diese Statistiken, die ich für den Chief erstelle, wie komme ich mit denen voran?«

»Die sind fertig, Sir.«

»Wirklich? Mein Gott, ich muss ja die halbe Nacht durchgearbeitet haben. Es macht wirklich keinen Spaß als Superintendent. Am besten, du kommst in fünf Minuten in mein Büro und sagst mir, was ich von ihnen halte, bevor ich sie an Desperate Dan weiterleite. Wie macht sich übrigens die junge Ivor?«

Ivor war Dalziels Spitzname für DC Shirley Novello, die sich im Sommer in der Schulter eine Kugel eingefangen hatte und erst vor kurzem wieder Vollzeit arbeitete.

»Sieht gut aus, Sir«, sagte Wield. »Sehr engagiert und ganz scharf drauf, die verlorene Zeit wieder einzuholen.«

»Großartig. Jetzt bräuchten wir nur noch Bowler, und wir wären nur noch etwas unterbesetzt statt ernstlich unterbesetzt. Wann soll er zurückkommen?«

»Diese Woche, am Mittwoch, glaube ich, Sir.«

»Erst am Mittwoch?«, sagte Dalziel ungläubig. »Man könnte ja glatt meinen, der Bursche hätte sich einer schwerwiegenden Operation unterzogen. Hier, gib uns doch mal das Telefon, dann werde ich ihm einen Weckruf zukommen lassen.«

Bislang hatte Dalziel wenig unternommen, um Bowler vom Krankenbett hochzuscheuchen. Er wusste nur allzu gut, wie leicht ein rekonvaleszenter Held als übereifriger Bulle dargestellt werden konnte, der einen Verdächtigen durch exzessive Gewaltanwendung getötet hatte. Doch nachdem der Untersuchungsausschuss Bowler von aller Schuld freigesprochen hatte, lag der Fall anders.

»Die Mühe kannst du dir sparen«, sagte Pascoe. »Ms. Pomona ist mit ihm zur Ruhe und Erholung übers Wochenende weggefahren. Sie werden erst heute im Lauf des Tages zurückkommen.«

»Was? Er hat sich mit dem Licht seiner Liebe fortgemacht? Wenn ein Mann imstande ist zu bumsen, dann ist er auch imstande zu arbeiten, steht so in der Bibel. Wartet, bis ich ihn in die Finger bekomme. Wieldy, die Statistiken, in fünf Minuten! Übrigens, Pete. Der Chief lädt mich zum Mittagessen ein. Seine Belohnung für meine harte Arbeit. Mit einigem Glück bin ich erst zum Tee wieder hier, wenn also jemand was von mir will, musst du das übernehmen.«

»Ja, Boss. Nur dass ich am Nachmittag im Gericht bin«, sagte Pascoe.

»Oh, aye, die Linford-Sache. Aber da gibt's ja keinen Grund zur Sorge, wir haben den Fall von diesem Scheißer dichter als 'nen Nonnenschlüpfer gestrickt, richtig?«

»Richtig«, sagte Pascoe. »Obwohl Belchamber bestimmt ein wenig daran rumschnippeln wird ...«

»Der Rülpser«, grummelte Dalziel. »Kann nichts machen, solange dein Zeuge, dieser Carnwath-Bursche, standhaft bleibt. Kein Meinungsumschwung, nachdem ihm am Samstag Angst eingejagt wurde?«

»Oz ist bombenfest«, sagte Pascoe. »Und sie können ihn nicht direkt angreifen. Er ist nicht verheiratet, keine aktuelle Freundin, Eltern sind tot. Nächste Familienangehörige ist eine Schwester in den Staaten. Sie kommt zu Weihnachten, aber erst am Mittwoch, bis dahin sollte alles über die Bühne sein, so Gott will.«

»Was jammerst du dann herum? Wieldy, in fünf Minuten!«

Der Dicke ging.

Pascoe sah den gewaltigen Hinterbacken nach, bis sie außer Sichtweite geschaukelt waren. »Du hast dich dem Sauerarsch ja unabkömmlich gemacht, Wieldy. Könnte sich als fataler Fehler herausstellen.«

»Nein, ich baue darauf, wenn die Dienststelle in Flammen aufgeht und Andy nur eine Person rausschaffen kann, dann wird er mich über die Schulter werfen, wenn's die Dachrinne runtergeht. Wenn wir schon von Flammen reden ...«

Bedeutungsschwanger sah er zu den Briefen, die vor Pascoe auf dem Tisch lagen.

»Du glaubst auch, dass ich überreagiere?«

»Ich glaube, Franny Roote hat was an sich, was dich furchtbar stört.

Und das weiß er auch, also genießt er es, dich ein wenig auf die Schippe zu nehmen.«

»Du stimmst also zu, dass er es darauf abgesehen hat, mich mit diesen Geständnissen ... gut, halben Geständnissen zu provozieren?«, fragte Pascoe zuversichtlich.

»Vielleicht. Aber mehr sind sie nicht, nur Provokationen. Von einem aber bin ich bei unserem Franny überzeugt, er wird seine Freiheit nicht aufs Spiel setzen.«

»Was rätst du mir?«

»Vergiss es, Pete. Bald wird er der Sache sowieso überdrüssig werden und sich darauf verlegen, mit seinen neuen Freunden seine Spielchen zu treiben.«

»Wahrscheinlich hast du Recht«, sagte Pascoe mürrisch.

Wield betrachtete eingehend seinen Freund, dann sagte er: »Da ist doch noch was, oder?«

»Nein. Na ja, schon. Es ist irgendwie dämlich ... hör zu, Wieldy, wenn ich's dir erzähle, kein Wort zu Andy!«

»Großes Ehrenwort«, flötete Wieldy.

Pascoe lächelte. Auch wenn er mittlerweile offen mit seinem Partner Edwin Digweed zusammenlebte, ließ Wield bei der Arbeit nur selten die Maske fallen, hinter der er viele Jahre lang seine Homosexualität verborgen gehalten hatte. Sein kurz aufflackerndes tuntenhaftes Benehmen war als Versicherung mehr wert als ein Dutzend notariell beurkundeter Eide, die auf die Bibel und das Grab der Mutter geschworen wurden.

»Kannst du dich«, sagte Pascoe, »bei dem Brief an die Stelle erinnern, an der Roote Sam Johnsons Aufsatz vorträgt? Er sieht zur Uhr, es ist Samstagmorgen, neun Uhr, und dann geht sein Blick nach hinten, und er sieht ... hier ist es ... *es waren Sie, Mr. Pascoe. Dort saßen Sie und blickten mich unverwandt an.*«

Er sah vom Brief auf und blickte Wield so flehentlich an, dass dieser ihn am Arm berührte und eindringlich sagte: »Pete, er hat's nur mal versucht. Das ist dieses deutsche *Doppelgänger*-Motiv, das er von Charley Penn aufgeschnappt hat. Das ist dazu da, Kinder zu erschrecken ...«

»Ja, ich weiß, Wieldy. Es ist nur, letzten Samstag, da brachte ich Rosie zu ihrem Musikunterricht in der St. Margaret Street, ich parkte vor der Kirche, um auf sie zu warten. Und ich hab ihn gesehen.«

»Den Lehrer?«

»Nein, du Knallkopf! Roote. Im Kirchhof, dort stand er und starrte mich direkt an. Die Kirchturmuhr von St. Margaret begann neun zu schlagen. Ich sah ihn zwei Glockenschläge lang. Und bis ich aus dem Wagen kam, war er verschwunden. Aber ich hab ihn gesehen, Wieldy. Um neun Uhr, genau wie er schreibt. Ich hab Franny Roote gesehen!«

Es klang dramatischer, als er beabsichtigt hatte. Nicht »glaubte« oder »bildete mir ein, ihn gesehen zu haben«, sondern die unumstößliche Aussage »Ich hab ihn gesehen«! Ungeduldig wartete er auf Wields Reaktion.

Das Telefon klingelte.

Wield hob ab, sagte »ja?«, hörte zu, sagte »Okay, im Turk's, aber erst in einer Stunde«, und legte den Hörer auf. Eine ganze Weile lang dachte er nach, bis Pascoe sagte: »Und?«

»Was? Ach, nichts, nur einer, den ich kenne.«

Eine solch ungenaue Aussage hätte Pascoe normalerweise hellhörig werden lassen, diesmal verschlimmerte sie nur seine Ungeduld.

»Ich meine das mit Roote«, sagte er.

»Roote? Ah ja. Du glaubst, du hättest ihn gesehen, aber er ist in Cambridge. Hast du in letzter Zeit einen Sehtest machen lassen, Pete? Hör zu, ich mach mich jetzt lieber mal auf die Socken, damit Andy auch versteht, was er Dan erzählen wird. Viel Glück mit Belchamber. Wir sehen uns dann.«

»Danke«, sprach Pascoe in die Leere hinein. »Schon schlimm genug, wenn man Gespenster sieht, aber richtig übel wird es, wenn man dann auch noch selbst unsichtbar wird.«

Und stellte erleichtert fest, dass er darüber wenigstens noch lachen konnte.

Die Edelfrau

s war das beste Wochenende in Hat Bowlers Leben, kein Vergleich mit anderen Ereignissen, nicht einmal mit dem Winterwochenende vor einigen Jahren, als er nach langem vergeblichen Aufenthalt in seinem Versteck, wo er nach einer gemeldeten Blaumerle Ausschau gehalten hatte, zu seinem Wagen zurücktrottete und sie dort sitzen sah, genau auf der Kühlerhaube seines MG, wo sie lange genug blieb, damit er drei gute Aufnahmen schießen konnte.

Es war nicht nur der Sex gewesen, sondern das Gefühl des vollkommenen Beisammenseins, das sie in allem teilten, was sie taten. Samstag war ein perfekter Tag gewesen, bis zum Abendessen, als sie ihren Teller von sich schob und meinte, »Scheiße, ich bekomme einen meiner Kopfschmerzanfälle«. Erst hatte er darüber gelacht, es als Spaß aufgefasst, dann, als ihm bewusst wurde, dass sie es nicht witzig meinte, verspürte er den heftigen Stich eigennütziger Enttäuschung. Nachdem ihr Gesicht aber jede Farbe verloren hatte, wich dieses Gefühl der Sorge um sie. Sie versicherte ihm, dass nichts sei, sie nahm eine Tablette, und als sie sich, statt sich auf ihr Zimmer zurückzuziehen, vertrauensvoll und spontan die gesamte Nacht in seine Arme schmiegte, kam es ihm wie eine Bestätigung ihrer Liebe vor, die noch stärker war als Sex. Allmählich kehrte am nächsten Morgen die Farbe in ihr Gesicht zurück, zum Mittagessen war sie so fröhlich und umtriebig wie immer, und in der Nacht ... wenn Lust und Freude keine Grenzen fanden, dann in dem unermesslichen Universum, das ihr Bett in jener Nacht war.

Sie verließen ihr Zimmer erst im Lauf des Montagvormittags, und dann auch nur, weil es Zeit zum Auschecken war. Langsam fuhren sie nach Mid-Yorkshire zurück. Sie saßen in Ryes Fiesta – Hats MG brauchte noch länger als sein Besitzer, um sich von den Schrammen und Wunden zu erholen, die er sich bei dem Rettungseinsatz zugezogen hatte –, aber es war nicht die mangelnde Leistung des Motors, sondern mangelnder Wille, der ihre Geschwindigkeit diktierte.

Beide wussten aus Erfahrung, dass Lust und Freude ein zartes Gebilde waren und das Leben in seinem schäbigen Ärmel tausend Tricks versteckt hielt, um die armen, irregeleiteten Menschen in den Bankrott zu treiben, selbst wenn sie gerade ihren Gewinn einstrichen. Die Fahrt war wie eine Auszeit. Im Wagen waren sie noch voll der freudigen Gewissheit dessen, was sie im Hotelzimmer erlebt hatten, was allerdings vor ihnen lag, dessen konnten sie sich keineswegs sicher sein. Einem Abschnitt in Hats Unbewusstem, von dessen Existenz er bis zu diesem Zeitpunkt noch nicht einmal geahnt hatte, entsprang die schaurig-romantische Vorstellung, dass – würden sie eine schmale Bergstraße entlangfahren mit einer steil aufragenden Felswand an der einen Seite und einem Abgrund an der anderen – es vielleicht gar nicht so schlecht wäre, das Lenkrad zu packen und sie beide in den Tod stürzen zu lassen. Eine Weißdornhecke und ein Rübenfeld boten glücklicherweise nicht annähernd denselben Anreiz; es blieb daher eine Vorstellung, der leicht zu widerstehen war und die er, so sein Entschluss, lieber für sich behalten wollte. Und wieso hegte er überhaupt so pessimistische Gedanken? Hatte Rye ihm nicht versprochen, dass er bei ihr in Sicherheit sei, und natürlich würde er alles in seiner Macht Stehende tun, damit sie sich auch bei ihm sicher fühlte.

Ungestüm beugte er sich zu ihr hinüber und küsste sie, wobei fast das Rübenfeld mit ins Spiel gekommen wäre.

»Hey«, sagte sie, »wird bei der Polizei nicht mehr auf Sicherheit im Straßenverkehr geachtet?«

»Doch, aber manche von uns genießen eine Sonderstellung.«

Sie fasste zu ihm hinüber und berührte ihn intim.

»Und das hier ist also eine Sonderstellung? Warte.«

Auf das Rübenfeld folgte eine Wiese, Schafe standen darauf, zwischen ihnen lag ein überwachsener Feldweg. Rye schwang das Lenkrad herum, worauf sie etwa zwanzig Meter über den Weg holperten, bevor sie zum Halt kamen.

»So«, sagte sie und löste den Sicherheitsgurt. »Dann legen wir jetzt eine Unterrichtsstunde zur Sicherheit im Straßenverkehr ein.«

Für den Rest der Fahrt glich sein Herz einem Nest trillernder Vögel, die jeden potenziellen zukünftigen Missklang übertönten. Die Welt war perfekt, und alles, was vor ihnen lag, war eine Unendlichkeit, in der sie deren Vollkommenheit erkunden konnten.

Dennoch, trotz aller Gewissheit, war er traurig, als die Fahrt zu Ende ging und sie in die Peg Lane einbogen, wo Rye wohnte. Irgendwie, im Kokon ihres Wagen eingesponnen, waren sie sich so zweisam wie Adam und Eva am Anbeginn der Welt vorgekommen. Dennoch schien Gott noch ein Lächeln für sie übrig zu haben, da sie direkt vor dem Church View, dem großen umgebauten Stadthaus, in dem Ryes Wohnung lag, einen Parkplatz fanden.

Er folgte ihr die Treppe hoch, fragte sich, als sie den Schlüssel ins Schloss steckte, ob es dämlich sei, wenn er ihr anbot, sie über die Schwelle zu tragen, entschied, dass es das nicht ist – und wen zum Teufel interessierte es überhaupt? –, stellte die Koffer ab und trat vor, als die Tür aufschwang.

Und sah über ihre sich plötzlich versteifende Schulter hinweg, dass in die Wohnung eingebrochen worden war.

In der Wohnung herrschte Chaos. Schränke und Schubladen waren ausgeräumt, der Inhalt lag über die gesamte Wohnung verstreut; es schien, als hätte jemand nach etwas Bestimmtem gesucht. Allerdings war, soweit Hat es sehen konnte, nur ein Gegenstand in Scherben gegangen, eine chinesische Vase im Schlafzimmer. Sie lag unter dem Regal, auf dem sie gestanden hatte. Als er sie betrachtete, kam ihm, dass er zum ersten Mal in Ryes Schlafzimmer stand. Aber nicht zum letzten Mal, sagte er sich selbstgefällig.

Dann sah er ihr Gesicht, und sein Hochmut verflog.

Sie starrte auf die Scherben der zerbrochenen Vase, ihr Gesicht so blass wie der feine weiße Staub, der die Scherben bedeckte.

»O Scheiße«, sagte Hat.

Er konnte sich denken, was in der Vase aufbewahrt worden war. Ihr Zwillingsbruder Sergius war im Alter von fünfzehn Jahren bei einem Autounfall ums Leben gekommen. Seine Schwester hatte Kopfverletzungen davongetragen, von denen die charakteristische silberne Strähne in ihrem fülligen braunen Haar zurückgeblieben war. Die

Zwillinge hatten sich zu Lebzeiten sehr nahe gestanden, so viel wusste Hat, wie nah ihr Sergius nach seinem Tod noch gewesen war, das hatte er bis jetzt nicht geahnt.

Er wusste nicht zu sagen, wie er sich gefühlt hätte, wenn er mit Rye in Gegenwart der Asche ihres Bruders ins Bett gesprungen wäre. Und es sah auch nicht so aus, als ob sie das in naher Zukunft ausprobieren würden. Tröstend versuchte er ihr den Arm um die Schulter zu legen, wortlos entwand sie sich seinem Zugriff und ging zurück ins Wohnzimmer.

Da er auf persönlichem Weg keinen Kontakt zu ihr herstellen konnte, verlegte er sich auf die professionelle Vorgehensweise. Er wies sie darauf hin, dass sie nichts anfassen solle, wenn es nicht unbedingt notwendig war, sie aber schien ihn nicht zu hören, während sie durch das Wohnzimmer und die Küche lief und in den Schubladen, Schachteln, privaten Verstecken nachsah.

»Was fehlt?«, fragte er.

»Nichts«, sagte sie. »Soweit ich sehe. Nichts.«

Was sie nicht unbedingt glücklicher machte. Und ihn auch nicht, als er darüber nachdachte.

Er sah sich selbst um. Sie besaß keinen Fernseher oder eine Stereoanlage, worauf es Einbrecher meistens abgesehen hatten. Viele Bücher, die würde er aber erst kontrollieren können, wenn sie wieder in ihren Regalen standen, doch dürften sie kaum Ziel des Einbruchs gewesen sein. Er ging ins Schlafzimmer zurück. Was zum Teufel würde sie mit der Asche anstellen? Ihre aus den Schubladen gerissene Kleidung lag darüber verstreut. Das will man doch nicht in seiner Unterhose finden, dachte er mit der Grobschlächtigkeit, die Polizisten als Barriere zwischen sich und der paralysierenden Wirkung dessen zu errichten lernten, was sie so häufig zu Gesicht bekamen. Bei dem Tisch neben dem Bett stand ein Computer. Komisch, dass er nicht mitgenommen worden war. Ein teures Modell. Er bemerkte, dass es sich im Schlafmodus befand.

»Lässt du deinen Computer immer an?«, rief er.

»Nein. Ja. Manchmal«, kam es aus dem Wohnzimmer.

»Und diesmal?«

»Weiß ich nicht mehr.«
Er betätigte wahllos eine Taste und wartete. Nach einer Weile reagierte das Gerät.
Der Bildschirm schaltete sich an, Worte waren zu erkennen.
Bye bye Loreley.
Dann verschwanden sie.
Er drehte sich um. Rye war ins Zimmer gekommen, in der Hand hielt sie das Netzkabel, das sie aus der Steckdose in der Wand gerissen hatte.
»Warum hast du das getan?«, fragte er.
»Weil«, sagte sie, »ich selbst die Polizei rufe, wenn ich Polizisten hier haben möchte.«
»Wirst du die Polizei rufen?«
Sie fasste sich an den Kopf, dort, wo die silberne Strähne in ihrem braunen Haar leuchtete.
»Wozu?«, sagte sie. »Die veranstaltet doch nur noch mehr Chaos. Das Beste ist, wenn ich alles wieder einräume und mir ein besseres Schloss besorge.«
»Wie du willst«, sagte er. Er wollte sie nicht weiter drängen. »Aber du solltest dir absolut sicher sein, dass nichts fehlt, bevor du eine Entscheidung triffst. Du wirst bei deiner Versicherung nichts geltend machen können, wenn du keinen Polizeibericht in Händen hältst.«
»Ich hab dir gesagt, es fehlt nichts!«, blaffte sie.
»Okay, okay. Gut, dann lass uns ein wenig aufräumen, oder hättest du erst lieber was zu trinken?«
»Nein«, sagte sie. »Nein, ich werde selbst aufräumen, ist mir so lieber.«
»Gut. Dann mach ich uns jetzt einen Kaffee.«
»Mein Gott, Hat!«, rief sie aus, die Hand wieder am Kopf. »Was ist nur mit dem Kerl geschehen, der so übersensibel war, dass er noch nicht mal seine Gefühle zeigen konnte? Ich werde es dir buchstabieren, Hat: Ich will keinen Wirbel. Ich habe Kopfschmerzen, und ich würde lieber allein sein.«
Klar. Er zwang sich dazu, nicht zur zerbrochenen Vase zu blicken.

Er nickte, aufmunternd sagte er: »Ich glaube, ich hab's kapiert. Okay. Ich ruf dich später an.«

»Schön«, sagte sie.

Er ging zur Tür und betrachtete das Schloss. »Danke für das tolle Wochenende. Das war die beste Zeit, die ich jemals erlebt habe.«

»So ging's mir auch. Wirklich. Es war toll«, sagte sie.

Er sah zu ihr. Ihr gelang ein Lächeln, aber ihr Gesicht war blass, tiefe Schatten lagen unter den Augen.

Fast wäre er zu ihr zurückgegangen, besaß aber so viel Verstand und den Willen, es nicht zu tun.

»Später«, sagte er. »Wir reden später.«

Und ging.

ls Sergeant Wield sich dem Turk's näherte, hatte sein klar strukturierter Verstand, der es seit langem gewohnt war, die verschiedenen Bereiche seines Lebens streng voneinander zu trennen, kein Problem damit, sein Vorgehen einzuordnen.

Er, ein Polizeibeamter des Mid-Yorkshire CID, traf sich dienstlich mit einem neunzehnjährigen Strichjungen, der möglicherweise über Informationen verfügte, welche für die Polizei von Interesse sein konnten.

Er war allein, weil besagter Strichjunge kein registrierter Informant war (was bei jedem Treffen die Anwesenheit von zwei Beamten erfordert hätte), sondern ein ganz normaler Staatsbürger, der angedeutet hatte, ausschließlich Wield sehen zu wollen.

So weit, so normal. Nicht normal war nur, dass er sich das ständig ins Gedächtnis rufen musste!

Dann entdeckte er Lee durch die verschmierte Fensterscheibe des Cafés. Er saß am selben Tisch, an dem sie auch am vergangenen Samstagabend gesessen hatten, und sah aus wie ein Junge, der die Schule schwänzte.

Der Türke erwiderte seinen Gruß mit dem gewöhnlichen glottalen Grunzen und schenkte ihm eine Tasse Kaffee ein. Lees Miene, die sich bei Wields Ankunft vor Freude oder Erleichterung aufgehellt hatte, war wieder so argwöhnisch und wachsam wie immer, als der Sergeant sich setzte.

»Wie geht's?«, fragte Wield.

»Gut. Du hast dein Sandwich überlebt?«

»Sieht so aus.«

Schweigen. Manchmal ließ Wield unter solchen Umständen das Schweigen und seine undurchdringlich-drohende Miene für sich arbeiten. Heute jedoch würde ein wenig Smalltalk nötig sein, wenn hier etwas erreicht werden sollte. Vielleicht wollte er aber auch einfach nur plaudern.

141

»Lubanski«, sagte er. »Woher kommt der Name?«
»Das ist der Name meiner Mutter. Sie war Polin.«
»War?«
»Sie ist gestorben. Als ich sechs war.«
»Das tut mir Leid.«
»Ja? Warum?« Sein Ton war skeptisch-aggressiv.
»Weil«, sagte Wield mit sanfter Stimme, »es in keinem Alter besonders toll ist, wenn man seine Mutter verliert, aber mit sechs ist es noch schlimmer als zu irgendeinem anderen Zeitpunkt. Da ist man schon alt genug, um zu wissen, was es bedeutet, aber noch zu jung, um damit zurechtzukommen. Was ist dann geschehen?«
Eigentlich war die Frage unnötig. Wie Pascoe, der Franny Roote verfolgte, hatte auch er an jenem Morgen einige Recherchen angestellt. Lee Lubanski hatte einige Eintragungen im Jugendstrafregister, nichts Schlimmes: Ladendiebstahl, Klebstoffschnüffeln, Flucht aus einem Jugendheim. Nichts über Stricheraktivitäten. Er hatte Glück gehabt, war clever gewesen oder beschützt worden. Ein gewissenhafter Sozialarbeiter hatte eine kurze Familiengeschichte zusammengestellt, als der Junge zum ersten Mal ins Heim kam. Der Großvater war polnischer Werftarbeiter, der sich in der Solidarność-Bewegung engagiert hatte. 1981 ging General Jaruzelski dann gegen Walesa und seine Anhänger vor. Lubanski, ein Witwer mit schwachen Lungen und einer fünfzehnjährigen Tochter, fürchtete, einen Gefängnisaufenthalt nicht überstehen zu können, darüber hinaus machte er sich Sorgen um seine Tochter, wenn sie auf sich allein gestellt wäre. Irgendwie gelang es ihm, auf einem Schiff außer Landes zu kommen, das in Hull anlegte. Da er keinen Grund sah, warum sich die britischen Behörden von jenen in seiner Heimat grundlegend unterscheiden sollten, schlüpfte er durch das Immigrationsnetz und tauchte in den trüben Gewässern der Großstädte in Yorkshire unter, wo ihn genau das erwartete, wovor er aus Polen geflohen war. Nach nur wenigen Monaten fragwürdiger Existenz in Großbritannien starb er an unbehandelter Tbc und ließ eine schwangere Tochter zurück, die lediglich der Grundzüge des Englischen mächtig war und ihren Lebenserwerb mit nichts anderem als

der Prostitution bestreiten konnte, ihrem Beruf, als Lee in diese unfreundliche Welt geschlittert kam.
Die junge Mutter tauchte lange genug aus ihrer Illegalität auf, um ihren Sohn offiziell anzumelden und für sich vom sorgenden Staat ein Minimum an Sozialhilfe zu sichern, dann überkam sie erneut die Angst ihres Vaters vor den Behörden. Wieder verschwand sie, bis Lee das Schulalter erreichte. Nun bekam das Gesetz sie zu fassen, doch als ihr von den Behörden der Status einer illegalen Einwanderin zugebilligt wurde, war die Krankheit ihres Vaters bei ihr bereits so weit fortgeschritten, dass es nur noch darum ging, wer die Kosten für ihren Sarg zu übernehmen hatte.
Wie zu erwarten war auch ihr Sohn tuberkulosekrank, glücklicherweise befand sich die Krankheit noch in einem frühen Stadium, sodass er erfolgreich behandelt werden konnte. Der Bericht des Sozialarbeiters ging davon aus, dass Lee das Produkt einer ungeschützten Begegnung mit einem Kunden war, doch nur darin wich Lees fragmentarische Erzählung von dem ab, was Wield gelesen hatte.
»Meine Mam wollte heiraten, aber sie konnte nicht, weil sie erst fünfzehn war, sie musste bis sechzehn warten, und irgendwas muss dann mit meinem Dad passiert sein ...«
Hatte irgendein Dreckskerl das Mädchen angelogen, damit er sie umsonst ins Bett bekam? Oder hatte sie ihren Sohn angelogen, damit er nicht mit dem Wissen aufwachsen musste, er sei das Ergebnis einer Fünf-Pfund-Nummer an irgendeiner Hauswand?
Wie auch immer, dem Jungen war es sichtlich wichtig. Dem jungen Mann. Dem neunzehnjährigen männlichen Prostituierten, der ihn mit dem Versprechen hierher bestellt hatte, im Besitz nützlicher Informationen zu sein.
Wield richtete sich auf und sah auf seine Uhr, um der trauten Zweisamkeit ein Ende zu bereiten.
»Okay, Lee«, sagte er. »Ich hab noch was anderes zu tun. Warum wolltest du mich sprechen?«
»Dachte, es könnte dich vielleicht interessieren, dass ein Bruch geplant ist«, sagte er, bemüht, es beiläufig klingen zu lassen.

»Ein Bruch«, wiederholte Wield und musste sich das Schmunzeln über den Ausdruck verkneifen.
»Ja. Interessiert's dich nun oder nicht?«
»Dazu müsstest du mir schon etwas mehr erzählen. Wo soll eingebrochen werden? Wann?«
»Am Freitag. Ein Überfall auf einen Geldtransporter.«
»Ein Raubüberfall also. Irgendein bestimmter Geldtransporter?«
»Wie?«
»Junge, vielleicht ist dir schon mal aufgefallen, dass es in den Straßen unserer Stadt in Stoßzeiten von Geldtransportern nur so wimmelt.«
»Ja, gut, einer von Praesidium.«
Schon besser. Praesidium war ein relativ neues Sicherheitsunternehmen, das sich durch aggressives Marketing in der Wachstumsbranche zunehmend bemerkbar machte.
Wield löcherte Lee über Ladung, Zeit und Ort, der Junge allerdings zuckte nur mit den Schultern, und die einzige Antwort auf die Frage nach der Quelle seiner Informationen bestand darin, dass er meinte, sie sei garantiert gut, was er mit einer doppelten Dosis seines wissenden Blicks bekräftigte.
»Okay, Lee«, sagte Wield. »Das ist nicht viel, aber ich werde es meinem Boss gegenüber zur Sprache bringen. Er rückt übrigens nur Kohle raus, wenn Ergebnisse vorliegen.«
»Kohle? Was für Kohle?«, sagte der Junge wütend.
»Du wirst doch was für deine Mühen haben wollen, oder?«
»Das waren keine Mühen, das ist ein Gefallen, für das, was du für mich am Samstagabend getan hast. Oder hätte ich dir Geld dafür anbieten sollen? Oder vielleicht ganz was anderes?«
Worauf er anspielte, war klar, seine Entrüstung aber schien ehrlich zu sein.
»Tut mir Leid, Junge«, sagte Wield. »Hab dich falsch eingeschätzt. Hat mit meiner Arbeit zu tun, da meint man … na ja, man bekommt nicht oft was umsonst. Tut mir Leid.«
»Ja, gut, schon in Ordnung«, sagte Lee.
»Gut. Okay. Hör zu, wie kann ich dich erreichen?«
»Warum solltest du mich erreichen wollen?«

»Nur für den Fall, wenn was mit dem ... Bruch ist.«
Lee dachte einen Moment lang nach. »Ich melde mich wieder, wenn was sein sollte, keine Sorge.«
»Gut, wunderbar«, sagte Wield. Er zweifelte nicht, dass er den jungen Mann jederzeit auftreiben konnte, wenn er wollte. »Muss jetzt los. Pass auf dich auf.«
Diesmal sah er nicht ins Café, als er daran vorbeiging, er wollte keinen weiteren Blick auf den verletzlich wirkenden Jungen riskieren. Alles, was im Moment zählte, war der Tipp. Er war zu vage, um sonderlich von Nutzen zu sein. Er konnte sich gut vorstellen, was Dalziel ihm dazu sagen würde, also konnte er sofort das tun, was es zu tun gab, bevor es ihm gesagt wurde.
Auf seinem Motorrad steuerte er das Gelände an, auf dem die Sicherheitsfirma Praesidium ihren Sitz hatte.
Morris Berry, der Boss von Praesidium, ein schwabbeliger Typ mit schweißigen Handflächen, gab sich unbeeindruckt. Er rief auf seinem Computer die Aufträge für Freitag auf und meinte nach kurzer Betrachtung, dass sie es mit einer außergewöhnlich ambitionslosen Bande zu tun haben müssten, falls an dem Tipp was dran sei. Der einzige Job, der das Risiko wert sei, war die Tour mit den Löhnen für das Umland. Der Wagen belieferte verschiedene kleinere Geschäfte in der Grafschaft mit den Lohntüten. Gut, mit den Weihnachtsgratifikationen war die Summe höher als sonst, trotzdem kamen damit höchstens einige Tausend und keine Hunderttausend Pfund zusammen, eine Summe, die noch dazu mit jeder Auslieferung immer geringer wurde.
Wield überprüfte es selbst und musste ihm zustimmen. Wenigstens grenzte es den wahrscheinlichen Zeitpunkt des Überfalls ein, schließlich musste der Bande klar sein, dass sie umso weniger bekommen würde, je länger sie wartete. Berry lachte nur laut auf und fragte, was ihn zu der Annahme verleitete, dass die Kerle so intelligent wären. Wer in Betracht zog, einen seiner hypermodernen Sicherheitstransporter mit dem neuesten Tourenverfolgungssystem anzugreifen, dessen genauer Standort jederzeit abrufbar war, musste schon ziemlich dusselig sein.

Er demonstrierte es mit einer computerisierten Karte von Yorkshire, auf der an verschiedenen Stellen wagenähnliche Icons aufblinkten. Dann zoomte er einen von ihnen heran.
»Hier, Wagen 3 auf der A1079, nähert sich dem Fox and Hen. Wenn der Dreckskerl hier anhält, ist er gefeuert!«
Der Dreckskerl fuhr zu seinem Glück daran vorbei. Wield, genügend beeindruckt, um Lees Tipp noch mehr anzuzweifeln, sah auf seine Uhr. Mein Gott, schon zwei. Zeit für ein Pint und eine Pastete in der nun wohl CID-freien Zone des Black Bull.

eter Pascoe war nervös. Trotz seiner Beteuerungen gegenüber Ellie und dem Dicken, dass bei dem Linford-Fall alles unter Kontrolle wäre, beschlichen ihn böse Vorahnungen. Im Zentrum derer stand Marcus Belchamber, Rechtsanwalt und Solicitor bei Chichevache, Bycorne und Belchamber, die in Yorkshire gemeinhin als die erste Anwaltskanzlei am Platz galt.

Wollte man seinen lieben Opa verklagen, weil er einen, als man fünf Jahre alt war, mit Sahnebonbons gefüttert hatte, was mittlerweile, da man dreißig Lenze zählte, sich als schädlich für die Bauchspeicheldrüse herausgestellt hatte, oder wollte man seine Gattin loswerden, aber nicht deren Vermögenswerte, dann beauftragte man Zoë Chichevache. Wollte man einen Geschäftsvertrag aufsetzen, der es einem ermöglichte, sein Kapital zu behalten, wenn alle anderen Vertragspartner das ihre verloren und einem die Schuld dafür zuschoben, dann ging man zu Billy Bycorne. Aber wenn man schlichtweg nicht ins Gefängnis wollte, schickte man nach Marcus Belchamber. Natürlich war er die Zierde der Gesellschaft von Yorkshire, verströmte Vertrauenswürdigkeit und Rechtschaffenheit. Sein Ruf als Privatgelehrter – vor allem befasste er sich mit Britannien unter der römischen Herrschaft – war unantastbar. Selbst seine einzige Anwandlung protzigen Gebarens bestand aus einem unaufdringlichen gelehrten Wortspiel – er fuhr nämlich einen Lexus mit dem Nummernschild JUS 10, das, nahm man die Ziffer 1 als Buchstabe I, mit *Achte das Gesetz!* übersetzt werden konnte.

Dalziel hegte einen Traum. »Eines Tages wird sich der Drecksack übernehmen, und dann fress ich seine Eier zum Frühstück!«

Diese kulinarische Köstlichkeit allerdings, so die persönliche Meinung seiner Kollegen, dürfte kaum jemals auf Dalziels Speisekarte zu finden sein. Warum sollte jemand, der die goldenen Äpfel mühelos umsonst einsammeln konnte, das Risiko eingehen wollen, seinen Klienten beim Schütteln des Baums behilflich zu sein?

Heute trat Belchamber für den Angeklagten Liam Linford auf.
Pascoe war nahezu von Anfang an mit dem Fall betraut gewesen. Er ging zurück auf einen Novemberabend, an dem John Longstreet, sechsundzwanzig, Taxifahrer, mit seiner Frau Tracey Longstreet, neunzehn, aus den Flitterwochen heimkehrte. Ihr Heim war eine Wohnung am Scaur Crescent in der Deepdale-Siedlung. Da ihre Straßenseite zugeparkt war, stellte Longstreet den Wagen auf der gegenüberliegenden Seite ab. Und während er die Koffer auslud, ging seine junge Frau, neugierig auf die neue Wohnung, über die Straße, blieb in der Mitte stehen, drehte sich um und fragte ihn, ob er nach den Flitterwochen so schwach sei, dass sie ihm helfen müsse.

Als er ihr antworten wollte, er würde ihr gleich zeigen, wie schwach er sei, kam ein Wagen mit solch hoher Geschwindigkeit um die Ecke, dass die Frau, von ihm erfasst, drei Meter hoch in die Luft und zehn Meter nach vorn geschleudert wurde, worauf sie erneut auf die Windschutzscheibe des bremsenden Fahrzeugs knallte, über die Motorhaube nach unten rutschte und unter die Räder geriet. Der tiefer gelegte Wagen, unter dessen Karosserie sie eingeklemmt wurde, schleifte sie etwa zweihundert Meter weit mit, bevor das, was von ihr dann noch übrig war, sich endlich löste, und der Wagen in die Nacht davonbrauste.

Pascoe traf John Longstreet fünfundvierzig Minuten später im städtischen Krankenhaus. Der Assistenzarzt meinte, es sei sinnlos, sich mit ihm unterhalten zu wollen, so sehr stehe er unter Schock. Als Pascoe, den Ratschlag ignorierend, sich neben den Mann setzte, lauteten die einzigen kohärenten Worte, die dieser zustande brachte, »schwarzer Totenschädel«; er wiederholte sie ständig.

Aber das genügte Pascoe. Er brachte die Worte mit einem anderen Satz in Verbindung, den der einzige unbeteiligte, äußerst weit entfernte Zeuge geäußert hatte, nämlich, dass es »so'ne gelbe Sportschüssel war, die arschschnell daherkam«. So machte er sich auf den Weg zur ausladenden Residenz von Walter Linford.

Wally Linford war ein Unternehmer, der sein Vermögen in den von den zastergeilen Yuppies geprägten Achtzigern mit einem Reiseunternehmen erwirtschaftet hatte. Angeblich. Im CID wusste man jedoch, freilich ohne ihm etwas nachweisen zu können, dass sein eigentliches Metier die Finanzierung von Verbrechen war. Nicht direkt natürlich. Projekte wurden auf Herz und Nieren geprüft, Vorschläge bewertet, Bedingungen ausgehandelt, aber das alles geschah in einiger Entfernung von ihm. Und seine Zusicherung wurde nie schriftlich erteilt, oft noch nicht einmal mündlich, sondern lediglich in Form eines Nickens. Falls etwas schief lief, war Wally außen vor, konnte die Früchte seiner Investments genießen und gefiel sich in der Hochachtung und des Beifalls seiner Mitbürger, denen er als fairer Arbeitgeber, freigiebiger Wohltäter und liebender Vater erschien.

Das Letzte zumindest entsprach der Wahrheit. Er hatte einen Sohn und Erben. Wahrscheinlich hatte er nie mehr gewollt, denn anders als beim üblichen Lauf der Dinge, bei dem die frisch gebackene Mutter unter dem Druck der neuen Pflichten und der Verantwortung eine Abneigung gegen Sex entwickelte, war es Wally, der nach Liams Geburt das eheliche Bett räumte. Seine Gattin, eine stille, eher introvertierte junge Frau, beschwerte sich nie, noch kommentierte sie diesen Zustand, erst fünf Jahre später, als auch ihr etwas verspätet ein Windhauch der Frauenbewegung um die Nase wehte, die in den Achtzigern durch die Straßen Mid-Yorkshires gefegt war, erschien sie eines Nachts im Schlafzimmer des Ehemanns, um auf ihre Rechte zu pochen, und musste dabei feststellen, dass ihr Platz bereits besetzt war. Von einem muskulösen jungen Mann.

Bei Scheidungsgeschichten neigen die Richter im Allgemeinen dazu, der Mutter das Sorgerecht zuzusprechen. In Fällen wie diesem hätte es weit mehr als eine Neigung sein dürfen, es schien fast unvermeidlich.

Doch Wally wandte sich an Chichevache, Bycorne und Belchamber, die sich darauf spezialisiert hatten, das Unvermeidbare vermeidbar zu machen. Und so war Liam unter der alleinigen Obhut seines Vaters aufgewachsen.

Dennoch hatte er sich keineswegs so entwickelt, wie sich sein Vater das gewünscht hätte.

Er war laut, verlogen, flegelhaft und machte keinerlei Anstalten, den

Respekt der Bürger zu erwerben oder irgendeiner anderen Person. Er schien es als seine ihm auferlegte Bürde anzusehen, den Reichtum seines Vaters zu seinem eigenen Vergnügen zu verschleudern, ohne Rücksicht auf das Wohl und die Rechte anderer. Und sein Vater, auf diesem Auge anscheinend blind, tat nichts, um ihm diesen Glauben zu nehmen. Sechs Monate zuvor hatte er zu seinem achtzehnten Geburtstag einen kanariengelben Lamborghini Diablo geschenkt bekommen, mit dem er sich bereits neun Punkte durch Geschwindigkeitsüberschreitung erarbeitet hatte. Manche munkelten sogar, ohne Wallys Ansehen in der Gemeinde und ohne seine enge Freundschaft zu mehreren Mitgliedern der Richterschaft wäre Liam der Führerschein längst entzogen worden.

Nun, das mussten sie eben mit sich selbst und ihrem Gewissen ausmachen, dachte Pascoe, als er zum Linfordschen Anwesen unterwegs war. Mehr noch aber interessierte ihn die Tatsache, dass Liam sein Gefährt durch einen grinsenden schwarzen Totenschädel zu verschönern gedacht hatte, den er sich auf die Motorhaube lackieren ließ.

In der Anfahrt zu Linfords Haus stand ein Wagen, aber es war ein Porsche, kein Lamborghini. Wally Linford kam selbst an die Tür und geleitete ihn höflich nach drinnen. Liam saß in der Lounge und genoss einen Drink im Beisein seines Freundes Duncan Robinson, Robbo genannt, ebenfalls ein junger Mann, dessen Eltern mehr Geld als sonst etwas besaßen. Pascoe erkundigte sich nach dem Lamborghini. Ach ja, erwiderte Liam, er habe ihn diesen Abend gefahren. Er sei im Trampus Club gewesen, habe dort einige Freunde getroffen, getanzt und ein wenig getrunken, nur einige Drinks, doch als er gehen wollte, habe er bemerkt, dass es vielleicht zu viel sei, weshalb er sich als guter Bürger von seinem alten Kumpel Robbo nach Hause habe kutschieren lassen. Prüfen Sie es doch nach, der Diablo müsse noch auf dem Parkplatz des Trampus stehen.

Pascoe tätigte einen Anruf. Sie saßen herum und warteten. Der Anruf kam. Der Wagen sei nicht da.

Schock! Horror! Er müsse gestohlen worden sein, erklärte Liam.

Und ich bin die Maikönigin, sagte Pascoe und verhaftete ihn. Der

Alkohol- und Kokstest ergab ein positives Ergebnis, und falls nachgewiesen werden konnte, dass er im Wagen saß, würde er für lange, lange Zeit einrücken.

Doch das erwies sich als schwierig. Robbo bestätigte nachdrücklich Liams Geschichte, mehrere andere Gäste im Club konnten sich erinnern, dass davon die Rede war, ihn nach Hause zu bringen, und bestätigten, dass die beiden gemeinsam das Lokal verlassen hatten. Der Diablo wurde in fast hundertfünfzig Kilometern Entfernung gefunden, ausgebrannt, trotzdem gelang es den Gerichtsmedizinern, Blutspuren sicherzustellen, die mit der Blutgruppe der toten Frau übereinstimmten. Es war also definitiv das Unfallfahrzeug. Die große Entfernung zum Wagen allerdings stützte Liams Geschichte. Er hätte unmöglich so weit fahren, den Wagen abfackeln und rechtzeitig zurückkehren können, bevor Pascoe eintraf und ihn verhaftete. Die Strafverfolgungsbehörde wiegelte entschieden ab.

Dann tauchte ein Zeuge auf, Oz Carnwath, Student des örtlichen Polytechnikums, der sich gelegentlich als Barmann im Trampus ein wenig Geld verdiente. Er hatte am Hintereingang Abfall in die großen Tonnen geleert, als er Liam und seinen Freund über den Parkplatz gehen, jeden in seinen eigenen Wagen steigen und dann davonfahren sah. Er hatte zunächst den Mund gehalten, er wollte nicht in die Sache hineingezogen werden und hatte geglaubt, Liam werde auch ohne ihn seine wohlverdiente Strafe bekommen. Doch als der Jugendliche wieder im Club erschien und damit prahlte, er sei nun wieder in Freiheit und zu Hause, stieß dies Carnwath sauer auf. Er ging zur Polizei.

Bislang hatte Robbo an seiner Story festgehalten, mit einigem Unbehagen zwar, nachdem Pascoe ihm versicherte, dass, sollte Liam schuldig gesprochen werden, die Polizei nicht eher ruhen werde, bis er sich wegen Falschaussage und Justizbehinderung zu ihm ins Gefängnis gesellen konnte. Offensichtlich aber hatte er noch mehr Angst davor, was er von Wally Linford zu erwarten hatte, falls er mit der Sprache herausrückte. Daneben musste es ihm mächtig Auftrieb gegeben haben, als er erfuhr, dass Chichevache, Bycorne und Belchamber die Verteidigung übernahmen.

Pascoe vermutete allerdings, dass Wally nicht nur auf die angeheuerten Rechtsbeistände vertraute. Er befahl daher, Carnwath rund um die Uhr zu beschützen, bis er vor Gericht seine Aussage abgegeben hatte. Bislang war die Sache mit dem verirrten Leichenbestatter der einzige Vorfall, der Anlass zur Sorge gegeben hatte. Und trotzdem ...

Er sah Marcus Belchamber durch den Haupteingang des Gerichtsgebäudes kommen und fühlte sich erleichtert. Nun würde es nicht mehr lange dauern, bis es losging. Dann erst dämmerte ihm, dass Belchamber allein war. Kein Liam. Kein Wally.

Kein verdammter Prozess!

»Mr. Pascoe, es tut mir ja so Leid, scheint, dass wir heute unsere Zeit verschwenden. Der junge Mr. Linford fühlt sich ernstlich krank, so krank, dass er nicht erscheinen kann. Wahrscheinlich hat ihn die Vorhut des nächsten Grippevirus erwischt, der im Moment in London grassiert. Kung Flu wird der Virus genannt, wohl eine Anspielung auf Kung Fu, denn wer ihn sich einfängt, wird erbarmungslos niedergestreckt. Natürlich habe ich die nötigen ärztlichen Atteste dabei. Sie verzeihen, ich habe den vorsitzenden Richter in Kenntnis zu setzen.«

Er lächelte entschuldigend. Ein zivilisierter, kultivierter Hüter des Gesetzes, der mit einem anderen zivilisierten, kultivierten Hüter das Gesetzes Höflichkeiten austauschte und sich wie dieser dafür einsetzte, dass der Gerechtigkeit genüge getan wurde.

Dennoch, als Pascoe das Gericht verließ, kam ihm das alles noch fadenscheiniger vor als der Teppich von Bayeux.

a der dicke Andy vom Chief Constable zum Essen ausgeführt wurde und Pascoe im tödlichen Zweikampf mit Marcus Belchamber lag, nahm Wield an, dass er das Black Bull mehr oder weniger für sich allein haben würde. Und falls einige der jüngeren Kollegen die Abwesenheit ihrer Vorgesetzten ausnützen sollten und länger herumhingen, würde ein finsterer Blick von der fürchterlichsten Visage der gesamten Polizei reichen, um sie schleunigst an ihre Schreibtische zurückzuscheuchen.

Doch die beiden DCs, die er beim Betreten der Bar erblickte, machten keinerlei Anstalten, sich schleunigst in Bewegung zu setzen. Es handelte sich um Hat Bowler und Shirley Novello, tief in ihr Gespräch vertieft. Was Wield etwas überraschte, hatte er doch den Eindruck, dass Bowler Novello als seine stärkste Konkurrentin betrachtete. Vielleicht tauschten sie sich ja über ihre Narben aus, schließlich waren beide bei Diensteinsätzen verwundet worden.

Als er näher kam, unterbrachen sie ihr Gespräch.

»Schön, Sie zu sehen, Junge«, sagte er. »Wann kommen Sie wieder? Am Mittwoch, oder? Schnuppern Sie so langsam wieder rein?«

»Eigentlich, Sarge, habe ich gehofft, Sie hier zu treffen«, sagte Hat.

»Wirklich?«, sagte Wield. »Ich hol mir erst eine Pastete und ein Pint.«

»Das übernehme ich«, sagte Novello.

Während sie an der Theke wartete, beobachtete sie, wie die beiden sich mit ernsten Mienen unterhielten. Wahrscheinlich erzählte Bowler ihm von seiner Freundin und der Rückkehr in die verwüstete Wohnung. Er war ins Lokal gekommen, hatte sich nach Wield umgesehen, und als sie ihm sagte, dass sich der Sergeant am Morgen auf den Weg gemacht hatte und noch nicht zurückgekehrt sei, hatte er kurzerhand ihr die Geschichte vorgetragen. Nicht, nahm sie an, weil er sie als seine Vertraute ansah, sondern als Probelauf für das, was er Wield erzählen wollte. Vermutlich stand wesentlich mehr hinter der

Story, als er ihr mitgeteilt hatte. Nachdem nun jedoch sein eigentlicher Gesprächspartner eingetroffen war, würde sie wahrscheinlich sowieso alles mitbekommen.

Als sie an den Tisch zurückkehrte, näherte sich Bowler dem rhetorischen Höhepunkt seiner Erläuterungen.

»Also, Sie sehen, es muss Charley Penn sein!«, verkündete er mit der Inbrunst eines Galilei, der gerade am Ende seines ausführlichen Beweises angelangt war, dass die Erde um die Sonne kreist.

Wield betrachtete ihn mit der Begeisterung eines ermatteten Inquisitionsbeamten, der nicht die geringste Lust verspürte, sich im italienischen Hochsommer mit einem weiteren Scheiterhaufen befassen zu müssen.

»Warum?«, fragte er.

»Weil, Loreley, das ist dieses deutsche Zeug, mit dem er herummacht, und weil er mich und Rye hasst, und weil ich eine Beschreibung ... o Scheiße!«

»Na, na, na! Was ist das denn? Ein Treffen der verwundeten Kriegshelden! Purple Hearts, wohin mein Auge reicht! Und für mich ein Pint!«

Andy Dalziel war durch die Kneipentür geborsten und verströmte mehr Herzlichkeit und Milde als der Weihnachtsmann bei Harrods. Hat Bowler jedoch zuckte unter seinem Strahlen zusammen wie ein Wissenschaftler in der Nähe eines kritisch gewordenen Atomreaktors.

Wie war das möglich?, fragte er sich entsetzt. Hatte er nicht, clever wie er war, die Dienststelle angerufen und sich bestätigen lassen, dass Pascoe im Gericht war und der Dicke vom Mittagessen mit dem Chief nicht vor Einbruch der Dämmerung zurückerwartet wurde? Wodurch für ihn der Weg frei gewesen wäre, Wield im Bull abzufangen.

Was Bowler nicht mit einberechnet hatte, war, dass Chief Constables ihre zusätzlichen Tausender damit verdienten, dass sie sogar noch cleverer waren als Detective Constables. Dan Trimble, der aus Erfahrung wusste, dass das Mittagessen mit Dalziel unmerklich in den Tee und dann ins Abendessen übergehen konnte, hatte mit seiner Sekretärin ausgemacht, dass sie ihn anklingeln solle. Der Anruf war bei ihrem Pudding gekommen, das Essen hatte sich bereits etwas hingezogen, doch der Verlust einer Crème brûlée erschien ihm als kleiner Preis für seine vorzeitige Flucht. Er führte ein kurzes Telefongespräch, setzte eine besorgte Miene auf und erklärte unter umständlichen Entschuldigungen, dass dringende Angelegenheiten seine sofortige Rückkehr ins Büro erforderlich machten. »Aber kein Grund, sich zu beeilen, Andy«, sagte er, während er sich erhob. »Genieß deinen Pudding. Bestell noch einen Drink zum Kaffee, um die Rechnung kümmere ich mich dann.«

Trimble war ein anständiger Mann; es war sein schlechtes Gewissen, dessentwegen er sich zu dieser Aussage hatte hinreißen lassen. Doch auch das schlechte Gewissen eines anständigen Mannes ist ein zartes Pflänzlein, das bereits zu welken begann, noch bevor er seinen Wagen erreicht hatte, sodass er sich entsetzt fragte: »Hab ich das wirklich gesagt?«

Dalziel beendete derweilen seinen Brot- und-Butter-Pudding, kostete die Crème brûlée, bestellte sich zwei weitere mit dem Kommentar, »sagen Sie dem Koch, das ist ein hübscher Happen, aber er reicht noch nicht mal aus, um ihn mit dem Auge zu verschlingen«, und dann, während er seinen Stilton mit einem großen Port hinunterspülte, widmete er sich der ernsten Frage, welchen Malt er zu sich nehmen sollte, solange sein Kaffee kalt wurde.

Trotz allem war er bereits um halb drei wieder auf dem Weg in die Dienststelle, was sehr viel früher war, als er erwartet hatte. Nachdem er im Dienstwagen des Chiefs zum Restaurant gefahren war, saß er nun im Taxi, und da er es als schändlich betrachtete, wenn an einem Nachmittag, der bereits als abgeschrieben zu gelten hatte, einem nichts Besseres einfiel, als an den Arbeitsplatz zurückzukehren, wies er den Fahrer an, den Wagen ins Black Bull umzudirigieren.

Er bezahlte die Fahrt, gab ein großzügiges Trinkgeld, das ebenfalls auf die gesammelten Quittungen kam, die er zur Abrechnung an Trimbles Büro schicken würde. Der Gedanke an das Gesicht des Chiefs, wenn er ihrer ansichtig werden würde (und hoffentlich gleichzeitig die zusätzlichen Crème brûlées und die Malt-Whiskys registrierte), erfüllte ihn mit einem Entzücken, das in die vielleicht etwas überschwängliche Reaktion beim Anblick von Hat Bowler mit einfloss.

»Hab ich's nicht gesagt, Wieldy«, fuhr er fort. »Raus aus dem Krankenbett und rein in das seines Mädels, er wird so voller Schwung sein, dass er gar nicht abwarten kann, wieder zur Arbeit zu kommen! Hab ich das nicht gesagt?«

»Nicht direkt«, sagte Wield und beobachtete den jungen Bowler, Dalziels einstiger Sündenbock, der über diese Aufwertung zum Palastgünstling nicht sonderlich erfreut schien, noch nicht einmal in Gegenwart Novellos, seiner wichtigsten Rivalin. Sie war mit Dalziels Getränk von der Theke zurückgekehrt. Sie hatte sich zwar für Wields Getränk angestellt, doch Jolly Jack, der kummervolle Wirt, hatte bei Dalziels Anblick auf eine Art und Weise reagiert, die Pawlow einen ganzen Aufsatz wert gewesen wäre, und flugs ein Pint gezapft.

»Da ist dieses *nicht direkt* schon wieder, Wieldy«, rügte der Dicke, ließ sich auf den Stuhl fallen und nahm von Novello sein Glas entgegen. Er trank die Hälfte davon wie ein Verdurstender in der Wüste und sagte: »Danke, Ivor. So, worum geht's?«

Wield zögerte. Ihn hatte bereits die Ahnung beschlichen, dass an der Einbruchsgeschichte etwas nicht ganz stimmte. Der Jungspund hatte seine Freundin nach einem (falls Wield die Zeichen richtig deutete) sexuell und emotional erfolgreichen Kurzurlaub nach Hause begleitet und feststellen müssen, dass in deren Wohnung eingebrochen worden war. Für einen DC wäre es das Natürlichste gewesen, sofort gründliche CID-Ermittlungen in die Wege zu leiten. Wozu ein Telefonanruf genügt hätte. Stattdessen war der Junge im Bull aufgekreuzt, nachdem, und das war noch seltsamer, bereits geraume Zeit seit der Entdeckung des Einbruchs vergangen sein musste.

Es gab noch andere Ungereimtheiten, weshalb Wield es vorgezogen hätte, die ganze Geschichte in Bowlers eigenem Tempo zu hören. Nun lag der Fall anders.

»DC Bowler«, sagte er, »hat mir soeben einen Einbruch gemeldet, Sir.«

»Ach, das nenn ich einen wahren Champion. Im Dienst, außer Dienst, wieder im Dienst, und das alles innerhalb eines Wimpernschlags. Das ist der Stoff, aus dem gute Detectives sind. Also, Bursche, dann schieß mal los.«

Mit dem Enthusiasmus eines Politikers, der seine Verwicklung in einem Bestechungsfall zugibt, begann Hat seine Geschichte ein weiteres Mal.

Dalziel unterbrach ihn bald und griff sich die von Wield bislang nicht kommentierten Punkte heraus.

»Also nichts gestohlen? Sagt sie. Und du glaubst ihr?«

»Natürlich.« Entrüstet. »Warum sollte sie lügen?«

»Weil ihr was peinlich ist. Sex-Anzeigen. Bilder ihrer sechs unehelichen Kinder. Weil es Dinge gibt, die sie einem Bullen nicht erzählen will. Ein Tütchen mit Shit. Bündel gebrauchter Geldscheine, die sie schwarz verdient hat und an der Steuer vorbeischleust. Weil sie nicht will, dass es ihr Arbeitgeber zu hören bekommt. Teure Bücher, um die sie die Stadtbibliothek erleichtert hat. Warum sollte eine Frau überhaupt lügen, Bursche? Vielleicht, weil sie einfach ein Talent dazu hat! Hab ich Recht oder hab ich Recht, Ivor?«

»Sie wissen doch«, sagte Shirley Novello, »dass Sie meiner Meinung nach immer und zu allem Recht haben, Sir.«

Dalziel beäugte sie argwöhnisch, dann erhellte sich seine Miene, und er brach in schallendes Gelächter aus.

»Na, Bowler, da siehst du, was ich meine! Glücklicherweise haben Typen wie wir einen Riecher für Lügen, oder sollten ihn zumindest haben. Also, ich frag dich noch mal: Glaubst du dem Mädel?«

»Ja«, sagte Hat mürrisch.

»Spricht da der Kopf oder sind es die Hormone?«

»Der Kopf.«

»Großartig. Nichts deutet darauf hin, dass sich jemand gewaltsam Zutritt verschafft hat, sagst du?«

»Einige kleine Kratzer um das Schloss herum, aber nichts Eindeutiges.«

»Keine Sorge, das finden wir heraus, wenn wir das Schloss auseinander genommen haben.«

Hat sah noch unglücklicher aus, doch der Dicke war nun voll in Fahrt.
»Also, nur diese Botschaft auf ihrem Computer. Okay, wie lautet sie noch mal?«
»Bye bye Loreley.«
»Loreley? Was war das noch? Wartet. Ist dieses Loreley nicht der Name von irgendjemandem in einem Film ...«
»*Blondinen bevorzugt*. Marilyn Monroe«, sagte Wield.
»Du hast dich also auch mit der Opposition befasst, Wieldy? Nettes Mädchen. Nur dieser andere, eine Schande.«
Ob Dalziels Einwand auf Baseballspieler, Bühnenautoren oder Kennedys abzielte, wurde nicht klar und würde auch nicht klarer werden, da er bereits weiterpreschte. »Also, was hat das hier für eine Bedeutung? Komm schon, Bursche. Erzähl mir nicht, du hättest keine Theorie. In deinem Alter hatte ich so viele Theorien wie Erektionen, und damals konnte ich in einem Bus nicht die Treppe hochsteigen, ohne eine Erektion zu bekommen.«
Hat atmete tief ein. »Nun, Sir, die Loreley ist eine Art Wassernymphe in einem deutschen Märchen. Es gibt da im Rhein einen großen Felsen, auch der wird Loreley genannt, und darauf sitzt sie und singt, so schön, dass die Fischer, die an ihr vorbeifahren, davon abgelenkt werden und ihr Boot gegen den Felsen setzen und ertrinken.«
»Das Gefühl hatte ich auch immer bei Doris Day«, sagte Dalziel.
»Nun, klingt, als wäre sie eine Sirene.«
»Die gibt es nur bei den Griechen, glaube ich, Sir«, sagte Wield.
»Sind doch alle in der verfluchten Europäischen Union, oder?«, sagte der Dicke, dessen gute Laune wie Morgentau in der Sonne dahinzuschwinden begann. Mit luftigen Märchengespinsten konnte er leben, wenn sich bodenständigere Ansätze als unproduktiv herauszustellen drohten, doch ganz sicher ermutigte er seine DCs nicht, mit solchen Dingen bereits beim Vorabbericht eines Einbruchs zu kommen. »So, jetzt sind wir also in einem deutschen Märchen. Ich hoffe, es hat ein Happy End.«
Bowler, der allmählich lernte, dass das Leben mit Dalziel beinhalte-

te, bereits vor dem Frühstück mit mindestens vier Ungerechtigkeiten konfrontiert zu werden, mühte sich mannhaft.
»Ich hab's nachgeschlagen. Dieser deutsche Dichter, Heine, hat anscheinend ein Gedicht über diese Loreley geschrieben ...«
»Einen Moment. Ist das dieser Heinz, von dem Charley Penn immer faselt?«, fragte Dalziel skeptisch.
»Heine, ja«, sagte Hat.
»Ich meinte gehört zu haben, dass du Charley erwähnt hast, als ich reinkam«, sagte Dalziel. »Ich hoffe, die Sache führt nicht dahin, wohin ich vermute.«
Es war an der Zeit, alles offen auf den Tisch zu legen, dachte Wield.
»Ja, Sir«, sagte er. »DC Bowler hat mir soeben drei Gründe genannt, die auf Penn hinweisen. Die Botschaft war einer der Gründe, der zweite ... helfen Sie mir auf die Sprünge, Hat.«
»Er hasst Rye und mich«, sagte Bowler.
»Charley Penn hasst jeden«, sagte Dalziel. »Was soll an euch beiden so besonders sein?«
»Weil wir beide am Tod seines besten Freundes Dick Dee beteiligt waren«, sagte Hat trotzig. »Ich bin mir sicher, dass er Dee nicht für den Wordman hält. Und er meint vielleicht, ich habe Dee nur aus Eifersucht umgebracht, weil er mit Rye eine Nummer schiebt, und dann hätten wir beide alles unter den Teppich gekehrt, indem wir Dee die Morde des Wordman in die Schuhe schoben. Und Sie alle hätten das Spiel mitgespielt, weil Sie damit den Medien endlich den Drecksskerl präsentieren konnten.«
Damit schlüpfte Dalziel endgültig aus seiner Weihnachtsmannrolle.
»Du glaubst, dass Charley das denkt?«, sagte er. »Er hat's mir nicht erzählt, aber du glaubst es zu wissen, weil er rumläuft und sich dabei nicht so dusselig anstellt wie ein Hund beim Scheißen. Wieldy?«
»Er hat einige ziemlich abstruse Sachen von sich gegeben«, musste der Sergeant eingestehen. »Aber seitdem habe ich nicht mehr gehört, dass er große Töne spuckt.«
»Könnte sein, weil er es für sinnlos hält, wenn er sich weiterhin darüber aufregt, und stattdessen jetzt zur Tat schreitet«, sagte Hat.

»Und in die Wohnung deiner Freundin einbricht?«, sagte Dalziel.
»Warum?«
»Weil er was sucht, was seine Version der Geschichte unterstützt. Oder vielleicht gedacht hat, er würde sie dort vorfinden und ...« Hat brach mitten im Satz ab, er wollte sie nicht dazu ermutigen, ihm in die dunklen Gassen seiner düsteren Hirngespinste zu folgen.

»Und«, platzte es dann doch aus ihm heraus, als er die Skepsis in ihren Mienen sah, »er hat sich vor ein paar Tagen dort rumgetrieben, dessen bin ich mir zu neunundneunzig Prozent sicher. Ich hab mich im Church View mal umgehört. Und ich konnte zwei Zeugen auftreiben, eine Mrs. Gilpin, sie wohnt zur einen Seite von Rye, und eine Mrs. Rogers auf der anderen Seite. Beide sahen vergangenen Samstagmorgen einen Fremden vor Ryes Wohnung, und ihre Beschreibung passt haarklein auf Charley Penn.«

Das war nur ein wenig übertrieben. Es stimmte schon, Mrs. Gilpin, eine wortgewandte, redselige Lady, die schon so lange in dem Haus lebte, dass sie es als ihr persönliches Lehen ansah, hatte eine herumlungernde, schurkische Person beschrieben, die mit ein wenig Nachhelfen Penns Gestalt annahm. Mrs. Rogers jedoch, eine jüngere, aber etwas zurückhaltendere Frau, hatte zunächst ausgesagt, dass sie kaum zwischen Bewohner und Besucher unterscheiden könne, da sie erst vor kurzem eingezogen sei. In diesem Moment mischte sich Mrs. Gilpin ein, die, unbemerkt von Hat, zu Mrs. Rogers Tür gefolgt war, und lieferte eine anschauliche Beschreibung, die die andere Frau, aus Gründen des Selbstschutzes vielleicht, zugegebenermaßen an jemanden erinnerte, den sie vielleicht am Samstagmorgen gesehen haben könnte. Worauf Hat, da er fürchtete, dass die Stärke von Mrs. Gilpins Organ, dessen sich ein Marktschreier keineswegs geschämt hätte, Rye an die Tür treiben könnte, der Befragung schnellstens ein Ende bereitete.

Wields Miene verriet nicht viel, seine Worte allerdings machten überaus deutlich, dass ihm die Sache langsam auf die Nerven ging.

»Sie geben zu, Sie seien auf ein Verbrechen gestoßen, aber statt in der Dienststelle anzurufen und korrekte Ermittlungen in die Wege zu leiten, wühlen Sie am Tatort herum und schaffen es damit, dass alles, was wir vielleicht noch finden könnten, vor Gericht als nicht beweiskräftig anerkannt wird.«

»Nein, Sarge. Na ja, doch, irgendwie. Aber nicht wirklich.«

»Jetzt sind wir wieder im Nicht-direkt-Gelände«, sagte Dalziel. »Bowler, ich bin fair, ich will niemanden hängen sehen, ohne ihm die Möglichkeit einer Erklärung gelassen zu haben, also, versuch's noch mal, bevor ich noch ganz konfus werde.«

»Das Problem ist, Sir, es gibt kein Verbrechen. Ich meine, ein Verbrechen schon, aber keine Anzeige. Rye, Miss Pomona, meint, sie will die Sache nicht weiter verfolgen.«

Nun war Wield alles klar. Die Ermittlungen des liebestollen Burschen hatten inoffiziell abzulaufen, da es offiziell nichts zu ermitteln gab. Er war ins Bull gekommen, um sein Herz auszuschütten, und obwohl der Sergeant sich leicht geschmeichelt fühlte, dass er es war, den Hat dazu aufsuchte, fragte er sich trotzdem, was dieser sich von ihm versprochen hatte. Wahrscheinlich nichts. Wahrscheinlich hätte es bereits gereicht, dass er ihm wohlwollend zuhörte.

»So«, sagte Dalziel, »bei den Eiern Gottes, jetzt hab ich alles gehört. Verschwendung von Dienstzeit für nichts und wieder nichts ...«

»Ich bin noch krankgeschrieben, Sir, wenn überhaupt, dann habe ich meine Freizeit verschwendet«, erwiderte Hat etwas voreilig.

»Ich rede nicht von deiner erbärmlichen Zeit, die, dem stimme ich zu, nicht viel wert ist«, schnarrte Dalziel. »Ich spreche von meiner Zeit, die Millionen wert ist, und von der des Sergeants, die auch einiges wert ist. Sag mir, Bursche. Du bist schnell bei der Hand, wenn es darum geht, Anschuldigungen gegen Penn vorzubringen. Wenn du aber was bei deinem Mädchen entdeckst, wirst du es uns dann genauso schnell wissen lassen?«

Hat antwortete nicht.

»Genau. Und jetzt schleichst du dich, denn das nächste Mal, wenn du nicht mehr in deinem Bettchen liegst, gibt es keine Zugeständnisse mehr.«

Mit unbewegter Miene – nur die steife Haltung seiner Schultern verriet seine Gefühle – machte sich Hat davon und schloss noch

nicht einmal die Tür hinter sich, weil er es nicht wagte, sie zuzuknallen.
Mit finsterem Blick sah ihm der Dicke nach, dann richtete er den Blick auf Novello.
»Lass dir das eine Lehre sein, Mädel.«
»Ja, Sir. Worüber, Sir?«
»Über den Preis des Tees, was glaubst du denn? Und wenn wir schon dabei sind, was hältst *du* denn von der Sache?«
»Ich glaube, wenn ein Mann verliebt ist, heißt das nicht unbedingt, dass er den Verstand verliert, Sir.«
»Aye, aber es hilft vielleicht. Hast du nichts zu tun, Mädel?«
Doch. Und was ist mit Ihnen?, war die Antwort, die Novello durch den Kopf kreiste, ohne auf ihrer Umlaufbahn auch nur im Geringsten die nötige Entweichgeschwindigkeit zu erreichen. Außerdem fragte sie sich, da sie zu den Bullen gehörte, die an mehrere Dinge gleichzeitig denken konnten, ob sie noch die zerbrochene Vase mit der Asche von Pomonas Zwillingsbruder erwähnen sollte. Hat hatte ihr gegenüber davon gesprochen, und vielleicht hatte ihre Reaktion – sie hatte die Augenbrauen hochgezogen – ihn davon abgehalten, sie in der Version, die er sowohl Wield als auch Dalziel auftischte, wegzulassen. War vielleicht ganz gut so. Ihr schauderte, wenn sie nur daran dachte, was der Dicke daraus gemacht hätte. Die Frage, die sie für sich zu beantworten hatte, aber lautete: War es relevant? Und ergab sich irgendein dienstlicher Vorteil für sie, wenn sie es erwähnte? Die Antwort darauf war im Moment, soweit sie sehen konnte, nein.
»Bin gerade am Gehen, Sir«, sagte sie. Und ging.
»So, Wieldy, und was hältst du davon?«
Der Sergeant zuckte mit den Schultern. »Kann alles oder nichts sein, Sir.«
»Aye, alles oder nichts«, sagte Dalziel nachdenklich. »Ich werde mal mit Penn ein Wörtchen reden. Und du hast ein Auge auf Bowler, okay? Der Kerl bereitet mir noch Verdauungsstörungen. Am besten nehme ich noch ein Pint.«
Wield verstand den Wink und erhob sich. Als er zurückkehrte, verzehrte der Dicke seine Pastete.

»Schön zu sehen, dass Ihnen das Mittagessen mit dem Chief nicht den Appetit verdorben hat, Sir«, sagte er.

»Nimm dich in Acht! Sarkasmus ertrage ich nur von Burschen, die einen Titel vorangestellt haben, die können nicht anders. Aber Sergeants sollten so klar und schlicht reden, wie sie aussehen.«

Wield kam es wie das Stichwort vor, auf das er gewartet hatte, also erzählte er von dem Tipp zum Überfall auf den Praesidium-Geldtransporter.

»Ein wenig vage. Keine Namen? Zeit? Einzelheiten?«

»Nein, Sir.«

»Die Quelle ist vertrauenswürdig?«

»Schwer zu sagen, Sir. Es ist das erste Mal.«

»Aye, aber deinem Urteil nach?«

Wield überlegte. »Glaube nicht, dass sie mich absichtlich in die Irre führen wollen, aber das heißt nicht, dass sie nicht einfach eine Show abziehen, um mich zu beeindrucken.«

»Und wie viel kostet uns dieser armselige Fingerzeig?«, fragte Dalziel.

»Nichts. Die kommen nur ihrer staatsbürgerlichen Pflicht nach.«

»Ach ja? Das erlebt man heutzutage nicht mehr oft. Du schaffst dir doch keinen Fanclub an, Wieldy?«, sagte Dalziel und feuerte einen seiner durchdringenden Blicke auf ihn ab, die zu jenen Geschossen gehörten, gegen die sich Wield trotz seiner undurchdringlichen Gesichtszüge nicht gewappnet fühlte.

»Ergab sich zufällig im Gespräch«, sagte er.

»Kommt mir ein wenig verdammt zufällig vor. Nicht vor Freitag, was? Dann hast du ja noch Zeit, um dafür zu sorgen, dass deinem neuen Kumpel ein wenig Fleisch auf die Rippen wächst. Bei Gott, diese Pastete ist gut! Jack muss seinen Barbier gewechselt haben. Du isst nichts, Wieldy?«

»Nein, Sir. Ich hab noch was zu tun. Wir sehen uns in der Dienststelle.«

Er erhob sich, wollte zur Tür, als diese aufging und Pascoe hereinkam.

»Mein Gott«, sagte Dalziel. »Was ist denn mit dir los? Du siehst aus wie eine Henne, die von einem Strauß gevögelt wurde und jetzt spürt, dass das Ei gleich kommt. Und warum bist du nicht im Gericht?«

»Auf morgen verschoben. Belchamber behauptet, sein Klient sei krank. Hat wohl diese Kung Flu erwischt.«

»Einen Scheiß hat er! Und der Kadi hat's ihm abgekauft?«

»Belchamber legte ein ärztliches Attest vor. Aber um dem Richter nicht unrecht zu tun, er meinte, ›in Ordnung, Mittwoch, gleiche Zeit, aber passen Sie auf, Mr. Belchamber, wenn Ihr Klient immer noch krank ist, werden wir in seiner Abwesenheit fortfahren.‹ Worauf salbungsvolles Einverständnis und ein entschuldigender Seitenblick in meine Richtung folgten. Der Dreckskerl hat was an sich ... ich brauch was zu trinken.«

»Ich nehm auch noch eins. Ein Mann sollte nicht allein trinken.«

Der Dicke sah Pascoe nach, der zur Theke ging, dann sagte er: »Kommt nicht oft vor, dass jemand Pete so unter die Haut geht, es sei denn, er heißt Roote. Was meinst du, Wieldy? Hat dieser Schleimscheißer Belchamber irgendwas vor?«

»Keine Ahnung, Sir.«

»Warum nicht? Gehört doch zu eurer Fraktion, oder?«

»Sie meinen, er sei schwul?«, sagte Wield ungerührt. »Würde mich nicht überraschen, aber das heißt nicht, dass wir uns in türkischen Bädern treffen und Vertraulichkeiten austauschen. Wie steht's denn mit Ihnen im Gents, Sir?«

Der »Gents« war die Kurzform für den Mid-Yorkshire Gentlemen's Club, bei dem Dalziel vor allem deswegen Mitglied war, weil ihn so viele am liebsten davon ausgeschlossen hätten.

»Die meisten von denen küssen den Boden, auf dem er wandelt«, sagte Dalziel. »Wichser. Können in einem Pudding das Steak nicht von der Niere unterscheiden.«

Wield blickte traurig auf die letzten Krümel der Pastete, die noch auf dem Teller lagen, verabschiedete sich erneut und setzte sich in Richtung Tür in Bewegung.

Pascoe kehrte mit zwei Pints von der Theke zurück. Üblicherweise trank er mittags kein Bier, der Rülpser Belchamber allerdings hatte

einen üblen Nachgeschmack hinterlassen.«Boss«, sagte er, als er sich setzte, »ich hab mir überlegt ...«
»Scheiß aufs Denken, probier's mit dem Trinken. Dem fliegt alles zu, der was zu schlucken hat.«
Pascoe hob sein Glas.
»Da könntest du Recht haben, Boss«, sagte er. »Nieder mit den Rechtsverdrehern.«
»Darauf trinke ich«, sagte Dalziel.

5

Das Beinhaus

uch am lichtesten Dezembertag bricht früh die Abenddämmerung herein, und wenn tief die Wolken durchsacken wie die verstaubten Stoffbahnen über einer vergessenen Totenbahre, herrscht kaum mehr Licht als jener trübe Schimmer, den man in den Augen eines Toten erhascht.
Obwohl noch nicht einmal vier Uhr, waren die Straßenlampen in der Peg Lane bereits an, als Rye Pomona aus dem Church View schlüpfte.
Unter dem Arm trug sie einen Hoover-Staubsaugerbeutel.
Zunächst hatte sie mit Besen und Schaufel die feine Asche zusammenzukehren versucht, die, wenn dem Leichenbestatter zu trauen war, von jenen Molekülen übrig geblieben war, die einst in ihrem gegenseitigen Ringelreihen die Organe und Gliedmaßen ihres geliebten Zwillingsbruders Sergius gebildet hatten.
Doch sosehr sie sich auch mühte, Porzellanscherben, Wohnungsstaub, Teppichwollmäuse und der herumliegende Krimskrams ihres Schlafzimmers hatten sich auf der Schaufel untrennbar miteinander vermengt, während Aschespuren in den Ritzen und Spalten außerhalb der Reichweite der Borsten blieben und nur durch Gabriels Trompete am Tag des Jüngsten Gerichts hervorzulocken wären.
Oder durch einen Hoover-Staubsauger, wenn man nicht so lange warten konnte.
Mit dieser Art von Galgenhumor versuchte sie sich abzulenken, als sie sich daranmachte, ihr Zimmer zu saugen. Was konnte sie noch tun? Ein Kirchenlied singen? Ein Gebet sprechen? Nein, Serge hätte die Absurdität der Situation zum Brüllen komisch gefunden, und sie wollte ihn nicht enttäuschen, indem sie sich in Gefühlsduselei verlor.
Bei näherer Betrachtung hätte Serge es wohl für ziemlich lächerlich gehalten, seine Asche in einer Vase auf einem Regalbrett in ihrem Schlafzimmer aufzubewahren. »Scheiß-typisch!«, konnte sie ihn rufen hören. »Ich hab's doch immer gesagt, du bist wie geschaffen für die Bühne. Du bist die wahre Königin des Dramas!« Nun, der Unfall

hatte alle Karrierepläne zunichte gemacht. Selbst im Zeitalter der Teleprompter gab es für eine Schauspielerin keine große Zukunft, wenn ihr Gedächtnis völlig ausgelöscht war und sie nicht nur ihren Text, sondern die Sprache selbst vergaß, sobald sie die Bühne betrat. Aber, ach, welch kleiner Preis, den sie zu zahlen hatte, weil sie den Tod ihres nächsten Verwandten, ihres liebsten Freundes, ihres besseren Ichs verschuldet hatte. Dieser Meinung waren auch die Furien, die sie in ihrem Verlangen nach Vergeltung bis an die Grenzen des Wahnsinns – nein, darüber hinaus – verfolgten. Sie hätte gewarnt sein müssen. Die Aufzeichnungen aus der Geschichte und der Literatur stimmen darin überein. Sie unterscheiden sich nur im Grad des Schreckens, von dem unterschiedslos all jene heimgesucht werden, die versuchen, die Toten wiederauferstehen zu lassen. Dieser Abschnitt ihres Leben erschien ihr nun wie eine nächtliche Reise durch eine schaurig-düstere Landschaft, deren Schleier der Dunkelheit gelegentlich von kurzen Lichtblitzen erhellt wurde und dann Anblicke offenbarte, bei denen man sich wieder nach der Schwärze sehnte. Die Reise war vorüber, Gott sei Dank, doch die Vergangenheit war nicht einfach ein anderes Land, das man hinter sich lassen konnte. So schnell und so weit man auch reiste, Teile davon schleppte man immer mit sich. Nur Hat gab ihr die Hoffnung auf Freiheit. Bei ihm hatte sie vollkommenes, wenngleich zeitweiliges Vergessen gefunden. In ihm hatte sie alles und mehr wiedergewonnen, was sie verloren hatte. Mit dem Teil ihres Ichs, der mit Sergius gestorben war, hatte sie die durch nichts zu ersetzende Nähe zu einem Verwandten verloren; in Hats Umarmung fand sie eine neue Zugehörigkeit zu einem Vertrauten, die versprach, ihre Unversehrtheit wiederherzustellen.

Die Wohlgesinnten verstehen ihr Handwerk. Schuld, Schrecken, Selbstverachtung, das sind die Kohlen, die dieses Feuer nähren. So hoch man sie auch schlichtet, heißer können sie nicht werden. Es gibt eine Tiefe, in die man nicht weiter sinken, eine Pein, unter der man sich nicht schrecklicher krümmen kann. Was also macht eine frustrierte Furie?

Ewigkeiten zuvor hatten sie ihre Lektionen gelernt.

Auf einen Ertrinkenden schüttet man kein Wasser, man lässt ihn trockenes Land erblicken.

Wenn sie in Hats Armen erwachte, konnte sie einen Augenblick lang vor sich eine grüne, freundliche Landschaft sehen, deren sanft geneigte Hügel in goldenes Sonnenlicht getaucht waren. Und dann schloss sich ein weiß-glühendes Metallband um ihren Schädel, ihr Kopf wurde herumgeworfen, und erneut sah sie, was sie hinter sich gelassen hatte.

Sie war eine Mörderin, schlimmer noch, eine Serienkillerin, eines der Ungeheuer, die in Fernsehdokumentationen präsentiert werden und bei denen man sich wundert, wie gewöhnlich, wie alltäglich sie doch scheinen, die einen spekulieren lassen, welche verpfuschten Gene, welche ruinierte Kindheit das Ungeheure in ihnen hatten entstehen lassen.

Sie hatte neun Menschen umgebracht – nein, nicht so viele –, den ersten beiden, dem AA-Mann und dem Jungen mit der Bouzouki, hatte sie beim Tod nur assistiert. Ihr Tod galt ihr als Zeichen, dass sie sich auf dem richtigen Weg befand – ein Weg, der sie weit jenseits jeder mathematischen Gleichung zu sieben unstrittigen Morden geführt hatte, erledigt mit dem Messer, mit Gift, einer Schusswaffe, durch Stormschlag ...

Irregeleitet (es war Selbsttäuschung, oder? Das wusste sie jetzt. Wusste sie es wirklich?) durch den Glauben, sie könnte mittels einer alphabetisch gekennzeichneten Blutspur wieder zu ihrem toten Bruder gelangen und mit ihm reden und ihm etwas von dem verlorenen Leben zurückgeben, das ihm durch ihre vorsätzliche, egoistische Dummheit gestohlen worden war, hatte sie diese fürchterlichen Dinge getan. Und nicht unwillig, nicht unter Zwang, sondern mit Eifer, Freude sogar, hatte sie sich schließlich an ihrem Gefühl der Macht ergötzt, der Unverwundbarkeit, bis die Spur sie zu ihrem letzten Opfer führte, ihrem Boss in der Bibliothek, Dick Dee, einem Mann, den sie mochte und bewunderte.

Dies quälte sie so sehr, dass sie innehielt. Und als sie sah, dass die eingebildeten Zeichen deutlich auf den Mann verwiesen, in den sie sich verlieben sollte, begann sie aufzuwachen wie aus einem Traum,

nur um dann festzustellen, dass ihre schwarzen Erinnerungen sie weiterhin in einem Albtraum gefangenhielten.
War Sühne möglich? Oder – Gott möge es verhüten – ein Rückfall? Sie wusste es nicht. Nichts, sie wusste nichts ... manchmal überstieg selbst das Entsetzen so sehr ihr Fassungsvermögen, dass sie beinahe glaubte, alles wäre wirklich ein Traum gewesen ... sie brauchte Hilfe, das wusste sie ... aber mit wem hätte sie reden können? Nur mit Hat, aber das war undenkbar.
Also, vergiss die Zukunft, sie hatte keine Zukunft, sie hatte sie für die Vergangenheit eingetauscht. Kein gerechtes Tauschgeschäft, kreischten die Furien. Wir wollen das Wechselgeld! Aber es musste genügen. Inmitten eines Wirbelsturms verkriecht man sich, wo immer es geht.
Sergius' Asche loszuwerden war kein Schritt nach vorn, aber es war ein Schritt innerhalb ihres begrenzten Rahmens, der sie in der Gegenwart hielt.
Asche zu Asche ... Staub in die Mülltonne. So wurde man ihn normalerweise los, doch dazu konnte sie sich nicht durchringen.
Stattdessen überquerte sie, den Müllbeutel fest an die Brust gepresst, die schmale Straße und drückte das quietschende Tor zum Kirchhof auf. Vor ihr ragte der Turm auf, ein schwarzes und dunkelgraues Gebilde vor dem Winterhimmel. Dies war eine alte Begräbnisstätte. Hier faltete ein Marmorengel seine trauernden Schwingen, dort ragte ein granitener Obelisk anklagend in den Himmel, die meisten Stätten allerdings besaßen bescheidene Grabsteine, viele von ihnen so verwittert oder von Flechten überzogen, dass ihre Botschaften an die Lebenden kaum noch mit dem Finger oder dem Auge aufzuspüren waren. Nur wenige waren neueren Ursprungs und wurden von Familienangehörigen gepflegt und zum Todestag mit Blumen geschmückt. Ein kalter Wind wisperte im langen Gras, eine jagende Katze miaute leisen Protest, nachdem sie in ihrer geduldigen Wache gestört worden war, bevor sie sich fortschlich.
In der Ferne nahm sie den Schein der bevölkerungsreichen Stadt wahr und hörte das Plappern ihres Verkehrs, diese Lichter und Töne aber hatten nichts mit ihr zu tun. Sie stand wie ein Geist in

einer Geisterwelt, deren Unkörperlichkeit jetzt ihr angemessenes Medium war. Mochte die Erinnerung an diesen anderen Ort an ebendiesem anderen Ort verbleiben, die Gesetze der Physik, nach denen die Sterblichen über die Erde wandeln und fahren und fliegen und nach denen die Erde selbst und alle Planeten und alle Sterne in ihrem Taumel einander umschwirren, waren nur noch die Träume einer Amöbe. Sie fühlte sich, als könnte sie zum hohen Turm hinaufschweben und dann, ein kleiner Schritt nur, zum unsichtbaren Mond hinübersteigen.
Dummes Stück!, sagte sie zu sich selbst und versuchte sich in ihren Zorn zu flüchten. Serges Asche loszuwerden bedeutete einen Schritt weg von diesem ganzen dummen Zeug!
Und mit einer Reihe von hektischen Bewegungen schüttelte sie den Staub aus dem Hoover-Beutel.
Der Wind erfasste ihn, kurz sah sie den feinen Puder in der Luft herumwirbeln und kreiseln, als versuchte er sich zusammenzuballen und sich wieder zu einer lebenden Gestalt zu formen.
Dann war er weg.
Sie drehte sich um und konnte es kaum erwarten, den Ort zu verlassen.
Und schreckte zusammen, als sie eine Gestalt erblickte, neben ihr ein alter Grabstein, der zur Seite geneigt war, als hätte ihn jemand soeben weggeschoben, um dem Grab entsteigen zu können.
»Tut mir Leid«, sagte eine Stimme. »Ich wollte Sie nicht erschrecken, aber ich hab mir Sorgen gemacht ... alles in Ordnung?«
Nicht Serge! Eine Frau. Sie war erleichtert. Und enttäuscht? Mein Gott, hörte das denn nie auf?
»Ja, bestens. Warum fragen Sie? Und wer zum Teufel sind Sie?«
Wenn sie abgehackt sprach, fiel es ihr leichter, ihre Stimme unter Kontrolle zu halten.
»Mrs. Rogers ... ich glaube, wir sind Nachbarn ... Sie sind Ms. Pomona, oder?«
»Ja. Meine Nachbarin, sagen Sie?«
Ihre Augen hatten sich mittlerweile an die Dunkelheit gewöhnt, sie konnte die Gesichtszüge der Frau ausmachen. Mitte bis Ende drei-

ßig vielleicht, ein rundes Gesicht, nicht unattraktiv, aber nichts Bemerkenswertes; ihre Miene eine Mischung aus Verlegenheit und Besorgnis.
»Ja. Aber erst seit letzter Woche. Wir sind uns noch nicht begegnet, aber ich hab Sie ein paar Mal in Ihre Wohnung gehen sehen. Ich bin gerade vorbeigekommen und hab Sie bemerkt ... tut mir Leid ... es geht mich nichts an ... tut mir Leid, wenn ich Sie erschreckt habe.«
Sie lächelte nervös und wollte sich abwenden. Kein einziges Mal war ihr Blick zum Hoover-Beutel geschweift – was mit einer ziemlichen Anstrengung verbunden sein musste, dachte Rye. Wenn man sah, wie jemand seinen Staubsaugerbeutel auf dem Friedhof entleerte, hatte man alles Recht sich zu fragen, ob etwas nicht stimmte!
»Nein, warten Sie«, sagte sie. »Gehen Sie zum Church View zurück? Dann begleite ich Sie.«
Sie ging neben Mrs. Rogers her. »Ich heiße Rye. Wie der Whisky. Tut mir Leid, dass ich so brüsk war, aber Sie haben mir einen ganz schönen Schreck eingejagt.«
»Ich bin Myra. Das wollte ich nicht, aber alles an so einem ... Ort, sogar ein höfliches Räuspern klingt ein wenig unheimlich!«
»Vor allem ein höfliches Räuspern«, sagte Rye lachend. »In welcher Wohnung sind Sie denn?«
»Auf der anderen Seite von Ihnen, gegenüber Mrs. Gilpin.«
»Ach, Sie haben Mrs. Gilpin schon kennen gelernt. Na, kein Wunder. Es dürfte ziemlich schwierig sein, sie nicht kennen zu lernen.«
»Ja«, lächelte die andere. »Sie schien ... sehr interessiert zu sein.«
»Oh, das ist sie.«
Sie waren am Tor. Auf der anderen Straßenseite sahen sie eine Gestalt, die vor der Eingangstür zum Church View stand. Es war Hat. Rye blieb stehen. Sie wollte ihn sehen, wollte aber von ihm nicht gesehen werden, nicht wenn sie mit einem Hoover-Beutel in der Hand vom Friedhof kam.
»Ist das nicht der Detective?«, sagte Mrs. Rogers.
»Detective?«
»Ja, der, der schon mal da war und gefragt hat, ob wir am Wochenende eine verdächtige Person im Gebäude gesehen hätten.«

»Ach, *der* Detective«, sagte Rye kühl.

Sie beobachtete Hat, bis er auf der Straße außer Sichtweite war, dann öffnete sie das Tor.

»Und haben Sie jemanden gesehen?«, fragte sie.

»Na ja, einen Mann, vergangenen Samstagmorgen. Ich hab ihn kaum bemerkt, Mrs. Gilpin schien ihn wohl besser beobachtet zu haben.«

»Ich bin erstaunt. Hören Sie, haben Sie Lust, auf einen Kaffee reinzukommen? Falls Ihr Mann nicht auf Sie wartet ...«

»Das tut er nicht mehr«, sagte Myra Rogers. »Deshalb habe ich mir auch eine neue Wohnung suchen müssen. Ja, ein Kaffee wäre nett. Haben Sie vor, diesen Beutel noch mal zu benutzen?«

Sie waren vor dem Eingang, Mrs. Rogers blickte ostentativ zur Treppe in den Keller, wo die Mülltonnen standen.

»So tief ist mein Haushalt noch nicht gesunken«, sagte Rye lächelnd. Sie nahm den Deckel von einer Tonne und warf den leeren Beutel hinein.

»Und jetzt zu unserem Kaffee«, sagte sie.

4. Brief, erhalten: Dienstag, 18. Dez., per Post

Sonntag, 16. Dez.
Nacht,
irgendwo in England,
auf dem Weg nach Norden

Lieber Mr. Pascoe,

es ist nur wenige Stunden her, dass ich meinen letzten Brief an Sie aufgegeben habe, und doch scheinen bereits Lichtjahre vergangen zu sein! Zugreisen haben diese Wirkung, nicht wahr? Ich meine, sie lassen die Zeit still stehen.

Sie werden sich erinnern, dass ich im Begriff war, in Begleitung von Professor Dwight Duerden von der Santa Apollonia University, CA, Cambridge zu verlassen. Auf der Fahrt nach London unterhielten wir uns natürlich über die jüngsten unerfreulichen Ereignisse am God's, wobei Dwight erneut darauf zu sprechen kam, wie Gutes sich aus Schlechtem entwickeln könne, und mich drängte, zumindest zu versuchen, Sams Buch allein fertig zu stellen und nach einem neuen Verleger Ausschau zu halten. Da er sich in den Semesterferien an der St. Poll aufhalten würde, versprach er mir zum wiederholten Mal, dass er sich bei seinem Universitätsverlag erkundigen wolle. Als wir das Ritz erreichten, tauschten wir Adressen aus, wünschten uns alles Gute, und er wies seinen Chauffeur an, mich dorthin zu bringen, wohin ich wollte.

Ich war via London nach Cambridge gereist und hatte die Nacht in Lindas Wohnung in Westminster verbracht, und statt nun das Fegefeuer einer sonntäglichen Zugfahrt zu riskieren, beschloss ich, erneut ihre Freundlichkeit in Anspruch zu nehmen, weshalb ich dem Fahrer sagte, mich dort abzusetzen. Die

Wohnung ist ein Überbleibsel aus Lindas Zeit als Unterhausabgeordnete, bevor sie ihre Schwingen ausbreitete und nach Europa flog. Sie ist recht klein – ein winziges Schlafzimmer und ein noch winzigeres Wohnzimmer plus Dusche –, doch einigermaßen komfortabel und günstig gelegen. Da sie einen längerfristigen Mietvertrag hatte, beschloss sie, sie als Zweitwohnung zu behalten. Ein altes Weib, das im Souterrain eine troglodytische Existenz führt, verwaltet den Zweitschlüssel, und wenn man auf der Liste der bevorzugten Freunde steht, bietet die Wohnung einen hübschen, zentralen Anlaufpunkt, an dem man bei einem Besuch in der Stadt sein Haupt betten kann.

Bei meinem ersten Aufenthalt hatte die finster dreinblickende Alte einen dreifachen Beweis meiner Identität verlangt. Diesmal wurde ich freundlicher empfangen, stellte allerdings schnell fest, dass dies auf ihr Vergnügen zurückzuführen war, mir erzählen zu können, dass ich zu spät dran sei; das Apartment war bereits belegt.

Das ist das Problem mit großzügigen Menschen, sie sind so wenig wählerisch.

Ich wandte mich ab, als sie noch Salz in meine Wunden reiben wollte und mir klar machte, es sei völlig sinnlos, sich irgendwo auf eine Parkbank aufs Ohr zu hauen und am Morgen zurückzukommen.

»Es ist Miss Lupins ausländischer Freund, ein Kirchenmann«, sagte sie. »Er wird mehrere Tage bleiben.«

»Doch nicht Frère Jacques?«, sagte ich. »Ist er da? Ich muss ihm Guten Tag sagen.«

Bevor sie darauf etwas erwidern konnte, rannte ich bereits die Treppe hoch.

Ich musste zweimal klopfen, bevor Jacques die Tür öffnete. Er trug eine Freizeithose und eine Strickweste und sah ein wenig zerzaust aus. Als er mich jedoch erblickte, zeigte er ein breites Lächeln, und ich trat ein, ohne auf eine Einladung zu warten. Und blieb wie angewurzelt stehen, als ich sah, dass er nicht allein war.

Eine junge Frau saß auf dem einzigen Lehnstuhl.

Nun ist Jacques unzweifelhaft ein heiliger Mann, aber auch, soweit ich dies zu beurteilen vermag, ein Mann, in dessen Adern das Testosteron ungehemmt fließen darf. Es hätte mich daher nicht überrascht, wenn seine Liebe zu allem Englischen auch unsere prächtigen Mädchen mit einschloss.

Doch die Unbeschwertheit, mit der er mich vorstellte, war so frei von jeglichen Schuldgefühlen, dass ich mich für meinen Verdacht selbst tadelte, dies umso mehr, als mir bewusst wurde, was er sagte.

Diese liebenswürdige junge Frau, die mich mit einer Gleichgültigkeit betrachtete, die schlimmer war als Feindseligkeit, war Emerald Lupin, Lindas Tochter. Selbst wenn seine ihm angeborene Heiligkeit und seine religiösen Gelübde nicht ausreichten, den alten Adam im Zaum zu halten, hätte Jacques, ein äußerst vernünftig denkender Mensch, es wohl nie riskiert, einen der einflussreichsten Mäzene seiner Bewegung zu brüskieren!

Da fällt mir ein, dass ich bei Ihnen eine zumindest flüchtige Vertrautheit mit der Third-Thought-Bewegung voraussetze; falls ich mich darin irre, möchte ich Ihnen bündigst einen Abriss dazu liefern.

Beginnen wir ganz am Anfang, in diesem Fall bei dem Gründer der Bewegung, Frère Jacques. Er ist Bruder der Cornelianer, eines Ordens, der kaum bekannt ist außerhalb Belgiens, wo sich auch das einzige Kloster befindet, L'Abbaye du Saint Graal. Aus verschiedenen Quellen wurde mir zugetragen, dass Jacques ein rastloses Leben als Soldat führte, bis er bei einem Einsatz in einer UN-Friedensmission schwer verwundet wurde und als Invalide aus der Armee ausschied. Glücklicherweise für ihn und für uns alle lag sein Geburtsort ganz in der Nähe der cornelianischen Abtei, und ein Rückfall nötigte ihn zum Aufenthalt in der dortigen Infirmerie, gefolgt von einer langen Rekonvaleszenz im Fremdenhaus. In dieser Zeit erlebte er einen inneren Frieden und die Bereitschaft, alles, was ihm unweigerlich widerfahren würde, zu akzeptieren, was er später in seiner Philosophie des Third Thought ausformulieren sollte. Schließlich präsentierte er sich den Mönchen als Anwärter, der in ihren Orden aufgenommen werden wollte.

Ihr Votum erfolgte einstimmig. Ich sage Votum, denn die Cornelianer zeichnen sich dadurch aus, dass alle wichtigen Entscheidungen von der gesamten Bruderschaft getroffen werden – ein Mönch, eine Stimme. Es handelt sich in der Tat um einen sehr liberalen und demokratischen Orden, was vielleicht auch erklärt, warum Rom ganz unverhohlen hofft, dass diese Rebe an ihrem Weinstock verdorrt. Sein Gründer, Papst Cornelius, werden Sie sich erinnern, wurde in die Verbannung geschickt und enthauptet, nachdem er in einem erbitterten Disput dafür eintrat, dass die Kirche Apostaten und anderen, die Todsünden auf sich geladen haben, vergeben könne. Spricht nicht viel dafür, dass er die Auseinandersetzung heute gewinnen könnte, oder?

Jacques hatte sich, was kaum überraschen konnte, sehr mit dem Tod auseinander gesetzt, besonders mit dem unerwarteten Tod, der, so versicherte er mir, sogar im Kampf als solcher wahrgenommen werde. Immer denkt man, es werde den anderen erwischen! Er selbst war im Herzen der ausgedehnten flandrischen Schlachtfelder aufgewachsen, wo es noch heute kaum möglich ist, eine Stunde lang seinen Garten umzugraben, ohne eine Litze oder Patrone oder einen Knochen zu Tage zu fördern, was ihn allerdings nicht davon abhielt, in die Armee einzutreten.

Seine eigene Begegnung mit dem Tod hatte etwas von einer Epiphanie. Als er im Hospiz der klösterlichen Infirmerie arbeitete, erkannte er, dass dort zwar allen Patienten bewusst war, dass das Ende bevorstand, dass sie sogar auf den Tod vorbereitet waren, dass aber trotzdem für die große Mehrheit der Menschen der Tod wie ein Blitz aus heiterem Himmel kam.

Irgendetwas passiert, und wir stellen fest, dass wir nun der andere sind – und wer von uns ist darauf vorbereitet?

Nötig war also, beschloss er, eine Art Hospiz für den Geist, ein

Leben, wie er es während seines Aufenthalts in der Infirmerie und im Fremdenhaus erfahren hatte; ein Leben, das den Tod annahm statt ignorierte, ein Geisteszustand ähnlich jenem von Prospero, der von seiner Rückkehr nach Mailand sagte, jeder dritte Gedanke solle das Grab sein.

Das war die Geburt der Third-Thought-Therapie, deren Ziel, einfach ausgedrückt, es ist, dem Tod in unserem Leben seinen angemessenen Platz einzuräumen, auch wenn Jugend, Gesundheit, Glück und Wohlstand dies völlig irrelevant erscheinen lassen.

Doch selbst Jacques würde sich schwer tun, in Gegenwart von Emerald Lupin einen Gedanken an den Tod zu erübrigen!

Ich wusste, dass Linda zwei Töchter hatte, stellte sie mir jedoch anscheinend als jüngere Klone von Linda vor. Verstehen Sie mich nicht falsch. Obwohl Linda bei weitem nicht als schön im herkömmlichen Sinn bezeichnet werden kann, ist sie auf ihre bemerkenswerte Art nicht unattraktiv, ähnlich der Pele-Towers an der schottischen Grenze, die aufgrund ihres Alters und Verwitterungszustands mit einer romantischen Patina überzogen sind. In ihrer Jugend allerdings, nehme ich an, dürfte Linda ähnlich dieser Türme kurz nach ihrer Errichtung regelrecht einschüchternd gewesen ein!

Emerald dagegen …! Wie soll ich sie Ihnen vermitteln? Denken Sie an den Sommer, an Sonnenschein, an goldene Rosen, die die Laube mit schwerem Duft erfüllen, denken Sie an sanfte, weiße Tauben, die durch die klare blaue Luft gleiten – ach, denken Sie an das, was Ihnen am liebsten, lebhaftesten, begehrenswertesten erscheint in der Welt des Fleisches und des Geistes, und Sie haben vielleicht eine schwache Vorstellung von diesem blonden Juwel.

Klinge ich, als wäre ich verliebt? Vielleicht bin ich es. Es gibt für alles ein erstes Mal!

Mir wurde (viel zu ausführlich?) erklärt, dass auch Emerald unerwartet aufgetaucht sei und Jacques in der Wohnung vorgefunden habe. Da sie zur Familie gehört, bedurfte es bei ihr nicht der Vermittlung durch die Alte – sie besitzt einen eigenen Schlüssel. Sie war ins Zimmer geplatzt, während er noch mit seiner Toilette beschäftigt war, ihre natürliche Spontaneität und seine kontinentale Kaltblütigkeit jedoch hatten sie jeder Verlegenheit enthoben, so ließen sie sich nieder, um darüber zu reden, wer das Feld zu räumen hatte.

Ich bezweifle, ob Emerald irgendwelche Skrupel gehabt hätte, mich loszuwerden, falls ich vor ihr dagewesen wäre. Jacques gegenüber wurde sie allerdings nicht müde zu versichern, dass London voller Freunde sei, die nur darauf warteten, ihr ihre Gastfreundschaft anzutragen. Ich glaubte ihr. Wer, der noch recht bei Trost war, würde sie wieder wegschicken?

Ein weiterer Faktor, der für Jacques' Besitzansprüche sprach, erschien nun in Form seines persönliches Geistes, Frère Dierick, der auf dem Stuhl im Wohnzimmer sein nächtliches Lager aufschlagen wollte. Er war draußen beim Sightseeing gewesen und schien davon so wenig beeindruckt gewesen zu sein wie bei meinem Anblick. Doch sofort zückte er sein Notizbuch, um noch die einsilbigste Äußerung seines großen Gurus aufzuzeichnen.

Jacques war nach London gekommen, um die englische Ausgabe seines neuen Buches zu promoten, das die Philosophie des Third Thought erörtert. Er schenkte mir ein Exemplar samt einer mir schmeichelnden Widmung, die ich Emerald zeigte, damit sie, wie ich hoffte, ihre schlechte Meinung über mich ändere. Aber sie schien nicht beeindruckt. Ich kann ihr keinen Vorwurf machen. Autoren verteilen ihre Bücher wie Drogenbarone kostenlose Sniffs und hoffen dadurch den Grundstein für eine teure Sucht zu legen.

Das war also abgehandelt. Jacques würde *in situ* verbleiben, während Emerald zu Freunden ging.

»Aber was ist mit Ihnen, Franny?«, sagte Jacques. »Vielleicht können wir Sie hier auch noch mit reinquetschen?«

Der Gedanke, eine Nacht in unmittelbarer Nähe zu Dierick zu verbringen, hatte wenig Anziehendes, weshalb ich meinte, falls ich mich beeilte, könnte ich noch Plan B in die Tat umsetzen und von King's Cross den letzten Zug nach Mid-Yorkshire erwischen.

»Ich fahr nach Islington«, sagte Emerald. »Ich kann Sie mitnehmen.«

Sie erwärmt sich für mich!, dachte ich. Oder will nur sichergehen, dass ich meinen Zug erreiche!

Ich nahm das Angebot an, Jacques sagte, er wolle mitkommen, Dierick wurde von Emerald eindringlich erläutert, dass für ihn in ihrem kleinen Wagen kein Platz mehr sei, und wir drei machten uns auf den Weg. Auf der Treppe entschuldigte ich mich, sagte, ich hätte noch die Toilette aufsuchen wollen, und jetzt sei es dringlich.

Das winzige Klo lag neben dem Schlafzimmer. Ich wollte es wirklich benutzen, glauben Sie mir, doch als ich am Bett vorbeikam, fiel mir unweigerlich auf, dass die Laken zerwühlt waren. Okay, Jacques hatte sich ein wenig hingelegt. Ich verrichtete mein Geschäft und trat hinaus. Vielleicht steckt auch in mir etwas von einem Detective, Mr. Pascoe, weshalb ich Ihnen gegenüber auch so eine große Affinität verspüre, denn plötzlich fand ich mich auf allen vieren wieder, um unter dem Bett nachzusehen. Und dort fand ich – ich weiß, es klingt erbärmlich – ein benutztes Kondom! Ich verspürte weder Entsetzen noch Überraschung, nur ein wenig Neid.

»Was tun Sie da?«, fragte eine kalte Stimme.

Als ich aufblickte, stand Frère Dierick über mir.

Für das, was ich dann tat, habe ich keine Entschuldigung. Ich hätte eine Lüge erzählen sollen, mir sei Geld runtergefallen oder Ähnliches. Stattdessen stand ich auf, das Kondom zwischen Zeigefinger und Daumen geklemmt, öffnete die Tasche in seiner Robe, in der er sein Notizbuch aufbewahrte, ließ das Kondom hineinfallen und sagte: »So, Dierick, vergessen Sie nicht, auch das in Ihre Notizen aufzunehmen.«

Dann trottete ich zu den anderen davon.

Vor King's Cross meinte Jacques, er wolle mich noch zu

meinem Zug begleiten. Emerald, die im Halteverbot parkte, musste beim Wagen bleiben. Nicht dass sie überhaupt hatte mitkommen wollen, dachte ich untröstlich. Zu meiner Überraschung allerdings gab sie mir, als ich mich nach vorn beugte, um mich bei ihr zu bedanken, ein Küsschen auf die Wange und wünschte mir eine gute Reise.

Auf dem Weg zum Bahnsteig ergriff Jacques die Gelegenheit und klärte mich über Emerald auf.

Von Lindas familiärem Hintergrund wusste ich nur, dass sie einst mit Harry Lupin verheiratet war, dem Eigner einer Billig-Fluggesellschaft. Nach der Scheidung erhielt Linda das Sorgerecht für die beiden Kinder, Emerald, damals acht Jahre alt, und ihrer siebenjährigen Schwester Musetta. (Letztere scheint nach ihrer Mutter zu kommen. Die grandiosen Gene bekam allesamt Emerald ab.)

Nach einigen Jahren hatte Emerald die Schnauze voll, dass sie nach der Politik immer nur an zweiter Stelle rangierte, weshalb sie beschloss, bei ihrem Daddy leben zu wollen. Sechs Monate später, als sie einsah, dass sie nun nach Fliegern und Flittchen an dritter Stelle stand, kehrte sie zu ihrer Mutter zurück und wechselte daraufhin zwischen den beiden Elternteilen und den exklusivsten Privatschulen des Landes, die sie, eine nach der anderen, als unkontrollierbar und unerziehbar einstuften, hin und her. Mit zwanzig Jahren ist sie nun in ihrem letzten Jahr in Oxford.

Musetta dagegen, von engen Freunden »Mouse« genannt, wurde ihrem Spitznamen voll und ganz gerecht, lebte ein sehr ruhiges Leben und verließ das Nest nur zur Nahrungsaufnahme. Sie ist eine Art Lehrerin in Straßburg und, wie Jacques es ausdrückte – ausgehend vom Grundsatz, dass wir den Apfel am meisten lieben, der nicht weit vom Stamm fällt –, der Augenstern ihrer Mutter.

Emerald dagegen schien ziemlich weit gekullert und gehüpft zu sein.

Ohne etwas zu sagen, das vor Gericht als eindeutig verurteilenswert anerkannt worden wäre, vermittelte Jacques die unmissverständliche Warnung, dass ich von beiden Töchtern strikt die Hände lassen solle, wenn ich meine gute Beziehung zu Linda aufrechterhalten wollte.

Du alter Heuchler!, dachte ich und erinnerte mich an das Kondom.

Aber dann blickte ich in seine strahlenden blauen Augen in seinem so offenen, attraktiven Gesicht und fühlte mich beschämt. Wie konnte ich ihn für etwas verurteilen, wonach ich mich selbst sehnte?

Wir umarmten uns sehr innig. Es war lange her, dass mich jemand auf diese liebenswerte, familiär-vertrauliche Weise in den Arm genommen hat. Als ich dann aber im Zug saß, kreisten meine Gedanken einzig und allein um Emerald. Verzweifelt klammerte ich mich an jenes abschließende Küsschen, das sie mir auf die Wange gedrückt hatte. Lag auch darin etwas Liebenswertes? Vielleicht vögelte sie mit Jacques nur als Akt der Auflehnung gegen ihre Mutter?

Ich brauchte Hilfe, ich brauchte Zutrauen. Ich kramte Jacques' Buch aus der Tasche und wollte sehen, ob seine Worte mir nicht körperlichen und seelischen Frieden schenken konnten. Ich überließ es dem Schicksal, eine Seite aufzuschlagen, und siehe da, der erste Absatz, auf den mein Blick fiel, war folgender:

> *Dass Menschen allein und für sich sterben müssen, ist ein platter und trügerischer Zynismus. Suchen Sie sich einen Mann oder eine Frau – Freund, Guru, Mentor, Vater- oder Mutterfigur, Sie können sie bezeichnen, wie Sie wollen, aber jemanden, den Sie als das stille Zentrum Ihrer turbulenten Gedanken sehen –, jemanden, dem Sie uneingeschränkt und vorbehaltlos all Ihre Hoffnungen und Ängste, Leidenschaften und Begehrlichkeiten anvertrauen können, und Sie werden einen großen Schritt hin zu dem Seelenfrieden getan haben, der das Ziel all unserer Bemühungen ist.*

Und schlagartig wurde mir bewusst: Genau das habe ich in Ihnen gefunden, Mr. Pascoe! Und deshalb schreibe ich Ihnen im Moment einen weiteren Brief auf dieser ach so langsamen Zugreise in den Norden. Draußen presst sich die Nacht an die verschlierte Fensterscheibe. Lichter ziehen vorbei – Autos, Straßenlampen, Häuser, abgelegene Cottages –, alle verweisen auf menschliche Anwesenheit, nicht aber auf eine menschliche Gemeinschaft; nein, genauso gut könnten sie Phantome sein, die über ein düsteres Moor huschen, so wenig Trost spenden sie mir. Und meine Mitreisenden, von denen jeder in seiner privaten Zeitkapsel eingeschlossen ist, in die wir uns auf langen Zugreisen einspinnen, könnten ebenso gut Aliens aus einer fernen Galaxie sein.

Aber ich habe Sie, und es spielt kaum eine Rolle, ob ich Sie als meinen Guru oder Freund oder, trotz Ihrer Jugend, als die Vaterfigur ansehe, die ich niemals hatte. Wichtig ist nur: Ich weiß, dass ich Sie als eine Art Third-Thought-Therapie benutze, ungeachtet der Motivation, aus der heraus ich ursprünglich den schriftlichen Kontakt zu Ihnen aufgenommen habe! Ich hoffe, Sie haben nichts dagegen. Vielleicht können Sie sich ja dazu durchringen, mir zu antworten oder sogar (darf ich es wagen, dies zu fragen?) mich kurz anzurufen, um zu sehen, dass ich wieder in Mid-Yorkshire bin? Wo, wie die futuristischblecherne Stimme aus dem Lautsprecher verkündet, wir, was ganz und gar unglaublich ist, in Kürze eintreffen werden.

O Freudentraum! Hab wirklich ich die Spitze des Leuchtturms erkannt? Ist das der Hügel? das die Kirche? das mein Heimatland?

Ich glaube, es ist es. Ich werde dies morgen zu Ende schreiben.

Hallo, hier bin ich wieder! Wie schnell sich die Dinge doch ändern. Nur für den Fall, dass Sie vorhaben, in den nächsten Tagen bei mir vorbeizuschauen, sparen Sie sich die Mühe, ich bin nicht mehr hier. Oder, besser, nicht dort!

Folgendes ist geschehen. Ich wachte heute Morgen sehr zeitig auf – die Konditionierung durch das Syke! Da ich erst morgen wieder bei der Arbeit erwartet werde, ließen die neu geweckten Hoffnungen, doch noch einen Verleger für Sams Beddoes-Biographie zu finden, mich die Arbeit daran wieder aufnehmen. Unverzüglich begab ich mich zur Universitätsbibliothek, wo ich den ganzen Tag verbringen wollte, vermutlich ohne Pause, wie ich es gern tue, wenn ich mich an etwas festgebissen habe.

Doch kaum hatte ich begonnen, wurde ich durch die Ankunft von Charley Penn unterbrochen.

Charley verfügt über viele ausgezeichnete Eigenschaften, er hat mich bei meinen literarischen Ambitionen ungemein unterstützt und ermutigt sowie mir mit praktischen und kreativen Ratschlägen beigestanden. In allen von uns gibt es Licht und Schatten; bei einigen herrscht das eine vor, bei manchen das andere. In Charley jedoch ist eine Finsternis, die das Helle zuweilen völlig verdeckt. Woraus entspringt sie? Vielleicht ist sie ein Teil seiner deutschen Seele. Obwohl er in Yorkshire aufgewachsen ist, was sehr auf ihn abfärbte, ist er doch in vielerlei Hinsicht ein wahrer Abkömmling seiner teutonischen Vorfahren.

Es war Charley, der meine Aufmerksamkeit auf ein Gedicht von Matthew Arnold mit dem Titel »Heine's Grave« lenkte. Ein hübsches Gedicht, ein bewegender Tribut an den toten Dichter und eine feinsinnige Analyse, wie er tickte. Arnold spekulierte darin, dass es Heine war, den Goethe meinte, als er von einem nicht näher benannten Barden schrieb, er habe jede Gabe, nur fehle es ihm an Liebe.

So scheint es sich auch mit Charley zu verhalten. Der Einzige, der ihm Gefühle der Liebe entlockte und sie auch erwiderte, war Dick Dee. Dees Tod und die Aufdeckung, dass er wahrscheinlich der Mörder so vieler Menschen war, unter anderem, Gott verdamme seine Seele, meines geliebten Sam, haben Charley ziemlich aus der Bahn geworfen. Oh, meistens ist er so wie immer, ein finsterer, furchtbar zynischer, alles stieren

Blicks verfolgender Zeitgenosse, die Finsternis jedoch, die in den Tiefen eines Fichtenwalds herrscht, hat sich in seinem Fall ausgedehnt und umhüllt jetzt auch die Baumkronen.
Das zeigte sich, als ich ihn fragte, was ihn hierher führte statt an seinen üblichen Platz in der Stadtbibliothek.
»Sie hat Urlaub, also dachte ich, gönn ich mir auch eine kleine Pause«, sagte er lakonisch.
Ich benötigte keine Erläuterung. *Sie* ist Ms. Pomona, die nur um Haaresbreite nicht das letzte Opfer des Wordman geworden ist. Charley ist so sehr von der Unschuld seines Freundes Dee überzeugt, dass er sich einredet, die Wahrheit müsse einer Verschwörung zum Opfer gefallen sein. Aber sicherlich wissen Sie das alles bereits, Mr. Pascoe, waren doch Sie und die Fettwampe nach Dees Tod als Erste am Tatort und gelten so in seinen Augen als die Oberhäupter der Verschwörung! Charley hegt anscheinend die schaurig-romantische Vorstellung, dass seine anklagende Anwesenheit in der Stadtbibliothek, wenn Ms. Pomona dort im Dienst ist, sie über kurz oder lang mürbe machen und ihr ein Geständnis abringen würde.
Ich kann nicht behaupten, dass ich allzu sehr erfreut war, ihn zu sehen. Ich war voller Tatendrang, aber ich schulde ihm einiges an Freundlichkeit und konnte seine Einladung auf Kaffee und Plausch nicht guten Gewissens ablehnen.
Als wir unseren Kaffee tranken, erzählte ich ihm von meinen aufregenden Erlebnissen in Cambridge, die er leidlich unterhaltsam fand, aber es war ihm anzumerken, dass er in Gedanken ganz woanders war.
»Charley«, sagte ich schließlich, »Sie wirken ein wenig niedergeschlagen. Geht's mit dem Buch schlecht voran?«
»Nein, es geht ganz wunderbar, nur manchmal frage ich mich, was das alles soll. Heine, Beddoes, wir reißen uns den Arsch auf, um das ›definitive Werk‹ zu schaffen, das es natürlich nie ist. Im besten Fall ersetzt es das vorangegangene definitive Werk, und wenn wir Glück haben, kratzen wir ab, bevor es vom nächsten ersetzt wird. Warum tun wir uns das an, Fran?«

»Das wissen Sie sehr gut«, sagte ich etwas großspurig. »Wir sind auf der Suche nach dem Heiligen Gral der Wahrheit.«

»Ach ja? Nun, es gibt nur eine Wahrheit, hinter der ich her bin, und bislang hab ich nichts erreicht.«

O Gott, dachte ich. Darum geht's also. Dick Dee ist unschuldig, okay!

»Charley«, sagte ich, »wenn Sie bislang nichts erreicht haben, liegt das vielleicht daran, dass es nichts zu erreichen gibt.«

Er schüttelte den Kopf. »Das stimmt nicht. Aber sie sind clever, das muss ich ihnen lassen. Das ist eine verdammte Akte X. Die Wahrheit ist irgendwo dort draußen, unter Andy Dalziels fetten Arschbacken oder im zusammengekniffenen Hintern von diesem Pascoe. Ich wollte es allein angehen, leider muss ich zugeben, dass ich Hilfe benötige, worauf ich nicht besonders stolz bin. Wenn die Behörden mir nicht zuhören wollen, dann habe ich Freunde, die das tun!«

Ich war mir nicht ganz sicher, was er damit meinte. Ich glaube nicht, dass er sich irrt, wenn er meint, er benötige Hilfe, aber ich befürchte, es ist nicht die Hilfe, die er im Sinn hat. Nun könnte ich Spekulationen anstellen, doch das werde ich tunlichst vermeiden. Offen gesagt, wenn Charleys Obsession zu illegalen Dingen führt, will ich es nicht wissen. Jemand in meiner Lage muss darauf achten, dass seine Beziehung zum Gesetz auf einer offenen und eindeutigen Basis steht.

Weshalb ich mich dazu veranlasst sehe, Ihnen meine Ängste zu offenbaren; ich fürchte, Charley ist so davon besessen, die Unschuld seines Freundes zu beweisen, dass er beinahe zu allem fähig ist.

Ich tue dies nicht, um ihn anzuzeigen – meine Zeit im Syke hat mich unrettbar darauf konditioniert, Polizeispitzel als die niedrigste Lebensform anzusehen –, sondern in der aufrichtigen Hoffnung, dass Sie, wenn Sie von Charleys Geisteszustand wissen, ihn vielleicht von jeglicher Unbedachtheit oder, schlimmer noch, gesetzeswidrigen Handlungen abhalten können.

Genug davon. Bei der Rückkehr in die Bibliothek musste ich

feststellen, dass mir Charleys Anwesenheit am Tisch nebenan zunehmend unangenehm wurde. Mir war, als säßen auf meiner Schulter Poes Rabe oder Beddoes' alte Krähe von Kairo, die dort etwas ausbrüteten (Letztere übrigens, darauf hat Sam immer amüsiert hingewiesen, ist homophon mit dem christlichen Monogramm *chi-rho*; ein hübscher Einfall, den er über eineinhalb Seiten spielerisch ausbreitete, bevor er ihn verwarf).
Obwohl ich, wie ich bereits sagte, nur höchst ungern in meiner Arbeit unterbrochen werde, empfand ich es daher als Erleichterung, als mein Handy zu vibrieren begann.
Es war zu meiner Überraschung Linda, die aus Straßburg anrief. Sofort malte ich mir aus, dass Emerald mit ihr telefoniert und ihr gesagt hatte, sie habe mich kennen gelernt, und ich sei der einzige Mann auf Erden, der für sie in Frage komme! Zu welchen Idioten der Sex uns werden lässt, nicht wahr?
Natürlich ging es nicht darum, obwohl sie von meinem Treffen mit Emerald wusste, da sie mit Jacques gesprochen hatte. Was sie mehr beunruhigte, waren die Ereignisse am God's, von denen sie in der Zeitung gelesen hatte.
Sie fragte mich eindringlich aus, wollte wissen, ob ich alles heil überstanden habe, und sagte dann in ihrer mitleidlosen Art, mit der sie zum Kern einer jeden Sache vorstößt und die ihr politisches Markenzeichen ist: »Wenigstens heißt das, dass das Feld für Sams Buch nun frei ist. Sie sollten sich ernsthaft an die Arbeit machen. Als wir uns in Belgien gesehen haben, erwähnten Sie, es gäbe noch einige Dinge über Beddoes' Aufenthalt in Basel und Zürich, woran Sam gearbeitet hat. Meinen Sie, diese Spuren sind es wert, weiter verfolgt zu werden?«
»Nun, ja, ich glaube schon«, sagte ich. »Ich meine, will man sichergehen, muss man ihnen so weit wie möglich folgen, auch wenn sie sich dann als Sackgassen herausstellen sollten ...«
»Ganz richtig. Genau wie in der Politik, man muss immer für Rückendeckung sorgen, damit nicht irgendein aufdringlicher kleiner Scheißer einen mit seinen Kritteleien überfällt. Also, Folgendes werden wir tun: Bekannte von mir haben eine

Unterkunft in der Schweiz. Sie werden für ein, zwei Monate wärmere Klimate aufsuchen, ich kann in ihrer Abwesenheit die Bude benutzen und werde dort mit ein paar Leuten Weihnachten verbringen. Es nennt sich Fichtenburg am Blutensee und liegt im Kanton Aargau. Das Chalet ist der ideale Arbeitsort für Sie, es ist ruhig und nett – meine Gesellschaft wird erst um den vierundzwanzigsten herum aufkreuzen –, und Sie kommen von dort schnell nach Zürich und Basel. Wie klingt das?«

»Das klingt sehr hübsch«, sagte ich. »Aber vielleicht ...«

»Gut«, sagte sie. »Sie werden sich zu den Festlichkeiten zu uns gesellen, ansonsten aber sind Sie Ihr eigener Herr und Meister. Ich habe mit der Haushälterin gesprochen, Frau Buff, sie erwartet Sie heute Abend ...«

»Heute Abend!«, rief ich aus. Es dämmerte mir, dass Linda mit mir nicht Eventualitäten diskutierte, sondern ihre Anordnungen diktierte! Genauso war es gewesen, als sie mich im vergangenen Monat kontaktiert und gesagt hatte, sie sei auf einer Konferenz in Brüssel und habe beschlossen, das Wochenende im Fremdenhaus des Klosters von Frère Jacques zu verbringen, und ob es nicht eine gute Idee sei, wenn ich den Gründer der Third-Thought-Bewegung persönlich kennen lerne? Und während ich noch darüber nachdachte, wie ich höflich ablehnen könnte, erzählte sie mir von den bereits getroffenen Reisevorkehrungen.

Das Gleiche geschah nun wieder. Ich war für den Flug einer Nachmittagsmaschine aus Manchester gebucht, das Ticket würde am Flughafen bereitliegen. Ein Taxifahrer würde mich am Ankunftsschalter in Zürich abholen.

Sie schwatzte auf ihre entschiedene Art noch eine Weile lang fort, doch nach dem ersten Schock musste ich feststellen, dass ich nur daran dachte, ob Emerald an Weihnachten auch anwesend sein würde.

»Klingt wirklich toll, Linda«, sagte ich. »Sowohl was die Arbeit als auch was Weihnachten betrifft. Ich befürchtete schon, es

könnte etwas einsam werden. Aber ich will mich nicht Ihrer Familie aufdrängen ...«
»Das werden Sie nicht«, sagte sie brüsk. »Es kommen nur ein paar Kumpel aus der Politik. Und Frère Jacques wird bei uns sein, so Gott will. Also, alles klar, ja?«
Meine Enttäuschung ließ mich ein wenig bockig werden.
»Könnte ein Problem werden, nach Manchester zu kommen. Mein Wagen ist kaputt ... und dann ist da noch meine Arbeit ...«
»Nehmen Sie ein Taxi, schreiben Sie es mir auf die Rechnung. Und die Arbeit, ihretwegen fahren Sie doch dahin«, blaffte sie.
»Ich meinte meinen Job in der Universitätsgärtnerei ...«
Ich hörte dieses ungläubige Schnarren, das Millionen britische Zuhörer und -seher von ihren Auftritten in den Talkshows kennen. Ihr charakteristisches Erkennungszeichen, mit dem sie ihre im Rundfunk übertragenen Labour-Reden im Parlament pointierte, bevor sie sich mit der eigenen Parteiführung überwarf und davonstürmte, damit auch die Europäer in den Genuss ihrer Entrüstung kamen.
»Sie sind jetzt ein Vollzeitgelehrter, Fran, Sie haben es nicht mehr nötig, Ihren Garten zu kultivieren. Das Buch, darauf kommt es jetzt an.«
Seltsam, dachte ich mir, dass sie sich nach Jahren der Entfremdung von ihrem Stiefbruder nun, da er tot ist, so leidenschaftlich für sein Werk einsetzt.
Letztendlich tat ich, was die meisten tun, wenn Linda mit einem vorgezeichneten Lebensplan über sie herfällt. Ich fügte mich.
Und je länger ich über ihren Plan nachdachte, umso attraktiver erschien er mir.
Ich wollte wirklich die Arbeit ernsthaft vorantreiben, und welch besseren Ort gäbe es dazu als ein luxuriöses Haus (das heraufbeschworene Bild einer hölzernen Bruchbude von Chalet tat ich sofort als pseudo-bescheidene Untertreibung ab, mit der die Reichen ihren Wohlstand hervorheben), umgeben

von schöner Landschaft, dazu eine nette, mütterliche Haushälterin, die sich um mein Wohlergehen sorgt?

Die Uni-Bibliothek brauchte ich eigentlich nicht, es sei denn wegen eines Sitz- und Arbeitsplatzes, nachdem Linda mir gesagt hatte, ich solle mir alle Bücher aus Sams Privatbibliothek holen, die mir für meine Forschungen relevant erschienen. Und ich wäre mit einem Schlag die bedrückende Gegenwart des armen alten Charley los.

Ich ging zurück, um meine Sachen einzupacken und ihm von meiner Planänderung zu berichten.

»Die Schweiz?«, sagte er gleichgültig. »Halten Sie sich von Kuckucksuhren fern.«

Schließlich kritzelte ich eine Notiz an Jack Dunstan, den Obergärtner, erbot ihm meinen Dank und empfahl mich.

Und wo bin ich nun? Wieder in einem Zug, da bin ich! Diesmal in Richtung Manchester. Eine mir innewohnende Sparsamkeit verbot mir, auf Lindas Vorschlag einzugehen und ein Taxi zu nehmen. Es würde ein Vermögen kosten, außerdem bringt mich der Zug so früh an meinen Bestimmungsort, dass mir noch genügend Zeit bleibt.

Hier sind wir also. Ich hoffe, Sie und die liebe Mrs. Pascoe und Ihre liebenswürdige kleine Tochter verbringen ein frohes Weihnachtsfest, und da ich nun weiß, warum ich Ihnen schreibe, hoffe ich, es erscheint Ihnen nicht allzu aufdringlich, wenn ich Ihnen an Neujahr, das tatsächlich ein Gutes Neues Jahr zu werden verspricht, einige weitere Zeilen zukommen lasse.

Freundlichst,

Ihr Franny

as darf doch nicht wahr sein!«, sagte Pascoe. »Hier ist schon wieder einer.«
»Schon wieder was?«
»Ein Brief von Roote.«
»Ach, schön. Immer noch besser als diese rundlichen Rotkehlchen, die so viele ihren Karten beilegen. Eine wahre Epidemie. Die Medien sind voll damit, alle Welt ist vom Trivialen besessen.«
»Woher kommt es dann, dass du Rootes triviales Geschreibe so interessant findest?«
»Woher kommt es, dass du es so bedeutend findest? Komm, lass mal sehen.«
»Einen Moment. Das ist ja wieder eine ganze Menge.«
Er ging den Brief durch, Ellie griff sich die weggelegten Seiten und las sie mehr oder weniger zeitgleich.
Nachdem sie kurz nach ihm mit der Lektüre fertig war, fixierte sie über den Frühstückstisch hinweg sein langes, nachdenkliches Gesicht. »Na, du Freund, Guru, Vaterfigur, was nervt dich dieses Mal?«
»Ich fühle mich ... wie von einem Stalker verfolgt.«
»Einem Stalker? Verfolgt? Ist das nicht ein wenig übertrieben? Sind doch nur ein paar Briefe ...«
»Vier. Vier Briefe stellen meiner Meinung nach eine Belästigung, wenn nicht gar Stalking dar, vor allem, wenn jeder für sich so lang ist wie mehrere normale Briefe zusammen!«
»Das trifft vielleicht auf diese von E-Mails versauten Zeiten zu. Aber es hat doch was Rührendes, wenn sich jemand noch die Zeit nimmt und einen guten altmodischen, langen Brief verfasst. Und ich kann in diesem Brief beim besten Willen nichts finden, was du trotz deiner Polizisten-Neurose auch nur annähernd als bedrohlich auffassen könntest. Er macht sich sogar die Mühe, dich vor Charley Penn zu warnen, der sich, muss ich zugeben, seit Dees Tod ziemlich seltsam benimmt. Nicht dass er mir gegenüber jemals was in dieser Richtung

erwähnt hat – schließlich kompromittiere ich mich damit, dass ich mit einem der Hauptverschwörer vögle –, aber ich kann dir sagen, irgendetwas gärt in ihm.«

Ellie kannte Penn sehr viel besser als Pascoe. Sie gehörte der von ihm geleiteten literarischen Gesellschaft an, und nachdem ihr erster Roman im Frühjahr veröffentlicht werden sollte, hatte er sie in das Adyton der wahren Schriftstellergilde aufgenommen, worauf ihre Bekanntschaft einen Schritt in Richtung Freundschaft getan hatte, bevor Dees Tod dem ein Ende setzte.

»Du glaubst doch nicht, dass Charley mit einem vergifteten Kugelschreiber auf mich losgehen wird, oder?«, sagte Pascoe.

»Siehst du, ständig paranoid. Wenn er auf dich losgeht, dann eher mit gezielten Schüssen in gedruckter Form. Das wäre seine Angriffsmethode. Schließlich ist er ein Mann des Wortes.«

Noch im selben Moment wurde ihr bewusst, was sie hier sagte. Der letzte Mann des Wortes, der Wordman, der in ihr aller Leben eingegriffen hatte, hatte nicht nur Wörter benutzt, um seine Opfer zu vernichten.

»Na, was für ein Trost«, sagte Pascoe. »Du meinst also, ich sollte Roote schreiben und ihm aus ganzem Herzen für seine liebenswürdige Besorgnis danken? Ihn vielleicht zum Abendessen einladen, damit wir einfühlsam über sein Liebesleben plaudern können?«

»Wäre vielleicht ganz interessant«, sagte Ellie. »Ich glaube, ich könnte ihm helfen. Vor nicht allzu langer Zeit befand sich in einer der Beilagen ein Artikel über berühmte Mütter und ihre unzufriedenen Töchter, du weißt schon, so Sachen eben, wie sie von der Journaille an Land gezogen werden, wenn ihr nichts Originelles einfällt, was zu neunundneunzig Prozent der Zeit der Fall ist.«

»Und du hast den Artikel natürlich mit der ihm angemessenen Verachtung ignoriert.«

»Ich hab jedes Wort verschlungen. Denn in einigen Jahren, wenn ich eine reiche und berühmte Autorin bin, könnte es mein eigenes aufbegehrendes Kind sein, über das in solchen Artikeln geschrieben wird. Loopy Linda und ihre Emerald bekamen einige Absätze. Das Mädchen scheint es sich zur Lebensaufgabe gemacht zu haben, sich

ihren Eltern zu widersetzen. Fran könnte durchaus Recht haben, wenn er meint, dass sie den Unzucht treibenden Klosterbruder nur zu eigenen Zwecken benutzt.«
»Dann«, sagte er, »sollte sie mal lieber aufpassen, wenn sie es bei Roote probiert. Bei einem intelligenten Kerl wie ihm wird sie früher aufstehen müssen.«
»Nach allem, was er schreibt, muss sie mit ihm nur früh am Abend ins Bett gehen«, sagte Ellie. »Aber lass dir davon nicht den Schlaf rauben, Liebling. Auch wenn Franny Roote es darauf abgesehen hat, dich samt und sonders zu vernichten, für den Rest des Monats ist er in der fernen Schweiz sicher aufgehoben, wir können uns also darauf konzentrieren, dass wir die eher konventionellen Gefahren überstehen, die von Weihnachten ausgehen, als da sind Bankrott, Nervenzusammenbrüche und chronische Verstopfung.«
»Als da sind?«, sagte Pascoe. »Nur weil von dir jetzt ein Buch erscheint, musst du dich jetzt hoffentlich nicht immer so affektiert ausdrücken.«
»Verpiss dich, Schwachkopf«, sagte Ellie grinsend. »Besser so?«
»Ich höre und gehorche«, sagte Pascoe und trank seinen Kaffee aus. Er erhob sich, beugte sich zu Ellie hinab und gab ihr einen ausgiebigen, von ihr sehr wertgeschätzten Kuss. Doch trotz aller Wertschätzung entging ihr nicht, dass er währenddessen Franny Rootes Brief in seine Tasche gleiten ließ.
In seinem Büro las er ihn erneut. Übertrieb er? Der Brief enthielt nichts, was bei gerechter und vernünftiger Betrachtung als Drohung interpretiert werden könnte. Er sah ein, dass sein Versuch, Rootes Bericht über das Feuer am St. Godric's als ein hämisches, verdecktes Brandstiftungsgeständnis zu lesen, mehr auf seine neurotischen Vorurteile zurückzuführen war als auf rationale Argumente. Von der Feuerwehr in Cambridge hatte er nichts erfahren, was seine Verdachtsmomente bestätigte. Sein Anruf bei der Polizei in Cambridge war mehr diplomatischer als kriminalistischer Natur gewesen und hatte lediglich dazu gedient, dass sein Gespräch mit den Feuerwehrleuten zu den Akten genommen wurde. Er hatte kurz mit einem anscheinend überlasteten Sergeant gesprochen, hatte vage auf einige

angebliche Fälle von Brandstiftung an Bildungseinrichtungen in Mid-Yorkshire hingewiesen und wie nützlich doch die korrelierenden landesweiten Statistiken seien und schließlich darum gebeten, dass man ihn über weitere Entwicklungen auf dem Laufenden halte. Roote hatte er nicht erwähnt. Warum sollte er riskieren, dass durch das fein gesponnene Netz der inoffiziellen Polizeikontakte, das für die Arbeit ebenso wichtig war wie das Computernetz, alle hellhörig wurden? Früher oder später würden dann alle unweigerlich erfahren, dass der bekloppte DCI Pascoe es nur auf den Kopf von Franny Roote abgesehen hatte.

Er schloss eine Schublade seines Schreibtisches auf und nahm eine nicht gekennzeichnete Akte heraus. Als Roote im Zuge der Ermittlungen zu einigen jüngeren Fällen ins Fadenkreuz geriet – manche würden sagen, von ihm ins Fadenkreuz gezerrt wurde –, hatte Pascoe ganz legitim alles vorhandene Material über ihn zusammengetragen. Das alles war in den offiziellen Aufzeichnungen verblieben. Diese Akte jedoch, die nur zu seinem Privatgebrauch bestimmt war, enthielt neben den Kopien und Zusammenfassungen des offiziellen Materials auch viel inoffizielles Zeug, unter anderem alle Briefe, die er sorgfältig mit dem jeweiligen Eingangsdatum versehen hatte.

Pascoe kam der Gedanke, dass die seit ihrer Studentenzeit so unterschiedlich verlaufenen Wege von Ellie und ihm sich vielleicht nie wieder gekreuzt hätten, wäre nicht der allererste Fall gewesen. Roote konnte daher mit allem Recht behaupten, ihr Cupido zu sein. Oder Pandarus.

Was er jedoch nie getan hatte, musste sich Pascoe selbst ermahnen. Bleib bei den Fakten.

Die Fakten besagten, dass dieser Mann seine Zeit abgesessen hatte, ein vorbildlicher Strafgefangener gewesen war, dem maximaler Straferlass gewährt wurde und der im Zuge seines Wiedereingliederungsprogramms voll und ganz mit den Behörden kooperiert und sozial wertvolle Erwerbstätigkeiten angenommen hatte (Krankenhauspfleger und Gärtner), während er eine Reihe von Universitätskursen belegte, die ihm schließlich einen Platz in der akademischen

Welt eintrugen; ein strahlendes Beispiel für die regenerative Macht des britischen Strafrechts.
Hurra. Brandender Applaus allerorten.
Warum bin ich dann der Einzige, der ihm auf die Zehen steigt?, fragte sich Pascoe.
In seinen Augen war Roote weder reformiert noch abgeschreckt, er ging nur sehr viel vorsichtiger vor.
Aber keine Verteidigungsanlage war unüberwindbar, sonst wäre das Land nicht voller Burgruinen.
Das Telefon klingelte.
»DCI Pascoe.«
»Hallo. Hier ist DCI Blaylock, Cambridge. Sie haben gestern mit einem meiner Sergeants über den Brand im St. Godric's gesprochen. Man hat mir mitgeteilt, dass Sie sich bei den Feuerwehrleuten über die Brandursache erkundigt haben, irgendwas über mögliche Parallelen zu Bränden in Bildungseinrichtungen in Ihrem Zuständigkeitsbereich? Das müssten dann doch die Universitäten in Yorkshire sein? Ich kann mich aber nicht erinnern, in letzter Zeit irgendwas darüber gelesen zu haben.«
Kein Wunder. Bei den Fällen, die damit angeblich in Zusammenhang stünden und mit denen Pascoe sein Gewissen beruhigt hatte, handelte es sich um zwei Brände an einer Grundschule, von denen einer von aufsässigen Schülern gelegt wurde, während der andere in der Guy-Fawkes-Nacht durch eine verirrte Feuerwerksrakete ausgelöst worden war.
Es war an der Zeit, wenigstens teilweise die Karten auf den Tisch zu legen.
Er erklärte in gemessenem, vernünftigem Tonfall, dass er es für angebracht hielt, sich nach eventuell festgestellten Verdachtsmomenten zu erkundigen, da er zufällig wisse, dass es sich bei einem der Konferenzteilnehmer am St. Godric's um einen Ex-Häftling handelte, dem durch die Vernichtung von Professor Albacores Forschungsunterlagen einige kleinere Vorteile zufielen.
»Mein Sergeant hat Sie also falsch verstanden?«, sagte Blaylock.
»Sagen wir lieber, ich sah keinen Grund, Ihre Arbeitsbelastung

zusätzlich zu erhöhen, solange mir keine erhärtenden Indizien vorliegen. Deshalb schien mein Anruf, der eher eine höfliche Anfrage sein sollte und keine Bitte nach Informationsaustausch, nicht mein entferntes, schwaches Interesse widergespiegelt zu haben. Der Fehler liegt, wenn überhaupt, bei mir.«

Solche weitschweifigen Umschreibungen konnten vielleicht einen Yorkshireman einwickeln, der meist redete, wie ihm das Maul gewachsen war, jene allerdings, die im Schatten der älteren Universitäten arbeiteten, hatten mehr Erfahrung, sich ihren Weg durch dieses verbale Labyrinth zu bahnen.

»Sie hatten also so eine Ahnung, wollten es aber nicht an die große Glocke hängen, weil der dicke Andy meint, das alles sei nur heiße Luft«, sagte Blaylock.

»Sie kennen Superintendent Dalziel?«

»Lediglich wie ein Hilfspfarrer den Teufel kennt. Hab viel von ihm gehört, hoffe aber, dass ich nie das Vergnügen habe, ihn persönlich kennen zu lernen.«

Pascoe wollte bereits zu einer Verteidigung ansetzen, hielt dann aber den Mund. Wie ihm Dalziel selbst gesagt hatte, wenn dir jemand Mitgefühl entgegenbringt, dann seufze tief und hinke ein wenig.

»Wie auch immer, es tut mir Leid, dass ich mich da eingemischt habe, ohne gleich mit dem Boss zu reden. Übrigens, sind Sie da unten so überbesetzt, dass Sie DCIs mit unverdächtigen Brandfällen beauftragen?«

»Nein, ich gehe nur einer Sache nach, die von einem unserer cleveren jungen Burschen erwähnt wurde, der es auf meinen Job abgesehen hat. Also dachte ich, steck da mal deine Nase rein, und musste zu meiner Überraschung feststellen, dass sie gegen Ihre stieß. Dachte, ich könnte mal anrufen, nur für den Fall, dass Sie was wissen, was ich auch wissen sollte.«

»Was hat Ihr cleverer junge Bursche denn erwähnt?«, sagte Pascoe und versuchte, sich seine hoffnungsvolle Erregung nicht anmerken zu lassen.

»Ist vermutlich nichts. Sie wissen doch, diese Youngster sind ganz scharf drauf, aus einer Mücke einen Elefanten zu machen, um ein wenig den Jäger spielen zu können.«

Blaylock hatte eine tiefe, sonore Stimme, die Pascoe an die Schauspieler erinnerte, die in den Schwarzweiß-Thrillern vor dem Krieg die Rolle des Scotland-Yard-Inspectors spielten. Vielleicht trug er eine Tweed-Jacke und rauchte Pfeife. Cambridge, die Stadt der träumenden Gutsherren, glitzernd auf den weiten, flachen Fenns gelegen wie ein köstliches Juwel, das eine halb versunkene Kröte auf dem Haupte trägt. Wie schön wäre es, dort zu arbeiten. Welche Schönheit im alltäglichen Leben, welches Geschichtsbewusstsein, dazu Gelegenheiten für kulturellen Austausch und intellektuelle Anreize ... Mein Gott, nun träume ich schon wie Roote!

»Ich selbst bin der Jagd nicht ganz abgeneigt«, sagte Pascoe.

»Es war nur so, laut dem Obduktionsbericht starb Albacore an Rauchvergiftung, erwähnt wird aber auch eine mögliche Deformation des Hinterkopfs. Schwer zu sagen, die Leiche war übel verbrannt. Jedenfalls wurde er wohl durch die Raucheinwirkung ohnmächtig, schlug wahrscheinlich hart auf dem Boden auf und könnte sich dabei den Schädel gebrochen haben.«

»In welcher Stellung ist er gefunden worden?«, sagte Pascoe. »Worauf ich hinauswill ...«

»Ich weiß, worauf Sie hinauswollen«, sagte Blaylock freundlich. »Auch hier unten lesen wir die Ausbildungsunterlagen. Mein Intelligenzbolzen hat es überprüft. Albacore war mit dem Gesicht nach unten auf der Schwelle zu seinem Arbeitszimmer aufgefunden worden. Die Experten versichern jedoch, dass das nichts zu bedeuten hat. Im dichten Rauch verlieren die Opfer kurz vor dem Ersticken oft die Orientierung und kehren zum Brandherd zurück. Sind sie dann erst mal auf dem Boden, können sie sich noch mehrmals umdrehen, wenn sie zu entkommen versuchen.«

Pascoe war nun in der Tat sehr erregt, verdrängte es aber und sagte beiläufig: »Also haben Sie sich die Frage gestellt, ob jemand Albacore eins über den Schädel gezogen und anschließend im brennenden Arbeitszimmer liegen gelassen hat?«

»Genau diese Frage hat mein Intelligenzbolzen mir nahe gelegt. Aber den Brandexperten war nichts zu entlocken, was darauf hingewiesen hätte, dass das Feuer absichtlich gelegt worden ist. Also habe ich die Akte mit einer Notiz versehen und mich mit dringenderen Dingen beschäftigt, bis ich von Ihrem Anruf hörte, Mr. Pascoe. Aber auch wenn Sie diese vage, soeben umrissene Ahnung haben, hilft uns das nicht viel weiter, nicht wahr? Nichts plus nichts ergibt nichts, richtig?«

Nicht wenn du in deinem tiefsten Inneren weißt, dass du Recht hast, dachte sich Pascoe. Aber welchen Sinn hatte es, jemanden, den er nicht kannte und der über hundertfünfzig Kilometer entfernt saß, erklären zu wollen, was sogar seine Nächste und Liebste sich nur mit unverhohlener Skepsis angehört hatte?

»Sie haben Recht«, sagte er.

»Ich habe während unseres Gesprächs einen Blick auf die Akte geworfen«, sagte Blaylock. »Dieser Roote, sehe ich, hat wie alle anderen eine Aussage abgegeben. Meinen Sie, es hätte Sinn, ihn noch mal vorzuladen und ein wenig Druck auf ihn auszuüben?«

Pascoe dachte an Franny Roote, an das blasse, stille Gesicht, an dessen Augen, deren oberflächlicher Schmelz alles darunter Liegende verbarg, an sein leises, höfliches Auftreten. Genauso gut konnte man auf Treibsand Druck ausüben. Entweder wurde man eingesogen und ging unter, oder man schaffte es sich zu befreien, aber dann blieben keinerlei Spuren zurück, die angedeutet hätten, dass man den Sand jemals berührt hatte.

»Es hätte keinerlei Sinn«, sagte er. »Hören Sie, es war nur so eine flüchtige Idee. Wenn ich was Definitives finde, werde ich mich sofort bei Ihnen melden. Und vielleicht könnten Sie mich ja auch auf dem Laufenden halten, falls …«

»Keine Sorge, Sie werden von mir hören«, sagte Blaylock, wobei seine sonore Stimme etwas leicht Bedrohliches bekam.

Das war's also, dachte sich Pascoe, als er den Hörer auflegte. Das inoffizielle Netzwerk war alarmiert. Bald würden die Neuigkeiten die Runde machen.

»Na und?«, sagte er laut.

»Was erfreut es mein Herz, einen Mann zu sehen, der so in seine

Arbeit vertieft ist, dass er noch nicht mal hört, wenn man an seine Tür klopft!«

Dalziel stand auf der Schwelle, hatte da schon weiß Gott wie lange gestanden.

Die inoffizielle Roote-Akte lag geöffnet auf dem Schreibtisch. Pascoe schlug sie, hoffentlich nicht zu beiläufig, zu. »Muss wohl taub werden. Komm schon rein.«

»Irgendwas Interessantes?«, sagte Dalziel, den Blick auf die nicht beschriftete Akte geheftet.

Den Stier bei den Hörnern zu packen war besser, als aufgespießt zu werden.

»Hab heute Morgen einen weiteren Brief von Roote bekommen. Hätte ihn wahrscheinlich in den Mülleimer geworfen, wenn ich nicht soeben einen interessanten Anruf von DCI Blaylock aus Cambridge erhalten hätte.«

»Nie von ihm gehört.«

»Aber er von dir«, sagte Pascoe.

Davon überzeugt, dass Dalziel sowieso die Hälfte des Gesprächs mitbekommen hatte, fasste er es nur kurz zusammen.

Der Dicke überflog währenddessen den Brief, und Pascoe ergriff die Gelegenheit und ließ die Akte in eine Schublade gleiten. Dalziel warf nach beendeter Lektüre den Brief auf den Schreibtisch, furzte sacht und fragte: »Und was hat dieser Pimmelbock jetzt vor?«

»Blaylock? Nichts. Es gibt keine Indizien, die auf ein Verbrechen hindeuten.«

»Aber du meinst, Albacore hat Roote mit einem Flammenwerfer in der Hand ertappt, und dann hat der Bursche ihm das Ding über die Rübe gezogen und ihn liegen lassen, bis er ganz durchgegrillt war, richtig? Was wird er deiner Meinung nach im nächsten Brief gestehen? Dass er vorhat, die Schweizer Marine zu versenken?«

»Nein«, sagte Pascoe und versuchte, das Gespräch wieder in vernünftige Bahnen zu lenken. »Nichts Konkretes, was uns hier beunruhigen müsste.«

»Meinst du?«, sagte Dalziel. »Und das Zeug über Charley Penn, das beunruhigt dich nicht?«

»Nein, nicht wirklich«, sagte Pascoe überrascht. »Ist doch alles nichts Neues, oder? Wir wissen alle, wie schwer es Penn fällt zu akzeptieren, dass sein bester Kumpel ein Killer war.«

»Was ist mit dem, was der junge Bowler gestern gesagt hat?«

Pascoe sah ihn verständnislos an, weshalb der Dicke anklagend fortfuhr: »Ich hab dir alles im Bull erzählt, aber es war dir anzusehen, dass es bei dir nicht ankam.«

»Doch«, protestierte Pascoe. »Das von dem Einbruch in die Wohnung seiner Freundin. Du kannst doch nicht im Ernst glauben, dass Penn irgendwas damit zu tun hat? Er ist im Augenblick vielleicht ein wenig überreizt, aber einen Einbruch, nein, dass kann ich mir beim besten Willen nicht vorstellen. Und außerdem, hat Bowler nicht gesagt, dass nichts darauf hinweist, dass sich jemand gewaltsam Zutritt verschafft hat? Ich kann mir Charley nur schwer vorstellen, wie er mit einem Dietrich hantiert!«

»Die haben in ihren Lederhosen immer ein, zwei Tricks auf Lager, diese Hunnen. 1940, da haben die Froschfresser auch gemeint, die Maginot-Linie würde sie abhalten, und dann schau dir an, was passiert ist. Na, und außerdem ist er Schriftsteller. Diese Typen kennen alle möglichen schmutzigen Tricks. Das kommt von ihren Recherchen. Nimm nur mal diese Christie. Ein Haufen Bücher, ein Haufen Morde. Du kannst nicht im Dreck wühlen und dich dabei nicht bekleckern, Kumpel.«

Ein Wahnsinniger wäre vielleicht versucht gewesen, den Dicken auf das eigentliche Thema zurückzulotsen, doch Pascoe wusste, ein Dalziel in ausgelassener Stimmung war wie ein tanzender Elefant; der Weise beklagte sich nicht, dass es nicht sonderlich elegant anzuschauen war, sondern achtete darauf, nicht zertrampelt zu werden. Dennoch konnte er sich eine Spitze nicht verkneifen.

»Ich verstehe, was du meinst«, sagte er. »Aber das ist doch das Gleiche wie bei Roote, oder? Keine Anzeige, keine Indizien, kein Fall. Wie willst du da vorgehen, Boss?«

Dalziel lachte, fuhr mit seinem feisten Finger das Rechteck ab, auf dem die Akte gelegen hatte, und sagte: »Wie die Hunnen 1940. Blitzkrieg! Irgendwas von Wieldy gesehen?«

»Hat wieder einen seiner mysteriösen Anrufe bekommen und ist gegangen.«

»Mein Gott, hoffentlich kommt er nicht wieder mit so einem unausgegorenen Tipp zurück.«

»Du meinst, an dieser Praesidium-Sache ist nichts dran?«, sagte Pascoe, bemüht zu zeigen, wie aufmerksam er im Bull zugehört hatte.

»Ich erwarte mir nicht viel«, sagte der Dicke.

»Er kann so was eigentlich ganz gut beurteilen«, sagte Pascoe voller Loyalität.

»Schon. Aber die Hormone können dem Urteilsvermögen eines Mannes schlimmer zusetzen als ein Schlag auf den Schädel. Schau dir nur Bowler an. Die Liebe ist ein fürchterlicher Feind der Logik. Hab ich, glaube ich, mal in einem Schmöker gelesen.«

»Liebe ... ich weiß nicht, was Edwin Digweed damit zu tun haben könnte ...«

»Wer hat was von Digweed gesagt? Was ist, wenn unser Wieldy in fremden Gefilden herumstrolcht? Na, steh nicht da wie eine Henne mit Schnabelsperre. Das kommt vor. Ist es schon Kaffeezeit? Könnte ein Schälchen schlürfen?«

Pascoe war sich nicht sicher, wie ernst er Dalziels Worte über Wield zu nehmen hatte. Da er aber aus Erfahrung wusste, dass der Dicke mit seinen Urinstinkten manchmal in Bereiche vordrang, an denen eine Cruise missile gescheitert wäre, fing er sich wieder und sagte fröhlich: »Du gehst in die Kantine, Boss?«

»Auf keinen Fall. Die hören alle auf zu reden, wenn ich mich dort blicken lasse. Ich will zu meinem *Kaffee* gern etwas *Klatsch*. Verzeih mir mein Krauterwelsch, muss es von Charley Penn aufgeschnappt haben. Wenn jemand was von mir will, dann sag ihm, ich bin im Kulturzentrum, auf der Suche nach kultureller Erleuchtung. Ta-ra!«

6

Der Schiffer

alziel hatte Recht. Wenn man zu seinem Kaffee *Klatsch* wollte, von *Schlag, latte* oder anderen exotischen Zusatzstoffen ganz zu schweigen, dann marschierte man in Hal's Café-Bar im Zwischengeschoss des Kulturzentrums. Wenn es einen andererseits im Hintergrund nach einem Klangteppich aus fernen Zuggeräuschen und viel zu nahem Punkrock gelüstete, dann kam dafür nur das Turk's in Frage.

Wenigstens, dachte Wield schlecht gelaunt, würde Ellie Pascoe nicht über die Arbeitsbedingungen jener lamentieren müssen, die hier im Schweiße ihres Angesichts schufteten. Jeder, der für dieses Drecklochs verantwortlich war, hatte verdient, dass man ihm das Schlimmste an der Hals wünschte.

Seine schlechte Laune war darauf zurückzuführen, dass Lee Lubanski nicht aufgetaucht war. Nachdem er zwanzig Minuten in dieser Atmosphäre zugebracht und unter dem gleichgültigen Blick des Türken der Geräuschkulisse gelauscht hatte, fragte er sich, ob das Leben, das er außerhalb dieses Lokals genoss, nichts weiter war als eine fahle Erinnerung an längst vergangene Menschen und Orte. Blieb man zu lange hier, musste man befürchten, dass einem jegliche Entschlusskraft abhanden kam und man zu einer dieser reglosen Statuen verkam wie die schweigenden Männer, die um ihn herum über ihren leeren Tassen hingen.

Zeit zu gehen. Er hätte sich erleichtert fühlen sollen. Tat es aber nicht.

Er schob die Tasse von sich und erhob sich. Dann ging die Tür auf, und Lee kam herein.

Sein junges Gesicht war vor Angst verzerrt. Er sah wie ein Kind aus, das im Supermarkt seine Mama verloren hatte und nun verängstigt und am Rand der Panik stand.

Dann sah er Wield, und seine Miene hellte sich auf. Er kam auf den Tisch zugestürzt, Entschuldigungen sprudelten so schnell aus ihm heraus, dass jede Einzelheit in seinem Redeschwall unterging.

»Halt den Mund und setz dich, bevor du dir noch was antust«, sagte Wield.

»Ja ... klar ... Entschuldigung ...«

Er nahm Platz, hörte auf zu reden, sein Gesicht aber glühte vor Freude, dass er Wield noch angetroffen hatte. Es war an der Zeit, das Leuchten auszuknipsen.

»Hab den so genannten Tipp von dir an meinen Boss weitergegeben«, grummelte Wield. »Er war nicht sonderlich beeindruckt. Wie ich dir schon sagte, wir haben weder die Männer noch die Zeit, einen ganzen Tag lang jedem verdammten Praesidium-Wagen hinterherzukutschieren. Du hast keine weiteren Einzelheiten?«

Der Junge schüttelte den Kopf. »Sorry, nichts Neues darüber, aber ich hab was anderes.«

»Ach ja? Was ist es diesmal? Soll irgendwo in Nordengland über einen Tunnel ein Postamt ausgeraubt werden? Oder lässt sich das nicht so eindeutig sagen?«

Lees Glühlämpchen kam nun augenfällig ins Flackern.

»Nein, nichts sehr Eindeutiges«, sagte er abwehrend. »Ich kann dir nur sagen, was ich gehört habe. Du willst doch nicht, dass ich Dinge erfinde, oder?«

Etwas Kindlich-Unbefangenes lag in seinen Worten. Wield fühlte sich tatsächlich gerührt, ließ sich aber nichts anmerken.

»Da hast du verdammt noch mal Recht«, sagte er. »Also, schieß schon los.«

»Es geht um diesen Liam-Linford-Fall. Sie drehen es so hin, damit der Wichser freikommt.«

Nun war es sein höchstes Interesse, das Wield zu verbergen versuchte.

»Hindrehen? Wer dreht was hin? Und wie?«

»Sein Dad, Wally, wer denn sonst, verdammt noch mal!«, sagte Lee mit einer Aggression, die Wield wieder daran erinnerte, dass hinter der Fassade des unschuldigen Kindes ein mit allen Wassern gewaschener Stricher lauerte. »Alles, was ich weiß, ist, dass sie diesen Carnwath bearbeiten wollen, damit er seine Aussage ändert und die Sache nicht vor das Krongericht kommt, und es ist völlig sinnlos, mich weiter danach zu fragen, denn das ist verdammt noch mal alles, was ich weiß.«

»Ja, ja, aber schrei hier nicht so rum«, sagte Wield. Die Musik war laut, keiner achtete auf sie, aber allzu große Lebhaftigkeit in einem Lokal wie dem Turk's war, als würde man auf einer Beerdigung in schallendes Gelächter ausbrechen. »Aber du weißt doch, woher diese Info kommt.«

Ein Ausdruck uneinsichtiger Widerspenstigkeit legte sich wie eine Dunstglocke um die blassen Gesichtszüge des Jungen.

Von einem Kunden, dachte Wield. Er würde nicht das Risiko eingehen, eine regelmäßige Einnahmequelle aufzugeben. Und vielleicht war es auch jemand, vor dem er ein wenig Angst hatte.

Er sollte versuchen, Lee als offiziellen Polizeispitzel zu registrieren, damit dieser dadurch mögliche Einnahmeverluste ausgleichen konnte, allerdings glaubte er, dass es die Mühe kaum lohnte. Vielleicht wollte er es auch einfach nicht. War er erst mal registriert, würden zumindest Dalziel und Pascoe seine Identität kennen und kaum zögern, ihn zu ihren Zwecken einzusetzen, wobei er ihnen nur nützlich sein würde, solange er als Stricher sein Geld verdiente.

»Okay, vergiss es. Wie wär's mit einer vernünftigen Vermutung, was sie mit Carnwath vorhaben könnten? Irgendwas, Lee. Du hast Recht, ich will nicht, dass du dir was ausdenkst, aber ich will auch nicht, dass du überhaupt nichts sagst, nur weil es deiner Meinung nach unwichtig sein könnte.«

Sein milder Tonfall zeitigte sofort Wirkung. Die widerspenstige Miene wurde von kindlicher Konzentration abgelöst.

»Nichts ... er hat nur gesagt, jemand würde am Mittwoch kommen ... und frag mich nicht, wer und wann und wo jemand kommt ... ich weiß es nicht ... nur dass es am Mittwoch passiert ...«

Wield bohrte nicht nach. Wenn, was er bezweifelte, noch was da war, würde er es auch unter Druck nicht preisgeben. »Das ist gut, Lee«, sagte er. »Vielen Dank.«

Und wieder gab es ihm einen Stich ins Herz, als er sah, wie sehr sich der Junge über das Lob freute.

Er nahm einige Münzen aus der Tasche. »Hier, hol dir eine Coke.«

»Nein, schon gut, ich bin dran. Noch 'nen Kaffee?«
Ohne auf eine Antwort zu warten, ging Lee zum Tresen, wo der unergründliche Türke auf die muntere Begrüßung nicht weiter reagierte, allerdings mit der Gleichgültigkeit eines athenischen Henkers, der den Schierlingsbecher voll goss, die erbetenen Getränke bereitstellte.
»Also, Lee«, sagte Wield. »Erzähl mir etwas mehr von dir. Hast du überhaupt eine Beschäftigung?«
»Beschäftigung? Oh, 'ne ganze Menge«, erwiderte er mit einem wissenden Lachen.
»Nein, das meine ich nicht«, sagte Wield. »Einen richtigen Beruf, mit dem du dir den Lebensunterhalt verdienen kannst. Das, wovon du sprichst, wird dich vielleicht noch mal umbringen. Das weißt du.«
»Na und? Und überhaupt, wenn Männer zahlen, weil es die einzige Möglichkeit ist, dass sie das bekommen, was sie wollen, was ist daran so schlecht? Ich habe geglaubt, das sei dir klar.«
Der forsche Blick erinnerte Wield daran, dass er durchschaut worden war.
»Ich zahle nicht für Sex, Lee«, sagte er und sah ihn dabei unverwandt an. »Wenn ich was nicht freiwillig bekomme, verzichte ich darauf.«
»Ja, schön, dann gehörst du zu den Glücklichen«, sagte der Junge und senkte den Blick. »Wie ist es mit Mädels, schon mal damit probiert?«
Die Frage kam wie aus dem Nichts, und Wield versuchte gar nicht erst, seine Überraschung zu verbergen.
»Tut mir Leid, ich wollte nicht … ich hab mich nur gefragt …«
»Schon okay«, sagte Wield. »Ja, ich hab's mit Mädchen probiert. Als ich jünger war … in deinem Alter … Man will so sein wie alle anderen, und bevor man weiß, was mit einem los ist, glaubt man, dass mit einem etwas nicht stimmt. Ist es nicht so?«
Noch während er es sagte, wusste er, dass er von einer bescheuerten Voraussetzung ausging. Als Stricher musste er nicht unbedingt schwul sein. Lees Antwort allerdings bestätigte, was er insgeheim angenommen hatte.

»Ja, ich weiß, was du meinst«, sagte er bekümmert. »Als ob alle in die eine Richtung rennen, und du willst in die andere.«
Er nahm einen Schluck von seiner Coke. »Du trinkst ja gar nicht deinen Kaffee«, sagte er. »Er ist doch in Ordnung?«
Wield führte die Tasse an die Lippen und ließ einen Schwall schlammigen Schaums über seine Zähne hereinbrechen.
»Ja«, sagte er. »Wunderbar.«

Mittlerweile im *latte*-Land, in Hal's Café-Bar, beliebt zu jeder Jahreszeit, drängten sich an diesem Dezembertag um elf Uhr morgens, mitten im vorweihnachtlichen Einkaufstrubel, mit Tüten und Taschen beladene Yorkshire-Maiden und -Matronen, um ihren müden Füßen eine Rast zu gönnen und sich selbst mit einem raffinierten Kaffee oder traditionellen starken Tee zu erfrischen.
Alle Tische waren besetzt, kaum ein Stuhl war frei. Platz versprach nur noch ein Tisch für vier Personen, an dem ein einzelner Mann saß, wobei die über Tisch und Stühle verstreuten Bücher und Papiere allerdings andeuteten, dass er auf Gesellschaft nicht erpicht war. Mid-Yorkshire-Frauen auf der Suche nach Erholung und Erquickung lassen sich jedoch so leicht nicht einschüchtern, weshalb von Zeit zu Zeit ein Grüpplein kühn voranschritt, um den Angriff auf besagte Jammergestalt zu wagen. Ach, weh ihren Hoffnungen! Alarmiert von ihrem Vormarsch, ließ er sie bis auf einige Schritte herankommen, um sie dann mit einem finsteren Blick zu belegen, in dem Misanthropie und Lykanthropie um die Herrschaft über seine hohlwangigen, stoppelbärtigen Gesichtszüge wetteiferten und der von solcher Durchschlagskraft war, dass selbst der heilige Georg in seiner Rüstung erbebt wäre. Die meisten flohen auf der Suche nach leichterer Beute, doch eine – eine jüngere, nicht uncharmante, untersetzte Frau mit rundem, liebenswürdigem Gesicht – schritt wacker voran, als wäre Feindseligkeit ihr gänzlich unbekannt, und schien bereits im Begriff, Platz zu nehmen, als eine noch Furcht einflößendere Gestalt sich hinter dem Ungeheuer aufbaute und ihm ins Ohr bellte: »Was ist los, Bursche? Haben die Pubs noch nicht auf?«
Die Frau, sichtlich schockiert, zog sich zurück, und Charley Penn,

denn er war es, hob es zehn Zentimeter von seinem Stuhl, bevor er sich nach hinten umwandte und kraftlos erwiderte: »Das könnte ich dich auch fragen, du fetter Drecksack.«
»Nein«, sagte Andy Dalziel. »Ich bin ein gewöhnlicher Arbeiter, ich muss dahin, wohin mein Job mich führt. Du bist Gelehrter und Künstler. Das meiste findet bei dir in der Birne statt. Du kannst deine Arbeit überall mit hinnehmen, solang du nicht den Kopf verlierst. Den hast du doch nicht verloren, oder, Charley?«
Der Dicke wischte von einem der Stühle die ausgebreiteten Papiere und sank schwer darauf nieder, sodass die spindeligen Metallbeine protestierend über den Kachelfußboden quietschten.
»Am besten holst du dir noch einen für die andere Hälfte deines Arsches, Andy«, sagte Penn, der sich langsam erholte.
»Nein, wird schon halten, und wenn nicht, kann ich sie verklagen. Du hast meine Frage nicht beantwortet.«
»Hilf mir auf die Sprünge.«
»Setzt das Kurzzeitgedächtnis aus? Das ist ein schlechtes Zeichen.«
»Wofür?«
»Hab ich vergessen.«
Penn lachte, was sein wölfisches Aussehen nicht gerade minderte.
»Hab ich vor kurzem den Kopf verloren? Ich nehme an, du meinst es figurativ. Und nicht physisch? Oder vielleicht metaphysisch? Oder sogar metempsychotisch?«
»Ich liebe es, wenn du so mit mir sprichst, Charley. Macht mich richtig bescheiden, mit so einem berühmten Menschen befreundet zu sein.«
Penns begrenzter Reichtum und Ruhm basierten auf einer von ihm verfassten Reihe historischer Romane, aus der eine populäre TV-Serie entstand, in der zu den wogenden Dekolletés ausgelassen die Rotwein-Bouteillen geschwungen wurden. Seine Hoffnung auf bleibende Anerkennung gründete sich auf eine kritische Biographie über Heinrich Heine, zu der er seit Jahren Recherchen betrieb, Recherchen, die ihm den Stoff für seine belletristischen Ergüsse lieferten. Ein ironischer Sachverhalt, der nur seine zynische Sichtweise auf die Dinge bestätigte. Das wäre so, erklärte er, als hätte der

angelsächsische Mönch und Kirchengelehrte Bede im Dunkeln leuchtende und »Swing Low Sweet Chariot« spielende Plastikkruzifixe verkaufen müssen, damit er Leib und Seele zusammenhalten konnte.

»Andy, lassen wir doch den ungehobelten Scheiß. Sag mir einfach, was ich deiner Meinung nach verbrochen habe, damit du dich hier draußen auf die Suche nach mir machst.«

Eine Kellnerin erschien und erkundigte sich ängstlich, ob sie behilflich sein könne.

»Aye«, sagte Dalziel. »Kaffee. Eines von diesen Schaumdingern mit den Schokoladestückchen. Und einen warmen Doughnut. Charley? Geht auf meine Kappe.«

»Bei Gott, es muss wirklich ernst sein. Noch mal einen doppelten Espresso, Liebes. Also, Andy, spuck's aus.«

Dalziel machte es sich auf dem Stuhl bequemer, dessen Beine sich noch mehr spreizten.

»Als Erstes«, sagte er, »hab ich dich hier nicht gesucht, ich war auf dem Weg in die Bibliothek, als ich deine Visage entdeckte. Obwohl, zufällig hab ich gedacht, dass ich dich vielleicht auf deinem Stammplatz in der Bibliothek finden könnte. Ich hab soeben eines deiner Bücher gekauft, dachte mir, du könntest es mir signieren, dann wird's noch wertvoller, wenn ich's zu Sotheby's schicke.«

Er warf das Taschenbuch auf den Tisch, das er in der Buchhandlung des Kulturzentrums erworben hatte, als er Penn im Hal's entdeckte. Der Titel lautete *Harry Hacker und das Narrenschiff.* Auf dem Cover war ein von erregten Männern besetztes Schiff in rauer See zu sehen; es trieb auf einen Felsen zu, auf dem sich mehrere gut ausgestattete Frauen in negligéartigen Gewändern rekelten.

Penn runzelte die Stirn. »Warum hast du ausgerechnet das genommen?«

»Mir gefällt das Titelbild. Ein Schiff, das an einen Felsen getrieben wird. Scheint was über dich auszusagen, Charley.«

»Was denn?«

»Na, so außer Kontrolle, vielleicht.«

Das schien den Autor zu beruhigen. Er schob das Buch beiseite und sagte: »Wenn du's in der Bibliothek nicht auf mich abgesehen hast, auf wen dann?«

»Na ja, es steht mit dir in gewisser Weise in Beziehung«, sagte Dalziel. »Sag mir ehrlich, Charley. Weißt du, wo Ms. Pomona, die Bibliothekarin, wohnt?«

Einen Augenblick lang verharrte Penn reglos, wie ein Wolf, der erstarrt, wenn der Wind ihm die Spur seiner Beute zuträgt.

»Hat 'ne Wohnung in der Peg Lane, oder?«, sagte er.

»Stimmt. Church View House. Warst du da kürzlich?«

»Warum sollte ich? Unser gesellschaftlicher Umgang gibt es nicht unbedingt her, dass wir uns besuchen.«

»Eine mit einer Frage beantwortete Frage ist eine beantwortete Frage, das hat man uns in der Polizeiausbildung beigebracht«, sagte der Dicke. »Danke, Liebes.«

Er führte den Cappuccino, den die Kellnerin vor ihm abgestellt hatte, an den Mund und schleckte mit seiner als Tast- und Haftorgan fungierenden Zunge den schokoladenbestreuselten Schaum weg.

»Und ein mit einem Tisch zusammengeschlagener Verdächtiger hinterlässt einen von einem Kriminellen zusammengeschlagenen Tisch«, sagte Penn. »Ich wette, das hat man euch auch beigebracht.«

»Ich hoffe, so weit kommt es nicht«, sagte der Dicke und beäugte den Doughnut mit dem scharfsichtigen Blick des Experten, der darauf aus ist, die versteckte Marmeladentasche zu finden.

Penn gab einen langen Seufzer von sich. »Okay, du hast mich mit runtergelassenen Hosen erwischt. Ich hab dort vorbeigeschaut, wollte mit ihr plaudern, letztes Wochenende war das. Das ist doch nicht verboten, oder?«

»Wann am Wochenende?«

»Ach, Samstag, glaube ich«, sagte Penn vage. »War aber keiner zu Hause, bin also wieder gegangen.«

Dalziel wählte den Einstichpunkt, hob den Doughnut an den Mund und biss zu.

Durch seine rot gefleckten Zähne hindurch sagte er: »Präzision ist entscheidend, Charley, sonst entgeht dir das ganze Vergnügen. Am Samstag. Wann am Samstag?«

»Morgens? Ja, am Morgen. Spielt das eine Rolle?«
»Der Morgen beginnt um zwölf Uhr Mitternacht. Zwischen zwölf und eins also, war's da?«
»Spiel hier nicht den Trottel!«
»Zwischen eins und zwei dann? Nein? Zwei und drei? Nein? Gib uns wenigstens einen kleinen Hinweis, Charley!«
»Um dir dein Spiel zu verderben? Spiele sind wichtig für Kinder, das sagen doch die Seelenklempner, oder?«
»Wie wär's zwischen acht und halb neun?«, sagte Dalziel und schob sich den Rest des Doughnuts in den Rachen.
»Das könnte beinahe hinkommen, würde ich meinen«, sagte Penn.
»Dachte ich's mir, nachdem ein Mann, auf den deine Beschreibung zutrifft, gesehen wurde, der dort um etwa acht Uhr fünfundzwanzig herumgeschlichen ist.«
»Das kann nicht ich gewesen sein«, sagte Penn gleichgültig. »Das Herumschleichen hab ich schon vor Jahren aufgegeben. Muss mich wohl jemand verwechselt haben.«
»Wir haben eine Beschreibung«, sagte Dalziel, zog ein Notizbuch heraus und starrte auf die leere Seite. »Bärtig, hat was Verstohlenes an sich, irrer Blick. Wie ein russischer Anarchist aus dem neunzehnten Jahrhundert, der gerade eine Bombe legt.«
»Ja, das klingt nach mir«, sagte Penn. »Also, ich kam so gegen Viertel nach acht, sie war nicht da, und ich ging wieder. Und?«
»Ein wenig früh für einen Besuch, oder?«
»Du weißt doch, was man so von der Morgenstund sagt, Andy.«
»Da holt man sich 'nen Schnupfen, oder? Klingt in meinen Ohren trotzdem seltsam. Kann mich nicht erinnern, wann ich zum letzten Mal einem Mädel so früh einen Besuch abgestattet habe. Außer ich hab einen Haftbefehl und will sie erwischen, bevor sie was anhat.«
»Hatte keinerlei Ambitionen in der Richtung. Ich wollte sie nur abpassen, bevor sie zur Arbeit geht.«
»Sie arbeitet am Samstag, was?«
»Aye. Vormittags. Meistens jedenfalls.«
»Ja, du musst es ja wissen, denn du bist ja selbst fast jeden Tag in der

Bibliothek, was, Charley? Warum hast du also nicht einfach dort mit ihr geplaudert?«
»Weil man da selten unter sich ist.«
»Unter sich? Du wolltest also was Privates mit ihr besprechen, Charley?«
»Nicht unbedingt.«
»Nicht unbedingt? Aber unbedingt genug, um sie zu spatzenfurzender Zeit aufzusuchen! Komm schon, Charley! Es gibt nur eins, was du mit Ms. Pomona besprechen wolltest, und das ist etwas, was Ms. Pomona mit dir zu keiner Zeit besprechen will, weil es für sie ein widerliches traumatisches Erlebnis war, das sie nach besten Kräften vergessen will! Was glaubst du denn, was sie gesagt hätte, wenn sie um acht Uhr morgens die Tür öffnet, und davor steht ein quietschfideler Charley Penn? Verpiss dich! Das hätte sie gesagt.«
Penn trank seinen Kaffee, dann fragte er leise: »Andy, was geht hier ab? Hat sie sich in irgendeiner Form über mich beschwert?«
»Noch nicht.«
»Das heißt, sie wird es tun? Würde mich nicht wundern. Sie muss nach deiner Pfeife tanzen, anders funktioniert es nicht, so wie ich es sehe.«
»Ich frage dich jetzt nicht, was du damit meinst, weil ich keinem eine Tracht Prügel verpassen möchte, in den ich gerade einen Kaffee investiert habe. Du sagst also, Charley, dass du nie in Ms. Pomonas Apartment gewesen bist?«
»Du bist langsam, Andy, aber irgendwann kommst auch du drauf.«
»Das sagen mir die Mädels auch immer. Wenn wir also zufällig einen Fingerabdruck in Ms. Ps Apartment finden sollten, wird es dir schwer fallen zu erklären, wie er dort hingekommen ist?«
Penn hob seine Kaffeetasse, betrachtete sie skeptisch und sagte: »Wenn du diese Tasse nimmst und im Vatikan abstellst, wirst du dort meine Fingerabdrücke finden, aber das heißt nicht, dass ich der Papst bin. Andy, meinst du nicht, es wäre an der Zeit, dass du mir erzählst, was du hier wirklich willst?«
»Nur mit einem alten Freund einen Kaffee trinken.«
Penn sah sich demonstrativ um. »Der muss mir entgangen sein.«

Dalziel leerte seine Tasse. »Die Gottlosen haben keinen Frieden, was? Ah, nur eines noch. Loreley. Was hat es zu bedeuten, wenn man das zu Hause vorfindet?«

»Warum fragst du, Andy? Hat das was mit Miss Ps Eindringling zu tun?«

Dalziel antwortete nicht, sondern starrte nur den Schriftsteller an, bis dieser scherzhaft kapitulierend die Hände hob. »Sie ist eine deutsche Nymphe, die im Rhein lebt. Durch ihren wunderschönen Gesang lockt sie die Fischer an Felsen, wo sie ertrinken. Heine hat ein Gedicht darüber geschrieben. ›*Ich weiß nicht, was soll es bedeuten, dass ich so traurig bin; ein Märchen aus alten Zeiten, das kommt mir nicht aus dem Sinn.*‹«

»Klingt genau wie du, Charley.«

»Wieso?«

»Na ja, du hast doch alles, was die meisten wollen, ein wenig Ruhm, ein wenig Geld, aber meistens hängst du rum, als laste die ganze Welt auf deinen Schultern. Und diese Loreley, eine schöne junge Frau, die die Schiffer in ihren Untergang lockt. Das scheint dir auch immer im Kopf rumzugehen. Genau wie dieses Buch von dir, wenn man dem Titelbild trauen kann.«

»Eine sehr fantasievolle Interpretation.«

»Das ist schon in Ordnung so. Was ist mit der Loreley schließlich passiert? Hat irgendein fahrender Ritter ihr seine Lanze reingesteckt?«

»Nicht dass ich wüsste«, sagte Penn. »Gibt nicht mehr so viele Fischer auf dem Rhein, aber ich würde sagen, sie ist nicht abgeneigt, sich größere Opfer zu holen, sich an einem ganzen Boot mit Ausflüglern zu delektieren. Nein, wahrscheinlich ist sie noch immer da draußen und wartet auf den rechten Augenblick.«

»Dann sollte man sie lieber mal in Ruhe lassen. Das hat meine alte schottische Oma immer über Kobolde und Geister gesagt, die in der Nacht herumrumpeln. Tu du ihnen nichts, dann tun sie dir auch nichts. Wir sehen uns dann oben, vielleicht.«

Er erhob sich. »Du hast dein Buch vergessen«, sagte Penn.

Er schlug das Taschenbuch auf, kritzelte etwas hinein und reichte es Dalziel.

Der Dicke entfernte sich, wobei er sich zwischen den voll besetzten Tischen hindurchquetschte. Er erwartete, dass Penn ihm hinterheräugte, doch als er in die das Hal's Café begrenzende Glaswand blickte, musste er feststellen, dass der bärtige Autor sich wieder in eines der Bücher vertieft hatte.

In welcher Sprache er wohl denkt?, überlegte Dalziel.

Draußen schlug er das Buch auf. Die gedruckte Widmung war auf Deutsch.

»*An Mai – wunderschön in allen Monaten!*«

Dafür reichte Dalziels Deutsch noch aus.

Um aber die Botschaft zu verstehen, die Penn unter den Titel *Harry Hacker und das Narrenschiff* gekrakelt hatte, bedurfte es keiner linguistischen Fertigkeiten.

Bon voyage, Seemann!

Er lachte laut auf.

»Charley«, sagte er. »Wusste gar nicht, dass dir mein Wohl so am Herzen liegt.«

an kann nicht jahrelang in der gleichen Stadt leben und arbeiten, ohne dass Herz und Verstand auf Schritt und Tritt von liebevollen Erinnerungen heimgesucht werden, und als der Weg zur Stadtbibliothek Dalziel daher an der Toilette vorbeiführte, in der Stadtrat »Stuffer« Steel vom Wordman mit einem Grabstichel ermordet worden war, ging er rein zum Pinkeln, blieb aber abrupt stehen, als er oben auf einer Trittleiter einen Mann zu Gesicht bekam, der eine Videokamera an die Decke schraubte.

»Hallo«, sagte Dalziel. »Was ist das denn? Wird jetzt die Gülle gefilmt?«

»System-Update, Kumpel. Neueste Technologie, die wird hier installiert. Mit dem Ding kann man 'ne Nahaufnahme deiner Eier zum Mond beamen«, sagte der Mann stolz.

»Ach, wirklich? Vielleicht sollte jemand die NASA vorwarnen.«

Unbeeindruckt von der Aussicht, weltweit medial verbreitet zu werden, pinkelte er und ging dann seines Weges, wobei er von Zeit zu Zeit weitere Anzeichen neuerer Installationsarbeiten in Augenschein nahm.

In der Bibliothek wurde er mit einem Lächeln begrüßt, das einem Mann die Hosenträger sirren ließ, und den Worten »Mr. Dalziel, wie schön, Sie zu sehen!«, die von der gut aussehenden jungen Frau hinter der Theke in voller Aufrichtigkeit geäußert wurden.

Die italienische Ader in der Familie Pomona mochte einige Generationen alt sein, in Raina allerdings, Ra-ina ausgesprochen und von Freunden zu Rye abgekürzt, hatten sich die Gene dieser Sorte eindeutig durchgesetzt. Ihre Haut besaß einen goldenen Schimmer, ihre dunklen, ausdrucksstarken Augen hätten einen mehr poetisch veranlagten Mann als den dicken Andy nach Bildern mediterraner Himmel Ausschau halten lassen. Ihr Haar war dunkelbraun, bis auf eine silbrig-graue Strähne, die die Haupteinschlagstelle einer Kopfverletzung markierte, erlitten im Alter von fünfzehn Jahren bei einem Autounfall, bei dem ihr Zwillingsbruder ums Leben gekommen war. Dem Superintendent gegenüber zunächst reserviert eingestellt und aufgrund der Berichte über Drangsalierung und Schikane, die sie von ihrem angehenden Freund DC Hat Bowler erhielt, nicht gerade zu größerem Wohlwollen ermutigt, hatte sie ihre Haltung in der Folge des Wordman-Falls abgemildert, nachdem sie sah, dass Dalziel ungeachtet dessen, was seine äußere Erscheinung erwarten ließ, sich voll und ganz vor seinen jungen Beamten stellte und entschlossen war, ihn vor allem bürokratischen Unrat zu schützen.

Auch hatte sie Hat gebeichtet (und den jungen Mann damit in geistige Wirrnis gestürzt), dass Dalziel etwas an sich hatte, was man als sexy bezeichnen musste, auf eine nicht-sexy Art und Weise. Als sie bemerkte, wie perplex der DC reagierte, hatte sie angefügt: »Ich will mit ihm nicht ins Bett, verstehst du, aber ich kann nachvollziehen, warum er womöglich keinen Mangel an Angeboten hat.«

Hat, der sich nur allzu oft an den Kantinenspekulationen über die Geophysik der Beziehung des Dicken zu seiner Herzdame, der nicht unbedingt zierlichen Cap Marvell, beteiligt hatte, musste feststellen, dass er die Sache daraufhin unter einem anderen Blickwinkel betrachtete. Diese Wirkung hatte Rye häufig auf ihn – was zu den Freuden und den Gefahren gehörte, wenn man sie näher kennen lernte –, doch kein anderer Perspektivwechsel war ihm bislang so irritierend erschienen wie der, Andy Dalziel nicht als dressierten Wal, sondern als Sexobjekt zu betrachten. Gott sei Dank hatte sie sofort das Dementi nachgeschoben, dass sie selbst an ihm nicht interessiert sei. Allein schon die Vorstellung, einen solchen Rivalen zu haben, beraubte ihn seiner Manneskraft.

Dalziel, der nichts von dem Gedankenfutter ahnte, das er dem jungen Paar geliefert hatte, und dem es gleichgültig gewesen wäre, hätte er davon gewusst, erwiderte das Lächeln und sagte: »Schön, Sie zu sehen, Mädel. Gut in Form? Das sieht ja nicht schlecht aus. Dem jungen Bowler wieder auf die Sprünge zu helfen muss Ihnen gut getan haben.«

Blinzelte er wollüstig mit den Augen, während er das sagte? Rye war es egal, sie stand seinen Spekulationen ebenso gleichgültig gegenüber wie er ihren.

»Ja, er macht sich ganz gut. Sie werden ihn doch noch diese Woche zurückhaben.«

»Das stimmt. Er scheint es wohl kaum erwarten zu können. Gestern Nachmittag hat er sogar auf einen Plausch vorbeigeschaut, damit er sich wieder einfühlen kann. Das bringt mich auch hierher, etwas, was er gesagt hat. Nicht dass ich eine Ausrede bräuchte, um Sie zu sehen.«

Er flirtete. Er hatte beschlossen, dass er das Thema nur frontal angehen konnte, wenn er über den Einbruch sprechen wollte. Aber wie zu seiner Zeit als Rugbyspieler schadete es nicht, wenn man mit den Hüften einen irreführenden Schlenker ausführte, bevor man geradewegs über den im Weg stehenden Burschen hinwegstürmte.

»Er hat Ihnen also vom Einbruch erzählt«, sagte sie, keineswegs in die Irre geführt.

»Es scheint Sie nicht zu überraschen. Haben Sie ihm nicht gesagt, dass Sie es nicht an die große Glocke hängen wollen?«

»Ich hab gehört, dass er meine Nachbarn befragt hat. Hab mir denken können, dass das nicht alles war.«

»Da haben Sie Recht. Es ist seine Pflicht, es zu melden, und er ist ein guter Polizist«, sagte Dalziel streng. Dann fügte er grinsend hinzu: »Und wahrscheinlich hat er sich auch gedacht, dass, wenn er nichts sagt und Sie werden in Ihrem Bett umgebracht und er erwähnt dann beiläufig, dass Ihre Wohnung ein paar Tage zuvor auf den Kopf gestellt wurde, ich ihn dann schleunigst zu Ihnen befördern werde.«

»Ich bin überzeugt, dass Sie das als Kompliment meinen. Also gut. Irgendein Idiot ist in meine Wohnung eingebrochen, hat für einige Unordnung gesorgt, aber nichts beschädigt und nichts mitgenommen. Ich hab keinen Sinn darin gesehen, Öl auf die verglimmende Glut zu gießen, indem Ihre Truppe die ganze Wohnung mit Fingerabdruck-Pulver und weiß Gott noch alles einstaubt. Was ich in letzter Zeit an Fragen, Aussagen und Bürokratenkram über mich habe ergehen lassen müssen, reicht für ein ganzes Leben!«

»Aye, unsere Mühle, die mahlt nun mal ein wenig langsam, und nachher ist jeder ein wenig geschlaucht.«

»Das sieht man Ihnen aber nicht an, Superintendent«, sagte sie.

Er lachte. »Nein, ich bin Teil der Maschine. Erst einmal in Gang gekommen, klappere ich so lange weiter, bis das Uhrwerk ausläuft. Ist es möglich, hier einen Kaffee zu bekommen?«

»Ist es möglich, dass ich Nein sage? Wohl kaum. Also kommen Sie mit nach hinten.«

Er ging hinter der Theke herum und folgte ihr ins Büro.

Es war das erste Mal, dass er wieder hier war, nachdem er nach Dick Dees Tod die Durchsuchung des Büros geleitet hatte. Doch weder hier noch in dessen Wohnung waren Anhaltspunkte gefunden worden, die darauf hingedeutet hätten, dass der Bibliotheksleiter wirklich der Wordman sei. Aber das spielte keine Rolle. Im Nachhinein führte eine so lange Beweisspur zu seiner Tür, wenngleich vieles lediglich auf Indizien gründete, dass sich das CID einer Menge erzürnter Fragen ausgesetzt sah – warum mussten so viele Menschen sterben, warum hatten sie das alles nicht gesehen, obwohl es doch direkt vor ihrer Nase hing?

Es hatte sich einiges geändert.

Die Bilder und Fotos großer Lexikographen, die die Wände verdunkelt hatten, waren durch fade Aquarelle der schönsten Flecken Yorkshires ersetzt worden, die Wand war neu getüncht. Auch die Möbel waren neu, zumindest neu hier drin, wahrscheinlich einfach mit einem anderen städtischen Büro getauscht; eine sensible Seele hatte sich wohl gedacht, dass Rye nicht besonders glücklich sein würde, wenn sie auf einem Stuhl zu sitzen kam, welcher vom Hintern jenes Mannes blank gescheuert worden war, der sie umzubringen versucht hatte.

»Nett«, sagte er und ließ den Blick schweifen. »Viel heller.«

»Ja. Trotzdem, er ist noch da.«

»Meinen Sie? Stört Sie das?«

Sie schüttelte den Kopf.

»Nein«, sagte sie. »Das hat man mich auch gefragt, nicht direkt natürlich, aber man wollte mich versetzen. Und ich sagte Nein, das ist genau die Stelle, die ich haben möchte. Verstehen Sie, ich habe Dick immer gemocht. Er war nett zu mir. Außer ... na ja. Außer. Wenn ich vielleicht an jenem Tag nicht an den See rausgefahren wäre ... viele Vielleicht, was? Aber hier in der Bibliothek, da erinnere ich ihn immer als einen guten Freund.«

Sie beeilte sich, den Kaffee zu machen, in den dunklen Augen aber, sah er, standen Tränen.

»Er musste gestoppt werden«, sagte Dalziel. »Was mit Ihnen geschehen ist, hat ihn gestoppt. Da gibt's keinen Grund, sich schuldig zu fühlen, Liebes. Aber ich weiß, wie Ihnen zumute ist. Zweimal hatte ich bislang jemanden einzubuchten, bei dem ich es nur ungern getan habe. Nur zweimal, verstehen Sie. Meistens bin ich froh, wenn ich sie die Kerkerstufen runterschubsen und hinter ihnen die Tür zuknallen kann. Aber bei diesen beiden denke ich mir manchmal, wenn ich mich vielleicht ein wenig anders verhalten, vielleicht weggeblickt hätte, wäre es mir erspart geblieben ... Aye, dieses Vielleicht, das ist kein Zustand, in dem man eine Winternacht verbringen möchte. Ich nehme meinen schwarz.«

Rye war mit der Kaffeezubereitung fertig, und als sie vor ihm die Tasse abstellte, hatte sie sich wieder im Griff.

»Also, abgesehen davon, dass ich ein ehemaliges Verbrechensopfer bin und das Püppchen von einem Ihrer Arbeitssklaven, wie kommt es, dass ich wegen eines kaum erwähnenswerten Delikts in den Genuss besonderer Aufmerksamkeit komme? Nach allem, was ich gehört habe, sind Sie doch bereits mit den schweren Fällen überlastet.«

»Wir sind nie so überlastet, dass wir nicht Zeit finden, ein wenig Trost und Ermunterung zuzusprechen«, sagte Dalziel. »Hören Sie zu, ich geh davon aus, dass ich mit Ihnen offen reden kann. Dass Sie Opfer waren und überlebt haben, bringt Ihnen nicht nur Tee, Mitgefühl und Glückwünsche ein. Es kann Ihnen auch einige unerwünschte Aufmerksamkeit seitens aller möglichen Spinner eintragen. Dort draußen laufen Verrückte rum, die sich einbilden, dass Sie, nachdem Sie einmal angegriffen wurden, vielleicht auf den Geschmack gekommen sind. Oder dass es nun an ihnen ist, den zur

Hälfte erledigten Job zu vollenden. Oder sie geilen sich daran auf, dass Sie, weil Sie ja schon mal Todesängste ausgestanden haben, nun völlig ausflippen, wenn es wieder passiert.«
Rye war mit ihrer Tasse, die sich nur wenige Zentimeter von ihrem Mund entfernt befand, wie erstarrt.
»Das nennen Sie Trost und Ermunterung?«, sagte sie. »Was machen Sie denn, wenn Sie mal eine schlechte Nachricht überbringen müssen? Schieben Sie dann ein amputiertes Bein durch den Briefschlitz in der Tür und brüllen ›es gab 'nen kleinen Unfall, Liebes‹?«
»Wenn Sie es vorziehen, um den heißen Brei rumzureden, dann schick ich DCI Pascoe«, sagte Dalziel. »Ich bin noch nicht fertig. Das sind die Irren, und glücklicherweise kann ich sagen, dass es von denen nicht allzu viele gibt. Aber es gibt da noch eine andere Fraktion. Und die nimmt an, dass nicht Sie das Opfer sind, sondern irgendein anderer, einer, der im Gefängnis sitzt oder, wie in Ihrem Fall, umgebracht wurde. Die denken, was diesem Typen zustieß, das ist Ihre Schuld. Leuchtet doch ein, oder? Sie sind am Leben, und er ist tot. Siech Proboscis.«
Rye interpretierte das als *sic probo*, war aber klug genug, ihn nicht auf die Probe zu stellen, ob die Variante spaßig gemeint war oder auf Ignoranz beruhte.
»Ist«, sagte sie, »diese andere Kategorie eine große Kategorie, oder haben Sie jemand Bestimmten im Sinn?«
»Wenn ich Ihnen einen Namen in den Mund lege, wäre ich meinen Job nicht wert«, sagte Dalziel rechtschaffen. »Aber wenn Sie einen Namen erwähnen, wäre es meine Pflicht, dem auf den Zahn zu fühlen.«
Es gefiel ihm, wie sie ohne zu zögern antwortete.
»Charley Penn«, sagte sie. »Seinetwegen schnüffeln wir hier doch rum, oder? Zwei meiner Nachbarinnen haben ihn gesehen, oder jemanden, auf den seine Beschreibung zutrifft, aber das wissen Sie ja. Gut, ich werde darüber reden, aber eines sollte klar sein. Ich werde keine Anzeige gegen ihn erstatten. Und ich werde abstreiten, dass wir uns hier unterhalten haben, falls Sie versuchen sollten, es in die Akten aufzunehmen.«

»Was ist mit dem Kassettenrecorder, den ich mir hier an die Leiste geschnallt habe?«, sagte Dalziel.
»Dann denke ich mir eben, dass Sie sich nur gefreut haben, mich zu sehen«, sagte sie keck.
Er lachte. »Sie haben sich auf schlechte Gesellschaft eingelassen, Mädel. Also, erzählen Sie mir über Charley, inoffiziell.«
»Was gibt's da schon zu erzählen? Er bekommt es nicht auf die Reihe, dass sein alter Schulfreund und bester Kumpel ein Serienkiller war. Ende der Geschichte.«
»Ende des ersten Absatzes«, sagte Dalziel. »Was hat er Ihnen sonst noch gesagt?«
»Direkt? Nicht viel. Sitzt hier nur rum und blickt finster vor sich hin. Ich spür die ganze Zeit seinen Blick.«
»Das ist alles? Hat er Ihnen nicht mal Gedichte oder so was geschickt?«
»Ja, irgendwie, früher ... ich meine, bevor das alles passiert ist. Hat wohl mal ein Auge auf mich geworfen. Wenigstens glaube ich das, vielleicht war's auch nur so ein dämliches Spiel von ihm. Jedenfalls, Sie kennen doch diese deutschen Gedichte, an denen er schon die letzten tausend Jahre arbeitet?«
»Heinkel«, sagte Dalziel.
»Heine. Er ließ so ein seltsames Liebesgedicht liegen, an einer Stelle, von der er genau wusste, dass ich es finden würde. Dann tat er so, als sei alles nur reiner Zufall gewesen, aber mit seinem lüsternen Grinsen hat er ziemlich deutlich zu verstehen gegeben, dass es das nicht war.«
»Kann dem Kerl keinen Vorwurf machen, dass er's versucht hat«, sagte Dalziel.
»Nein? Gut, es war nicht richtig anzüglich, keine Belästigung, aber es irritierte mich zunehmend, und ich hätte was gesagt, wenn er nicht ... wenn ...«
»Wenn er nicht so ein dicker Kumpel von Dee gewesen wäre«, vervollständigte Dalziel den Satz. »Aber diese Schmalzballaden schickt er nicht mehr, seitdem Dee das Licht ausgeblasen wurde?«
»Nein, wenigstens das bleibt mir jetzt erspart. Obwohl, vielleicht

wäre es besser, wenn er mich so lüstern anblinzelt, statt mich anzustarren, als würde er am liebsten … ich weiß nicht was.«

»Sie fühlen sich also bedroht, dann wird in Ihr Apartment eingebrochen, und auf Ihrem Computer ist eine Botschaft, die direkt auf den Heinz verweist …«

»Heine. Sind Sie da selbst draufgekommen, oder hat das Ihr zahmer Bluthund erschnüffelt?«

»Hören Sie zu, Liebes«, sagte Dalziel gravitätisch, »manchmal ist das, was ein Bulle zu tun hat, weil er ein abgerichteter Spürhund ist, und das, was er zu tun hat, weil er den liebestollen Welpen gibt, ein und dasselbe. Warum grinsen Sie?«

»Ich versuche Sie mir als liebestollen Welpen vorzustellen, Superintendent.«

»Ich liebe es auch, wenn man mir das Bäuchlein krault, wie jeder Mann«, sagte Dalziel. »Dazu braucht's nur eine kräftigere Frau, das ist alles. Worauf ich hinauswill, es geht bei diesem Fall nicht darum, Persönliches und Berufliches gegeneinander auszuspielen. Sowohl sein Köpfchen als auch seine Eier haben dem jungen Bowler gesagt, dass er das ansprechen sollte. So, nachdem wir das also geklärt haben, können wir uns wieder dem Eigentlichen widmen. Charley Penn jagt Ihnen Angst ein, der Einbruch könnte auf Charley hinweisen, warum laufen Sie dann nicht kreischend zur Polizei und bitten um Schutz?«

Sie strich sich mit den Fingern durch ihr dichtes, braunes Haar, sodass ihre silberne Strähne sich kräuselte und schimmerte wie ein Fisch in einem moorigen Bach.

»Wahrscheinlich wollte ich, dass alles vorbei ist«, sagte sie unglücklich. »Sie verstehen, einen Schlussstrich ziehen, sagen, das war's jetzt, nun fange ich von neuem an. Man hat mir eine Therapie empfohlen, den ganzen Scheiß, aber ich wollte nicht. Zu sehen, dass es Hat wieder besser ging, ihm dabei helfen, das war für mich eine Art Ersatzheilung. Und das letzte Wochenende war, na ja, einfach toll. Ich war glücklich. Dann kamen wir zurück, und ich sah die Wohnung, und ich wollte einfach, dass es nicht wahr war. Ich wollte nur aufräumen und so weitermachen, als wäre nichts geschehen.«

»Kann ich verstehen. Wie geht es Ihnen jetzt? In der Lage, Anzeige zu erstatten?«
Sie lachte. »Sie geben nicht auf, was? Gut. Ich werde offiziell zu den Akten geben, dass in meine Wohnung eingebrochen wurde. Aber ich zeige nicht mit dem Finger auf jemanden. Wenn Sie mit Penn reden wollen, dann ist das Ihre Sache. Er war vorhin an seinem Stammplatz, aber ich nehme an, momentan ist er auf einen Kaffee im Hal's.«
»Aye, dort hab ich ihn auf meinem Weg hierher gesehen.«
Sie musterte ihn eindringlich. »Sie haben mit ihm schon gesprochen, nicht wahr? Das ganze Gerede, dass Sie von mir erst die Erlaubnis dafür bräuchten, war Quatsch.«
»Nein, Mädel«, sagte Dalziel beschwichtigend. »Ich hab mit ihm inoffiziell geplaudert, das stimmt schon. Sie haben es jetzt nur offiziell gemacht. Es ist nur eine Frage, welches Etikett man draufklebt. Apropos, Sie sind nicht zufällig am Freitag mit einem Koffer voller Aufkleber zur Arbeit gekommen?«
»Wie bitte?«
»Sie sind doch am Freitagabend mit dem jungen Bowler ins Wochenende abgedüst?«
»Ja. Aber ich bin erst nach Hause, um dort meine Tasche abzuholen, bevor ich zu Hat gefahren bin.«
»Hat jemand lauthals gebrüllt ›schönes Wochenende noch, genieß den Ausflug!‹, als Sie gegangen sind?«
»Kann mich nicht erinnern, vielleicht.«
»Und war Penn am Freitag in der Bibliothek?«
»Ah.« Nun verstand sie, worauf er hinauswollte. »Ja, er war da. Aber ich kann nicht beschwören, dass irgendjemand darauf hingewiesen hätte, dass ich bis Montag nicht zu Hause sei. Wollen Sie sich dort umsehen, nachdem es jetzt doch offiziell ist?«
»In Ihrer Wohnung? Wenn Sie aufgeräumt haben, bringt das nichts mehr. Aber Sie könnten darüber nachdenken, einige Sicherheitsmaßnahmen zu ergreifen. Wenn wir schon dabei sind, es freut mich zu sehen, dass hier ein wenig Geld investiert wird, um die Sicherheit der Angestellten zu verbessern. Lieber spät als nie, was?«

Dass das Kulturzentrum nicht über ein ausreichendes Sicherheitssystem verfügte, war einer der Gründe, warum der Wordman-Fall nicht früher gelöst werden konnte. Ironischerweise, wie viele seiner Kollegen aus der Stadtverwaltung meinten, war es ausgerechnet Stuffer Steel mit seiner Pfennigfuchserei, der für die Installierung des ursprünglichen, kaum normalen Sicherheitsmaßstäben genügenden CCTV-Überwachungssystems verantwortlich gewesen war.

»Ich glaube nicht, dass man sich hier um die Angestellten Sorgen macht«, sagte Rye. »Die Geschichtsabteilung stellt nächsten Monat den Elsecar-Schatz aus. Die Bedingung dafür war, dass unsere Sicherheitsvorkehrungen auf dem neuesten Stand sind.«

»Der arme Stuffer muss in seinem Grab rotieren«, sagte Dalziel. Stadtrat Steel hatte, als die Auseinandersetzung um den Schatz zum ersten Mal für Schlagzeilen sorgte, dafür plädiert, die noch lebenden Elsecars in eine Mine zu schicken (wenn denn eine Mine für sie gefunden werden konnte), den Schatz zu verkaufen und den Erlös unter den Armen und Unterdrückten in Yorkshire zu verteilen.

Andy Dalziel, sonst kein großer Freund des Stadtrats, hatte ihm zumindest darin zugestimmt.

»Ja, ich glaube auch«, sagte Rye.

Sie hatte Tränen in den Augen. Dalziel verfluchte sich für sein unsensibles Gebaren.

»Muss jetzt los«, sagte er. »Passen Sie auf sich auf, Mädel. Und seien Sie mit dem jungen Bowler nicht zu hart. Aber ich würde ihn auch nicht zu weich anfassen! Cheers.«

Auf seinem Weg nach draußen traf er Penn, der soeben zurückkam. Dalziel zog das Buch aus der Tasche und winkte ihm damit zu.

»Schönes Buch, Charley«, sagte er. »Kann kaum erwarten, es zu lesen.«

Penn sah ihm nach, ging dann zu seinen Stammplatz und setzte sich.

Rye war wieder hinter dem Tresen.

Ihre Blicke trafen sich; sie starrten sich an.

Es war Rye, die als Erste den Blick abwandte. Sie verzog das Gesicht, legte die Hand an den Kopf, zog sich dann ins Büro zurück und knallte hinter sich die Tür zu.

Charley Penn lächelte ein frostiges Lächeln.

»Erwischt«, murmelte er lautlos.

Dann wandte er sich seinen Büchern zu.

rotz der frühen Stunde strömten am Mittwochmorgen die Passagiere des Nachtflugs von New York nach Manchester mit den munteren Schritten von Wiederauferstandenen in die Ankunftshalle. Sie hatten nicht nur die sechsstündige Gefangenschaft in einer Blechdose überlebt, sondern auch den Zoll mit seinen fischäugigen Beamten passiert, ohne dass diese ihre Genitalien in Augenschein zu nehmen versucht hatten.

Eine unter ihnen, eine attraktive, sportlich aussehende junge Frau mit einem eng an die Brust gezurrten Baby-Tragegestell, das sie nicht beim Schieben ihres Kofferkulis behinderte, ließ ihren Blick über die an der Absperrung wartende Menge schweifen, als suchte sie nach einem bekannten Gesicht.

Ihre Suche blieb erfolglos, was sie aber entdeckte, war ein Mann in einem nüchtern-grauen Anzug, der ein weißes Pappschild mit ihrem Namen CARNWATH hochhielt.

Sie ging auf ihn zu. »Hi. Ich bin Meg Carnwath.«

»Hallo«, sagte er. »Ich bin Detective Sergeant Young, Greater Manchester CID.«

»O Gott. Was ist los? Hat Oz einen Unfall gehabt ...«

»Nein, nein, es geht ihm gut, keine Sorge. Es geht um den Prozess, bei dem er als Zeuge aussagen muss ... er hat Ihnen doch davon erzählt?«

»Ja, hat er. Er hat mich gestern angerufen, der Prozess ist auf heute Nachmittag verschoben worden, aber er meinte, er hätte noch genügend Zeit, um mich abzuholen und nach Hause zu fahren.«

»Wie hat er geklungen?«

»Ein wenig nervös. Er sagte, er wäre froh, wenn das alles hinter ihm liegt. Danach, meinte er, wäre alles wieder in Ordnung.«

»Nun, er hat allen Grund, nervös zu sein. Uns ist zugetragen worden, dass über Sie auf ihn Druck ausgeübt werden soll. Wahrscheinlich ist da nichts dran, zumindest aber nehmen wir es so ernst, dass

wir Sie abholen und an einen sicheren Ort bringen, bis Mr. Carnwath seine Aussage abgegeben hat.«
»Mein Gott«, rief die Frau mit weit aufgerissenen Augen. »Oz sagte, der Typ, der dieses Mädchen überfahren hat, verfügt über ziemlich gute Beziehungen. Aber das hier klingt ja wie nach New York.«
»Wir werden versuchen, uns bei der Verfolgungsfahrt an die üblichen Geschwindigkeitsbegrenzungen zu halten«, sagte Young lächelnd. »Jedenfalls, wenn es irgendeinen Grund zur Beunruhigung gegeben hätte, dann können Sie den jetzt vergessen. Hier, lassen Sie mich das nehmen.«
Er schob den Kofferkuli und begleitete sie hinaus zum wartenden Wagen, einem großen Mercedes.
»Ach, das ist aber schön«, sagte sie. »Wusste nicht, dass die Polizei sich in der gehobenen Preisklasse tummelt.«
»Wir wollen keine Aufmerksamkeit erregen«, sagte er. »Würden wir Sie zu einem Streifenwagen eskortieren, würde Sie doch jeder für eine Drogenschmugglerin halten! Außerdem haben Sie ein wenig Komfort verdient, nachdem Sie sich so lange ins Flugzeug quetschen mussten. Hinten gibt es auch einen Kindersitz, wenn Sie wollen.«
»Später vielleicht. Er hat die ganze Zeit über geschrien, bei der Landung war dann plötzlich Stille. Schlafende Hunde soll man nicht wecken, solange er so ruhig bleibt, lasse ich ihn.«
Sie stieg ein, gab besänftigende Schnalzlaute in die Kindertrage ab, während Young das Gepäck in den Kofferraum lud.
»Ihr Ehemann ist nicht dabei?«, sagte er über die Schulter, während er langsam und vorsichtig durch den um Manchester sich aufstauenden Morgenverkehr steuerte.
»Kommt später nach. Ich wollte früher anreisen, um noch ein wenig Zeit mit meinem Bruder verbringen zu können, ihm seinen Neffen zeigen. Er kennt ihn noch nicht.«
»Da wird er sich freuen«, sagte er.
Das oberflächliche Geplänkel setzte sich fort, als jedoch der Wagen die Vororte hinter sich gelassen hatte und im Osten die Anhöhen der Pennines in Angriff nahm, sah Young im Rückspiegel, dass die Frau die Augen geschlossen hatte. Er hielt den Mund und konzen-

trierte sich auf die Fahrt durch den Nebel, der immer stärker wurde, je höher sie kamen. Nach etwa zwanzig Minuten lenkte er den Wagen behutsam in eine Nebenstraße, ohne seine Passagiere aufzuwecken, und wieder einige Minuten danach bog er auf einen schmalen Feldweg ab, dessen Unebenheiten der Mercedes sacht abfederte.

Schließlich hielt er den Wagen an. Vor ihnen stand ein niedriges, aus Stein erbautes Bauernhaus. Seine winzigen Fenster – zu klein, um bei gutem Wetter genügend Tageslicht einfallen zu lassen, und nutzlos unter diesen trüben Witterungsverhältnissen – waren hell erleuchtet.

Das Ende der Fahrzeugbewegungen ließ die Frau aufwachen.

Sie gähnte, spähte hinaus und sagte: »Wo sind wir?«

»Hier«, antwortete Young vage. Er nahm das Autotelefon zur Hand, drückte einige Knöpfe, lauschte und reichte ihr dann den Hörer. »Vielleicht möchten Sie kurz mit Ihrem Bruder reden.«

»Oz?«, sprach sie in den Hörer.

»Meg? Bist du das? Alles in Ordnung? Wo steckst du?«

»Bin mir nicht sicher, sieht aus wie eine Szene aus einem Horrorfilm. Wo, sagten Sie, Sergeant, befinden wir uns hier?«

»In einer unserer sicheren Unterkünfte«, sagte er.

»Eine sichere Unterkunft? Ich dachte, wir würden direkt nach Hause fahren.«

»Nun, das tun wir auch, aber nicht direkt. Wir bleiben noch einige Stunden hier, bis die Gerichtsverhandlung vorbei ist, dann machen wir uns auf den Weg. Schon okay, Mr. Carnwath weiß über alles Bescheid, fragen Sie ihn.«

»Oz«, sprach sie ins Telefon, »Sergeant Young sagt, ich muss hier bleiben, in irgendeiner sicheren Unterkunft, bis die Verhandlung vorbei ist. Er meint, du wüsstest davon.«

Es folgte eine Pause, bis Oz Carnwath sich meldete. »Da hat er Recht, Schwester. Bleib ruhig da, bis die Sache gelaufen ist. Es wird nicht lang dauern.«

»Wenn du es sagst, Bruderherz. Es ist doch alles in Ordnung, oder?«

»O ja, man passt hier sehr auf mich auf.«

Sie reichte Young das Telefon. Die Tür des Bauernhauses ging auf, ein weiterer Mann kam heraus und schritt auf sie zu; vor dem orangefarbenen Lichtrechteck hatte er etwas Bedrohliches. Sie wollte die Wagentür öffnen, stellte allerdings fest, dass sich der Hebel nicht bewegen ließ.

»Tut mir Leid«, sagte Young. »Die Macht der Gewohnheit.« Er gab die Türsicherung frei.

Der Neue hielt ihr die Wagentür auf. Er war jünger, steckte in einer Lederjacke und hatte den aufdringlichen Blick und das lüsterne Lächeln eines Typen, der sich selbst für unwiderstehlich hielt.

»Holen Sie das Gepäck, Constable«, sagte Young.

»Gepäck? Wir bleiben so lange, dass ich mein Gepäck brauche?«

»Vielleicht was für das Baby. Er benimmt sich sehr brav. Wünschte, das könnte ich bei meinen auch sagen.«

»Sie haben Kinder, Sergeant? Wie viele?«

»Zwei. Um Gottes willen, Mick, pass auf!«

Der Typ in der Lederjacke hatte den Kofferraum geöffnet und hob die Gepäckstücke heraus. Als er sie über die Kofferraumkante schwang, platzte einer von ihnen auf, der gesamte Inhalt verteilte sich auf dem Boden. Sein lüsternes Lächeln war verschwunden, perplexe Nervosität war an dessen Stelle getreten, wie sie auch bei Kabinettsmitgliedern zu beobachten ist, wenn sie mit moralisch untadeligem Benehmen konfrontiert werden.

Auf dem Boden lagen drei Telefonbücher, eine Tesco-Tüte voller Steine und eine graue Decke, deren Aufdruck sie eindeutig als Eigentum der Mid-Yorkshire Constabulary auswies.

Die Frau löste die Kleinkindertrage und warf sie Young hin. »Passen Sie auf das Baby auf!«

Darauf war er nicht gefasst. Die Trage glitt ihm aus den Händen und drohte kopfüber auf den Boden zu knallen, wovor er sie nur durch einen verzweifelten Hechtsprung bewahrte. Vom Inneren der Trage ertönte ein durchdringendes, kreischendes »Mami!«.

Entsetzt blickte Young auf und musste feststellen, dass die Frau ihm keinerlei Beachtung schenkte.

Sie hatte eine kleine Spraydose aus ihrer Tasche gezogen, richtete sie auf den Typen in der Lederjacke und verabreichte ihm einen kurzen

Sprühstoß. Er stürzte nach hinten, fluchte und griff sich ans Gesicht. Young erhob sich. Die Spraydose wurde auf ihn gerichtet. Er hob die Kleinkindertrage, um sich selbst zu schützen, doch es war bereits zu spät. Der feine Sprühnebel traf ihn genau in die Augen. Und während er sich, vor Schmerzen schreiend, wegkrümmte, fiel eine Plastikpuppe aus der Trage und quietschte »Mami!«.
Die Frau hob die Puppe auf und sprach auf sie ein.
»Hier ist Novello«, sagte sie. »Ich glaube, ihr könnt jetzt kommen und alles aufräumen.«

eter Pascoe sah interessiert zu, als an diesem Nachmittag Oz Carnwath seine Zeugenaussage abgab. Allerdings betrachtete er weder das Gesicht des Zeugen noch jenes des Angeklagten, obwohl es sehr unterhaltsam sein mochte zu sehen, wie sich dessen großkotzige Selbstsicherheit in entgeisterte Ungläubigkeit verwandelte, als er statt des erwarteten unsicheren Zögerns die mit fester, selbstbewusster Stimme vorgetragene Versicherung zu hören bekam, dass er, Liam Linford, in der fraglichen Nacht in seinem Lamborghini den Parkplatz verlassen hatte.

Es war nämlich der im Gerichtssaal anwesende Linford Senior, auf den Pascoe seinen Blick gerichtet hielt. Dessen Gesichtsausdruck, sein kaum zu beherrschender Zorn trugen mehr zu Pascoes Feiertagsstimmung bei als noch so viele Weihnachtskarten. Marcus Belchamber gab sein Bestes, um Carnwaths eindeutige Aussagen in Zweifel zu ziehen, hinterließ auf ihnen aber kaum einen Fleck, geschweige denn einen Kratzer. Daher überraschte es niemanden, als die vorsitzende Magistratsrichterin Linford Junior dem Krongericht überstellte, wo im Februar der Prozess stattfinden sollte. Die anwesenden Journalisten allerdings spitzten die Ohren, als, nachdem Belchamber sein Kautionsgesuch vorgetragen hatte, der Staatsanwalt dies mit der Begründung zurückwies, soeben sei ein schwerwiegender Versuch der Zeugenbeeinflussung publik geworden. Die Magistratsrichterin verlangte so schnell wie möglich nach einem umfassenden Bericht und ordnete an, dass Liam Linford so lange in Gewahrsam bleibe, bis sie ihn erhalten habe.

Wally Linford erwies sich als eine härtere Nuss. Nach dem Gerichtstermin zur Befragung auf die Dienststelle geladen, hatte er von Anfang an Belchamber an seiner Seite und leugnete, irgendetwas vom versuchten Kidnapping von Meg Cornwath zu wissen. Auch die beiden falschen Polizisten und die beiden weiteren Männer, die Oz auf dem Weg zum Flughafen in Manchester abgefangen hatten, leugneten, irgendwas mit Wally zu tun zu haben, behaupteten aber, sie seien alte Bekannte Liams und hätten sich von ihrer Entrüstung über die drohende Ungerechtigkeit gegenüber Liam hinreißen lassen. Jedenfalls waren sie allesamt gut ausgebildet, denn auf den Aufnahmen, die der verkabelte Oz sowie Shirley Novello geliefert hatten, fand sich nichts, was eine unmittelbare Bedrohung darstellte. Nachdem Belchamber den Bericht über die Ereignisse studiert hatte, an denen Novello beteiligt gewesen war, gab er kund, dass, falls er den falschen Polizisten als Rechtsberater beistehen müsste – wofür natürlich nicht der geringste Anlass bestand, dies überhaupt in Betracht zu ziehen –, er ihnen wahrscheinlich empfehlen würde, gegen die Polizistin Anklage wegen Körperverletzung einzureichen. In der Zwischenzeit aber, sollte es keine weiteren Fragen mehr an seinen Klienten geben, halte er es für das Beste, das Gespräch zu beenden.

Pascoe schaltete das Aufzeichnungsgerät ab. »Wally«, sagte er, »eines sollte Ihnen klar sein. Sie haben versucht, Oz Carnwath einzuschüchtern, das ist Ihnen nicht gelungen. Seine Aussage ist zu den Akten genommen. Ebenso ist Ihr Beeinflussungsversuch zu den Akten genommen. Und wenn dem Jungen noch irgendwas widerfahren sollte, Drohungen, Unfälle, auch nur ein dreckiger Blick, dann wird das registriert und gemeldet und untersucht. Und ich werde dafür sorgen, dass jeder, der mit diesem Fall zu tun hat, von der Richterin bis zu den Geschworenen, davon erfährt und glaubt, dass bei allem Liam persönlich dahinter steckt. Ich schätze, dann werden ihm als Strafe noch einige Jahre zusätzlich draufgepackt. Fragen Sie Mr. Belchamber, falls Sie mir nicht glauben.«

Belchamber spitzte die Lippen. »Chief Inspector, diese Unterhaltung hier werde ich natürlich Ihren Vorgesetzten und der Staatsanwaltschaft melden.«

»Welche Unterhaltung, Mr. Belchamber? Ich habe nichts gehört. Haben Sie was gehört, Constable Novello? Sergeant Wield?«

Seine Kollegen schüttelten den Kopf.

»Sehen Sie. Drei gegen zwei. In einer Demokratie müssen wir uns an die Spielregeln halten. Also, Wally, passen Sie auf. Nach all Ihren tollen Nummern wäre es doch eine Schande, wenn Sie wegen einer familiären Sache eingebuchtet werden, nicht wahr?«

Nachdem der Anwalt und sein Klient gegangen waren, sagte Novello bewundernd: »Nett gemacht, Sir. Da haben sich die Drecksäcke aber gewunden. Eine kernige Sache.«

Es war wirklich als Kompliment gemeint. Novello mochte es, wenn ihre Männer kernig und muskulös waren und Haare auf der Brust hatten. Weicheier wie Pascoe waren ihre Sache nicht.

»Darum geht es nicht«, sagte Pascoe verdrießlich. »Ich wollte sie nur von Oz und seiner Familie fern halten. Und wenn wir schon bei kernigen Sachen sind, Ihren Trick mit dem CS-Spray habe ich als Reaktion darauf gewertet, dass Sie unmittelbarer, plötzlicher Gefahr ausgesetzt waren. Das ist die einzige Möglichkeit, Ihr Handeln zu rechtfertigen, nachdem Sie sich nicht als Polizeibeamtin zu erkennen gegeben und eine Warnung ausgesprochen haben. Das einzig Wahre, das Belchamber geäußert hatte, war, dass die beiden Anklage gegen Sie einreichen könnten. Was haben Sie sich denn dabei gedacht? Sie haben auf dem Band noch nicht mal versucht, bedroht zu klingen!«

»Na ja, ich habe mich nicht bedroht gefühlt. Und es war nicht meine Schuld, dass der Koffer aufgeplatzt ist«, protestierte Novello.

»Um Schuld geht es hier nicht. Ein Bulle im Einsatz kassiert den Ruhm, wenn's aber schief läuft, fliegt ihm die Scheiße um die Ohren. Alles, was wir haben, sind ein paar Typen, die sich als Polizisten ausgegeben haben. Keine Drohungen, Sie wurden nicht gegen Ihren Willen festgehalten, keine direkte Verbindung zum jüngeren oder älteren Linford. Ich zweifle sehr, ob das ausreicht, damit die Richterin Belchambers Antrag ablehnt, wenn er auf eine erneute Prüfung der Untersuchungshaftanordnung plädiert. Liam wird also rauskommen, und das nur wegen Ihnen, Novello. Sehen Sie sich also vor. Ihnen wurde schon einmal der Hintern gerettet. Erwarten Sie nicht, dass das wieder passiert.«

Mit starrer Miene, hinter der sie ihre Wut verbarg, stapfte Novello davon.

»War ich zu hart, Wieldy?«

»Bei Linford und Belchamber? Nicht hart genug. Bei Novello? Genau richtig.«
»Danke. Also, dein neuer Informant erweist sich ja als reiner Glücksgriff. Sieht aus, als hättest du einen dicken Fisch an Land gezogen. Du solltest ihn so schnell wie möglich registrieren.«
»Nicht interessiert«, sagte Wield.
»Wer? Du oder er?«
»Er natürlich«, sagte Wield und sah Pascoe dabei fest in die Augen.
»Gut. Aber sei vorsichtig.«
Es gehörte zu den Allerweltsweisheiten des CID, dass es kostenlose Tipps nicht gab.
»Ja. Wir nehmen diese Praesidium-Sache also etwas ernster als bisher?«
»Davon gehe ich aus. Dann statten wir mal dem Mighty Kong einen Besuch ab.«
»Okay. Aber, Pete …«
»Ja?«
»Ich würde lieber im Hintergrund bleiben. Ich meine, bei der Befragung von Linford dabei zu sein ist eine Sache, aber wenn wir die Praesidium-Sache angehen, sollte ich lieber nicht an vorderster Front stehen.«
»Du meinst, jemand könnte sonst eine Verbindung zwischen dir und deinem Informanten herstellen, wenn es so aussieht, als tanze alles nach deiner Pfeife?«
»Könnte sein.«
»Okay. Kein Problem. Dann wird aber auch nichts vom Ruhm auf dich abfallen. Könnte gegen dich sprechen, wenn du in der engeren Auswahl zum Commissioner stehst.«
»Das Risiko muss ich eben auf mich nehmen«, sagte Wield.

m Adventskalender des Verbrechens eröffnet jedes Fenster eine neue Gelegenheit. Vierzigtonner mit Gütern, denen die Begehrlichkeiten der Konsumenten gelten, verstopfen die Straßen auf dem Weg in die Stadtzentren. Kaufhausregale ächzen unter den Leckerbissen. Die Einkaufszentren sind voll mit Käufern, und deren Geldbörsen sind voll mit Scheinen. Die Ladenkassen klingeln fröhlich den ganzen Tag und bis weit in die Nacht hinein, große Geldsummen müssen mit vorhersehbarer Regelmäßigkeit zu den Banken transferiert werden. In den Durchschnittshaushalten liegen bald leicht wegzutragende Geschenke im Wert von mehreren hundert Pfund, »versteckt« in der Garage oder in der Abstellkammer unter der Treppe. In den Nicht-Durchschnittshaushalten geht deren Wert in die Tausende. Die Jahreszeit der Feiern läuft an, zu Hause und am Arbeitsplatz. Der vorausschauende Schmuggler steht bereit, den mächtigen Appetit nach billigem Schnaps und billigen Zigaretten zu decken, während der glückliche Säufer moralisch für eine Vielzahl nicht hinterfragter Transaktionen und körperlich für jeden empfänglich ist, dem es nach seiner Brieftasche gelüstet.
Auch dem ambitionierten Polizisten, der scharf darauf ist, seinen Lebenslauf mit gelösten Fällen und verdienten Beförderungen anzureichern, eröffnen die Adventsfenster goldene Gelegenheiten. Es ist die Zeit, in der der Teufel viele sind, die Zeit der späten Ernte. Die Kunst besteht darin zu erkennen, was bereits reif ist für die Mahd. Und da die Humanressourcen bis ans Limit belastet sind, bleibt kaum Zeit für eine sorgfältige Abwägung. Pascoe musste daher feststellen, dass alle Welt ihn in seinem festen Entschluss bestärkte, Franny Roote aus dem Gedächtnis zu streichen, damit er sich wieder seinem Job widmen und der Großteil der Bewohner von Mid-Yorkshire ein glückliches und verbrechenloses Weihnachten feiern konnte.
Gott allerdings ist ein fideler Schlingel, den es, hat er erst einmal ein

Späßchen auf den Weg gebracht, nicht interessiert, ob der Gegenstand desselben vom vorgezeichneten Pfad abdriftet.
Nachdem sich Wields Informationen zum Linford-Fall als zutreffend herausgestellt hatten, hatte man beschlossen, den Praesidium-Tipp ernst zu nehmen. Dies bedeutete zwar nicht, dass sie jeden einzelnen Wagen überwachen konnten, doch alle stimmten mit dem Sergeant überein, dass der Geldtransporter mit den Löhnen für die kleineren Firmen das wahrscheinlichste Ziel abgeben dürfte. Darauf konzentrierten sie sich. Als Dalziel mitgeteilt wurde, dass Wield im Hintergrund zu bleiben wünschte, um seinen Informanten zu schützen, hatte er tief durchgeatmet, die Augenbrauen nach oben gezogen, die Lippen gespitzt und dabei wie ein Engelhai ausgesehen, der soeben einen Zitteraal verschluckt hatte. Aber er hatte nicht dagegen gewettert, und es war schließlich Pascoe, dem die Leitung übertragen wurde.
»Danke, Pete«, sagte Wield. »Aber es sollte dir nicht allzuviele Umstände bereiten. Nach meinem Dafürhalten werden sie schnell zuschlagen, wenn noch am meisten Geld im Transporter ist, dann hast du den übrigen Tag für den Papierkram und kommst noch zum späten Tee nach Hause.«
Natürlich hatte es so nicht funktioniert.
Der DCI und seine Männer waren den gesamten Vormittag über auf den schmalen Landstraßen hinter dem Transporter hergekrochen, und mit jeder Auslieferung war ihr Mut gesunken, wussten sie doch, dass mit dem schrumpfenden Geldbetrag auch ihre Aussicht auf Erfolg abnahm. Ein weniger gewissenhafter Beamter hätte die Sache abgeblasen, als nur noch einige Firmen anzufahren waren. Den Schurken müsste nicht nur jeglicher Ehrgeiz fehlen, sie müssten schon ausgesprochen dämlich sein, wenn sie für ein paar hundert Pfund noch das Risiko eingingen, einen Geldtransporter zu überfallen. Doch Pascoe hielt bis zum bitteren Ende durch. Erst als die letzte Geldlieferung am nördlichsten Punkt der Tour abgegeben war, sagte Pascoe seinen enttäuschten Leuten: »Gut, das war's dann. Gehen wir nach Hause.«
Einen halben Tag ergebnislos vergeudet. Das kam vor, Polizisten

waren daran gewöhnt, philosophische Überlegungen wie diese aber sollten seine Absicht nicht verwässern, sich Wield gegenüber ausgesprochen sarkastisch zu geben.

Er entdeckte ihn mit dem Hörer in der Hand, als er den CID-Raum betrat. Der Sergeant winkte ihm zu, dann sprach er in den Hörer: »Er kommt gerade herein.«

»Wer?«, formte Pascoe stumm mit den Lippen, als er näher trat.

»Rose«, entgegnete Wield und jagte Pascoe für einen kurzen Moment etwas Angst ein, da er sich fragte, welche Krise über seine junge Tochter gekommen sein mochte, wenn sie ihn in der Arbeit anrief. Doch Wield, dem wenig entging, sah die Reaktion und führte aus: »DI Rose.«

Das sorgte zwar für Erleichterung, sagte ihm aber nichts, bis er den Hörer in Empfang nahm und sich mit »Pascoe« meldete.

»Hey, hier ist Stanley Rose.«

»Stanley ...? Stan! Hallo. Und DI! Seit wann denn? Herzlichen Glückwunsch.«

Als er das letzte Mal mit Rose gesprochen hatte, war dieser noch ein DS in South Yorkshire, Anlass war der Fall gewesen, durch den Franny Roote sich wieder in sein Leben geschlichen hatte.

Er hatte ein paar Leute etwas genauer unter die Lupe nehmen müssen, die meinten, sie könnten alte Rechnungen begleichen, indem sie Ellie bedrohten, wobei er sich mit Rose kurzgeschlossen hatte, nachdem er herausfand, dass Roote in Sheffield lebte. Alles war exakt nach Vorschrift abgelaufen, doch als Pascoe auftauchte, um Roote zu verhören, hatte er ihn mit aufgeschnittenen Handgelenken in der Badewanne vorgefunden. Die Schnitte waren nicht sonderlich tief, und wahrscheinlich wäre er eher an Unterkühlung als an Blutverlust gestorben, aber natürlich kamen Gerüchte in Umlauf, es sei unerlaubter Druck ausgeübt worden, weshalb Rose und Pascoe eine Weile lang eine Anklage wegen Amtsmissbrauch fürchten mussten. Roote jedoch agierte (in Pascoes Augen) viel zu hinterhältig und subtil, um alles auf eine Karte zu setzen. Also hatte er keine Anklage eingereicht, aber sein Schweigen war (in Pascoes Ohren) das Schweigen einer Schlange, die im hohen Gras lauerte.

Also, keine offiziellen Ermittlungen oder Sanktionen. Zu den ungeschriebenen Gesetzen des CID gehörte es jedoch, dass man eine Schuld zu begleichen hatte, wenn man sich in fremden Revieren tummelte und die dort Verantwortlichen in Verlegenheit brachte. Pascoe nahm daher an, dass es nun so weit sei.

»Seit Beginn dieses Monats«, sagte Rose. »Wahrscheinlich haben sie überlegt, was sie mir zu Weihnachten schenken könnten, ich hab ja auch schon das ganze Jahr über Hinweise ausgestreut.«

»Freut mich. War längst überfällig«, sagte Pascoe. »Erinnere mich daran, dass ich dir beim nächsten Mal, wenn wir uns sehen, einen Drink ausgebe. Also, was kann ich für dich tun, Stan?«

Oberflächlich betrachtet war es eine simple Bitte um Zusammenarbeit. Rose war von einem Informanten zugeflüstert worden, dass im neuen Jahr eine Sache abgezogen werden sollte. Die Informationen waren vage. Die vorbereitenden Planungen deuteten darauf hin, dass es sich um was Großes handeln musste; in die gleiche Richtung wies die Rekrutierung eines erstklassigen Fahrer- und Arbeiterteams – daher hatte der Informant seine Erkenntnisse aufgeschnappt. Das Nervenzentrum für die Organisation liege zwar im Süden, es sei aber durchgesickert, dass der Job selbst eventuell jenseits der Grenze in Mid-Yorkshire abgezogen werden könnte.

»Tut mir Leid, dass das alles so wacklig ist«, schloss Rose. »Aber mir kam der Gedanke, dass vielleicht auf deiner Seite ein paar Puzzlestücke auftauchen, die für sich genommen nicht viel hermachen, aber miteinander ... na ja, vielleicht bekommen wir dann ein Bild zusammen.«

Das war es also, eine mehr oder weniger symbolische Bitte, eine Formalität, die, vielleicht nicht ganz inhaltsleer, sich bei der allergrößten Zahl der Fälle als erbärmlich unproduktiv herausstellen würde.

Aber Pascoe, der Rose noch einen Gefallen schuldete und der sich noch gut an seine erste Zeit erinnern konnte, nachdem er den großen Schritt vom Sergeant zum DI vollzogen hatte, begriff, worum es eigentlich ging.

Rose wollte Eindruck schinden. Er war hocherfreut gewesen, als sein Informant als Erster von der Sache Wind bekommen hatte.

Wahrscheinlich maß er ihr größere Bedeutung zu, als sie in diesem Stadium überhaupt verdiente, und dann, nachdem nach einigen Wochen nichts weiter dabei herausgekommen war, musste er sich ziemlich dämlich vorgekommen sein. Seine Kollegen, vertraut mit den rauen Sitten des CID, waren alles andere als zurückhaltend und hatten wohl des Öfteren nachgefragt, wie sich das große Verbrechen im neuen Jahrhundert so entwickle. Vielleicht hatte er sich dazu hinreißen lassen, seine möglicherweise völlig gehaltlosen Informationen noch weiter aufzuplustern. Und deshalb sah er sich nun nach Hilfe um. Wer schuldete ihm was? DCI Peter Pascoe, einer der hellsten und besten Köpfe des berühmten Andy Dalziel, der zufällig in dem Gebiet arbeitete, das als mutmaßlicher Ort für den mutmaßlichen Job galt, genau der!

Es war daher einen Versuch wert, die Schuld einzufordern, die darüber hinaus beinhalten würde, dass er, Rose, das Lob kassierte, sollte sich aus dieser Sache jemals etwas ergeben.

Pascoe stellte Fragen, machte sich Notizen und gab ermunternde Laute von sich.

»Okay«, sagte er schließlich. »Ich werde mich ins Zeug legen, Stan, glaub mir.«

»Danke dir«, sagte Rose. »Ist wirklich nett.«

»Nur im eigenen Interesse«, lachte Pascoe. »Wenn wir uns nicht gegenseitig helfen, müssten wir lange warten, bis uns ein anderer unter die Arme greift. Wenn dir heutzutage ein Samariter entgegenkommt, dann wahrscheinlich nur, um dir einen Tritt zu verpassen.«

Das waren zwar eher Dalziels Ansichten, wahrscheinlich waren es sogar die Worte des Dicken. Aber es plagten ihn wenig Skrupel, sie auszusprechen. So wie Wield seine Homosexualität unter Verschluss gehalten hatte, um im gewählten Beruf bestehen zu können, hatte Pascoe frühzeitig erkannt, dass seine universitäre Ausbildung und sein liberaler Humanismus in der noch immer sehr stark traditionell geprägten Polizei nicht unbedingt als episematische Qualitäten angesehen wurden. Ein gemeiner Soldat mochte in seinem Tornister den Feldmarschallstab verborgen halten, dürfte aber nie die Gelegenheit bekommen, ihn zu schwingen, wenn er sich den Kasernenton nicht aneignete.

»Da hast du Recht«, sagte Rose. »Und es hört ja auch nicht auf. Ich hab deinem Sergeant Wield gerade erzählt, dieser Student, über den er mich vor einiger Zeit im Zusammenhang mit einem möglichen Selbstmord befragt hat ...«

»Tut mir Leid«, sagte Pascoe. »Ich erinnere mich im Moment nicht ...«

Doch natürlich tat er das. Rootes Doktorvater an der Sheffield University, Sam Johnson, war (so gingen die Gerüchte) wegen des plötzlichen Todes von Jake Frobisher nach Mid-Yorkshire gewechselt, eines Studenten, den er unter Druck gesetzt hatte, seine Arbeit fertig zu stellen, da er ansonsten von der Uni geworfen worden wäre. Da Johnson selbst unter verdächtigen Umständen ums Leben kam, hatte Pascoe unter Berufung auf die Möglichkeit, jener hätte Selbstmord begangen, Wield angewiesen, Informationen über Frobishers Tod einzuholen, angeblich mit dem Ziel, dem Coroner ein vollständiges Bild über den Gemütszustand des Dozenten zu liefern. Eigentlich aber, und Wield hatte das wohl vermutet, war es ihm dabei nur darum gegangen, eine und sei es eine noch so schwache Verbindung zwischen Franny Roote und den beiden Tragödien herzustellen.

»Jake Frobisher. Der was mit dem Dozenten zu tun hatte, der zu den Wordman-Opfern gehörte.«

»Natürlich. Ja, ich erinnere mich. Stellte sich heraus, dass er sich Pillen einwarf, um sich wach zu halten, damit er irgendeinen Abgabetermin einhalten konnte, oder?«

»Richtig. Unfall mit Todesfolge, klare Sache. Die einzige Komplikation war dann, dass seine Schwester, nachdem seine Sachen an die Familie geschickt wurden, nach irgendeiner teuren Uhr fragte, die vermisst würde. Wollte damit andeuten, dass sie sich einer von uns unter den Nagel gerissen hätte. Nun, wurde alles untersucht, keinerlei Indizien, kein Fall. Seine Mum wollte nicht, dass da viel Aufhebens gemacht wurde, tatsächlich konnte sie sich an die fragliche Uhr noch nicht einmal erinnern. Ende der Geschichte, sollte man meinen.«

»Sollte man«, sagte Pascoe teilnahmslos und ließ seinen Blick zu Wield schweifen, der auf seinen Monitor starrte, als könnte er darin die Zukunft lesen. »Aber darauf würde ich nicht wetten.«
»Kluger Mann«, sagte Rose. »Sophie, so heißt die Schwester, begann vergangenen September mit dem Studium, und siehe da, Ende des letzten Trimesters wurde sie mit anderen Kids hopsgenommen, waren alle auf Speed und völlig zugedröhnt. Muss wohl in der Familie liegen, was? Wir fanden eine beträchtliche Ladung von dem Zeug in ihrem Zimmer, das zufälligerweise im gleichen Haus liegt, in dem ihr Bruder gestorben ist – ziemlich morbide, oder? Jedenfalls, statt alles zuzugeben, behauptet die dumme Kuh, wir hätten ihr den Stoff untergejubelt, aus Rache, weil sie es gewagt hat, uns des Diebstahls der Uhr zu bezichtigen! Gestern war die Verhandlung. Die verdammte Magistratsrichterin lässt sie mit ihrer traurigen Geschichte fröhlich drauflos schwafeln, wischt sich dann eine Träne aus dem Auge, glotzt mich auf der Zeugenbank finster an und entscheidet auf bedingte Entlassung! Nachher hab ich ihr gesagt, sie hätte Glück gehabt und sie solle in Zukunft besser aufpassen, sonst ende sie noch wie ihr Bruder. Dass mir dann meine Uhr auch noch geklaut wird, meinen Sie?, warf sie mir hin und zeigte mir den Stinkefinger, bevor sie mit ihren Freunden lachend abzog. Schon ein toller Job, den wir da haben, was?«
»Ja«, sagte Pascoe nachdenklich. »Ja, ich glaube schon. Ich melde mich wieder, Stan.«
Er legte den Hörer auf und starrte zu Wield, bis der Sergeant, als würde er von Pascoes Blick dazu genötigt, zu ihm herübersah.
Der DCI hob auffordernd den Kopf und ging in sein Büro.
Der Sergeant folgte und schloss hinter sich die Tür.
Kurz und knapp berichtete ihm Pascoe vom Debakel am heutigen Tag.
»Also, Wieldy, vielen Dank. Nichts, was mir mehr Spaß machen würde, als mitten im Winter durch die Grafschaft zu gondeln, statt hier mit nützlichen Dingen meine Zeit zu verschwenden.«
»Pete, tut mir Leid. Ich werde mit meinem Informanten reden, mal sehen ...«

»Ja, ja«, sagte Pascoe ungeduldig. Der verpatzte Job war auf seiner Prioritätenliste so weit nach unten gerutscht, dass er sich über Wield noch nicht einmal mehr ärgern konnte. »Vergiss es. Aber da ist noch was. Erinnerst du dich, als Sam starb, da habe ich dich gebeten, den Tod dieses Studenten in Sheffield zu überprüfen, Frobisher hieß er, sein Tod soll Johnson angeblich so mitgenommen haben, dass er hier zur MYU überwechselte?«
»Ich erinnere mich«, sagte Wield.
»Und du sagtest mir, die Sache sei klar, ein Unfall, Überdosis, keine losen Fäden.«
»Richtig.«
»Was ist mit der Uhr, die vermisst wurde? Kann mich nicht erinnern, dass du sie in deinem Bericht erwähnt hast. Ist das kein loser Faden?«
»Sah für mich nicht so aus«, sagte Wield. »Sah eigentlich so aus, als sei es überhaupt nichts, nicht der Erwähnung wert, nur ein junges Ding, das ausflippt.«
»Selbst junge Dinger hören mal auf auszuflippen«, sagte er. »Aber diese wohl nicht, was?«
Er hatte nicht aggressiv klingen wollen, doch die undurchdringliche Miene des Sergeant provozierte zu Provokationen. Zum ersten Mal verstand er, wie es sich anfühlen musste, wenn man Wield im Verhörraum gegenübersaß.
Die Erwiderung kam mit der ruhigen, vernünftigen Stimme eines geduldigen Vaters, der seinem widerspenstigen Sohn das Leben erklärt.
»Falls du dich erinnerst, war der Grund für dein Interesse an Frobisher, dass es eine gewisse Relevanz für Johnsons geistige Verfassung haben könnte, wenn sich herausstellen sollte, dass er sich selbst ins Jenseits befördert hatte. Als ich die Einzelheiten zu Frobishers Überdosis erhielt, wussten wir allerdings bereits, dass Johnson vom Wordman umgebracht worden war. Der Tod des Jungen konnte also in keiner Weise mehr relevant sein, selbst wenn es dabei mehr Unstimmigkeiten geben sollte als bei der Hochzeit eines Mönchs.«
Der gelassene Tonfall hatte sich nicht geändert, das abschließende

Dalzielsche Bild allerdings vermittelte Pascoe das starke Gefühl, einen kleineren Sieg errungen zu haben, wie er freudig registrierte und wofür er sich gleichzeitig auch ein wenig schämte. Wield hatte also damals versucht und versuchte noch immer, ihn vor einer Sache zu bewahren, die wahrscheinlich alle anderen für eine gefährliche Obsession hielten.

Aber sie hatten Unrecht, versicherte sich Pascoe. Nicht dass er davon so überzeugt war, dass er sein Hab und Gut dafür verpfändet hätte. Aber Obsessionen waren etwas Irrationales, und nachdem er nichts unternehmen wollte, was einer Prüfung durch die Vernunft nicht standhielt, konnte es sich nicht um eine Obsession handeln. Und was das Gefährliche daran anbelangte, wie konnte seine Wahrheitssuche gefährlicher sein als jede beliebige andere?

Die einzige wirkliche Gefahr, die zugegebenermaßen bestand, war, dass er es sich mit denen verscherzte, die er am meisten liebte.

»Tut mir Leid, Wield«, sagte er mit sanfter Stimme. »Ich bin ein Arsch. Aber das darf jeder zu dieser Jahreszeit sein. Hat dir Rose erzählt, was er will? Nein? Nun ja, schließlich bin ich es, der ihm was schuldig ist.«

Kurz referierte er Roses Bitte um Hilfe.

»Das ist nicht viel«, sagte Wield.

»›Nicht viel‹ ist eine gehörige Übertreibung. Trotzdem, er ist ein guter Polizist, also reißen wir uns am Riemen. Wenn dir zu Ohren kommt, dass hier was Großes abgezogen werden soll, will ich es wissen. Gib es weiter.«

»Auch an Andy? Wird ihm nicht gefallen, wenn du in der Dienstzeit alte Schulden abarbeitest.«

»Es wird ihm noch weniger gefallen, wenn hier eine große Sache steigt und South Yorkshire selbstgefällig sagen kann, ›na, wir haben euch ja gewarnt!‹«

Wield nickte verhalten, was alles bedeuten konnte – dass er vollkommen davon überzeugt war oder vollkommen daran zweifelte. Als Pascoe ihm hinterherblickte, war er sich allerdings sicher, dass seine Anweisungen exakt befolgt werden würden.

Er zog seinen Mantel aus, hängte ihn auf, setzte sich an seinen

Schreibtisch und schrieb auf ein Blatt Papier *Sophie Frobisher*. Dann fügte er ein Fragezeichen hinzu.

Er wusste nicht recht, wie die Frage lautete, noch ob er sie überhaupt jemals stellen würde.

Eines aber war, Gott sei gedankt, sicher: Er würde dazu erst im folgenden Monat, wenn an der Universität das neue Trimester begann, eine Entscheidung treffen müssen.

Vielleicht wäre Roote bis dahin zu einer fernen Irritation verblasst. Vielleicht stellte sich sein letzter Brief, in dem er von England Abschied nahm, in jedem Sinn als Abschiedsbrief heraus.

Und vielleicht würde Weihnachten in diesem Jahr ausfallen!

Pascoe lachte.

»Freut mich, dass du so gute Laune hast«, sagte Dalziel.

Verdammt! Gibt es einen Geheimgang, über den er in mein Büro kommt?, fragte sich Pascoe.

»Wollte gerade zu dir, Boss. Der Tipp war ein Blindgänger, vollkommene Zeitverschwendung, fürchte ich ...«

»Stimmt nur zur Hälfte«, sagte der Dicke. »Zeitverschwendung, ja, aber nicht der Tipp.«

»Sorry?«

»Hatte gerade einen wütenden Anruf von diesem Berry von Praesidium. Er dachte, wir würden uns heute um seinen Geldtransporter kümmern.«

»Ja, Boss, haben wir auch, bis zur letzten Auslieferung ... Scheiße, du willst doch nicht sagen ...?«

Doch.

Die Praesidium-Sicherheitsleute meinten, sie hätten sich während der Rückfahrt eine wohl tuende Tasse Tee verdient, nachdem sie den ganzen Tag auf den Überfall gewartet hatten, weshalb sie auf der Umgehung nördlich der Stadt den Lkw-Parkplatz eines Cafés ansteuerten. Als sie ihren Wagen verließen, wurden sie von maskierten Männern umringt, die mit Baseball-Schlägern und mindestens einer abgesägten Flinte bewaffnet waren. In jeder Hinsicht überrascht, leisteten sie keinerlei Widerstand, wurden nicht verletzt und in einen weißen Lieferwagen gesperrt, der in einer abgelegenen

Ecke des Parkplatzes abgestellt war. Dort würden sie vielleicht noch immer ausharren, hätte nicht Morris Berry, der Boss von Praesidium, feststellen müssen, dass sein Wagen plötzlich vom Bildschirm verschwand. Er schickte jemanden raus zur letzten bekannten Position, der die Geräusche im Lieferwagen bemerkte. Als Pascoe am Tatort eintraf, genossen die Sicherheitsleute ihre nun umso notwendigere wohl tuende Tasse Tee und hatten sich wieder so weit erholt, dass sie sich über die Vorstellung amüsieren konnten, mit welch verdutzter Miene die Diebe feststellen würden, dass der Geldtransporter völlig leer war.

Pascoe teilte ihre Freude nicht. Der Überfall war vielleicht für die Gauner ein Fehlschlag, aber es würde auch als Fehlschlag für die Polizei gewertet werden. Wenn in der Kantine und in den Zeitungen von der Geschichte berichtet wurde, gingen die Witze auf seine Kosten. Und in der Jahresaufstellung der Verbrechensstatistik würde unter diesem Tag ein Geldtransporter aufgeführt werden, der trotz eines Tipps und kostspieligen Begleitschutzes gekidnappt worden war.

Plötzlich war Franny Roote ans untere Ende seines aufgetürmten Problembergs relegiert, und als er schließlich in sein Büro zurückkehrte, wischte er den Zettel mit Sophie Frobishers Namen in den Mülleimer, ohne auch nur noch einmal einen Blick darauf geworfen zu haben.

7

Der Sündenfall

5. Brief, erhalten: Montag, 24. Dez., per Post

𝔉𝔦𝔠𝔥𝔱𝔢𝔫𝔟𝔲𝔯𝔤 𝔞𝔪 𝔅𝔩𝔲𝔱𝔢𝔫𝔰𝔢𝔢

Aargau
Montag, 17. Dezember
(Mitternacht!)

Lieber Mr. Pascoe,

mein Geist ist in Aufruhr, weshalb ich Ihnen noch einmal schreibe. Lassen Sie mich meine albtraumhafte Reise hierher überspringen. Es mag genügen, Ihnen zu sagen, dass mir meine kostensparenden Anstrengungen durch *zwei* Zugausfälle belohnt wurden und ich den Flughafen in Manchester erst fünf Minuten vor Abflug erreichte, dazu hatte ich noch mein Ticket abzuholen! Nie und nimmer wäre dies samt Spießrutenlauf durch Gepäckabgabe und Sicherheitskontrolle zu schaffen, dachte ich. O Himmel. Linda, die es gern sieht, dass ihre Anweisungen auch ausgeführt werden, würde alles andere als erfreut sein.
Aber ich hätte mir keine Sorgen zu machen brauchen. Sogar Lindas Organisationstalent knickte unter den brutalen Tritten der Fluggesellschaften wie ein trockener Halm ein.

Mein Flug verspätete sich ... und verspätete sich ... und verspätete sich ...
Schließlich hoben wir ab. Ganz offensichtlich hatten sie sich durch die Verspätung nicht von ihrem Catering-Zeitplan abbringen lassen. Gegenüber dem, was auf meinem Teller ankam, erschien die Cuisine des Chapel Syke höchst attraktiv. Zudem kam ich neben einem dicken, gesprächigen Immobilienmakler mit einer schlimmen Erkältung zu sitzen.
Meine Probleme fanden mit der Landung in Zürich kein Ende. Mein Koffer erschien als allerletzter auf dem Förderband, ein Neandertaler als Zollbeamter ließ sich nicht davon überzeugen, dass ich kein kolumbianischer Drogenbaron sei, und als ich schließlich in den öffentlichen Bereich trat, konnte ich unter all den Schildern mit den seltsamen Aufschriften kein einziges erblicken, das meinen Namen getragen hätte.
Einige Zeit später stolperte ich buchstäblich über meinen Taxifahrer, der in der Cafébar vor sich hin schlummerte. Nur die Tatsache, dass er sich das Pappstück mit einem Namen, der entfernt an meinen erinnerte (Herr Rutt), über die Augen gelegt hatte, um somit nicht geblendet zu werden, verschaffte mir den notwendigen Hinweis. Er schien nur ungern geweckt zu werden und machte sich danach auf den Weg hinaus in einen anscheinend aufziehenden Schneesturm, ohne mehr als ein gutturales Grunzen in meine Richtung abzugeben. Nach den verschleimten Ausführungen des Immobilienmaklers war ich darüber allerdings nicht allzu traurig.
(Ich glaube mich erinnern zu können, dass ich das alles überspringen wollte, doch hat es sich so tief in meine Psyche eingegraben, dass es sich nicht einfach wegschieben lässt. Verzeihen Sie mir.)
Linda hatte mir versichert, Fichtenburg sei mit dem Wagen von Zürich aus leicht zu erreichen, doch nicht bei diesem Wetter oder mit diesem Chauffeur. Es schien ewig zu dauern. Letztendlich aber überwand meine Müdigkeit meine Besorgnis, und ich döste ein. Ich erwachte, als der Wagen so abrupt

zum Stehen kam, dass ich heftig nach vorne geworfen wurde und mein erster Gedanke einem Unfall galt. Stattdessen musste ich feststellen, nachdem ich wieder zu Sinnen gekommen war, dass der Fahrer mein Gepäck neben dem Taxi abgestellt hatte und mir die Beifahrertür aufhielt, nicht, wie ich eilig hinzufügen möchte, in einem Anflug von artiger Höflichkeit, sondern einzig und allein, um mein Aussteigen zu beschleunigen.

Noch halb im Schlaf wankte ich nach draußen, er knallte die Tür zu und röhrte ohne das geringste *Lebwohl!* in die Nacht davon.

Es schneite sacht. Ich versuchte durch den Schneeflockenvorhang zu spähen. Alles, was ich erkannte, waren die undeutlichen Umrisse von hohen Fichten, Stamm neben Stamm.

Der Schweinepriester hatte mich mitten im Wald ausgesetzt! Entsetzt fuhr ich herum. Und mit unendlicher Erleichterung erkannten meine Augen, die sich mittlerweile an die Dunkelheit gewöhnt hatten, die festen und kantigen Konturen eines Gebäudes. Ich ließ meinen Blick nach links schweifen und erspähte kein Ende. Rechts dasselbe. Ich beugte mich nach hinten, sah nach oben und erspähte durch den schwebenden Schleier der Schneeflocken Türme und Wehrgänge.

Fichtenburg!

»O mein Gott!«, sagte ich laut.

Von meinem Schuldeutsch war fast nichts mehr übrig, aber ich glaubte mich zu erinnern, was *Fichten* und was *Burg* bedeuteten. Ich hatte angenommen, es würde sich lediglich um einen Fantasienamen handeln, den Lindas Kumpel ihrem Ferienchalet verpasst hatten. Ich hätte es besser wissen müssen.

Fichtenburg war genau das, was der Name sagte – eine von Fichten umgebene Burg!

Und, was noch schlimmer war, anscheinend eine verlassene Burg.

Ich fühlte mich wie Herr Roland, der zum finstern Turm geht und sich dabei fragt, ob das alles wirklich eine so tolle Idee sei, und begab mich zu einem Tor, das dem Anschein nach den

Haupteingang des Gebäudes bildete. Es bestand aus schweren Eichenplanken, die durch massive Eisenplatten zusammengehalten wurden, und war ganz offensichtlich von jemandem entworfen worden, der keinen Wert darauf legte, dass die Verwandten unerwartet bei ihm vorbeischauten.

Von einem der granitenen Türpfosten hing, an einer Kette hängend, ein runder Metallklumpen. Ich zog daran. Nach einer Weile und so fern, als ertönte sie aus einer anderen Welt, war eine Glocke zu hören.

In einem romantischen Schauerroman oder der *Goon Show* würde man nun erwarten, langsam schlurfende Schritte zu vernehmen, die immer lauter würden, je näher sie kamen.

Ich war beinahe froh, als meine angestrengt lauschenden Ohren nichts davon vernahmen.

Doch nur beinahe, denn die Möglichkeit, dass es sich bei allem um ein Missverständnis handelte und ich nicht erwartet wurde und niemand da war, der mich begrüßen würde, nahm nun bedrohliche Ausmaße an. Mein Wissen über die Schweiz speiste sich vor allem aus der Literatur des frühen neunzehnten Jahrhunderts, in der sie als Sammelsurium hoch aufragender Berge, gewaltiger Gletscher und verschneiter karger Landschaften fungierte. Seit dem Flughafen hatte ich wenig gesehen, was diesen Eindruck hätte korrigieren können. Auch wenn ich meiner Einbildungskraft den Rücken kehrte und an den gesunden Menschenverstand appellierte, fiel die Antwort kaum vertrauenerweckender aus. Leute, die Burgen bauten, taten dies kaum in Schlagweite von Nachbarn, an die sie sich wenden konnten, wenn sie ein Fass siedenden Öls borgen wollten, falls ihnen das ihre ausgegangen war.

Statt durch den Schnee zu trotten und um Hilfe zu suchen, bliebe mir nur die Möglichkeit einzubrechen.

Nun, bei einem durchschnittlichen Vororthäuschen muss man dazu (so versicherte mir mein Bekanntenkreis im Syke) normalerweise nur den Ellbogen durch die Glasscheibe stupsen und ein Kellerfenster öffnen.

Eine durchschnittliche Burg allerdings ist von anderem Kaliber. Die einzigen Fenster, die ich vorerst im Schneetreiben erkennen konnte, lagen weit außer Reichweite meines Ellbogens und waren durch Gitter geschützt.
Es wäre leichter gewesen, ins Chapel Syke einzubrechen!
Blieb mir nur die Hoffnung, dass es bei einem Bauwerk dieser Größe hinten an der Rückseite vielleicht ein Bedienstetenquartier gab, das voller Leben und Wärme und in dem der Fernseher so laut aufgedreht war, dass man die Türglocke nicht hörte. Solche hoffnungsvollen Fantasien umwölken einen schwer, wenn man verzweifelt ist. Jedenfalls war es vorzuziehen, sich in Bewegung zu setzen, als an Ort und Stelle zu verharren und sich zu Tode zu frieren.
Ich ging an der Vorderfassade entlang und dann an der Seitenmauer der Burg, folgte den Windungen und Biegungen an den Ecken und Laibungen, bis ich nicht mehr die geringste Ahnung hatte, ob ich mich vorn, seitlich oder an der Rückseite befand!
Es hatte aufgehört zu schneien, allmählich begann die Wolkendecke aufzureißen, die nun einen gelegentlichen Blick auf den fast vollen Mond freigab. Sein Licht aber brachte wenig Trost, zeigte sich doch, dass das massive, abweisende Steingemäuer nur von dunklen, vergitterten Fenstern durchbrochen war.
Verzweifelt wandte ich mich von der Burg ab und spähte angestrengt in den dichten Wald hinein.
War das die Rettung? War es eine boshafte Täuschung? Eine Sekunde lang sah ich ein fernes Licht! Dann war es verschwunden. Ob willkommener Empfang oder Irrlicht, es war alles, was ich hatte, weshalb ich in seine Richtung stürmte, auch wenn es bedeutete, dass ich die zur Orientierung dienende Burgmauer hinter mir lassen und in den Wald hineinlaufen musste; ich schlitterte hin und her, versank in den tiefen Schneewehen, rief »Help! Help!«, dann, als ich mich daran erinnerte, wo ich mich befand, *»Zu Hilfe! Zu Hilfe!«*
Schließlich und endlich stürzte ich kopfüber flach in eine Wehe. Als ich mich aufrichtete und mich umsah (durch die

aufgerissene Wolkendecke kam ich in diesem Moment in den Genuss des vollen Mondscheins), erkannte ich, dass ich mich auf einer Lichtung befand. Darin stand ein Gebäude. Eine Sekunde lang hoffte ich, es könnte sich um die Quelle des Lichts handeln, das ich gesehen hatte, doch als ich mich näherte, stellte es sich als die Ruine einer Kapelle heraus. Seltsam, wie mächtig die menschliche Einbildungskraft doch sein kann, nicht wahr? Man könnte meinen, die schiere physische Furcht, in dieser unwirtlichen Landschaft vor Kälte und Erschöpfung umkommen zu können, würde jeglicher metaphysischen Angst keinen Platz mehr gewähren. Bei näherer Betrachtung des Gebäudes aber wurde mein Gefühl der körperlichen Qual und Gefahr völlig von abergläubischem Entsetzen überlagert! Es war nicht nur meine postromantische schlotternde Reaktion auf eine düster-romantische Ruine in wilder, abgeschiedener Landschaft. Nein, was mich trotz der Temperatur in Schweiß ausbrechen ließ, war das, was im Inneren der Kapelle an die Wände gemalt war. An vielen Stellen hatte sich vollständig der Verputz gelöst, weite Bereiche des Freskos waren von Rissen durchzogen, der Farbauftrag kräuselte und platzte ab, doch es gab keinen Zweifel, was der Künstler hier dargestellt hatte.
Den Totentanz.
Ein Thema, grässlich genug, denken Sie sich wahrscheinlich, und keines, auf das ein Bursche in der Situation des jungen Fran unbedingt stolpern müsste, aber warum berührte es ihn gar so sehr?
Die Antwort lautet: Die schrecklichste Szene in Beddoes' *Jest-Book*, in der der Herzog seine Frau von den Toten auferwecken möchte, stattdessen aber den ermordeten Wolfram auferstehen lässt, spielt vor einer Kirchenruine, in deren Klostergang der Totentanz abgebildet ist. Meine Suche nach Beddoes hat mich an diesen Ort geführt, und nun schien er auf seine typisch sardonische Art zu sagen: *Willst du mich sehen, klar und deutlich, dann nimm den Weg in diese Richtung!*
Ich weiß, es klingt töricht. Schließlich habe ich, anders als der

Herzog, keinen ermordeten Rivalen, dessen Wiederauferstehung ich zu befürchten hätte, oder?

Und in jedem Fall sagte mein von Gott mir gegebener Verstand, wie er es auch schon Beddoes gesagt hatte, *Geister, sie sind nicht aufzuwecken, aus Todesgründen ist kein Weg zu finden!* Ach, wenn es ihn nur gäbe! Was würde ich nicht alles dafür tun, um den armen Sam wiederzuerwecken. Aber welcher Horror, wenn mir statt Sam ... ein weniger willkommener Revenant gegenübersteht!

Wie unsinnig das alles doch im hellen Tageslicht erscheint.

Doch dort im dunklen Wald, nah bei der Kapellenruine, ich muss es gestehen, Mr. Pascoe, verließen mich alle Unschuld und Vernunft, und ich schloss die Augen und sprach ein Gebet.

Als ich sie öffnete, sah ich, dass ein Gott mich erhört hatte. Ob es sich jedoch um jenen im christlichen Himmel oder einen aus dunkleren, kälteren, nordischen Gefilden handelte, vermochte ich noch nicht zu sagen. Das Licht, das ich bereits erblickt hatte, zeigte sich wieder. Und es kam näher! Ich konnte es mit Unterbrechungen zwischen den Baumstämmen sehen, wo es sich schlängelnd fortbewegte, jetzt sichtbar, jetzt von den langen, geraden Fichtenstämmen verdeckt, ein heller Lichtkreis, der größer wurde, je näher er kam, und mich an die Lichtsphäre erinnerte, die in *Der Zauberer von Oz* auf die Ankunft von Glenda verweist.

Ein glücklicher Vergleich, denn als es – von meinem wohl nahezu hysterischen Geschrei geleitet – aus dem Wald auf die Lichtung kam, erkannte ich, dass es sich um den Frontscheinwerfer eines dieser Schneemobile handelte, und obwohl die bebrillte, in einen Pelz gewickelte Gestalt, die rittlings darauf saß, völlig geschlechtslos wirkte, wusste ich, dass es meine gute Fee sein musste, als sie das Wort ergriff und sagte: *»Herr Roote? Willkommen in Fichtenburg.«*

Das, Gott segne sie, war Frau Buff, die Haushälterin, eine, wie sich herausstellte, Frau von wenigen Worten, die noch dazu alle auf Deutsch waren, aufgrund deren praktischen Verstands und logischen Denkvermögens man aber versteht, warum die Schweizer die in der Welt führenden Chronometer-Hersteller sind.

Als sie mir andeutete, hinter ihr aufzusitzen (sie hatte mein Gepäck bereits am Burgeingang gefunden), und wir auf dem gewundenen Weg zwischen den dunklen Fichten losfuhren, kam mir, wohlgemerkt, in den Sinn, dass sie vielleicht doch nicht die gute Fee sei, sondern die Schneekönigin, und ich wie der kleine Kay zu ihrem Eispalast am Nordpol entführt werden sollte.

Es ist kein Eispalast, in dem ich mich jetzt befinde, sondern erfreulicherweise eine warme und komfortable und geräumige Hütte mit allen Annehmlichkeiten der Zivilisation. Es ist das Chalet, von dem Linda gesprochen hatte; es gehört zur Burg und dient, wie ich annehme, zur Beherbergung von Besuchern wie mich, die man aus welchen Gründen auch immer von der *beau monde* im großen Haus fern halten will. Frau Buff hatte dort auf mich gewartet. Als ich zur angekündigten Zeit nicht erschien, hatte sie Nachforschungen angestellt und erfahren, dass mein Flug Verspätung hatte. Als ich zum revidierten Zeitpunkt erneut nicht erschien, rief sie die Taxigesellschaft an, von der sie die Auskunft erhielt, der Fahrer habe seinen Gast wenige Minuten zuvor vor der Burg abgesetzt. Worauf sie sich, in der Annahme, der Dummkopf habe mich am falschen Ort abgeladen, auf die Suche machte.

All das klamüserte ich mir mit meinem langsam wiedererwachenden Schuljungen-Deutsch aus ihren sparsamen Antworten zusammen.

Sie war, Gott segne sie, sehr viel mehr daran interessiert, mich kulinarisch zu versorgen, statt sich mit mir zu unterhalten. Glücklicherweise hatte sie eines dieser All-inclusive-Schmortopfgerichte vorbereitet, die anders als das Airline-Essen nur besser wurden, je länger sie auf dem Herd standen.

Als sie mich reinhauen sah, deutete sie entschuldigend an, dass sie mich nun mich selbst überlassen werde. Ich versuchte ihr verständlich zu machen, dass es an mir sei, sich zu entschuldigen, nachdem sie doch schon so viel von ihrer freien Zeit für mich geopfert habe. Die Botschaft muss angekommen sein, denn während sie sich in ihren Pelz packte, als Vorbereitung darauf, in die kalte Nacht hinauszutreten, schien es meinem sich allmählich an die Sprache gewöhnenden Ohr, als sagte sie, dass nicht ihr Privatvergnügen sie fortführe, sondern der Auftrag, für Frau Lupin die Zimmer in der Burg vorzubereiten.

In der Meinung, ich hätte sie falsch verstanden, erwiderte ich in meinem gebrochenen Deutsch: »Aber Frau Lupin kommt doch nicht vor nächster Woche.«

Und als sie durch die Tür schritt, warf sie mir etwas über die Schulter zu, was die Ladung köstlichen Schmorfleisches auf meiner Gabel mitten in der Luft gefrieren ließ.

»*Nicht Frau, sondern Fräulein Lupin. Ihre Tochter.*«

Vielleicht hatte ich mich verhört!

Ich brach den Bann und stürzte der Frau Buff hinterher. Sie saß bereits auf ihrem Schneemobil.

»*Fräulein Lupin*«, rief ich ihr zu. »*Wann kommt sie?*«

»*Morgen*«, antwortete sie. »*Zum Schlittschuhlaufen!*«

Ich war perplex. Was in drei Teufels Namen war *Schlittschuhlaufen*?

»*Was ist das?*«, schrie ich, als sie den Motor anließ und sich in Bewegung setzte.

Sie zeigte mit ihrer rechten Hand vom Chalet weg.

»*Auf dem See!*«, warf sie mir über die Schulter hinweg zu. Dann war sie fort.

Auf der See? Ich war verwirrt. Dann bemerkte ich zum ersten Mal, dass es aufgehört hatte zu schneien, die Wolken rissen auf, gingen ihrem sonstigen Treiben nach und hinterließen einen von Diamanten bestäubten Himmel, wie wir Stadtmenschen ihn sonst nie zu Gesicht bekommen. Hoch oben hing eine Mondscheibe, hell genug, um eine flache, nahezu vollkommen runde Wiese zu bescheinen.

Nur dass es keine Wiese war! Es war ein kleiner See. Idiot! Das musste der *Blutensee* sein, zugefroren und mit Schnee bedeckt, an dem die *Fichtenburg* lag. (*See* bedeutet nur dann »See« im Sinne von Meer, wenn es weiblich ist; weil ich das vergaß, hatte ich einst eine auf die Knöchel bekommen!)

Skating. Schlittschuhlaufen war *Skating.* Emerald würde am nächsten Morgen zum Schlittschuhlaufen hierher kommen!

Mein immer optimistischer Geist kam ins Rasen. War es Zufall, fragte ich mich, oder war es geplant? Konnte Emerald von den Plänen, die ihre Mutter mit mir hatte, erfahren und daraufhin beschlossen haben, sich einzumischen? Oder war es von mir absurd arrogant, dass ich mir so etwas auch nur einbilden konnte?

Diese Fragen lenkten mich so sehr ab, dass ich, als ich nach drinnen zurückkehrte, kaum Frau Buffs Schmortopf oder die Flasche ausgezeichneten Burgunders, den ich aus dem gut gefüllten Vorrat ausgewählt hatte, zu goutieren wusste. Ich habe sogar den Teller der überaus lecker aussehenden *Sahnetorte* aufgeschoben, den mir die gute Frau zum Nachtisch zurückließ, damit ich Ihnen, meinem Freund, meinem geistigen Vater, ein weiteres Mal schreiben kann, um meine Gedanken zu klären und mich daran zu erinnern, dass, gleichgültig, wie aufgewühlt und turbulent mein Seelenleben auch sein mag, ich immer einen kleinen kühlen, ruhigen Kreis finden kann, wie den See draußen vor meinem Fenster, der mir Frieden verschafft.

Nun, es hat funktioniert. Ich fühle mich bereit, der Zukunft entgegenzutreten – und meine *Sahnetorte* zu genießen.

Danke

Franny

ogar die Verbrecher feiern in ganz England Weihnachten, doch bedeutet Müßiggang für die Verderbten nicht zwangsläufig auch Müßiggang für die Hüter des Gesetzes. Verbrechen aus Habgier, der Adventszeit angemessen, finden am Festtag selbst so gut wie nicht statt, doch werden sie durch jene Verbrechen neu entflammten Zorns und lange währender Animositäten mehr als wettgemacht, die, befeuert von großen Alkoholvorräten, ganz natürlich dem engen Zusammensein mit Blutsverwandten entspringen, welche sich die übrigen dreihundertvierundsechzig Tage wohlweislich voneinander fern gehalten haben.

Als daher Pascoe an Heiligabend nach Hause hastete, unter dem Arm die Geschenke für Rosie, die ihm mehrere seiner großzügigen Kollegen auf den Schreibtisch gelegt hatten, trug er auch die Furcht mit sich, dass die beiden freien Tage, die er sich nach harten Mühen und Plagen erworben hatte, von einem Telefonanruf unterbrochen werden konnten, durch den man ihm mitteilte, sorry, aber es gibt so viele häusliche Zwistigkeiten, wir kommen nicht mehr hinterher, kannst du nicht reinkommen und uns bitte helfen?

Und falls es Dalziel wäre, der anriefe, wäre das Fragezeichen und das »bitte« zu streichen.

Als er den Schlüssel ins Schloss der Eingangstür steckte, betrachtete er den Türklopfer in Form eines Löwenkopfs aus Messing, den Ellie aus einem verfallenen Bauernhaus in Greendale Moor »gerettet« hatte, und wartete, ob er sich in das Gesicht des Dicken verwandeln würde.

Nichts geschah, vielleicht würde es ihm erspart bleiben, von ihm verfolgt zu werden.

Doch als er das Haus betrat und auf dem Tisch im Flur, auf dem Ellie seine Privatpost ablegte, einen Briefumschlag mit einer Schweizer Briefmarke und einer Adresse erblickte, verfasst in der ihm mittlerweile vertrauten Handschrift, hatte er das Gefühl, dass er sich zu früh gefreut hatte.

Er hätte ihn ins Feuer geworfen, nur wusste Ellie nun bereits von ihm, und er hatte beschlossen, es für sich behalten zu wollen, wie sehr ihn diese Briefe irritierten.

Es gelang ihm, ihn zu ignorieren, bis er seine Frau umarmt, seine Tochter in die Luft geworfen und ihren rabiaten Wachhund Tig davon überzeugt hatte, dass dies kein Angriff auf sie war, bis er in seine bequemen, hinten platt getretenen, vom Hund zerkauten Schlappen geschlüpft war, die, woran er kaum zweifelte, morgen von einem neuen, steifen Paar ersetzt und unverzüglich von ihm und Tig in Bearbeitung genommen werden würden, und er einen langen Schluck aus seinem Gin Tonic genommen hatte.

»Hab gesehen, dass du wieder Fran-Post bekommen hast«, sagte Ellie.

»Ich hab's bemerkt. Was steht drin?«

»Woher soll ich das wissen?«

»Hast du ihn nicht über Dampf gehalten und geöffnet?«

»Wenn's mich so sehr interessieren würde, hätte ich ihn einfach aufgerissen«, sagte Ellie. »Aber ich leugne nicht meine milde Neugier, was sich beim freundschaftlichen Tête-à-Tête mit den reichen Müßiggängern ergeben hat.«

»Was sich wahrscheinlich ergeben hat, ist, dass sie nicht ganz dicht in der Birne sind«, sagte Pascoe.

Er öffnete den Umschlag, überflog den Brief und warf ihn seiner Frau zu.

Sie las ihn langsamer, drehte das Blatt um und begann von vorn.

»Herr im Himmel«, sagte er. »Er ist nicht Jane Austen.«

»Ach, ich weiß nicht. Held und Heldin treffen sich, tauschen sehnsüchtig Blicke aus, trennen sich vielleicht für immer und werden dann durch eine seltsame Laune des Schicksals in einem abgeschiedenen romantisch-schaurigen Ort wieder zusammengeführt. Das ist nicht so weit von der *Abtei von Northanger* entfernt«, sagte Ellie.

»Wenn Roote mit im Spiel ist, stehen die Chancen gut, dass sich das ganze schaurige Zeug als etwas Übernatürliches herausstellt«, sagte Pascoe.

»Nein, im Herzen ist er Realist. Hat für alles eine Erklärung. Mit

Ausnahme dieser Vision, die er von dir gehabt haben will. Sehr seltsam. Ich meine, die Jungfrau Maria ist eine Sache, aber du!«
»Das Lachen wird dir vergehen, wenn ich erst mal Kult bin«, sagte Pascoe leichthin.
Er hatte Ellie nichts von seiner eigenen Vision von Roote bei der St. Margaret's Church erzählt, zur gleichen Zeit, als dieser angeblich ihn gesehen hatte. Als Polizist wurde man ständig damit konfrontiert, dass die Welt voller Zufälle war. Während Buchrezensenten häufig darüber stöhnten, dass Krimis zu sehr auf sie vertrauten, erschienen ihm meistens jene Autoren als unglaubwürdig, die nicht wahrhaben wollten, welche große Rolle der Zufall im alltäglichen Leben spielte.
Daher redete er sich ein, dass sich sein Schweigen rational begründen lasse. Dennoch musste er konstatieren, dass er mit beinah kindischem Eifer wollte, dass sie seiner Meinung zu den Briefen zustimmte, teilweise zumindest.
»Du musst doch sehen, dass er sich über mich lustig macht«, drängte er.
»Muss ich das? Was genau meinst du?«
»Er vergleicht den Wunsch des Herzogs, seine Frau von den Toten auferstehen zu lassen, mit seinem eigenen Anliegen, Sam Johnson wiederzuerwecken. Der Herzog aber bekommt stattdessen den von ihm ermordeten Rivalen. Und daher frage ich mich also, wo ich einen toten Rivalen Rootes finde? Und es gibt eine Menge davon! Als erstes Albacore. Dann diesen Studenten in Sheffield, Jake Frobisher, jener, der sich eine Überdosis eingeworfen hat, um mit seiner Arbeit fertig zu werden, jener, dessen Tod der Auslöser für Johnsons hastigen Umzug an die Mid-Yorkshire Uni war.«
»Dessen Tod Wieldy auf deine Anweisung hin noch mal und ergebnislos unter die Lupe genommen hat? Komm schon! Im schlimmsten Fall macht sich Franny etwas lustig über deine Besessenheit, ihn in deine Ermittlungen hineinzuziehen. Aber ich weiß, dass noch nicht einmal ein so ausgewachsener Paranoiker wie du etwas finden kann, was definitiv als bedrohlich angesehen werden könnte.«

»Was ist mit der Stelle, an der er mein häusliches Glück beneidet?«, sagte Pascoe halsstarrig.
Sie las es nach, sah zu ihrem Ehemann und schüttelte bedauernd den Kopf.
»Er sagt dir, dass du dich glücklich schätzen kannst, eine so liebenswerte Frau und eine so entzückende Tochter zu haben, und das hältst du für bedrohlich? Komm schon!«
»Gut, was ist dann mit dem Scheiß, dass ich ihm Ruhe und Frieden verschaffe. Das, musst du zugeben, ist doch ein wenig verschroben«, sagte Pascoe, verärgert, dass er sich trotz seiner Vorsätze nun doch auf eine Diskussion über den Brief eingelassen hatte.
»Vielleicht. Aber schließlich hat er dich zu seinem Guru auserkoren, zu seinem geistigen Vater, erinnerst du dich? Du kannst es dem Waisenjungen nicht verübeln, dass er sich an seinen weisen geistigen Ziehvater wendet, wenn ihn Wachstumsschmerzen plagen!«
Fast hätte dies zu einem Ausbruch geführt, wie er für den Vorabend des großen Familienfestes höchst ungebührlich gewesen wäre, hätte nicht in diesem Augenblick Rosie den Raum betreten; sie gähnte laut und wollte wissen, ob es nicht schon längst an der Zeit sei, ins Bett zu gehen. Da dies dem Fürsten der Finsternis gleichkam, der plötzlich seinem Wunsch Ausdruck verlieh, die Hölle dichtzumachen und stattdessen ein Pflegeheim zu eröffnen, brachen beide Elternteile, leider ohne jegliches Mitgefühl, in schallendes Gelächter aus und hatten dann den Schaden wieder gutzumachen, den sie damit im zarten Gefühlshaushalt ihrer Tochter angerichtet hatten.
Es gibt die Geschichte eines Mannes in der Todeszelle, der sich einzureden versucht, er sei ein Kind, das auf Weihnachten wartet, um somit die Angst einjagenden Stunden in jene im Schildkrötentempo dahinschleichenden Minuten der Kindheit zu verwandeln. Schnell oder langsam, Gutes oder Schlechtes, letztlich stehen alle Dinge irgendwann vor der Tür, und am folgenden Morgen musste sich der Himmel im Osten nur in eine etwas blassere Tönung der Schwärze verwandeln, damit Rosie in das elterliche Schlafzimmer

geplatzt kam und wissen wollte, ob sie denn den ganzen Tag hier liegen bleiben wollten.

Danach verliefen die Dinge mehr oder weniger nach ihrem Fahrplan, wobei Pascoe das Gefühl beschlich, dass sein Beharren, Kaffee und Toast zu sich zu nehmen, bevor die Geschenke ausgepackt wurden, ein manifester Verstoß gegen die Europäische Erklärung der Menschenrechte war.

Unter dem Baum stapelten sich hoch die Päckchen, nicht weil die Pascoes im Luxus schwelgende Eltern waren, sondern weil ihre Tochter ein starkes Gerechtigkeitsgefühl besaß und darauf bestand, dass jeder, inklusive des Hundes, so viele Pakete auszupacken hatte wie sie.

Ihre selbstlose Freude, als sie zusah, wie ihre Mutter und ihr Vater ihre Geschenke in Empfang nahmen, entschädigte für die von Pascoes Schauspieltalent erzeugte Missstimmung, als er enthusiastisch erklärte, die in dem Metallicblau gehaltenen Baumwollsocken seien alles, was ihm zu seinem vollkommenen Glück noch gefehlt hätten.

Natürlich waren andere seiner Geschenke exquisiter und/oder interessanter.

»Lass mich raten«, sagte er zu Ellie, als er ein Päckchen in Buchform hochstemmte. »Du hast mir eine Bibel gekauft? Nein, dafür ist es zu leicht. Witziges und Weises von Prinz Charles? Nein, zu schwer. Oder ist das das intellektuelle Zuckerstückchen, auf das ich schon seit Jahrzehnten warte: *Der Pirelli-Kalender: die glorreichen Jahre?*«

»Das kannst du dir abschminken«, sagte Ellie.

Er riss das Geschenkpapier weg und sah sich konfrontiert mit einem Buch in einem kohlrabenschwarzen Schutzumschlag, der in der oberen Hälfte nur von einem schmalen weißen Fenster durchbrochen war, in dem Titel und Verfasser standen: *Dunkle Zellen* von Amaryllis Haseen.

»Ich hab's in diesem Ramschladen in der Market Street gefunden«, sagte Ellie. »Und dachte mir, wenn du dich schon so in die Sache mit Roote hineinsteigerst, dann könntest du ja auch lesen, was die Experten über ihn sagen.«

»Nun, danke«, sagte Pascoe, der nicht recht wusste, was er davon halten sollte. Dann bemerkte er Rosies Blick und wurde daran erinnert, was sich gehörte. »Das ist einfach toll. Ich hab es überall gesucht, wunderbar, dass du es auftreiben konntest, und noch dazu so stark herabgesetzt.«

Zufrieden richtete Rosie ihre Aufmerksamkeit auf Tig, dessen Freude über seine Präsente, solange sie sogleich essbar erschienen, aufrichtig und uneingeschränkt war.

Die Bescherung war schließlich vorüber. Rosie sah sich nun der schwierigen Aufgabe gegenüber, auf welches ihrer zahlreichen Geschenke sie sich als Erstes konzentrieren sollte. Ihre Wahl, die, wie Ellie mit Freude sah, nichts mit dem Preis zu tun hatte, fiel zu gleichen Teilen auf einen Suche-deine-Vorfahren-Genealogie-Kasten und eine stumme Hundepfeife, die ihr laut beiliegender Anleitung bis zu einer Entfernung von achthundert Metern sofort die Herrschaft über ihr Haustier ermöglichen würde. Schließlich und da, wie sie sagte, auch für Tig Weihnachten sei, optierte sie für die Hundepfeife, ignorierte den wenig verlockenden, schneidenden Ostwind und nahm den Hund mit nach draußen in den Garten, um sein Leben zu verändern. Ellie ging nach oben, um mit ihrer Mutter zu telefonieren, die morgen zu Besuch kommen wollte, allerdings darauf bestand, den Weihnachtstag mit ihrem an Alzheimer leidenden Ehemann im Pflegeheim zu verbringen. Auf den Vorschlag ihrer Tochter, dass sie sich alle auf die zweistündige Autofahrt begeben würden, um den Nachmittag dort zu verbringen, hatte Mrs. Soper brüsk beschieden: »Sei nicht albern, Liebes. Ich weiß, du hast Schuldgefühle, aber es besteht nicht der geringste Anlass, dass du deswegen anderen das Fest verdirbst. Eine schlechte Angewohnheit, die du, hoffte ich, schon längst abgelegt hättest.«

Als Ellie protestierte, erinnerte ihre Mutter sie an ein ruiniertes Weihnachten, an dem Ellie, damals zwölf Jahre alt, beschlossen hatte, alle ihre Geschenke samt Weihnachtsessen an Oxfam zu vermachen.

»Und das war nur eines von vielen«, schloss sie. »Dein Vater ist jenseits von Gut und Böse. An Weihnachten ist mein Platz bei ihm. Deiner ist zu Hause.«

Das wollte er ihr auch geraten haben! Pascoe hatte seiner Schwiegermutter innerlich applaudiert, wenn er auch bemüht gewesen war, es sich nicht anmerken zu lassen.

Nun saß er allein bei einer weiteren Tasse Kaffee, blickte auf seine Uhr, stöhnte, als er sah, dass es erst neun Uhr fünfundvierzig war, obwohl seine biologische Uhr ihm sagte, es müsse bereits Mittag sein, dann streckte er den Arm aus und griff sich *Dunkle Zellen.*

Er überflog die Einleitung, in der die Autorin versicherte, es handle sich hier um eine ernsthafte, tiefgründige Analyse der interdependenten Beziehung zwischen Strafrechtstheorie und der Praxis der Einkerkerung; eine Behauptung, die irgendwie dem Klappentext widersprach, der den Kitzel des Bösen versprach, das in diesem *knallharten Bericht schonungslos offengelegt wird; eine verstörende Analyse über das Versagen unseres Gefängnissystems. Ein Buch, das nichts für schwache Nerven ist; der Leser wird mit den bösartigsten Mitgliedern unserer Gesellschaft konfrontiert und sollte sich darauf gefasst machen, zutiefst schockiert und empört zu sein!*

Das perfekte Gegengift zu Weihnachten, dachte er. Er ging in den Flur und holte aus dem Regal im Schrank unter der Treppe seine private Roote-Akte. Dalziel hatte sie auf seinem Schreibtisch im Büro gesehen und zweifellos auch die Schublade registriert, in der er sie hatte verschwinden lassen. Die Schublade besaß wie die Tür zu seinem Büro ein kräftiges Schloss, doch Pascoe hätte keine Sixpence dagegen gewettet, dass der Dicke beide Hindernisse einfach durchbrach. Also hatte er sie noch am selben Tag mit nach Hause gebracht.

Erneut ließ er sich nieder, entnahm der Akte Rootes ersten Brief und blätterte ihn durch. Hier war es ... *Ich bin übrigens Inhaftierter XR, S. 193–207 ...*

Er nahm *Dunkle Zellen* zur Hand, schlug Seite 193 auf, wo die Autorin wirklich ihre Fallstudie zum Inhaftierten XR begann.

Nach den Erläuterungen zu seinem Vergehen und seiner Strafe kam Ms. Haseen ohne Umschweife auf ihre Sitzungen mit Roote zu sprechen.

Seine schriftlich fixierten Aussagen während der Ermittlungen, das im Lauf seines Gerichtsverfahrens erstellte psychologische Gutachten sowie alle nachfolgenden Berichte über sein Verhalten nach der Verurteilung weisen signifikant darauf hin, dass ich es hier mit einem höchst intelligenten Menschen zu tun hatte, der über ein genügend hohes Maß an Selbstbeherrschung verfügte und seine Intelligenz dazu einsetzte, seinen Gefängnisaufenthalt so kurz und komfortabel wie möglich zu gestalten. Obwohl ich mir überaus bewusst war, dass hinsichtlich der Analysemethoden hier äußerst behutsam vorgegangen werden musste, war mir bei unserem ersten Treffen nach nur wenigen Minuten relativ klar, dass die nachfolgende Analyse die Korrektheit dieser ersten Eindrücke bestätigen würde.

Mein Gott, was für ein Schwulst! Kein Wunder, dass das Buch verramscht worden war!

Von Anfang an war ihm daran gelegen, deutlich zu machen und, falls ich seine Intention falsch verstanden hatte, auch zu betonen, dass er sich in unseren Sitzungen einzig und allein an meine Bedingungen hielt. Im Gegensatz zu vielen anderen (siehe Inhaftierten JJ, S. 104 ff, und Inhaftierten PR, S. 184 ff) zeigte er nie offenkundig, dass er mich als sexuelles Objekt wahrnahm, und ebenso wenig ergriff er, wenn meine Untersuchung Themen berührte, die seine Sexualität betrafen, dies als Gelegenheit, um darüber ein Gespräch zu beginnen, dessen Ziel es war, sich selbst zu erregen (siehe Inhaftierten AH, S. 209 ff). Trotz dieser strikten Anstandsregeln hatte ich jedoch häufig das Gefühl, dass die Atmosphäre zwischen uns im sexuellen Sinn höchst geladen war.

Darauf kannst du deinen süßen Arsch wetten!, dachte Pascoe.

Das stimmte mit meinem sich herausbildenden Urteil überein, dass sich der Inhaftierte XR unter dem Vergrößerungsglas der Einzelanalyse als ein schwieriger Fall erweisen würde. Er war offensichtlich entschlossen, mir keinerlei Einsicht in seine Psyche zu gewähren, die dem widersprechen könnte, was er als das einzige, wirklich wichtige Ziel unserer Sitzungen sah, nämlich seine schnelle Verlegung vom Chapel Syke in den offenen Strafvollzug und seine anschließende vorzeitige Entlassung.

Sie mochte eine lausige Schriftstellerin sein, die gute Amaryllis, dachte Pascoe, aber wenigstens verstand sie sich auf ihren Job. Mal sehen, ob sie es auch schaffte, ihm wirklich auf den Pelz zu rücken. Was aber nicht sehr wahrscheinlich war, nachdem er sich daran erinnerte, dass es Roote selbst gewesen war, der seine Aufmerksamkeit auf das Buch gelenkt hatte.

Unsere ersten Gespräche trugen daher den Charakter vorläufiger Geplänkel, deren wichtigste Funktion in seinen Augen darin lag, die Kontrolle über die Sitzungen zu gewinnen, während ich alles daransetzte, ihn davon zu überzeugen, dass ich nichts davon bemerkte. Nachdem dieser Punkt hinter uns lag, konnte ich, obwohl er immer ein hohes Maß an Wachsamkeit an den Tag legte, seine größere Gelöstheit nutzen, um auf einer tieferen Ebene Kontakt mit ihm aufzunehmen als dermaleinst.

Dermaleinst! Er lächelte, was ihm aber sofort verging, als er sich daran erinnerte, welch trauriges Weihnachtsfest es für die Frau sein musste, und las weiter.
Viele Hintergrundinformationen. Natürlich keine Namen oder Details, die die Identifizierung ermöglicht hätten, er fügte allerdings jene ein, die er bei seinen eigenen Recherchen zusammengetragen hatte. Familiärer Hintergrund: Mutter und Stiefvater; der Letztere ein gut betuchter Geschäftsmann namens Keith Prime, der Mrs. Roote heiratete, als Franny sechs Jahre alt war, und der bald auf die Idee kam, dass ein Teil seines Reichtums gut angelegt war, wenn er sich damit seinen Stiefsohn vom Leib hielt.
Ab dem siebten Lebensjahr Internate – erst eine Vorbereitungsschule, dann Coltsfoot College, eine progressive Privatschule in der Nähe von Chester. Irgendwann, anscheinend aus geschäftlichen Gründen, verlegten die Primes ihren Wohnsitz auf die Virgin Islands. Franny verbrachte die Ferien meistenteils bei Freunden in England, eine Praxis, die fortgeführt wurde, als er das Holm Coult-

ram College of Liberal Arts besuchte, wo seine und Pascoes Wege sich zum ersten Mal gekreuzt hatten.
Danach wurde das Ferienproblem gelöst, als er Quartier nahm im Gefängnis Ihrer Majestät Chapel Syke.
Laut Pascoes eigenen Aufzeichnungen hatte seine Mutter ihn einmal während der Untersuchungshaft besucht und danach ihre schlechte Gesundheit als Grund angeführt, warum sie am Prozess nicht teilnehmen konnte. Prime war kein einziges Mal aufgetaucht. Es gab keinen Eintrag, dass die Mutter ihren Sohn im Syke besucht hätte. Dass sie ihr körperliches Gebrechen nicht nur vorschob, wurde auf die harte Tour bestätigt, denn im zweiten Jahr seiner Haftstrafe verstarb sie. Sie wurde auf den Virgin Islands beerdigt. Roote stellte keine Eingabe, um an der Beerdigung teilnehmen zu können. Es gab keinen bestätigten Kontakt zu Keith Prime.
Amaryllis Haseen war ganz offensichtlich fasziniert von der Beziehung Rootes zu seiner Mutter, seinem Vater und Stiefvater, weshalb es ihm wohl sehr leicht gefallen war, sie mit erfundenen Geschichten über seinen Vater, an den er sich noch nicht einmal erinnern konnte, an der Nase herumzuführen.

XR war eindeutig vaterfixiert, in einem Grad, der einstmals bis zur psychischen Beeinträchtigung gegangen sein musste, bevor es ihm gelang, Kontrolltechniken zu entwickeln, bei denen er durchaus auf konventionellere emotionale Strategien zurückgriff. In seinen augenscheinlich überhöhten Erinnerungen an Ereignisse, an denen sein Vater beteiligt war, neigte er bei diesem dazu, jene Qualitäten hervorzuheben, die aus dem Toten ein bewunderns- und liebenswürdiges Objekt machen, immer jedoch unterlegt mit jenem Syndrom, in dem das Gefühl des Subjekts, vom Objekt verlassen worden zu sein – auch wenn der Grund dafür der Tod ist –, sich in wütender und beleidigender Antipathie manifestiert.
Ein Beispiel für die übertriebenen Erinnerungen ist das Folgende; das Subjekt war zum Zeitpunkt dieses Vorfalls vier oder fünf Jahre alt.

XR: Wir, ich und mein Dad, gingen eines Tages in einem Park spazieren, als plötzlich ein großer Kerl aus dem Busch sprang und

ein Messer zückte. Er packte mich an den Haaren, hielt mir das Messer an die Kehle und sagte zu meinem Dad: »Gib mir deine Brieftasche, und der Junge bleibt am Leben, abgemacht.«
Und mein Dad griff in seine Jacke und zog eine riesige Pistole heraus und sagte: »Nein, du lässt den Jungen los, dafür bleibst du am Leben, so lautet die Abmachung.«
Und der große Kerl sagte: »Hey, Mann, musst ja nicht gleich so schweres Geschütz auffahren«, und ließ mich los. Und mein Dad stürzte sich auf ihn und verpasste ihm mit der Pistole einen Schlag ins Gesicht, und als er zu Boden ging, trat ihm mein Dad auf die Hand, bis er das Messer freigab.
Und der große Kerl lag auf dem Boden und schrie: »Mann, ich dachte, wir hätten eine Abmachung!«
Und mein Dad sagte: »Die Abmachung lautet, dass ich dich am Leben lasse, aber ich hab nicht gesagt, ob du dich dann noch bester Gesundheit erfreust.«

Es ist durchaus möglich, dass sich ein solcher Vorfall ereignet hat – dem Subjekt, einem kleinen Jungen, wird in einem Park Angst eingejagt, und sein Vater verteidigt ihn. Bei dieser und bei anderen Erinnerungen wird der Vater immer als »mein Dad« bezeichnet, wobei die besitzanzeigende und vertraute Abkürzung auf das tief sitzende Gefühl des Verlustes und den geradezu schmerzhaften Wunsch nach erneuter Inbesitznahme verweisen. Die Zugabe eines mit der Pistole fuchtelnden »Dirty Harry« dürfte sich im Lauf jahrelanger kreativer Erinnerungsarbeit entwickelt haben, und es steht zu vermuten, dass das Subjekt mittlerweile von der Wahrheit seiner Version völlig überzeugt ist. Interessant ist zu bemerken, dass die Qualitäten dieser ausgeschmückten Erzählung wenig mit dem Heldenmut zu tun haben, wie man ihn in Märchenbüchern findet und wie er auf einen kleinen Jungen einigen Reiz ausgeübt hätte, sondern von kühler, kalkulierender Autarkie durchdrungen ist. Es wäre interessant, die Version dieser Geschichte zu hören, die das Subjekt im Alter von, sagen wir, zehn und dann wieder mit fünfzehn Jahren erzählt hat.
Es soll hier noch die Reaktion des Subjekts wiedergegeben werden, als es darauf hingewiesen wurde, dass es seinen Vater sehr vermisst haben musste.

»Ihn vermissen? Warum sollte ich ihn vermissen, verdammt noch mal? Er hat gerade mal so viel verdient, dass wir nicht in der Gosse gelandet sind. Er war ein nutzloser Drecksack, wenn er sich so um sein Leben bringt. Ohne ihn ist es uns wesentlich besser gegangen, obwohl er uns noch nicht mal eine Rente hinterlassen hat. Glücklicherweise hat Mutter dann diesen salbungsvollen Saftsack aufgabeln können, der so im Geld schwamm, dass wir uns alles kaufen konnten, was wir wollten.«

Der Versuch des Subjekts, seinen Verlust auf ökonomische Zusammenhänge zu reduzieren, stellt eine typische Strategie zur Schmerz- und Trauerkontrolle dar, bei der die Entbehrungen der Armut gegen den Verlustschmerz eingetauscht werden. Der Vorwurf des Egoismus, mit dem der Tote bedacht wird, weil er gestorben ist, scheint in diesem Licht über eine reale, berechenbare Grundlage zu verfügen, und die Rückkehr zum Wohlstand kann dann in der Selbstsicht des Subjekts als Heilung jener Wunden projiziert werden, die durch den Verlust gerissen wurden.
Gleichzeitig wird die Quelle des neuen Wohlstands mit Misstrauen oder, in diesem Fall, mit an Hass grenzender Aversion beäugt. An ödipaler Eifersucht ließ sich kaum etwas finden – das Subjekt bezeichnete seine Mutter immer einfach nur als »Mutter«, niemals als »Mum«, belegte sie nie mit einem anderen Diminutiv oder dem Possessivpronomen und erzählte auch nie Anekdoten, in denen sie etwas anderes als eine funktionale Präsenz innehatte – die immer wiederkehrenden, ausschließlich pejorativen Beschreibungen seines Stiefvaters müssen daher dem Empfinden des Subjekts zugeschrieben werden, den Reichtum seines Stiefvaters als Kritik am Versagen seines leiblichen Vaters und dessen Unvermögen aufzufassen, für die Familie zu sorgen, sowie seiner Entschlossenheit, dem Neuen keinesfalls den Platz des Verstorbenen einzuräumen.

Es gab noch wesentlich mehr davon, Pascoe konnte sich das Gähnen nicht verkneifen. Was hatte der Klappentext versprochen? Dass man sich darauf gefasst zu machen hatte, *zutiefst schockiert und empört zu sein!* Es war die Gefahr vergessen worden, dass man sich zu Tode langweilte.

Der Kurztext zur Autorin ließ darauf schließen, dass Haseen als seriöse akademische Psychologin auf einige Erfolge zurückblicken konnte, doch selbst das erschien Pascoe nicht als erwiesen, wenn man sah, wie sie alles, was Roote ihr an Erinnerungen an seinen Vater als Köder hinhielt, mitsamt Haken, Leine und Schwimmer geschluckt hatte.

»Freut mich zu sehen, dass wenigstens eines meiner Geschenke nicht umsonst gewesen war«, sagte Ellie, die unbemerkt zurückgekehrt war.

»Könnte ein Meisterwerk der Komik sein, wenn es nicht so dröge wäre«, sagte Pascoe. »Wie geht's deiner Mum?«

»Gut. Sagt sie zumindest. Kann nicht so sehr viel Spaß machen, wenn man mit Leuten Weihnachten feiert, die nicht wissen, welcher Tag heute ist, geschweige denn, wer sie sind.«

»Passiert doch überall im Land«, sagte Pascoe. »Tut mir Leid. Du hast Recht, es kann keinen Spaß machen. Aber jedenfalls ist sie doch morgen bei uns. Wir werden dafür sorgen, dass sie eine schöne Zeit erlebt. Dein Dad, ist er …?«

»Wunderheilungen gibt es nicht, Pete«, sagte sie. »Oder, falls doch, dann kommen sie für ihn leider zu spät. Es ist wirklich beschissen, was? Man verliert jemanden und kann um ihn noch nicht mal richtig trauern, weil er offiziell noch nicht tot ist.«

»Ich weiß, ich weiß«, sagte Pascoe. Er stand auf, schenkte einen Drink ein und brachte ihn Ellie. Bevor er ihn ihr überreichte, umarmte er sie und zog sie zu sich heran. Nach einer Weile entwand sie sich und nahm ihm das Glas ab. »Danke. Das hat gut getan. Und das auch.«

»Gehört zum Service«, sagte er. »Aber tu mir einen Gefallen: Wenn du mal wirklich Hilfe suchst, dann geh nicht zu Ms. Amaryllis Haseen!«

»Nein? Von ihrem Geschlecht mal abgesehen, welche objektiven Fakten kannst du für diese Rufschädigung gegen eine kompetente, hoch renommierte Wissenschaftlerin vorbringen?«

Pascoe versuchte festzustellen, wie viel Eigenironie in Ellies Äußerung lag, konnte aus ihrer Miene nichts herauslesen und beschloss, kein Blatt vor den Mund zu nehmen.

»Vielleicht bin ich ein wenig hart«, sagte er. »Franny hat schon andere aufgeweckte Leute in die Irre geführt. Hör dir das an: *Das Subjekt bekundete eine umfassende mentale Ignoranz hinsichtlich der Interpretation des offenkundig zunehmend exzentrischen Verhaltens seines Vaters. Er sagte: ›Alles, was mein Vater tat, wurde ihm von meiner Mutter nie angerechnet, im Gegenteil, sie hat es absichtlich falsch aufgefasst. Wenn er von zu Hause fort war und sich auf einer seiner gefährlichen Missionen befand, von denen er uns nichts erzählen durfte, wurde sie sehr wütend und sprach davon, dass er mal wieder abgehauen sei und sich mit seinen Weibern und seinem Schnaps rumtreibe. Sie weigerte sich sogar, mit ihm nach London zu fahren, als ihm ein Orden verliehen wurde. Er wollte mich mitnehmen, aber das ließ sie nicht zu, ich weiß nicht, warum.‹* Und Ms. Haseen nimmt das für bare Münze! Ich weiß, wie gut Roote andere manipulieren kann, aber ein Profi sollte so was doch durchschauen.«

»Was lässt dich so sicher sein, dass er sie manipuliert?«, fragte Ellie.

»Was? Ach, du meinst, dass Roote Senior wirklich ein MI5-Undercover-Agent war, der tapfer im Kampf gestorben ist? Gut, dann will ich dir die Augen öffnen.«

Er griff sich seine Akte und blätterte durch die Papiere.

»Hier haben wir es ja, Rootes Vater war ein Beamter, ist gestorben, als sein Sohn zwei Jahre alt war. Bestätigt, was Roote in seinen Briefen mehrmals selbst äußert – er hat seinen Vater so früh verloren, dass er keinerlei Erinnerungen an ihn hat.«

»Was ist das denn, Peter?«, sagte Ellie und starrte auf die Akte.

»Das?«, sagte Pascoe, dem plötzlich einfiel, dass Dalziel nicht der Einzige mit scharfen Augen war, vor dem man wohlweislich gewisse Dinge am besten verbarg. »Ach, nur ein paar Notizen über Roote, die ich rumliegen habe. Scheint mir ganz vernünftig zu sein, darin die Briefe aufzubewahren.«

»Für ein paar Notizen sieht das aber sehr umfangreich aus«, sagte Ellie. »Und die Notiz, aus der du das Zeug über Roote Senior hast …?«

»Na ja, das ist eigentlich die Kopie von Rootes College-Akte, lediglich Hintergrundmaterial …«

»Du meinst, vom Holm Coultram College?«, sagte Ellie. »Diese Aufzeichnungen sind vertraulich!«

»Komm schon! Er galt als Verdächtiger in einem schwer wiegenden Fall.«
»Ach ja. Du hast nicht zufällig auch noch gleich meine Akte kopiert, oder?«
»Nein, richtig subversives Material bewahre ich in der Dienststelle im Safe auf«, sagte Pascoe.
Sie lächelte, nur ein wenig gezwungen, nachdem ihr eingefallen war, dass trotz allem Weihnachten war.
»Genug der Fachsimpelei«, sagte sie. »Ich dachte mir, wir beginnen relativ früh mit der Fütterung, damit wir die Kalorien wieder abmarschieren können, solange es noch ein wenig hell draußen ist, okay?«
»Nichts dagegen«, sagte Pascoe. »Ich schau mal raus, um mir mit den beiden Ungeheuern ein wenig den Appetit anzuregen.«
»Bring Rosie einen Schal mit. Sie ist schon ganz blau angelaufen, aber sag ihr das nicht, sonst besteht sie drauf, sich noch auszuziehen, um dir zu beweisen, dass ihr nicht kalt ist.«
»Kann mir gar nicht vorstellen, von wem sie das hat«, sagte Pascoe. Er erhob sich, in der einen Hand *Dunkle Zellen*, in der anderen seine Akte, die er hochhob, als er zur Tür eilte. »Siehst du, kaum was drin! Ich weiß, ich bin vielleicht etwas besessen von dem Kerl, aber ist es nicht zweckmäßig, ihn ein wenig im Auge zu behalten, wenn er mich schon zum Lieblingsadressaten seiner Briefe erkoren hat?«
Zu seiner Überraschung antwortete Ellie: »Vielleicht hast du Recht. Hör zu, und das ist für heute das Letzte zu diesem Thema! Entweder lässt du die Sache, oder du machst sie richtig. Grab so tief du kannst, und wenn du schon dabei bist, könntest du über Ms. Haseen auch mal den professionellen Rat von Pottle einholen, statt nur rumzulaufen und über sie herzuziehen. Rosie, Liebes, was gibt es?«
Ihre Tochter war ins Zimmer geplatzt und stellte ihre beste indignierte Miene zur Schau.
»Es ist die Pfeife«, sagte sie. »Ich glaube, sie ist kaputt.«
»Wieso denn?«
»Ich höre nichts.«
»Aber du sollst ja auch gar nichts hören.«

»Aber ich glaube, Tig hört sie auch nicht. Ich pfeife und pfeife, und er folgt überhaupt nicht.«

Ellie ließ ihrem breit grinsenden Ehemann einen scharfen Blick zukommen und sagte: »Ich weiß genau, was du meinst, Liebling. Aber das heißt nicht, dass Tig sie nicht hören kann. Es liegt nur daran, dass Rüden sehr halsstarrig sein können, und manchmal musst du dich ziemlich anstrengen, wenn du willst, dass sie auch nur die einfachsten Dinge tun. Nimm doch deinen Dad mit, der kann dir helfen. Ich denke, der ist Experte auf diesem Gebiet.«

at Bowler, nicht unbedingt ein Freund der Literatur, obwohl er diesbezüglich durchaus Fortschritte erzielte, weil er mit Rye Pomona mithalten wollte, hätte wohl nur schwerlich den Satz »wenn mit seinem eigenen Pulver der Feuerwerker auffliegt« erläutern können, obwohl er nur zu gut wusste, was er bedeutete.
Weihnachten hatte ihn vor ein Problem gestellt. Seine Eltern erwarteten, dass er nach Hause kam. Er, das einzig unverheiratete der vier Kinder, hatte sich darauf gefreut, zumindest ihr Unbehagen über seine anhaltende Partnerlosigkeit zu lindern, indem er ihnen Rye vorführte, bei der man hätte erwarten dürfen, dass sie, keiner eigenen Familie verpflichtet, sofort die Gelegenheit ergriff und das Julfest beschwingt mit den Bowlers verbringen wollte.
Stattdessen hatte sie seine Einladung glattweg abgeschlagen. Er hatte ihre Absage zunächst als taktischen Schachzug gesehen, als (wie er hoffte) boshaften Schlusspunkt der Phase, in der sie ihm das Leben schwer machte, weil er, ihrem Wunsch widersprechend, den Einbruch gemeldet hatte. Daher hatte er gewartet, bis sie sich aus dem Augenblick maximaler Nähe lösten, und hatte dann seine Einladung wiederholt.
Sie rollte sich von ihm weg und sagte: »Hat, hörst du mir nicht zu? Ich sagte, nein danke, ich habe keine Lust auf ein großes Familienweihnachten, kapiert? Aber ich verstehe, dass sich deine Eltern und deine Brüder und Schwestern und ihr Nachwuchs darauf freuen, dich zu sehen. Und ich freue mich genauso, vielleicht sogar noch mehr, wenn du wieder zurück bist. Aber mach aus mir keine kleine Waise Annie, die draußen im Schnee steht, während alle anderen drinnen im Warmen sitzen und es sich gut gehen lassen. Ich kann Weihnachten wunderbar allein feiern.«
Er spürte, dass sie keinen Widerspruch mehr duldete, und sah von weiteren Protesten ab. Aber später hatte er darüber gebrütet und beschlossen, auch sie müsse allmählich lernen, dass er seinen Kopf

durchsetzen konnte. Nahm man von einer großen Familie, die es sich gut gehen ließ, ein Mitglied weg, blieb nach wie vor eine große Familie, die es sich gut gehen ließ. Aber zog man von zwei Liebenden einen ab, blieben zwei unglückliche Menschen zurück.

Er kreuzte also die Finger, zog sein Handy heraus, sah sich kurz um, ob er den CID-Raum für sich allein hatte, und rief, bevor er es sich anders überlegen konnte, die Nummer seiner Eltern an.

Er spulte seine sorgfältig präparierte Lüge herunter, erzählte, dass er bei der Lotterie, wer an Weihnachten Dienst schieben musste, verloren hatte, und spürte bereits die Enttäuschung seiner Mutter, noch bevor sie sie zu verbergen suchte. Und als er das Handy weglegte, fühlte er sich wie der schlimmste Verbrecher, der alles verdiente, was ein gichtkranker Richter ihm aufbrummen konnte.

Und es schien, dass Gott dem zustimmte.

»Na, das ist aber schön«, hörte er Sergeant Wields Stimme hinter sich. »Hab gerade gehört, dass Seymour mit einer Grippe im Bett liegt, muss also entscheiden, ob Sie oder Novello über Weihnachten seinen Dienst übernehmen, und was finde ich hier, einen Freiwilligen! Gut gemacht, Bursche.«

»Kommen Sie, Sarge«, sagte Hat verzweifelt. »Fragen Sie Novello doch wenigstens. Vielleicht ist ihr Neujahr lieber.«

»Nein, nein, ein gutkatholisches Mädel wie sie will an Weihnachten freihaben.«

»Gut katholisch! Sie wissen, dass sie mit diesem riesigen vollbärtigen Sergeant vom Bahnschutz was hat, und der ist verheiratet und hat vier Kinder.«

»Das muss sie schon mit sich und Vater Kerrigan ausmachen, der bei der Beichte zweifellos einen wortgewandten Bericht präsentiert bekommt, sparen wir uns also die religiösen Vorurteile, was?«

»Aber, Sarge ...«, begann Hat flehentlich. Dann sah er in die Felslandschaft von Wields Gesicht und erkannte, dass ihn dort nichts anderes erwartete als eine harte Landung.

Er nahm seine wohlverdiente Strafe auf sich und quittierte DC Novellos Dankbarkeit, als sie hörte, dass er freiwillig für sie einsprang, mit einer selbstverleugnenden Grimasse und Ryes Mitgefühl mit einem gelassenenen Achselzucken. Einen Augenblick lang, als sie ihn aufs Sofa zog, um ihm zu zeigen, wie weit ihre Anteilnahme ging, wurde er sogar erneut von Schuldgefühlen geplagt, doch hielt dies nicht lange an.

Am Weihnachtsmorgen war es so ruhig, dass noch nicht einmal das Gefühl, er könnte sich hier als nützlich erweisen, ihn darüber hinwegtrösten konnte, nicht bei Rye zu sein.

Gegen elf Uhr kam Dalziel hereingeschlendert, auf leisen Sohlen, während er »God Rest Ye Merry, Gentlemen« pfiff. Er nickte zustimmend, als er den Papierberg sah, den Hat von der einen zur anderen Seite geschafft hatte, und sagte: »Genau, Bursche, nutze die Gunst der Stunde.«

»Ja, Sir. Gibt für uns also noch nichts zu tun?«

Der Dicke lachte, kratzte sich am Sack wie ein Pfadfinder, der ein Feuer zu entzünden versuchte, und sagte: »Mach dir da mal keine Sorgen, Junge. Es ist noch früh. Viele dort draußen haben große Mühen auf sich genommen und sind meilenweit gefahren, um ihre Nächsten und Liebsten auf Schlagdistanz zu haben, und bald ist es so weit, dann wird angepfiffen. Man macht die Päckchen auf, die Spannung steigt, verschwindet kurz ins Pub, um ein paar sedative Bierchen einzunehmen, kommt eine Stunde später gut gelaunt zurück, der Truthahn ist verbrannt, der Pudding hart wie Stein, die Kinder greinen, Schwiegermütter warten mit scharfen Kommentaren auf – ein Pulverfass, und alles kann der auslösende Funke sein. Hatten vor ein paar Jahren einen Kerl, der mit einem Tranchiermesser drei Leuten die Kehle aufgeschlitzt hat, und nur, weil seine Liebste sagte, er veranstalte mit dem Vogel ein Massaker, warum lasse er es nicht einfach ihren Dad machen?«

»Aber bei solchen Dingen wird man doch nicht gefordert. Ich meine, man muss ja keinen kriminalistischen Spürsinn mitbringen!«

»Wie man das aus den Krimis kennt? Auf diese aufgeblasenen Schreiberlinge darfst du nichts geben, Bursche. Was wissen die denn schon? Die meisten von denen kotzen sich doch die Seele aus dem Leib, wenn sie mal ein bisschen richtiges Blut sehen.«

Hats Bekanntschaft mit aufgeblasenen Schreiberlingen beschränkte sich auf Ellie Pascoe und Charley Penn. Seine Aversion gegen Letzteren war so stark, dass sie seine Sympathie zur Ersteren völlig in den Schatten stellte, sodass er enthusiastisch zustimmend nickte, was wahrscheinlich sowieso kein schlechter Zug für seine Karriere war. Der Gedanke kam ihn, wieso der Dicke, der die Peitsche knallen und alle Tiere im Ring herumgaloppieren ließ, überhaupt an Weihnachten anwesend war. Eine Katastrophe im Privatleben? Oder ein plötzlicher Anfall von Altruismus? Hat hielt es nicht für besonders klug, sein Glück herauszufordern und ihn danach zu fragen.

Tatsächlich hatten weder Unglücksfälle noch edelmütiges Betragen die Entscheidung des Dicken beeinflusst, an Weihnachen Dienst zu schieben. Amanda »Cap« Marvell, seine Holdeste, verbrachte den Feiertag bei ihrem Sohn, dem Lieutenant Colonel Pitt-Evenlode MC (dem Helden, als den Dalziel ihn bezeichnete), der schließlich doch noch eine Frau gefunden hatte, die sich von seinen Heldentaten so wenig beeindrucken ließ, dass sie in Betracht zog, seine Frau zu werden. Dalziel war nicht eingeladen.

»Hast du Angst, dass ich sie vergraule?«, hatte Dalziel gefragt.

»Hab eher Angst, dass ich zu viel von dem Blubberzeug trinke und dir dann unter dem Tisch an die Wäsche gehe, was die anderen vergraulen könnte«, hatte Cap in ihrer netten Art geantwortet.

»Spar dir das Blubberzeug für den zweiten Weihnachtsfeiertag auf«, hatte er erwidert und dann seinen höheren Beamten mitgeteilt, sie könnten allesamt Weihnachten bei ihren Familien verbringen, denn er würde reinkommen und er wäre so viel wert wie sechs von ihnen.

Er kehrte nun in sein Büro zurück, öffnete das riesige Glas eingelegter Walnüsse, das er am Morgen in einer seiner Socken gefunden hatte, schenkte sich einen gesunden Schluck aus der Flasche Highland Park ein, die in der anderen gesteckt hatte, und ließ sich mit *Die letzten Tage von Pompeji* nieder, während sein Funkgerät im Hintergrund sanft vor sich hin plapperte. Die Minuten vergingen, Seiten wurden umgeblättert, der Whisky und die Walnüsse schwanden, und das Funkgerät verkündete, wie vorhergesagt, die Ausbreitung des fröhlichen Weihnachtschaos, je weiter es majestätisch auf die Ansprache der Queen zuging.

Das Chaos hatte sich bislang auf den »häuslichen« Bereich beschränkt, was hieß, dass bislang nur Schürf- und Schnittwunden und gelegentlich ein Beinbruch gemeldet wurden, was alles in die angestammten Jagdgründe der Uniformierten fiel, die von Minute zu Minute mehr beansprucht wurden.

Dann, wie ein Fisch am Angelhaken, spürte der Dicke, wie seine Aufmerksamkeit vom Kampanien des ersten nachchristlichen Jahrhunderts ins Mid-Yorkshire des einundzwanzigsten Jahrhunderts gerissen wurde.

»Ruhestörung im Church View House, Peg Lane. Gemeldet von einer Mrs. Gilpin, Apartment vierzehn. Klingt mal wieder nach einem Besoffenen. Kann das jemand aufnehmen?«

Dalziel legte das Buch zur Seite, packte sich das Funkgerät und sagte: »Tommy, die Sache in der Peg Lane, die übernehme ich.«

»Sie?« Der Sergeant konnte seine Überraschung nicht verbergen. »Ist doch nur Ruhestörung, Sir …«

»Ich weiß, aber es ist die Zeit der Gefälligkeiten, und ich hör doch, dass eure Jungs ein wenig überlastet sind. Also übernimmt das CID das. Es sei denn, ihr seid zu stolz dafür …«

»Nein, nein, Sir. Die Sache gehört Ihnen, gern!«

Dalziel schaltete aus und bellte: »Bowler!«

Fünf Sekunden später erschien Hat an der Tür, durch die Dalziel gerade stürmte.

Hat sprang zur Seite und stürzte dem Dicken hinterher, der die Treppe hinabraste.

»Sir«, keuchte er. »Was ist los?«

»Wahrscheinlich nichts, aber ich kann ein wenig frische Luft vertragen. Du fährst.«

Im Wagen fragte Hat: »Wohin?«

»Peg Lane.«

»Peg Lane? Da wohnt Rye!«

»Aye. Und zum Church View, da wollen wir hin. Ruhestörung. Gemeldet von deiner Bekannten Mrs. Gilpin. Und ich frage mich, ob der Ruhestörer nicht unser alter Freund Charley Penn sein könnte. Mein Gott, Bursche, das ist die Stadt, in der ich wohne, nicht Le Mans!«

Hat hörte ihn nicht. Er schickte den Wagen durch die dankenswerterweise leeren Straßen und erinnerte sich an seine wilde Fahrt einige Monate zuvor, als er Rye zu Hilfe geeilt war. Konnte ein Blitz zweimal einschlagen? Konnte der zweite Anschlag tödlich sein …?
Die Peg Lane lag relativ zentral, sodass die Fahrt keine fünf Minuten dauerte, die Hat jedoch wie eine Stunde vorkamen. Die schmale Straße zwischen den terrassenförmig angelegten Häusern und der Kirche aus dem achtzehnten Jahrhundert, die Ryes Gebäude den Namen gegeben hatte, lag so ruhig da, als sei sie eine ungenutzte Filmkulisse. Würde man die geparkten Autos entfernen, hätte man eine Episode aus *Emma* drehen können.
Oben ging ein Fenster auf, eine Frau mit einer gelb-roten Papiermütze auf dem Kopf lehnte sich heraus und sagte: »Ich komm nicht raus. Es ist jetzt sehr ruhig, aber er ist noch nicht fort.«
»Wer?«, wollte Dalziel wissen.
»Er. Der Verrückte, nach dem Ihr Bursche schon mal gefragt hat.«
Sein Bursche, fiel Dalziel auf, war bereits im Gebäude verschwunden.
Mit einem milden Fluch über die Impulsivität der Jugend folgte Dalziel.
Auf flachen Kurzstrecken stellte sein massiger Körper keinerlei Geschwindigkeitsbeeinträchtigung dar, bergauf allerdings ließ er es ruhiger angehen und achtete darauf, nicht auf dem letzten Loch pfeifend wie ein ausgeleierter Dudelsack anzukommen.
Auf dem ersten Treppenabsatz legte er eine Pause ein. Über sich hörte er ein Klopfen wie einen Donnerhall und Bowlers brüllende Stimme. »Rye! Rye! Bist du da?«
Leicht ächzend setzte er seinen Aufstieg fort.
Als er den nächsten Treppenabsatz erreicht hatte, sah er Charley Penn an der Wand neben der Tür kauern, von der Bowler wie ein zerquetschter Squashball wiederholt abprallte. Da er fürchtete, Penn sei von Bowlers Fäusten in diese Stellung gebracht worden, packte er den ergrauenden Haarschopf des Schriftstellers und hob dessen Kopf an. Zu seiner Erleichterung zeigte das schlaffe, schwammige Gesicht mit den trüben Augen keinerlei Anzeichen körperlicher

Gewaltanwendung, dafür sämtliche Spuren alkoholischer Beeinträchtigung.
Den nächsten Ansturm gegen die Tür unterband er, indem er den DC festhielt.
»Du solltest lieber dein Köpfchen benutzen, Bursche«, sagte er.
»Dein Mädel hat das Schloss ausgewechselt, oder?«
»Ja, und es ist abgesperrt und der Riegel vorgeschoben, das heißt, sie ist drin, oder?«, schrie Hat.
»Aye, und wahrscheinlich hat sie Angst, weil dieser Idiot hier rumgehämmert und rumgebrüllt hat. Warum glaubst du also, dass sie sofort aufmacht, wenn ein anderen Idiot anfängt, rumzuhämmern und rumzubrüllen?«
Ein gutes Argument, das Hat einzuleuchten schien, bis die Tür zu Mrs. Gilpins Wohnung aufging und die rot-gelbe Papiermütze zum Vorschein kam.
»Ist es jetzt sicher?«, sagte Mrs. Gilpin. »Ich hab es ja gesagt, als ich bei der Polizei anrief, da ist wahrscheinlich eine bewaffnete Sondereinheit nötig, einen solchen Radau hat er veranstaltet. Sie haben ihn doch nicht erschossen, oder?«
»Nur einen Betäubungspfeil abgegeben, Liebes«, sagte Dalziel.
»Sie haben angerufen? Nicht Rye?«, brüllte Hat.
Und erneut hämmerte er gegen die Tür, bis Dalziel ihn in den Schwitzkasten nahm.
»Missus«, sagte er, »würden Sie so freundlich sein und sacht gegen die Tür klopfen und Ms. Pomona sagen, wer Sie sind, und sie bitten, aufzumachen, falls sie nichts dagegen hat. Danke.«
Vorsichtig trippelte Mrs. Gilpin um die zusammengesackte Gestalt von Penn herum und tat wie ihr geheißen.
Nach einer geraumen Weile hörten sie das Schloss schnappen, langsam schwang die Tür auf.
Rye stand vor ihnen; Dalziels erster Gedanke war, dass sie nichtsdestotrotz angegriffen worden war.
Sie trug einen Bademantel und, soweit er sehen konnte, sonst nichts. Ihr Gesicht war so blass wie der Tod, mit Ausnahme der beiden schwarzen Höhlen, aus denen ihre Augen stierten wie die einer

Gefangenen, die nicht wusste, ob sie in die Freiheit oder zur Hinrichtung geführt wurde.

Dann erkannte sie Hat, und ihre Gesichtszüge begannen derart zu strahlen, dass sogar Dalziels hyperboreisches Herz dafür empfänglich war und er sich ein warmes Glühen eingestehen musste.

Er lockerte seinen Griff und sah mit neidischem Bedauern, wie der Junge vorwärts stürzte und die Arme um das Mädchen schlang.

»Ich wusste, dass du kommst«, sagte sie und brach in seinen Armen zusammen. »Ich hatte solche Träume ... es war so schrecklich ... aber ich wusste, dass du kommst ...«

»Ich werde immer kommen«, sagte Hat inbrünstig. »Ich bring dich rein.«

Halb trug er sie in die Wohnung.

»So geht's mir immer«, sagte Dalziel zu Mrs. Gilpin. »Ich bekomm den Anruf und ein anderer das Mädel. Danke für Ihre Hilfe, Liebes. Sie können jetzt zur Ihrer Party zurück. Fröhliche Weihnachten.«

Widerstrebend zog sich die Frau hinter ihre Tür zurück, die sie einen Spaltbreit offen ließ, bis Dalziel sie mit seinem finsteren Blick schloss. Dann wandte er sich an Charley Penn, der Anzeichen von Wiederbelebung zeigte. Der Dicke zerrte ihn zur Treppe und kettete ihm den linken Arm mit einer Handschelle an das Metallgeländer.

Er richtete sich auf, von unten hörte er Schritte. Als er hinabblickte, sah er eine Frau hochkommen. Sie war in den Dreißigern, hatte modisch kurzes Haar und ein freundliches rundes Gesicht, das wie geschaffen schien, Besorgnis auszudrücken, was sie auch tat, als sie den Gefesselten und seinen bedrohlichen Wärter erblickte.

»Polizei«, sagte Dalziel. »Wer sind Sie?«

»Mrs. Rogers, Myra Rogers. Ich wohne hier ...« Sie zeigte auf die Tür gegenüber Ryes Wohnung, neben Mrs. Gilpin. »Was ist los?«

»Nur ein Betrunkener, der hier ein wenig Wirbel veranstaltet hat. Sie haben nichts gehört?«

»Nein. Ich war unterwegs ...« Ihr Blick schweifte zu Ryes offener Tür. »Mit Miss Pomona ist alles in Ordnung?«

»Glaube schon. Kommt Ihnen dieser Mann hier bekannt vor?«

»Vage. Könnte der sein, den ich an diesem Samstagmorgen gesehen habe – nach dem der junge Polizist bereits gefragt hat, Ryes Freund, das habe ich aber erst später erfahren. Mit ihr ist bestimmt alles in Ordnung?«

»Aye, geht ihr großartig«, sagte Dalziel. »Der junge Hat ist bei ihr. Sie kennen sie gut?«

»Halbwegs ... noch nicht sehr lange ... eigentlich erst seit dem Tag, Sie wissen schon, als sie zurückkam und diese ganze Aufregung war ... es ist für uns beide wohl ganz gut, wenn wir als allein stehende Frauen wissen, dass eine Freundin nebenan wohnt ... damit man sich sicher fühlen kann ...«

Sicherer als mit Mrs. Gilpin, schätzte Dalziel. Hinter ihrer Schüchternheit lag eine gewisse Kompetenz. Eine Witwe? Geschieden? Spielte keine Rolle. Jedenfalls lebte sie wohl lange genug allein, um zu wissen, dass sie damit zurechtkam. Nicht dass man ihr keine Angebote machte. Sie hatte kein Gesicht, das einem im Gedächtnis haften blieb – auch wenn an ihr etwas war, was ihm bekannt vorkam –, bei näherer Betrachtung jedoch fehlte es ihren sanften braunen Augen und ihren weichen, runden Gesichtzügen nicht an Attraktivität.

»Geht nichts über gute Nachbarschaft, wenn man sich sicher fühlen will«, sagte er. »Schön, Sie kennen gelernt zu haben, Missus. Frohe Weihnachten.«

Die Frau erreichte den Treppenabsatz, schob sich argwöhnisch an Penn vorbei und ging in ihre Wohnung.

»Rühr dich nicht vom Fleck, Charley«, sagte Dalziel.

Er schritt durch Ryes Tür.

Nichts deutete auf Unordnung hin, was seine Überzeugung bekräftigte, dass Penn die Wohnung nicht betreten hatte. Hat hatte Rye auf einem Sofa abgelegt und versuchte eine volle Flasche Wodka in ein Weinglas zu schütten. Das Mädchen hatte sich so weit erholt, um unter dem anerkennenden Blick des Dicken den Morgenmantel schützend zurechtzuziehen.

»Kein Grund zur Beunruhigung, Liebes«, sagte er. »Wenn du eine gesehen hast, hast du auch zwei gesehen. Danke, Junge.«

Er nahm Hat das Glas aus der Hand, leerte es mit einem Zug,

schüttelte sich und sagte: »Kein Wunder, dass die Russkis nur Stuss reden. Mach dem Mädel eine Tasse Tee. Einen starken, mit viel Zucker.«

Eine Sekunde lang sah Hat aus, als wollte er sich dem Dicken widersetzen, doch es reichte, dass Dalziel ein wenig die Augen zusammenkniff, um ihn in die Küche verschwinden zu lassen.

»So, Ms. Pomona«, sagte der Dicke und verhalf sich zu einem weiteren Schluck Wodka. »Nur ein paar Fragen auf die Schnelle. Hat Charley Penn heute Ihre Wohnung betreten?«

»Penn?« Verwirrt sah sie ihn an. »Nein. Wieso?«

»Es wurde an Ihre Tür gehämmert. Haben Sie jemanden gegen Ihre Tür poltern gehört?«

»Ich habe geschlafen ... ich habe mich heute Morgen nicht besonders wohl gefühlt, ich hatte wieder diese fürchterlichen Kopfschmerzen, deshalb nahm ich einige Tabletten und ging ins Bett. Ich habe Lärm gehört, ja, aber ich dachte, es war in meinem Traum ... Ich träumte davon, wieder draußen am Stang Tarn zu sein ... alles ging durcheinander, der Lärm, alles ... sogar als ich aufwachte, wusste ich nicht, ob ich nur träumte, dass ich aufwache ... aber dann hörte ich Mrs. Gilpin ... es war doch Mrs. Gilpin, oder?«

»Aye. Sie haben sich also nicht besonders wohl gefühlt, sind ins Bett, hatten einen Albtraum, so kann man das zusammenfassen?«

Sie schüttelte den Kopf, nicht um ihm zu widersprechen, sondern um die Gedanken zu ordnen, und sagte mit festerer Stimme: »Ja, ich glaube schon. Mr. Dalziel, es tut immer gut, Sie zu sehen, aber warum sind Sie hier?«

Allmählich erwachte sie aus ihrer Benommenheit.

Hat kam mit einer dampfenden Tasse zurück.

»Das wird der junge Bowler erklären«, sagte Dalziel. »Ich hab draußen noch jemanden warten.«

Hat blickte dankbar zum Dicken, der ihm tonlos »fünf Minuten« zuraunte und dann ging.

Draußen musste er feststellen, dass Penn sich übergeben hatte.

Dalziel löste ihm die Handschellen und halb führte, halb zerrte er ihn die Treppe hinab. Auf der Straße traf der schneidende Ostwind

den Romanschreiber wie ein Kübel kalten Wassers. Er schwankte einen Moment, dann versteifte er sich gegen die Brise.
Dalziel nickte zustimmend. »Wieder im Reich der Lebenden, Charley?«
»Zumindest in diese Richtung unterwegs. Du hast nicht zufällig einen Flachmann in der Tasche, Andy?«
»Aye, und da bleibt er auch.«
»Können wir uns nicht wenigstens in deinen Wagen setzen?«
»Mit der Kotze, die dir überall am Jersey klebt? Du machst Witze.«
»Dann verhaftest du mich also nicht?«
»Hast du was angestellt, weswegen ich dich verhaften sollte?«
Penn versuchte zu lachen, änderte es zu einem Husten um und dann zu einem trockenen Würgen.
»Woher soll ich das wissen?«, keuchte er. »Kann mich seit dem Mittagessen nicht mehr an viel erinnern.«
»Das du wo zu dir genommen hast?«
»Geht dich nichts an.«
»Nein? Lass mich raten.«
Es war nicht schwierig. Penns Mutter (ursprünglicher Name Penck) lebte in einem aus reinem Wohlwollen zur Verfügung gestellten Cottage auf Lord Partridges Anwesen Haysgarth. Ihrer Meinung nach habe ihr Sohn seine teutonische Herkunft verraten, wohingegen er ihre Kratzfüße und Bücklinge gegenüber den Partridges verachtete.
»Du hattest«, fuhr Dalziel fort, »draußen auf Haysgarth eine gute alte traditionelle *Weihnacht* bei deiner guten alten traditionellen *Mutti* verbracht, aber weil du nicht mit ansehen wolltest, wie sie vor Budgie Partridge einen Kotau nach dem anderen hinlegt, und weil dir ihr Gerede auf die Nerven ging, wie sehr dein Dad in seinem Grab herumeiern würde, wenn er mit ansehen müsste, wie sein Sohn zu einem Engländer geworden ist, musstest du dir mit Schnaps oder einem anderen Fusel die Birne zuknallen. Dann bist du hierher, um andere mit deinem Weltschmerz zu beglücken. Wir werden uns nicht damit befassen, wie du hierher gekommen bist, aber wenn mir was zu Ohren kommen sollte, dass zwischen hier und Haysgarth

Leichen rumliegen, menschliche oder tierische, dann werde ich deinen Bauch als Trampolin benutzen, bis du deine Rippen auskotzt. Wie hört sich das an, Charley?«

»Nette Geschichte, leider lässt der Stil zu wünschen übrig. Andy, wenn ich nicht verhaftet bin, dann gehe ich jetzt, bevor ich mir hier in der Kälte den Tod hole.«

»Solange dir klar ist, dass das niemanden auch nur die Bohne interessiert, Charley, außer vielleicht deine Verleger, und die denken auch nur an ihren Profit. Sogar deiner alten *Mutti* würde dabei wahrscheinlich nichts anderes einfallen, als dich in einen von diesen toten Kraut-Helden zu verwandeln, mein Sohn, der teutonische Barde, der jetzt irgendwo in Walhalla sitzt und den Göttern ein Abendständchen singt. Das macht ihr gefühlsduseligen Krauts doch mit euren Toten? Wenn sie zu tot sind, um sich noch zu wehren, verwandelt ihr sie in etwas, was sie nie waren. Hoffentlich geht dir das jetzt endlich in deine dicke Nudel, Charley: Dein Kumpel Dick Dee war ein kranker, bösartiger Dreckskerl, und wenn dir das nicht in den Schädel will, dann solltest du lieber hier draußen bleiben, bis du dir eine Lungenentzündung einfängst und ihn selber fragen kannst.«

Penn zitterte und zog seine Jacke enger um sich.

»Bist du jetzt fertig?«, sagte er.

»Vorerst.«

»Gott sei Dank. Was ist los mir dir, Andy? Ich hab dich immer als grobschlächtig und gewalttätig eingeschätzt. Aber nie als weitschweifig. Ich sag dir, was ich mir denke. Du bist ein viel zu schlaues Mastschwein, um zu wissen, dass du mit deinem Gegrunze bei mir nicht weit kommst. Wen willst du mit den vielen Worten also überzeugen? Vielleicht dich selbst? Machst du dir Sorgen, was passiert, falls eines schönen Morgens die Wahrheit durch den Briefkastenschlitz geschoben wird? Oder nicht *falls*. Sondern *wenn!* Halt die Augen offen, Andy. Halt die Augen offen. Und jetzt hau ich ab. Verdammt frohe Weihnachten noch.«

Er drehte sich um und überquerte schwankend die Straße. Als er die kleine Hinterpforte erreichte, die zum gegenüberliegenden Friedhof führte, drückte er sie auf, hob zum spöttischen Abschied die rechte Hand, ohne sich umzublicken, und verschwand zwischen den Grabsteinen.

Dalziel stand kurz nachdenklich da, schüttelte dann den Kopf, als wollte er eine Biene abschütteln, sah auf seine Uhr, beugte sich in den Wagen hinein und lehnte sich auf die Hupe.

Oben hörte Hat den Lärm und konnte sich denken, wer der Auslöser dafür war.

Das Gleiche tat Rye. »Beeil dich mal lieber«, sagte sie.

»Keine Sorge«, sagte Hat tapfer. »Er kann warten, bis ich weiß, dass du okay bist.«

Sie sah besser aus, war aber noch immer sehr blass. »Mir geht's gut, wirklich«, sagte sie.

»Du siehst nicht aus, als ob's dir gut ginge. Hast du irgendwas zu essen da?«

»Woran denkst du? Truthahnbraten samt Beilagen? Nein danke.«

»Ich könnte dir schnell ...«

Er hielt inne, während er in Gedanken sein begrenztes kulinarisches Repertoire durchging.

Erneut ertönte die Hupe.

»Ich weiß nicht, ob ich schon so weit bin, dass ich Bowlers Junggesellenküche vertrage«, sagte Rye. »Geh schon.«

Er zögerte noch immer. An der Tür klopfte es. Als er sich umdrehte, sah er sich Myra Rogers gegenüber. Er war ihr in den vergangenen Tagen einige Male begegnet. Rye schien sich mit ihr angefreundet zu haben, und Hat war froh, dass sie eine Nachbarin hatte, an die sie sich wenden konnte. Würde man Mrs. Gilpin in sein Leben lassen, könnte man sich genauso gut freiwillig für *Big Brother* melden.

»Tut mir Leid«, sagte Mrs. Rogers unsicher. »Wollte nur sehen, ob alles in Ordnung ist ... ich war weg, und als ich zurückkam und diesem schrecklichen Mann auf der Treppe begegnete ...«

»Keine Sorge, er ist zu betrunken, um irgendwelchen Schaden anzurichten«, sagte Hat.

»Ja, na ja, eigentlich meinte ich den Polizisten. Tut mir Leid, ich wollte nur fragen, ob ich was tun kann, ich wollte nicht reinplatzen ...«

Sie sah aus, als könnte ein Augenzwinkern sie in die Flucht schlagen.

Erneut die Hupe, diesmal so ausdauernd, dass sie Karl den Großen wieder nach Roncesvalles zurückbeordert hätte.

»Myra, rede keinen Unsinn. Hat muss los, und ich bin froh um die Gesellschaft. Hat, ruf mich später an. Ich vermute, wir müssen beide unsere Weihnachtsplanung ändern.«

Beruhigt, obwohl er argwöhnte, dass Rye die Frau eingeladen hatte, um ihm den Abschied zu erleichtern, rannte Hat die Treppe hinab.

Draußen saß der Dicke auf der Kühlerhaube des Wagens, der merklich Schlagseite hatte, und blickte ihn mürrisch an.

»Ich hoffe, du hast sie nicht gevögelt«, sagte er. »Zeugt von schlechten Manieren, wenn man nach dem Vögeln gleich verduftet.«

»Es ist jemand bei ihr, Mrs. Rogers von nebenan ... Wo ist Penn?«

Er hatte soeben bemerkt, dass der Schriftsteller nicht im Wagen saß.

»Fort.«

»Sie haben ihn gehen lassen?«

»Aye, ich geb dir einen Tipp, Bursche. Stell dich immer gut mit dem Sergeant vom Polizeigewahrsam. Du weißt nie, wann er dir einen Gefallen tun muss. Aber wenn du es dir mit ihm ein Leben lang verscheißen willst, dann tauchst du an Weihnachten mit einem Besoffenen auf, dem kein Blut an den Händen klebt.«

Hat betrachtete ihn bar jeglicher Dankbarkeit, was bereits an Insubordination grenzte.

»Was, wenn er zurückkommt? Sollten wir nicht wenigstens Ryes Wohnung bewachen?«

»Dafür ist schon gesorgt, Junge«, sagte Dalziel.

Mit dem Kopf deutete er auf ein Fenster im ersten Stock, wo eine rotgelbe Partymütze zu sehen war.

»Los, steigen wir ein und fahren zur Dienststelle zurück, bevor mir noch die Eier abfallen und den Asphalt durchschlagen«, sagte Dalziel.

6. Brief, erhalten: Dienstag, 27. Dez., per Post

Fichtenburg am Blutensee

Aargau
Dienstag, 18. Dezember

Lieber Mr. Pascoe,

die gestrigen Abenteuer mussten mich erschöpft haben, denn hell stand die Sonne am Himmel, als ich von Geräuschen im Chalet geweckt wurde. Ich verließ mein Schlafzimmer und fand eine junge Frau mit leuchtend roten Wangen vor, die ein anscheinend traditionelles Gewand trug, was ihr alles zusammen das Aussehen einer animierten Puppe verlieh. Sie bereitete mir das Frühstück zu. Nichts von Ihrem Müsli, sondern ein herzhaftes britisches Pfannengericht!

Meine Coppelia plauderte unablässig und unverständlich, bis sie, als sie sich daranmachte zu gehen, auf den Brief zeigte, den ich vergangene Nacht geschrieben hatte, und »Post?« sagte. Schnell kritzelte ich Ihre Adresse darauf (ausgezeichnetes Briefpapier, finden Sie nicht auch?), und fort war sie damit.

Nach dem Frühstück beschloss ich, die Umgegend zu erkunden, packte mich warm ein und machte mich auf zu einem Spaziergang durch das Anwesen.

Die zur Burg gehörenden Besitzungen sind weitläufig und pittoresk, ein Eindruck, der durch den Schneefall vergangener Nacht und den morgendlichen Frost noch verstärkt wurde. Meine Vermutung jedoch, mich in einer hoch aufragenden Alpenwildnis mit ächzenden Gletschern wiederzufinden, erwies sich als völlig falsch! Nur wenn ich nach Süden oder Westen blicke, kann ich die weißen Anhöhen des Jura erkennen, in die andere Richtung aber ist die Landschaft flacher und vorwiegend pastoral geprägt. Für jemanden, dessen Grenzen so lange aus Gefängnismauern und Sicherheitszäunen bestanden hatten, war dieses Gefühl von Weite und Raum geradezu erfrischend. Planlos schlenderte ich umher, trank von der Schönheit der frostüberzogenen Landschaft, in der jeder Baum mit glitzernden Diamanten behängt zu sein schien, die in meinem plötzlich poetisch gestimmten Geist nur die Vorboten für die Ankunft eines noch lichteren Juwels waren, der liebenswürdigen Emerald!

Zu welchem Pickelgesicht die Liebe und Lust uns rationale Denker doch machen!

Schließlich zwang die Scham, dass ich mich hier als pubertierendes Jüngelchen gebärdete statt als vernünftiger Erwachsener, meine Gedanken zurück zum wahren Zweck meines hiesigen Aufenthaltes. Ich rief mir meine Gefühle der vergangenen Nacht in Erinnerung, als ich diesen seltsamen Malereien gegenübergestanden hatte, die mich so sehr an Beddoes' Theaterstück erinnerten. Die äußeren Umstände sowie meine geistige Verfassung hätten direkt einem romantischen Schauerroman entstammen können, vielleicht, dachte ich mir, würde jetzt im Tageslicht nichts mehr davon zu bemerken sein.

Ich beschloss, dies zu überprüfen, und fand mehr durch Glück als durch Berechnung den Weg zur verfallenen Kapelle.

Wie Recht ich doch hatte. Meine Eindrücke nachts zuvor waren zu einem nicht geringen Maß verzerrt. Im Tageslicht erschien die Kapelle wesentlich kleiner, als ich sie in Erinnerung hatte, und war damit noch weiter von der »weiträumigen gotischen Kathedrale« aus Beddoes' Stück entfernt, auch gab es nichts, das der Grabkammer der Herzöge von Munsterberg entsprach, aus der der wiederauferstandene Wolfram erscheint. Und von den Fresken schien bei Tageslicht weit weniger sichtbar zu sein als im Mondenschein. Jene von mir gehegte Vorstellung, dass vielleicht Holbein oder einer seiner Schüler von Basel auf einen Sprung herübergekommen war, um hier mit den Entwürfen für seinen Totentanz zu experimentieren, löste sich in nichts auf. Ihr Stil ist recht grobschlächtig, es mangelt ihnen völlig an Holbeins Humor und Energie, die ihnen meine Vorstellungskraft in der Nacht zuvor verliehen hatte.

Dennoch ertappte ich mich bei dem Gedanken, dass Beddoes einige Zeit im Norden der Schweiz zugebracht hatte. Und sagt nicht auch Gosse in seinen Memoiren, dass er, nachdem er wegen der Unruhen von 1839 aus Zürich fliehen musste, in den benachbarten Kanton Aargau ging, wo ich mich jetzt aufhalte? Über diese Dinge brütend, schlenderte ich von der Kapelle fort, ohne sehr auf meinen Weg zu achten, bis ich schließlich oben am Kamm einer sanften Anhöhe aus dem Wald trat und sich mir ein Blick über die Burg bot. In der Ferne sah ich einen Wagen über die schneebedeckte Zufahrtstraße zum Haupteingang kriechen, und alle Gedanken über Beddoes und die Vernunft waren wie ausgelöscht.

Dies musste der Wagen sein, der Emerald zur Fichtenburg brachte. Ohne auch nur einen weiteren Gedanken zu verschwenden, rannte ich den Hang hinab, befeuert vom Wunsch, der Erste zu sein, der sie begrüßte, wenn sie ausstieg. Ich glaube, mir ging sogar die verrückte Idee durch den Kopf, vor ihr meinen Anorak auszubreiten, damit ihre zierlichen Füße nicht mit dem Schnee in Berührung kamen.

Natürlich hatte ich für meine Ungeduld zu zahlen, denn statt des edlen Ritters, der seine Dame mit gefälliger Höflichkeit begrüßt, bekamen die Insassen des Wagens einen verzweifelt um

Gelächter bemühten Hofnarren zu Gesicht, der als eine Art zappelnder Schneeball den Hang hinabrollte.

Bis ich mich wieder aufgerappelt, den größten Teil des Schnees abgeklopft und den Weg in den Vorhof gefunden hatte, luden die Neuankömmlinge bereits den Wagen aus, während Frau Buff im Eingang zur Burg stand, um sie zu begrüßen.

Mit einem Blick erfasste ich, dass Emerald nicht unter ihnen war. Wie hatte ich nur denken können, dass Emerald in einem verbeulten VW Golf Variant mit Schneeketten reiste!

Die Reisegesellschaft bestand aus drei jungen Frauen, allesamt Fremde, wobei mir jedoch die kleinste unter ihnen entfernt bekannt vorkam.

Dies und der Grund des gewaltigen Missverständnisses, unter dem ich zu leiden hatte, wurden offenbar, als wir uns gegenseitig vorstellten.

Die kleine Frau war Musetta Lupin! Sie war die Tochter, für die Frau Buff die Zimmer vorbereitet hatte. Hätte ich nur einen Gedanken daran verschwendet, hätte mir sofort klar sein müssen, dass die göttliche Emerald zum Wintersport nicht ihre Zeit und Schönheit an einen kleinen Tümpel wie den Blutensee verschwendet; sie würde ein modisches Resort mit ihrer Anwesenheit beehren, wo schöne Menschen schönen Dingen nachgingen.

Natürlich fiel es mir schwer, meine Enttäuschung zu verbergen, doch als die Mädchen (denn das waren sie; alle unter zwanzig, und keine von ihnen, so nahm ich an, sehr erfahren im Leben) mich zu ihrem von Frau Buff bereiteten Mittagessen einluden, lehnte ich höflich ab und kehrte ins Chalet zurück, um meine Wunden zu lecken. Und um Trost zu finden, indem ich diesen Brief begann.

Wie glücklich ich mich schätzen darf, jemanden wie Sie zu haben, an den ich mich mit meinen Problemen wenden kann, obwohl ich manchmal befürchte, dass mein Glück auf Ihrem Pech beruht. Was ich meine, ist, dass ein Mann Ihrer Fähigkeiten und Ihrer Liebenswürdigkeit in den Jahren seit unserem

ersten Zusammentreffen seine Schwingen ausgebreitet und weit querfeldein geflogen wäre.
Fühlen Sie sich bitte nicht gekränkt. Ich will Ihre Leistungen nicht schmälern. Für viele Polizisten in Ihrem Alter wäre der Rang eines Detective Chief Inspector eine achtbare Errungenschaft. Im Syke genossen Sie ein sehr niedriges (sprich: hohes!) Ansehen; sie galten als ein cleverer, scharfsichtiger Zeitgenosse, jemand, der nicht leicht zu hintergehen ist und bei dem es Zeitverschwendung wäre, ihn zu bestechen! Ihre einzige bekannte Schwäche ist, dass Sie zögern, Abkürzungen zu nehmen. Nicht dass man Sie für weich gehalten hätte. O nein. Hart wie Stahl, als das galten Sie, und ein Terrier, wenn Sie sich einmal festgebissen haben. Niemand könnte das besser beurteilen als ich selbst.
Zu den innigsten Wunschvorstellungen des Verbrechertums von Mid-Yorkshire gehörte, dass Sie bald abheben und Platz machen würden für jemanden, der formbarer wäre. Ich bezweifle, ob damals jemand Geld auf Sie gesetzt hätte, dass Sie nach diesen vielen Jahren immer noch Ihre gegenwärtige Position bekleiden.
Also, warum ist das so?, frage ich mich.
Könnte es sein, dass Sie wie ein eleganter Schoner, der im Lee eines riesigen, von Gefechten gezeichneten Schlachtschiffes segelt, von den stürmischen Unbilden geschützt wurden, Ihnen gleichzeitig aber auch aller Wind aus den Segeln genommen worden war? Mit anderen Worten, hat das Gute Schiff Dalziel Sie auf die eine oder andere Art an Ihrer freien, geschwinden Fahrt gehindert, die Ihnen alle vorhergesagt haben?
Damit soll keine versteckte Kritik am lieben Superintendent zum Ausdruck gebracht werden. Welchen Zweck hat es denn, dem großen Moloch im Hinterhalt aufzulauern? In den Fantasien des Verbrechertums Mid-Yorkshires ist er, was Sie nicht überraschen dürfte, der Staatsfeind Nummer eins, der Himmelhund, jener, den man am liebsten hasst.
Ach, lieber Freund, lassen Sie es nicht länger mehr zu, dass Sie

in dessen gewaltigen Schatten verborgen bleiben. Seien Sie stattdessen der schnelle Falke, der auf den Schultern des mythischen Vogels Roch sitzt, dessen mächtige Fittiche ihn so hoch wie möglich tragen – und der dann endlich ins blaue Empyrium vorstößt!

Ich fürchte, ich habe mich durch meine Leidenschaft zu Impertinenz und, schlimmer noch, zu Euphuismus hinreißen lassen. Verzeihen Sie. Ich werde diesen Brief nicht eher absenden, bis ich mit mir ausgemacht habe, ob ich das Recht besitze, mit Ihnen so frank und frei reden zu dürfen, wie es mein Herz ersehnt.

Freitag, 21. Dezember

Ich weiß nicht, ob ich mir dieses Recht verdient habe; falls nicht, muss ich es auf Kredit erwerben, denn erneut bin ich in aufgewühlter Stimmung und stelle fest, wie ein Süchtiger, der sich seiner Lieblingsdroge zuwendet, dass meine Hand nach dem Stift greift.

Kehren wir zu jenem ersten Tag auf der Fichtenburg zurück.

Ich war nicht lange allein, um über Emeralds Nicht-Ankunft zu sinnieren. Am frühen Nachmittag klopfte es an meiner Tür. Die Mädchen waren heruntergekommen, um auf dem See Schlittschuh zu laufen, der, wie ich erst jetzt bemerkte, im Lauf des Morgens vom Schnee befreit worden war. Wie reich muss man sein, um sich so viele lautlose dienstbare Geister leisten zu können, die sich um das Wohlergehen ihrer Herren kümmern! Schüchtern fragten die Mädchen an, ob ich was dagegen hätte, wenn sie die Veranda des Chalets dazu benutzten, um die Schlittschuhe anzulegen. Selbstverständlich sagte ich, nein, natürlich habe ich nichts dagegen, fühlt euch wie zu Hause. Dann meinten sie, sie hätten ein übriges Schlittschuhpaar mitgebracht, ob ich nicht mitmachen wollte? Ich laufe nicht Schlittschuh, erwiderte ich. Und sie giggelten wie Yum-Yum, Pitti-Sing und Piep-Bo und sagten, es sei doch kinderleicht.

War es nicht! Aber es machte einen Heidenspaß. Sie waren alle ziemlich geübt und wechselten sich darin ab, mich zu unterweisen und, wichtiger noch, zu stützen, während die beiden anderen jeweils mit vitaler Eleganz herumsausten. Es gibt nichts Besseres, als sich selbst zum Narren zu machen, um zwischen jungen Leuten das Eis zu brechen (was nicht ganz wörtlich zu nehmen ist), auch fühlt man sich niemals jünger, wenn man sich *in statu pupillari* befindet! Als wir daher auf ein in ihrem Fall kühlendes und in meinem Fall wärmendes Getränk zum Chalet zurückkehrten, plauderten wir wie eine Kinderschar.

Es stellte sich heraus, dass sie alle an der Internationalen Schule in Straßburg unterrichten. Zazie ist (raten Sie!) Französin, Hildi stammt aus Österreich, und Mouse ist, natürlich, Engländerin, aber sie sprechen alle fließend die Sprachen der anderen und sind, soweit ich das feststellen kann, ziemlich erfahren in einer Reihe weiterer Idiome. Zazie ist die bei weitem Bezauberndste, voller Lebendigkeit und natürlicher Anmut, ganz entschieden das Mädchen, das man auf einen Ball ausführt. Hildi ist stämmig und muskulös. Ich vermute, sie verpasst nie ihr tägliches Fitnessprogramm, und von ein oder zwei Dingen, die ich aufgeschnappt habe, erfuhr ich, dass sie eine erstklassige Skilangläuferin ist. Sollte ich mich in einem Blizzard verirren, würde ich mir wünschen, dass Hildi mich suchen kommt! Und was Mouse anbelangt, nun, sie ist nicht hübsch, ganz gewiss nicht. Sie ist schlicht schlicht, besitzt viele Züge ihrer Mutter, allerdings nichts von deren an eine Domina gemahnende Schärfe, die einen erotischen Schauder auslösen kann. Und sie ist beinahe so furchtsam, wie ihr Spitzname es nahe legt. Ich bin überzeugt, dass sie hervorragend mit kleinen Kindern umgehen kann, wahrscheinlich waren es meine Albernheiten auf dem See, die es ihr ermöglichten, sich in meiner Gegenwart zu entspannen.

Es scheint, dass sie hier mit der Gesellschaft ihrer Mutter Weihnachten verbringt, während ihre Freundinnen lediglich auf einige Tage vorfestlichen Frohsinns mitgekommen sind. Es sorgte für einige Heiterkeit, dass Lindas Zustimmung zu ihrem Besuch mit der Warnung versehen wurde, nicht den Gast im Chalet zu stören, den sie sich als altertümlichen Scholaren vorstellten, der, jeder Gesellschaft überdrüssig, nur an seinen Büchern interessiert sei und absolute Stille benötige.

Nun, während der nächsten Tage herrschte kaum Stille, der Gesellschaft war viel, des Scholarentums wenig, doch machte ich mir ihre linguistischen Fertigkeiten zunutze. Ich zeigte ihnen die Kapelle und erklärte mein Interesse. Hildi, die sich nicht oberflächlich, sondern wirklich für alte Dinge interessierte, meinte, ich solle Frau Buff fragen, und bot sich als Dolmetscherin an. So zogen wir alle los, um unsere Kastellanin in ihrer Stube aufzusuchen. Buff verfügte über ein umfangreiches, wenngleich anekdotisches Wissen zur Familiengeschichte, das sie uns freimütig mitteilte, als sie uns auf eine Burgbesichtigung einlud, die auch durch die ungenutzten Zimmer führte, welche mehr als die Hälfte aller Räumlichkeiten ausmachten.

Johannes Stimmer (so erzählte sie uns), der Begründer des Familienvermögens, war ein Söldner, der aufgrund seines militärischen Talents rasch aufstieg und dem der schwierige Balanceakt gelang, sowohl beträchtlichen Reichtum zu scheffeln als auch die vielen politischen Umwälzungen des Landes zu überleben und sich im letzten Viertel des achtzehnten Jahrhunderts seinen Ruf als radikaler Sozialreformer zu bewahren. Nach Waterloo beschloss er aus Status- und Sicherheitsgründen, es sei an der Zeit, dass die Familie einen eigenen befestigten Wohnsitz habe. Er erwarb daher die Fichtenburg, deren vormaligen Besitzern es gelungen war, auf jedes falsche Pferd zu setzen, das in den zurückliegenden fünfzig Jahren durch die Schweiz galoppiert war. (Seine Nachfahren hatten sich so weit von den radikalen Anschauungen des alten Joe entfernt, um in Lindas Freundeskreis aufgenommen zu werden, bemerkte ich gewitzt, worauf Mouse zu meiner Freude lachte.)

Frau Buff lieferte auch zwei Erklärungen für den Namen

Blutensee. Zum einen fallen zu einer bestimmten Jahreszeit die letzten Strahlen der untergehenden Sonne so auf das Wasser, dass dieses sich rot färbt. Zum anderen wurde im vierzehnten Jahrhundert während der lang anhaltenden Unabhängigkeitskämpfe gegen die Habsburger die Burg von einem marodierenden Trupp aus Leopolds Kavallerie überrascht, als Hochzeitsfeierlichkeiten im Gange waren. Die Soldaten massakrierten jeden, dessen sie mit dem Schwert habhaft werden konnten, und warfen die Leichen in den See. Natürlich ziehe ich (wie sicherlich auch Beddoes) die letztere Erklärung vor!

Als wir durch einen der nicht benutzten Räume gingen, dessen Wände mit düsteren alten Ölgemälden behängt waren, musste mir aus den Augenwinkeln heraus etwas aufgefallen sein, denn an der Tür drehte ich mich noch einmal um und ließ meinen Blick erneut über die Bilder schweifen.

Und dort hing sie, eine Bleistift- und Tuschezeichnung von bescheidener Größe, die drei junge Männer in elisabethanischem Wams und Hosen zeigte, im Hintergrund ein Gebäude, das an die verfallene Kapelle erinnerte.

Zwei Dinge stachen mir ins Auge. Als Erstes der Name des Künstlers, der schlicht und eher undeutlich in die linke untere Ecke gekrakelt war. Er lautete *G. Keller*.

Nun, der einzige Keller, von dem ich je gehört habe, ist der Gottfried dieses Namens, der Schweizer Schriftsteller. Sie kennen vielleicht seinen autobiographischen Roman *Der grüne Heinrich*, dessen Held sich wie Keller selbst zum Künstler ausbildet, letztendlich aber, als er erkennt, dass es ihm an wirklichem Talent mangelt, sich der Literatur zuwendet. Nun, falls das G für Gottfried stand, bezeugte das Bild, dass er die richtige Entscheidung getroffen hatte! Interessanter aber war, dass Beddoes, wie ich mich erinnerte, mit Keller bekannt war, der dessen radikale Ansichten teilte, und dass, laut Gosse, Thomas in Begleitung Kellers von Zürich nach Aargau geflohen war.

Das Zweite, was mir auffiel, war die Figur links, eine schmächtige Gestalt mit ovalem Gesicht und großen braunen Augen, die den Betrachter mit einem spöttisch grinsenden Ausdruck bedachten.

Es ist nur ein Porträt von TLB bekannt, ein Gemälde von einem gewissen Nathan Branwith, das den achtzehn- oder neunzehnjährigen Tom zeigt. Das Original ist verschwunden, nur eine Fotografie davon existiert noch. Sie zeigt ein introvertiertes Gesicht mit, wie man uns versicherte, großen, klaren, entschieden braunen Augen, die mit einem zwischen natürlicher Reserviertheit und überdrüssigem Skeptizismus changierenden Ausdruck in die Welt hinausstarren. Und das, was ich hier sah, ich schwöre es, war das gleiche Gesicht!

Also, drei junge Männer, die sich mit Theaterspielen die Zeit vertrieben (führten sie eines von Beddoes' Stücken auf?, fantasierte ich) und dabei für immer festgehalten wurden, nicht, wie es ein Jahrhundert später der Fall gewesen wäre, von jemandem, der auf seine Kodak drückte, sondern vom zeitgenössischen Äquivalent, einer schnellen Skizze, die später zu dem vor mir hängenden Bild ausgearbeitet wurde.

Ich war hellauf begeistert. Ich nahm mir vor, Linda zu bitten, mir von ihren Freunden die Erlaubnis zur eingehenden Untersuchung des Bildes zu besorgen, und dann, mit dem rechtschaffenden Gefühl, dass ich mich doch nicht gänzlich von meiner Aufgabe hatte ablenken lassen, widmete ich mich wieder der sehr viel interessanteren Beschäftigung, die beste Zeit meines Lebens zu genießen, die mir meine neuen Freundinnen zu bereiten entschlossen waren.

Wie weit ihre Entschlossenheit gehen würde, sollte ich bald herausfinden. Es geschah am dritten Tag unserer Bekanntschaft.

Die Mädchen hatten nach ihren *Après-Schlittschuh*-Drinks das Chalet verlassen. Ich stand gerade unter der Dusche, als ich jemanden im Hauptraum rufen hörte. Ich wickelte mir ein Handtuch um und ging hinaus. Dort stand Zazie. Sie sagte, sie habe ihre Handschuhe vergessen, die wir ohne langes Suchen fanden. Dann sah sie mich an, seufzte neidisch und meinte, liebend gern würde sie ebenfalls eine wirklich heiße Dusche nehmen, doch der Boiler in der Burg spiele verrückt und das Wasser käme nur lauwarm. Unsicher, wie ich dies aufzufassen hatte, sagte ich, sie sei gerne eingeladen, meine zu benutzen, nachdem ich fertig sei, ich würde nicht mehr lange brauchen. Ich kehrte in die Dusche zurück, einen Augenblick später waren alle Ungewissheiten geklärt, als hinter mir die Glastür aufgeschoben wurde und Zazie eintrat.

Keine Einzelheiten, ich möchte nur sagen, dass ich mein ursprüngliches Urteil, ich hätte es mit Mädchen zu tun, die im Leben nicht sehr erfahren seien, zumindest in ihrem Fall sehr schnell revidierte.

Keinen Schaden angerichtet, dachte ich später, dafür viel Vergnügen gehabt. Zazie würde wie Hildi in ein oder zwei Tagen abreisen und Weihnachten bei der Familie verbringen. Wahrscheinlich würde ich sie nie wiedersehen, alles, was mir (und auch ihr, so hoffte ich) blieb, war die glückselige Erinnerung an eine lebhafte, für zwei Spieler arrangierte Gigue! Und wenn es ihr so gut gefallen hatte, dass sie eine Reprise wünschte, würde ich ihr mit Freuden mein Instrument wieder zur Verfügung stellen.

Das war gestern. Heute freute es mich, dass Zazie keinerlei postkoitale Besitzansprüche geltend machte, die in unser harmonisch aufeinander abgestimmtes Quartett einen Misston gebracht hätten. Aber, fragte ich mich, als ich mich am Nachmittag zu meiner Dusche vorbereitete, blieb es nun bei der einmaligen Aufführung?

Dann hörte ich im Nebenzimmer ein Geräusch, beschwingt sprang ich hinaus, um sie zu begrüßen.

Nur war es nicht Zazie, sondern Hildi.

Und da ich mich diesmal nicht um ein Handtuch bemüht hatte, war klar ersichtlich, in welche Richtung meine Gedanken strebten. Furchtlos äußerte Hildi etwas auf Deutsch, das ich grob als »wär jammerschade, wenn man so was vergeuden würde« übersetzte, und danach …

Nun, erneut keine Einzelheiten, aber die Stunden in der Turnhalle waren sicherlich nicht vergeudet.

Ich war mir noch immer nicht recht im Klaren, was hier ablief, aber ein Verdacht drängte sich mir auf, als ich auf dem rauen Boden lag wie ein bezwungener Ringer und zusah, wie Hildi sich anzog, mir einen Kuss zuhauchte und ging.

Nach einer kurzen Weile erhob und streckte ich mich und wollte bereits zur Dusche zurück, als von draußen eine Stimme rief.

Ich ging zum Fenster und sah hinaus.

Auf dem gefrorenen See waren Zazie und Mouse. Sie mussten, nachdem sie das Chalet verlassen hatten, ihre Schlittschuhe wieder angelegt haben, um noch eine letzte Runde zu drehen, bevor das Tageslicht schwand. Hildi stand am Ufer, rief ihnen zu und wollte ihre Aufmerksamkeit erregen. Und als sich die beiden umdrehten und sie entdeckten, ballte sie die Fäuste und warf die Arme in die Höhe, den Daumen jeweils nach oben gestreckt.

Und dann wusste ich es. Diese reizenden »unerfahrenen« Mädchen hatten beschlossen, ihren und meinen Aufenthalt in der Fichtenburg etwas aufzupeppen, indem sie mich nacheinander flachlegten!

Und wie fühlte ich mich dabei? Geschmeichelt? Zornig? Amüsiert?

Keineswegs. Ich hatte Angst.

Zwei geschafft, blieb noch eine, und das war Mouse.

Mouse, die nicht in einigen Tagen wieder verschwinden, sondern die gesamten Ferien über hier sein würde. Mouse, die meinem Urteil nach am wenigsten Talent zur Täuschung hatte. Die, laut Jacques, der Augapfel ihrer Mutter war.

Meine Schlussfolgerung, die ein wenig ungalant klingen mag, lautete: Wer weiß, was geschehen wäre, wenn es sich um Emerald gehandelt hätte. Aber bei Mouse? Nichts, was sie mir wahrscheinlich zu bieten hatte, war das Risiko wert, dass auch nur der Schatten von Lindas Missbilligung auf mich fiele!

Sie jedoch zurückzuweisen schien potenziell ebenso gefährlich zu sein. Wie würde sie reagieren, wenn sie morgen auftauchte, um dieses fidele Mädchenspiel zu seinem triumphalen Abschluss zu bringen, und dann mit nach unten gestreckten Daumen zu ihren Freundinnen hinausmusste? Würde sie fähig sein, es mit einem Lachen hinzunehmen? Oder würde sie betrübt reagieren? Verärgert? Verletzt? Auf Rache sinnend?
Ich weiß es nicht. Was immer ich auch tun würde, es konnte für Probleme sorgen. Sie verstehen, warum ich wünschte, ich hätte Sie an meiner Seite, damit ich vor Ihnen die Lage ausbreiten und Sie um Ihren weisen Rat bitten könnte. Doch das ist nicht möglich, weshalb ich mich dazu entschlossen habe, das zu tun, was jeder vernünftige Mann unter diesen Umständen tun würde.
Ich werde Reißaus nehmen.
Nicht weit und nicht für lange. Es ist Samstagmorgen. Am Sonntag werden Hildi und Zazie zu ihren Familien abreisen. Und am Montag, an Heiligabend, werden Linda und ihre Kumpane auf Fichtenburg eintreffen. Morgen ist also der wirklich gefährliche Zeitpunkt. Vermutlich könnte ich eine Entschuldigung finden, um mich ihnen fern zu halten, aus Erfahrung aber weiß ich, dass kein Risiko zu vernachlässigen ist. Will man Risiken vermeiden, sollte man sie ganz ausschließen! Ich habe also meine Tasche gepackt, Frau Buff eine Notiz hinterlassen, in der ich Sie um Entschuldigung bat, und morgen Früh werde ich damit beginnen, wofür ich in erster Linie in die Schweiz gekommen bin. Ich fahre nach Zürich, um meine Recherchen zu Thomas Lovell Beddoes voranzutreiben, und ich werde nicht eher zur Fichtenburg zurückkehren als am Montag, wenn, so hoffe ich, die Anwesenheit ihrer Mutter sowie die Abwesenheit ihrer Freundinnen Mouse wieder zur Besinnung kommen lassen.

Ihr guter Freund

Franny

ödliche Stille senkt sich im Niemandsland zwischen Weihnachten und Neujahr auf die zerklüftete Landschaft, in der die zerrütteten Überlebenden sich vorsichtig ihren Weg von Laden zu Laden bahnen, um dort den ihnen geschenkten Ramsch gegen Ramsch umzutauschen, der mehr ihrem Gusto entspricht, während in den leeren Büros Telefone vergebens ihr dringliches Schrillen vernehmen lassen, als hätte das große Herz der Stadt aufgehört zu schlagen; selbst das Verbrechen gönnt sich eine Ruhepause.

Eine Stille, die Polizisten auf sehr unterschiedliche Weise nutzen. Andy Dalziel nutzte sie, indem er sich tiefgründige Gedanken machte, was den beiläufigen Zuschauer verblüfft hätte, fiel er doch in seiner Arbeit und in jüngeren Jahren beim Spiel auf dem Rugbyfeld dem betrachtenden Auge vor allem wegen der schieren Brutalität seines Auftritts auf.

Aber es steckte mehr in ihm als nur Zerstörung. Es war seine Sache nicht, Energien zu vergeuden bei der vergeblichen Verfolgung geschwinder junger Gazellen hinter dem Gedränge. Stattdessen schickte er ihnen seine Gedanken hinterher und berechnete aufgrund dessen, was er über seine Gegner wusste und was er an Gegebenheiten sah, den wahrscheinlichen Verlauf ihrer Spielzüge. Es klappte nicht immer, dennoch wunderten sich am Ende viele gegnerische Flügelspieler, die sich am Schlussmann bereits vorbeigeschlängelt hatten und freie Bahn wähnten, warum sie sich plötzlich wie der Herr Roland mit dem Finstern Turm konfrontiert sahen.

Für Dalziel war diese Ruhe zwischen den beiden großen Orgien die Zeit, in der er sich hinsetzte und das Spiel las.

Seine Nüstern witterten Gefahr, er wusste noch nicht genau, woher der Geruch kam, aber es hatte etwas mit dem Wordman-Fall zu tun.

Der Fall war offiziell gelöst, alle hatten applaudiert. Mehr noch, er war auf die bestmögliche Art gelöst worden. Nicht nur war der Delinquent auf frischer Tat ertappt, er war bei der Tat auch getötet worden, hatte damit also den unumgänglichen Beweis seiner Schuld geliefert und die schwuchteligen Anwaltspinkel jeglicher Gelegenheit beraubt, dies anzuzweifeln.

Natürlich konnte nur die Justiz über die Schuld eines Mannes urteilen, gegen Tote allerdings ließ sich schlecht Anklage erheben. Dennoch hatten sich die Zeitungen nicht zurückgehalten und genau das getan, was den Gerichten untersagt war, sie hatten *Erwischt!* gerufen und Dick Dee zum mutmaßlichen Täter erklärt.

Eine gute Story. Aber um wie vieles besser würde sie noch werden, wenn eine dieser Zeitungen jetzt, da alle mit Ausnahme der unmittelbar Betroffenen die triumphierenden Boulevard-Schlagzeilen vergessen hatten, Indizien ausgraben könnte, die Zweifel an der Geschichte laut werden ließen.

Er dachte an Penn, der was von Wahrheit geschwafelt hatte, die eines Morgens durch seinen Briefkastenschlitz trudeln würde. *Halt die Augen offen!*, hatte er gesagt.

Und hatte nicht Pascoes Kumpel Roote berichtet, dass Penn was davon gesagt habe, er würde sich Hilfe besorgen?

Dieser gefährliche Geruch stank stark nach investigativem Journalismus.

Das war schlecht. Investigativer Journalismus hatte schon lange nicht mehr damit zu tun, dass sich schnüffelnde Reporter einen Namen machen wollten, es war Big Business. Wenn die Journaille das Gefühl hatte, sie könnte sich irgendwo festbeißen, dann herrschte kein Mangel an Geld, an Fachwissen oder hochmoderner Überwachungstechnologie. Dazu kam, dass sie sich nicht an die Regeln hielten.

Er hatte gedacht, durch Dees Tod wäre das Wordman-Spiel abgepfiffen worden, jetzt sah es fast so aus, als wäre der Ball noch irgendwo im Spiel.

Ein Geringerer hätte sich vielleicht mit der Möglichkeit gequält, dass der Polizei ein Fehler unterlaufen sei, und seine Zeit damit verschwendet, die gesamten Ermittlungen mit einem feinen Kamm erneut durchzugehen und nach Fehlern abzusuchen. Nicht so Andy Dalziel. Gut, er würde jemanden mit dieser Aufgabe betrauen, im

Moment allerdings hatte er bei der Obduktion nichts verloren. Sein Platz war draußen auf dem Feld, dort fielen die Entscheidungen. Sei als Erster im Paket und stell sicher, dass du nach dem Geschiebe und Gekicke, dem Gezerre und Gestoße derjenige bist, der sich den Ball schnappt.

Und das ließ sich am besten bewerkstelligen, wenn man derjenige war, der dem Drecksack mit dem Ball als Erster eine reindrischt. Also, wem galt es eine mitzugeben?

Nicht Charley Penn. Dem hatte er bereits eine verpasst, und es war klar, dass sich Charley von seiner Überzeugung, Dee sei unschuldig, nicht abbringen ließ. Spielte keine Rolle. Charley war eine Nervensäge, aber Romanschreiber waren, falls sie nicht sehr alt, sehr reich oder sehr obszön waren, für Zeitungen kein Thema. Nein, der Typ, dem man in die Knie treten musste, war der verfluchte Journalist.

Er war irgendwo da draußen. Und er würde nicht auf einen zukommen wie der gute alte Sammy Ruddlesdin von der *Gazette*, der, Kippe im Mundwinkel, Notizblock in der Hand, einen fragte, wo man die Leichen verscharrt hatte. Heutzutage ging's darum, einen zu hintergehen: sich zu verstellen, einen dazu zu bringen, dass man sich entspannte, mitfühlend zuzuhören, wenn man redete, währenddessen die ganze Zeit ihr kleines Aufnahmegerät mitsurrte, dass sie sich mit Klebeband an den Schwanz gepappt hatten. Oder an die Titten. Man soll ja nicht sexistisch sein.

Ziele? Sie würden sich einen Bullen schnappen wollen. Wer ganz offensichtlich in Frage kam, war Bowler. Hauptzeuge von Dees mörderischer Attacke auf Rye Pomona, außerdem jung und beeinflussbar. Tesa an der Titte also, definitiv. Dann Rye selbst. Lock ihr aus der Nase, was sie Dalziel gegenüber unter Tränen stockend hervorgebracht hatte, während Bowler an der Eingangspforte des Todes lag – dass sie ausgezogen, völlig nackt war und alle Systeme darauf programmiert waren, sich mit Dirty Dick ein wenig zu balgen und zu stoßen, bevor die Kavallerie die Szene betrat. Bis sie in der Lage war, eine schriftliche Aussage abzugeben, hatte er sie sacht in die gewünschte Richtung gestupst, sodass bei mehreren kleinen Punkten die Betonung anders lag und ihre Bereitschaft zum Akt zu einem entspannten, vom Wein und dem warmen Feuer im offenen Kamin erregten Zustand abgemildert wurde. Ihre freiwillig bewirkte Nacktheit wurde nirgends erwähnt. In der feindseligen Atmosphäre eines Gerichts wäre sie mit diesem frisierten Zeug niemals durchgekommen, die behutsamen Fragen eines mitfühlenden Coroners allerdings ließen das Bild einer modernen Frau entstehen, die glaubte, ihr Boss wolle sich an sie ranwerfen, was sie aber ablehnte, bis sie plötzlich erschreckt bemerkte, dass Dee ein Messer in sie stecken wollte und nicht seine Gurke.

Ganz klar, die Version dieses Vorfalls, die Penn seinem Boulevard-Komplizen aufdrängen würde, lautete, dass Dee wie jeder normale Hengst reagiert und vor Wut und Frust ausgeschlagen hatte, nachdem er von dem schwanzneckenden Flittchen an den Quell der Leidenschaft geführt wurde, um dann zu hören, dass er daraus nicht trinken dürfe. Folgte der Auftritt des eifersüchtigen Freundes, und die Schlacht war eröffnet. Und was Dees Messer anging, nun, er hatte doch Brotscheiben toasten wollen, oder? Und als schließlich die Big Boys die Bühne betraten und feststellten, dass einer von ihnen sich geprügelt hatte und ein angesehenes Mitglied der Gesellschaft tot auf dem Teppich lag, arrangierten sie die Fakten schnell so, dass es aussah, als sei der Richtige zur Strecke gebracht worden.

Dalziel fühlte sich etwas unbehaglich bei dem Gedanken, dass seine Aufräumarbeiten sowohl am Tatort als auch bei Ryes und Hats Augenzeugenberichten Penns Version bis zu einem gewissen Grad stützten. Dem hatte das Motiv zugrunde gelegen, seinen jungen Beamten vor einer Anklage wegen unverhältnismäßiger Härte zu schützen und dem Mädchen anzügliche Kommentare zu ersparen; daneben beruhte alles, was er gesagt und getan hatte, auf der Überzeugung, dass Dick Dee der Wordman sei. Aber er glaubte nicht, dass die Boulevardpresse am feinen Unterschied zwischen Aufräumen und Unter-den-Tisch-kehren interessiert war.

Also, wem neben Hat und Rye würde ein Journalist nachstellen?

Die Abschrift der gerichtlichen Untersuchung des Coroners war öffentlich einsehbar, die würden sie bereits haben. Aber es gab noch andere Dinge, auf die es dieser Bastard nur zu gern abgesehen hätte.

Wie etwa die polizeilichen oder ärztlichen Aufzeichnungen, vor allem den Obduktionsbericht von Dee. Und die Stellungnahme der Staatsanwaltschaft. Dan Trimble, der immer auf Nummer sicher ging, hatte zur Untermauerung von Dees Schuld die Meinung der Staatsanwaltschaft einholen wollen. Diese hatte jedoch erwidert, dass sie sich gemeinhin mit Realitäten, nicht mit Hypothesen auseinander setze, aber alles in allem genommen hätte vielleicht die Chance bestanden, dass eine Anklageerhebung möglich gewesen wäre … vielleicht …

Völlig normal, hatte Dalziel gegrummelt. Und nun stöhnte er bei der Vorstellung, was die *Sunday-Schmier* und *Daily-Dreck* aus all diesen Einschränkungen und Eventualitäten machen würden.

Aber, offen gesagt, spielte es keine Rolle, was sie daraus machten. Für die Medien war es ein so verdammt guter Fall, unheimlich, blutig, rätselhaft, schockierend und bisweilen bitter komisch, dass er, obwohl sich der Staub noch kaum gelegt hatte, von Neuem aufgewirbelt werden konnte; und wenn irgendein smarter Pressefritze aus Penns halb ausgegorenen Vorwürfen eine gute Story basteln konnte, dann nur zu!

Nun, wie war vorzugehen? Alles unter den Tisch kehren, so stand's im Lehrbuch. Er hatte ausgearbeitet, welchen Weg sein noch immer hypothetischer Schreiberling nehmen würde, also waren jene zu warnen, die gewarnt werden mussten, und jemand musste ihm auf dem ausgearbeiteten Weg entgegengeschickt werden. Vorzugsweise ein neues Gesicht.

Er griff zum Telefon, wählte und sagte: »Ist Ivor da? Dann schick sie rein.«

Detective Constable Shirley Novello war während des Großteils der Wordman-Ermittlungen außer Gefecht gewesen. Als sie zurückkehrte, hatte sich Bowler im Genesungsurlaub befunden. Nun war er wieder an Ort und Stelle, und dem scharfen Auge des Dicken entging natürlich nicht die erbitterte Rivalität zwischen den beiden. Was bedeutete, dass sie beide, wenn man sie nur in die richtige Richtung schickte, noch eine zusätzliche Meile zurücklegen würden, um ihren Herrn und Meister zu beeindrucken.

Ja, Ivor würde sich als Hauptakteur in der Verteidigung sehr gut machen.

Das aber änderte nichts an Dalziels Gefühl, dass dieser Sache nicht mit subtilen Verteidigungstaktiken beizukommen war. Vielmehr war ein brachialer Tackle mitten im Lauf angesagt!

Zu diesem Schluss kam er nach langem, düsterem Brüten, nun kehrte das Flackern in seine Augen zurück, und er erhob sich wie der von Theseus aus dem Meer gerufene Stier, der dessen eigenen Sohn vernichtete, während Theseus vom Schauplatz seines monströsen Verbrechens floh.

Hippolytos war natürlich völlig unschuldig, was Theseus nicht wusste und für den Stier nicht die geringste Rolle spielte.

eter Pascoe hatte lang und angestrengt über Ellies scharfsinnige Behauptung nachgedacht, wonach er mit seiner Franny-Roote-»Obsession« am besten zurechtkam, wenn er sie frontal anging.

Seine eigene, durch untadelige männliche Logik erreichte Schlussfolgerung lautete: Wenn die Frau, deren Körper du anbetest und deren Weisheit du vor allem anderen achtest, sich schon die Zeit nimmt, deine Probleme zu analysieren, dann bleibt dir nichts anderes übrig, als zu beweisen, dass sie völlig danebenliegt.

Roote, sagte er sich, stellte kein Problem dar, dem es entweder zu widerstehen oder das es zu lösen galt. Er war nichts anderes als eine geringfügige Irritation, die schließlich von selbst verschwinden würde, wenn man sie ignorierte.

Am Sechsundzwanzigsten kehrte er zur Arbeit zurück, erfrischt und bereit, gewaltige Schneisen in den Papierberg zu schlagen, der sich heutzutage auf den Schreibtischen der meisten CID-Beamten auftürmte. Er schlug sich wacker und dachte nicht mehr als dreimal an Roote. Oder viermal, wenn man das Telefon miteinbezog, das fast eine Minute lang klingelte und dessen Hörer er nicht abhob, überzeugt, Franny würde ihn aus der Schweiz anrufen. Es stellte sich heraus, dass es DI Rose von South Yorkshire war, der nur wissen wollte, ob er vielleicht schon was von der großen Sache in Erfahrung gebracht habe, die ganz sicher bereits am Laufen sei – nicht weil er selbst irgendwas gehört hätte, sondern weil sein Informant auf mysteriöse Weise verschwunden war …

Rose war zwar nicht Roote, aber die Verbindung war natürlich gegeben (was das fünfte Mal gewesen wäre) und musste erneut unterbrochen werden, nachdem er dem DI versichert hatte, dass Edgar Wield sich auf seine Veranlassung hin in die Sache vertieft habe.

Aber er ging im Großen und Ganzen sehr mit sich zufrieden nach Hause, wachte am folgenden Morgen mit der Überzeugung auf, dass er zum letzten Mal von Roote gehört habe, und war sich sicher, dass er am heutigen Tag große Fortschritte erzielen würde hin zum begehrtesten Ziel überhaupt – einem leeren Schreibtisch zu Neujahr. Dann entdeckte er im Flur einen Umschlag mit der vertrauten Handschrift und einer Schweizer Briefmarke.

Im Wagen auf dem Weg zur Arbeit rief er Dr. Pottle an, um einen Termin zu vereinbaren, und bekam zu hören, dass er sofort vorbeischauen könne, da die ersten beiden an diesem Morgen vorgesehenen Patienten des Doktors als Folge eines gemeinsamen weihnachtlichen Selbstmordpaktes abgesagt hätten.

Pottle, Leiter der Psychiatrie des Central Hospital, zeitweiliger Dozent an der Mid-Yorkshire University und Berater der Polizei in Fragen, bei denen sein Fach und ihres sich überschnitten, war Pascoes gelegentlicher Analytiker und eine Art Freund, das hieß, Pascoe mochte ihn wegen des möglicherweise irrationalen Grundes, dass er genau jenem Typus von Psychiater glich, den man in einem Woody-Allen-Film erwarten würde. Er hatte traurige Cockerspaniel-Augen und explosives Haar, dessen glänzendes Grau stark mit seinem Einstein-Bart kontrastierte, der als Resultat einer endlosen Kette von an der Unterlippe baumelnden Zigaretten ingwerfarbenbräunlich gescheckt war.

Patienten, die Einspruch erhoben, wurde gesagt: »Ich bin hier, um Ihnen bei Ihren Problemen zu helfen. Wenn mein Rauchen dazu gehört, dann gehen Sie jetzt, und ich werde Ihnen in Rechnung stellen, dass ich eines davon gelöst habe.«

Pascoe zeigte ihm die Briefe. Er musste ihm zu Roote nichts erklären. Sie hatten sich bereits über ihn unterhalten.

Pottle las die Briefe, wie er alles las, mit erstaunlicher Geschwindigkeit, was nach Ellies Meinung reiner Humbug war und was er nur mache, um andere zu beeindrucken. Pascoe jedoch wusste, dass sie sich irrte. Pottle in seinem Sprechzimmer war wie die Sibylle in ihrer Höhle, ein sterbliches Sprachrohr für die Stimme eines Gottes, und es waren die göttlichen Augen, die die Worte in einem Tempo überflogen, das den Menschen nicht gegeben war.

»Soll ich mir Sorgen machen?«, fragte Pascoe.

»Sollen Sie mir diese Frage stellen?«, sagte Pottle.

Pascoe dachte nach, formulierte um.

»Steht irgendwas in den Briefen, das Sie als versteckte oder implizite Drohung gegen mich und meine Familie auffassen?«

»Wenn Sie sich durch Spott bedroht fühlen, sicherlich. Wenn Sie sich durch Abhängigkeit bedroht fühlen, vielleicht. Wenn Sie sich durch reine Unverständlichkeit bedroht fühlen, kann ich Ihnen nicht helfen, da mir selbst nicht genügend Fakten vorliegen, um die Briefe ganz zu verstehen.«

»Ja, aber soll ich mir Sorgen machen?«, wiederholte Pascoe ungeduldig.

»Jetzt kommen Sie damit schon wieder. Wollen Sie, dass ich Sie verstehe, Peter, oder wollen Sie, dass ich Mr. Roote verstehe?«

Eine weitere nachdenkliche Pause, dann sagte Pascoe: »Roote. Mit mir komm ich schon zurecht. Aber über ihn habe ich keinerlei Ahnung, außer dass ich glaube, dass er nichts Gutes im Schilde führt.«

»Was, glauben Sie, führt er denn im Schilde?«

»Ich glaube, es bereitet im Vergnügen, mich völlig verrückt zu machen. Ich glaube, er versucht die ganze Zeit meine Schwachstellen auszuloten. Und ich glaube, es macht ihn an, mir von Gesetzesverstößen zu erzählen, an denen er auf eine Art und Weise beteiligt war, dass ich nichts gegen ihn unternehmen kann.«

»Beispiele?«

»Der Vorfall im Duschraum im Chapel Syke, den hat er zugegeben. Und dann am St. Godric's, ich gehe davon aus, er hat in der Dekanwohnung das Feuer selbst gelegt, ich vermute stark, er hat Dekan Albacore tätlich angegriffen und dann liegen lassen, damit er umkam.«

»Großer Gott. Als ich es gelesen habe, wies für mich nichts auf die Möglichkeit hin, dass hier ein falsches Spiel getrieben wurde.«

»Nein, können Sie auch nicht. Das ist meine Aufgabe.«

»Tut mir Leid, das ist mir entgangen. Irgendwelche Beweise?«

»Nichts außer den Briefen, nur einige Indizien hinsichtlich Albacore.«

Er erläuterte seine Theorie.

»Und wird Ihre Vermutung von den Kollegen in Cambridge geteilt?«

»Sie denken noch darüber nach«, wich Pascoe aus.
»Verstehe. Dieses Ausloten Ihrer Schwachstellen – was meinen Sie damit genau?«
»Er erzählt mir, dass ich vielleicht den falschen Weg gewählt habe, als ich Polizist wurde und nicht die universitäre Laufbahn einschlug. Er führt mir vor Augen, dass man durch einen Gefängnisaufenthalt sehr viel weiter kommen kann als durch die Arbeit bei der Polizei. Ständig quasselt er davon, dass ich ein alter, gesetzter, verheirateter Mann sei, dessen Willenskraft er bewundert und dessen Ratschlag er ersehnt, während er gleichzeitig meinen Neid auf ihn wecken will, der frei und ungebunden ist und dem die Mädchen mehr oder weniger freiwillig ins Bett hüpfen.«
»Wow«, sagte Pottle. »Und weckt er Ihren Neid?«
»Natürlich nicht. Das meiste, was er schreibt, ist sowieso erfunden.«
»Bis auf die Stellen, von denen Sie glauben, dass er Ihnen seine Verbrechen gesteht?«
»Nein, ich meine ja … Hören Sie, ich dachte, Sie wollten sich auf Roote konzentrieren, nicht auf mich.«
»Es fällt schwer, Sie beide voneinander zu trennen. Gibt es sonst noch etwas, was Sie mir erzählen wollen, Peter?«
»Das wäre?«
»Zum Beispiel von dieser Vision, die er laut eigener Aussage von Ihnen gehabt haben will?«
Pascoe blinzelte, dann sagte er leise: »Warum fragen Sie das?«
»Weil in diesen Briefen viele interessante Dinge stehen, aber nicht viele wirklich merkwürdige. Die Vision allerdings ist sehr merkwürdig. Und dass Sie sie bei Ihrem Beschwerdekatalog nicht erwähnt haben, erscheint mir ebenfalls als merkwürdig. Ich meine, Sie wollen offenbar glauben, dass bei Roote eine Schraube locker ist, aber Sie unterlassen es, den einzigen glaubhaften Beweis anzusprechen, dass er sich ein wenig neben der Spur befindet. Also?«
Ein weiteres Blinzeln, dann sagte Pascoe hilflos: »Ich hab ihn auch gesehen.«
Er erzählte die Geschichte. Pottle sagte: »Interessant. Wenden wir uns seinen Sitzungen bei Ms. Haseen zu.«

»Hey, und was ist mit meinem visionären Moment?«
»Wovon man nicht sprechen kann, darüber muss man schweigen. Sie haben ihr Buch gelesen?«
»Ja – nun ja, die relevanten Stellen.«
»Die relevanten Stellen«, widerholte Pottle. »In der Tat. Interessant, dass unser Freund Ihnen die exakten Seitenangaben zukommen ließ, damit Sie sich nicht durch ihre zähe Prosa und die gebildeten Ratespielchen ackern mussten. Lassen Sie mich sehen …«
Er fasste ins Bücherregal hinter sich und zog einen Band mit schwarzem Umschlag heraus, den Pascoe sofort erkannte. Dann, ohne in den Briefen nachzusehen, blätterte er zur richtigen Seite, wie Pascoe an der kopfstehenden Paginierung erkannte, und vollführte wieder seinen Schnelllese-Trick.
»Die arme Amaryllis«, sagte er. »Sie ist so ganz das Gegenteil des lieben Goldsmith, der, Sie erinnern sich, laut Garrick wie ein Engel schrieb, aber wie ein armer Teufel redete.«
»Sie kennen sie?«
»Wir haben uns beruflich getroffen. Und sollten uns übrigens nächsten Monat beim Wintersymposium der Psychandrischen Gesellschaft von Yorkshire, deren Vorsitzender ich im Moment bin, erneut sehen. Es findet in Sheffield statt. Amaryllis Haseen soll einen Vortrag halten.«
»Aber angesichts dessen, was geschehen ist, wird sie doch sicherlich absagen?«
»Ich habe ihr das in meinem Kondolenzschreiben nahe gelegt. Sie hat geschrieben, dass sie auf Anraten ihres Analytikers gewillt ist, den Termin einzuhalten. Sie ist einfach unverwüstlich.«
»Offenbar«, sagte Pascoe. »Aber wie schätzen Sie sie ein? Ich meine, wenn Sie Haseen zu einem Vortrag eingeladen haben, werden Sie sie doch nicht für eine Blindgängerin halten?«
»Weit gefehlt«, sagte Pottle. »Was Sie eigentlich fragen, ist, wie ernst Sie das nehmen sollen, was sie in ihrem Buch über Roote schreibt. Ich würde Ihnen raten, es nicht außer Acht zu lassen. Sie arbeitet, wie Sie sehen werden, wenn Sie das ganze Buch lesen und nicht nur die Stellen, die Roote Ihnen empfohlen hat, sehr gewissenhaft,

verfügt über großes Einfühlungsvermögen und lässt sich nicht so leicht hinters Licht führen.«

»Trotzdem«, sagte Pascoe, »bei Rootes Beziehung zu seinem Vater hat sie sich von ihm völlig einseifen lassen. Als der Mann starb, war er noch ein Baby. All diese so genannten Erinnerung sind reine Erfindung.«

»Ist das so? Das überrascht mich.«

»Wenn Sie Roote kennen würden, wären Sie nicht überrascht«, sagte Pascoe leidenschaftlich. »Er versteht es meisterhaft, andere an der Nase herumzuführen.«

»Nur Sie nicht? Vielleicht sollten Sie auf Psychiater umsatteln, Peter.«

»Vielleicht tue ich das. Und vielleicht komme ich auch auf Ihr Symposium, wenn ich Zeit habe.«

»Seien Sie mein Gast«, sagte Pottle. »Ihr Aufenthalt dort könnte sich als doppelt lohnend herausstellen, denn durch einen dieser Zufälle, den die Leser von Kriminalromanen überhaupt nicht goutieren, ist einer unser Vortragsredner dieser Frère Jacques, von dem Ihr Freund Roote mehrmals spricht.«

»Ich kann mir nicht vorstellen, dass Ihre Mitglieder sehr an diesem Friede-Freude-Eierkuchen-Zeug interessiert sind.«

»Peter, ich hoffe, es kränkt Sie nicht, wenn ich Sie darauf hinweise, dass Sie von Zeit zu Zeit wie Ihr Herr und Meister Mr. Dalziel klingen. Die Beziehung des Menschen zum Tod ist ein sehr ernst zu nehmendes Studiengebiet für die Vertreter meines Fachs. Man könnte sogar sagen, es ist das einzige Gebiet, mit dem wir uns beschäftigen. Frère Jacques, der beileibe nicht frei ist von der religiösen Neigung zu poetischem Geschwafel, was zu Kosten systematischer Strenge geht, hat einiges Interessantes zu sagen. Wir können uns glücklich schätzen, ihm zuhören zu dürfen. Noch dazu, da wir ihn umsonst bekommen, nachdem er sich gerade auf einer Promotiontour für sein Buch befindet und sein Verleger sogar einen kleinen Betrag für entspannende Alkoholika springen lässt.«

»Eine billige und feuchtfröhliche Veranstaltung also«, sagte Pascoe. »Also, wann genau soll die Sause steigen?«

»Am Samstag, den neunzehnten Januar«, sagte Pottle. »Sie würden weswegen teilnehmen …?«

»Um mal selbst einige weitere Experten in Augenschein nehmen zu können, die von Franny Roote an der Nase herumgeführt werden.«

»Ach, ich verstehe. Sie gehen also aufgeschlossen an die Sache ran. Peter, seien Sie mit Ihrem Urteil nicht zu schnell bei der Hand. Lesen Sie Frère Jacques' Buch. Er ist ein sehr empfindsamer Geist, der sich meiner Meinung nach nicht so leicht hinters Licht führen lässt. Und wie ich vorher schon sagte, lesen Sie auch Haseens Buch, von vorne bis hinten.«

»Und wenn ich es tue, werde ich dann irgendeine Stelle finden, an der diese objektive Koryphäe erwähnt, dass er sie mehr oder weniger erpresst hat, den Behörden seine Überführung ins Butlin zu empfehlen?«, fragte Pascoe.

»Peter, Sie picken sich nur die Rosinen heraus. Wenn Sie gewissen Stellen in Rootes Briefen nicht trauen, müssen Sie ihnen als Ganzes misstrauen, bis Ihnen gegenteilige Beweise vorliegen. Zu den Grundeigenschaften obsessiver Persönlichkeiten gehört die Überzeugung, dass alle anderen immer alles falsch verstehen.«

Pascoe setzte seine Schmollmiene auf, wie Ellie sie bezeichnet hätte, die er selbst aber, wenn dazu gedrängt, als höflichen, stoischen Gesichtsausdruck eines Menschen beschrieben hätte, der alle Gegenargumente vernommen hatte und dennoch lieber seinem eigenen Urteil vertraute.

Er sah auf die Uhr. Er hätte bereits vor fünfzig Minuten im Büro sein müssen.

»Also, alles in allem, welche Motive verfolgt Roote Ihrer Meinung nach mit diesen Briefen?«, fragte er.

Pottle vollführte seinen Taschenspielertrick, durch den die Glut an seinen Lippen in eine neue Zigarette verwandelt wurde, und sagte: »Schwierig. Meiner Ansicht nach gibt es da Motive, die er kennt, und welche, von denen er glaubt, dass er sie kennt, und Motive, derer er sich nur äußerst undeutlich bewusst ist. Die beste Herangehensweise für Sie wäre es wohl, wenn Sie die Dinge vereinfachten. Dazu würde ich Ihnen raten, dass Sie sich fragen, warum er Ihnen in erster Linie schreibt. Und dann, warum er Ihnen an zweiter Stelle schreibt. Und dann an dritter Stelle. Und so weiter, bis das Bild vollständig ist.«

Er klatschte die Hände zusammen und warf sie auseinander, wodurch sich für einen kurzen Moment der Rauchschleier vor seinem Gesicht klärte.

Aus langer Erfahrung wusste Pascoe, dass damit das Ende der Sitzung signalisiert wurde. Eine Sekunde lang verspürte er Zustimmung zu Andy Dalziels druckreifstem Kommentar über Seelenklempner und ihre Machenschaften: »Wenn mir irgendein anderer Typ solche Kopfschmerzen bereitet, würde ich ihm in die Eier treten, bis ihm die Augäpfel aus dem Schädel springen.«

Aber es dauerte nur eine Sekunde.

»Herzlichen Dank, Doktor«, sagte er. »Es war mir eine große Hilfe. Glaube ich.«

»Gut. Bis zum nächsten Mal dann, wenn wir uns vielleicht auch wieder mal mit Ihnen beschäftigen.«

8

Die Königin

ach dem fürchterlichen Start hatte Weihnachten Hat Bowler ungeahnte Höhenflüge beschert.

Wie versprochen hatte er am Weihnachtstag noch mal bei Rye angerufen und eigentlich erwartet, dass sie sich wieder ins Bett gelegt hatte. Zu seiner freudigen Überraschung wurde er von ihr froh und munter begrüßt, im Hintergrund hörte er Stimmen und Musik.

»Gibst du eine Party?«, fragte er.

Sie lachte. »Nein, Idiot, das ist der Fernseher. Myra ist, wie ich erfahren habe, auch allein, und als sie meinte, dass sie wieder in ihre Wohnung will, um sich vielleicht diesen Film anzusehen, da dachte ich … warum um alles in der Welt schwatze ich einfach drauflos? Ich glaube, weil es mir wieder wesentlich besser geht.«

»Toll. Hast du was zu essen bekommen?«

»Mein Gott, du bist eine richtige Glucke! Ja, habe ich. Wir haben uns ein Weihnachtsessen gezaubert, jede machte, was sie am besten konnte, ich öffnete eine Flasche Wein, zwei eigentlich, zum Runterspülen, Myra bereitete Käseomelette, köstlich, die besten, die ich seit Jahren gegessen habe, du musst dir also keine Sorgen machen, dass ich hier verhungere, weil ich deine Bohnen auf Toast verschmäht habe.«

Er konnte sich nicht erinnern, explizit Bohnen auf Toast erwähnt zu haben, war aber so sehr darüber erleichtert, dass es Rye wieder besser ging, dass er keinen Protest einlegte. Mit Myra Rogers auf der einen und Mrs. Gilpin auf der anderen Seite besaß Rye nun eine doppelte Verteidigungslinie, falls der Scheiß-Künstler Penn wieder zu randalieren anfing.

Als er Rye am Abend des Sechsundzwanzigsten besuchte, hatte sie sich wieder vollständig erholt, und alle Weihnachtsfreuden, die traditionellen wie individuellen, auf die er sich gefreut hatte, mundeten nach dem Aufschub noch besser.

»Das ist alles, was ich will, Hat«, flüsterte sie ihm zu, als sie sich nach ihrem Liebesspiel an ihn klammerte. »Hier will ich sein, hier, du, ich, in kuscheliger Wärme, in Sicherheit, für immer.«

Sie lag auf ihm, zog ihn mit Armen und Beinen so fest an sich, dass es schmerzte, aber um nichts in der Welt hätte er es zugeben wollen. Bereits zu Beginn ihrer Bekanntschaft hatte er gewusst, dass sie es war, die eine. Ohne sie wäre sein Leben ... ihm fehlten die Worte, um zu beschreiben, wie sein Leben dann wäre. Er wusste nur, er würde ihr alles geben, was sie von ihm wollte. Selbst als sie einschlief, blieb ihre Umklammerung so fest wie zuvor, und als sie in den frühen Morgenstunden erwachte und erneut seinen Körper zu erkunden begann, stellte sie fest, dass sich seine Glieder völlig verkrampft hatten.

»Mein Gott, Hat, Lieber, was hab ich nur mit dir gemacht? Warum hast du mich nicht weggeschoben?«

»Wollte es nicht«, versicherte er ihr. »Mir geht's wunderbar. O Scheiße!« So lautete seine Reaktion auf den stechenden Schmerz, der in sein linkes Bein fuhr, als er es zu strecken versuchte.

Sie zog die Bettdecke weg, setzte sich breitbeinig auf ihn und ließ ihm eine eingehende Massage zukommen, die erst für Entspannung und dann für Erregung sorgte.

»Hier ist ja noch was ganz steif«, sagte sie und strich mit der Hand über seine Lende. »Das bedarf besonderer Behandlung.«

»Ja, das stört mich schon seit Jahren«, sagte er. »Ich glaube nicht, Frau Doktor, dass Sie da sehr viel Erfolg haben werden.«

»Wenigstens können wir's umwickeln und warm halten«, sagte sie. »So etwa ...«

Und Weihnachten war wieder durch und durch fröhlich.

Am nächsten Tag war Rye wieder in der Bibliothek. Während viele Arbeitgeber sich dem Unvermeidlichen fügten und die gesamte Ferienzeit über ihren Betrieb schlossen, war die Bibliotheksverwaltung von Mid-Yorkshire von anderem Schrot und Korn. Sie erkannte ganz richtig, dass es viele nicht erwarten konnten, nach der weihnachtlichen Zwangsgesellschaft wieder in die Einzelhaft der Bücher zurückzukehren.

Am Siebenundzwanzigsten herrschte in der Stadtbibliothek reger Betrieb, nur einer fehlte, was weder unbemerkt blieb noch bedauert wurde. Charley Penn.

Am späten Vormittag ging die Tür auf, und Penn kam herein. Er strebte seinem Stammplatz zu, ohne ihr seinen üblichen finsteren Blick zukommen zu lassen, und nachdem er fünf Minuten lang auf sein unaufgeschlagenes Buch gestarrt hatte, erhob er sich und kam an die Theke.

Ohne Umschweife kam er zum Thema: »Wollte nur sagen, es tut mir Leid, dass ich an Weihnachten für so viel Wirbel gesorgt habe. Ich war nicht ganz bei mir. Wird nicht mehr vorkommen.«

»Wirbel?«, sagte sie. »Ach ja, jemand hat mir erzählt, ein Betrunkener sei im Treppenhaus gewesen. Ist mir gar nicht aufgefallen, aber es freut mich zu hören, dass Sie Besserung geloben, Mr. Penn. Tritt diese sofort in Kraft, oder müssen wir bis Neujahr warten?«

Ihre Blicke trafen sich, ihrer war freimütig und offen, seiner argwöhnisch und wachsam. Keiner der beiden blinzelte, doch bevor es zum Spielplatzwettbewerb ausartete, sagte er, »hab zu arbeiten«, und drehte sich um.

»Es geht doch voran«, sagte Rye hinter ihm. »Oder?«

Wenn er überrascht war, ließ er es sich nicht anmerken, als er sich zu ihr umwandte.

»Zwei Schritte vor, einen zurück, Sie wissen ja, wie das mit Recherchen so ist«, sagte er.

»Eigentlich nicht. Ich hab mich leider noch nie so weit für eine völlig fremde Person interessiert, dass ich alles über sie wissen wollte.«

»Es ist keine fremde Person, wenn man mit der Arbeit beginnt. Man ist mit ihr bereits vertraut, wenn auch nur durch ihr Werk. Aber daraus ergibt sich der Wunsch, die Person, die dahinter steht, besser kennen zu lernen. Die sich manchmal als etwas völlig anderes entpuppt, als man sich ursprünglich vorgestellt hat. Darin liegt die Faszination.«

»Verstehe. Und fällt es leichter oder schwerer, wenn sie schon tot ist?«

»Sowohl als auch. Sie kann keine Fragen mehr beantworten. Aber sie kann auch nicht mehr lügen.«

Sie schwieg, so lange, dass er sich fragte, ob diese unerwartete Unterhaltung nun zu Ende wäre, doch dann sagte sie: »Und sie kann sich nicht mehr dagegen wehren, wenn man seine ungebetene Nase in ihre Privatangelegenheiten steckt. Das muss von Vorteil sein.«
»Ich glaube, jetzt bringen Sie meine Arbeit mit der Ihres Freundes durcheinander«, sagte Penn.
»Parallelen, die sich manchmal überschneiden, ist es nicht so?«
»Für einen simplen Geist wie mich ist das ein wenig zu hoch.«
»Simpel, Mr. Penn? Bei den vielen Büchern, auf denen Ihr Name steht?«
»Es ist nichts Intelligentes daran, wenn man sich Dinge zu Figuren ausdenkt, die man erfunden hat«, sagte er mit der barschen Geringschätzung dessen, der Erfolg hatte.
»Aber Heine haben Sie nicht erfunden. Und ich hoffe, Sie erfinden auch nichts über ihn.«
»Nein, den gab es wirklich. Aber man muss nicht sonderlich intelligent sein, um über jemanden die Wahrheit herauszufinden, dazu braucht es lediglich harte Arbeit und Achtung vor der Wahrheit.«
»Und beim Übersetzen seiner Gedichte?«
»Da gilt das Gleiche.«
»Sie überraschen mich. Ihre Übersetzungen kommen mir überhaupt nicht mehr unter, Mr. Penn. Es gab mal eine Zeit, da bin ich ständig über sie gestolpert.«
Sie sagte es voller Ernst, ohne den geringsten Anflug von Spott, aber beide wussten, dass sie auf eine Zeit anspielte, in der ihr der Schriftsteller versteckt den Hof gemacht und seine Übersetzungen der Liebesgedichte Heines an Stellen abgelegt hatte, an denen sie sie unweigerlich zu Gesicht bekommen musste. Als sie ihm offen mitteilte, dass sie keinerlei Interesse an ihm hatte, tauchten die Gedichte zwar weiterhin auf, aber mit höhnischem Unterton. Dick Dees Tod hatte diesen Spielchen ein Ende bereitet.
»Ich hab mich seit einiger Zeit nicht mehr dran gesetzt«, sagte er. »Aber jetzt komme ich wieder in die Gänge. Warten Sie einen Moment. Ich hab hier was, zu dem ich gern eine Meinung hätte.«
Er ging zu seinem Arbeitsplatz und kehrte mit einem Blatt zurück,

das er vor sie hinlegte und auf dem zwei Verse nebeneinander geschrieben waren.

The rock breaks his vessel asunder	*But when in the end the wild waters*
The waves roll his body along	*Plug his hear and scarf up his eye*
But what in the end drags him under	*I'm certain his last drowning thought is*
Is Loreley's sweet song	*The song of the Loreley.* *

Sie las sie, ohne das Blatt anzurühren.
»Und?«, sagte sie.
»Zwei Versionen des letzten Verses von Heines Loreley-Gedicht. Sie wissen schon, das anfängt mit *Ich weiß nicht, was soll es bedeuten, dass ich so traurig bin.*«
»Ist mir schon mal untergekommen.«
»Beide sind sehr frei übersetzt. Ich gebe parallel eine wörtliche Übersetzung, in der metrischen Version jedoch versuche ich den Geist und weniger den wörtlichen Sinn des Originals zu erfassen. Mein Dilemma dabei ist, will uns Heine sagen, dass es die Loreley mit ihrem Gesang bewusst darauf anlegt, die Schiffer in ihr Verderben zu locken? Oder liegt es einfach in ihrer Natur zu singen, und die Schiffer sind selbst daran schuld, wenn sie untergehen, weil sie ihr zuhören? Was meinen Sie?«
»Weiß nicht«, sagte Rye. »Aber dass Sie ›waters‹ mit ›thought is‹ reimen, gefällt mir nicht besonders.«
»Ein ästhetisches, weniger ein moralisches Urteil. Verständlich. Ich halte mich an das erstere.«
Er nickte, machte wie ein Soldat auf dem Absatz kehrt und ging an seinen Platz zurück. Das Blatt ließ er auf dem Tisch liegen.
Eine Frau, die das alles von der Tür aus beobachtet hatte, schritt nun zur Theke. Als Rye Pomona aufblickte, sah sie eine jugendliche Frau vor sich, eher stämmig gebaut, ohne Make-up, sie trug eine regennasse schlammfarbene offene Fleece-Jacke, unter der ein graues

---

* Im deutschen Original: »Ich glaube, die Wellen verschlingen / Am Ende Schiffer und Kahn; / Und das hat mit ihrem Singen / Die Loreley getan.«

Schlabber-T-Shirt zu sehen war, dessen Falten ihrer Figur kaum zuträglich waren und dessen Farbe unruhig mit ihrem dunklen Teint kontrastierte. In der Hand hielt sie eine Tesco-Tüte, und Rye schätzte sie auf den ersten Blick als eine Hausfrau ein, die früh Kinder bekommen, sich ein wenig hatte gehen lassen und nun, nachdem die Unbilden und der Überdruss des Freudenfestes hinter ihr lagen, in die Bibliothek gekommen war, um sich nach einem Bildungsweg umzutun, der zu einem weniger öde und vorhersehbaren Leben führte als das, was die gegenwärtigen Möglichkeiten ihr boten.
Musste Hats Einfluss sein, dachte sie sich. Ich werde noch eine richtige Polizistin. Was neben den Gedanken an Hat ein so warmes Lächeln auf ihr Gesicht sandte, dass die Frau entsprechend reagierte, was sie gleich um mehrere Jahre jünger und dreimal attraktiver erscheinen ließ.
»Hallo«, sagte Rye. »Kann ich Ihnen helfen?«
Darauf achtend, dass sie mit dem Körper jegliche Sicht von der Bibliothek abdeckte, schob die Frau einen Ausweis über die Theke.
»Hallo«, sagte sie. »DC Novello. Vielleicht hat Hat mich erwähnt?«
Tatsächlich hatte Hat, für den es in der Liebe nichts gab, was er hätte verheimlichen wollen, über seine Arbeit und seine Kollegen und über sich selbst mit vollkommener, aber subjektiver Offenheit erzählt.
Seine Darstellung seiner Erzrivalin Shirley Novello hatte bei Rye das Bild einer smarten, gebildeten Frau geweckt, der das Handy am linken Ohr klebte, der Organizer an die rechte Hand geschweißt war und bei der jeder Farbtupfer auf ihren Designer-Powersuit abgestimmt war. Sie brauchte einen Augenblick, um ihre falsche Vorstellung wie ihren misslungenen Versuch, die vor ihr stehende Person einzuschätzen, zu korrigieren. Beruhigend sagte Novello: »Nichts Schlimmes. Mr. Dalziel hat mich gebeten, mal reinzuschauen und nach dem Rechten zu sehen.«
In Wirklichkeit hatte der Dicke gesagt: »Lass sie wissen, dass sie sich vor schleimigen Schmarotzern in Acht nehmen soll, die sich ihr Vertrauen erschwindeln wollen. Gleichzeitig schleimst du dich selbst ein bisschen ein und stellst fest, ob sie was zu verbergen hat.«

»Was für ein netter Mensch Mr. Dalziel doch ist«, sagte Rye. »Wie Sie sehen, geht es mir gut.«
»O schön. War das nicht Mr. Penn, mit dem Sie sich gerade unterhalten haben? Ich habe gehört, was an Weihnachten vorgefallen ist. Er hat Sie doch nicht belästigt, hoffe ich?«
»Nein, nicht im Geringsten. Wir haben nur über Literatur diskutiert.«
Novellos Blick fiel auf Penns Blatt Papier. Rye zog es weg, Novello allerdings hatte die auf dem Kopf stehenden Verse bereits gelesen.
»Loreley«, sagte sie. »Haben Sie das nach dem Einbruch nicht auf Ihrem Computer vorgefunden?«
Du hast deine Hausaufgaben gemacht, dachte Rye. Das nun stimmte schon eher mit dem von Hat gezeichneten Bild überein.
»Ja«, sagte sie.
»Und Sie sind sich sicher, dass Mr. Penn Sie nicht belästigt hat?«
»Hören Sie, ich weiß, wenn ich belästigt werde.« Sie lächelte. »Ich bin überzeugt, es war nur Zufall. Er war hier, um sich bei mir zu entschuldigen. Wir werden sicherlich nicht die besten Freunde werden, aber wenn er nicht viel Aufhebens um die Sache machen will, habe ich nichts dagegen einzuwenden.«
»Er dürfte seine eigenen Gründe haben, wenn er davon nicht viel Aufhebens machen möchte«, sagte Novello.
»Das heißt?«
»Laut Mr. Dalziel könnte er beschlossen haben, dass es zu nichts führt, wenn er selber bellt, weshalb er sich vielleicht einen Hund angeschafft hat.«
»Der mich lauter anbellt?«, sagte Rye amüsiert.
»Einen Hund weniger zum Bellen, sondern zum Schnüffeln«, sagte Novello. »Von der Presse.«
»Einen Journalisten? Aber das ist doch idiotisch. Was sollte ich denn einem Journalisten erzählen können?«
»Nichts, hoffe ich. Aber wie Sie wahrscheinlich bereits selbst vermuten, glaubt Mr. Penn, dass Sie ... dass wir alle was zu verbergen haben. Wenn es ihm gelungen ist, einen Journalisten davon zu überzeugen, könnte daraus eine ziemlich gute Story werden ... der Punkt

ist, es wird niemand auf Sie zukommen und Sie um ein Interview bitten, die Sache dürfte hinterhältiger ablaufen. Sagen wir hier in der Bibliothek. Jemand, der Sie erst um Hilfe bittet, woraus sich eine nähere Bekanntschaft entwickelt ... kann passieren.«

Das kurze Schmunzeln, das Ryes Lippen touchierte, deutete Novello als Skepsis, der tatsächliche Grund dafür aber war die Erinnerung an Hat Bowler, der auf die gleiche Art versucht hatte, sie kennen zu lernen.

»Ich werde auf der Hut sein«, versprach sie.

»Etwas in der Art ist also noch nicht geschehen?«

»Nein. Ich hätte es bemerkt.«

»Bei diesen Leuten«, sagte Novello mit sanfter Stimme, »besteht die Kunst darin, es so anzugehen, dass Sie nichts bemerken.«

»Mein Gott. Jetzt jagen Sie mir richtig Angst ein. Aber wie auch immer, ich habe nichts zu verbergen, was sollten sie mir denn entlocken wollen?«

»Können wir kurz in Ihr Büro gehen?«, sagte Novello.

Sie warf einen Blick zu Penn, als sie durch die Tür hinter dem Schreibtisch gingen, der Schriftsteller allerdings schien in seine Arbeit vertieft zu sein.

Sie schloss die Tür. »Sie dürften im Besitz der öffentlich zugänglichen Akten sein. Mr. Dalziels Ansicht nach wäre es vielleicht hilfreich, wenn Sie einen Blick auf die Vernehmungsprotokolle werfen.«

Aus der Tesco-Tüte zog sie eine Akte.

»Ist es auch in Ordnung, wenn ich das mache?«, sagte Rye unsicher.

»Natürlich. Das ist so, als würde ein Polizist vor Gericht in seinem Notizblock nachsehen. Keiner kann sich immer alles genau merken. Und wenn Ihnen jemand Fragen stellt, dann wollen Sie doch nicht, dass die anderen anfangen, sich darüber Gedanken zu machen, nur weil Ihnen was entfallen ist, oder? Sie machen aus einer Fliege einen Elefanten, darin sind sie wahre Meister.«

Dalziel hatte gesagt: »Mach ihr klar, dass sie nicht mehr zu sagen braucht als das, was sie dem Coroner gesagt hat.«

Und Novello, die ausschließlich in das offizielle Bild des Tatorts ein-

geweiht worden war, wie ihn Pascoe und Dalziel bei ihrer Ankunft vorgefunden hatten, und lediglich die beglaubigte Aussage der jungen Frau kannte, nicht aber deren undokumentierte Äußerungen, verkniff sich die Frage, die sich ihr aufzudrängen begann – »könnte sie denn mehr erzählen, Sir?« –, denn es dämmerte ihr, dass ihr vor allem wegen ihrer Unwissenheit diese Aufgabe übertragen wurde. Die Lektüre der Unterlagen zum Wordman-Fall hatte den größten Teil ihrer Freizeit verschlungen, seitdem sie von Dalziel damit beauftragt worden war – nur weil er Jobs verteilte, die einen dreiundzwanzig Stunden am Tag beanspruchten, hieß das nicht, dass er nicht erwarten würde, dass man den Rest der Arbeit in die noch verbliebene Stunde stopfte.
Am Informationsschalter klingelte jemand.
»Hören Sie, ich muss los«, sagte Rye.
»Gut. Behalten Sie die Unterlagen. Lesen Sie sie, wenn Sie Zeit dazu finden. Es gibt keinen Grund, sich Sorgen zu machen, wir wollen nur nicht, dass Ihnen Unannehmlichkeiten entstehen. Wir bleiben in Kontakt, falls Sie nichts dagegen haben. Vielleicht mal auf einen Kaffee?«
Rye dachte nach, nickte dann und sagte: »Ja, könnte mir gefallen.«
Sie begleitete die Polizistin aus dem Büro. Am Schalter stand ein großer, blonder junger Mann, der wie der hübsche jüngere Bruder von Arnold Schwarzenegger aussah. Novello warf ihm einen ebenso musternden wie bewundernden Blick zu. Als Antwort bekam sie ein Lächeln, als hätte er es, um bei Hollywood zu bleiben, von Julia Roberts geborgt.
Halb geblendet von solch dentaler Ausstrahlungskraft blickte sie zu Rye und schürzte anerkennend die Lippen.
»Passen Sie auf sich auf«, sagte sie.
»Sie auch«, erwiderte Rye grinsend.
Und während sie davonmarschierte, dachte sich Novello, wenn sich dieser Brocken als investigativer Journalist herausstellen sollte, könnte er mich ruhig auf Herz und Nieren prüfen!

ur gleichen Zeit, als Novello die Bibliothek verließ, entspann sich etwa dreißig Meter über ihrem Kopf eine Szene, für die sich die meisten investigativen Journalisten den rechten Arm hätten abhacken lassen wollen, hätten sie dabei sein dürfen.

Sergeant Edgar Wield näherte sich im Parkhaus des Kulturzentrums der obersten Ebene, wo er ein geheimes Treffen mit dem Teenager und Strichjungen hatte, der bis über beide Ohren in ihn verliebt war.

Zumindest wäre es so von einigen dieser investigativen Journalisten formuliert worden, dachte sich Wield. Weshalb er an diesem Tag, auf die eine oder andere Art, die Dinge zwischen sich und Lee Lubanski klären wollte.

Edgar Wield hatte, nach einem heiklen Start, ein sehr schönes Weihnachten verbracht.

Sein Lebensgefährte, der Buchantiquar Edwin Digweed, hatte sich in Sachen Weihnachtsbrauchtum als Traditionalist entpuppt. Zunächst hatte Wield sich ziemlich verarscht gefühlt, als die vertrauten Umrisse ihres Cottage unter sinnlosem Firlefanz verschwanden und sie ihr kleines Wohnzimmer mit einer übergroßen Fichte zu teilen hatten, deren apogäischer Engel sich zierlich vorbeugte, da er mit dem Kopf gegen die Decke stieß. Bei einer Einkaufsexpedition in einen Hypermarkt, den Digweed das restliche Jahr über als die Kathedrale der Hölle bezeichnete, hatte er entgeistert mit ansehen müssen, wie sich in ihrem Einkaufswagen Cracker und Nippes, Pasteten und Gläser mit eingelegten Walnüssen, Cocktailwürstchen in einer Gesamtlänge von mehreren Metern und alle in den Regalen zur Schau gestellten Schachteln mit exotischem Konfekt und Pralinen türmten. Schließlich hatte er höflich angefragt, ob das Rote Kreuz Edwin vielleicht eine Warnung habe zukommen lassen, dass im abgelegenen Eendale mit einer Springflut von Flüchtlingen zu rechnen sei, die zwar vor dem Hungertod standen, kulinarisch aber nichtsdestotrotz sehr heikel waren.

Digweed hatte gelacht, eine Art fröhliches Ho-ho-ho, das Wield bislang zu keiner anderen Jahreszeit von ihm gehört hatte, und seinen Marsch durch die Regale fortgesetzt, summend zu den Weihnachtsliedern aus den Lautsprechern.

Wield, seit jeher pragmatisch veranlagt, hatte beschlossen, sich zu entspannen und zu genießen, und musste zu seiner großen Überraschung feststellen, dass es ihm gelang. Selbst der von ihm ursprünglich mit Vorbehalten angegangene Christmettenbesuch hatte Spaß gemacht. Das gesamte Dorf war anwesend, und da das Corpse Cottage, die nun mit bunten Lichterketten herausgeputzte Wield/Digweedsche Residenz, sich traulich an die Friedhofsmauer schmiegte, schien es ganz natürlich, dass die Dorfbewohner auf dem Heimweg kurz auf einen wärmenden Festtrunk vorbeischauten, bei dem bald darauf die scheinbar exzessiven Vorräte merklich dezimiert wurden.

»Es hat mich sehr gefreut, Sie beim Gottesdienst zu sehen«, sagte Justin Halavant, feinsinniger Kunstsammler und -kritiker, der Wield immer ein wenig an Oscar Wilde erinnerte und in dessen Hand eine Mohnblume oder Lilie alles andere als deplatziert gewirkt hätte. »Es ist ja so wichtig, dass wir alle für unseren Glauben eintreten, meinen Sie nicht auch?«

»Ach ja?«, sagte Wield, milde überrascht, da er Halavant eher als Ästheten denn als gläubigen Christen eingeschätzt hatte. »Seien Sie nicht gekränkt, es hat mir gefallen, aber ich bin nicht unbedingt das, was man einen wahren Gläubigen nennt ...«

»Mein lieber Freund, was hat das denn damit zu tun?«, lachte Halavant. »Ich meine nur, jeder, der an Weihnachten nicht in der Kirche auftaucht, endet über kurz oder lang an Beltane in einem Weidenmann. Das sind übrigens wunderbare kandierte Kumquats. Ich nehme mir noch davon.«

Später hatte er Digweed von dem Gespräch erzählt, der diesmal nicht sein Ho-ho-ho lachte, sondern wieder sein trockenes Glucksen von sich gab und sagte: »Justin spottet eben gern. Aber er hat Recht. In Enscombe geht keiner verloren, so oder so.«

Der Morgen am Weihnachtstag verlief gut, bis Wield zwischen den

Geschenken unter dem Baum einen gefütterten Umschlag entdeckte, auf den in kindlicher Schrift *Erst zu Weihnachten öffnen* gekritzelt war.

»Kam gestern mit der Post«, sagte Digweed mit übertriebenem Desinteresse.

Wield riss ihn auf und fand eine Karte von klebrigstem Design mit den zuckersüßesten Weihnachtsgrüßen, dazu etwas, was in eine Papierserviette gewickelt war.

Die Karte war unterzeichnet mit *An Edgar die besten Wünsche von deinem Freund Lee.*

Er packte die Serviette aus, zwei silberne Manschettenknöpfe mit seinem eingravierten Monogramm kamen zum Vorschein.

Edwin stellte keine Fragen, aber sie hingen so schwer im Raum, dass Wield darauf auf seine knappe, barsche Art antwortete.

Digweed hörte ihm zu, dann sagte er: »Du hast nicht daran gedacht, mir schon vorher von dem Jungen zu erzählen?«

»Es war eine rein polizeiliche Angelegenheit.«

»So«, sagte Digweed und blickte auf die Manschettenknöpfe und die Karte, »scheint es. Gibt es einen Namen für die Geschenke, die Polizisten von Kriminellen erhalten?«

Mein Gott, dachte Wield. Familienquerelen, die zu häuslicher Gewalt führten, waren für einen Bullen an Weihnachten nichts Außergewöhnliches. Aber er hatte eigentlich nicht damit gerechnet, persönlich davon betroffen zu sein.

»Er ist kein Krimineller«, sagte er. »Aber ich werde sie ihm sowieso zurückgeben.«

»Um dem kleinen Liebling das Herz zu brechen? Sei nicht albern. Wenn du die Manschettenknöpfe nicht haben willst, dann nehm ich sie. Und den Leuten erzähle ich, die Initialen stünden für Elend und Wirrnis, das trifft auf mich zu.«

Er drehte sich weg, seine Schultern bebten.

»Edwin, es gibt keinen Grund zur Besorgnis ...«

Digweed wandte sich, immer noch bebend, zu ihm um.

»Mein lieber Edgar, wofür hältst du mich eigentlich?«, sagte er lachend. »Ich würde dir vielleicht den Hals umdrehen, aber nie eifersüchtig vor mich hin schmollen. Und außerdem, du hast gesagt, der junge Mann ist neunzehn, sieht aber aus wie zehn oder elf? Ich habe erlebt, dass du einem Jüngelchen einen bewundernden Blick hinterherschickst, aber ich habe bislang nicht die kleinste Spur von Pädophilie in deinem Make-up entdecken können. Ganz davon abgesehen sind Manschettenknöpfe meiner Erfahrung nach nicht die Geschenke, die ein Junge seinem Liebhaber vermacht. Die gibt eher ein Sohn seinem Vater. Also, keine Eifersucht, glaub mir. Aber ich mach mir Sorgen. Du fühlst dich zum jungen Lubanski vielleicht nicht hingezogen, aber du hast Mitleid mit ihm, und für jemanden in deiner Position kann das gefährlicher sein als Sex. Du wirst dich um ihn kümmern, oder?«

»Er ist einem gewissen Risiko ausgesetzt.«

»Nein, *du* bist einem gewissen Risiko ausgesetzt. Verwechsle nicht das scheinbare Kind mit dem Erwachsenen, der er ist. Aber das hat Zeit bis morgen. *Carpe diem*, lieber Edgar. Hier ist etwas, mit dem du es dann auch für die Nachwelt festhalten kannst.«

Er warf ihm ein Päckchen hin, in dem Wield, nachdem er es aufgerissen hatte, einen Mini-Camcorder entdeckte.

»Mein Gott«, sagte er ehrlich gerührt. »Tausend Dank. Der muss ja ein Vermögen gekostet haben.«

»Reines Eigeninteresse«, sagte Digweed. »Ich gehe davon aus, dass du mit deinem Computerwissen Filme von mir machen und so lange an ihnen herumbosseln kannst, bis ich zwanzig Jahre jünger aussehe. Ich kann es kaum erwarten, mit dem Experiment zu beginnen.«

Und danach war Weihnachten genauso, wie Lees Karte behauptete, dass es sein sollte.

Wield konnte sich an keine Zeit in seinem Leben erinnern, in der er glücklicher gewesen wäre. Und weil er glücklich war, wollte er, dass auch alle anderen glücklich waren. Was aber in jener anderen, unkontrollierbaren Welt, die ihm jedes Mal auflauerte, wenn er Eendale in östliche Richtung verließ, noch nicht einmal im Bereich des Möglichen lag. Als er sich daher seiner Verabredung näherte, beschlich ihn eine böse Vorahnung, dann sah er den blassgesichtigen Jungen, der auf ihn wartete wie Cathy auf Heathcliff, im Hintergrund die tief hängenden Wolkenfetzen eines stürmischen, winterlichen Yorkshire-Himmels.

Er hatte einen neuen Treffpunkt vorgeschlagen, da regelmäßige Treffen selbst an einen so anonymen Ort wie dem Turk's Aufmerksamkeit erregen konnten, vor allem aber, weil er kein Publikum wollte, falls Lubanski wegen dessen, was er gleich zu hören bekommen sollte, ausflippen würde.

Denn es war definitiv ihr letztes Treffen.

Dalziel, beeindruckt von der Genauigkeit der bisherigen Tipps, hatte Wield gedrängt, Lee offiziell als neuen Informanten anzuheuern. Wield wusste, dass dies nicht geschehen würde, hatte aber nichts dagegen, ihm den Vorschlag zu unterbreiten, weil er annahm, dass damit ein Schlussstrich unter ihre Beziehung gezogen würde. Der Gedanke, einfach weiterhin die Verletzlichkeit und emotionale Labilität des Jungen auszunutzen, war ihm zuwider. Bevor sie sich trennten, wollte er alles versuchen, Lee von seinem gefährlichen und entwürdigenden Leben abzubringen, hegte aber, da war er Realist, kaum die Hoffnung, dass ihm das gelingen würde. Keinesfalls würde er zulassen, dass sich der Junge weiterhin falsche Vorstellungen machen konnte, was ihre gegenwärtige Beziehung betraf.

Lee drehte sich um, sah ihn, und die Veränderung in seiner Miene versetzte Wield einen Stich. Wie ein Welpe, der sich freut, wenn das Herrchen wiederkommt. Die harschen Worte, die er sich zurechtgelegt hatte, wurden in seinem Mund bitter und schal. »Hallo, Lee«, hörte er sich selbst sagen. »Schöne Weihnachten verbracht?«

»Ja. Einen Haufen verdient.«

»Ich meine nicht das Geschäft, Lee«, sagte Wield, dem gleichzeitig klar wurde, welch dämliche Frage er gestellt hatte. »Hör zu, ich muss dir was sagen.«

»Ich zuerst«, sagte der Junge. »Im neuen Jahr soll was richtig Großes abgezogen werden.«

»Lee«, sagte Wield und wollte sich nicht beirren lassen. »Es ist an der Zeit, dass wir ein Ende …«

»Nein, hör zu, das ist wirklich gut. Ich hab mir danach ein paar Notizen gemacht. Ich hab sie mitgebracht.«

Stolz überreichte er ihm ein Blatt billigen Schreibpapiers, das von seinem kindlichen Gekrakel bedeckt war.
Zerreiß es einfach, sagte sich Wield. Sag ihm, du willst es nicht wissen, es ist alles vorbei, du lässt die Finger von ihm. Er hat sein eigenes Leben zu leben, und wenn du es schon nicht besser machen kannst, dann solltest du es wenigstens nicht noch verschlimmern.
Der Polizist in ihm aber überflog bereits die Worte auf dem Papier.

B sagt, das alles okay ist und der Mann in Sheffield soll sich keine Sorgen machen und der Mann in Sheffield sagt, dass entscheidet schon er und dass es jetzt schon eine Menge Dinge gibt, über die man sich Sorgen machen muss, wie reimt sich das B zusammen? Und B sagt Zufall und es spielt keine Rolle, oder? und alles verläuft so wie es für Januar geplant war und die Vorauszahlung würde wie vereinbart angewiesen werden. Und der Mann in Shef sagt, das will er ihm auch geraten haben und legt auf.

Und jetzt war Wield ganz der Bulle.
»Dieser B ...«, sagte er, »das ist deine Quelle, oder? Ist er dein Kunde?«
»Ja, richtig. Ein Stammkunde. Er steht auf mich. Und er hat so ein Telefon mit Freisprecheinrichtung, er spricht gern mit Leuten, wenn wir, na ja, wenn wir es tun ... nicht darüber, obwohl er das auch macht, im Netz, sondern richtige Geschäftsgespräche, und die anderen haben keine Ahnung, dass ich da bin und ihm ...«
Mein Gott. Das Oval-Office-Syndrom. Ein Typ, der sich so verdammt wichtig nimmt und den es anmacht, wenn ...
Etwas in ihm sträubte sich, es bildlich vor sich zu sehen, so wie Lees unangebrachtes Feingefühl sich widersetzt hatte, es in Worte zu fassen.
»Also«, sagte er, »dieser Typ in Sheffield, wurde da kein Name genannt?«
»Nein, eigentlich nicht.«
War da was dran? Vielleicht. Aber konzentrier dich auf die Fakten, bevor du deinen Hirngespinsten hinterherjagst.
»Woher weißt du, dass er in Sheffield war?«

Lee verdrehte nachdenklich die Augen. »Weil Belchy ihn fragte, ob er noch in Sheffield ist, und da sagte er ja.«
Belchy?
B für Belchy.
O Scheiße. Wenn es stimmte, was er sich gerade dachte, dann würde Andy Dalziel diesen Jungen auf keinen Fall hergeben wollen.
Er packte den Stier bei den Hörnern. »Belchy ist Marcus Belchamber, richtig?«
Lee antwortete nicht, aber das war auch nicht nötig. Der Schreck stand ihm unübersehbar in sein jungenhaftes Gesicht geschrieben.
»Richtig?«, insistierte Wield.
»Das hab ich dir nicht gesagt!«
Wield verspürte eine Mischung aus Mitleid und Wut. Der dumme Junge glaubte, er könne unbedenklich Informationen weitergeben, solange er keine Namen nannte. Als würde es für Belchamber irgendeinen Unterschied machen, ob sein Name geraten oder verraten wurde. Aber es machte für Lee einen Unterschied, etwas, worauf ein guter Bulle aufbauen konnte.
Wield verabscheute sich selbst, als er tröstend sagte: »Natürlich hast du das nicht, Lee. Das werden wir klarstellen, egal was geschieht. Wir haben das schon gewusst, verstehst du? So ist es immer, wir wissen immer mehr, als wir zugeben.«
Wenn er den Eindruck der Allwissenheit vermittelte, hatte das nicht nur den Vorteil, dass er dem Jungen ein wenig die Angst nahm und ihn gefügiger machte, vielleicht begann er dadurch Wield auch als Teil einer gewaltigen Gesetzesmaschinerie zu sehen und nicht mehr als Individuum.
»Du hast also schon alles gewusst, was ich dir zugesteckt habe?«
»Das meiste«, sagte Wield. »Aber was du uns erzählt hast, konnten wir wunderbar verwerten, um noch einige Ungereimtheiten zu klären. Eigentlich weiß ich nicht, was wir ohne dich getan hätten. Du warst wirklich gut.«
Der Junge wirkte so zufrieden, dass Wield erneut das schlechte Gewissen packte. Wie immer das Spiel ausgehen mochte, es war definitiv das letzte, redete er sich ein.

Allerdings ertappte er sich dabei, wie er in Gedanken schon beim nächsten war.

Er sagte: »Also, du meintest, keine Namen? Was ist, wenn sie sich verabschieden?«

»Der Typ in Sheffield hat einfach aufgelegt. Dann ging Tobe ins Netz …«

»Tobe? Wer zum Teufel ist Tobe?«

»Das ist Belchys Web-Name, den, den er verwendet, wenn er mit seinen Kumpeln im Netz plaudert.«

»Woher weißt du das?«

»Manchmal ist er online, wenn wir … du weißt schon. Schickt gern Nachrichten raus und erzählt, was gerade passiert.«

Belchamber, du bist ein kleines Stück Scheiße!, dachte Wield.

»Das ist ein Chatroom, oder?«

»Ja, aber es ist ziemlich kompliziert, da reinzukommen, Passwörter und so ein Mist. Soll ich mehr darüber herausfinden?«

»Nein«, sagte Wield entschieden. »Du darfst nichts tun, was sein Misstrauen erregen könnte. Als er online ging, hatte das irgendwas mit dem Typen in Sheffield zu tun, mit dem er telefoniert hat?«

»Ich glaube schon. Ich hab seine Nachricht gesehen, die er im Board hinterlassen hat. *LB, ruf mich an, Tobe.*«

»LB?«

»Ja, das ist einer der Perversen im Chatroom, aber den kennt Belchy persönlich, und manchmal hinterlässt er ihm dort eine Nachricht.«

»Und hat dieser LB angerufen?«

»Ja. Ein wenig später. Musste dazu nichts aufschreiben, es war wirklich kurz. LB sagte was. Und Belchy sagte, er habe seinem Kumpel gesagt, das Geld sei durch, stimmt das? Und LB sagte, er tue immer das, was man ihm sagt, das sollte Tobe eigentlich wissen. Das war's.«

»Klingt nicht sehr freundlich.«

»Nein«, sagte der Junge. »Und wenn ich so darüber nachdenke, da haben sie sich, Belchy und LB, meine ich, vorher eigentlich immer viel freundlicher unterhalten.«

»Und der Typ in Sheffield klang, nach allem, was du sagst, nicht wie ein enger Freund?«

»Der? Nein, ganz bestimmt nicht.«

»Aber du sagtest, Belchamber hat in der Unterhaltung mit LB vom ›Geld seines Kumpels‹ gesprochen. Wieso das, irgendeine Vorstellung?«

»Keine Ahnung. Aber es klingt wirklich ein wenig komisch. Ich meine, Belchy ist ein stinkfeiner Typ. Keiner von denen, die rumlaufen und andere einfach so Kumpel nennen, du verstehst, was ich meine? Aber den Typen in Sheffield hat er einige Male Kumpel genannt. Vielleicht wollte er ihm in den Arsch kriechen, könnte doch sein?«

»Ja«, sagte Wield leise. »Vielleicht. Lee, gut gemacht, wie du das alles aufgeschnappt hast.«

Der Junge strahlte.

»Wirklich? Na ja, weißt schon, das lenkt einen vom Job ab, was?«

»Und wie lange arbeitest du schon für Belchy?«

»Einige Wochen mittlerweile. Ziemlich regelmäßig. Gutes Geld, keine Probleme.«

»Du klingst, als würdest du ihn mögen.«

Lee sah Wield mit ausdrucksloser Miene an. »Ihn mögen? Er ist ein Freier. Ich meine, jemanden wie dich, den kann ich mögen, aber einen Freier ... das hat da nichts zu suchen ... außerdem behandelt er mich wie ein Kind ...«

»Wie?«

»Na ja, er tut so, als sei ich noch ein Kind, du weißt schon, elf oder zwölf Jahre alt oder so. Er hat so Sachen für mich, die ich anziehen soll, Schuluniformen, grüner Blazer mit gelbem Saum, graue Shorts mit einer Kappe, den ganzen Scheiß, und er wird ziemlich wütend, wenn ich was sage, was nur Erwachsene sagen. Manchmal verkleidet er sich auch wie die Soldaten in dem Film *Gladiator*, und ich muss mit nacktem Arsch rumlaufen wie ein Sklave oder so. Trotzdem, es geht um die Kohle, und du machst eben, wofür du bezahlt wirst, so funktioniert das, oder?«

»Es ist leider so, Lee«, sagte Wield unendlich traurig. »Leider ist es so.«

ass mich das noch mal auf den Punkt bringen«, sagte Dalziel. »Der Knabe unterm Tisch mümmelt an seinem Schwanz rum, während Belchamber oben am Telefon mit seinem niederträchtigen Klientenpack plaudert? Oder er sitzt am Computer und unterhält andere mit seinen Live-Kommentaren? Mein Gott, was ist das nur für ein kranker, aufgeblasener Wichser!«
»Wichser würde ich ihn nicht nennen«, sagte Wield. »Es geht um Macht. Der Junge, der ihn bedient, ist für ihn ein römischer Sklave. Oder ein zehnjähriger Schuljunge. Die Uniform, die Lee erwähnt hat, erinnerte mich an jene der Thistle Hall Prep School. Ich hab's nachgeprüft. Belchamber hat die Schule besucht. Vielleicht ist ihm da was Schlimmes untergekommen.«
»Konnte nicht schlimm genug gewesen sein. Er ist wirklich ein ganz armseliger, ekelhafter Drecksack«, sagte Pascoe heftig. »Ich hab ihn nie gemocht. Wird ein Vergnügen sein, ihn wegzusperren.«
»Mal halblang«, sagte Dalziel. »Wir wollen nicht voreilig sein. Okay, eine Lesart des Ganzen ist, Belchamber hat seine Zeh über die Grenze gesetzt und fungiert als Verteiler von Schmier- oder Schutzgeldern seines Klientenpacks. Obwohl ich mir beim besten Willen nicht vorstellen kann, warum er das tun sollte. Im Grunde erscheint das so unwahrscheinlich, dass wir es uns gut und unvoreingenommen überlegen sollten, bevor wir dazwischenrauschen und dabei nichts anderes vorweisen können als das Gekritzel, das ein Stricher unserem Quentin Crisp hier gegeben hat.«
Eines musste man dem Dicken lassen, er verpackte nichts in buntes Geschenkpapier. Oder (ein Gedanke, bei dem einem schier schwindelte) er glaubte, dass er genau das tue.
»Verdrahten wir Lubanski«, sagte Pascoe, »vielleicht bekommen wir dann ja was zu hören, was wir als Beweis benutzen können. Es wäre auf jeden Fall besser, wenn wir selbst einschätzen könnten, was gesagt wird.«

»Nein«, sagte Wield entschieden. »Das werde ich nicht zulassen.«
»Oh?«, erwiderte Pascoe verblüfft. »Stellst du das zur Diskussion oder einfach nur fest?«
Dalziel sah von seinem Sergeant zu seinem Chief Inspector und dachte einen Augenblick daran, sich zurückzulehnen und das seltene Schauspiel eines Streits zwischen den beiden zu genießen.
Doch dann erinnerte er sich an seine berufliche Verantwortung und die Achtung, die er ihnen entgegenbrachte, und er sagte abwiegelnd: »Diskussion ist überflüssig. Der Knabe muss sich ausziehen, wenn er in seine Schuluniform schlüpft. Ich wette, der Rülpser behält ihn im Auge, wo soll er denn ein Aufnahmegerät verstecken, wenn er entblättert rumläuft? Könnten versuchen, das Telefon anzuzapfen, bezweifle aber, dass wir das durchkriegen. Wenn die Sache schief läuft, hat keiner Lust, dass Belchamber von seinem hohen Podest auf uns runterscheißt. Nein, wir müssen uns an den Knaben halten. Was sind denn überhaupt seine Motive, warum erzählt er dir das alles, Wieldy?«
Nur sehr widerstrebend hatte Wield Lee in die Welt des Dicken gelassen. Obwohl vielleicht sogar Dalziel die Vorstellung von Sexsklaven abstoßend fand, zog er bei den Menschenrechten für Spitzel eine ganz klare Grenze. Belchambers Beteiligung plus das Gefühl, dass die letzten Neuigkeiten sich auf etwas wirklich Großes bezogen, hatten es ihm unmöglich gemacht, die Anonymität des Jungen weiterhin aufrechtzuerhalten. Auf keinen Fall aber würde er die Wahrheit über Lees Beweggründe erzählen. Er versuchte sich den mimischen Erdrutsch vorzustellen, der an dieser Steilküste von Gesicht abging, wenn er erwiderte: »Er hätte mich gern zu seinem Vater.«
Der Anblick wäre es fast wert. Fast.
Stattdessen sagte er: »Er hasst Belchamber wie die Pest.«
Es stimmte nicht. Lee schien gegenüber Belchamber als Menschen ebenso gleichgültig eingestellt zu sein wie der Anwalt gegenüber ihm. Aber dem Dicken würde es reichen.
»Wirklich?« Dalziel schauderte. »Mein Gott! Wenn euch jemals zu Ohren kommen sollte, dass ich einen Typen, der mich wie die Pest hasst, mit den Zähnen auch nur in die Nähe meines Schwanzes lasse,

dann sagt mir auf jeden Fall Bescheid! Also, dann sehen wir uns mal an, was wir haben. Dieser Kumpel. Du glaubst, dieser Typ in Sheffield könnte Matt Polchard sein. Irgendwo klingelt's, wir haben uns doch erst vorgestern über ihn unterhalten, oder?«

»Saß mit Roote im Syke. Sie haben zusammen Schach gespielt«, sagte Pascoe, der argwöhnte, dass sich der Dicke nur allzu gut erinnerte und lediglich seine Reaktion testen wollte.

»Genau. Glaubst du nicht, dass der junge Franny als Kopf hinter dem Ganzen steht, Pete?«, sagte Dalziel mit erschlagender Ausgelassenheit. »Passt doch exakt in dein Mr.-Big-Profil.«

»Ich würde abwarten, bis wir sicher sind, dass es auch wirklich Polchard ist, bevor ich meine Meinung abgebe, Boss«, sagte Pascoe, ohne mit der Wimper zu zucken.

»Guter Gedanke. Wieldy, hast du Polchard überprüft?«

»Verbrachte Weihnachten in seinem Cottage in Wales. Verließ es am Sechsundzwanzigsten. War in der Woche vor Weihnachten in Sheffield gesehen worden.«

»Wo gesehen worden? Wobei?«

»Einkaufen«, sagte Wield. »Weihnachtskram. Nichts Heimliches. Sah aus, als würde er bis zum Umfallen einkaufen, dann zurück aufs Land, um Weihnachten zu feiern.«

»Er war also in der Gegend, als dieser DI Rose was über eine große Sache zugesteckt bekam, die in unser Revier reinspielen soll. Pete?«

»Ich hab mit Rose gesprochen. Hab es nicht an die große Glocke gehängt. Ich wollte nicht, dass er deswegen völlig aus dem Häuschen gerät.«

Was schwierig gewesen war. Vor lauter Aufregung war es nur so aus ihm herausgesprudelt, sodass Pascoe einiges zu tun hatte, um den Korken drin zu lassen.

»Hör zu«, hatte er ihm sehr eindringlich erklärt, »vielleicht ist das alles gar nichts. Ich rate dir, veranstalte in der Dienststelle kein großes Geschrei. Wenn es sich nämlich herausstellt, dass es nichts ist, stehst du als noch größerer Trottel da als zuvor. Und wenn es was Großes ist, wird es dir einer, der größer ist als du, einfach wegschnappen. Ist auch gut für die Sicherheit. Je weniger davon wissen, desto geringer ist die Wahrscheinlichkeit, dass irgendein Idiot alles versaut. Wände haben Ohren, vergiss das nicht.«

Dieses Argument schien Rose zu beeindrucken. Vielleicht hatte er unter Gerede zu leiden gehabt.

»Du hast ja Recht«, sagte er. »Hier bei uns haben sie sogar auch noch Zungen.«

»Was Neues von deinem Informanten?«

»Noch immer keinerlei Spur von ihm. Seine Kumpel sagen, er sei noch in London, aber keiner hat eine Adresse. Ich wette, der hat zu viel Muffensausen, um zurückzukommen. Irgendjemand hat ihm ziemlich Angst eingejagt.«

»Jemand wie Matt Polchard?«, schlug Pascoe vor.

»So einer, ja.«

Sie vereinbarten, dass Rose vorsichtig die Fühler ausstrecken sollte, um zu sehen, ob Polchard wieder in der Stadt war, und, falls ja, ihn von der Ferne aus beschatten lassen würde.

»Kann alles oder nichts sein«, sagte Dalziel gereizt. »Dieser andere Typ, LB, der, den dein Spitzel für einen seiner ekligen Computer-Kumpel hält, wie geht's bei dem voran, Wieldy?«

»Bin dran«, sagte Wield. »Aber diese geschlossenen Chatrooms sind nicht einfach. Ein Haufen Sicherheitskontrollen, Codes und Passwörter. Und wenn du mal drin bist, dann benutzt jeder ein Alias.«

»Wie Tobe? Was für ein bescheuerter Name ist das denn?«

»Ein ziemlich offensichtlicher, würde ich sagen«, erklärte Pascoe. »Er nennt sich wohl so in Anspielung auf Sir Toby Belch in *Die Zwölfte Nacht oder Was ihr wollt*. LB allerdings sagt mir nichts.«

»Dann solltest du dir mal deinen Shakespeare etwas genauer anschauen«, grummelte Dalziel, der nichts dabei fand, sich selbst in Szene zu setzen, auch wenn er es bei seinen Untergebenen nicht ausstehen konnte. »Dieser Chatroom – können wir den schmierigen Schleimer deswegen drankriegen, wenn alles andere nicht hinhaut?«

»Nicht solange sie das Forum nicht zum illegalen Download von obszönem Material verwenden. Oder Minderjährige für illegale

Handlungen einspannen. Aber wenn es nur ein Haufen gleichgesinnter Seelen sind, die ein Forum suchen, wo sie die Sau rauslassen und ihre dreckigen Sprüche abziehen können, dann sind sie kaum zu belangen.«

»Wenn er da dabei ist, gehört er dann nicht mit gewisser Wahrscheinlichkeit einem der großen Hardcore-Ringe an?«, sagte Pascoe.

»Möglich.« Wield zögerte, bevor er fortfuhr. »Ich schätze Belchamber jedoch so ein, dass er viel zu vorsichtig ist, um sich auf etwas einzulassen, das er im Grunde nicht kontrollieren kann.«

»Was ist daran vorsichtig, wenn er am Telefon quatscht, während der Stricher ihm am Schwanz baumelt?«, sagte Pascoe.

»Meiner Meinung nach gehört das mit zum Spiel«, sagte Wield. »Für viele ist Gefahr ein wesentlicher Bestandteil von Sex. Wir alle haben ungewöhnliche, extreme Gelüste, die wir gern ausprobieren würden. Wenn wir Glück haben, finden wir jemanden, der uns auf dieser Reise begleitet. Belchamber will die Gefahr, er will das Extreme, aber er ist Anwalt. Also versucht er, den beruflichen Profit zu maximieren, das persönliche Risiko aber zu minimieren. Das gefällt ihm so gut an Lee. Er sieht aus wie zehn, und Belchamber lässt ihn wie einen Zehnjährigen agieren, in Wirklichkeit aber ist er neunzehn. Wenn alles schief geht, was haben wir dann? Kein Gesetz verbietet den Geschlechtsverkehr mit einem Neunzehnjährigen. Belchamber bekommt also völlig risikolos seinen Pädophilen-Kick. Und genau darum geht es auch, wenn er seinen Geschäften nachgeht, während er sich einen Blowjob verpassen lässt. Ein irres Gefühl, gegenüber dem Jungen aber hält er sich für so mächtig, dass er glaubt, er könne nicht aufgedeckt werden.«

Pascoe war es gewohnt, Wields kühlen eingehenden Situations- und Fallanalysen zu lauschen, doch obwohl dessen Ton so leidenschaftslos wie immer klang, schwang unter der Oberfläche etwas mit, was er bis dahin nur selten wahrgenommen hatte.

»Auch eine Möglichkeit«, sagte Dalziel. »Und wir sind uns sicher, dass dieser Junge nicht nur an Belchambers Pimmel lutscht, sondern dich auch nicht an deinem herumführt?«

»Gewiss, Sir«, sagte Wield. »Nach dem Linford-Fall und der Sache mit Praesidium spricht doch vieles dafür, dass es stimmt, was er sagt.«

»Das Ding mit dem Geldtransporter, erzähl uns noch mal davon. Passt doch irgendwie nicht zum alten Belchy, dass er was mit so einer Gurkentruppe zu tun hat.«

»Vielleicht ist es eine Gurkentruppe«, sagte Pascoe. »Seitdem aber sind sie spurlos verschwunden. Sogar der Wagen ist wie vom Erdboden verschluckt.«

»Für irgendwas muss sich der ganze Aufwand doch gelohnt haben, oder?«, grummelte Dalziel. »Entweder zerlegen sie die Karre in alle Einzelteile und verkaufen sie über einen zwielichtigen Händler, oder sie haben das ganze Ding nach Irland verfrachtet, wo es in diesem Moment durch Dublin kurvt. Aber was hat Belchamber damit zu tun?«

»Keine Ahnung. Lubanski kam aus der Dusche – Belchamber mag ihn, wenn er sauber ist und nach Karbolseife riecht – und hat nur noch das Ende des Gesprächs mitbekommen. Belchamber sagte ›und der Praesidium-Transporter?‹, und der andere antwortete, ›werden wir uns am Freitag holen‹.«

»Nicht viel«, sagte der Dicke. »War die Stimme des anderen die gleiche wie bei dem Typen aus Sheffield?«

»Das konnte Lee nicht sagen, als ich ihn danach fragte.«

»Vielleicht waren sie bei der Praesidium-Sache darauf aus, sich das Geld für den großen Job zu besorgen«, sagte Pascoe.

»Dann ist ihnen das fürchterlich misslungen.«

»Vielleicht musste sich Polchard deshalb nach einem Geldgeber umsehen, weshalb Belchamber ins Spiel kam.«

»Nein, er musste schon vorher dringesteckt haben, wenn er mit jemandem über den Transporter spricht, bevor dieser überfallen wird«, warf Dalziel ein. »Hört zu, solange wir nicht mehr wissen, was hier gespielt wird – und es kann sich noch immer als heiße Luft herausstellen –, sollten wir sehr vorsichtig vorgehen. Wieldy, ich lass diesen Knaben vorerst in deiner zärtlich-liebenden Obhut, aber wenn ich meine, dass es nötig ist, werde ich mir den jungen Burschen selber schnappen und so lange durchschütteln, bis ich sicher bin, dass aus ihm nichts mehr rauskommt. Und jetzt macht euch davon, ihr beiden. Was wir hier haben, ist nichts Halbes und nichts Ganzes. Entweder kommt was Konkretes dabei heraus, oder ihr vergesst die Sache endgültig.«

An der Tür blieb Pascoe stehen.

»Boss«, sagte er.

»Was? Aber nur, wenn es nichts mit Roote zu hat. Ansonsten darfst du dich verziehen, ich hab nämlich zu tun.«

»Warum steckt Novello ihre Nase in die Wordman-Akte?«

»Sie tut, was ihr aufgetragen worden ist, Bursche, und ein wenig mehr sogar. An deiner Stelle würde ich mal ein Auge auf das Mädel haben. Nehme an, sie ist hinter deinem Job her.«

»Dann ist sie mir jederzeit willkommen. Soll ich sie gleich direkt darauf ansprechen?«

Seufzend erklärte Dalziel, was er vorhatte, das meiste zumindest.

»Und wie kommt sie bislang zurecht?«

»Sie hat mit Pomona gesprochen, ihr gesagt, dass sie auf der Hut sein soll.«

Er gab Pascoe eine kurze Zusammenfassung von Novellos Bericht über ihren Bibliotheksbesuch.

»Und Penn zeigte ihr Teile von dem ›Loreley‹-Gedicht? Gibt er denn damit nicht indirekt zu, dass er es war, der eingebrochen ist?«

»Nicht unbedingt. Ich hab ihm gegenüber die Loreley erwähnt, und Charley, der ist ja nicht dumm, hat eins und eins zusammengezählt. Konnte sich dann nicht verkneifen, ein wenig in der Suppe herumzurühren, schätze aber, worauf's ihm wirklich ankam, war, dass er sich entschuldigt und einen Ton angeschlagen hat, der bei einem unflätigen Yorkshire-Kraut als versöhnlich durchgehen könnte. Ich vermute aber, was an Weihnachten passiert ist, lag nur am Fusel, und später hat er es bedauert. Er will Pomona einlullen, damit sein Schmierfinken-Wolf das kleine Rotkäppchen hinterrücks verschlingen kann.«

»Verstehe«, sagte Pascoe. »Boss, es ist doch alles in Ordnung, oder?«

Obwohl Pascoe keinerlei Einwände erhoben hatte, war er mit den Freiheiten, die sie sich bei der offiziellen Version der Ereignisse

am Stang Tarn genommen hatten, niemals richtig glücklich gewesen.
»Machst du dir Sorgen um deine Rente?«, lachte der Dicke. »Völlig unnötig. Wenn es so weit ist, kannst du dir meine mit mir teilen.«
Das Lachen hallte noch in seinen Ohren nach, als Pascoe sich fragte, warum nur seine Rente auf dem Spiel stehen sollte.

Unten in der Kantine warfen auch Shirley Novello und Hat Bowler einen Blick in die Zukunft, wenngleich ihre Gedanken nicht um die Rente kreisten.
Es war Novello gewesen, die ein Gespräch bei einer Tasse Kaffee vorgeschlagen hatte. Es hatte nicht gut angefangen.
»Ich war heute Morgen in der Bibliothek«, sagte sie. »Hab mich mit deiner Freundin unterhalten.«
»Warum zum Teufel?«, kam es scharf von Hat.
»Nur um zu sehen, ob alles in Ordnung ist.«
»Ach ja? Und was geht dich das an? Wäre vielleicht besser, wenn du dich da raushalten würdest.«
O Scheiße, dachte Novello. Wenn die Liebe zum Fenster hereinwehte, verschwand der Verstand durch die Tür. Es war an der Zeit, den schwarzen Mann ins Spiel zu bringen.
»Es war Mr. Dalziels Idee. Soll ich Mr. Dalziel erzählen, dass er sich da raushalten soll? Oder willst du das lieber übernehmen?«
Kurz wirkte Hat, als ob er ernsthaft darüber nachdachte, dann holte ihn die Realität wieder ein. »Was hat er dir erzählt?«
Novello erklärte ihm alles, ohne irgendwas zurückzuhalten. Dalziel hatte ihr gesagt, sie solle es auf ihre Art und Weise anpacken, und dazu gehörte nicht, dass sie es riskieren wollte, einen Kollegen, auf den sie in Zukunft vielleicht einmal angewiesen sein würde, gegen sich aufzubringen.
Bowler schien entschlossen, sich dumm zu stellen.
»Er glaubt also, dass Penn versucht, die Zeitungen für einen Skandal zu interessieren, nur gibt es keinen Skandal, für den sie sich interessieren könnten, oder? Wie viel Zeit und Geld werden wir damit verschwenden, was meinst du? Keine Story, Ende der Geschichte.«

»Du siehst das falsch, Hat«, sagte sie. »Betrachte es mal so. Ständig sammeln wir Beweise für Fälle, bei denen in unseren Augen glasklar ein Verbrechen vorliegt, wir schicken sie an die Staatsanwaltschaft, und bei der Hälfte der für uns wasserdichten Fälle schicken sie alles mit dem Kommentar zurück, ›sorry, nichts zu machen, würde vor Gericht nicht anerkannt werden‹. Also, was wir als einen guten Fall betrachten, ist für sie der letzte Dreck, richtig?«

»Ja, aber ...«

»Und die Zeitungen sind für uns, was wir für die Staatsanwaltschaft sind. Was wir als den letzten Dreck ansehen, kann für sie ein guter Fall sein. Sie müssen sich nicht damit herumschlagen, ob es vor Gericht bewiesen werden kann. Andeutungen, unbewiesene Behauptungen, viele Anführungszeichen, du gibst ihnen den kleinen Finger, und sie drehen es vielleicht so hin, als hätten wir die ganze Sache schlimmer zurechtgemacht und hinfrisiert als eine Dragqueen.«

»Ja, aber wenn keiner was Falsches gemacht hat, dann können sie uns doch nichts anhaben, oder?«

Kann er wirklich so naiv sein?, fragte sich Novello.

»Wenn sie über eine Story stolpern, die sie rausposaunen können, dann bringen sie sie knüppelhart«, sagte sie geduldig. »Es werden Fragen gestellt, vielleicht kommt es zu einer weiteren Untersuchung. Du hast eine schon hinter dir, eine, bei der alle auf deiner Seite gestanden haben und aus der du als Held hervorgegangen bist. Die Zeitungen haben dich geliebt. Aber die Liebe stirbt. Ein anderes Szenarium, eine andere Rolle. Vielleicht kommst du wieder unbescholten davon, aber das heißt nicht, dass nichts hängen bleibt. Du weißt doch, wie das geht, in der Personalakte steht zwar nichts, aber bei jeder anstehenden Beförderung gibt es einen, der fragt, war das nicht der ...? Und bei Rye ist es das Gleiche. Ja, dem Papier nach ist alles in Ordnung, aber erinnerst du dich ...«

»Sie werden trotzdem eine Story bringen müssen«, sagte er trotzig.

»Okay, sieh's so. Bibliothekarin vögelt mit ihrem Boss in einem Cottage auf dem Land. Ihr eifersüchtiger Liebhaber ertappt sie dabei. Es kommt zum Kampf. Der Liebhaber ersticht den Rivalen. Mit dreizehn Messerstichen.«

»Das ist ein Haufen Müll!«
»Nicht die dreizehn Messerstiche. Ich habe den Obduktionsbericht gelesen.«
»Hör zu, Novello«, sagte Hat, »meinst du vielleicht, ich hätte das nicht alles schon mal durchgekaut? Ich lag auf dem Rücken, der Drecksack auf mir drauf, er hatte mir das Messer in den Leib gerammt, und hätte Rye ihm nicht eine Flasche drübergezogen, hätte er mich umgebracht. Dadurch hatte er wohl das Messer fallen lassen, worauf er mit der schweren Kristallschüssel auf mich eindrosch und mich wahrscheinlich auch erledigt hätte, wenn ich nicht irgendwie das Messer zu fassen bekommen und damit auf ihn eingestochen hätte.«
»Ja, dreizehn Mal. Vor allem in den Rücken, aber irgendwie hast du ihn auch unter dem Rippenbogen erwischt. Der allein hätte wahrscheinlich schon ausgereicht.«
Kurz sah es aus, als wollte er vor Zorn hochgehen. Dann schloss er die Augen, ballte die Fäuste und zwang sich dazu, sich langsam zu entspannen.
»Wir haben gekämpft, er um seine Freiheit, ich um mein Leben«, sagte er leise. »Wir haben uns wohl auf dem Boden gewälzt, meistens aber war er über mir, ich hatte die Arme um ihn, der Rücken war daher am leichtesten zu treffen. Ich erinnere mich nicht mehr an viel. Ich verlor das Bewusstsein. Alles, was ich in dem Moment wusste, war, dass ich meine letzten Reserven gegen ihn aufbieten musste.«
»Und natürlich hast du die Ehre deiner Freundin verteidigt«, sagte Novello gelassen. »Ein Held, wie er im Buche steht.«
Zu ihrer Überraschung grinste er.
»So war's vielleicht am Anfang, später nicht mehr. Zum Schluss hatte ich eine Scheißangst. Buchstäblich, nehme ich an. Ich war überzeugt, dass ich sterben werde, das hat mir Angst eingejagt. Du musst das Gefühl doch kennen, Novello. Du hast es auch erlebt.«
Ihre Hand ging zur Schulter, an der sie die beinahe tödliche Kugel abbekommen hatte.
»Nicht gleich«, sagte sie. »Zuerst war ich völlig daneben. Ich atmete

noch, konnte mich noch bewegen, stand aber so unter Schock, dass ich kaum was spürte. Aber dann, als es aussah, als würden wir alle sterben, und ich so geschwächt war, dass ich noch nicht mal mehr daran denken konnte, mich zur Wehr zu setzen, da bekam ich es mit der Angst zu tun.«

»Einer Scheißangst?«

»Vielleicht hab ich mich angepisst, aber wir waren zum Schluss ja alle so nass, da ist es nicht mehr aufgefallen«, sagte sie und lächelte ihn an. Dann schwand ihr Lächeln, und ihr geschäftsmäßiger Tonfall kehrte zurück. »Okay, du hast es überlebt, und dann warst du ein Held. Laut deiner Aussage kämpften Rye und Dee miteinander, als du ins Cottage gestürmt bist, beide waren nackt, überall war Blut. Und du hast angenommen …«

»Ich habe überhaupt nichts angenommen! Ich habe gesehen, wie er sie angegriffen hat. Und da ging's nicht nur ums Sexuelle, obwohl das schon schlimm genug war. Der Bastard wollte sie umbringen!«

»Wegen des Messers, meinst du? Und weil du dir zusammengereimt hast, dass alle Indizien darauf verweisen, dass Dee der als Wordman bekannte Killer ist? Wenn es diese Wordman-Verbindung nicht gegeben hätte und du in die gleiche Situation geraten wärst, was hättest du dir dann gedacht?«

»Das Gleiche«, sagte er prompt. »Okay, die Motivation wäre eine andere gewesen. Er wollte Sex, sie schlug es aus, er wurde aufdringlich, versuchte sie zu zwingen, und als sie sich wehrte, rastete er aus.«

»Genau«, sagte sie nachdenklich. »Aber auch wenn man annimmt, dass er nur darauf aus war, sie umzubringen, musste sein Angriff doch auch einige sexuelle Elemente aufgewiesen haben. Ich meine, bei deiner Aussage im Krankenhaus hast du angegeben, dass sie nackt war, richtig?«

»Ja. Er muss ihr die Kleider vom Leib gerissen haben, ist doch klar.«

»Schon. Aber bei der gerichtlichen Untersuchung ist es dann nicht mehr erwähnt worden.«

»Bestand keine Veranlassung. Es wurde ja nicht als versuchte Vergewaltigung gewertet.«

»Nein, natürlich nicht«, sagte sie. »Dann sind da noch Ryes Verletzungen. Laut der Polizeiakte musste sie behandelt werden, vorwiegend aber wegen des Schocks. Körperlich hat sie nur ein paar Kratzer und Quetschungen abbekommen. Auch das hielt man nicht mehr für nötig, bei der gerichtlichen Untersuchung oder im Polizeibericht zu erwähnen. Sie wurde angegriffen, sie hatte Angst, aber das war alles.«

»Worauf willst du hinaus?«, sagte Hat. »Überhaupt, was soll das alles? Wie ich schon sagte, ich hab das alles zur Genüge durchgekaut, mit Mr. Dalziel und dann bei der Untersuchung. Warum zum Teufel sitze ich hier und werde von dir verhört, obwohl du nichts über den Fall weißt und dich nur deswegen in einer höheren Position siehst, weil du ein paar Monate länger DC bist als ich.«

»Muss ich dir das noch mal erklären?«, sagte sie genervt. »Mr. Dalziel und das Untersuchungsteam hatten ein Ziel, die Wahrheit herauszufinden, allerdings hatten sie eine verdammt gute Vorstellung davon, wie die Wahrheit aussehen sollte, die sie herausfinden wollten. Dee, dem psychopathischen Serienmörder, war durch das beherzte Eingreifen des bescheidenen jungen Helden Bowler der letzte Mord vereitelt worden. So lautet die biblische Wahrheit der offiziellen Version. Nur gibt es leider Penns revidierte Version, und der fette Andy meint, er hätte die Mächte des Antichristen, besser bekannt als die Boulevardpresse, dafür interessieren können. Wir können davon ausgehen, dass die verschlagenen Dreckskerle alles herausfinden, was ich herausgefunden habe. Und um uns darauf vorzubereiten, müssen wir uns fragen, was sie aus solchen Fakten wie den dreizehn Stichwunden in Dees Leiche machen. Oder dass ihm die Wunden mit der Waffe zugefügt wurden, mit der er Rye angegriffen hat, was klar darauf hinweist, dass er entwaffnet war, als er starb. Oder dass Rye keinerlei schwer wiegende oder gar lebensbedrohliche Verletzungen aufwies.«

Sie hätte noch Ryes Nacktheit anführen können oder die fehlenden Hinweise, dass ihr die Kleidung gewaltsam vom Leib gerissen wurde, doch das wäre ihrem Gefühl nach zu weit gegangen. Hat, bemerkte sie bestürzt, sah so schlimm aus, wie sie ihn seit seiner Rückkehr in den Dienst nicht gesehen hatte. Er war ein wenig blass gewesen, ja, aber nichts hatte darauf hingedeutet, dass er sich nicht wohl fühlte, ansonsten hatte er seine alte Überschwänglichkeit an den Tag gelegt. Jetzt schien er vor Sorgen gebeugt und um ein ganzes Jahrzehnt älter.

»Also, was hältst du davon, Shirl?«, fragte er.

Sie hasste es, wenn man sie Shirl nannte, ihr lag nichts an dem Namen, sie freute sich, einfach nur als Novello angesprochen zu werden, was eine Neutralität aufwies, die zu ihrer Arbeitskleidung passte. Wenn Bowler, was selten genug vorkam, jetzt ihren Vornamen benutzte, zeugte das nicht von Herablassung, sondern von seinem Wunsch nach Unterstützung.

»Nicht viel, und ich bezweifle, sie werden da auch nicht viel rausholen können, nicht wenn ihnen nicht noch was anderes in die Hände fällt, ein paar gute Zitate von dir oder von Rye zum Beispiel«, sagte sie ermutigend. »Also pass auf!«

»Worauf du dich verlassen kannst«, erwiderte er und stand auf. »Muss zurück in die Mühle. Wir sehen uns dann oben.«

Sie sah ihm nach. Sie brachte Hat keine besonderen Gefühle entgegen, aber er hatte etwas an sich, eine Leichtigkeit, eine Ausgelassenheit, der schwer zu widerstehen war. Sie war alles andere als glücklich darüber, wenn sie daran mitwirkte, das zunichte zu machen. Sie hoffte, sie hatte die wahrscheinliche Vorgehensweise der Presse richtig dargestellt, hegte da jedoch ihre Zweifel. Wenn, wie Dalziel argwöhnte, eine der Zeitungen bereits einen Journalisten darauf angesetzt hatte, würde das Blatt die Sache nicht fallen lassen, ohne vorher einen Artikel zu veröffentlichen, der eine Menge Schlamm aufwühlen würde. Material dafür gab es jetzt schon genug, obwohl sie mit ihrem Auftrag, des Teufels Advokat zu spielen, kaum begonnen hatte. Aber das war natürlich nicht alles, was Bowler beunruhigen könnte. Er war Polizist, und sie bezweifelte, ob sie ihm eine Frage gestellt hatte, die er sich nicht selbst bereits gestellt hatte. Sie hoffte nur bei Gott, dass er so viel Grips besaß, Rye nicht danach zu fragen. Sie kannte die Frau kaum, hielt sie für einen interessanten Menschen und war überzeugt, dass da noch wesentlich mehr schlummerte, als auf den ersten Blick ersichtlich war. Wenn dazu gehörte, dass sie sich für ihren Bibliothekschef entblättert hatte, dann war das ihre Sache, und Hat wäre gut beraten, es nicht zu seiner zu machen.

Aber wenn das als Zeitungsschlagzeile erschien, musste man einiges an Willenskraft aufbringen, um seinen Mund zu halten, mehr jedenfalls, als sie ihm zutraute.

7. Brief, erhalten: Montag, 31. Dez., per Post

Fichtenburg am Blutensee

Aargau
Mittwoch, 26. Dezember

Mein lieber Mr. Pascoe,

haben Sie ein schönes Weihnachten verbracht? Meines war so wunderbar, dass ich erst jetzt die Zeit oder Energie aufbringen kann, mich hinzusetzen und Ihnen zu schreiben. Vielleicht wäre es Ihnen lieber, wenn ich Sie nicht belästige? Ich hoffe nicht, aber wie auch immer, es liegt nicht mehr in meinem Ermessen, ob ich Ihnen schreibe oder nicht. In China sagt man, rettet man jemandem das Leben, übernehme man damit die Verantwortung für ihn. Indem Sie mich ins Syke schickten, haben Sie mir in gewisser Weise das Leben gerettet, und nun bekommen Sie die Rechnung dafür präsentiert.
Als ich Ihnen das letzte Mal schrieb, war ich auf dem Weg nach Zürich.
Mein Gott, was für eine wundervolle Stadt! Man kann das Geld förmlich riechen! Ich weiß, jemanden wie Sie, der so unmaterialistisch denkt, dürfte das kaum interessieren, weshalb

ich mich beeile, von Dingen zu reden, die eher nach Ihrem Geschmack sind, wie Kunst, Geschichte und die Suche nach der Wahrheit.

Was das Aufspüren neuen Materials anbelangt, war mein kurzer Aufenthalt dort so unproduktiv wie vorhergesehen. Ich hätte schon so viel Glück wie die drei Prinzen von Serendip gebraucht, wenn ich auf dem von Sam und Albacore sorgfältig abgegrasten Terrain noch etwas Neues hätte finden wollen; meines hatte ich bereits aufgebraucht durch die glückliche Eingebung, dass zwischen Beddoes und Fichtenburg möglicherweise eine Verbindung bestanden hatte. Aber will man eine gute Biographie verfassen, muss man sich nicht nur in die Person versetzen, über die man schreibt, sondern auch die äußeren Gegebenheiten eruieren, und ich glaube, vieles habe ich bereits mitbekommen, indem ich einfach durch die Stadt schlenderte und mir vorstellte, ich sei ein einsamer, unzufriedener, ungebundener Exilant wie Thomas Lovell Beddoes.

Sie natürlich sind Ihrer Ausbildung und Ihrem Instinkt nach ein Experte beim Aufspüren von Motiven. Hätte ich Sie an meiner Seite, um wie vieles leichter würde es mir fallen zu verstehen, warum Beddoes kurz vor seinem zweiundzwanzigsten Geburtstag und kurz nach seinem Abschluss in Oxford, wo er im Begriff stand, sich einen Ruf als Dichter zu erwerben, beschloss, England zu verlassen und den Rest seines Lebens in Deutschland und der Schweiz zu verbringen. Vor allem aber, was jemanden, der das englische Idiom so sehr liebte wie er, dazu trieb, es zum Zeitpunkt seines Todes zu seiner zweiten Sprache zu degradieren.

Sams Theorie besagt, das alles lasse sich auf die brutale Realität des Todes zurückführen, der er schon als Junge ausgesetzt worden war, sowie auf den erschütternd frühen Verlust des mächtigen Vaters. Wenn wir die drei wichtigsten Antriebsquellen in Beddoes' Leben betrachten, sehen wir, wie sie alle mit seinem Vater in Beziehung stehen und alle mit dem Kampf des Menschen gegen seinen ultimativen Widersacher zu tun haben.

Über die Medizin versuchte er diesen Gegner zu verstehen und zu überwinden, während er gleichzeitig im Fleisch, im Blut und in den Knochen nach Hinweisen auf die Existenz einer Seele suchte. Thomas Lovell schien dabei nicht geneigt gewesen zu sein, seinem Vater zu folgen und seine medizinischen Fertigkeiten in den Dienst der Unterprivilegierten und der Verbesserung ihrer Gesundheit zu stellen (Beddoes senior gründete zu diesem Zweck das sehr malerisch betitelte Institut für sieche und ermattete Arme!), sondern unterstützte in Deutschland – oft unter Gefahr für Leib und Leben – aktiv das, was wir heute als Menschenrechtsbewegung bezeichnen würden. Und natürlich versuchte er sich mittels seiner Kreativität und seiner Vorstellungskraft auf eine Machtprobe mit dieser Urangst einzulassen.

Warum also kam er nach Deutschland? Die Antwort liegt in dem, was ich soeben geschrieben habe. Deutschland bildete damals die Skalpellspitze (ha ha!) der medizinischen Forschung; hier gab es im Verborgenen sozialrevolutionäre Strömungen, wie sie im langweiligen, selbstgefälligen kleinen England kaum zu spüren waren; und hier, in den dunklen Wäldern, den theatralischen Burgen, gewundenen Flüssen und der turbulenten Mythologie, lag das wahre romantische Herz Europas, in das die Briten seit den Jakobäern kaum ihren Fuß gesetzt hatten.

Letztendlich aber musste er erkennen, dass sein Angriff an allen drei Fronten scheiterte.

Ich besuchte den Schauplatz des alten Stadttheaters, das Beddoes einen Abend lang gemietet hatte für seinen letzten traurigen Versuch, aus seinem zunehmend in Stücke brechenden Leben noch ein wenig Trost zu schöpfen, indem er den jungen Konrad Degen in Wams und Kniehose steckte und den armen Kerl als Hotspur auf die Bühne stellte.

Sam grübelt, dass Beddoes in Hotspur, diesem unkomplizierten, impulsiven, tapferen, ehrenwerten, über die Dichtung spottenden, das Leben liebenden Mann der Tat, vielleicht jenen Sohn sah, der seinen Vater nicht hätte sterben lassen. Oder

dass die einzige Möglichkeit, seinen Vater wieder ins Leben zurückzubringen, darin besteht, dass man selbst einen Sohn hat. Der arme Beddoes. Für eine kurze Weile schlüpfte ich aus meiner Haut und Zeit in die seine und vergegenwärtigte mir seinen Schmerz und, noch schlimmer, seinen Glauben, dass die Zukunft besser sein müsse als die Vergangenheit und die Welt große Schritte in Richtung Utopia gemacht habe, wenn wir, sagen wir, das einundzwanzigste Jahrhundert erreicht haben.
Genug von diesen schmerzlichen Fantasiegebilden! Die Weihnachtsfeiertage warteten auf mich in Fichtenburg. Lassen Sie mich Ihnen schildern, wie ich die Festtage verbracht habe.
Als ich am 23. Dezember frühabends zur Burg zurückkehrte, musste ich feststellen, dass Linda und ihre Gesellschaft bereits am Morgen dieses Tages angekommen waren. Sie empfing mich sehr herzlich mit ihrer Version des kontinentalen Begrüßungskusses. Eines der beliebtesten Videos im Syke nannte sich *Höhepunkte des britischen Sports* (Dr. Johnson hatte Recht; wenn man Patrioten braucht, muss man dazu nur die Gefängnisse aufsuchen!), und einer dieser Höhepunkte, der mit dem lautesten Jubel bedacht wurde, bestand in alten Schwarzweiß-Aufnahmen von Henry Cooper, der Cassius Clay, wie er sich damals noch nannte, mit einem linken Haken auf die Bretter schickte.
Lindas Schmatz, der meinen Backenknochen prellte, hatte nahezu die gleiche Wirkung. Ich wankte noch, als sie sich eingehend nach den Fortschritten meiner Recherchen erkundigte. Ich hatte den Eindruck, dass sie alles über den Verlauf meiner ersten Tage hier wusste – Frau Buff wahrscheinlich – und meine überstürzte Abreise nach Zürich als gefällige Demonstration meiner Befähigung ansah, die Pflicht über das Vergnügen zu stellen. Nichts deutete allerdings darauf hin, dass sie wusste, welche Form das Vergnügen angenommen hatte, Gott sei Dank!
Ohne das geringste Erstaunen nahm sie zur Kenntnis, dass zwischen den Stimmers und Beddoes eine zufällige Verbindung bestehen könnte; eine typische Third-Thought-Reaktion.

Gott hat überall seine Hand mit im Spiel; wir sollten uns eigentlich die ganze Zeit darüber wundern und zwar nicht nur anlässlich merkwürdiger Ereignisse, bei denen unsere geistige Sehschwäche sich so weit aufklart, dass wir seine Handschrift erkennen können. An Beddoes hat sie kein wirkliches Interesse. Sie unterstützt mich, weil sie dadurch einige aufgeblasene Akademiker ärgern kann und weil (ich trage dies in aller Objektivität vor, ohne prahlen zu wollen) ihr aus bislang nicht ersichtlichen Gründen mein Anblick gefällt.

Sie sah keinerlei Problem darin, von den Stimmers die Erlaubnis zu erhalten, Kellers Bild eingehender in Augenschein zu nehmen. Das ist ihre wahre Stärke. Die Möglichkeit des Scheiterns lässt sie schlichtweg nicht zu!

Aber ich bemerkte, dass sie von meinen Fortschritten sehr erfreut war, denn plötzlich entschuldigte sie sich – auf jene brüske Art derer, die es nicht gewohnt sind, sich zu entschuldigen – wegen einer bedauerlichen, aber notwendigen Störung meiner Gelehrteneinsamkeit. Ihre Gesellschaft schien über die ursprüngliche Gästezahl hinaus angewachsen zu sein (Politiker haben es gern umsonst), wodurch es die begrenzten Unterkunftsmöglichkeiten erforderlich machten, jemanden im zweiten Schlafzimmer des Chalets einzuquartieren.

Die guten Neuigkeiten lautete, dass es sich dabei um Frère Jacques handelte.

»Das«, sagte ich, »heißt, lediglich Jacques allein, oder?«

Sie verstand sofort. »Ja. Der depressive Dierick ist in der Abtei und passt dort auf, dass es die Brüder an Weihnachten nicht zu toll treiben. Aber ich muss Sie warnen, er droht damit, an Neujahr zu uns zu stoßen.«

Nun, das erschien mir des Unheils genug, und ich antwortete, es wäre äußerst erbaulich, Jacques zur Gesellschaft zu haben. Es war ehrlich gemeint, eine Anstandsdame war genau das, was ich brauchte. Mouse mochte schüchtern und naiv sein, doch war sie die Tochter ihrer Mutter, und Linda war eine Frau, die es hasste, wenn ein begonnener Job nicht erledigt wurde.

Auf dem Weg zum Chalet traf ich auf Mouse. Sie begrüßte mich mit anscheinend unverstellter Freude, wies mich für mein abruptes Verschwinden zurecht und sagte mir, Zazie und Hildi hätten ihr aufgetragen, mir in ihrem Namen ein sehr frohes Weihnachtsfest zu wünschen.
Sorgfältig suchte ich nach einer versteckten Bedeutung in ihren Worten und war erleichtert, dass ich nichts dergleichen fand.
Im Chalet, stellte ich fest, saß Frère Jacques am Tisch und schrieb.
Auch er brachte seine große Freude zum Ausdruck, mich wiederzusehen, und versuchte sich für seinen Einbruch in meine gelehrsame Einsamkeit zu entschuldigen.
Es freue mich, sagte ich ihm, seine Gesellschaft genießen zu dürfen, und hoffe, er habe nichts dagegen, von Lindas Gesellschaft getrennt zu sein.
»Großer Gott, nein!«, lachte er. »Die sind ein so langweiliger Politikerhaufen, wie man ihn außerhalb des Teezimmers Ihres Unterhauses kaum zu finden hofft.«
»Sie haben nicht vor, sie zum Third Thought zu verführen?«, sagte ich nicht ohne Hintergedanken.
»Das könnte sich als Problem herausstellen, da ein dritter Gedanke ganz offenkundig zwei weitere ihm vorausgehende erfordert«, erwiderte er voller Ernst. Dann grinste er und sagte: »Aber man kann kein Christ sein, ohne noch vor dem Frühstück an sechs unmögliche Dinge zu glauben, daher bin ich verhalten optimistisch.«
Nun, damit trieb er die lockere Atmosphäre auf die Spitze! Erneut ließ mich jener zögerliche, zweifelnde Teil meines Geistes, der noch an den sonnigsten Plätzchen den Schatten sucht, an die alte Kriegslist Machiavellis denken, wonach man am besten jemanden dazu bringt, einen ins Vertrauen zu schließen, wenn man ihm die Illusion gibt, dass er freien Zugang zu allen Gedanken hat, die man selbst hegt.
Was mir Probleme bereitet, ist meine Unfähigkeit, anderen uneingeschränkt zu vertrauen, doch fühlte ich mich in seiner

Gegenwart entspannt genug, um ihn direkt zu fragen, was er an Weihnachten in Fichtenburg mache, zu einer Jahreszeit, zu der er, sollte man meinen, anderen Verpflichtungen nachzugehen habe.

»Bilden Sie sich nicht ein«, sagte er, »dass ich diese Politiker verachte, wenn ich sie verspotte. Denn soll der Third Thought gedeihen, darf er nicht als Zufluchtsort schrulliger Eigenbrötler gesehen werden. Wir müssen die gewöhnlichen Menschen ansprechen, und wenn diese sehen, dass jene, denen sie vertrauen, mir vertrauen, sind sie uns einen großen Schritt näher gekommen.«

»Sie glauben, die Menschen vertrauen den Politikern?«, sagte ich. »Sie wissen, dass in der britischen Presse Linda als Loopy Linda bezeichnet wird?«

»Sie meinen, die Menschen trauen der britischen Presse?«, konterte er. »Mit ihrem Nachnamen war es ihr vorgezeichnet, Loopy genannt zu werden. Die meisten Ihrer Zeitungen würden wie Shakespeare für ein kleines Wortspiel ihre Seele verkaufen! Wenn ich in Ihrer Presse erwähnt werde, können nur die wenigsten Journalisten der Versuchung widerstehen, mit *dormez-vous* oder *sonnez les matines* ihren Spaß zu treiben. Ich wage gar nicht daran zu denken, was geschieht, wenn Linda wieder ihren Mädchennamen Duckett annehmen sollte.«

Damit war der Ton für unsere Beziehung festgelegt, und nach Abschluss der Festivitäten waren wir zwei sehr gute Kumpel. Ihm entging nicht, dass ich die Gesellschaft von Mouse mied, woraufich sie unvorteilhaft mit Emerald verglich.

»Ja«, sagte er. »Es kam mir vor, als wären Sie ganz angetan von Miss Emerald.«

»Komisch«, sagte ich. »Das Gleiche dachte ich von Ihnen auch.«

Was ihn zum Lachen brachte, allerdings spürte ich, dass er mich dabei mit seinen scharfen blauen Augen auf mögliche Hintergedanken durchmusterte.

Ich muss sagen, der Kerl wird mir immer sympathischer. Trotzdem achtete ich darauf, das Innerste meiner Seele fest verschlossen zu halten. Nur bei Ihnen, Mr. Pascoe, fühle ich mich in der Lage, alles zu offenbaren. Frère Jacques trägt vielleicht die religiöse Robe, doch mein einziger Beichtvater, das sind Sie.

Wir verbrachten also eine tolle Zeit. Sogar die religiösen Einlagen machten Spaß. Die Burg besitzt eine eigene Kapelle, in der Jacques am Weihnachtsmorgen einem fraglos ökumenischen Gottesdienst vorstand. Seine Predigt war kurz, eloquent und unterhaltsam, einer der Politiker (ein Deutscher) erwies sich als Könner auf dem Klavier, und sowohl Linda als auch Mouse besaßen, wie sich herausstellte, wunderbare Stimmen, Letztere Sopran, Erstere Mezzosopran, die sich auf das Herrlichste in der Bach-Hymne vereinigten. Sie sangen dann, nach dem hervorragenden, von Frau Buff und ihrem Team von Coppelias aufgetragenen Weihnachtsessen, ein weiteres Mal und versuchten sich erfolgreich am »Blumenduett« aus *Lakmé*, worauf jeder von uns der Reihe nach eingeladen wurde, etwas zur Unterhaltung beizutragen. Ich fühlte mich ein wenig wie der arme alte Caedmon, nachdem die Ausländer äußerst kompetent ihre Sachen vortrugen, und hätte mich am liebsten in meinen Kuhstall verzogen, wenn Linda mich nicht mit ihrem Dominablick fixiert und gesagt hätte: »Franny, geben Sie doch was für England zum Besten.«

Widerwillig erhob ich mich. Das Einzige, was mir in meiner Panik in den Sinn kam, war ein komisches Gedicht von Beddoes, »The New Cecilia«. Sein Sinn für Humor ist eine Mischung des dunklen Surrealen mit dem medizinisch Brachialen. In diesem Gedicht erzählt er von der Säuferwitwe des St. Gingo, die ihrem toten Ehemann die Fähigkeit, Wunder zu wirken, mit folgenden Worten abspricht:

> *Er wirkt nicht mehr Wunder*
> *Als Klistierspritzen donnern,*
> *Und mein Aftergestell Psalmen singt.*

Worauf sie prompt ihren Preis zu zahlen hat.

> *Kaum sagt sie's und hebt den Humpen an*
> *Mit dem Frühstücksbier, als mit Schall,*
> *Es in ihrem Gesäß fängt zu pumpen an,*
> *Und laut schlägt wie die Nachtigall.*

Und so geht's weiter bis zum Ende ihrer Tage, was zu der Moral führt:

> *Drum sühnt, liebe Damen, und ehret mit Fleiß*
> *Eure Herrn, dass nicht auch ihr Schönen*
> *Einst zahlen müsst solchen Ketzertums Preis*
> *Und aus eurem Arsch Psalmen ertönen.*

Erst als ich anhob, kam mir – als erblickte ich einen pinkfarbenen Pudding auf einem Leichtrunk –, wie unangebracht mein Tun war. Hier stand ich am Geburtstag unseres Herrn vor meiner gottesfürchtigen Gastgeberin, ihrem geistigen Guru und einem Publikum ausgewählter Freunde und trug ein Gedicht über die Frau eines Heiligen vor, die Psalmen furzt!
Aber, wie die Witwe Gingo, fand ich keine Möglichkeit, meinen Rezitierfluss zu unterbrechen.
Ich wagte nicht zu Linda zu blicken. Als ich geendet hatte, vernahm ich aus ihrer Richtung ein Räuspern, das ich für den Beginn eines unartikulierten Wutausbruchs nahm. Doch dann reifte es zu einem ausgiebigen papageienartigen Kreischen heran, das in Gelächter mündete. Sie lachte, bis ihr die Tränen über die Wangen liefen. Auch die Mehrzahl der Gäste brüllte ihre Zustimmung, und jene, denen Beddoes' Idiom aus dem neunzehnten Jahrhundert und manchmal etwas verquere Syntax erklärt werden musste, verlangten eine Wiederholung des Auftritts, die ich mit einigen körpersprachlichen Verzierungen garnierte, was ebenfalls großen Anklang fand. Als man mich jedoch drängte, weitere Beispiele des heiteren Beddoes zu geben,

lehnte ich bescheiden ab. Lass sie bei deinem Abgang lachen, das war schon immer die beste Maxime im Cabaret.

Mir fiel noch ein, dass dies auch ein gutes Motto für den Third Thought abgeben könnte, behielt den Gedanken aber für mich; ich hatte schon genügend Gefahren auf mich genommen, es reichte für einen Tag!

Nun aber haben Wirklichkeit und Ernst des Lebens mich wieder, und ich verspüre die Notwendigkeit, am Buch weiterzuarbeiten, weshalb ich mir morgen Lindas Wagen leihen und nach Basel fahren werde.

Warum Basel? Weil dort der arme Beddoes im Januar 1849 sein Leben beendete.

Obwohl er Arzt war, zog sich sein Selbstmord lange hin. Den Anfang machte, das erste Stadium, eine Wunde am rechten Bein, die er sich im Juli 1848 selbst zufügte. Man kann es nur als ironisch bezeichnen, dass Beddoes nach einigen Jahrzehnten aktiven Engagements für die radikale politische Sache gerade in jenem Jahr, in dem es in den meisten deutschen Ländern gärte und Revolutionen ausgerufen wurden, so tief in seiner Verzweiflung versank. Zunächst sah es so aus, als ob die radikale Seite gewinnen würde. In Frankfurt versuchte ein deutsches Parlament eine neue liberale Verfassung auszuarbeiten und die einzelnen Länder zu einem Nationalstaat zu vereinen, doch genau diesen Staat hatte Beddoes im Frühjahr mit seinem jungen Freund Konrad Degen verlassen, um mehrere Wochen lang durch Deutschland und die Schweiz zu wandern, ohne das geringste Interesse an der faszinierenden neuen politischen Situation zu zeigen.

Laut seiner Cousine Zoe King war Beddoes äußerst niedergeschlagen, nachdem er sich bei einer Leichensektion geschnitten und eine Infektion zugezogen hatte. Außerdem glaubte er, aus Gründen, die wir nicht kennen, dass sich seine republikanischen Freunde von ihm abgewandt hätten. Und als sich nach dem missglückten Theaterdebüt Konrads in Zürich die beiden Freunde im Streit trennten und der junge Bäckergesell nach Hause eilte, musste sich eine völlige Leere vor ihm aufgetan haben.

Beddoes ging also nach Basel und verletzte sich am Bein. Vielleicht wollte er sich eine Arterie durchtrennen, damit er verblutete. Seltsam nur, dass er, ein so eifriger Anatomiestudent, weit sein Ziel verfehlte. Er wurde ins Hospital geschafft, wollte dort die begonnene Aufgabe beenden und ließ es zu, dass sich die Wunde infizierte, mit tödlichem Ausgang, wie er hoffte. Wieder war er nur teilweise erfolgreich; bei dem fraglichen Körperteil handelte es sich um das rechte Bein unterhalb des Knies, das im September jenen Jahres wegen Wundbrand amputiert werden musste.

Im Januar, er hatte anscheinend wieder Mut gefasst und sich mit dem jungen Konrad versöhnt, der sich in einer nahe gelegenen Unterkunft einquartiert hatte, konnte er von seinem Krankenbett aus wieder kleinere Exkursionen unternehmen. Bei einer davon besorgte er sich Gift – einem Arzt sollte das nicht schwer fallen –, und das war's dann.

Wie traurig – nicht dass er sterben musste, denn das steht uns allen bevor, sondern dass jemand, der so viel Talent, so große Intelligenz besaß und dem sich solch große Möglichkeiten erschlossen, am Ende so deprimiert, desolat und desillusioniert war, dass das Leben für ihn jegliche Bedeutung verloren hatte.

Er hinterließ einen Abschiedsbrief, adressiert an einen der beiden wichtigen Männer in seinem Leben, beides Anwälte. Beim ersten, Thomas Kelsall, einem Solicitor in Southampton, ging er eine Zeit lang in die Lehre. Seine juristische Karriere führte zu nichts, doch bildete sich daraus eine Freundschaft, die zu einer der wenigen Konstanten in Beddoes' Leben werden sollte. Ohne diese Korrespondenz würden wir noch weniger über Beddoes wissen, als dies ohnehin der Fall ist, und ohne Kelsalls selbstlose Begeisterung für dessen Gedichte wären wohl nur sehr wenige erhalten geblieben.

Der andere Anwalt, an den der Brief adressiert war, nannte sich Revell Phillips of the Middle Temple; er fungierte anscheinend als Beddoes' Berater in Finanzfragen, doch wie bei Kelsall schien die Beziehung sehr viel tief gehender gewesen zu sein. Die beiden Anwälte zusammen, spekulierte Sam, dürften auf gewisse Weise für Beddoes der Ersatz für den so früh verlorenen Vater gewesen sein.

In seinem Abschiedsbrief taucht der Satz auf, der Sam den Titel für sein Buch lieferte.

Ich sollte unter anderem *ein guter Dichter gewesen sein.*

Und Beddoes beendete dieses Schreiben, wie es typisch für ihn war, mit einem makabren Scherz.

Kaufen Sie für Dr. Ecklin [seinen Arzt] *eine von Reades besten Magenpumpen.*

Wobei er natürlich wusste, dass Ecklin ihn erst wieder zu sehen bekommen würde, wenn er an seiner Vergiftung gestorben war!

Ein Brief, der mich jedes Mal, wenn ich ihn lese, zum Weinen bringt. Und auch zum Lächeln. Er war wirklich eine heitere, verrückte tragische Gestalt.

Dieser Brief aber, der sich mit den fröhlichsten aller Zeiten befasst, darf nicht melancholisch enden! Ich hoffe, Sie und Ihre Familie hatten ein so schönes Weihnachten wie ich.

Mit lieben Grüßen

Franny

tirnrunzelnd las Pascoe den Brief, dann schob er ihn Ellie hin, die, nachdem sie ihn gelesen hatte, lautstark auflachte.

»Was?«, sagte er.

»Das Furzgedicht. Ich beginne mich für Beddoes zu erwärmen. Wer um alles in der Welt ist St. Gingo, oder hat er den nur um der Verse willen erfunden?«

»Würde mich nicht überraschen. Dinge zu erfinden, damit sie seinen eigenen verschrobenen Zwecken entsprechen, wäre genau das, worauf Roote abfährt.«

»Und was, glaubst du, hat er in diesem Brief erfunden?«

Pascoe dachte nach, dann sagte er: »Sich selbst. Er erfindet sich selbst. Dieser fröhliche gesellige Bursche, der sich so gut mit den Menschen versteht, ernsthafte Gespräche mit seinem geistigen Beistand führt und sich dann aus einem Pflichtgefühl heraus an die Arbeit macht. Damit sagt er, ›schauen Sie, Mr. Pascoe, ich kann alles sein, was ich will. Versuchen Sie mich zu fassen zu kriegen, und Sie werden nur nach Luft greifen.‹«

»Ah, jetzt verstehe ich dich. Er erzählt dir das also genauso, wie er dir erzählt hat, dass er Albacore eins übern Schädel gebraten hat, damit er in seiner Dekanwohnung verbrennt?«, sagte Ellie. »Peter, ich habe dir geraten, diese Sache auf die Reihe zu bekommen, aber damit meinte ich, dass du deinen Job machst. Stattdessen machst du nichts anderes, als dich in Rootes Briefe zu versenken, als wärst du ein religiöser Fanatiker, der Nostradamus liest und nur das herauszieht, was in sein Weltbild passt.«

»Ja? Na ja, Nostradamus war ja auch ein Verrückter«, sagte Pascoe. »Und als ich Pottle die Briefe zeigte, hat er mir zugestimmt – der Typ sei ernsthaft gestört.«

»Ja, und hat er nicht auch gesagt, dass Haseen eine in Fachkreisen angesehene Psychologin ist und nicht die Idiotin, für die du sie hältst?«

»Das zeigt doch nur, wie clever Roote ist. Der ganze Mist über seinen Vater, den hat sie samt Haken, Leine und Blinker geschluckt.« Ellie schauderte es ob des wirren Bildes. »Vielleicht bist du derjenige, der den ganzen Mist geschluckt hat?«

»Wie bitte?«

»Was weißt du wirklich über Rootes Kindheit und seinen familiären Hintergrund? Ich meine, woher hast du denn deine Informationen?«

»Weiß ich nicht, vermutlich aus den Akten.«

»Genau. Und woher stammt das Zeug in den Akten? Vielleicht ist das alles nur Müll, der auf Frannys Betreiben dort hineingelangt ist. Vielleicht hat es Ms. Haseen wirklich geschafft, einen Teil der Wahrheit über Fran zu Tage zu fördern, und als er es in ihrem Buch wiederfand, war er stinksauer, dass er so viel von sich preisgegeben hat.«

»Ja, aber es war doch Roote, der mich erst durch seine Briefe darauf gebracht hat. Ich meine, er wird in *Dunkle Zellen* nicht namentlich erwähnt. Wahrscheinlich wäre mir das verdammte Buch nie in die Hände geraten, wenn er nicht darauf verwiesen hätte.«

»Ja, aber er weiß, dass du ein neunmalkluger Bulle bist, Pete. Okay, vielleicht übertreibt er es mit seiner Bewunderung für dich ein wenig, aber nach meiner Lesart übertreibt er nur, was wirklich bei ihm an Gefühlen da ist. Wahrscheinlich glaubt er, dass du nicht die geringsten Schwierigkeiten hättest, das Buch und die Teile darin, die von ihm handeln, ausfindig zu machen. Also geht er in die Offensive und weist dich geradewegs auf das Buch hin und wie clever es von ihm war, Haseen hinsichtlich des von ihm nie gekannten Vaters hinters Licht zu führen. Denn genau das soll die ganze Welt von ihm denken: dass er seinen Vater nicht gekannt, dass er niemals diese enge Beziehung zu ihm und ihn nie verehrt hatte und dass er an einem gewaltigen Psycho-Trauma litt, als sein Vater ihn verließ und/oder verstarb.«

Pascoe trank seinen Kaffee aus, erhob sich vom Frühstückstisch und schüttelte spöttisch und verwundert den Kopf.

»Einfach unglaublich«, sagte er, »dass ausgerechnet du mir vorwirfst, ich würde zwischen den Zeilen lesen! Vielleicht überspitze ich manches, wenn ich seinen Code knacken möchte, aber was du hier treibst, ist reinste Astrologie!«

Er beugte sich zu ihr hinab, küsste sie und ging zur Tür.

»Vergiss den Champagner nicht!«, rief sie ihm hinterher.

Sie hatten beschlossen, Silvester zu Hause zu feiern. Sie hatten einige Einladungen zu Partys bekommen, der Dicke hatte ihnen versichert, sie könnten sich zum Hogmanay Hop, zum Silvester-Tanz des Bürgermeisters, im alten Rathaus einfinden, was sie aber alles mit der Begründung ausgeschlagen hatten, keinen Babysitter finden zu können. Was vielleicht sogar stimmte. Ellie jedoch wusste, dass sie sich darum nicht besonders gekümmert hatten, worüber Peter nicht sonderlich enttäuscht war. Begannen so die mittleren Jahre?, fragte sie sich. Ein düsterer Gedanke, der sie zu dem festen Vorsatz bewog, wenn sie schon zu Hause blieben, dann sollte das nicht heißen, dass sie nicht auch in Saus und Braus zu feiern wussten.

»Und besorg das richtige Zeug«, schrie sie ihm hinterher. »Nicht deinen beschissenen Cava!«

»Willst du sagen, dass du den Unterschied schmeckst?«, schrie er zurück.

»Vielleicht nicht, aber ich kann lesen!«, brüllte sie.

Sie ging nach oben in ihr Arbeitszimmer, um nach Rosie zu sehen. Der Genealogie-Kasten, den sie zu Weihnachten bekommen hatte, war ein voller Erfolg, hauptsächlich wegen der launigen Bemerkung im Begleittext, wonach sich bei der Beschäftigung mit den eigenen Vorfahren herausstellen könnte, dass man in Wirklichkeit ein Prinz oder eine Prinzessin sei.

»Mum«, sagte sie, als Ellie das Zimmer betrat, »werde ich mal Granddad Pascoe sehen?«

Pascoes Vater lebte bei seinem ältesten Kind Susan in Australien. Ellie hatte bislang nur einmal das Vergnügen mit ihm gehabt, damals, als Peter und sie noch studierten und sie eine Nacht in ihrem Haus in Warwickshire verbracht hatte. Es hatte ihr nicht gefallen, wie er die Pläne seines Sohnes, zur Polizei zu gehen, aufs Tapet brachte und versuchte, sie auf seine Seite zu ziehen, damit sie seine

Einwände teilte. Da hatte es auch nicht geholfen, dass sie ebenfalls glaubte, Peter würde durch diesen Schritt seine Zukunft verschenken. Väter sollten sich um ihre Kinder sorgen, aber mit Wärme und Verständnis, nicht mit kalter, liebloser Selbstgerechtigkeit. Manchmal, nicht allzu laut, fragte sie sich, wie sehr der Wunsch, sich seinem Vater zu widersetzen, Peter dazu getrieben hatte, Polizeibeamter zu werden.

Nachdem sie sich später dann ein weiteres Mal auf ihn eingelassen hatte, war sie nicht überrascht gewesen, als sie erfuhr, dass sein Vater nach der Pensionierung zu seiner Lieblingstochter nach Australien gezogen war. Der Verlust des einen Großvaters an Alzheimer hatte Rosie anscheinend dazu bewegt, sich Gedanken über den anderen zu machen.

»Eines Tages wirst du ihn bestimmt besuchen«, sagte sie aufgeräumt. »Und alle deine australischen Cousins und Cousinen.«
Die ganz in Ordnung zu sein schienen. Sie hatte Fotos gesehen, auf denen sie recht normal aussahen. Und überhaupt, es war für Rosie an der Zeit zu lernen, dass in Familien nicht immer eitel Sonnenschein herrschte.

»Wie geht's voran, Liebes?«, fragte sie. Gestern hatte sie den Eindruck gewonnen, dass dort, wo die Dialektik versagte, sture Systematik vielleicht zum Erfolg führte.

»Ganz gut, aber ich glaube, Tig findet es langweilig«, sagte Rosie.
Ellie lächelte. Immer häufiger war es Tig, dem es langweilig wurde, Tig, der Hunger bekam, Tig, der müde wurde. Eine meisterhafte Übertragungsstrategie, die es Rosie ermöglichte, ihre Wünsche und Ansprüche geltend zu machen, ohne augenscheinlich egoistisch zu erscheinen. Jeder, dachte Ellie, sollte einen Tig haben.

Es stimmte sicherlich, der kleine Mischlingsköter unter dem Schreibtisch stellte eine geduldige Leidensmiene zur Schau, die zu sagen schien, Genealogie, schön und gut, aber wann geht's hier endlich rund?

Jetzt!, lautete eindeutig die Antwort, als die Erwähnung seines Namens ihn auf die Beine brachte und er, vom Hals beginnend, mit dem Schwanz wedelte.

Rosie glitt von ihrem Stuhl.

»Soll ich später aufräumen?«, sagte sie. »Tig sieht aus, als müsste er ein Häufchen machen.«

Es war zur Bedingung gemacht worden, dass Rosie alles wieder wegräumte, wenn sie das Arbeitszimmer benutzte, Tig allerdings hatte Vorrang.

»Ich mach das schon«, sagte Ellie und war sich ziemlich sicher, dass sie erneut übers Ohr gehauen worden war.

Sie setzte sich an ihren Schreibtisch und begann das Genealogie-Set zusammenzupacken. Der Kasten zielte auf Kinder und Jugendliche ab, der Einführungstext riet dem jungen Genealogen, ältere Verwandte nach Einzelheiten der Familiengeschichte zu befragen, wobei angefügt wurde: »Aber sei vorsichtig. Je älter die Menschen werden, umso mehr spielt ihnen das Gedächtnis einen Streich. Es muss also alles überprüft werden!«

Ein Rat, den man sich zu Herzen nehmen sollte.

Mehr oder weniger der Rat, den sie auch Peter in Bezug auf Roote gegeben hatte.

Würde er ihn sich zu Herzen nehmen? Vielleicht. Vielleicht auch nicht.

Andererseits, ging es ihr pflichtschuldigst durch den Kopf, hatte es nicht viel Sinn, gute Ratschläge zu verteilen, wenn man selbst nicht willens war, sie zu befolgen.

Und da ihr das Mäntelchen der Tugend schon immer als ein recht raues Stück Stoff erschienen war, kratzte sie sich ausgiebig, indem sie für sich anfügte, würde es denn nicht Spaß machen, Peter das Ergebnis ihrer eigenen Recherchen über Rootes Vergangenheit auf den Tisch zu knallen und sagen zu können, hey, ich denke, du hast da ein paar Dinge übersehen!

Sie ordnete die beigepackten Anleitungszettel und begann sie von Anfang an zu lesen.

ie Uhr des alten Rathauses, die noch immer wacker die Stellung hielt, obwohl ihr breites Gesicht schon lange keinen freien Blick mehr hatte auf die sanft geschwungenen Täler im Norden, sondern blinzelnd durch einen Dschungel aufgeplusterter Modernität spähen musste, sammelte all ihre Kraft und schlug.

Die stille, frostige Luft bot dem Klang so wenig Widerstand, dass selbst den unbedarften Bewohnern von Lancashire bewusst werden musste, dass hier, mitten in Gottes eiger Grafschaft, das alte Jahr sich davonmachte und das neue im Anmarsch war.

Einen Augenblick lang gab es keine Konkurrenz, dann begann jede Glocke in der Stadt zu ertönen, Raketen stiegen in den Himmel, in deren Farbkaskaden die Sterne verblassten, Autos hupten, im Charter Park, um die Reiterstatue des Grand Old Duke of York, die bereits mit dem traditionellen Zierrat an Papierschlangen, Klopapierrollen und aufgeblasenen Kondomen geschmückt war, brachen die Feiernden in lärmendes Gejohle aus, während in den gediegeneren Räumlichkeiten des alten Rathauses die Gäste des Bürgermeisters bei seinem Hogmanay Hop einen fröhlichen Willkommensjubel anstimmten, um dann ihre Zungen der ersten wichtigen Angelegenheit des neuen Jahres zu widmen.

Eines der Dinge, die Dalziel an Cap Marvell mochte, war, dass sie ebenso zu geben wie zu nehmen verstand, sodass sie sich gut und gern mit einem Zungenknoten vereinigt hätten, den zu trennen es schon eines Alexanders bedurft hätte, wäre nicht Margot gewesen, die Frau Bürgermeisterin, die ihr *droit de seigneuse* ausübte, ihm auf die Schulter tippte und sagte: »Das reicht jetzt, Andy. Spar dir noch was fürs Frühstück auf.«

»Mein Gott, Marge, ich möchte nicht in deinem Tag-Team sein!«, sagte Dalziel und massierte die Stelle seiner Schulter, auf der sie ihn angetippt hatte. Es gab nicht viele, die es wagten, sie Marge zu nennen oder offen auf ihre frühere Karriere als Wrestlerin anzuspielen, doch Margot war nicht in Stimmung, sich beleidigt zu zeigen. Sie setzte bei Dalziel einen gekonnten Nackengriff an, drückte ihm einen Kuss auf, als sei er ein warmer Marmeladenkrapfen, und sagte: »Alles Gute im neuen Jahr, Andy!«, bevor sie weiterzog, um den übrigen Gästen ihre Gastgeberpflichten angedeihen zu lassen.

Dalziel zwinkerte Cap zu und richtete seine Aufmerksamkeit auf die seit Alters vertraute Zeremonie, alle Frauen in der Bekanntschaft der Reihe nach zu umarmen und ihnen ein gutes neues Jahr zu wünschen. Die Begrüßung reichte dabei vom ganzkörperlichem Umfassen mit Mundkontakt bis zum züchtigen Wangenküsschen, wobei die Unsitte des In-die-Luft-Küssens glücklicherweise noch nicht ins Herz von Mid-Yorkshire vorgedrungen war. Dalziel, der es nicht nötig hatte, sich an unwilligen Hintern zu vergreifen, konnte gewöhnlich sehr genau abwägen, wie viel Druck und Hautkontakt bei jeder Begegnung erforderlich waren, doch als er plötzlich Rye Pomona von Angesicht zu Angesicht gegenüberstand, hielt er unentschlossen inne. Er war erfreut, wenn auch überrascht gewesen, als Bowler die junge Frau in die hohen Gewölbe des Ratssaals (der nur noch für gesellschaftliche Ereignisse genutzt wurde, nachdem einige Jahre zuvor ein hypermodernes städtisches Verwaltungszentrum errichtet worden war) geführt hatte; erfreut, weil Rye um einiges besser aussah als bei ihrer letzten Begegnung, und überrascht, dass das junge Paar für die Abendunterhaltung nichts gefunden hatte, wo es lauter, verschwitzter, jugendlicher zuging. Das alles klärte sich, als der Bürgermeister bei seiner Willkommensansprache erwähnte, wie sehr alle bedauerten, dass Stadtrat Steel nicht mehr unter ihnen weile (»und man kein Vermögen beim Catering einspart«, hatte Dalziel Cap ins Ohr geflüstert). »Andererseits«, fuhr der Bürgermeister fort, »bereitet es mir große Freude, heute als meine persönlichen Gäste die jungen Leute begrüßen zu dürfen, die entschieden daran mitgewirkt haben, dass Steels Mörder, dieses Ungeheuer, gefasst werden konnte.«

Der junge Bowler hatte also eine Freikarte ergattert. Man konnte es ihm nicht verübeln, dachte sich Dalziel, als er die Champagnerkorken am Tisch des Bürgermeisters fliegen sah. Und tatsächlich schien, je weiter der Abend fortschritt, das Durchschnittsalter der Gäste immer niedriger zu werden (oder lag das vielleicht an den großen Mengen mannigfaltiger Jugendelixiere, die eingetrichtert wurden!), und auch die Kapelle erwies sich in der Lage, allem Herr zu werden, traditionellen schottischen Weisen, klassischer Ballhausmusik bis hin zum vulgären Disco-Gedudel.

Rye, beschloss Dalziel, war züchtiges Wangenterrain, doch als er sich vorbeugte, um seinen Salut anzubringen, verdrehte sie ein wenig den Kopf und küsste ihn auf die Lippen, nicht lang, doch lang genug, um ihn zu dem Gedanken zu animieren, dass noch länger auch nett gewesen wäre.

»Ich hoffe, Sie bekommen alles, was Sie sich von Herzen wünschen, Mr. Dalziel«, sagte sie sehr ernst.

»Sie auch, Liebes, Sie auch.«

Sein Blick schweifte zu der neben ihr stehenden Frau. Sie war ein wenig füllig, was ihm aber gefiel. Sie sah nicht schlecht aus, honigblondes Haar über wohl geformten Schultern, trug ein knappes blaues Kleid, so tief ausgeschnitten, dass eine Busenpiste lockte, auf der hinunterzuwedeln eine Freude gewesen wäre. Er wusste nicht, wer sie war, aber sie kam ihm auch nicht gänzlich unbekannt vor. Neben ihr stand ein Mann. Auch ihn kannte er nicht, er sah aber wie ein ziemlicher Wichser aus. Schmales, spitzes Gesicht mit rastlosen Augen, eines dieser Leinenjacketts, die aussahen, als wären sie eingequetscht ganz unten in einem Rucksack soeben von Hongkong aus angeliefert worden, Seidenhemd mit leuchtend buntem Blumenmuster, durch das seine Brustwarzen zu erkennen waren, eine so eng geschnittene Hose, bei der man höchstwahrscheinlich einen Meißel brauchte, um in die Taschen zu gelangen, weshalb er vermutlich auch eine Handtasche bei sich trug. Zweifellos gab es irgendeinen modernen Macho-Ausdruck für diese Version von Mann, Dalziel hingegen nahm bei Saftsäcken wie ihm kein Blatt vor den Mund.

»Gutes neues Jahr, Liebes«, sagte er und drückte ihr ein spitzes Küsschen auf die Wange.

»Ihnen auch, Superintendent«, sagte sie.

»Kennen wir uns?«, fragte er.

»Wir haben uns kurz an Weihnachten gesehen, wurden uns aber nicht vorgestellt«, sagte sie.
»Das ist Mrya Rogers, meine Nachbarin«, sagte Rye.
»Ich erinnere mich«, sagte er. »Schön, Sie wiederzusehen.«
»Und das ist Tris, meine Begleitung«, sagte Mrs. Rogers.
Tris, die Begleitung! Hatte sie ihn für die Nacht angeheuert?, fragte sich Dalziel. Hoffentlich hatte sie dafür eine Geld-zurück-Garantie bekommen.
Die Kapelle, die das neue Jahr mit einem furiosen »Happy Days Are Here Again« begrüßt hatte, entschied, dass die Zeit des Küssens nun zu Ende sei, und verkündete mit Dudelsackgepfeife den Beginn von »Auld Lang Syne«.
Cap erschien an seiner Seite, als sich alle im Kreis aufstellten.
»Na, nett geknutscht?«, fragte er sie.
»Leicht gequetscht, aber unbeirrt aufrechten Ganges«, sagte sie.
»Na dann los!«
»Should auld acquaintance be forgot and never brought to mind ...«
Sie sangen es tief bewegt, wiederholten den Kehrreim einen Zacken schneller und rauschten alle in die Mitte des Kreises. Dalziel visierte einen Mitarbeiter des Sozialreferats an, der ihm beim letzten Fall einige Probleme bereitet hatte, und war sehr zufrieden, als er sah, dass dieser daraufhin äußerst kurzatmig den Rückwärtsgang einlegte.
»Das hat Spaß gemacht, was?«, sagte Cap.
»Ganz nett. Aber nur eine Strophe, und selbst bei der kamen sie mit dem Text durcheinander«, sagte Dalziel, der beim Hogmanay gern ein wenig den schottischen Nationalisten heraushängen ließ.
»Du kennst sie natürlich alle, nehme ich an?«
»Verdammt noch mal, ja. Mein Dad hat sie mir beigebracht, und ich kann dir zum Beweis dessen jetzt noch die blauen Flecken zeigen. Meine Lieblingsstrophe ist die vorletzte:

> *And here's a hand, my trusty fiere,*
> *And gie's a hand o'thine;*
> *We'll tak a right good willie-waught*
> *For auld lang syne.«*

»Hübsch«, sagte sie. »Aber was um alles in der Welt ist ein ›right good willie-waught‹?«

»Weiß ich nicht, aber ich werd dir hoffentlich einen besorgen, wenn wir zu Hause sind. Hallo, junger Bowler. Du amüsierst dich?«

»Ja, Sir. Sehr.«

»Großartig. Aber gewöhn dich nicht an den Geschmack von kostenlosem Champagner. Das kann teuer kommen. Jetzt aber, wohin denn, es wurde soeben der *Dashing White Sergeant* angekündigt.«

»Damit muss Sergeant Wield gemeint sein, oder, Sir?«

»Sei nicht unverschämt. Pack dir dein Mädel und zeig uns, was ihr draufhabt.«

»Ich glaube nicht, dass wir darauf tanzen können, Sir.«

»Dann ist es an der Zeit, dass ihr es verdammt noch mal lernt.«

Es war eine einschüchternde Erfahrung, die Tanzfläche mit Andy Dalziel zu teilen, der seine gewaltige Masse mit, wie es zunächst schien, leidenschaftlicher Hemmungslosigkeit herumwuchtete, doch Hat dämmerte schnell, dass der Dicke sich vollkommen im Griff hatte. Wie Heinrich VIII., der im Hampton Court das Tanzbein schwang, stand er im Mittelpunkt der Formation und führte die anderen kraft seiner Befehlsgewalt und seines Vorbilds. Und wenn er der König war, dann war Rye die Königin. Hat wusste, wie natürlich sie sich bewegte, an diesem Abend allerdings erlebte er sie zum ersten Mal bei formalen Tänzen. Für ihn war es eine regelrechte Offenbarung, und er selbst fühlte sich täppisch und unzulänglich.

Als die Musik verstummte und die Tanzenden auf der Suche nach Erfrischung auseinander gingen, klatschte Dalziel donnernd in die Hände und schrie: »Nein, Leute, wir haben uns gerade mal aufgewärmt! Mehr! Mehr!« Und die Kapelle, die die Stimme der Autorität durchaus erkannte, wenn sie sie vernahm, hob zu einer weiteren Melodie an. Auch Hat warf sich widerstrebend wieder in den Kampf, diesmal aber schien seltsamerweise Rye sich zu sperren. Ihre Hand lag kalt und schlaff in seiner, ihr Körper, der noch wenige Augenblicke zuvor zu schweben schien, wirkte schwer und steif.

»He, komm schon«, sagte er, »wir können doch nicht zulassen, dass er meint, er hätte uns geschafft.«

Sie sah ihn an und versuchte zu lächeln. Plötzlich bemerkte er, wie blass sie war.
»Alles in Ordnung, Liebling?«
»Ja, wunderbar.« Und wirklich, als sie zur Tanzfläche zurückkehrten, war ihr Schritt so leicht und elegant wie zuvor.
Sie nahmen ihre Plätze ein, die Kapelle begann zu spielen, gemessen zunächst, doch unter Dalziels dröhnender Forderung, »etwas mehr Humpta« reinzulegen, nahm das Tempo mehr und mehr zu, bald darauf drehte sich Hat mit einer Geschwindigkeit, bei der ihm schwindlig wurde. Er gab jeden Versuch auf, die Schrittfolgen einzuhalten, und konzentrierte sich nur noch darauf, mit den anderen Mitgliedern der Formation mitzuhalten, die alle entschlossen schienen, sich vom fetten Bullen nicht die Schau stehlen zu lassen. Aber es war kein wirklicher Wettbewerb. Dalziel tanzte wie ein Besessener, aber auch wie jemand, der sich völlig unter Kontrolle hatte, der nie das Gleichgewicht verlor, nie eine Schrittfolge verpasste. Nur Rye konnte anscheinend mühelos mit ihm mithalten. Wenn der Bewegungsablauf der Formation sie wieder mit Hat zusammenführte, zwinkerte sie ihm zu, und wenn sie auf Dalziel traf, sah sie ihm direkt in die Augen, auf ihren Lippen ein leicht neckisches Lächeln.
Die Musik legte nun ein halsbrecherisches Tempo vor, und nur die mannhafte Entschlossenheit, vor dem Dicken ... oder vor Rye ... oder vielleicht vor beiden ... keine Schwäche zu zeigen, trieb Hat weiter an. Dalziel hatte Rye im Griff, wirbelte sie herum und ließ sie dann los, um sie dem Nächsten in der Reihe zu übergeben. Wie eine Königin bewegte sie sich, welche Balance, welche Grazie, welche ... Hat verspürte die reinste Wonne bei dem Gedanken, dass sie seine war ... nein, nicht *seine* ... nicht im beherrschenden, besitzanzeigend Sinn ... sondern dass er und sie ...
Stotternd kamen seine Gedanken zum Halt. Etwas war falsch ... nein, nicht falsch ... es war Dalziels Schuld ... er hatte Rye mit viel zu viel Schwung von sich geschleudert ... sie wirbelte von den anderen Tänzern fort ... kam dann sofort und elegant zum Halt und kehrte zurück, lächelte ... aber plötzlich war nichts Elegantes mehr in ihren Bewegungen ... aus der Königin des Tanzes, die sich voll-

kommen beherrschte, war eine mechanische Puppe geworden, bei der eine Feder gebrochen war ... noch immer drehte sie sich, doch ihre Arme torkelten durch die Luft, als wollte sie einen Schwarm angriffslustiger Bienen abwehren ... und dann ging sie zu Boden.

Die Musik brach ab. Hat rannte zu dem sich windenden, wälzenden Bündel, das nicht Rye war, nicht Rye sein konnte, nicht Rye sein durfte! Er rannte, so schnell er konnte, und hatte dennoch das Gefühl, als wate er durch Wasser.

Der Mund stand ihr offen, aber kein Laut war zu hören. Ihre Augen waren weit aufgerissen, ein stierer Blick, aber was sie sah, konnte kein anderer im Raum sehen. Als Hat sie erreichte, fiel er neben ihr auf die Knie. Er war für Notfälle ausgebildet, aber nichts wollte ihm einfallen, was jetzt zu tun war. Alles, was er konnte, war neben ihr zu knien, zu spüren, wie lähmende Schwärze ihn umhüllte, nicht willens und nicht fähig sich einzugestehen, dass alles, was er liebte und für das Liebste auf der Welt erachtete, mit einem Wimpernschlag auf dieses ... dieses Bündel reduziert worden war.

Dann stieß Myra Rogers ihn zur Seite, kniete sich am Kopf der jungen Frau nieder und drückte ihr den Mund auf, um zu überprüfen, ob nicht die Zunge die Luftröhre blockierte. Sie sah aus, als wüsste sie, was sie tat. Auch Dalziel war in der Nähe, brüllte: »Holt einen Arzt. Ich hab mindestens drei von der Sorte hier gesehen. Geht zur Bar, da dürften sie sich rumtreiben.« Und Cap Marvell hatte ein Handy hervorgezogen und sprach dringlich mit dem Notarzt.

Rye bewegte sich nicht mehr. Einen unbeschreiblichen Augenblick lang glaubte Hat, sie sei tot. Dann sah er, wie ihr Brustkorb sich hob und senkte. Ein Arzt erschien und untersuchte sie. Myra Rogers zog Hat sacht auf die Beine.

»Sie wird es überstehen«, sagte sie tröstend. »Wahrscheinlich die Hitze und der Trubel ...«

Dalziel sagte: »Der Krankenwagen ist unterwegs. Ich hör ihn schon. Kommt alles wieder in Ordnung, Junge.«

Sogar die Zusicherung des Dicken hörte sich diesmal schal und leer an.

Der Krankenwagen erschien. Als Hat der Rollbahre nach draußen folgte, ging sein Blick nach oben. Es war eine klare, kalte Nacht. Sterne drängten sich am dunklen Himmelsgewölbe. Gab es dort oben Leben? Wen interessierte der Scheiß?

Irgendwo in der Nähe johlte ein heiserer Betrunkener »Gutes neues Jahr!«.

Hat stieg in den Krankenwagen, die Türen wurden geschlossen, und zurück blieben die teilnahmslosen Sterne und glücklichen Betrunkenen.

9

Die Säufer

llie Pascoes Neujahrsfeier verlief ziemlich fad. Das Spritzigste an der Sache waren die zwei von Pascoe erstandenen Flaschen Prickelwasser. Eine davon war eine echte Jahrgangs-Witwe, die andere ein Supermarkt-Cava. Dahinter, so Pascoe, stand die Idee, dass sie testen konnten, ob sie den Unterschied bemerkten, in Wirklichkeit aber, argwöhnte sie, hatte er es nicht über sich bringen können, die gewaltige Summe zu verdoppeln, die zum Erwerb der ersten Flasche nötig war. Sie hatten eine große Sache daraus gemacht, blind zu verkosten, was allerdings sehr aufgesetzt wirkte, und das einzig nennenswerte Ergebnis des Experiments lief darauf hinaus, dass Pascoes Ansinnen, mit ihr auf dem Wohnzimmerboden zu schlafen, in die Binsen ging. Wenn der Alkohol sie in der Vergangenheit im Stich gelassen hatte, rissen sie darüber Witze oder fanden andere originelle Dinge, diesmal aber schien er es sich zu Herzen zu nehmen, und ihr Versuch der unbekümmerten Fröhlichkeit kam wie ein müder Abklatsch daher.

Was der Alkohol niederstreckte, baute der Schlaf glücklicherweise wieder auf, und sie machte sich seine morgendliche Latte zunutze, bevor jede Erinnerung an das Fiasko der vergangenen Nacht abträgliche Wirkung zeigen konnte.

»Wunderbar«, sagte er, »das nächste Mal aber würde ich es vorziehen, die ganze Zeit über wach zu sein.«

»Wie das wäre, habe ich mich auch schon immer gefragt«, sagte sie. »Aber merk dir's fürs nächste Jahr. Weniger Schampus, mehr *con gas*.«

»Ja, und vielleicht gehen wir auch zum Hogmanay Hop.«

»Gute Idee«, sagte sie. Doch als er am Morgen anrief und ihr berichtete, wie der Hop für Rye Pomona geendet hatte, verspürte sie zunächst eigennützige Erleichterung darüber, dass sie nicht da gewesen waren. Sie hatte Hat Bowler sehr ins Herz geschlossen. Er hatte viel durchgemacht, weshalb sie es nur schwer ertragen hätte, ihn erneut leiden zu sehen, jetzt, da er gedacht haben musste, dass sein Weg von nun an mit Rosen gepflastert sei. Ihre Bestürzung darüber wurde allerdings von der Nachricht gemildert, dass Rye sich nicht in Lebensgefahr befand; sie sei zwar noch immer nicht aus ihrer Bewusstlosigkeit erwacht, die allerdings im Grunde lediglich ein tiefer und, wie alle hofften, heilsamer Schlaf sei.

Ellie war zwar andächtige Atheistin, befand sich allerdings noch nicht in jenem klinischen Stadium, in dem sie fürchtete, dass ein bescheidenes Bittgebet sie sofort wieder in tiefste Religiosität stürzen würde.

Sie saß vor dem Gerät, das ihr atechnischer Geist für den überzeugendsten Beweis des Übernatürlichen ansah, ihrem Computermonitor, und sagte: »Gott, wenn du da drin bist, dann denk mal kurz an Rye Pomona und auch an Hat Bowler. Lass ihnen das Glück zuteil werden, das sie verdient haben. Okay?«

Dann hackte sie mit einem Finger auf die Tastatur ein und sah zu, wie der Name Franny Rootes auf dem Bildschirm Gestalt annahm.

In der Zwischenzeit, in einem ruhigen Seitentrakt des Central Hospital, stellte Rye Pomona mit Entsetzen fest, dass sie sich wieder mit ihrem toten Bruder unterhielt.

Schlimmer noch, sie konnte ihn auch deutlich vor sich sehen; er hörte ihr zu, während er sich irritiert Staubflusen und kleine Porzellansplitter aus der Haut pickte.

Das gehörte zu den Dingen, über die sie und Myra Rogers bei ihrer gemeinsamen Weihnachtsfeier hatten lachen können. Unter dem düngenden Einfluss einer Flasche Weißwein war der bei ihrer ersten Begegnung auf dem Friedhof ausgesäte Samen der Freundschaft rasch aufgegangen, eine Flasche Roten hatte ihn dann vollends erblühen lassen.

»Du musst mich für völlig bescheuert halten«, hatte Rye lachend gesagt. »Betrunkene hämmern gegen meine Tür, ich treibe mich auf dem Friedhof rum, als stünde ich unter Drogen …«

»Na ja, ich muss zugeben, als ich dich das erste Mal dort sah, dachte

ich, hallo, in welche Gesellschaft bin ich denn hier geraten! Ich bin nie dahinter gekommen, was du da eigentlich gemacht hast ...«
»Ach, nichts ... ich hab mich nur, du weißt schon, ein wenig deprimiert gefühlt ...«, sagte Rye, in der sich noch ein kleiner, fester Kern an Vorsicht gegen die zersetzende Eigenschaft des Alkohols sperrte.
»Na, es geht mich ja auch nichts an, manchmal gibt es eben Probleme, da ist es besser, wenn man sie anderen mitteilt, und andere behält man lieber für sich, wer wüsste das nicht besser als ich! Diskrete Zurückhaltung, die gibt es ja kaum noch. Als mein Ehemann starb, bekam ich plötzlich von allen irgendwelche Ratschläge zu hören, alle meinten, ich müsse alles herauslassen, dabei wollte ich doch nur meine Ruhe haben, damit ich mit der Sache selbst zurechtkommen konnte.«
»Ja, ich weiß. Wie ist er denn gestorben? Mein Gott, tut mir Leid ... ich kann mich einfach nicht ...«
»Sei nicht dumm. Seltsam, jetzt, da ich bereit wäre zu reden, fragt mich keiner mehr danach. Er ist bei einem Verkehrsunfall ums Leben gekommen. Massenkarambolage auf der Autobahn. Nur ein Toter. Carl. Als wäre ich ins Visier genommen worden, so habe ich mich damals gefühlt! Als wäre es mir besser gegangen, wenn noch ein Dutzend andere getötet worden wären und ich in der Zeitung nicht hätte lesen müssen, dass es an ein Wunder grenzte, dass nicht noch viel Schlimmeres geschehen sei!«
Das hatte gereicht, plus ein oder zwei weitere Gläser, um alles aus ihr herauszulocken, den Unfall, Sergius' Tod, die zerbrochene Vase ...
»Ich hab sie schon viel zu lang aufgehoben. Ich weiß nicht, was schlimmer ist, zu wissen, dass sie da war, oder einfach alles zu vergessen. Ich hab darüber nachgedacht, nachdem doch jetzt Hat, das ist mein Freund, und ich ... zusammen sind, du weißt schon, irgendwie schien es mir nicht richtig zu sein ...«
»Ach, ich weiß nicht. Ich hatte mal einen Freund, den hat es angemacht, auf Friedhöfen zu vögeln. Ich hab ihn dann in die Wüste geschickt, als mich eines Morgens im Squash-Verein unter der Dusche eine Freundin fragte, warum ich auf meiner linken Arschbacke RIP rückwärts aufgedruckt hätte.«

Nachdem sie sich von ihrem Lachanfall erholt hatten, war es leicht gewesen, alles zu erzählen – das heißt die verstümmelte Version, für die sie nahezu alles gegeben hätte, wenn sie der Wahrheit entsprochen hätte, und die, wie sie beinahe selbst glaubte, zur Wahrheit werden könnte, wenn sie sie nur oft genug wiederholte. Sie hatte sogar einen Witz über die grotesken Folgen ihres Staubsaugens gerissen, falls, wie die Bibel versprach, am Tag des Jüngsten Gerichts die Körper der Toten wieder zusammengesetzt würden. Es war lange her, dass Rye sich so offen mit einer anderen Frau unterhalten hatte, und es hatte gut getan. Am nächsten Morgen, als sie sich dunkel an das Gespräch zu erinnern versuchte, hatte sie kein so gutes Gefühl mehr. Ihre Bedenken zerstreuten sich schnell, als sie das nächste Mal Myra traf, die sich freundlich und fröhlich gab und nichts Drängendes an sich hatte oder sie mit einem wissenden Blick bedachte.

Plötzlich, während das neue Jahr sich näherte, kam es ihr so vor, als sei eine Zukunft für sie nicht unbedingt möglich, aber auch nicht mehr ganz unmöglich. Als sei durch Liebe und Freundschaft und vielleicht auch durch eine Beichte (aber, ach, ein Stich fuhr ihr ins Herz, wenn sie nur daran dachte, Hat alles zu beichten!) eine Art Sühne möglich ...

Und nun, am ersten Tag des lichten neuen Jahrs, lag sie in einem Krankenhausbett und unterhielt sich wieder mit ihrem toten Bruder. »Hör zu«, sagte sie schroff. »Ich weiß, du bist gar nicht da. Ich weiß, du warst nie da ... all das ... ich weiß nicht ... weiß nicht ... das war nicht ich ... jemand anderes ...«

Doch es war sie gewesen. Und Sergius stand vor ihr und klagte sie stumm an, aber wessen? O Gott, nein, nicht weil sie aufgehört hatte, als sie so nahe dran gewesen war – nicht, dass sie wieder von vorne anfangen und es bis zum bitteren Ende durchziehen sollte, bis genügend Blut vergossen war, um ihm seine Stimme wiederzugeben – nein, das konnte sie nicht mehr, sie würde verrückt werden. Vielleicht war sie schon verrückt ...

»Sergius, Sergius«, rief sie. »Bitte mich nicht. Ich kann nicht ... du bist nicht wirklich hier ...«

Und um sich dessen zu vergewissern, streckte sie die Hand aus, und

er streckte die seine, sie nahm sie und drückte ihm fest die Finger. Sie schloss die Augen und wusste nicht, ob sie vor Freude singen oder vor Entsetzen weinen sollte. Und als sie die Augen wieder öffnete, war es doch nicht Sergius, sondern Hat, der vor ihr saß und ihr die Hand hielt, als könnte nur sein fester Griff sie davor bewahren, ins bodenlose Nichts zu stürzen. Und vielleicht war es wirklich so.
»Oh, Hat«, sagte sie.
»Hallo.«
»Hat.«
»Das hast du schon gesagt. Du solltest sagen ›wo bin ich?‹«
»Interessiert mich nicht, wo ich bin, solange du da bist.«
Zu ihrem Elend sah sie, wie ihm Tränen in die Augen traten.
»Weine nicht«, sagte sie. »Es gibt keinen Grund zu weinen. Bitte. Wie spät ist es? Überhaupt, welcher Tag ist heute?«
»Noch immer Neujahr. Gerade noch. Die Leute hier meinten, es sieht so aus, als hättest du es überstanden – was immer es gewesen sein mag –, aber du warst länger weg, als sie erwartet haben.«
Er versuchte entspannt zu klingen, aber sie hörte ihm an, wie besorgt er gewesen war.
»So, jetzt bin ich wieder da. Ich hab nur geschlafen, oder?«
»Und geredet.«
»Geredet.« Nun war es an ihr, entspannt klingen zu wollen. »Hab ich Blödsinn von mir gegeben?«
»Genauso viel wie sonst auch immer«, sagte er grinsend.
»Im Ernst.«
»Nicht viel«, sagte er. »Du hast mich immer Sergius genannt.«
»O Scheiße. Ich hab … von ihm geträumt … tut mir Leid.«
»Weswegen? Du bist wieder im Krankenhaus, der Geruch, die Geräusche, das alles muss dich unbewusst wieder an die Zeit nach dem Unfall erinnert haben.«
»Hast du dir das selbst zusammengereimt, Dr. Freud?«, sagte sie, bemüht um einen leichten Tonfall, bemüht, ans Licht zu kommen.
»Warst du die ganze Zeit hier?«
»Die meiste Zeit. Ansonsten war Myra da. Sie ist wunderbar. Ich mag sie sehr.«

»Weiß nicht, ob ich es gutheißen kann, wenn mein Freund eine gut aussehende Witwe sehr mag«, sagte sie. »Gibt es hier auch Ärzte, oder müssen die noch ihren Kater pflegen nach letzter Nacht?«
»Ich nehme an, diejenigen, die was zu sagen haben, tun das wahrscheinlich. Ein Typ ist da, scheint jünger zu sein als ich, hin und wieder sieht er auch nach dir. Wenn ich ihn frage, was dir fehlt, quasselt er von irgendwelchen Untersuchungen und dass er erst mit Mr. Chakravarty reden muss, dem Facharzt für Neurologie. Ich sollte vielleicht jemandem sagen, dass du aufgewacht bist.«
»Wieso? Damit sie mir Schlaftabletten verpassen können?«
»Damit sie, wenn es eine Behandlung gibt, die in Zukunft solche Anfälle verhindert, sofort damit anfangen können.«
Sanft löste er seine Hand und erhob sich.
»Hat«, sagte sie. »Es tut mir Leid. Ein toller Jahresanfang, was?«
Lächelnd sah er sie an.
»Kann nur besser werden. Und es wird besser werden. Das ist das beste Jahr meines Lebens, vergiss das nicht. Es ist nämlich das Jahr, in dem ich dich heiraten werde. Ich liebe dich, Rotdrossel.«
Er ging hinaus.
Rye wandte den Kopf und starrte zum von keinem Vorhang verschlossenen Fenster, gegen das sich die Nacht presste wie ein dunkles wildes Tier, das hereinwollte.
»Serge«, sagte sie, »du Dreckskerl, was hast du mir angetan?«
Dann brach sie in Tränen aus.

Als sie am nächsten Morgen erwachte, ging es ihr wider Erwarten sehr viel besser. Nicht körperlich – gerechterweise musste sie sich eingestehen, dass sie sich nicht besser oder schlechter fühlte als im vergangenen Monat auch –, sondern geistig. Sie hatte keine Neujahrsvorsätze gefasst, dieses Jahr nicht und auch in keinem anderen Jahr ihres Lebens, hatte aber das Gefühl, dass ein Vorsatz für sie gefasst worden war.
Die Stunden vergingen. Krankenschwestern verrichteten ihre mysteriösen Dinge und versprachen, dass Mr. Chakravarty sie bald sehen werde; ihr pubertärer Arzt untersuchte sie und versicherte,

Mr. Chakravarty werde gleich kommen; sie hatte Besucher – Dalziel mit einem riesigen Glas in Drambuie eingelegter Loganbeeren, die er mit einem langen Löffel verspeiste; Bibliotheksangestellte, die in ihrer Mittagspause mit Büchern und so viel Klatsch und Tratsch auftauchten, dass man meinen konnte, sie wäre einige Wochen und nicht einen halben Tag weg gewesen (der Neujahrstag war natürlich ein Feiertag); Myra Rogers mit einem Obstkorb und, kluge Frau, einigen Sachen zum Anziehen sowie anderen Notwendigkeiten. Und natürlich kam Hat, er brachte Blumen und Pralinen und seine Liebe, das einzige Geschenk, bei dem sie in Tränen ausbrechen wollte (obwohl sie sich auch ein wenig weinerlich fühlte, als sie sah, wie Dalziel die letzte Loganbeere verputzte).

Sie döste ein wenig (komisch, wie schläfrig man wurde, wenn man den ganzen Tag im Bett lag) und wachte auf, sah Hat, der mit einigen Schwestern plauderte. Sie verspürte keine Eifersucht, nur eine Art sehnsuchtsvollen Stolz auf seine Wirkung, die er mit seinem jugendlichen Charme auf junge Frauen ausübte.

Wieder döste sie ein, und beim Aufwachen musste sie feststellen, dass sie Mr. Chakravarty fast verpasst hätte. Er blickte von weit oben auf sie herab. Er war groß, schlank, von dunklem Teint, äußerst hübsch. Er hätte einer jener indischen Prinzen sein können, die, schien sie sich zu erinnern, die großen Internate besucht und für England Cricket gespielt hatten, damals in den Dreißigern. Und wie ein Prinz blieb er nur so lange, um bewundert zu werden, dann ging er wieder seines Weges.

Etwa zur Teestunde war sie endlich allein, lag hellwach und ließ sich diese Dinge durch den Kopf gehen. Einiges war ihr ziemlich klar.

Das, was hier getan werden musste, brauchte seine Zeit. Und während dieser Zeit würde sie behandelt werden, als wäre sie von allen abhängig. Und Hat musste nur sein einnehmendes Lächeln aufsetzen, um sofort alles zu erfahren, was mit ihrer Diagnose zusammenhing.

Sie stand auf und zog unter dem Bett die Reisetasche hervor, die Myra gebracht hatte.

Die Stationsschwester rief den pubertären Arzt, aber Rye sagte nur:

»Ich werde alles unterschreiben, solange Sie es mir innerhalb der nächsten sechzig Sekunden vorlegen.«

Dann ging sie hinab zum Empfangsbereich, wo ein großer Krankenhausplan aushing, betrachtete ihn eine Weile lang und schritt daraufhin mit solcher Zeilstrebigkeit davon, dass niemand es für nötig befand, sich nach dem Zweck ihres Unterfangens zu erkundigen, noch nicht einmal, als sie die Bereiche betrat, die für die Allgemeinheit der Patienten nicht zugänglich waren.

Schließlich stand sie vor einer Tür, auf der der von ihr gesuchte Name stand – Victor Chakravarty –, und ging hinein. Eine stämmige junge Frau hinter einem stämmigen alten Schreibtisch betrachtete sie ohne großen Enthusiasmus.

»Ich möchte einen Termin mit Mr. Chakravarty vereinbaren«, sagte Rye. »Meine Name lautet Pomona, Vorname R. Er hat alle meine Unterlagen, zumindest sollten sie ihm auf Station siebzehn zugänglich sein.«

»Ihre Behandlung erfolgt über den staatlichen Gesundheitsdienst?«, fragte die Frau, als wäre dies ein widerlicher Zustand. »Tut mir Leid, aber eigentlich haben Sie hier nichts verloren ...«

»Das war bislang so. Jetzt möchte ich Privatpatientin werden. Ich nehme an, ich habe mich verschiedenen Untersuchungen zu unterziehen. Ich hätte gern einen Termin bei Mr. Chakravarty sehr früh am Morgen, damit ich, nach der Konsultation, die Untersuchungen absolvieren und noch am selben Tag die Ergebnisse und seine Meinung dazu erhalten kann.«

»Er ist wirklich sehr beschäftigt ...«

»Das habe ich bereits bemerkt. Ich will also nicht zu fordernd sein. Heute ist Mittwoch, der zweite. Sagen wir also Anfang nächster Woche. Montag, der siebte, würde mir sehr gut passen.«

Die stämmige Frau, deren alarmierte Miene sich entspannt hatte, kam brüsk auf den wichtigsten Punkt zu sprechen.

»Sie sind privat versichert?«

»Nein. Ich werde für die Behandlung selbst aufkommen. Wollen Sie eine Anzahlung?«

Der Blick der Frau brachte zum Ausdruck, dass sie dies für keine schlechte Idee hielt. »Nein«, kam es aus ihrem Mund, »natürlich nicht ...«

»Gut«, sagte Rye. »Sagen wir neun Uhr dreißig, Montagmorgen, den siebten Januar? Hier ist meine Privatnummer, falls was dazwischenkommen sollte. Hier die Nummer in meiner Arbeit. Ich bin dort ab morgen von neun bis siebzehn Uhr zu erreichen. Danke.«
An der Tür blieb sie stehen.

»Und natürlich erwarte ich mir als Privatpatientin absolute Diskretion. Sollten Informationen nach außen dringen, egal an wen – ob Freunde, Verwandte, *irgendjemanden* –, werde ich Sie juristisch belangen.«
Sie ging, ohne eine Antwort abzuwarten.

m Samstagmorgen, dem 5. Januar, betrachtete Edgar Wield die über das gesamte Corpse Cottage gespannten Festtagsdekorationen und dachte mit Erleichterung daran, dass er sie am nächsten Tag nicht mehr würde sehen müssen. Er hätte sie bereits nach Neujahr entfernt, sein Lebensgefährte, der sich neuerdings als Traditionalist gab, hatte allerdings erklärt, es sei seit Alters her bekannt, dass es großes Unheil bringe, wenn man vor Ende der Zwölften Nacht Hand an sie lege. Nun sagte Digweed traurig: »Ohne sie wird das Haus nicht mehr dasselbe sein.«

»Da hast du Recht«, sagte Wield mit unverhohlener Ironie.

Sein Gefährte musterte ihn ernst.

Vielleicht, ging es Wield durch den Kopf, denkt er sich, dass er es ist, der in unserer Beziehung immer wieder für was Neues sorgt, und wenn er mich dann mal bittet, alles mit Glöckchen und Nippes zu behängen, was ja nun wirklich keine große Sache ist, dann mach ich einen Riesenwirbel darum. Ich sollte mich vielleicht ein wenig bessern. Ich *werde* mich bessern!

»Edgar«, sagte Digweed.

»Ja?«

»Wir gehen heute Abend aus.«

»Okay«, sagte Wield. »Wohin?«

»In die Trine.«

Wenn Wields Gesichtszüge Grauen zum Ausdruck hätten bringen können, wäre das nun der Fall gewesen.

Er sagte: »Du meinst die Trine? Das Fumarole? Den Club? Im Estotiland?«

»Wie immer hast du in jeder Hinsicht Recht. Die Trine, den Nachtclub.«

Wield wollte es noch immer nicht glauben. Digweed war noch weniger eine Nachteule als er. In seinem Fall hatte es viel mit berufsbedingter Diskretion zu tun. Bei Digweed allerdings handelte es sich

um einen tief verwurzelten Widerwillen. Und unter allen in Frage kommenden Clubs hätte Wield die Trine für denjenigen gehalten, in dem sich sein Lebensgefährte am wenigsten hätte sehen lassen wollen. Keiner wusste, ob die Estoti-Brüder das Lokal von Anfang an als Gay-Club konzipiert hatten. Doch schon wenige Wochen nach der Eröffnung im Estotiland war aus dem Fumarole die Fummeltrine, schließlich die Trine geworden, und die Geschäftsführung schien es darauf anzulegen, das Lokal als Parodie dessen zu gestalten, wie sich Heteros einen Schwulenclub vorstellten. All das wusste Wield von den Erzählungen anderer. Wenn er dem Lokal einen Besuch abstatten sollte, dann, nahm er an, vermutlich aus dienstlichen Gründen. Selbst in seinen wildesten Fantasien hatte er sich nicht vorstellen können, dass er und Edwin dort privat aufkreuzten.
»Bist du dir sicher, dass das eine gute Idee ist?«, sagte er vorsichtig.
»Es ist ein Nachtclub, ja, aber vielleicht nicht das, was du dir darunter vorstellst.«
»Und was wäre das bitte? Schummerbeleuchtung, Smokings, ein Streicherzett zum Tanzen und vielleicht ein wenig kabarettistische Unterhaltung? Ich darf dir versichern, ich bin vollkommen *au fait* mit den modernen Trends.«
»Wenn das so ist, warum dann …?«
»Mein guter Freund Wim Leenders feiert dort seinen fünfzigsten Geburtstag, er will, dass ich komme, und außerdem hat er gesagt, dass ich schon viel zu lang dein Licht unter meinen Scheffel stelle, weshalb er darauf besteht, dass ich dich mitbringe. Und hätte er nicht darauf bestanden, hätte ich es trotzdem getan, weil, wie du dir vorstellen kannst, ich ohne deinen moralischen Beistand nicht dazu in der Lage bin, so ein Lokal zu betreten.«
Das war nicht nur ein nett formuliertes Kompliment, sondern erklärte auch alles.
Wield hatte, seit sie zusammen waren, mehrere von Digweeds Freunden kennen gelernt. Die meisten mochte er, im Allgemeinen schienen sie ihn ebenfalls zu mögen, allerdings hatte er es vermieden, ein zu enges Verhältnis zu ihnen aufzubauen. Wie viele seiner heterosexuellen Kollegen hatte Wield im Lauf der Jahre gelernt, sich

seine Freunde außerhalb der Polizei sehr sorgfältig auszusuchen. Er hatte Digweed gegenüber diese Zurückhaltung freimütig zum Ausdruck gebracht, er wollte nicht in einen ganz neuen Bekanntenkreis hineingezogen werden, weshalb sie sich mit den Kumpeln seines Lebensgefährten gewöhnlich einzeln oder in Paaren trafen.

Wim Leenders war ein zwei Meter großer, hundert Kilo schwerer Holländer mit einem wie von einem Meißel gehauenen Vollbart, der zwanzig Jahre zuvor nach England gezogen war, weil er ein Faible fürs Bergwandern und Felsenklettern hatte. Er sammelte alte Bücher über das Thema, worüber Digweed ihn kennen gelernt hatte. Er schien wesentlich mehr Geld zu haben, als seine Outdoor-Läden allem Anschein nach abwerfen konnten, eine sorgfältige Überprüfung durch Wield (den es mit Scham erfüllte, wenn er daran zurückdachte) hatte allerdings nicht die kleinste Unregelmäßigkeit ergeben. Meistens, als würde ihn seine körperlichen Präsenz selbst irritieren, gab er sich als sehr stiller, manierlicher, sanft-bescheidener, höflicher Kumpel, doch wenn er einmal aus sich herausging, dann war er ein außer Kontrolle geratener Schwerlastzug. Wield hatte diese Seite an ihm einmal bei einer Totenwache erlebt. Wie dies an seinem fünfzigsten Geburtstag werden würde, daran wagte er gar nicht zu denken. Dass er sich dazu die Trine ausgesucht hatte, musste unter dem Gesichtspunkt der Schadensbegrenzung gesehen werden, was wiederum für seine Vernunft sprach. Trotzdem verstand Wield nicht ganz, warum Edwin, als er die Einladung erhielt, nicht einfach eine Entschuldigung vorgebracht hatte.

Daher und weil er für uneingeschränkte Offenheit in der Beziehung eintrat, fragte er ihn direkt danach.

»Wim«, sagte Digweed, »hat mir vor ein paar Jahren, lange bevor ich dich kennen lernte, aus einer ziemlich vertrackten Situation geholfen. Natürlich war meine erste Reaktion, ihm abzusagen, aber er hat mich sehr gedrängt, und nachdem ich einige Tage darüber nachgedacht habe, bin ich zu dem Schluss gekommen, dass eine Absage – wie soll ich es ausdrücken? – kleinmütig wäre. Aber ich bin wirklich auf Unterstützung angewiesen, Edgar.«

»Natürlich komme ich mit«, sagte Wield.

»Danke, Edgar«, sagte Digweed. »Ich weiß es wirklich zu schätzen.« Was bei Wield ein gutes Gefühl hinterließ, das jedoch nicht in aufgeräumte Vorfreude ausuferte, als sie an jenem Abend um etwa halb zehn mit dem Taxi in südliche Richtung fuhren und er durch das Fenster ein geschwungenes Neonschild erblickte, das den Namen *Fumarole* in den dunklen Winterhimmel malte.

Doch das Leben ist voller Überraschungen.

Sie stiegen gerade aus dem Taxi, als die Clubtür aufschwang und ein stämmiger Mann in einem langen Mohairmantel erschien. Er presste ein Handy ans Ohr, sein Gesicht war kreidebleich. Hinter ihm tauchte ein junger Mann mit modischer Frisur und einem eng anliegenden schwarzen T-Shirt auf, unter dem sich ein muskulöser Oberkörper abzeichnete.

»Komm schon, LB, ist doch alles in Ordnung, lass dich von ihm doch nicht so durcheinander bringen«, rief er ihm hinterher. »Hey, soll ich mitkommen?«

Der stämmige Mann, der durch nichts zu erkennen gab, dass er ihn gehört hatte, schritt in Richtung Parkplatz.

Wield, der sich wieder ins Taxi zurückgezogen hatte, stieg nun aus. Er sah nicht dem sich entfernenden Mann hinterher, sondern konzentrierte sich auf den anderen, der, als er sich dessen bewusst wurde, meinte, »na, Witzgesicht, du wirst mich hoffentlich wiedererkennen«, sich dann umdrehte und hineinging.

»Ja, das werde ich«, sagte sich Wield.

»Kennst du ihn?«, sagte Digweed.

»Die Nacht ist noch jung«, sagte Wield lächelnd.

Plötzlich war er in Partylaune.

benfalls an jenem Abend, zu etwas früherer Stunde, befand sich auch Liam Linford in Partylaune.

Nachdem sich die Polizei jeglicher Verzögerungstaktik bedient hatte, war der junge Mann, obwohl Marcus Belchamber sein Bestes gab, gezwungen gewesen, das Weihnachtsessen in der Untersuchungshaft einzunehmen. Noch rechtzeitig vor Neujahr entlassen, war sein erster Impuls, die ganze Stadt auf den Kopf zu stellen und dafür zu sorgen, dass jene, denen er für seine missliche Situation die Schuld zuschob, auch das bekamen, was sie verdient hatten.

Sein Vater hatte andere Vorstellungen.

»Du hältst dich da raus, rührst keinen Finger. Ich kümmere mich um die Sache, verstanden?«

»Ja, so wie du dich um Carnwaths Schwester gekümmert hast, meinst du?«, feixte der junge Mann. »Schauen wir den Tatsachen doch ins Auge, Dad, du hast es ja noch nicht mal geschafft, dich um diesen Geschirrspüler zu kümmern. Hättest du mir erlaubt, ihm die Beine zu brechen, wie ich es vorhatte, dann hätte ich die Feiertage nicht in diesem Scheißloch verbringen müssen ... mein Gott!«

Er fand sich auf dem Boden wieder, rieb sich den lädierten Kiefer und sah zu Wally Linford auf, der in einer Stimmung war, wie er sie noch nie bei ihm erlebt hatte.

»Wenn du noch einmal so mit mir redest, fliegst du hier raus«, grummelte der Alte. »Wenn du nur einen winzigen Schritt ausscherst, kannst du selber sehen, wie du zurechtkommst. Liam, so wahr mir Gott helfe, ich werf dich den Löwen zum Fraß vor. Einige Jahre im Knast wären vielleicht genau das, was du brauchst. Entscheide dich. Entweder du tanzt nach meiner Pfeife, oder du bist auf dich allein gestellt.«

Und Liam, der nicht viel wusste, aber zumindest so viel, dass er ein Nichts war ohne den Einfluss, der sich aus seiner Stellung als

Wallys Sohn und Erbe ergab, hatte zwar vor Wut gekocht, sich aber gefügt.
Hogmanay hatte er in aller Stille zu Hause gefeiert. Doch nach einer Woche im neuen Jahr gelangte er allmählich zu der Meinung, dass er genauso gut im Knast hätte bleiben können, wahrscheinlich hätte er dort mehr Spaß gehabt. Die Drohungen seines Vaters hatten ihre Wirkung allerdings nicht verfehlt – bis zu diesem Samstagabend, an dem er sah, wie Wally Linford das Haus verließ und wegfuhr, um sich das zu holen, was in seiner verschrobenen Welt als Vergnügen durchging. Liam wartete, bis der Wagen die Einfahrt verlassen hatte, dann rief er seinen nächsten Freund und Hauptzeugen Robbo an.
Robbo hatte vielleicht eigene Pläne gehabt, bewies aber so viel Verstand, dass er Liams Ansinnen nachgab. Zwanzig Minuten später erschien er auf dem Anwesen der Linfords, wo Liam bereits wartete. Als er die Tür seines Porsche öffnete, um den Freund einsteigen zu lassen, zeigte sich, dass sich Liam die Standpauke seines Vaters doch etwas zu Herzen nahm. Er sagte: »Auf keinen Fall. Die Bullerei wartet doch nur darauf, mich oder dich wegen Alkohol am Steuer festzunehmen. Ich hab ein Taxi bestellt. Hier ist es ja schon. Gut, Kumpel, es geht die ganze Nacht durch, hat man dir das gesagt? Wunderbar. Also, erster Stopp ist das Molly Malone's!«
Um halb neun waren sie bereits ziemlich hinüber, im Pub drängten sich die Gäste.
»Scheiß drauf«, sagte Liam. »Fahren wir ins Trampus, mir ist mehr nach Mösen. Und wenn dieser Wichser Carnwath dort noch arbeitet, erzähl ich ihm vielleicht, dass mir auch nach ihm ist.«
Robbo, noch so weit nüchtern, um leise Zweifel an diesem Vorhaben anzumelden, wurde lauthals überstimmt, und kurz darauf wurden sie nach draußen und auf den Parkplatz gespült.
»Mr. Linford, hier drüben«, rief der Fahrer eines Taxis, das ein wenig vom Pubeingang entfernt abgestellt war.
»Dachte, das war mal ein ganz beschissener normaler Wagen«, sagte Robbo, als sie in das traditionelle Londoner Taxi stiegen.
»Hier haben Sie mehr Platz, Sir«, sagte der Fahrer, der zusammenge-

kauert auf seinem Sitz saß und gegen die feuchte nächtliche Kühle eine Wollmütze über die Ohren gezogen und einen Schal um den Hals gewickelt hatte. »Wohin?«

»Trampus Club«, sagte Liam. »Und setz dich verdammt noch mal in Bewegung!«

Der Fahrer schien sich die Anweisung zu Herzen zu nehmen, bald darauf rollten sie mit einer Geschwindigkeit dahin, die ihre trunkene Ungeduld, dort zu sein, wo etwas los war, durchaus zufrieden stellte.

Es dauerte nicht lange, bis die Fenster beschlugen, doch als Robbo eins herunterkurbeln wollte, um frische Luft reinzulassen, rührte sich nichts.

Er klopfte gegen die Sicherheitsscheibe zwischen Fahrer und Fahrgastbereich und rief: »Hey, Kumpel, lass mal frische Luft rein!«

Der Fahrer reagierte nicht. »Lass es gut sein, Robbo«, sagte Liam. »Die schließen die Fenster und Türen, damit wir nicht abhauen, ohne zu zahlen. Als ob wir das jemals getan hätten!«

Was er mit grölendem Gelächter quittierte beim Gedanken an frühere Gelegenheiten, bei denen sie unglückliche Taxifahrer um ihren Lohn gebracht hatten.

Robbo stimmte nicht mit ein; er wischte die beschlagene Scheibe frei.

»Wo bringt der Arsch uns hin?«, sagte er. »Wir sind draußen auf dem Land. Hey, du, wo sind wir, verdammte Scheiße noch mal?«

Erneut trommelte er gegen die Scheibe. »Eine Abkürzung«, sagte der Fahrer.

Nun wischte auch Liam ein Guckloch in die Kondensschicht. Draußen herrschte Dunkelheit, gelegentlich waren verschwommen Bäume oder Hecken zu erkennen.

»Eine Abkürzung?«, brüllte Liam. »Abkürzung wohin?«

Der Fahrer drehte sich zu ihm um. Sein Kopf war ein Totenschädel.

»Eine Abkürzung zur Hölle«, sagte er.

Er riss das Lenkrad herum, das Taxi brach durch eine Hecke, krachte eine steile Böschung hinab und stürzte auf dem Kopf stehend in einen Fluss.

Auf der Rückbank schrien die beiden blutenden, vom Aufprall schlagartig ernüchternden Männer und rüttelten an den verschlossenen Türen. Einen Augenblick lang hingen sie in einer Luftblase. Dann kurbelte der Fahrer vorn die Seitenscheibe herunter, und das Wasser strömte herein.
Bald danach verstummten die Schreie.

ieh an, wer da kommt! Ed und Ed! Nun, wahrlich, ist mein Becher übervoll!«
Wields Hoffnung, sich im Hintergrund halten zu können, löste sich sofort in nichts auf, als Wim Leenders' Stimme durch den Raum dröhnte. Sie wurden zu einem Tisch mit mindestens zwanzig fröhlichen Partygästen geleitet, die gezwungen wurden aufzurücken, damit die beiden Neuankömmlinge jeweils rechts und links ihres ausgelassenen Gastgebers Platz nehmen konnten.
Er legte beiden den Arm um die Schulter und lud sie ein, sich am Besten gütlich zu tun, was die Trine zu bieten hatte.
Dass der Champagner zum Besten gehörte, nahm Wield, der niemals zwischen den Feinheiten der diversen Prickelwasser zu unterscheiden gelernt hatte, unbesehen hin. Aber er trank seinen Teil, ohne merkliche Wirkung zu verspüren, spielte mit einem Taco herum, schwofte einige Runden auf der Tanzfläche und applaudierte einem Komiker, neben dem sich Andy Dalziel wie ein Sonntagsschullehrer ausgenommen hätte. Nach etwa einer Stunde stellte er fest, dass er sich wirklich amüsierte. Dann war es Zeit fürs Karaoke, und als Wim nach Rekruten für seinen berühmten Village-People-Auftritt Ausschau hielt, verzog er sich aufs Klo.
Gott sei Dank beschallten sie die Örtlichkeit nicht mit der Musik aus dem Club, er saß in angenehmer Stille, dachte daran, wie großartig es war, dass der sonst so steife und beherrschte Edwin hier so aus sich herausging, und wie glücklich er sich selbst schätzen durfte, die so unterschiedlichen Elemente seiner Existenz in ein so perfektes Gleichgewicht gebracht zu haben.
Als er zurückkehrte, hörte er noch den lautstarken Refrain von »In the Navy« aus dem Hauptraum schallen, weshalb er nach draußen trat, um ein wenig frische Luft zu schnappen. Er wäre fast gegen den muskulösen jungen Mann im schwarzen T-Shirt geknallt.
»Sorry«, sagte Wield.

»Hallo, Witzgesicht«, sagte der andere. Er sah sehr blass aus, ein Hauch süßlichen Kotzegeruchs lag in seinem Atem.

Zu viel getrunken und rausgegangen, um sich zu übergeben, vermutete Wield.

»Wally ist noch nicht zurück?«, sagte er.

»Nein. Erwarte ihn auch nicht mehr.« Dann ein argwöhnischer Blick. »Du kennst ihn?«

»Wally? Ja, von früher, haben uns lange nicht mehr gesehen. Er schien mir nicht in Plauderstimmung gewesen zu sein, sonst hätte ich ihn schon begrüßt. Macht sich Sorgen um seinen Jungen, nehme ich an.«

»Hat auch allen Grund dazu, oder?«, sagte der junge Mann verstimmt. »Er hätte den verzogenen Dreckskerl im Gefängnis schmoren lassen sollen. Hat mir den ganzen Abend versaut.«

»Wie das?«

»Hatte schon wieder einen Unfall oder so was. Dieser kleine Scheißer. Bei seinen Problemen sollte man doch meinen, dass ihn keiner mehr auch nur in die Nähe eines Wagens lässt. Ein Anruf, und Wally spurtet los.«

»Er ist sein Dad«, sagte Wield. »Hab gehört, du hast ihn LB genannt, was soll das denn?«

»Ich dachte, du kennst ihn?« Wieder der argwöhnische Blick.

»Sagte doch, ist schon lange her. Damals war er einfach nur Wally.«

»Ist nur sein Log-in-Name fürs Netz. Lunchbox. Wie der Spitzname von diesem Sprinter. Linford Christie. Kapiert?«

»Kapiert«, sagte Wield. »Komisch.«

»Ja«, sagte der junge Mann und musterte Wield. »Bist du auch versetzt worden?«

»Nein, mein Freund ist beim Karaoke. Ist nicht meine Sache. Tut mir Leid.«

Der junge Mann ging hinein. Wield zückte sein Handy und wählte.

»Pete, ich bin's«, sagte er. »Was ist da mit Liam Linford und einem Unfall?«

»Ich dachte, du hättest dienstfrei«, sagte Pascoe. »Saß in einem Taxi, das in einen Fluss krachte. Der Fahrer eines anderen Wagens hat es

beobachtet, Hilfe war sofort unterwegs, kam aber zu spät. Liam ist tot, dieser Robson auch, der sein Zeuge war. Und der Fahrer.«
»Scheiße«, sagte Wield. »Schicksal oder ...«
»Kommt drauf an, wie du's sehen willst. Der Fahrer war John Longstreet. Richtig. Der Witwer. Und als sie ihn rauszogen, trug er eine Halloween-Maske aus Plastik in Form eines Totenschädels.«
Wield blieb danach noch ein wenig draußen stehen. Sein Hochgefühl, herausgefunden zu haben, dass Belchambers LB Wally Linford war, Initiator großer Unternehmungen, deren Durchführung viel Geld erforderte, hatte sich völlig verflüchtigt, obwohl Andy Dalziel zweifellos darüber entzückt sein würde. Aber der Dicke hatte nicht die Miene des Vaters gesehen, als er die Nachricht über seinen Sohn gehört hatte. Wobei das wahrscheinlich keine große Rolle gespielt hätte.
In Gedanken versunken kehrte er in den Clubraum zurück, er ging an der vorübergehend stillen Karaoke-Bühne vorbei und achtete nicht auf den jungen Mann, der dort mit dem Mikro in der Hand stand und auf seinen Einsatz wartete; dessen metallicblaues Haar zu seinem bis zum Hosenbund offenen Seidenhemd passte und dessen Hose so eng geschnittenen war, dass einem Tränen in die Augen traten.
Der junge Mann sah sich um, bemerkte Wield, riss vor freudiger Überraschung die Augen auf, sprang nach vorn und packte den Sergeant an der Hand.
»Mac!«, rief er. »Du bist es wirklich. Hey, ist das nicht toll? Ich bin als Nächstes dran. Komm, begleite mich!«
Es war Lee Lubanski.
Nicht das blasse obdachlose Kind, dessen Verletzlichkeit Wield zu Herzen rührte, nicht das mit allen Wassern gewaschene Straßenkid, dessen zynische Lebensansichten ihn so deprimierten. Es war Lee, aufgemotzt für die Party, Lee, der sich mit irgendeinem Zeug aufgeputscht hat, Lee, der so verzweifelt versuchte, es sich gut gehen zu lassen, der sich so sehr freute, ihn zu sehen, dass Wield nicht daran dachte, sich ihm zu widersetzen, bis es zu spät war.
Die Musik setzte ein.

Wield erkannte den Song. Der alte Hit Anfang der Achtziger »Total Eclipse of the Heart«. O Scheiße, dachte er.

Er sah Wim und seine Gäste, ihre freudestrahlenden Gesichter, hörte, wie sie ihn anfeuerten. Er fing Edwins Blick auf, sah, wie ihm vor gespielter Fassungslosigkeit die Kinnlade runterfiel und er ihn dann ermunternd anlächelte. Wenn er sich nun losriss und davonstapfte, würde es nicht nach Lampenfieber aussehen, sondern nach einem Streit zwischen Liebhabern.

»*Every now and then I get a little bit nervous that the best of all the years have gone by*«, sang Lee.

Er besaß eine gute Stimme, eine richtige Bonnie-Tyler-Röhre, und als er sich der Stelle des Songs näherte, in der der Refrain zu schmettern war, drängte er den noch immer stummen Wield, mit einzustimmen.

»*For I need you tonight and I need you more than ever …*«

Scheiß drauf, dachte Wield. Mitgefangen, mitgehangen. Und er begann zu singen oder zumindest die Worte mit einer Stimme herauszukrächzen, die so zerklüftet und rissig war wie seine Gesichtszüge.

»*… forever's gonna start tonight …*«

Als das abschließende »*Turn around, bright eyes*« verhallte, brach der Applaus über sie herein. Die Gäste zeigten sich begeistert, an Wims Tisch aber überschlugen sich alle, sie waren aufgesprungen, klatschten und johlten.

»Das war toll, Mac«, sagte Lee. Seine Augen leuchteten. »Was bringen wir als Zugabe?«

»Muss zu meinen Freunden zurück, einer Geburtstagsfeier, sorry«, sagte Wield.

Der enttäuschte, verletzte Blick, der im Gesicht des Jungen das Leuchten ausknipste, ging Wield durch und durch.

Er drückte ihm die Hand und ließ ihn dann los.

»Hey, gutes neues Jahr, Lee«, sagte er. »Schön dich gesehen zu haben. Wir bleiben in Kontakt, was?«

Es war fast ebenso schmerzhaft zu sehen, wie diese kleine freundliche Geste die Miene des Jungen wieder zum Strahlen brachte.

»Ja, klar, Mac. Wir sehen uns. Viel Spaß noch bei deiner Feier.«

Im Taxi auf dem Nachhauseweg sagte Digweed: »Lass mich raten, das war Lee Lubanski?«

»Ja. Tut mir Leid, wenn ich dich damit in Verlegenheit gebracht habe.«

»Was ist so schlimm daran, wenn Vater und Sohn ihren Spaß haben?«

»Vater und Sohn«, wiederholte Wield. »Gibt es da nicht ein Gedicht von Larkin über Väter, die ihre Söhne kaputtmachen?«

»Machen wir jetzt in Poesie, was? Ich muss mit dir wohl häufiger um die Häuser ziehen. ›Sie machen dich kaputt, deine Mum und dein Dad. Vielleicht nicht absichtlich, doch es passiert.‹ Meinst du das?«

»Genau. Es passiert, ich hab's erlebt. Und das macht mir Angst, Ed. Ich habe Angst, ich könnte dem Jungen Schaden zufügen.«

Digweed legte Wield den Arm um die Schulter.

»Ich hoffe nur, dass er das vorher nicht mit dir macht, Ed. Dass er das vorher nicht mit dir macht.«

Der Mönch

8. Brief, erhalten: Montag, 7. Jan., per Post

𝔉𝔦𝔠𝔥𝔱𝔢𝔫𝔟𝔲𝔯𝔤 𝔞𝔪 𝔅𝔩𝔲𝔱𝔢𝔫𝔰𝔢𝔢

Aargau
Montag, 31. Dezember

Mein lieber Mr. Pascoe,

ich bin, Gott sei's gedankt, wieder sicher in der Fichtenburg. Das Wetter in Basel war überaus schlecht, sollte Beddoes ähnliche Unbilden erlebt haben, kann ich ihm wegen seiner suizidalen Neigungen keinen Vorwurf machen; außerdem kann ich gut verstehen, was Holbein dazu bewegte, dort seinen Totentanz zu entwerfen. Vielleicht lag die düstere Stimmung auch in mir. Seltsam. Ich war bislang immer sehr glücklich in Gesellschaft mit mir allein, das Vergnügen, das ich mit den anderen an Weihnachten erlebte, aber schien mich auf seltsame Weise berührt zu haben. Zum ersten Mal fühlte ich mich wirklich einsam.

Ich hätte bereits nach vierundzwanzig Stunden ohne allzu großen Verlust für meine Recherchen zurückkehren können, doch war ich bestrebt, mich nicht unterkriegen zu lassen. Meine Karrierehoffnungen basieren zum größten Teil auf der Arbeit an

Sams Buch, weshalb ich entschlossen bin, mir diese Chance nicht entgehen zu lassen. Überdies war es nun doch nicht komplette Zeitverschwendung. Ich fand zwar wenig, was über Sams Recherchen in Basel hinausging (ach, besäße ich nur Ihren detektivischen Spürsinn, der Sie in einen leeren Raum hineinführt und mit Hinweisen auf den Täter eines längst vergessenen Verbrechens zurückkehren lässt!), doch konnte ich einige seiner Spekulationen bestätigen, was mir schließlich das Gefühl vermittelte, dass er und (darf ich es sagen?) auch Beddoes den Fortschritten bei meiner Suche beipflichten würden.

Ich muss allerdings gestehen, dass ich mich auf die Gesellschaft der anderen freute und mit lebhafter Erwartung dem *Silvesterfest* (Hogmanay!) entgegensah, das hoffentlich so werden würde wie unser *Weihnachtsfest*.

Doch stellen Sie sich meine Betrübnis vor, als die erste Person, die ich bei meiner Ankunft zu Gesicht bekam, Frère Dierick war! Er begrüßte mich höflich und bestätigte meine Befürchtung – dass er sich zu Jacques und mir ins Chalet gesellt habe. Nun, mit mir wirst du das Zimmer nicht teilen, schwor ich mir, selbst wenn Linda dies so angeordnet hätte!

Auch Jacques schien den Geschmack am gemeinschaftlichen Zusammenleben verloren zu haben, weshalb Dierick für einige Nächte, bis die Gästeschar im Hauptgebäude abreiste, auf dem Boden des Wohnzimmers seine Bettstatt aufschlug. Es gab dort ein wunderbares Sofa, das er hätte benutzen können, aber offensichtlich schien ihm der harte Boden zuträglicher für sein Seelenheil.

Meine leichte Depression verschwand schnell, als ich zum ersten Mal seit der Ankunft in der Schweiz meinen Anrufbeantworter zu Hause abfragte. Dessen Anschaffung ging einzig und allein auf Linda zurück, die mich einmal anzurufen versucht hatte und nicht durchgekommen war. Was sie ernstlich verstimmt hatte, weshalb der königliche Befehl erging, ein solches Gerät anzuschaffen und es auf die Recherchenausgaben zu setzen. Aber wer anders als sie sollte mich anrufen?

Jemand allerdings hatte es getan! Und kein Geringerer als Dwight Duerden. Zweimal sogar! Er bat mich, ihn so schnell wie möglich zurückzurufen. Natürlich rief ich sofort an und erreichte seinen Anrufbeantworter. Auch dort drüben war Silvester, wahrscheinlich war er also unterwegs und trieb das, was Kalifornier am Jahresende eben so zu treiben pflegen.

Ich hinterließ die Nummer des Chalets, sagte ihm, dass ich während der folgenden drei Tage noch hier sei, worauf ich mich von meinem nächsten Aufenthaltsort bei ihm melden würde.

Ich redete mir ein, es müssten gute Neuigkeiten sein; warum sonst sollte er die Mühe auf sich nehmen, mit mir in Kontakt zu treten. Vielleicht aber ist er auch nur ein höflicher Mensch und meint mich wissen lassen zu müssen, dass der Universitätsverlag der St. Poll der Meinung sei, ein Buch über einen Dichter, von dem kaum jemand je etwas gehört hatte, verfasst von einem toten Akademiker dito und zu Ende geschrieben von einem Ex-Häftling und Studenten dito dito, ist genau das Projekt, in das sie ihr gutes Geld *nicht* stecken wollten!

Wenn ich Ihnen das nächste Mal schreibe, habe ich Ihnen vielleicht wirklich Aufregendes zu berichten.

Nun muss ich mich für die Feier fertig machen.

Dienstag, 1. Jan.

Mein lieber Mr. Pascoe, hier bin ich wieder. Ihnen und Ihrer Familie ein gutes neues Jahr!

Ich schloss oben mit der Aussage, Ihnen wirklich Aufregendes berichten zu können, und in gewissem Sinn kann ich das auch. Allerdings geht es nicht um Dwight, von dem ich nichts gehört habe. In Kalifornien, das uns sieben oder acht Stunden hinterherhinkt, ist er wahrscheinlich noch damit beschäftigt, in das neue Jahr hineinzufeiern. Nun gut. Geduld ist die Tugend des maßvollen Menschen.

Aufregung jedoch gab es durchaus – oder soll ich von Erregung sprechen?

Das Fest wurde wirklich frohgemut begangen, es gab viel Musik, viele Spiele, Tanz, jeder tat sich mit den lokalen Bräuchen seines Landes oder der sozialen Schicht hervor, der er entstammte.

Ich war versucht, sie in einige der arkanen Sitten des Syke einzuweisen, wozu gehörte, sich auf Grundlage eines freizügig mit medizinischem Alkohol versetzten Destillats auf Kartoffelbasis um den Verstand zu saufen, entschied mich aber dagegen! Punkt Mitternacht ließen wir die Champagnerkorken knallen und küssten und umarmten uns der Reihe nach. Ich erwartete von Linda erneut einen schmerzenden Hieb gegen die Wange zu bekommen, stattdessen und zu meiner Überraschung zielte sie direkt auf meinen Mund und schob ihre, so fühlte es sich an, fünfzehn Zentimeter lange, emsige Zunge nach. Davon noch leicht benommen und taumelnd, war ich sehr froh, von Mouse nichts anderes als ein züchtiges, spitzlippiges Küsschen zu erhalten.

Aber wie Sie sich vielleicht denken, war das nicht alles.

In den frühen Morgenstunden verabschiedete ich mich schließlich und machte mich daran, die fünf Minuten zum Chalet zu schlendern. Das Wetter hatte sich in den vergangenen Tagen jenem in Basel angepasst, es war trüb und nass, das Schlittschuhlaufen war verboten worden, da die eisige Oberfläche des Sees für unsicher erachtet wurde. Der Frost war jedoch in dieser Nacht zurückgekehrt, die Luft war wieder rein und klar, es war die reinste Freude, sich nach den Hitze- und Rauchschwaden des Festes ins Freie zu begeben. Dass Raucher als Aussätzige betrachtet werden, ist auf dem Kontinent weit weniger vorangeschritten als bei uns zu Hause, und selbst die Männer, die nicht rauchten, schienen eine *Silvesternacht* als unvollkommen zu erachten, wenn sie nicht riesige Tabakröhren in Brand steckten und sie sich in den Mund schoben.

Ich stand nur da und sog in vollen Zügen die frische Luft ein.

Sie mit Champagner zu vergleichen, mag an ein Klischee gemahnen, doch genau so fühlte es sich an: tiefe kühle Züge, die in den Adern moussierten und den Geist belebten.

Hinter mir hörte ich knirschende Schritte im Schnee, es kam noch jemand aus der Burg. Linda. »Mein Gott, ich dachte, ich müsste ersticken, wenn ich noch länger dort drin bliebe«, sagte sie.

»Ja«, antwortete ich. »Aber es war trotzdem ein großartiger Abend.«

»Sie haben sich amüsiert, Franny? Das ist schön. Ich habe mir Sorgen gemacht, Sie könnten sich unter uns Politikerpack langweilen.«

»Keinesfalls«, versicherte ich ihr. »Es war großartig.«

Sie wirkte zufrieden, hakte sich bei mir ein und sagte: »Ich begleite Sie ein wenig durch den Wald, bis ich mich abgekühlt habe.«

Und so schlenderten wir gemeinsam zwischen den Fichten, und ich muss ehrlich sagen, selten habe ich mich mehr in Einklang mit mir und der Welt gefühlt als in diesem Augenblick. Schließlich erreichten wir die verfallene Kapelle, die mich in der Nacht meiner Ankunft mit so großer abergläubischer Angst erfüllt hatte. Hier hielten wir inne. Plötzlich begann Linda zu zittern, ob der Umgebung oder einfach nur angesichts der durchdringenden Kälte wegen, weiß ich nicht. Aber mir erschien es als gänzlich natürlich, meinen Arm zu lösen, ihn ihr um die Schulter zu legen und sie nah an mich heranzuziehen, um von meiner Körperwärme abzugeben.

Nun, dies war, als drückte man im Pentagon auf jenen Knopf, der den Dritten Weltkrieg auslöst!

Sie drehte sich mir zu, und die Zunge, die ich Schlag zwölf hinten in meinem Rachen gespürt hatte, versuchte mir nun die Gehirnzellen aus dem Schädel zu lecken. Wie ein trunkenes Walzerpaar wirbelten wir zwischen den Ruinen, bis wir an der Mauer des Klostergangs zu stehen kamen. Irgendwann während unseres verrückten Tanzes waren Knöpfe aufgeknöpft,

Häkchen enthakt, Reißverschlüsse aufgerissen worden, und plötzlich spürte ich an meinem Oberkörper die Hitze ihrer nackten Brüste, während die eisigen Klauen der Luft, die unterhalb des Gefriergrads lag, sich in meine Hinterbacken gruben! Es war, als tauchte man seinen Steiß in Dantes Cocytus, während man sein Glied ins Phlegethon tippte. Und wenn solche infernalischen Bilder ungalant erscheinen, kann ich mich nur durch den Kontext entschuldigen, denn über ihren Schultern erblickte ich, als wir uns paarten, eine ganze Wand voll gemalter Figuren, die das Gleiche zu tun schienen. In der Tat, als ich geräuschvoll dem Höhepunkt zustrebte, kam es mir vor, als würde eine dieser Figuren, eine finstere, mit Mönchskapuze bekleidete Gestalt, sich vom Fresko lösen und sich in den Wald davonstehlen.

Danach kleideten wir uns schweigend und geschwind an, was (wie ich hoffe) mehr mit der Kälte als mit unserer Reue zu tun hatte.

Dann berührte sie mit der Hand meine Wange und sagte: »Ein glückliches neues Jahr, Franny. Schlafen Sie wohl.« Und machte sich auf den Weg zur Burg.

Ich blickte ihr nach, ging dann zum Rand der Mauer und betrachtete den Schnee.

Frische Abdrücke von Riemensandalen zeichneten sich dort ab. Es gab in Fichtenburg nur einen, der Riemensandalen trug.

Frère Dierick.

Ich eilte zum Chalet zurück. Jacques, der kurz nach Mitternacht die Feier verlassen hatte, hing an seinem Handy und war bemüht, das Telefonat schnell zu beenden, als ich eintrat. Konnte es Emerald sein, mit der er sprach? Von Dierick war nichts zu sehen. Jacques sah aus, als hätte er sich mit mir gern noch unterhalten, doch ich entschuldigte mich wegen meiner Müdigkeit. Er hat einen scharfen Blick und ist von schneller Auffassungsgabe, und obwohl er sich vermutlich nicht in der Position befindet, den ersten Stein zu werfen, wollte ich dennoch nicht, dass er erfuhr, was ich mit unserer Gastgeberin auf, soweit ich wusste, geweihtem Boden getrieben hatte. Ich hatte das Gefühl, dass Dierick es sowieso kaum erwarten konnte, ihm davon zu berichten. Informationen wie diese lagerte man am besten sicher ein und bewahrte sie für einen verregneten Tag auf.

Zu meiner Überraschung schlief ich wie ein Stein und erwachte ohne Kater, weder alkoholischem noch psychologischem. Es war, redete ich mir ein, ein One-Night-Stand. Linda war viel zu sehr auf ihre Würde bedacht und würde sicherlich nicht das Risiko eingehen, dass Gerüchte in Umlauf kamen, sie habe sich ein Jüngelchen als Spielgefährten zugelegt (gut, so jung bin ich nicht mehr, doch jung genug für die Plaudertaschen in Westminster und Straßburg, die sich darüber auf ihren Cocktailpartys die Mäuler zerreißen konnten). Und wenn ihr klar war, dass ich aus unserer kurzen Zusammenkunft keine große Sache machen würde, könnten lediglich wieder unsere alte Beziehung aufnehmen, bereichert nur um die zusätzliche Nähe, die eine solche gemeinsame Erinnerung mit sich bringt. Und was nun Dierick anbelangte – sollte er mit Anschuldigungen um sich werfen, würde er allerdings damit direkt Linda angreifen, die kleine Scheißer wie ihn zum Frühstück verspeiste!

Doch muss ich zugeben, dass ich überaus nervös war, als ich zur Burg hinaufwanderte, um mich auf eine Tasse Kaffee zu Linda und den anderen zu gesellen. Meine Prognose schien sich als richtig zu erweisen. Sie begrüßte mich herzlich, aber nicht zu herzlich. Wie ich schien sie die Feierlichkeiten ohne große Nachwirkungen überstanden zu haben, und als wir unseren Blick über die ziemlich angeschlagene Politikerschar in unserer Umgebung schweifen ließen, konnten wir uns ein überlegenes Lächeln nicht verkneifen.

Kein Anzeichen von Dierick. Verdammter Drückeberger! Ich vermute, sogar Jacques teilt meine Abneigung. Jedenfalls ist er nicht mehr der lockere, aufgeschlossene Gefährte, der er war, bevor der kleine Scheißer eingetroffen ist.

Wie auch immer, ich werde mich an diesem meinen letzten Tag hier entspannen und mir wegen des Anrufs aus dem sonnigen Kalifornien die Daumen drücken!

Mittwoch, 2. Jan., 8.30 Uhr

Auch alles Gute geht einmal zu Ende, und dieser Aufenthalt hier war außerordentlich förderlich für mich. Wie hat er mein Leben verändert! Blicke ich nur wenige Monate zurück, kann ich mir kaum vorstellen, dass ich vor nicht allzu langer Zeit ein mittelloser Student mit ungesicherter Zukunft war. Und natürlich, nur ein wenig weiter in der Vergangenheit, sehe ich mich als verurteilten Verbrecher, der gegenüber der Gesellschaft seine Schuld ableistete. Und dann, durch Sams tragischen Tod, bekam ich wieder festen Boden unter den Füßen.
Natürlich würde ich alles dafür geben, dass er wieder am Leben wäre, und würde ich Charley Penns Überzeugung teilen, dass sein Mörder noch immer unerkannt herumläuft, wäre es einzig und allein mein Wunsch, das zu tun, was das Gesetz bislang schuldig geblieben ist, der mich in Versuchung führen könnte, erneut die kriminelle Laufbahn einzuschlagen. Die Tatsache aber lässt sich nicht leugnen, dass es mit mir, ausgehend von diesem Tiefpunkt, seither stetig aufwärts gegangen ist.
Mehrere Glücksfälle kamen mir zugute, verliehen mir die Hoffnung, dass ich nicht nur als Hebamme für Sams großes Geisteskind fungiere, sondern wirklich einen kleinen Teil seiner Elternschaft für mich beanspruchen darf. Und erfreut darf ich berichten, dass ich unter Lindas Politikerhaufen einige exzellente Kontakte geknüpft habe.
Also, lieber Mr. Pascoe, alles scheint zum Besten bestellt zu sein in der besten aller möglichen Welten!
Doch nun muss ich Schluss machen und meine Sachen packen. Die Gesellschaft bricht auf. Noch nicht einmal in Dingley Dell kann man die wirkliche Welt vollends ausschließen. Das Politi-

kerpack stürzt sich wieder auf seine jeweiligen Fleischtöpfe. Jacques, von Dierick begleitet, schaut kurz zu Hause im Kloster vorbei, bevor er ins Vereinigte Königreich zurückkehrt, um seine Promotiontour fortzusetzen.

Was mich anbelangt, wurde bereits vor Neujahr vorgeschlagen, dass ich mit Linda und Mouse nach Straßburg fahre und dort einige Tage bleibe, bevor ich nach Frankfurt und Göttingen weiterreise, zwei Stationen, die in Beddoes' europäischem Leben eine wichtige Rolle gespielt haben. Was mich davor ein wenig zögern ließ, war Mouse. Wäre sie allein gewesen, hätte sie sich vielleicht wieder zu dem stillen, schüchternen Wesen zurückgezogen, das sie im Grunde ist, doch falls zu Hause Zazie und Hildi warteten, würden sie danach lechzen, von ihren Fortschritten zu hören, und wären bereit, sie sofort wieder in den Kampf zu schicken. Natürlich schmeichle ich mir selbst, aber nachdem nun auch Linda die Bühne betreten hat, läuft es mir kalt den Rücken hinunter bei der Vorstellung, ich läge im Gästezimmer der Lupin in meinem Bett und sowohl Mutter als auch Tochter kämen auf Zehenspitzen angeschlichen, um mir ein »Hallo, Seemann!« entgegenzuschmettern.

Warum ist mein Leben so kompliziert? Was würde ich darum geben, wenn ich etwas mehr wie Sie sein könnte, Mr. Pascoe, so gut organisiert, das Leben völlig unter Kontrolle. Doch, ach, dies wurde mir nicht in die Wiege geworfen von jedwelcher gütigen Patentante, die bei meiner Geburt zugegen gewesen sein mochte. Meine Mutter wusste, was sie wollte, und setzte alles in Bewegung, um es zu bekommen, daher muss ich mein chaotisches Gepräge wohl von meinem Vater geerbt haben, den ich nicht kannte. Nach allem, was mir meine Mutter von ihm erzählt hat, was nicht sonderlich viel war, musste er ein ziemlich wilder Kerl gewesen sein und jemand, mit dem das Schicksal es nicht gut gemeint hatte. Ich kann nur hoffen, dass für mich etwas von dem Glück abfällt, das er niemals hatte.

Ich schreibe dies, während ich am Frühstückstisch meinen Kaffee beende. Frère Jacques und ich entdeckten, dass zu den vielen Dingen, die wir gemeinsam haben, ein innerer Wecker gehört, der uns früh aufstehen lässt, Ergebnis unserer gemeinsamen Erfahrung, das Leben in einer Zelle zu verbringen! Dierick steht sogar noch früher auf. Keine Spur von ihm an diesem Morgen, und, dies muss man ihm zugestehen, auch keine Spur davon, dass er nächtens das Sofa benutzt hatte. Als ich ihn gestern traf, verhielt er sich mir gegenüber so wie immer, argwöhnisch neutral! Ich vermute also, ich habe die Situation richtig eingeschätzt.

Pönologen mögen vielleicht beachten, dass das Kloster Jacques in vielerlei Hinsicht wesentlich stärker diszipliniert hat als das Syke mich. Seine Tasche ist bereits gepackt und steht auf der Eingangsveranda, er ist soeben gegangen, um in der Burg seine Abschiedsrunde zu drehen. Während ich, ungepackt, noch hier weile, festgepflockt von dem unwiderstehlichen Drang, Sie mit den Ereignissen seit meinem letzten Eintrag vertraut zu machen, sowie dem abergläubischen Gefühl, dass ich Dwight Duerden dazu bringen kann anzurufen, wenn ich nur in der Nähe des Telefons bleibe. Schließlich ist es in Kalifornien noch nicht einmal Mitternacht, und ich hatte in meiner Nachricht doch verlauten lassen, dass ich heute von hier abreisen werde. Sie müssen mich für einen armseligen Tropf halten, wenn ich mich an solche Strohhalme klammere – o Gott, jetzt klingelt es!

O Gott! In der Tat. Eine halbe Stunde ist vergangen, eintausendachthundert Sekunden, und in dieser Zeit hat das Glück, dem es egal ist, ob man sich darauf verlässt, mich emporgehoben und mir gezeigt, wie schnell es mich wieder fallen lassen kann!

Es war wirklich Professor Duerden. Er sagte, er habe nach seiner Rückkehr an die St. Poll mit verschiedenen Personen gesprochen, die sich allesamt ausnehmend begeistert zeigten. Sie alle könnten es kaum erwarten, sich mit mir zu treffen und zu sehen, was ich ihnen anzubieten habe. Ich musste mich selbst daran erinnern, dass er aus Südkalifornien anrief, wo die meisten Menschen Englisch, viele Spanisch sprechen, aber jeder übertreibt. Doch als er mich dorthin als Gast der Universität einlud, die für alle Kosten aufkommen wolle, konnte ich nicht anders, ich ließ mich von seiner Begeisterung anstecken. Nein, ich will nicht zu englisch klingen. Ich sprühte geradezu vor Freude, als könnte ich jeden Moment platzen! Völlig idiotisch hörte ich mich fragen, welche Temperatur denn draußen herrsche. Um die Wahrheit zu sagen, ich werde des belebenden Frostes langsam überdrüssig. Man kann vieles ertragen, aber irgendwann reicht es eben. Zu meiner Enttäuschung sagte er, es hätte im Moment draußen dreißig Grad, doch dann lachte er und fuhr fort: »Aber es ist ja fast Mitternacht! Tagsüber, wenn die Sonne scheint, haben wir an die fünfundvierzig, mit ein wenig Glück sogar noch mehr.«

Das, dachte ich, würde mir doch sehr gefallen. Dann aber fiel mir etwas ein, was meine Stimmung auf Tauchfahrt schickte. Ich bin, wie Sie sich erinnern mögen, ein verurteilter Straftäter. Hegten die amerikanischen Einwanderungsbehörden nicht starke Vorbehalte gegen solche Personen? Stockend trug ich Dwight diesen Einwand vor. Er sagte, ja, er sei sich dessen bewusst, doch könne Dispens gewährt werden, er habe auch schon mit einem alten Kumpel in Washington gesprochen sowie mit einem seiner ehemaligen Schüler, der sich gegenwärtig in ihrer Londoner Botschaft aufhalte, und es schien, dass, solange ich seit der Freilassung meine Weste sauber gehalten habe und Dwight für meinen Aufenthalt dort bürge, ich unter stillschweigender Duldung ins Land gelassen werden könne. Dazu müsse ich lediglich einen formellen Visumantrag stellen und dann, wenn aufgefordert, zu einem persönlichen Gespräch am Grosvenor Square erscheinen. Ob dies okay sei?

Meine Stimmung schoss wie eine Rakete nach oben! Ich sagte, das sei mehr als okay, das sei großartig! Der Meinung, sagte er, sei er ebenfalls, und er würde mich so gegen Ende Januar erwarten.

Ich muss zugeben, als ich das Telefon auflegte, warf ich wie ein jubelnder Fußballspieler die Arme in die Luft!

Während unseres Gesprächs glaubte ich wahrgenommen zu haben, die Eingangstür wäre geöffnet und wieder geschlossen worden, was ich Frère Jacques zuschrieb. Da ich meine emotionale Überspanntheit mit jemandem teilen musste, stürmte ich in sein Schlafzimmer, das jedoch leer war. Ich musste mich geirrt haben, meinte ich, und da ich Bewegung brauchte, um den freudvollen, durch meinen Körper strömenden Energieüberschuss abzubauen, ging ich in mein Zimmer, um zu packen.

Auf meinem Kissen lag ein Kopf, zwei Augen sahen mich sehr nervös an, ein Mund versuchte sich in einem einladenden Lächeln.

Es war Mouse.

Ich blieb wie angewurzelt stehen, dann machte ich einen halben Schritt nach hinten.

Vielleicht aus Angst, ich könnte mich umwenden und fliehen, schlug sie das Laken zurück. Sie war splitterfasernackt. So wie sie es tat, eine schnelle verkrampfte Bewegung statt eines verführerischen Entblätterns, dazu die in jedem Muskel sichtbare Anspannung sowie ihre Beine, die sie fest zusammenpresste, zeigten mir, wie nervös und unsicher sie war.

Ich hätte mich natürlich umwenden und das Zimmer verlassen sollen. Doch nachdem sie weiß Gott welche seelischen und geistigen Krisen ausgestanden hatte, um sich an diesen Punkt heranzuwagen, welche Auswirkungen hätte eine solche Zurückweisung auf die arme Mouse gehabt?

Bitte verzeihen Sie mir, dies klingt nun, als versuchte ich meine Tat zu rechtfertigen. Ich gebe freimütig zu, ohne Dwights Anruf wäre ich so schnell wieder aus dem Zimmer gewesen, dass sie mich für eine Fata Morgana hätte halten können! Aber wie ich schon sagte, ich sprühte vor Freude, die ich mit jedem teilen wollte, und ohne einen Gedanken daran zu verschwenden, geschweige denn einen zweiten (und ganz bestimmt nicht diesen

Third Thought, der mein Grab ist!), war ich aus meinen Kleidern und in meinem Bett.

Meine Lust und Freude waren vielleicht ansteckend, denn sie entspannte sich schnell, auch wenn es für sie mit Schmerzen verbunden gewesen sein musste, war sie doch so unerfahren, wie sie aussah. Doch der seltsame Schrei, den sie ausstieß, als ich in sie eindrang (der in meinen zugegebenermaßen nicht sehr aufmerksamen Ohren wie *aainundetAAAchzü!* klang), schien eher von Triumph statt von Pein zu zeugen.

Von meinem eigenen egoistischen Standpunkt aus genoss ich es sehr, sicherlich wesentlich mehr, als ich erwartet hatte. Doch *post coitum timidum est*, und so schnell das körperliche Vergnügen aus meinen Nervenenden schwand, so schnell wurde mein nun nicht länger anästhesierter Verstand von den möglichen Folgen meines Tuns heimgesucht.

Als Erstes und am unmittelbarsten der Gedanke, Jacques könne jeden Moment zurückkehren, und erst jetzt bemerkte ich, dass ich in meiner Eile, Mouse zu Diensten zu sein, noch nicht einmal die Tür geschlossen hatte! Ich wollte mich vom Bett rollen, aber wir waren noch immer ineinander verflochten, und da sie geneigt schien, sich an mir festzuhalten, was zu einem nicht wenig stimulierenden Ringkampf führte, hätte ich die offene Tür beinahe wieder vergessen, wenn ich nicht in diesem Moment aus den Augenwinkeln heraus eine Gestalt wahrgenommen hätte, die wie der Tod auf der Schwelle stand.

Es war Dierick. Er lächelte, das erste Mal, dass ich ihn lächeln sah. Es war kein schöner Anblick. Dann schloss er langsam die Tür.

Mouse hatte ihn nicht gesehen. Entschlossen löste ich mich von ihr, verließ das Bett und zog mich an, bemüht, keine für einen Gentleman ungebührliche Hast an den Tag zu legen. Nach einer Weile folgte Mouse meinem Beispiel. Angezogen standen wir uns dann gegenüber, nur das Bett zwischen uns, und sahen uns in die Augen.

Ich spürte, ich sollte etwas sagen, vorzugsweise etwas gleich-

zeitig Kluges und Liebevolles und vielleicht sogar ein wenig Versöhnliches, aber alles, was mir einfiel, war »*Danke schön*«.
Sie sagte: »*Bitte schön.*«
Wir lachten beide.
Dann ging sie.
Also, lieber Chief Inspector, was soll ich jetzt tun? Wieder einmal benötige ich unbedingt Ihren klugen Rat. Ich weiß, wie sehr Sie meine libidinöse Natur, als solche erscheint sie Ihnen sicher, missbilligen. Wie erbärmlich muss ich klingen, wenn ich zu meiner Entschuldigung anführe, wie stark die Versuchung und wie schwach das Fleisch war! Jemand, der körperlich so attraktiv ist wie Sie selbst, musste endlose Gelegenheiten gehabt haben – muss sie noch immer haben –, um seinen fleischlichen Begierden nachzugeben, doch bin ich überzeugt, dass Ihr Sinn für Rechtschaffenheit und Ihre Willensstärke mächtig genug sind, um Sie vom Herumstrolchen abzuhalten. Doch genau deswegen muss ich, der Schwache, mich an Sie, den Starken, wenden, will ich diese Stärke erlangen.
Dierick ist natürlich der Schlüssel. Ich hielt nach ihm Ausschau, um in Verhandlungen einzutreten, aber er war nirgends aufzufinden. Ich muss also weiter schwitzen, allerdings habe ich an meinen Plänen eine Änderung vorgenommen.
Ich werde zu Ende packen und dann Linda mitteilen, dass ich nun doch nicht ihrer Einladung nach Straßburg folgen, sondern meine Recherchen in Zürich und Basel abschließen und dann nach Frankfurt und Göttingen fahren werde, bevor ich ins sonnige Kalifornien entschwinde.
Bin ich nicht ein flotter Jetsetter! Ein Weltenbürger!
Natürlich könnte es auch ohne die Bedrohung durch Dierick ganz schnell geschehen, dass ich keinerlei Anlass mehr habe, irgendwohin zu jetten außer nach Hause – dazu muss Mouse gegenüber Linda nur andeuten, was soeben zwischen uns vorgefallen war. Mein Anspruch, Sam Johnsons literarischer Nachlassverwalter zu sein, gründet einzig und allein auf ihrem guten Willen, der durch die Erinnerung an unser Neujahrfest

gestärkt oder gar noch gesteigert werden kann. Die Vorstellung jedoch, dass ich nur etwas mehr als vierundzwanzig Stunden später ihrer Lieblingstochter dieselbe Gefälligkeit erwiesen habe, dürfte von ihr nicht besonders gut aufgenommen werden.
Wieder einmal bitte ich Sie, mir Glück zu wünschen.

Mein Gott, wie schnell das Schicksal seine Forderungen eintreibt! Wahrlich, niemand kann sich als glücklich bezeichnen, der sein Glück mit ins Grab nimmt. Mein Besuch in Fichtenburg, in vieler Hinsicht so erfolgreich, scheint nun ebenso übel zu enden, wie er begonnen hatte.
Lassen Sie mich meine Gedanken ordnen.
Wie oben erklärt, ging ich hinauf zur Burg.
Auf meinem Weg dorthin begegnete mir Jacques, der zum Chalet zurückkehrte. Wir verabschiedeten uns, da er, der eine zweitägige Fahrt vor sich hatte, so schnell wie möglich aufbrechen wollte.
In der Burg herrschte weniger Eile. Jeder schien sich nur widerstrebend von einer so erfolgreichen Hausparty trennen zu wollen.
Linda schien wirklich enttäuscht zu sein, als ich ihr mitteilte, dass ich Straßburg diesmal überspringen werde, was jedoch durch die große Freude über meine Neuigkeiten aus Amerika ausgeglichen wurde. Mouse kam herein, als wir uns unterhielten, hörte sich anscheinend gleichgültig meine Neuigkeiten an, die ihre Mutter ihr erzählte, worüber ich äußerst zufrieden war. Die Dinge ändern sich. Vielleicht ist die Defloration im Leben eines Mädchens nicht mehr die große Sache, die sie einst gewesen war!
Schließlich verabschiedete ich mich von Linda und versprach, in engem Kontakt zu bleiben. Ihrem Abschiedskuss fehlte zu meiner großen Erleichterung die emsige Zunge, stattdessen glich er wieder einem vollen Haken von Henry Cooper.
Mouse schüttelte mir die Hand. Kein besonderer Händedruck,

nichts im Tonfall ihrer Stimme, als sie sagte: »Auf Wiedersehen, Franny. Es freut mich, dass alles so gut läuft. Halten Sie die Ohren steif.«
Dann zwinkerte sie mir zu!
Und plötzlich kam ich mir wie eine alte Jungfer vor, die von einer sehr erfahrenen Stimme für ihren weiteren Weg ermutigt wurde.
Vielleicht war es das, was mich dazu stimulierte, das herauszufinden, was, mein lieber Chief Inspector, Ihrem professionellen scharfen Verstand sofort aufgefallen sein dürfte: die Bedeutung von Mouses seltsamem Schrei, als ich in sie eindrang.
Einhundertachtzig!
Der triumphale Ausruf des Dartspielers, wenn sein dritter Pfeil das Dreifach-Zwanzig-Feld trifft.
»Worüber grinst ihr beide so?«, fragte Linda, in allerdings nachsichtigem Ton.
Also, von Mouse hatte ich nichts zu befürchten. Blieb nur Dierick, der, wie mir erleichtert einfiel, mit Jacques wahrscheinlich schon in Richtung Norden unterwegs sein sollte.
Dann kam Jacques zur Tür herein und erkundigte sich ungeduldig, ob jemand Dierick gesehen habe.
Sein Verschwinden sorgte zunächst für Irritation. Doch nachdem er nirgends zu finden war, bot er bald Anlass zu gravierender Sorge.
Da wir befürchteten, er könnte ausgerutscht sein und sich verletzt haben, schwärmten wir im Fichtenwald aus, suchten nach Spuren und riefen seinen Namen. Wir versuchten uns daran zu erinnern, wann wir ihn das letzte Mal gesehen hatten, und kamen zu dem Schluss, dass, nachdem Jacques und ich ihm vergangenen Abend im Chalet eine gute Nacht gewünscht hatten, ihn niemand mehr zu Gesicht bekommen hatte. Außer mir natürlich, was ich aber kaum berichten konnte. Nach dem kurzen Zwischenspiel einer klaren Frostnacht an Silvester hatte sich das Wetter wieder verschlechtert, tief hängende Wolken und Nebelschwaden waren aufgezogen, die Temperatur war

gestiegen und hatte den Schnee wieder weich und matschig werden lassen. Die Dunkelheit würde nachmittags noch früher hereinbrechen als sonst. Es war daher an der Zeit, beschloss Linda, unsere amateurhafte Suche abzubrechen und die Behörden zu informieren. Ich bin daher wieder hier im Chalet und wende mich an Sie, Mr. Pascoe, um Trost zu finden. Alle anderen sind in der Burg und warten auf die Ankunft der Polizei. Nur Jacques ist noch mit einigen einheimischen Waldarbeitern draußen und weigert sich, die Suche einzustellen.
Von draußen ertönen nun Rufe, vielleicht haben sie ihn gefunden, bei Gott, ich hoffe es.

Es ist wirklich entsetzlich. Ich ging nach draußen und bemerkte, dass die Unruhe vom Seeufer kam. Jacques stand bis zur Hüfte im Wasser, die Waldarbeiter hatten schwer damit zu kämpfen, ihn an Land zu zerren.
Einer der Männer hatte anscheinend Spuren entdeckt, die aufs Eis hinausführten, und Jacques war, ohne einen Gedanken an die eigene Sicherheit zu verschwenden, sofort hinausgestürtzt. Das Eis, durch das Tauwetter geschwächt, brach sofort ein. Jacques aber, dem Himmel sei Dank, ist wohlauf. Wir brachten ihn ins Chalet und trockneten ihn. Eine halbe Stunde später erschien die Polizei mit professioneller Ausrüstung. Als sie sich an die Arbeit machten, hörte es auf zu schneien, die Wolken wurden lichter, sodass die letzten Strahlen der untergehenden Sonne eine unheilschwangere rötliche Patina auf die Oberfläche des Sees legten. Der *Blutensee*, ging es mir durch den Kopf. In diesem Moment wusste ich, dass wir mit dem Schlimmsten zu rechnen hatten. Ein oder zwei Minuten später wurde dies durch den Ruf des vorausgehenden Polizisten bestätigt.
Nur ein wenig weiter von der Stelle entfernt, die Jacques erreicht hatte, nur wenige Zentimeter unter der Wasseroberfläche, ruhte der Leichnam von Frère Dierick.
Was ihn dazu angetrieben hat, auf den See hinauszugehen, können wir nur mutmaßen. Vielleicht war er sich im dichten

Schneetreiben noch nicht einmal bewusst gewesen, dass er übers Eis ging. Ich fühle mich voller Schuld; war es nicht der Anblick von Mouse und mir, die wir beide nackt auf dem Bett lagen, der ihn so abgelenkt hatte, dass er nicht mehr auf seine Schritte achtete? Aber ich tröste mich mit der Erinnerung an sein Lächeln und die Tatsache, dass er vorsichtig die Tür hinter sich geschlossen hatte; beides weist nicht unbedingt auf große geistige Verstörung hin.

Wie auch immer, es ist eine weitere Tragödie. Tragödien scheinen mich zu verfolgen. Vielleicht aber verfolgen sie auch nur Thomas Lovell Beddoes. Denken Sie nur an Brownings seltsame abergläubische Angst, als er das Paket mit Beddoes' Schriften öffnen sollte! Vielleicht hatte er Recht. Könnte es sein, dass der Tod, der Beddoes lange Jahre ein so vertrauter und geliebter Gefährte war, noch immer die Nähe jener aufsucht, die die Geheimnisse seines Freundes aufdecken wollen; dass seine Gesellschaft der Preis dafür ist, wenn man Erkenntnis sucht?

Genug der Schrecken. Natürlich wird es eine Untersuchung geben, wir werden alle schriftliche Zeugenaussagen abliefern müssen, aber ich zweifle nicht daran, dass die versammelte Autorität von Linda und ihrer Freunde die Dinge forcieren werden und wir alle spätestens morgen aufbrechen.

Ich melde mich bald wieder. Und, übrigens, sollten Sie von der CIA oder dem FBI (oder wer auch immer für die US-Botschaft die Immigrationspapiere überprüft) eine Anfrage erhalten, weiß ich, dass ich mich insbesondere auf Sie verlassen kann und Sie ihnen versichern werden, dass ich ein untadeliges Leben führe!

Ihr getreuer

Franny

ls Ellie Pascoe die Haustür öffnete, wusste sie nicht, ob sie glücklich oder traurig sein sollte. Es war der siebte Januar, der erste Tag, an dem man, nach der traditionellen Aufräumaktion zum Ende der Zwölf Nächte, in einem weihnachtslosen Haus aufwachte, gleichzeitig war es der erste Schultag. Nachdem sie also Rosie abgesetzt hatte, fühlte sich das Haus in jeder Hinsicht leer an.

Sie hob die Post vom Flurboden auf und überflog sie. Ein Schreiben mit einer Schweizer Briefmarke. Sie verzog das Gesicht, als sie es mit der übrigen an Peter adressierten Post auf das Tischchen im Flur legte. Trotz ihrer öffentlich zur Schau gestellten Gleichgültigkeit und ihres leisen Amüsements über Rootes Briefe wünschte sie sich, dass es damit ein Ende hatte. Mitzuerleben, wie einem rational denkenden Menschen irrationale Bedenken kamen, war durchaus bedenklich. Außerdem: Je länger das so ging, umso mehr begann sie Frannys Motive in Frage zu stellen.

Welchen Nutzen zog er aus dem Verfassen der Briefe? Anfangs hatte sie gedacht, er würde damit Pascoe eine lange Nase drehen. Mittlerweile hatte sich der Witz abgenutzt, und als Roote davon sprach, dass die Korrespondenz zu einem unerlässlichen Bestandteil seines Lebens werde, hatte sie ihm halb geglaubt. Nun hatte sie sich also um zwei Fälle obsessiven Verhaltens zu kümmern.

Da ihr Verhältnis zu Roote distanzierter war, würde sie ihn vielleicht leichter verstehen als ihren Ehemann.

Ihr Blick fiel auf den Brief, sie war versucht ihn zu öffnen, widerstand. Ehefrauen, die die Post ihrer Männer öffneten, durften sich nicht wundern, was sie dann zu lesen bekamen. Sie wusste, wie sie reagieren würde, falls sie herausfinden sollte, dass sich Peter über ihre Post hergemacht hatte. Wenn sie schon etwas unternehmen wollte, dann wäre es das Beste, ihn ins Feuer zu werfen. Aber sicherlich kamen noch weitere, und es war nicht gesagt, dass sie diese ebenfalls immer als Erste zu sehen bekam.

Jedenfalls war das beinahe genauso schlimm, wie sie zu öffnen.
Sie betrachtete ihre eigenen drei Briefe. Zwei waren Dankesschreiben von Wohlfahrtsorganisationen. Heutzutage schrieb niemand mehr, um seinen Dank auszudrücken, man schrieb, um seinen Dank auszudrücken und hinzuzufügen, dass es leider nicht genug gewesen war.
Dem dritten haftete etwas Offizielles an, aber er stammte sicherlich nicht von einer Wohlfahrtsorganisation.
Sie öffnete ihn auf dem Weg in die Küche, überflog ihn im Gehen, setzte sich und las ihn dann langsamer im Sitzen.
Ihre mit Unterbrechungen betriebenen Recherchen zu Rootes Genealogie hatten sich schnell festgefahren. Als Ausgangspunkt hatte sie Frannys Behauptung im ersten Brief genommen, er sei in Hope geboren. Sie hatte den Namen in ihrem Ordnance Survey Atlas gesucht und ein wenig entsetzt feststellen müssen, dass dort ein halbes Dutzend Orte namens Hope sowie ebenso viele mit dem entsprechenden Namensanteil verzeichnet waren, die für die Schnurre des jungen Mannes in Frage kämen. Sie hatte alle relevanten Gemeindeämter angeschrieben, ihnen die ihr zur Verfügung stehenden Informationen mitgeteilt, worauf im Lauf von mehreren Tagen deren Antworten eingetrudelt kamen. Die Antworten waren formal bis freundlich gehalten, aber allen war gemeinsam: Niemand auf den Namen Francis Xavier Roote war im angegebenen Zeitrahmen bei ihnen registriert worden.
Bald war sie bei ihrer letzten Hoffnung, dem letzten Hope angelangt, einem Derbyshire-Dorf im Peak District, nicht weit von Sheffield gelegen, und das Schreiben des zuständigen Beamten der Grafschaft war es, das sie nun in Händen hielt.
Sie las es zum dritten Mal. Ja, stand geschrieben, es gebe einen Eintrag auf den angegebenen Namen und Zeitraum. Die Adresse laute 7, Post Terrace; Mutter Anthea Roote, geb. Atherton, Hausfrau; Vater Thomas Roote – und hier nun kam die Stelle, bei der sie sich gezwungen sah, sich hinzusetzen und den Brief ein drittes Mal zu lesen –, Polizeibeamter.
Sie griff nach dem Telefon, um Peter anzurufen. Um ihm dann was

zu erzählen? Überraschung, Überraschung ... jemanden zu überraschen war allerdings nicht das Gleiche, wie jemandem zu helfen. Spielte es eine Rolle? Nährte sie, wenn sie es tat, seine Obsession nur aufs Neue, obwohl sie sie doch eigentlich aushungern sollte?
Sie ging in den Flur zurück und betrachtete erneut den Brief mit der Schweizer Briefmarke.
Scheiß drauf, soll Roote entscheiden. Wenn dieser Brief so harmlos war wie der letzte mit seinem Bericht über Weihnachten, warum dann den Kessel unter Dampf halten? Vielleicht war es sogar ein Abschiedsbrief ... *Lieber Mr. Pascoe, für das neue Jahr habe ich mir vorgenommen, Ihnen nicht mehr zu schreiben. Es tut mir Leid wegen der Ihnen bereiteten Unannehmlichkeiten. Mit freundlichen Grüßen etc.*
Sie riss ihn auf. Es hatte keinen Sinn, irgendwas verheimlichen zu wollen. Wenn eine Frau die Post ihres Mannes öffnete, dann scheiß auf den Wasserdampf! Soll er ruhig sehen, dass du neugierig warst, aber wenigstens machst du's nicht hintenrum!
Als sie den Brief gelesen hatte, sagte sie: »O Scheiße!«
Wieder ein Toter.
Wieder ein Toter, der Roote zum Vorteil gereichte. Der Kerl hatte entweder wirklich eine Menge Glück, oder ... Nein! Das wäre ja, als würde man kopfüber in Treibsand springen, um einen darin Versinkenden zu retten.
Aber sie sah bereits Peter vor sich, wie er auf die Nachricht von Frère Diericks Tod reagierte.
Wissen ist Macht. Sie hatte sich erneut dazu überreden lassen, mit Daphne Aldermann im Estotiland zum Shoppen zu gehen. Daphne, eine reuelose Shopaholic, hing der Theorie an, dass der erste Montag im Januar der günstigste Zeitpunkt für den nachweihnachtlichen Schlussverkauf sei. »In den ersten Tagen«, sagte sie, »sind da immer so viele, ein regelrechter Lynchmob, und am nächsten Morgen wachst du auf, und dich graust vor dir selbst, wenn du dich daran erinnerst, was du am Tag zuvor getan hast. Also warte, bis die Massen fort sind, die schaffen sowieso nur den üblichen Sonderangebotsmüll fort, und schlag zu, wenn sie die wahren Schnäppchen anbieten, um die kritischen Kunden anzulocken.«

Ellie hatte sich von ihr überreden lassen, worüber sie nun froh war. Estotiland lag ein gutes Stück des Wegs nach Sheffield, auf dessen anderer Seite Hope lag. Also, eine Stunde Shoppen mit Daphne, dann nach Süden, und am Abend würde sie mit ein wenig Glück Peter mit mehr als nur einem Mohair-Pullover in einem schreienden Muster, das sie so sehr liebte und das er so sehr verabscheute, überraschen können.

Der Besuch im Estotiland kam ihr sogar aus einem weiteren Grund sehr gelegen. In ein paar Wochen war Rosie zur Geburtstagsparty ihrer Freundin Suzie in der Junior Jumbo Burger Bar eingeladen. Ellie hatte versprochen, dabei zu helfen. Gleichzeitig war ihr Frühwarnsystem bei der Erwähnung von Burgern auf Alarmstufe rot gesprungen, und die heutige Fahrt dorthin würde ihr die Gelegenheit verschaffen, die Küche auf potenzielle Erregerherde für Salmonellen, *E. coli* und Rinderwahnsinn zu inspizieren.

Daphne stieß dann, als es so weit war, einen langen leidenden Seufzer aus, doch da sie bereits vor langer Zeit beschlossen hatte, Ellie niemals merken zu lassen, dass ihr vielleicht etwas peinlich sein könnte, stapfte sie mit ihr gebieterisch in die Küche, wo sie mit ausgesuchter Höflichkeit empfangen und eingeladen wurden, sich alles anzusehen, was sie ansehen wollten, und jede Frage zu stellen, die ihnen in den Sinn kam. Das Fleisch stamme ausnahmslos aus der hiesigen Gegend, wurde ihnen versichert, was durch Herkunftsbestätigungen untermauert wurde. Der Hygienestandard war vortrefflich, die Aufsicht über die jungen Angestellten war von militärischer Strenge.

»Sagte ich dir doch«, meinte Daphne, als sie gingen. »Estotiland ist das wiedergefundene Paradies. So, und jetzt pflücken wir uns ein paar Äpfel!«

Einige Stunden und viele Mohair-Pullover später erreichten sie das obere Verkaufsgeschoss, wo Daphne instinktiv zur Lingerie abdriftete. Ob nun Daphne oder ihr Ehemann Patrick sich von reiner Seide auf der Haut angemacht fühlte, vermochte Ellie nicht zu sagen, das Funkeln in den Augen ihrer Freundin aber war nicht zu übersehen. Abrupt blieb sie stehen und wunderte sich, ob dies ansteckend war, denn vor ihr schien alles zu zittern, als würde tief unter ihr eine U-Bahn vorbeidonnern.

»Alles in Ordnung?«, fragte Daphne.

»Glaube schon. Mir ist nur gerade ein Riesenschauer über den Rücken gelaufen, der mir durch und durch ging.«

»Du hast doch nicht gerade an diesen dicken Bastard gedacht, für den der arme Peter arbeitet? Komm, setzen wir uns, besorgen wir uns einen Kaffee oder gleich ein frühes Mittagessen. Hast du heute Morgen überhaupt gefrühstückt?«

Gerührt von der Bereitwilligkeit ihrer Freundin, sich von den Toren des Paradieses abzuwenden, um ihr beizustehen, sagte Ellie: »Nein, nein, lass dich nicht aufhalten. Aber ich mach mal lieber Schluss hier. Wenn du nichts dagegen hast, lasse ich das Mittagessen ausfallen und mach mich auf den Weg. Ich habe noch was in Sheffield zu besorgen.«

Aus irgendeinem Grund wollte sie nicht näher auf Roote eingehen, wahrscheinlich weil sie die Angelegenheit kaum erklären könnte, ohne Kommentare über Peters Obsession heraufzubeschwören.

Eine Stunde später stand sie auf den Eingangsstufen zu 7, Post Terrace in Hope und sprach mit einer Frau namens Myers, die das Haus drei Jahre zuvor von einem Ehepaar namens Wilkinson gekauft und nie von einem Roote gehört hatte.

Als Ellie sich enttäuscht abwandte, hörte sie einen schauerlichen Schrei. Er schien aus dem Nachbargebäude zu kommen, in dem, wie Ellie bemerkte, das Fenster trotz des kalten, feuchten Wetters weit offen stand.

Sie spähte hinein. Das Fenster, wurde ihr schnell klar, stand offen, damit so wenig wie möglich, was auch nur entfernt von Interesse sein könnte, dem alten Mütterchen entging, das in einem Schaukelstuhl saß und ohne jede Vorrede zu erzählen begann, dass Anthea, die Tochter der Mrs. Atherton-die-hier-vor-den-Wilkinsons-gewohnt-hat, einen Mann namens Roote geheiratet hatte und dass, falls Ellie hereinkommen möchte, sie ihr alles erklären könne.

Ellie war wie der Blitz drin und stellte fest, dass ihre Informantin weder so alt war, wie es der erste Eindruck nahe gelegt hatte, noch haftete ihr etwas von einem Mütterchen an. Sie hieß Mrs. Eel, bereitete guten Tee zu, backte einen wunderbaren Biskuitkuchen und, was wesentlich wichtiger war, hatte ihr gesamtes Leben in Hope verbracht, womit das, was sie nicht über den Ort wusste, für die Annalen endgültig verloren gegangen sein dürfte.

Aus ihrer an Abschweifungen reichen Erzählung extrahierte Ellie einen klassischen Handlungsstrang.

Anthea Athertons Eltern hatten geknausert und gespart, um ihrer attraktiven Tochter die Ausbildung zukommen zu lassen, die sie in die Kreise reicher junger Männer führen würde, welche sich einer gepflegten Sprache bedienten, in großen Häusern wohnten, Range Rover fuhren und nur die Gesellschaft einer schönen und intelligenten jungen Frau suchten, um ihr angenehmes Leben vollkommen zu machen.

Dann hatte sie ihnen das alles vor die Füße geworfen und einen Bullen geheiratet.

Mrs. Eel verkündete diese Pointe mit der Verächtlichkeit eines Tony Blair, der herausfand, dass in seinem Kabinett ein Sozialist saß.

»Wie schrecklich!«, sagte Ellie. »Ich kenne ein Mädchen, das hat das Gleiche getan. Das klappt nie. Und dieser Polizist, war er ein Einheimischer?«

»O nein. Das wäre schon schlimm genug gewesen. Aber der hier, der arbeitete unten im Süden.«

Ein weiterer Schock, weiteres Entsetzen. Ellie fragte nach Einzelheiten, doch wurde schnell klar, dass Mrs. Eel zwar genauestens über alles in Hope Bescheid wusste, sich jedoch nur vage über den Süden äußern konnte, der bereits beim drei Kilometer entfernten Bradwell begann. Aber sie wusste, dass der Polizist Tommy Roote hieß und Sergeant war und wie sie sich kennen gelernt hatten, was in dem feinen Internat, das Anthea besuchte, für einigen Wirbel gesorgt hatte, und dass der Sergeant der Kriminalpolizei angehörte und Anthea damals erst siebzehn war.

»Hat sich über ein Kind hergemacht, es sollte Gesetze dagegen geben«, schlussfolgerte Mrs. Eel.

»Ich glaube, die gibt es«, sagte Ellie.

»Wahrscheinlich, aber als Bulle kannte er die natürlich, weshalb der hinterhältige Teufel gewartet hat, bis Anthea achtzehn war, und dann hat er sie geheiratet.«

Die Bekanntgabe dieses Ereignisses wurde im Atherton-Haushalt mit solchen Ausrufen der Wut und Verzweiflung begrüßt, dass sie, laut Mrs. Eel, noch in Bradwell, wenn nicht sogar darüber hinaus zu hören waren.

Die Geschichte übersprang nun einige Jahre bis zu dem Tag, an dem Anthea zum ersten Mal seit der Hochzeit nach Hause zurückkehrte, allein und schwanger. Ihre Eltern nahmen sie auf und verbreiteten nach einer gewissen Zeit die Geschichte, dass ihr Ehemann bei irgendeiner Geheimoperation beteiligt und Anthea ganz darauf versessen sei, dass ihr Kind als richtiger Hopeaner geboren werde. Mrs. Eel aber ließ sich nicht täuschen. Ihre Diagnose, abgeleitet aus den nachfolgenden Ereignissen, lautete, dass in der Ehe einiges recht im Argen lag.

Das Kind kam zu früh, noch bevor Anthea in den Krankenwagen geladen und ins Krankenhaus geschafft werden konnte. Kurz darauf erschien Sergeant Roote auf der Bühne und nahm Kind und Frau mit in den Süden, womit er also die offizielle Version der Ereignisse bestätigte. Mrs. Eel jedoch ließ sich auch dadurch nicht täuschen.

»Mir war klar, es würde ein tränenreiches Ende geben«, erklärte sie. »Das Mädel kam immer häufiger zurück, immer mit dem Jungen, aber nie mit dem Polizisten. Ich glaube, sie wollte sehr früh die Scheidung, aber ihre Mum und ihr Dad waren dagegen.«

Das überraschte Ellie, bis Mrs. Eel offenbarte, dass die Athertons einer recht fundamentalistischen nonkonformistischen Sekte angehörten, in deren Augen eine törichte Heirat ein Vergehen gegen die Familie, eine Scheidung aufgrund des Zerwürfnisses der Ehepartner allerdings ein Verbrechen gegen Gott sei. Nun waren es also die Eltern, die versuchten, die Ehe am Laufen zu halten. Damit erreichten sie lediglich, dass ihre Tochter die Folgen mitzutragen hatte, als Sergeant Rootes Karriere eine dienstliche Katastrophe ereilte. Worum es dabei genau ging, musste Mrs. Eel eingestehen, wusste sie nicht, aber was sie wusste, war, dass es schlimm genug gewesen war, damit er ohne Pensionsansprüche aus dem Polizeidienst entlassen wurde. Danach ging alles nur noch den Bach runter, und als er kurz darauf starb (durch Alkohol oder Selbstmord, so Mrs. Eels Theorien), blieb Anthea mittellos zurück.

An diesem Punkt wurde ihr Wissen aus erster Hand fragmentarisch, doch ganz gewiss war sie unschlagbar darin, indiskrete Nichtigkeiten aufzuschnappen, weshalb sie Ellie mit genügend Brocken und Häppchen versorgen konnte, damit sich diese aufgrund ihres eigenen Wissens über den Kurs, den Rootes Leben daraufhin einschlug, ein überzeugendes Mosaik zusammenstellen konnte.

Das alles legte sie am Abend Pascoe dar; sie griff sofort den Faden auf, nachdem sein zu erwartender Zornesausbruch (»Der Dreckskerl hat schon wieder zugeschlagen!«) am Ende der Brieflektüre verraucht war.

Er hatte ihr aufmerksam zugehört, allerdings ohne die Ahs und Ohs der Verwunderung und Bewunderung, die ihrer Meinung nach ihre Recherchen verdient gehabt hätten.

Doch mitgefangen, mitgehangen.

»Ich überlass es dir herauszufinden, welche Katastrophe sein Karriereende befördert hat«, sagte sie. »Meiner Meinung nach geschah nach seinem Tod Folgendes: Anthea, vor die Aussicht gestellt, in Hope still und leise vor sich hin zu vegetieren, beschloss, sich die teure Ausbildung zunutze zu machen, die die Eltern ihr ermöglicht hatten. Sie nahm wieder Kontakt zu alten Schulfreundinnen auf. Ich würde sagen, der Anblick einer attraktiven, willigen und wahrscheinlich ziemlich kleinlauten alten Schulgefährtin, die zugeben musste, dass das Leben ihr zu einer einzigen Katastrophe geraten war und sie alles falsch gemacht hatte, war einfach unwiderstehlich. Bald darauf bewegte sie sich wieder in ihren gehobenen Kreisen. Mrs. Eel erinnert sich mit Gewissheit daran, dass sich die Großeltern immer länger um den kleinen Fran zu kümmern hatten (den sie ein wenig ahnungsvoll als ein seltsames, ernstes Kind beschrieb). Letztendlich aber zeigte Anthea ihren Freundinnen, welchen Fehler sie mit ihrem wohltätigen Verhalten begangen hatten, indem sie ihnen dann die Rosine in Gestalt des reichen und attraktiven amerikanischen Junggesellen vor der Nase wegschnappte, der ihr zweiter Ehemann werden sollte. Franny allerdings schien nicht Gegenstand des Deals gewesen zu sein. Es sah aus, als würde er zum festen Bestandteil im Haus seiner Großeltern in Hope werden, doch dann starb Mrs. Atherton an Krebs, und Mr. Atherton war zu gebrechlich und zu zerstreut, um sich allein um den Jungen kümmern zu können. Und so, vermute ich, begannen seine Verstrickungen mit dem britischen Schulsystem und den Internaten, die ja eine so reiche Ernte an Gaunern, Psychotikern und Premierministern hervorgebracht haben.«

»Dann hat sich Roote ja gut gehalten. Zwei von dreien, das ist nicht schlecht«, sagte Pascoe. »Deine Schlussfolgerungen? Ich seh's dir an deinen bebenden Nasenflügeln an, dass du zu Schlussfolgerungen gekommen bist.«

»Sicherlich haben wir hier die perfekte Erklärung für Frannys Liebe-Hass-Beziehung zu seinem Vater. Für den Jungen ist er ein Held – die Geschichte vom Überfall im Park basiert ziemlich sicher auf einer wahren Begebenheit, wenngleich sie sich in der Erinnerung ein wenig verändert haben mag. Doch die Unfähigkeit, für seine Familie zu sorgen, führte zu Frans Vernachlässigung und seiner problembehafteten Kindheit. Er versucht ihn aus seinem Leben zu streichen, indem er behauptet, ihn nicht zu kennen. Ms. Haseen allerdings hat ihn durchschaut. Und seine obsessive Beziehung zu dir entspringt vor allem der Tatsache, dass du ebenfalls ein Bulle bist und enormen Einfluss auf sein Leben genommen hast – negativen Einfluss, weil du ihn im Syke eingebuchtet hast, positiven, weil sich für ihn nun alles zum Guten zu wenden scheint. Außerdem sucht er verzweifelt nach einer Vaterfigur. Und natürlich dürfte ihn deine Obsession mit ihm zur Annahme verleitet haben, dass du ebenfalls eine besonderen Beziehung zu ihm verspürst.«

»Da hat der Dreckskerl allerdings Recht«, sagte Pascoe.

»Komm schon, Peter. Lass es gut sein. Ich leugne nicht, dass seine Briefe ein spöttisches Element enthalten, aber siehst du nicht, dass da noch viel mehr drinsteckt?«

»Wie diese Drohungen, meinst du die? Und Hinweise auf Verbrechen, derentwegen ich ihn nicht mehr belangen kann?«
»Nein. Wie zum Beispiel eine gewisse ... Bedürftigkeit?«
»Ellie, wenn du mir jetzt sagst, dass die Briefe ein Hilfeschrei sind, dann kommt mir noch das Kotzen.«
»Halt den Mund und öffne die Geschenke, die ich dir vom Schlussverkauf mitgebracht habe«, befahl sie.
Er riss das Seidenpapier auf und betrachtete entsetzt die Mohair-Pullover in den leuchtenden Farben und gewagten Mustern, die ihm so gut standen, wie sie meinte.
»Ich glaube, ich muss gleich kotzen«, sagte er.

hirley Novello war eine gute Katholikin, wenn Katholiksein bedeutete, dass man an die Gebote glaubte und so viele wie möglich einhielt, ohne sich allzu sehr verbiegen zu müssen. Am meisten Probleme hatte sie mit jenem, das besagte, Sex außerhalb der Ehe sei eine Sünde, weshalb, wie sie Vater Joseph Kerrigan einmal zu erklären versucht hatte, sie sich von Zeit zu Zeit auf einen verheirateten Mann einließ, da sie damit doch zumindest halbwegs Sex innerhalb der Ehe hätte, oder?
Vater Joe hatte den Kopf geschüttelt und gesagt: »Wenn die Jesuiten Frauen aufnähmen, würde ich dich sofort anwerben. Wenn du das nächste Mal wieder den Drang verspürst, dann bete um die Stärke, ihm zu widerstehen. Manchmal geschehen Wunder. Und dabei solltest du das Kreuz schlagen, aber mit den Beinen.«
Tatsächlich war an Weihnachten, der wunderbarsten aller Zeiten, ein Wunder geschehen. Es hatte sich gut angelassen. Ihr Sergeant vom Bahnschutz hatte es unter dem Vorwand einer Dienstplanänderung geschafft, mit ihr den Morgen zu verbringen, was in Anbetracht der Tatsache, dass an Weihnachten keine Züge fuhren, darauf schließen ließ, dass seine Frau eine ziemlich hohle Nuss sein musste. Er hatte Novello eine Digitalkamera geschenkt, die ihn eine schöne Stange Geld gekostet haben musste, weshalb sie ihm jeden Teil ihrer Anatomie schenkte, den sie mit jedem erreichbaren Teil seiner Anatomie in Kontakt bringen konnte. Wie er zu Hause seinen erschöpften Zustand erklärte, wusste sie nicht, doch als sie ihn das nächste Mal sah, am Tag nach dem zweiten Weihnachtsfeiertag, musste sie feststellen, dass die Erinnerung an ihren festtäglichen Fick plus die exzessiven Familienfeierlichkeiten ihn ernsthaft davon reden ließen, mit ihr in die Wälder zu entfliehen, wo er ihr eine Hütte aus Trauerweiden oder ähnlichen Unsinn bauen wolle.
Nun geschah das Wunder.
Innerhalb eines Wimpernschlags war er nicht mehr der starke, hübsche, interessante, behaarte Liebhaber auf dem Höhepunkt seiner

Lebenskraft, sondern ein mittelältlicher Bierbauch mit angehender Glatze und vier lärmenden, ungezogenen Kindern. Sie erteilte ihm den Marschbefehl, dachte sogar daran, die Kamera zurückzugeben, kam letztlich aber zu dem Schluss, zum Teufel, was soll's, sie habe sie sich schließlich verdient.

Somit hatte Novello das neue Jahr begonnen, wie neue Jahre begonnen werden sollten: Altlasten wurden entsorgt, und ein ganzer Käfig lebhafter Vorsätze wurde angeschafft. Vergeblich schlugen sie mit den Flügeln gegen die Gitterstäbe, bis zur Party zum Ende der Zwölf Nächte. Am nächsten Morgen erwachte sie mit der Gewissheit, dass sie allesamt ausgeflogen waren. Eine Erfahrung, die sie – so glaubte sie sich zu erinnern – als regelrechte Offenbarung empfunden hatte. Mit anderen Worten: Im Kopf schwindelte ihr, körperlich aber fühlte sie sich großartig.

Sie rollte sich aus dem Bett – dem eigenen – und vergewisserte sich, dass niemand auf ihrem Klo saß oder in der Küche kochte – keiner war zu sehen –, beglückwünschte sich selbst dazu, einen tollen Abend erlebt zu haben, ohne den großen Preis der Konversation am Frühstückstisch zahlen zu müssen, und verputzte ihr gewohntes Katerheilmittel, Rühreiersandwich mit einem Liter Kaffee, der so schwarz war wie das Herz der Gewerkschaftler, Unionisten und Anhänger der ökumenischen Bewegung zusammengenommen.

Dann bemerkte sie die Digitalkamera, die neben ihren Party-Klamotten auf dem Boden lag.

Sie besah sich die Bilder, fand, Gott sei Dank, nichts allzu Unanständiges, stieß aber auf einen Schnappschuss eines gut aussehenden Typen mit einem netten, aufreizenden Grinsen, der auf ihrem Sofa saß. Sie konnte ihm keinen Namen zuordnen, sein Gesicht allerdings schickte ein fernes mnemonisches Zittern durch ihre erogenen Zonen.

Als sie versuchte, das Bild zum Vergrößern auf ihren Computer zu überspielen, musste sie feststellen, dass die verdammte Kiste im Arsch war. Was soll's. Die Dienststelle war voll mit verdammten Kisten.

Dann machte sie sich auf den Weg zur Arbeit. Sie war stolz auf ihre

Fitness und joggte jeden zweiten Tag zur Dienststelle. Es war ein zweiter Tag. Andere Frauen wären eingeknickt, nicht Novello. Sie war zur üblichen Zeit aufgewacht und entschlossen, ihrem üblichen Tagesablauf zu folgen. Sie packte ihre Kleidung sowie ihre Kamera in einen kleinen Rucksack, stieg in ihren Trainingsanzug und legte los.

Nachdem Dalziel sie mit einem Spezialauftrag betraut hatte, führte ihre Route meist durch die Peg Lane.

Ihre Aufgabe, Rye Pomona vor aufdringlichen Journalisten zu schützen, war je nach Blickwinkel entweder sehr einfach oder nahezu unmöglich. Unmöglich war es, vierundzwanzig Stunden am Tag an ihr zu kleben. Andererseits war Rye vorgewarnt worden, sie war eine intelligente Frau (ausnehmend intelligent, nach Novellos Einschätzung) und durchaus in der Lage, auf sich selbst aufzupassen. Die aktive Komponente ihres Auftrags hatte sich daher bald auf eine tägliche Anfrage nach ungewöhnlichen Vorkommnissen beschränkt, dazu kam als gelegentliche morgendliche Abwechslung ihr Jogginglauf, wodurch sie lediglich sicherstellen wollte, dass nicht irgendein Halunke sie zu dieser von der Polizei, Gerichtsvollziehern und hinterhältigen Fragestellern geschätzten Stunde abfing, um ihr hinterhältige Fragen zu stellen.

Nach den Ereignissen beim bürgermeisterlichen Hogmanay Hop hatte es den Anschein, als wäre sogar diese kleine Routineaufgabe für einige Zeit nicht mehr nötig. Vergangenen Donnerstag allerdings war Hat in der Arbeit aufgetaucht und hatte voller Freude verkündet, Rye habe ihn am Abend zuvor angerufen und ihm mitgeteilt, sie sei völlig gesund aus dem Krankenhaus entlassen worden und würde am Morgen wieder zur Arbeit gehen.

In der Annahme, Dalziel würde von ihr erwarten, dass sie alles haarklein wusste, noch bevor ihm überhaupt die wesentlichen Neuigkeiten zu Ohren gekommen waren, hatte Novello sich sofort auf einen kleinen Plausch zur Bibliothek aufgemacht.

Rye hatte sie wie eine alte Freundin begrüßt. Auf Novellos Nachfrage nach ihrer Gesundheit hatte sie erwidert, im Krankenhaus hätten sie keine spezifische Ursache für ihren Kollaps finden können, man gehe von einem Virus aus, habe ihr einige Spritzen mit weiß Gott für Zeug verpasst und sie mit der Empfehlung nach Hause geschickt, sich einen Termin bei ihrem Hausarzt geben zu lassen.

Novello war nicht überzeugt. Sie besaß ein scharfes weibliches Auge und angemessene polizeiliche Skepsis, aufgrund derer sie verräterische Anzeichen von Besorgnis und Erschöpfung wahrnahm. Wäre sie mit Hat Bowler besser ausgekommen, hätte sie vielleicht versucht, ihm auf diplomatischem Weg ihre Befürchtungen mitzuteilen, doch selbst dann hätte sie angesichts seiner grenzenlosen Erleichterung und Freude über Ryes Entlassung aus dem Krankenstand vielleicht gezögert. Aber wie die Dinge nun mal lagen und in Anbetracht ihrer schwierigen Beziehung hätte er jede Andeutung von Vorbehalten nur als Miesmacherei abgetan.

Ihre Beziehung zu Andy Dalziel kam ohne solche Zweideutigkeiten aus. Wenn er einem einen Job antrug, dann führte man ihn aus, selbst wenn man ihn als komplette Zeitverschwendung ansah; man drückte sich nicht. Sie hatte jede Silbe der Wordman-Akten zweimal gelesen. Nach ihren Schlussfolgerungen gefragt, hatte sie tief durchgeatmet und dem Dicken erzählt: »Wäre Dee nicht erwischt worden, als er im Begriff war, Pomona tätlich anzugreifen, gäbe es noch nicht mal genügend Beweise gegen ihn, um ihn zu gemeinnütziger Arbeit verdonnern zu können, von einem Schuldspruch im Fall der Serienmorde ganz zu schweigen. Und wäre er nicht getötet worden, als er Widerstand gegen seine Verhaftung leistete – so haben wir es ja immerhin verkauft –, fallen mir mindestens ein halbes Dutzend Geschichten ein, die er hätte auftischen können und aufgrund derer die Staatsanwaltschaft nur äußerst ungern das Verfahren gegen ihn eröffnet hätte.«

»Hätten diese Schlafmützen Hitler in die Hände bekommen, hätten sie versucht, ihn wegen einer Ordnungswidrigkeit dranzukriegen«, sagte Dalziel ohne großen Nachdruck.

»Wenn also ein Journalist an dem Fall dran ist, muss er nur einige Lücken in die offizielle Version des tätlichen Angriffs auf Pomona reißen, und schon stehen ihm Tür und Tor sperrangelweit offen. Presse gegen die Polizei, zwanzig zu null.«

»Du spielst also Fußball?«
»Auf dem kleinen Feld in der Halle«, sagte sie.
»Weiß nicht, was aus dieser Welt noch werden soll. Okay, du hast mir nichts gesagt, was ich nicht eh schon weiß. Du könntest einen alten Mann sehr glücklich machen, wenn du auf einige lose Fäden hinweisen könntest, die wir Dee um den Hals schnüren könnten.«
»Der einzige lose Faden, den ich sehe, ist dieser Pyke-Strengler, der draußen am Stang Tarn erschossen und enthauptet aufgefunden worden ist. An einem der Angelhaken waren Blutspuren, von einem Menschen, Blutgruppe AB. Es stammte nicht von Pyke-Strengler, aber auch nicht von Dee, und es gehört auch nicht zu den beiden anderen Verdächtigen, Penn und Roote, die, um ehrlich zu sein, Sir, so verdächtig aussehen wie der Papst. Es wundert mich, wie die überhaupt ins Raster gekommen sind.«
»Wunschdenken«, grummelte Dalziel. »Das nimmt mit dem Alter zu. Also ein loser Faden, von dem du aber nur sagen kannst, dass er nicht zu Dee führt. Das ist alles? Nichts, mit dem du mir eine Freude machen könntest, nichts, von dem du sagen kannst, ›bitte, Sir, hier ist was, an dem es nichts zu deuten gibt, weil Sie damit definitiv richtig liegen‹?«
»Doch, Sir, eines gibt es …«
»Spuck's aus.«
»Meiner Meinung nach liegen Sie definitiv richtig, wenn Sie sich Sorgen machen, falls ein Journalist an der Sache dran ist.«
Er starrte sie an, bis sie ihre Unverfrorenheit zu bedauern begann, dann sagte er: »Nein, Mädel, darum mach ich mir keine Sorgen, denn ich hab diesen neunmalklugen Bullen auf den Fall angesetzt, und der wird ihn mir finden, bevor er auch nur ein Wort druckt.«
»Ja, Sir. Und dann …?«
»Dann bring ich ihn um«, sagte Dalziel. »Aber wenn ich von ihm erst erfahre, wenn ich meine Daily-Dreck aufschlage, dann muss ich mir einen anderen suchen, den ich umbringen kann.«
Daher joggte Novello an diesem Montagmorgen um acht Uhr zwanzig durch die Peg Lane.

Die einstigen eleganten viktorianischen Stadtvillen waren mittlerweile zu Apartmenthäusern mit kleineren Geschäften umgewandelt worden. Es gab keine Garagen (vermutlich hatten die eleganten Viktorianer ihre Broughams in nahe gelegenen Mietställen untergebracht), das Haus auf der gegenüberliegenden Straßenseite der Kirche war der Länge nach mit geparkten Autos gesäumt. Sie verlangsamte das Tempo, als sie das Church View passierte. Es standen dieselben Wagen wie immer davor, die Tür schien fest verschlossen zu sein. Tagsüber stand sie häufig offen, was auf ein laxes Sicherheitsbewusstsein schließen ließ. Doch ob offen oder geschlossen, spielte für Novello keine Rolle. Sie hatte sich das Schloss angesehen und sich in der Dienststelle aus dem großen Angebot im Pfadfinderschrank (d.h. allzeit bereit) einen passenden Schlüssel besorgt.

An der Peg-Lane-Front also nichts Neues. Mit dem Gefühl, der Pflicht Genüge getan zu haben, verschärfte sie das Tempo. Und hätte sie fast übersehen.

Am Ende der Straße, die dort eine Art Schikane bildete, war ein alter weißer Mercedes geparkt. Zwei Personen saßen darin, ein Mann und eine Frau. Und den Mann erkannte sie als Charley Penn.

Sie waren in ihr Gespräch vertieft. Oder Ähnliches. Sie sahen noch nicht einmal auf, als sie an ihnen vorüberlief. Sie überquerte die Straße, rannte ein wenig zurück, bis sie die alte Mauer um St. Margaret's erreichte, und kletterte hinüber.

Von dort aus hatte sie den Mercedes wunderbar im Blick. Sie wünschte sich, sie hätte eine Kamera dabei, bevor sie sich daran erinnerte, dass sie ja eine bei sich hatte. Still frohlockend kramte sie sie hervor. Hier waren Fleißsternchen von Dalziel zu ergattern, die sich ein strebsames Mädchen natürlich nicht entgehen ließ.

Die Frau stieg aus. Der Abschied schien alles andere als liebevoll zu verlaufen, im letzten Moment aber sagte Penn etwas, und sie tauschten einen spitzen Kuss aus. Dann fuhr er in Richtung Stadt davon, während sich die Frau in die andere Richtung aufmachte.

Novello hielt mit ihr Schritt, reckte sich hin und wieder, um einen Schnappschuss zu machen. Die Frau schien zu sehr mit sich beschäftigt zu sein, um es zu bemerken.

Dann erreichte sie mit zügigen Schritten die Eingangsstufen zum Church View, ging hinauf, drückte die Tür auf und verschwand im Gebäude.
Novello hechtete mit der explosiven Geschwindigkeit über die Mauer, mit der sie zu ihren Schulzeiten Sprint-Champion geworden war. Sie hatte den Schlüssel griffbereit, brauchte ihn aber nicht, da die Tür nicht richtig ins Schloss gefallen war. Auf der Treppe über sich hörte sie die Schritte der Frau.
Erst als sie sich bereits Ryes Treppenabsatz näherte, kam ihr die Frage, was sie nun tun sollte. Journalisten, besonders investigative Journalisten, gehörten nicht zu den Menschen, bei denen es ratsam schien, sie ohne guten Grund zu verhaften. Dalziel hatte in solchen Situationen zweifellos viele erprobte und bewährte Techniken parat. Wie schwere Körperverletzung. Pascoes diplomatisches Geschick hätte hier vermutlich ebenso seine Berechtigung. Und Wield würde nur eine Weile lang vor sich hin starren und dann »Buh!« sagen, um Ergebnisse zu erzielen.
Aber wie konnte eine junge ehrgeizige Polizistin mit dieser Situation fertig werden, ohne sich eine schlechte Presse einzuhandeln, die den Chief Constable gegen sie aufbringen würde?
Und mit ein wenig Abstand zu diesen doch irgendwie egoistischen Gedanken folgte die Frage, was zum Teufel diese Frau eigentlich vorhatte.
Sie erreichte Ryes Stockwerk. Niemand war zu sehen. Scheiße! Hatte sie genügend Zeit gehabt, um bei Rye zu klingeln und sie zu überreden, sie in die Wohnung zu lassen? Novello konnte es sich nicht vorstellen. Vielleicht hatte Rye zufällig die Tür geöffnet, als die Frau ankam, und war von ihr in die Wohnung gedrängt worden. Doch Verhalten wie dieses, noch dazu von einer fremden Person, würde sicherlich Protest auslösen. Sie drückte das Ohr gegen die Tür und hörte nichts. Was jetzt? Klingeln und nachprüfen, ob drinnen alles in Ordnung war? Oder die Verfolgung auf das nächste Stockwerk ausdehnen?
»Kann ich Ihnen helfen?«, ertönte eine Stimme.
Erschreckt drehte sie sich um. Aus der nächsten Tür rechts spähte

eine Frau mit leuchtenden Augen, verschlagenem Gesicht und undefinierbaren Alters zu ihr heraus.

Das ließ sie eine Entscheidung treffen.

»Nein danke. Besuche nur Ms. Pomona«, sagte Novello und drückte auf die Klingel.

Eine lange Minute verstrich, bevor die Tür geöffnet wurde.

Rye stand vor ihr, lediglich in eine Baumwolldecke gehüllt. Sie sah fürchterlich aus. Entweder, dachte Novello, während sie ihren Expertenblick über die dunklen Augenringe, die blassen Wangen, eingesackten Schultern und stumpfen Haare schweifen ließ, hatte Rye eine noch wildere Fete hinter sich als jene, an die sie sich selbst nicht mehr erinnern konnte. Oder sie war krank.

»Hey, tut mir Leid, hab ich Sie aus dem Bett geholt?«

»Nein, ich war schon auf.«

»Kann ich reinkommen?«

Rye sah aus, als hätte sie am liebsten abgelehnt, dann bemerkte sie die noch immer lauernde Nachbarin und sagte: »Guten Morgen, Mrs. Gilpin. Ja, kommen Sie rein.«

Falls Rye die vermeintliche Journalistin nicht in ihrem Schlafzimmer versteckt hatte, dann deutete alles darauf hin, dass sie allein war.

»Also, was wollen Sie ... Hat ist doch nichts geschehen, oder?«

Zum ersten Mal kam so etwas wie ein Lebensfunke in die matten Augen.

»Nein, es hat nichts mit Hat zu tun. Mit ihm ist alles bestens.«

Erleichterung, dann erstarb der Funke. Kein Grund, sich noch Sorgen zu machen, nicht, bis sie die Fotos ausgedruckt und ein Wort mit King Kong gesprochen hatte.

»Nein, ich war nur in der Gegend und dachte mir, ich könnte kurz vorbeikommen, mal nachsehen, ob alles in Ordnung ist.«

»Ja, kein Problem. Warum sollte es das nicht sein?«

»Sie wissen doch, wir haben uns über Journalisten und so unterhalten. Sie wurden nicht von einem belästigt?«

»Wie sollte mich denn einer belästigen können?«, sagte Rye.

Eine seltsame Antwort, aber sie war auch ein seltsames Mädchen. Und eines, dem es allem Anschein nach nicht besonders gut ging.

»Entschuldigen Sie die Störung. Ich lass Sie jetzt wieder in Ihr Bett.«
»Bett? Nein, ich mach mich fertig für die Arbeit.«
»Arbeit?«, sagte Novello. Und dann, als ihr das ungläubige Erstaunen in ihrer Stimme bewusst wurde, fuhr sie schnell fort: »Montagmorgen ist immer die Hölle, was? Vor allem, wenn man sich am Wochenende rumgetrieben hat. Sie hätten mich vor einer Stunde sehen sollen. Kaffee und ein ordentliches Frühstück, dann kommt man wieder in Fahrt. Haben Sie schon gefrühstückt? Lassen Sie mich Ihnen helfen, ich könnte selbst noch eine Tasse Kaffee vertragen.«
»Nein danke«, sagte Rye. »Mir ist nicht nach Essen. Ich hab einen leicht nervösen Magen.«
Zum Teufel, dachte Novello. Hat Bowler sich nicht beherrschen können, hat es sie nun auch erwischt? Dummer Arsch! Vielleicht aber (triff kein vorschnelles Urteil in dieser Welt, denn sicherlich will keiner, dass in der nächsten vorschnell über ihn geurteilt wird, wie Vater Kerrigan seinen Schäfchen zu sagen pflegte) war es auch geplant, wollten es beide, nur war es eben so wie immer, für die Frau bleibt die Drecksarbeit, und der Mann bekommt die Zigarren.
»Hören Sie, es geht mich ja nichts an, aber fühlen Sie sich wirklich in Ordnung? Sie sehen, na ja, nicht unbedingt aus, als wären Sie hundertprozentig fit.«
»Ja? Wie viel Prozent würden Sie mir denn zugestehen? Fünfundneunzig? Fünfzig? Noch weniger?«
Schon besser. In den Augen wieder ein Funkeln, ein wenig Farbe auf den Wangen.
»Sorry«, sagte Novello. »Ich gehe dann, damit Sie sich anziehen können. Passen Sie auf sich auf.«
»Ja. Danke, dass Sie mir Ihre Aufwartung gemacht haben.«
Wieder so ein seltsamer Satz. Diesmal klang sie wie Eliza Doolittle, die eine neu gelernte gesellschaftliche Floskel vortrug.
Novello ging. Von Mrs. Gilpin war nichts zu sehen, Gott sei Dank. Sie rannte leise den nächsten Treppenabsatz hinauf. Der oberste Flur war leer. Die Frau musste gehört haben, dass sie verfolgt wurde, war hier hochgerannt, hatte dem Wortwechsel eine Etage tiefer

gelauscht und sich dann wieder nach unten geschlichen, während sie ihre Zeit in Pomonas Wohnung vergeudet hatte. Eine schlechte Entscheidung, so würde es zweifelsohne der Dicke sehen. Obwohl sie noch immer nicht wusste, was sie hätte tun sollen, wenn sie die vermeintliche Journalistin gestellt hätte.
Wenigstens würde er nicht sagen können, dass sie sich davor drückte, sich ihre Standpauke abzuholen. Sobald sie die Dienststelle betreten hatte, klopfte sie an seine Tür. In der Hand hielt sie ihre Kamera.
»Was ist das? Willst du mich für dein Poesiealbum ablichten?«
Schnell erklärte sie ihm, was sich zugetragen hatte, betonte ihre weise Voraussicht, die Kamera mitzunehmen, spielte die Tatsache herunter, dass es ihr nicht gelungen war, der mysteriösen Frau zu folgen. Dabei schloss sie die Kamera an den Computer an, der wie ein Denkmal der Zukunft auf einem Nebentisch im Büro des Superintendent stand.
Als das Gesicht der Frau auf dem Monitor erschien, knallte er mit seiner großen Faust auf den Tisch. Novello, die fürchtete, dies sei die erste Salve seines groß angelegten Angriffs auf ihre Bemühungen, zuckte zusammen. Doch alles, was er sagte, war: »Kann ich das durch die Röhre schicken, damit es dann am anderen Ende wieder rauskommt?«
»Ja, Sir«, sagte sie. »Aber ich brauch eine Adresse.«
»Commander Jenkinson, Scotland Yard«, sagte er.
Beim Telefon lag ein Dienstverzeichnis. Sie holte es sich, blätterte durch. »Ist das zufällig Aneurin Jenkinson? Medienabteilung?«
»Das ist sie.«
»Eine Nachricht noch, Sir?«
Er dachte kurz nach, dann diktierte er: *»Nye – wer ist sie? – alles Liebe, Andy.«*
Sie hackte die Botschaft in den Computer, hängte das Bild an und verschickte alles zusammen.
Dalziel drehte den Bildschirm zu sich, damit er es sehen konnte.
Novello erinnerte sich an eine Geschichte, die an der Klosterschule, aus der sie rausgeworfen worden war, von der für die Benimmregeln zuständigen Nonne erzählt wurde. Sie handelte von Königin

Viktoria bei einem Bankett, das ihr zu Ehren in Paris von Kaiserin Eugenie gegeben wurde. Als die Kaiserin am Tisch Platz nahm, sah sie wie die meisten kurz nach unten, um sich zu vergewissern, dass der Lakai ihren Stuhl auch in Position geschoben hatte. Zur großen Bewunderung der französischen Bankettgäste aber setzte sich Viktoria ohne zu zögern, ohne nach unten zu blicken, als wäre sie sich völlig sicher, dass, sollte der Lakai seiner Pflicht nicht nachkommen, Gott höchstselbst den Stuhl nach vorn schieben würde, damit sie ihren königlichen Hintern darauf platzieren konnte.
Genauso, schien es ihr, blickte der Dicke finster auf den Monitor, in der von Gott selbst beglaubigten Gewissheit, dass seine Nachricht unverzüglich eine Antwort erhalte.
Es dauerte nur einige Minuten, dieser Betonsockel von einem Gesicht begann sich bereits vor Ungeduld zu verfinstern.

> Mai Richter, deutsche Journalistin. Lebenslauf liegt bei. Pass auf deine Eier auf. Sie beißt.

Sie druckte den Lebenslauf aus, reichte ihn dem Dicken und las ihn selbst am Bildschirm.
Mai Richter war neununddreißig Jahre alt, stand vor einer akademischen Laufbahn, hatte eine Doktorarbeit über Ämterpatronage in der amerikanischen Politik der Nachkriegszeit verfasst, die jedoch abgelehnt wurde. Als sie nach den Gründen dafür recherchierte, stellte sie fest, dass einige sehr hochrangige Staatsbeamte, die im Finanzausschuss der Universität die Strippen zogen, keinerlei Interesse hegten, dass dieses Thema genauer unter die Lupe genommen wurde. Daraufhin veröffentlichte sie ihre Erkenntnisse in einer Zeitung, wurde deswegen angeklagt, focht den Prozess bis zu einem Vergleich durch und musste einsehen, dass ihre akademische Karriere bereits Schiffbruch erlitten hatte, bevor sie überhaupt aus dem Hafen ausgelaufen war. Weshalb sie ihr Talent, Dinge unter der Oberfläche hervorzuwühlen, in den Dienst des Journalismus stellte.
Es folgte eine Aufstellung ihrer investigativen Arbeiten, meistens

ging es um Deutschland, manche Artikel beschäftigten sich auch mit Themen in Frankreich und den Niederlanden. Sie sprach fließend Holländisch, Englisch und Französisch, arbeitete freiberuflich und verkaufte ihre Geschichten an den Meistbietenden. Sie gehörte keiner politischen Partei an, stand aber radikalen linken Ansichten nahe. Sie wandelte auf einem schmalen Pfad und hatte die Grenze zum Illegalen, so wurde angenommen, häufiger überschritten als die wenigen Male, bei denen sie dabei erwischt wurde; Vorfälle, die ihre Aufnahme ins internationale Polizeiregister rechtfertigten. Ein weiterer Grund waren die gegen sie ausgesprochenen Morddrohungen, wobei mindestens ein Anschlag auf sie bekannt wurde.

»Scheint ein gefährliches Metier zu sein, das sie da betreibt«, sagte Novello.

»Wie gefährlich, das wird sie feststellen, wenn ich sie das nächste Mal zu fassen bekomme«, grummelte Dalziel. »Sehen wir sie uns genauer an.«

»Das nächste Mal ...? Gab es denn ein erstes Mal, Sir?«, sagte Novello, die erneut das Bild aufrief.

»O ja. Ich hab mit ihr getanzt und ihr einen dicken feuchten Schmatz aufgedrückt«, sagte Dalziel. »Dieses Miststück nennt sich Myra Rogers. Sie ist Rye Pomonas Nachbarin und ihr bester Kumpel!«

Novellos Überraschung mischte sich mit Erleichterung. Sie hatte es also gar nicht verbockt. Sie war verschwunden, weil sie einfach in ihre Wohnung gegangen war.

Der Dicke diktierte eine weitere Nachricht.

> Sie beißt also? Schön, daran bin ich gewöhnt, du walisische Tagediebin! Ich hab als Beweis noch die Narben, die ich vorzeigen kann. Was ist mit einer stachelhaarigen Tunte, hört auf den Namen Tris, eine Fresse wie ein sturzbesoffenes Frettchen, Teint einer alten Pub-Decke, kleidet sich wie ein polynesischer Pocken-Salbader und hat eine Handtasche bei sich?

Die Antwort darauf kam noch schneller.

Wenigstens kannst du deine Narben vorzeigen. Wenn ich meine Schmisse zur Schau stellen würde, die du mir mit deinen Hufen verpasst hast, würde ich vom Fleck weg verhaftet werden! Dein Frettchen (sehr passend) klingt nach Tristram Lilley, was vermutlich heißt, dass da eine ernsthafte Hightech-Überwachung abgezogen wird. Wenn er eine Handtasche dabeihatte, bist du wahrscheinlich in der Versteckten Kamera! Klingt interessant. Irgendwas, was wir darüber wissen sollten?

Dalziels Erwiderung lautete:

Nur ein kleines lokales Problem. Danke, Kumpel. Bin dir ein Pint schuldig. Hwyl fawr! Andy

»Sie ist also einfach in ihre Wohnung«, sagte Novello; es konnte ja nicht schaden, wenn sie ihre Unschuld noch ein wenig unterstrich.
»Also, lass dir das eine Lehre sein. Warte nicht auf Wunder, wenn das Offensichtliche direkt vor deiner Nase hängt.«
Das kam ohne Nachdruck, zumindest nicht mit auf sie gemünztem Nachdruck. Er rief erneut das Bild der Frau auf (er war, obwohl ausgewiesener Maschinenstürmer, schnell von Begriff, bemerkte Rye) und dachte zurück an seine Begegnung mit Charley Penn im Hal's. Als er sich dem Tisch des Schriftstellers genähert hatte, war eine Frau aus der entgegengesetzten Richtung abgedreht. Sie hatte nichts an sich, was im Gedächtnis haften geblieben wäre – bis auf die leise Irritation, die ihn später beschlich, als er das erste Mal das unauffällige Gesicht von Myra Rogers sah, wobei es bei ihm ganz leise geklingelt hatte. Wer darauf nicht achtet, sagte er sich zornig, kommt noch zu spät zur eigenen Beerdigung.
Etwas anderes fiel ihm noch ein, die Widmung im Hacker-Roman, den er gekauft hatte – *An Mai – wunderschön in allen Monaten!* – und Penns argwöhnischer Blick, als er sah, welches Buch es war. Der Kerl musste sich gedacht haben, dass ich es auf ihn abgesehen habe! Nun, das habe ich jetzt, Charley!
Novello nahm den Ausdruck des Lebenslaufs zur Hand, den Dalziel

auf dem Schreibtisch abgelegt hatte, und las ihn erneut. Dann sagte sie nachdenklich: »Komisch, sieht überhaupt nicht danach aus, als wäre das eine Geschichte für sie. Normalerweise interessiert sie sich doch für politisches Zeug, Pfuschereien im Kabinett, Korruption an hohen Stellen. Dass die Polizei in Mid-Yorkshire was verpfuscht hat, dürfte doch kaum auf weltweites Interesse stoßen, oder? Warum also so viel Aufhebens, wenn für sie nicht viel dabei herausspringt – auch wenn sie herausfinden sollte, was es hier so zum Herausfinden gibt.«
Nun war Dalziel an der Reihe, ihr einen argwöhnischen Blick zuzuwerfen, dem sie jedoch unerschrocken standhielt. Sie würde ihn nicht direkt fragen, was er zu verbergen hatte. Nach langem Nachdenken war sie jedoch zu dem Schluss gekommen, dass es etwas geben musste, und sie hatte auch eine ziemlich genaue Vorstellung davon. Wer zu Dalziels Team gehörte, hatte häufig genug darunter zu leiden, dass er wie ein persönlicher Sklave behandelt wurde, der Vorteil dessen aber war, dass sein Besitzerstolz seinesgleichen suchte. Wer sich also mit einem seiner Jungs anlegte, stellte schnell fest, dass er es mit Papa Bär zu tun bekam. Fand er nach einer Auseinandersetzung einen verletzten Officer und einen toten Verdächtigen vor und war er überzeugt davon, dass der Verdächtige sein Schicksal voll und ganz verdient hatte, würde der dicke Andy keinen Augenblick zögern, alles so hinzudrehen, damit keinerlei Zweifel am Tod des Verdächtigen aufkamen. Sie hatte sich mittlerweile jedes Foto angesehen, jedes Schriftstück gelesen, das von der Affäre handelte, und mit Erstaunen festgestellt, wie clever die erst dem Coroner und dann der Staatsanwaltschaft vorgelegten Berichte die jeweiligen Rollen des beteiligten Trios hervorhoben – hier die Jungfrau in höchster Not, dort der schwer verwundete Retter und Ritter und der mit einem einzigen Hieb niedergestreckte gemeine Widersacher. Wäre der Fall jemals vor Gericht gelandet, hätte sich ein guter Verteidiger sicherlich auf diese manikürten Tatsachen eingeschossen.
»Also, Klugscheißerin, was hat das Interesse von Richter geweckt?«, grummelte er.

»Geld? Nach diesen Fernsehsachen muss Penn doch das eine oder andere auf der hohen Kante haben.«
»Hältst du sie wirklich für jemanden, der alles nur der Kohle wegen macht?«
»Eigentlich nicht«, musste Novello zugeben.
»Schau dir ihre Publikationsliste an.«
Neben den wichtigsten investigativen Artikeln waren mehrere Bücher verzeichnet, die sich mit anscheinend soziologischen oder literatursoziologischen Themen befassten. Einer der Titel lautete *Heines Apostasie: Die deutsche Wahl*.
Zögernd sagte sie: »Arbeitet Penn nicht an einem Buch über einen Typen mit ähnlichem Namen?«
Dalziel betrachtete sie mit der Art Wohlwollen, das er sich für jene aus seiner Mannschaft aufsparte, die sich ihr Gehirn nicht mit irgendwelchem kunst- oder literaturkritischem Schmonzes zumüllten.
»Aye. Über diesen Heinkel oder wie er heißt. Ich wette, dass sie sich schon länger kennen, und als Charley sich dämlicherweise in den Kopf setzte, er müsse irgendwo Dreck aufwühlen, fiel ihm sofort dieses verdammte *Fräulein* Richter ein!«
»Aber das erklärt noch nicht …«
»Erklärt es schon, wenn sie sich im Heu gewälzt haben, als sie sich kennen lernten«, sagte Dalziel. »Nein, nein, schau nicht so überrascht. Ich weiß, er ist kein Adonis, aber über Geschmack lässt sich nun mal nicht streiten, oder?«
Sie betrachtete den gewaltigen, auf den Stuhl geplumpsten Kloß, dachte an Cap Marvell und sagte: »Nein, Sir, da haben Sie Recht«, bevor ihr bewusst wurde, dass sie nicht schnell genug ihr Visier heruntergelassen hatte.
Er ließ ihr einen vielsagenden Blick zukommen. »Ich gehe davon aus, sie hat bei Charley übernachtet, brachte dort seine irregulären Verben auf die Reihe, und dann setzte er sie ab, damit sie wieder zur lieben Myra werden konnte, der besten Freundin.«
»Sah aber so aus, als hätten sie sich ein wenig gestritten«, sagte sie.
»Gut. Vielleicht kam sie zu dem Schluss, dass bei der Sache für sie

nichts rausspringt, weshalb sie Charley alles hinwarf«, sagte Dalziel. »So, und jetzt raus mit dir. Hast du nichts zu tun?«
Sie fühlte sich abgefertigt. An der Tür blieb sie stehen. Eine letzte boshafte Bemerkung zum Schluss?
»Noch eins, Sir«, sagte sie. »Wie lange wohnt Rogers schon in der Wohnung neben Rye?«
»Mindestens seit der Woche vor Weihnachten. Warum?«
Also seit mindestens drei Wochen. Und sie war auch über Weihnachten dort. Entweder hegte sie wirklich eine starke Leidenschaft für Charley Penn. Oder sie glaubte, sie sei hier tatsächlich einer Sache auf der Spur, die den Zeitaufwand rechtfertigte. Sie überlegte, es ihm zu sagen, nur um zu sehen, ob sie seinem unerbittlichen Blick nicht doch ein nervöses Flattern entlocken konnte. Aber war es die Mühe wert?
»War nur so eine Frage, Sir«, sagte sie und wollte hinaus in den Flur.
»Vergiss deine Kamera nicht. Hier, wusste nicht, dass du Sol kennst.«
»Sol?« Verwirrt drehte sie sich um, dann sah sie das Bild, das auf dem Monitor angezeigt wurde: der Mann in ihrer Wohnung mit dem aufreizenden Lächeln.
»Aye. Sol Wiseman. Rabbi der Progressiven Synagoge an der Millstone Road.«
»Rabbi. Ein jüdischer Rabbi?«, sagte Novello wie vor den Kopf geschlagen.
»Das sind viele von denen«, sagte Dalziel und beäugte sie eindringlich. »Kennst du ihn schon lange?«
»Nein, nicht richtig ... eigentlich überhaupt nicht ... ich hab nur die Kamera ausprobiert.«
Mit Schrecken dachte sie an ihre nächste Beichte. »Vater, ich hab mit einem Rabbi gevögelt ...«
Plötzlich grinste Dalziel, als hätte sie laut ihre Ängste ausgesprochen, stöpselte die Kamera aus und reichte sie ihr.
Wieder eilte sie zur Tür.
Als sie sie öffnete, hörte sie ihn sagen: »Noch was, Ivor. Du bewahrst darüber Stillschweigen. Hörst du! Keine Ausnahmen, noch nicht einmal bei Vater Joe. Kapiert?«

»Ja, Sir.«

Sie trat in den Flur hinaus und wollte gerade die Tür schließen, als er ohne aufzublicken anfügte: »Nette Arbeit, Mädel. Wirklich gut gemacht.«

Plötzlich schien alles nicht mehr so schlimm zu sein.

Sie musste sich auf die Lippen beißen, um nicht wie ein Idiot zu grinsen.

ye Pomona sah vom Fenster aus Novello hinterher. Ihr Termin war auf neun Uhr dreißig anberaumt. Um neun Uhr vierzig stürzte ein grimmig dreinblickender Mann aus dem Sprechzimmer.
»Brauchen wir einen neuen Termin, Mr. Maciver?«, fragte die Sprechstundenhilfe.
»Wozu?«, raunzte er. Und ging. Das fing ja toll an.
Chakravarty erschien in der Tür, er war leger, aber elegant gekleidet, trug ein Hemd, so weiß, dass es das Auge blendete, und eine cremefarbene Freizeithose mit einer Bügelfalte wie mit dem Lineal gezogen. Alles, was ihm fehlte, war ein Schläger, um ein Test Match zu eröffnen. Äußerst charmant, voll der Entschuldigungen, geleitete er sie ins Sprechzimmer.
Rye hörte ihm mit unbewegter Miene zu, sah auf ihre Uhr und sagte: »Dann lassen Sie uns nicht noch mehr Zeit verschwenden.«
Er zwinkerte, als wäre ihm soeben ein Bouncer an der Nase vorbeigepfiffen. »Natürlich. Ich habe Ihre Krankenakte hier. Die Termine für die Untersuchungen sind bereits festgelegt. Zunächst aber würde ich gern erfahren, wie Sie die Situation einschätzen.«
Er war ein guter Zuhörer und ein guter Fragesteller, nach einer halben Stunde aber registrierte Rye leicht verwirrt, dass er sich weniger für das ihrer Meinung nach bedeutsamste Ereignis ihrer medizinischen Vorgeschichte interessierte – den Unfall, bei dem ihr Bruder ums Leben gekommen und von dem ihr die silberfarbene Strähne zurückgeblieben war. Vielmehr richtete er sein Augenmerk auf die Ereignisse draußen am Stang Tarn, bei dem Dick Dee im vergangenen Herbst den Tod gefunden hatte.
»Ich weiß, trotzdem muss es für Sie ein ungeheurer Schock gewesen sein. Und Ihre Symptome haben sich seit dieser Zeit anscheinend verschlechtert.«
»Sind Sie da nicht ein wenig voreilig?«, sagte Rye. »Sie tun ja gerade so, als würde alles, wonach Sie mich fragen oder was ich erwähne, zu

einem einzigen Syndrom gehören. Bevor Sie nicht die Ergebnisse der notwendigen Untersuchungen vorliegen haben, bleibt das alles doch nur Hypothese?«

»Ich ziehe es vor, es als Diagnose zu betrachten«, sagte er mit seinem aufblitzenden charmanten Lächeln. »Sie haben mir von Ihren schweren Kopfschmerzen erzählt, unter denen Sie seit Jahren zu leiden haben und deren Frequenz zugenommen hat, daneben von gelegentlichen Schwindelanfällen und Orientierungslosigkeit, die ebenfalls immer häufiger auftreten, sowie von Stimmungsumschwüngen, die so heftig sind, dass man sie als manisch-depressiv bezeichnen könnte – jedenfalls sind sie wohl so stark, dass Sie sie für erwähnenswert erachten. Damit ist ein Muster beschrieben, das mir anzeigt, worauf ich bei den Untersuchungen zu achten habe.«

»Warum fangen wir dann nicht damit an?«

Wieder zwinkerte er. Wahrscheinlich bedeutete jedes Zwinkern einen weiteren Hunderter auf seiner Rechnung, kam es Rye in den Sinn. Nun gut, genau dafür zahlten Privatpatienten eben, sie durften sich das Recht herausnehmen, ungehobelter zu sein als der Arzt.

Sie bemühte sich, seine Fragen so ehrlich wie möglich zu beantworten, ohne ihm natürlich von ihren Gesprächen mit Serge zu erzählen und ohne ihm auch nur den Hauch einer Andeutung zu geben, dass sie in die Wordman-Morde verstrickt war. Sie erzählte ihm, dass sie sich für den Unfall verantwortlich fühlte, bei dem Serge ums Leben gekommen war, gab freilich nicht zu, dass in Wahrheit sie tatsächlich die Schuld daran trug. Sie führte aus, dass nach ihrer Genesung die Schauspieltexte, die sie bis dato auswendig konnte, wie ausgelöscht waren, sobald sie den Fuß auf die Bühne setzte. Ihre Hoffnungen auf eine Schauspielkarriere waren damit zunichte gemacht. Im Vorfeld hatte sie befürchtet, sie könnte versucht sein, die Beichte bis zum bitteren Ende durchzuziehen, alles könnte aus ihr nur so heraussprudeln, wenn sie einem unbeteiligten Experten so vieles von sich preisgab. Nun aber stellte sie fest, dass dadurch eine Distanz geschaffen wurde zwischen ihr und jenem Selbst, das diese schrecklichen Taten begangen hatte. Wodurch dieses andere Selbst zu einem Mörder wurde ähnlich denen, über die man in der Zeitung las oder die man im Fernsehen sah, wenn sie in den Gerichtssaal geführt wurden – und dann schlug man die Zeitung zu oder schaltete den Fernseher aus, und mochte dann auch noch eine Weile lang ein residualer Eindruck haften bleiben, so war dieser jedoch nicht so stark, dass einem deswegen das Essen nicht mehr schmeckte oder man Schlafprobleme hatte.

Nur die sargähnliche Röhre des Computertomographen rief ihr alles wieder in Erinnerung, auch Sergius, seinen sich auflösenden Körper, als er versuchte, sich von der Asche und den Staubflusen zu befreien, seinen anklagenden Blick, als wären durch ihre Bemühungen, zu ihm durchzudringen, nur Fegefeuerkohlen auf seine Seele geschichtet worden. Als sie wieder in die verglichen damit kathedralenhafte Weite des Krankenhausraums geschoben wurde, fragte sie sich, ob der Scanner ihre turbulenten mentalen Aktivitäten registriert hatte. Würde es dem Blick des Experten möglich sein, aus der Botschaft, die von den elektrischen Impulsen an die Gehirnwand gekritzelt wurde, ein volles Geständnis abzulesen?

Nach der ersten Konsultation und Untersuchung war Mr. Chakravarty verschwunden, möglicherweise behandelte er einen weiteren lukrativen Privatpatienten, vielleicht warf er auch einen schnellen Blick auf ein Dutzend gewöhnlicher Patienten, während sie den gesamten Morgen mit weiteren Untersuchungen verbrachte, von denen ihr manche verständlich waren, andere undurchschaubar blieben.

Damit fertig, sagte man ihr, sie könne um sechzehn Uhr dreißig erneut vor dem Pfauenthron erscheinen; bis dahin solle Chakravarty, vorausgesetzt, sein enger Terminplan lasse dies zu, eine vorläufige Beurteilung der Untersuchungsergebnisse vornehmen können.

Sie verspürte keinerlei Bedürfnis, in ihre Wohnung zurückzukehren. Hat war im Dienst, was allerdings nicht bedeutete, dass er sie nicht zwischendurch in der Bibliothek besuchen könnte. Falls dem so war, würde er die Geschichte zu hören bekommen, die sie ihren Kollegen eingetrichtert hatte – dass sie sich einen Tag freinahm, um zum Schlussverkauf nach Leeds zu fahren. Als Polizist, der wusste, dass sie vom Shoppen nicht viel hielt, würde er etwas skeptischer reagieren als ihre Kollegen und sofort vor dem Church View aufkreuzen. Um ihn davon abzuhalten, irgendwelche Dummheiten zu begehen, wie zum Beispiel ihre Tür einzutreten, hatte sie Myra Rogers ins Vertrauen gezogen. Sie hatte versprochen, auf Besucher zu lauschen und ihnen zu bestätigen, dass sie ihre Freundin in aller morgendliche Frühe hatte losfahren sehen, voll der Hoffnung auf ein schönes Schnäppchen. Besorgt, dass Myra dadurch in ihrer Wohnung festgehalten werden würde, hatte ihr diese versichert, dass sie ihre buchhalterischen Tätigkeiten größtenteils genauso gut zu Hause erledigen konnte statt in den häufig beengten Büros ihrer Kunden.

Es schien ihr keine schlechte Idee zu sein, zufällige Begegnungen im Stadtzentrum zu vermeiden, weshalb sie aufs Land hinausfuhr. Ob aus Zufall oder unbewusst gewählt, jedenfalls erkannte sie plötzlich, dass sie auf der Straße nach Little Bruton unterwegs war, und dort vorne stand die kleine buckelige Brücke, wo sie mit ihrem Auto liegen geblieben war und verzweifelt ausgeharrt hatte, bis sie den gelben AA-Wagen sah, der auf sie zukam wie die Antwort auf ein Gebet. Hier hatte alles angefangen, hier war das erste ihrer Opfer gestorben – nein, kein Opfer, dieser nicht … sein Tod war ein Unfall gewesen … ein Unfall, den sie als Zeichen gedeutet hatte …

Sie hielt auf der Brücke an. Für sie war damals die Zeit stehen geblieben, genau wie bei allen nachfolgenden Ereignissen, an denen der Tod zugeschlagen hatte, der dann auch bei äußerster Beanspruchung der Vorstellungskraft nicht mehr als zufälliger Unfall bezeichnet werden konnte. Sie hatte Chakravarty von diesen zeitlosen Abschnitten erzählt, ohne natürlich in die Einzelheiten zu gehen, doch bemüht, ihm das Gefühl ihres Heraustretens aus der Chronologie des Alltagslebens, ihr Gefühl des Andersseins zu verdeutlichen. Nun sehnte sie sich erneut nach dieser Erfahrung … der sich verlangsamenden Zeit … ihres Stehenbleibens … nur dass dieses Mal, wenn der Fluss der Zeit sich wieder in Bewegung setzte, der AA-Mann vielleicht nicht mehr tot im Wasser liegen, sondern sich in seinen Wagen setzen und fröhlich davonfahren sollte …

Doch nichts geschah. Sie stand auf der Brücke und blickte über die niedrige Brüstung hinab. Der Fluss strömte dahin, genau wie die Zeit. Sie stieg in ihren Wagen. Die Vergangenheit war vergangen und änderte sich nie. Die Toten waren tot, und wollte man sie wiedersehen, blieb einem nichts anderes übrig, als sich zu ihnen zu gesellen. Tränen traten ihr in die Augen und raubten ihr die Sicht. Sie fuhr weiter, immer schneller, doch als sich ihr Blick wieder aufklarte, war sie noch immer am Leben, holperte über diese schmale kurvenreiche Landstraße, als würden fremde Hände das Lenkrad führen.

Um sechzehn Uhr neunundzwanzig war sie wieder in Chakravartys Büro. Pünktlich um sechzehn Uhr dreißig erschien er. Es war ihm also eine Lehre gewesen. Doch als er keine charmante, witzige Bemerkung über seine zeitliche Akkuratesse zum Besten gab, vermutete sie, dass er ihr keine freudigen Botschaften überbrachte.

»Mr. Chakravarty«, sagte sie, »bevor Sie beginnen, möchte ich Ihnen sagen, es gibt keinen Grund, dass Sie Ihre Worte hübsch verpacken. Ich möchte klare Erläuterungen. Keinen Jargon, keine technischen Verbrämungen und ganz gewiss keine Euphemismen.«

Ein Zwinkern.

»Gut«, sagte er. »Dann muss ich Ihnen leider mitteilen, dass Sie einen Gehirntumor haben. Er ist die Ursache für Ihre gegenwärtigen Kopfschmerzen und den konvulsivischen Anfall, den Sie an Neujahr erlitten haben.«

Er redete weiter, geschliffen, eloquent. Sie begriff, worauf er hinauswollte – dass er ihre sofortige Einlieferung ins Krankenhaus empfahl sowie den Beginn einer dezidierten Kombination aus Bestrahlung und Chemotherapie –, und sie erfasste das Wesentliche, nämlich, dass der Tumor inoperabel sei und die Behandlung lediglich lindernde Wirkung habe. Aber eigentlich hörte sie nicht zu. Draußen auf der Straße nach Little Bruton hatte sie sich wieder nach dem Gefühl der Zeitlosigkeit gesehnt, und jetzt war es so weit. Sie hatte das Gefühl, als könnte sie aufstehen, sich ihrer Kleidung entledigen und auf dem Schreibtisch des Arztes tanzen, sich dann wieder anziehen und erneut ihren Platz einnehmen, und die gesamte Zeit über würde er weitererzählen, ohne zu bemerken, dass sie der Dimension, die

ihn gefangen hielt, entflohen war. Vielleicht aber, wenn er ein kluger und erfahrener Arzt war, der viel Zeit in seinem Leben damit verbracht hatte, in das menschliche Gehirn und in die menschliche Seele zu blicken, und deshalb nicht mehr getäuscht werden konnte, dann wusste er sehr wohl, dass sie ihn verlassen hatte und sich an einem anderen Ort, in einer anderen Zeit aufhielt, weshalb er einfach in einem fort redete, um die Zeit zu füllen, bis sie sich gezwungenermaßen wieder zu ihm in den Käfig gesellen musste.
Eines wusste sie mit Bestimmtheit. Sie musste am gleichen Ort wieder eintreten, an dem sie weggegangen war. Es gab keine Flucht in die Vergangenheit.
Sie seufzte und kehrte mitten in einem seiner wohl austarierten Sätze zurück.
»Wie lange werde ich ohne Behandlung noch leben?«
Ein Zwinkern. Kein Indikator für eine weitere Erhöhung des Honorars, schätzte sie, sondern vielleicht eine geistige Erinnerungsstütze, um seine Sekretärin daran zu erinnern, Ms. Pomona unverzüglich die Rechnung zuzustellen.
»Im besten Fall einige Monate, es könnten aber auch sehr viel weniger sein. Tumoren dieser Art können sehr schnell wachsen und ...«
»Wie lange mit Behandlung?«
Er sah sie an, sah nach unten, holte Atem, als wollte er zu einer langen Rede ansetzen, sah ihr wieder in die Augen, die unverwandt auf ihn gerichtet waren, und sagte: »Länger.«
»Viel länger?«
»Wer weiß?«, sagte er. Er klang unglücklich. Lag es an ihrer Zukunft oder an seinem Nichtwissen? »Lange genug ... um noch einiges zu tun.«
»Was zu tun?«
»Sich vorzubereiten ... ich meine, es muss nicht passieren ... so schnell, meine ich ... und es gibt Dinge, ganz praktische, persönliche ... heutzutage gibt es eine ganze Palette an Behandlungsstrategien ... es ist möglich, bereit zu sein ...«
Seltsam, wie ihr Beharren, kein Blatt vor den Mund zu nehmen, ihn schließlich zögern und abschweifen ließ.

»Bereit sein für den Tod?«
Er nickte.
»Den Tod?«, wiederholte sie, entschlossen, es noch einmal aus seinem Mund zu hören.
»Den Tod«, sagte er.
»Gut. Sie haben nichts über meine alte Verletzung gesagt.«
Er wirkte verwirrt, dann erleichtert. Hier eröffnete sich ihm ein Fluchtweg aus ihrer kurzen Zukunft in ihre etwas längere Vergangenheit.
Er sagte: »Nun, ich habe hinsichtlich der gesamten von Ihnen beschriebenen Symptompalette natürlich darüber nachgedacht. Ich habe sogar mit einem Kollegen gesprochen, der sich auf Neuropsychologie spezialisiert und eine Reihe von hoch angesehenen Artikeln über verschiedene Kategorien psychiatrischer Störungen verfasst hat, die sich als langfristige Folgen von Gehirnverletzungen ergeben könnten. Nicht dass ich Ihnen eine schwer wiegende psychiatrische Störung attestieren möchte, natürlich nicht, ich wollte nur die Möglichkeit ausloten, ob nicht einige Ihrer physischen Symptome als leichtere affektive Störungen einzuordnen wären ...«
Er entfernte sich wieder von ihr und verschanzte sich hinter seiner Diktion und seiner Syntax, die ihm über die Jahre hinweg so gute monetäre Dienste geleistet haben mussten.
»Also«, sagte Rye, »was hat er gesagt, Ihr Kollege? Das Wesentliche, das genügt.«
»Ja, natürlich. Obwohl Ihnen bewusst sein sollte, dass das für Ihren gegenwärtigen Zustand nicht relevant ist.«
»Der Tumor ist für meine Kopfschmerzen verantwortlich, er führte zu dem Anfall und wird mich irgendwann umbringen. Ja, das ist mir bewusst, und ich verstehe auch, dass Sie, nachdem Sie den Tumor entdeckt haben, natürlich das Interesse an meiner alten Kopfverletzung verlieren. Aber da sie ursprünglich Bestandteil Ihrer Hypothese war ... Verzeihung, Ihrer Diagnose ..., ist es doch nur recht und billig, wenn ich für mein Geld auch den vollen Gegenwert erhalte, oder?«
»Nun, es gibt eine umfangreiche Bandbreite psychiatrischer Störun-

gen, die nach einer Gehirnverletzung auftreten können, wie Sie sie im Alter von fünfzehn Jahren unzweifelhaft erlitten haben. Ich erwähnte bereits affektive Störungen, dazu gehören Zustände wie Manie und Depression, daneben obsessive Zwangsstörungen, Panikstörungen, Angststörungen. Damit verbunden können Motivationsstörungen sein. Auch psychotische Störungen treten auf sowie eine erhöhte Neigung zu Gewalt und Aggression, aber all dies hat wirklich keinerlei Relevanz für Ihren momentanen Zustand, Miss Pomona ...«

»Seien Sie nachsichtig mit mir, aber das alles klingt sehr interessant«, sagte sie. »Ich weiß, wie viel Sie zu tun haben, aber wenn Sie noch ein wenig von Ihrer wertvollen Zeit erübrigen könnten, während ich mich etwas sammle ...«

Das war eine gute Taktik.

Er lächelte. »Natürlich.«

»Diese psychotischen Störungen, wie äußern sie sich?«

»Im Allgemeinen treten halluzinatorische Erlebnisse auf, visuell und akustisch ...«

»Sie meinen, man sieht Menschen und hört deren Stimmen?«

»Ja, in der Art. Dies kann von wahnhaften Überzeugungen begleitet sein, das heißt, Situationen und Beziehungen werden, basierend auf völlig falschen Grundlagen, wahrgenommen, wobei die betreffende Person gegen alle Einwände und Gegenbeweise immun ist. Dazu kommen Gedächtnisstörungen, was zu Problemen mit der Sprache oder der Informationsverarbeitung führen kann ...«

»Könnte hier reinpassen, dass ich mich nicht mehr an meine Bühnentexte erinnern konnte?«

Er sah sie neugierig an. »Ja, ich glaube schon.«

»Wie faszinierend«, sagte sie. »Nur eins noch. Mein Tumor ...«

Sie stellte fest, dass ihr das Possessivpronomen gefiel. Meine Wohnung. Meine Bücher. Meine Meinung. Mein Freund.

Mein Tumor.

»... kann es sein, dass er in irgendeiner Weise mit meiner alten Gehirnverletzung zu tun hat?«

Er runzelte die Stirn, als hätte er das Gefühl, dass es unfair war von ihr, ihn wieder an den bevorstehenden Tod zu erinnern; dann sagte er: »Im Grunde habe ich nicht die geringste Ahnung. Es scheint mir unwahrscheinlich zu sein, aber vieles, was wir heute als gesichert betrachten, erschien einst ebenfalls als unwahrscheinlich.«

Sie nickte, als wollte sie ihm versichern, dass dies genau die von ihr erwünschte Offenheit war.

»Aber kann, ähnlich den bei einem Unfall erlittenen Gehirnverletzungen, auch ein Tumor psychiatrische Störungen auslösen? Oder Auswirkungen auf die Gehirnfunktionen haben?«

»Ja, sicherlich, aber ich glaube wirklich nicht, dass Sie sich darüber Sorgen machen müssten.«

»Weil er mich bereits umgebracht hat, bevor Verhaltensänderungen wirklich signifikant werden, meinen Sie?«, sagte sie ernst.

Wieder runzelte er die Stirn.

Sie lächelte schnell.

»Dann ist es ja gar nicht so schlecht!«, fuhr sie fort. »Aber es könnte sich auf mein Verhalten und meine Denkprozesse auswirken, richtig? Wobei es möglich wäre, dass einige dieser neuen Folgen die alten, von meiner Gehirnverletzung herrührenden Folgen teilweise ausgleichen oder negieren?«

Er zuckte hilflos mit den Schultern. Er wirkte beinahe verwundbar.

»Alles ist möglich«, sagte er, »aber ehrlich gesagt, ich glaube nicht, dass es viel Sinn ergibt, sich jetzt mit diesen Folgen zu befassen, wenn es doch vorrangig darum geht …«

Sie stand auf. »Vielen Dank, Mr. Chakravarty. Sie waren mir eine große Hilfe.«

»… die Ursachen zu behandeln«, beendete er den Satz, entschlossen, wieder zum Arzt-Patienten-Verhältnis zurückzukehren. »Miss Pomona, zu Ihrer Behandlung …«

»Keine Zeit dafür«, sagte sie schroff. »Aber machen Sie sich keine Sorgen. Ich werde Ihre Rechnung umgehend begleichen.«

Dann, als sie spürte, dass er diese Spitze zum Abschied nicht verdient hatte, lächelte sie. »Und ich bin Ihnen wirklich dankbar. Passen Sie auf sich auf.«

Sie ging hinaus zum Parkplatz. Man hatte das Todesurteil über sie gesprochen, doch sie empfand eine Euphorie, wie man sie erlebt, wenn man den Zahnarzt verlassen darf!

Es war siebzehn Uhr dreißig. Sie wollte noch nicht nach Hause. Sie war noch nicht bereit für Myras mitfühlende Fragen und noch weniger, Hat vor ihrer Tür sitzend vorzufinden. Sie schaltete das Autoradio an und lauschte eine Weile lang Country- und Western-Musik. Deren oberflächliche Gefühlsduselei schien genau das zu sein, was sie jetzt nötig hatte. Um achtzehn Uhr fuhr sie zum Kulturzentrum. Die meisten ihrer Kollegen würden sich bereits auf dem Nachhauseweg befinden; wie auch immer, sie hatte ja den Tag mit Shoppen verbracht.

Sie begab sich ins Theater des Kulturzentrums. Dessen Direktor gehörte zu den Opfern des Wordmans. Nein, er war einer meiner Opfer, korrigierte sie sich. Sie wusste nicht, ob sie es über sich bringen konnte, ihre Sünden zu beichten, aber wenigstens konnte sie sich ihnen stellen. Eines der wichtigsten Mitglieder des Ensembles, eine junge Frau namens Lynn Crediton, war zur vorübergehenden Direktorin ernannt worden, und wenn die während die Feiertage auf dem Spielplan stehende Produktion von *Aladdin* beim Publikum einigermaßen ankam, konnte der Stadtrat weiß Gott schlechtere Entscheidungen treffen, als ihr die Direktorenstelle permanent zu übertragen.

Im kleinen Theater herrschte, gut eine Stunde vor der Abendvorstellung, das übliche geschäftige Treiben. Rye entdeckte Lynn im Gang, wo sie einige Scheinwerfer inspizierte. Rye wartete, bis sie ihre lautstarken Instruktionen an den Mann gebracht hatte, bevor sie sich ihr näherte.

Sie hatten sich einige Male zuvor gesehen, Treffen, die von Ryes Verwicklung im Wordman-Fall bestimmt waren.

»Hallo«, sagte Lynn. »Na, ein wenig früh, wenn du zusehen willst, oder hast du Lust, die Hinterbeine eines Kamels zu spielen?«

»Beides, möglicherweise«, sagte Rye. »Hör zu, klingt vielleicht etwas dämlich, aber ich habe früher selbst ein wenig auf der Bühne gestanden und wollte fragen, ob ich mich nicht an einigen Versen versuchen kann.«

»Du willst vorsprechen?« Die Frau betrachtete sie zweifelnd. »Klar, warum nicht? Kannst du, sagen wir, morgen Vormittag wiederkommen, so um zehn?«
»Na ja, eigentlich wollte ich fragen, ob ich nicht gleich auf die Bühne kann? Nur eine halbe Minute, nicht länger. Ich weiß, du hast viel zu tun, aber ich hab das Gefühl, dass es jetzt sein muss. Keiner soll deswegen seine Arbeit unterbrechen, ich verzieh mich auch gleich wieder.«
Lynn zuckte mit den Schultern.
»Okay, nur zu. Aber ich kann dir nicht versprechen, dass ich dir zuhöre, noch nicht mal für eine halbe Minute!«
Dankbar lächelte Rye und trat auf die niedrige Bühne.
Dort stand sie eine Weile und sah in die Ränge. Dann kehrte sie wieder, jene Zeit davor … vor Serges Tod, so war es gewesen, im Scheinwerferlicht, wenn man in die Dunkelheit hinausblickte.
Nun war sie wieder hier.
Stand im Licht, blickte hinaus in die Dunkelheit.
Sie räusperte sich, öffnete den Mund, ohne die geringste Vorstellung, was ihr, wenn überhaupt, über die Lippen kommen würde.
Dann hörte sie sich selbst singen:

Komm herbei, komm herbei, Tod!
Und versenk in Cypressen den Leib.
Lass mich frei, lass mich frei, Not!
Mich erschlägt ein holdseliges Weib.
Mit Rosmarin mein Leichenhemd,
O bestellt es!
Ob Lieb' ans Herz mir tödlich kommt,
Treu' hält es.

Als sie mit dem Lied begann, war das Theater erfüllt von Lärm, sodass ihre leise Stimme klang wie Lerchengesang auf einem Viehmarkt. Als sie geendet hatte, waren alle Geräusche verstummt, alle Augen waren auf die schlanke junge Frau gerichtet, die stocksteif vorn auf der Bühne stand.

Keine Blum', keine Blum' süß
Sei gestreut auf den schwärzlichen Sarg,
Keine Seel', keine Seel' grüß
Mein Gebein, wo die Erd' es verbarg.
Und Ach und Weh zu wenden ab,
Bergt alleine
Mich, wo kein Treuer wall' ans Grab,
Und weine.

Sie war fertig. Schweigen.
Dann begann Lynn Crediton zu applaudieren, bald darauf fielen alle anderen mit ein. Errötend stieg Rye von der Bühne.
»Das war toll«, sagte Lynn. »In der Stimmung vielleicht nicht unbedingt für *Aladdin* geeignet, für die Zeit aber ganz passend.«
»Ach, wegen der Zwölften Nacht, meinst du. Weiß nicht, warum ich das ausgesucht habe. Wir haben *Was ihr wollt* an der Schule aufgeführt.«
»Und du hast den Feste gespielt?«
»Nein. Mir gefiel das Stück so sehr, dass ich es von der ersten bis zur letzten Zeile auswendig konnte. Ich habe Viola gespielt, die ihren verlorenen Bruder findet. Vielleicht hätte ich Olivia spielen sollen, die wusste, wie ihr Bruder zu betrauern ist.«
»Dafür ist noch viel Zeit. Wie ich schon sagte, kannst du morgen vorbeikommen ... alles in Ordnung?«
Besorgt sah sie Rye in die Augen, in denen Tränen standen.
»Doch, doch, es ging mir nie besser ... glücklich und traurig zugleich ... tut mir Leid, ich muss jetzt los.«
Sie eilte zum Ausgang. »Du kommst morgen zu einem richtigen Vorsprechen?«, rief Lynn ihr nach.
»Nein«, schluchzte Rye, ohne sich noch einmal umzudrehen. »Kein Vorsprechen, keine Bühne mehr. Tut mir Leid.«
Sie rannte durch die Tür und ließ die Direktorin zurück, die nicht genau wusste, ob sie nun eine kleine Rolle in einer Komödie, einer Tragödie oder einfach nur in einer Pantomime gespielt hatte.

ach mehreren erfolglosen Versuchen, sich in den zentralen Polizeicomputer einzuhacken, um Informationen über Sergeant Thomas Roote, den unehrenhaft entlassenen, verschiedenen, abzurufen, tat Pascoe am Dienstagmorgen, was jeder vernünftige Mensch tat, wenn es um High-Tech-Dinge ging: Er suchte Edgar Wield auf.

Konfrontiert mit solch sehr speziellen Ansinnen, vollzogen die mosaikartig arrangierten Gesichtszüge des Sergeant üblicherweise eine kleine Umgruppierung, die dem erfahrenen Wield-Beobachter ein gewisses Maß an Freude suggerierte, dass er, der Sergeant, sich mal wieder an Orten rumtreiben durfte, die sowohl Dalziels brachialer Gewalt als auch Pascoes subtiler Raffinesse verschlossen blieben. Doch kaum hatte Pascoe »kannst du mir einen Gefallen tun, Wieldy?« vorgebracht, rollte dieser mit den Augen, knirschte mit den Zähnen und sah ganz eindeutig angearscht aus.

»Nervt dich was?«, fragte Pascoe.

»Manchmal habe ich den Eindruck, dass hier jeder glaubt, ich hätte nichts Besseres zu tun, als mich in Stellen einzuhacken, an denen ich nichts verloren habe«, erwiderte er.

»Du meinst ihn? Und mich, natürlich.«

»Ja, er sitzt mir im Nacken, ich soll alles über einen Typen namens Tristram Lilley herausfinden, aber so, dass niemand merkt, dass wir Interesse an ihm haben. Ich frag ihn, warum er hinter dem Kerl her ist, und er grummelt nur wie ein Bär, der ein ganzes Hornissennest verschluckt hat! Ich fische also mal wieder im Trüben, und wenn ich dabei irgendeinen verdammten großen Hai aufwecke, bin ich es, der gebissen wird!«

»Komm schon, Wieldy, das kannst du so nicht sagen. Du weißt ganz genau, dass wir dich im Gefängniskrankenhaus besuchen würden«, sagte Pascoe. »Also, was hast du über diesen Lilley herausgefunden?«

»Wenn es darum geht, einen Rechner zu hacken, ein Telefon anzuzapfen, ein Bankkonto zu frisieren und deine intimen Momente auf Video aufzuzeichnen, seh ich neben ihm wie ein blutiger Anfänger aus.«

»Interessant. Aber Andy hält seine Karten häufig bedeckt, bis er so weit ist, seinen Royal Flash auf den Tisch zu knallen. Warum gehst du diesmal so hoch?«

Wield sah ihn grübelnd an. »Ich werde schon so geheimniskrämerisch wie er. Es gibt noch mehr. Er lässt mich auch eine Deutsche überprüfen, eine Mai Richter alias Myra Rogers.«

»Kommt mir irgendwie bekannt vor.«

»Das sollte sie auch. Myra Rogers ist Rye Pomonas Nachbarin, und nach Hats Aussagen sind sie dicke Freundinnen. Der Boss hat mir gesagt, ich soll mich nicht mit den offiziellen Unterlagen aufhalten, vermutlich hat er die bereits. Er will wissen, wie sie ins Land kam, wann sie ihren Namen von Mai zu Myra geändert hat. Na ja, hab trotzdem einen Blick auf die offizielle Akte geworfen. Sie ist Journalistin, Pete. Investigative Sachen. Auf dem Kontinent gingen einige große Storys auf ihr Konto. Also, was treibt sie hier, wirft sich an die Freundin von einem meiner Kumpel ran, das würde ich gern wissen. Und ich finde, ich habe ein Recht darauf, es zu erfahren!«

»Ich auch«, sagte Pascoe mitfühlend. »Und ich werde es herausbekommen.«

Er wandte sich zur Tür.

»Pete«, sagte Wield. »Weswegen wolltest du mich sprechen?«

»Ich wage es kaum auszusprechen. Wenigstens ist es nichts Geheimes. Es geht um Roote. Und bevor du mir wieder einen Vortrag hältst – es geht nicht um Franny, sondern um seinen Vater und das, was Ellie herausgefunden hat.«

Er erklärte alles.

»Nun, ist ja interessant«, sagte Wield. »Ich werde mich dransetzen. Um Ellies willen, verstehst du. Ich bin immer noch der Meinung, je weniger du dich um den Typen kümmerst, desto besser ist es.«

»Kann ich dir nicht widersprechen«, sagte Pascoe. »Aber wir alle haben unsere Schwächen. Lubanski wieder getroffen?«

Es war eine vage Vermutung, aber sie saß. Wield hatte, leicht verkatert, am Sonntag mit Dalziel und Pascoe an einer Konferenz teilgenommen, um die Tatsache zu besprechen, dass Matt Polchard bei der von ihm geplanten und wie auch immer gearteten Sache von Linford oder LB unterstützt wurde. Und was den Tod von Liam und den anderen anging, war der Dicke, wie Wield vermutet hatte, froh, dass er sie endlich los war. Mehr interessierten ihn die möglichen Folgen der Tragödie auf das Verhältnis zwischen Linford und Belchamber.

»Er wird sich einen Sündenbock suchen. Belchy hatte er sowieso schon im Visier, und nach dem, was jetzt passiert ist, dürfte er kaum in der Stimmung sein, sich ein neues Opfer zu suchen.«

»Er kann doch nicht Belchamber dafür verantwortlich machen, dass er seinen Sohn aus der Untersuchungshaft geholt hat, dazu hat er ihn doch seit der Verhaftung lauthals gedrängt«, hatte Pascoe eingeworfen.

»Vater und ihre Söhne, da wird die Vernunft über Bord geworfen, vor allem wenn sie tot sind«, antwortete Dalziel. »Wieldy, arrangier ein Treffen mit dem jungen Lochinvar, frag nach, ob er irgendwas gehört hat.«

»Ja, Sir. Kann aber ein wenig schwierig sein, an ihn ranzukommen«, erwiderte Wield, der es für weiser hielt, nicht zu erwähnen, dass er wenige Minuten, bevor er von Liams Tod erfuhr, mit Lee ein Karaoke-Duett gesungen hatte.

»Schwer ranzukommen? Er ist ein Stricher, verdammt noch mal!«, hatte Dalziel geraunzt.

Das alles erklärte, warum der Sergeant auf den Dicken so stinkig war.

Nun sagte er zu Pascoe: »Hab ihn noch nicht kontaktieren können.«

»Nein«, sagte Pascoe. »Wieldy, es geht mich nichts an, aber du lässt dich auf den Jungen doch nicht zu sehr ein?«

Einen Augenblick lang sah es aus, als würde Wield explodieren, dann bekam er sich wieder unter Kontrolle. »Ich würde ihm gern helfen, falls du darauf anspielst ... ihn da rauszuholen, aus dem Leben, das er führt ...«

»Aber er ist nicht daran interessiert?«

»Nein, das ist es nicht. Ich glaube sogar, ich könnte ihn dazu bewegen … aber nur, wenn ich ihm das Gefühl gebe, zwischen uns wäre was … nicht Sex, damit komme ich zurecht, das lernt man im Lauf der Jahre … aber eine Art Verpflichtung. Ich bin mir nicht ganz im Klaren darüber, was er von mir will, welche Rolle ich spielen soll, aber ich weiß, dass ich sie nicht übernehmen kann. Es wäre falsch von mir, ihm irgendetwas vorzumachen … aber es kann auch nicht richtig sein, ihn da zu lassen, wo er ist, nicht, wenn ich was dagegen tun kann …«

»Hast du ihm das mal zu erklären versucht?«

»Wozu? Je persönlicher unsere Gespräche werden, umso mehr ist es für ihn das Signal, dass er Fortschritte erzielt. Mir bleibt also nichts anderes übrig, als mich auf meine Bullenrolle zurückzuziehen, ihm zu sagen, dass er meine Zeit verschwendet, wenn er mir nichts wirklich Handfestes zu sagen hat. Und jetzt frage ich mich, ob ihn das nicht dazu verführt, unnötige Risiken einzugehen.«

Er klang so unglücklich, dass Pascoe ihn an der Schulter berührte.

»Komm schon, Kumpel. Was soll er denn riskieren? Wenn Belchamber ihn dabei ertappt, wie er rumschnüffelt, dann wirft er ihn raus, das ist alles, was er tun kann. Darüber solltest du doch sogar froh sein! Auch wenn es den dicken Andy nicht unbedingt glücklich machen dürfte.«

»Ob der Kerl glücklich ist, steht auf meiner Prioritätenliste im Moment nicht besonders weit oben«, erwiderte Wield.

Pascoe machte sich daraufhin auf die Suche nach Dalziel, erfuhr jedoch, dass er fort war, ohne dass jemand wusste, wohin. Er zog sich in sein Büro zurück, ließ die Tür einen Spaltbreit offen, damit er auch nicht das Poltern der mächtigen Schritte verpasste. Auch eine Stunde später, als die Tür aufschwang, erschien nicht der Dicke, sondern Wield, in der Hand ein Blatt Papier und einen Ordner.

»Thomas Roote«, sagte er ohne weitere Vorrede. »Anscheinend ein Bulle der guten alten Schule. Begann in London. Einige lobende Erwähnungen wegen Tapferkeit. CID, dann Versetzung zum Drogendezernat. Sie lernten sich kennen, als es an Anthea Athertons Schule in Surrey zu Gerüchten über Drogen kam. Die Polizei wurde eingeschaltet, weil der Dad einer von Athertons piekfeinen Freundinnen Hasch-Dealer war und man den starken Verdacht hegte, dass sie die Familientradition in der Schule fortsetzte. Kam nichts dabei raus, außer dass Roote was mit Anthea anfing. Frage: Wenn der verdächtige Dealer festgenommen worden wäre, hätte dann vielleicht auch Anthea belangt werden müssen? Antwort: Es ließ sich nichts beweisen. Aber du kannst sicher sein, als der Sergeant sein Mädchen heiratete, kaum dass sie achtzehn geworden war, wurden Zweifel gegen ihn laut.«

»Kein guter Karriereschritt also«, sagte Pascoe.

»Nein. Er wurde früh zum Sergeant befördert, und alles deutete darauf hin, dass er mühelos die Leiter hochkletterte. Aber jetzt steckte er fest. Könnte aber auch daran gelegen haben, dass sich damals einiges geändert hat und die PR-Jungs die Herrschaft über die Polizei übernahmen. Jedenfalls nicht die Arbeitsweise, die Tommy Roote vermutlich vorgezogen hätte. Statt lobender Erwähnungen kamen nun Beschwerden. Verprügelte einen Typen, der im Park seinen Sohn angegangen hat. Hatte Glück, dass er mit einer Verwarnung davonkam … sagt dir das was?«

»Könnte schon sein«, gab Pascoe widerstrebend zu. »Sergeant Roote lebte also gefährlich.«

»Richtig. Zwischen den Zeilen ist deutlich zu lesen, dass er im Dienst immer aufmüpfiger wurde, und zu Hause stürzte seine Ehe ab. Außerdem trank er schwer. Der kritische Punkt war erreicht, als er bei einer Großrazzia so hart durchgriff, dass ein anderer Sergeant ihn meldete. Als Tommy davon hörte, ging er im Spindraum auf den Kerl los. Ein DI steckte seinen Kopf rein und fragte, was zum Teufel da los sei. Roote sagte ihm, er solle sich um seinen eigenen Scheiß kümmern, und als der andere das nicht tat, schlug Roote ihn zusammen. Das war's dann. Kam betrunken und renitent in seine Anhörung und verscherzte sich dadurch noch die letzte Möglichkeit auf eine vorzeitige Entlassung mit Pensionsanspruch. Danach ging alles den Bach runter. Ein Typ wie er hatte viele Feinde, draußen, und ohne den Schutz seines Dienstausweises war er leichte Beute. Fand sein Ende in einer Gasse hinter einem Pub, ihm wurden die Rippen

eingetreten, erstickte an seiner eigenen Kotze. Unglücksfall mit tödlichem Ausgang. Alles hier drin.«
Er ließ das Blatt Papier umgedreht auf den Schreibtisch fallen.
»Verdammte Scheiße. Was für eine Geschichte«, sagte Pascoe.
»Ja. Erklärt vielleicht einiges über Roote.«
»Warum er die Polizei hasst, meinst du?«
»Warum er so verworren klingt, wenn es um seinen Vater geht, meine ich. Ich glaube, er ist wieder da.«
Durch den Gang hallten mächtige Schritte und ein dissonantes Pfeifen, das in Wields sensiblen Ohren wie »Total Eclipse of the Heart« klingen mochte. Einen Augenblick später füllte Dalziel den Türrahmen.
Seine beiden Untergebenen starrten ihn so unwillkommen an, dass er einen Schritt nach hinten machte. »Hu, so hat mich keiner mehr angesehen, seit meine liebe Frau mich verlassen hat. Was habe ich getan? Hab ich wieder meine dreckigen Socken im Bidet liegen lassen?«
»Eher dreckige Fingerabdrücke auf einem gewienerten Tisch, Boss«, ging Pascoe unmittelbar in die Offensive. »Was soll das alles über Mai Richter? Oder Myra Rogers? Oder, um es auf den Punkt zu bringen, was hat das alles mit Rye Pomona zu tun?«
Dalziels Antwort bestand darin, dass er auf Wield zukam und seine riesige Pranke vorstreckte.
»Bevor der Hahn dreimal kräht, was?«, sagte er und schüttelte traurig den Kopf. »Ist das für mich?«
Schweigend reichte Wield ihm den Ordner mit seinen Fundsachen über Richter und Lilley.
»Ich habe Wieldy gefragt, was er so treibt«, sagte Pascoe.
»Ach ja? Frag ihn, was er letztes Wochenende in der Trine getrieben hat, dann wird er dir ein Liedchen davon trällern, was?«
»Ich finde nur, dass ich ein Recht darauf habe, alles zu wissen, was mit Rye Pomona und Bowler zu tun hat.«
»Und warum dies?«
»Weil ich mit dabei war, als wir den Tatort frisiert und Pomonas Zeugenaussage redigiert haben«, sagte Pascoe kühn.

469

Der Dicke knallte mit der Ferse die Tür zu, dass die Constables in der Kantine drei Stockwerke tiefer ihren brühend heißen Kaffee hinunterstürzten und mehrere Minuten früher hinausstürmten.

»Nein, Junge, da warst du nicht dabei«, sagte er aufgebracht. »Außer vielleicht in deinen Träumen. Und darüber würde ich den Mund halten, sogar auf der Couch deines Seelenklempners, wenn du bei ihm mal wieder alles herauslässt.«

Mein Gott, dachte Pascoe. Hat er mir eine Wanze untergejubelt?

Wield starrte durch das Fenster auf den bewölkten Himmel, so intensiv, dass man glauben mochte, er hätte alles um sich herum ausgeblendet.

Plötzlich entspannte sich Dalziel, er lächelte wehmütig und schüttelte seinen großen Kopf.

»Meine Folter!«, sagte er, ein Fluch, den er angeblich von seinen Vorfahren aus dem schottischen Hochland hatte. »Ihr macht mich noch so dämlich wie euch selbst. Ich hätte dich vielleicht einweihen sollen, erschien mir aber nicht so wichtig zu sein. Mir wurde nämlich gesagt, dass sich in unserem Gebiet eine Ausländerin unter falschem Namen aufhalten könnte. Ihr wisst ja, wie die Typen bei der Einwanderungsbehörde so sind, also hielt ich's für das Beste, gleich mal vorzupreschen und die Sache ernst zu nehmen.«

»Na, da warst du aber schrecklich gewissenhaft, Boss«, sagte Pascoe.

»Das können wir nicht zulassen, dass Ausländer unbekannter Herkunft in Mid-Yorkshire ihr Unwesen treiben, nein, nein. Also, Wieldy, erzähl mir, was hast du über diese Wölfin im Schafspelz herausgefunden?«

»1962 in Kaub, Rheinland-Pfalz, geboren«, trug Wield mit bester Katheaderstimme vor. »In Heidelberg, Paris und London studiert. Freiberufliche Journalistin, bevorzugte Themen politische Korruption auf lokaler und nationaler Ebene mit besonderem Interesse für die Umweltpolitik. In Deutschland wegen Landfriedensbruchs, Widerstands gegen die Staatsgewalt und wegen Eigentumsdelikten verurteilt. Keinerlei Verurteilungen im UK. Keine ausstehenden Haftbefehle ...«

»Ja, ja«, sagte Dalziel und hielt den Ordner hoch, den er sich vom

Sergeant genommen hatte. »Ihr müsst nicht eure wertvolle Zeit verschwenden, hab ich doch alles bereits. Hoffe nur, dass noch ein paar nützlichere Dinge drinstehen.«

»Kann ich nicht sagen, wusste ja nicht, wofür Sie es brauchen«, sagte Wield.

Dalziel ließ ihm einen scharfen Blick zukommen. Hastig fiel Pascoe dazwischen: »Kaub. Das liegt doch am Rhein, wenn ich mich recht erinnere. Ein paar Kilometer südlich von der Loreley.«

»Ja?«, sagte der Dicke. »Warst du da mal?«

»Ja. Hab vor einigen Jahren an einer Rhein-Reise teilgenommen. Schöne Gegend, sehr romantisch, in jeder Beziehung.«

»Mehr als eine Beziehung gleichzeitig ist zu viel für mich«, sagte Dalziel. »Und wenn wir schon alle so mitteilsam sind – noch etwas, was ich wissen sollte?«

Sein Blick war auf das Blatt mit den neuen Informationen über Roote Senior geheftet, das er, obwohl es über einen Meter vor ihm mit der Rückseite nach oben auf dem Schreibtisch lag, wie ein Werbeplakat zu lesen schien.

»Nein, Sir«, sagte Pascoe entschieden.

»Und du, Wieldy. Irgendwas Neues von Boy George?«

»Nein, Sir.« Ebenso entschieden.

»Großartig. Dann können wir uns nun ja alle wieder an die Arbeit begeben, nicht wahr?«

Er ging.

»Manchmal«, sagte Wield, »kommt man sich vor, als hätte man einen Teddybär. Die meiste Zeit kuschelt man mit ihm, und plötzlich merkt man, dass der Kerl einen einfach platt drückt!«

ai Richter träumte, sie sei wieder in ihrer Heimatstadt Kaub, stehe in der Metzgergasse, der lieblichen Seitenstraße mit Blick auf den Stadtturm, der sich vor einem düsteren Himmel abzeichnete. Noch höher, selbst an den sonnigsten Tagen ein drohender Anblick, ragten die restaurierten Ruinen von Gutenfels auf und erinnerten jene, die unten standen, wo in diesem Land einst die wirkliche Macht residiert hatte.

Mai Richters Blick aber war sehr viel tiefer gerichtet. Vor dem Turm loderte ein Scheiterhaufen, prasselnd rissen die Flammen an den Fichtenholzrippen des Gestells und ließen im Inneren das pulsierende orangefarbene Herz erahnen. Verhüllte, vermummte Gestalten tanzten außen herum, auf ihre Kutten fiel gerade so viel Licht, dass ihre blassen Gesichter, starren Augen, in schrecklichem Freudentaumel verzerrte Münder zu erkennen waren. Sie schleuderten Bücher in den Rachen des Feuers, das sie begierig aufnahm, ganze Bände in wenigen Sekunden verschlang. Sie wusste, es waren ihre Bücher, Bücher, die sie unter Schweiß und Tränen, mit Liebe und Hingabe verfasst hatte, alle Exemplare all ihrer Bücher, jedes Wort, das sie jemals geschrieben hatte, alles ging vor ihren Augen in Flammen auf, verschwand für immer aus den Bibliotheken und den Buchläden und, was am schlimmsten war, aus ihrem Kopf.

Warum an Bücher denken, wenn, wie sie ohne jeden Zweifel wusste, sie sich als Nächstes ihren Körper holen würden, nachdem ihre Worte verbrannt waren? Schon konnte sie die Hitze der rasenden Flammen spüren, dennoch fehlte ihr die Kraft, sich zu widersetzen oder zu fliehen. Irgendwo ganz in der Nähe hörte sie das Rauschen und Fluten des mächtigen Rheins, seine kühlenden Wasser aber brachten keine Linderung.

Und dann veränderte sich das Rauschen, war noch immer so mächtig und brandend wie zuvor, aber etwas Neues kam hinzu, etwas anderes … und plötzlich erkannte sie die dunkle und schreckliche

Musik von Siegfrieds Begräbnis. Zu Tode erschrocken wachte sie auf.

Aus den tanzenden Schatten des Scheiterhaufens wurden die weißen Wände ihres Schlafzimmers, aus der sengenden Hitze wurde die beißende Kälte einer englischen Januarnacht.

Aber die Musik blieb. Die schaudernden Tonfolgen, die vom Rand des Lebens in die Unterwelt hinabrollten, hallten in ihren Gedanken wider. Und in ihren Ohren.

Sie setzte sich auf.

Die Musik erklang noch immer.

Langsam stieg sie aus dem Bett, fummelte in ihrer Nachttischschublade, bis sie fand, wonach sie suchte, und ging zur Schlafzimmertür. Am Boden erkannte sie einen schmalen Lichtspalt, rot und leicht flackernd, als würde der Scheiterhaufen, von dem sie geträumt hatte, direkt hinter diesem Durchgang liegen.

Tapfer griff sie nach dem Knauf, drehte ihn und drückte die Tür auf. Von ihrem Tapedeck dröhnte Musik, während in den orange flackernden Flammen ihres mit Gas betriebenen Kamins die Umrisse einer monströsen Gestalt sichtbar wurden, deren Masse aus dem alten Armsessel quoll.

Ihre klammen Finger suchten, konnten aber den Lichtschalter nicht finden.

»Wer ist da?«, fragte sie mit schriller Stimme. »Wer sind Sie? Ich warne Sie, ich bin bewaffnet.«

»Gut, dass ich unbewaffnet bin«, sagte die Gestalt. »Es ist alles in Ordnung, Mädel, ich bin's nur, der Geist vom letzten Weihnachten. Kommen Sie rein und machen Sie die Tür zu. Es zieht fürchterlich.«

Und die Gestalt beugte sich vor, bis Mai das unwillkommene Antlitz des Superintendent Andrew Dalziel erkannte.

Dalziel lehnte sich im Sessel zurück und sah der Frau zu, die sich im Zimmer zu schaffen machte, die Musik abstellte und das Licht andrehte. Die rundlichen anonymen Gesichtszüge, die ihr bei der Arbeit so nützlich sein mussten, waren ihr irgendwie abhanden gekommen. Vielleicht lag es an ihrem Entsetzen, nachdem sie durch diesen seltsamen Eindringling so abrupt aus dem Schlaf gerissen worden war, vielleicht auch am fehlenden Make-up oder ihrem Haar, das nicht sorgfältig frisiert und zurechtgemacht war. Ihr rundes Gesicht wirkte nun ausgeprägt, scharfkantig. Sie schlief in nichts anderem als einem dünnen weißen T-Shirt, ihre Sexualität wurde ihm bewusst, was vielleicht ebenfalls dazu beitrug, dass ihr Gesicht seine Unscheinbarkeit verloren hatte. Er bemerkte, dass sie trotz ihrer Verzögerungstaktik keinerlei Anstalten machte, sich einen Morgenmantel zu holen. Cleveres Mädel, dachte er sich. Ist ziemlich durcheinander, meint aber, für sich einen Vorteil herausschlagen zu können, wenn sie mich mit ihren Titten ablenkt.

Schließlich setzte sie sich ihm gegenüber und zog sich, sehr prüde, das T-Shirt über die Knie.

»Also«, sagte sie. »Superintendent Dalziel, Sie sind um ein Uhr morgens in meine Wohnung eingebrochen. Sie trinken meinen Whisky, das ist Diebstahl, und da Sie meine Kassetten durchwühlt haben, gehe ich davon aus, dass Sie eine illegale Wohnungsdurchsuchung durchgeführt haben. Noch etwas, was mir entgangen ist?«

»Nein, Mädel, das bringt's ziemlich genau auf den Punkt. Netter Whisky, übrigens, hab mir schon Sorgen gemacht, es gäbe hier nur Schnaps oder irgendein anderes Kraut-Feuerwasser. Auch einen Schluck?«

Sie lächelte und beugte sich vor, um sich ein Glas einzuschenken.

»Es interessiert mich sehr, warum ein hochrangiger Polizist auf diese Weise seine Karriere aufs Spiel setzt.«

»Ach, das ist jetzt die Tie-Break-Frage, was? Um die Wahrheit zu sagen, ich bin eigentlich nur hier, um herauszufinden, warum Sie abreisen?«

»Abreisen?«

»Kommen Sie schon, Liebes. Sie glauben doch selbst nicht, dass Sie auch nur ein Flugticket kaufen können, ohne dass die Polizei in halb Europa es mitbekommt?«

Das war eine Lüge. In den drei Tagen, seitdem er Wields Bericht erhalten hatte, hatte der Dicke gewiss eine Menge Zeit damit verbracht, sich eine Taktik zurechtzulegen, dass sie jedoch nach

Deutschland zurückkehren wollte, erfuhr er erst, als er in ihrer Schreibtischschublade das Flugticket fand. Es war für den morgigen Tag ausgestellt, nur ein Hinflug, erster Klasse.

Seine Schlussfolgerung lautete: Sie musste der Ansicht sein, dass sie hier nicht weiterkam oder ihr Job beendet sei, und fast war er bereits versucht gewesen, sich so leise, wie er gekommen war, wieder fortzuschleichen. Aber es war eine Illusion, wenn man glaubte, Probleme würden einfach so verschwinden, wie er in seinem mit privaten wie beruflichen Problemen voll gepackten Leben zur Genüge erfahren hatte.

Charley Penn jedenfalls würde sicherlich nicht einfach so verschwinden.

»Sie haben sich also auch unerlaubten Zugang zu Computer-Datenbanken verschafft?«, sagte sie.

»Weiß nicht genau, was Sie damit meinen, aber ich nehme mal an, dass Sie Recht haben. Also, kommen wir auf den Punkt, *Fräulein* Richter. Folgendes weiß ich über Sie, und Folgendes will ich von Ihnen. Sie sind eine alte Bekannte von Charley Penn, Ihre Freundschaft beruht, so wie es aussieht, auf einer soliden Vögel-Basis. Sie kamen auf sein Betreiben hierher, weil Sie sehen wollten, ob Sie durch Miss Pomona nicht etwas über die Umstände von Dick Dees Tod erschnüffeln könnten. Also, ich möchte, dass Sie mir erzählen, was Sie Ihrer Meinung nach herausgefunden haben, dann können wir alle wieder in unser Bettchen hüpfen. In Ordnung?«

Sie schüttelte, ganz und gar nicht liebenswert erstaunt, den Kopf.

»Charley hat mir von Ihnen erzählt, Mr. Dalziel, aber ich habe ihm nicht ganz geglaubt. Nun wird mir klar, dass er sich geirrt hat. Er sagte mir, Sie wären arrogant und skrupellos, aber er sagte mir nicht, dass Sie auch dumm sind. Glauben Sie wirklich, Sie könnten Ihre englischen Gesetze brechen und meine Rechte verletzen und ungeschoren davonkommen? Sie sagten, Sie hätten sich mit meiner Vergangenheit beschäftigt. Dann müssten Sie wissen, dass durch mich schon weitaus mächtigere und wichtigere Personen hinter Gitter gebracht wurden.«

»Tut mir Leid, Liebes«, sagte Dalziel. »Mein Dad sagte mir immer, einer Lady darf man nicht widersprechen, aber ich muss doch sagen, wenn es darum geht, jemanden in den Knast zu setzen, dann, schätze ich, kann ich Ihnen das halbe Sudetenland als Vorsprung geben, und ich bin trotzdem vor Ihnen in Prag. Aber warum so viel Staub aufwirbeln? Wie du mir, so ich dir, Sie helfen mir, ich helfe Ihnen, fairer geht's doch nicht?«

»Wobei sollten Sie mir helfen können?«, fragte sie amüsiert. »Wollen Sie mir einen Strafzettel fürs Falschparken erlassen?«

»Das kann ich auch in die Wege leiten, aber ich dachte eher daran, Sie aus dem Gefängnis rauszuhalten«, sagte Dalziel und beugte sich vor, um sich zu einem weiteren Schluck Whisky zu verhelfen.

»Gefängnis? Weswegen?«

»Gibt's in Deutschland keine Gesetze? Nun, wir haben so viele, wir könnten alle damit bedienen. Als Erstes: Annahme einer falschen Identität und Vorspiegelung falscher Tatsachen. Als Sie diese Wohnung anmieteten, sagten Sie dem Makler, Sie seien Engländerin und hießen Myra Rogers, und händigten ihm eine Reihe von Referenzen aus, die ihm weismachen sollten, welch aufrechte britische Staatsbürgerin Sie sind. Wollen Sie noch mehr hören? Sie haben ein Tütchen mit sehr interessant aussehendem weißen Pulver in Ihrem Kühlschrank. Und wenn Sie für die schmucke kleine Kanone, mit der Sie hier herumfuchteln, zu Hause vielleicht auch einen Waffenschein besitzen, so konnte ich bislang nichts auftreiben, was dem Ding bei uns den Anschein von Legalität verleihen könnte. Noch mehr? Sie heuerten Mr. Tristram Lilley an, um in Privaträumen illegale Überwachungsgeräte zu installieren, wobei Sie sich illegal Zutritt verschafften. Ja, ich hab mich ein wenig mit ihm unterhalten, und da er ein selbstsüchtiger kleiner Arsch ist, sprudelte alles so schnell aus ihm heraus, dass noch nicht mal seine eigenen Geräte hinterherkamen. Noch mehr? Mit den Dingen, die ich Ihnen darüber hinaus anhängen könnte, hab ich nämlich noch gar nicht angefangen.«

»Allesamt leere Drohungen, Superintendent«, sagte sie ruhig. »Ich bin von Profis verfolgt worden, mir wurde körperliche Gewalt angedroht, ich erhielt sogar Morddrohungen, und ich bin immer noch

da. Ich kenne Rechtsanwälte, die mich aus Ihren Fängen befreien und dazu noch nicht einmal ihr Büro verlassen müssen.«
»Das glaube ich gern. Man sollte von denen pro Tag einen kastrieren, um die anderen zu ermuntern. Ja, ja, das Gesetz ist ein Esel, wohl wahr, aber das Gute daran ist, es ist ein kurzatmiger, lahmarschiger Esel. Nun, ich schätze, einer der Gründe, erster Klasse von hier abzuhauen, könnte sein, dass jemand im Krautland Ihnen einen richtigen Job angeboten hat, um die Welt wieder ins Lot zu bringen.«
Sie war geschickt im Verbergen, im Suchen aber war er geschickter, und jetzt hatte er voll ins Schwarze getroffen.
»Ich glaube«, fuhr er fort, »ich kann Sie garantiert so lange einbuchten, dass sich Ihre Freunde in der Heimat in der Zwischenzeit eine andere Mata Hari suchen. Und ich werde dafür sorgen, dass Sie europaweit solche Publicity bekommen, dass Sie sich bei Ihren Undercover-Geschichten das nächste Mal einen Bart ankleben müssen.«
Sie dachte einen Moment lang nach, dann lächelte sie.
»Vielleicht haben Sie Recht«, sagte sie. »Sagen Sie mir, was Sie wollen, und vielleicht kann ich Ihnen ja helfen.«
Zitternd fuhr sie fort: »In englischen Wohnungen ist es immer so kalt, meinen Sie nicht auch? In Deutschland wissen wir wenigstens, wie man sich warm halten kann.«
Dabei drehte sie sich halb zum Gaskamin hin, bog ihren Körper zum Feuer, als suchte sie die Wärme, und schob dabei ihr T-Shirt nach oben.
Dalziel ließ sich in seinen Sessel zurückfallen, nickte anerkennend und hob sein Glas.
Nach einer Weile zog Richter das T-Shirt wieder über die Knie.
»Netter Versuch, Mädel, aber ich hab zu Hause eine eigene sitzen, zu der ich zurückmöchte«, sagte Dalziel. »Heben Sie sich das für Charley auf. Obwohl ich nicht ganz verstehen kann, was Sie an ihm finden. Bin davon ausgegangen, Sie hätten es lieber, wenn Ihre Männer ein wenig Fleisch auf den Rippen haben.«
»Charley ist ein feiner Kerl«, sagte sie ernst. »Und nicht dumm. Als er mir seine Geschichte erzählte und mich um Hilfe bat, dachte ich mir zunächst, wie ich zugeben muss, das ist nicht meine Sache.«

»Ihre Sache ist politische Korruption im großen Stil, richtig?«

»Eher so, ja.« Sie lächelte. »Das alles klang nach einer privaten, kleinen Geschichte. Im besten Fall, wenn Charley Recht hatte, ging es um unbedeutende Provinzbobbys, die ihre Unfähigkeit vertuscht haben. Vielleicht würde es in den englischen Zeitungen für ein wenig Wirbel sorgen, aber was tut das hier nicht? Charley jedoch ist ein alter Freund, und es passte mir in den Kram, mich für ein paar Wochen in ruhigere Gefilde zurückzuziehen. Also bin ich gekommen.«

»Und haben gesehen und gesiegt. Jedenfalls scheinen Sie Miss Rye erobert zu haben«, sagte Dalziel. »Also, was haben Sie herausgefunden?«

Sie zögerte. Tief aus dem Bauch heraus grummelte er: »Die Wahrheit, vergessen Sie nicht.«

»Ich denke nicht daran zu lügen«, sagte sie. »Nein, die Wahrheit muss ich mir nämlich erst noch zusammenreimen. Denn, um Ihnen die Wahrheit zu sagen, ich weiß noch nicht so recht, was ich herausgefunden habe. Außer dass Rye sehr verstört und voller Sorgen ist. Ihr Freund, der junge Polizist, macht sie sehr glücklich, aber er ist auch der Grund, warum sie häufig so unglücklich ist. All das ist für mich sehr schwer zu verstehen. Als ich mich zum ersten Mal mit ihr unterhalten habe, verteilte sie auf dem Friedhof den Inhalt eines Staubsaugerbeutels. Später, als wir uns angefreundet haben, erfuhr ich, dass es die Asche ihres toten Bruders war. Sie hatte sie in einer Vase aufbewahrt, die bei diesem seltsamen Einbruch in Scherben ging.«

»Wieso seltsamen Einbruch? Was war daran seltsam? Es war doch Charley Penn, oder?«

»Nein, nein. Charley war an diesem Morgen hier, weil er die Nacht bei mir verbrachte. Völlig gefahrlos, wir wussten, dass Rye nicht da war, genau wie Sie wahrscheinlich wissen, dass sie heute Nacht fort ist, sonst hätten Sie die Musik nicht so laut aufgedreht.«

»Aye, sie ist beim jungen Bowler«, sagte Dalziel. »Also, was ist damals passiert?«

»Das weiß ich nicht. Wir hörten einen Knall, als wäre etwas zu Bruch gegangen. Es schien von nebenan zu kommen, aber wir wussten doch, dass sich dort niemand aufhält. Also ist Charley raus und wollte an der Tür lauschen. Dabei hat Mrs. Gilpin ihn gesehen, weshalb er nicht mehr zu mir in die Wohnung kam, sondern nach Hause ging.«

»Das waren wirklich nicht Sie?«, sagte Dalziel zweifelnd. »Irgendjemand hinterließ auf dem Computer eine Botschaft über die Loreley. Die liegt genau in Charleys Revier und ist gleich um die Ecke von Ihrem Zuhause, wenn meine Informationen stimmen.«

»Sie haben tief geschürft, Mr. Dalziel«, sagte sie. »Ja, sie hat mir von dieser Botschaft erzählt. Sehr seltsam, vor allem wegen der Verbindung zu Charley. Das andere Seltsame war, dass alles so ruhig war.«

»Wie bitte?«

»Sie sagte, in ihrer Wohnung hätte ein einziges Chaos geherrscht, Dinge waren umgeworfen, Schubladen entleert. Doch bis auf diesen einen Knall habe ich nichts gehört. Ebenso seltsam ist die andere Wanze.«

»Wie?«

»Hat Tris Ihnen nicht davon erzählt, als Sie mit ihm gesprochen haben?« Sie beäugte ihn scharf, was Dalziel mit scheinbarer Gelassenheit zur Kenntnis nahm. In Wahrheit hatte er sich mit Lilley nie unterhalten. Der Typ lebte in London, es wäre sehr schwierig geworden, ihn aufzuspüren, ohne die Londoner Polizei auf den Plan zu rufen. Er wollte, dass so wenige wie möglich von seinem Interesse an Lilley und Richter erfuhren. Aber nach allem, was er von dem Kerl gesehen und gelesen hatte, drängte sich der Eindruck auf, dass er sich schnell auf jeden Deal einlassen würde, um seine Haut zu retten. Richter schien dem offensichtlich zuzustimmen.

Also, eine weitere Wanze, die Lilley wahrscheinlich erwähnt haben würde …

»Ach ja«, sagte er. »Das. Da hat er was gesagt, aber viel mehr interessiert mich Ihre Wanze.«

Sie brach in triumphierendes Gelächter aus.

»Weil die andere Wanze Ihnen gehörte, richtig? Und lassen Sie mich raten, sie hat nicht richtig funktioniert? Vielleicht hat Tris daran rumgefummelt, als er sie entdeckt hat.«

Sie bemerkte, wie er zögerte, kam aber zur falschen Schlussfolgerung; eines der Probleme, wenn man ständig und überall Verschwörungen witterte – dann sah man sie auch überall.
»War schon immer meine Meinung, dass man diesen modernen Technologien nicht trauen kann«, sagte er, wobei er versuchte, ein wenig dämlich auszusehen.
»Tris sagt das auch. Eine Wanze reicht nie aus. Sie müssen sich einen höheren Etat genehmigen lassen.«
»Oh, das werde ich. Aber konzentrieren wir uns darauf, was Sie rausgefunden haben. Wanzen sind schön und gut, aber es geht doch nichts über eine gute Freundschaft, wenn man zum Kern der Sache vordringen will.«
Sie errötete nicht, wirkte aber nicht besonders glücklich. Konnten Journalisten ein schlechtes Gewissen haben? Warum nicht? Waren ja auch nur Menschen. In manchen Fällen zumindest beinahe. Richters Motivation schien bislang mehr von moralischen Prinzipien getragen als von persönlichem Gewinnstreben. Wenn sie nun glaubte, die Polizei hätte diese andere Wanze angebracht, konnte sie ihn als Mitstreiter in ihrer Sache sehen und nicht als Objekt ihrer Ermittlung.
Er sagte: »Ich weiß, es ist hart, wenn man jemanden mag. Ich mag Rye auch. Und meinen Burschen Bowler. Und ich will nur das Beste für die beiden. Aber das ist nur möglich, wenn ich weiß, was hier abläuft, nicht wahr?«
Er klang so ehrlich und ernsthaft, dass er sich selbst eine Versicherung hätte andrehen können.
Sie nickte. »Okay. Ich glaube, Rye ist so durcheinander, weil sie mehr über diesen Wordman weiß, als sie sagt. Es ist für sie eine sehr persönliche Sache. Manchmal, wenn sie zu viel Wein intus hat, erzählt sie, dass es irgendwie mit ihrem Bruder zu tun hat, was aber nicht sein kann, schließlich ist er gestorben, als sie erst fünfzehn war. Aber das alles hat sich bei ihr irgendwie miteinander vermischt. Sie gibt sich die Schuld am Tod ihres Bruders und vielleicht auch am Tod von Dick Dee. Sie hat ihn sehr gemocht, das steht fest. Und wenn man sich mal in den Kopf gesetzt hat, dass Menschen, die dir

nahe stehen, unweigerlich zu Tode kommen, dann ist man auf dem besten Weg zusammenzuklappen.«

»Aber warum sollte sie sich die Schuld am Tod von Dee geben?«

»Vielleicht weil ihr schwante, dass er der Wordman war, sie sich das aber nicht eingestehen wollte. Vielleicht beschwor sie eine Situation herauf, bei der sich die Wahrheit herausstellen würde, und dann lief alles schief. Und weil die Wahrheit niemals klar und eindeutig ermittelt wurde, treibt sein Tod sie um. Denn was wäre, wenn er unschuldig war?«

»Hat sie das gesagt?«, fragte Dalziel. »Hält sie Dee für unschuldig?«

»Sie hat mir eines Nachts gesagt, ›was ist, wenn der Wordman gar nicht tot ist, Myra? Wenn er noch immer dort draußen ist und sich sein nächstes Opfer sucht? Was, wenn er nur darauf wartet, dass alle wieder unvorsichtig werden, und dann alles wieder von vorn anfängt?‹ Ich fragte sie, ob es irgendeinen Grund für diese Vermutung gebe. Ich wollte sie nur trösten, aber ich war es Charley auch schuldig, sie das zu fragen.«

»Und ihre Antwort?«

»Sie schlief in meinen Armen ein, also brachte ich sie ins Bett«, sagte Richter mit zärtlichem Unterton.

»Sind aber nicht gleich dazugehüpft?«, fragte Dalziel beiläufig. Frauen konnten, soweit es ihn anbelangte, tun und lassen, was sie wollten, solange sie es nicht auf der Straße trieben und die Arbeiterschaft in Angst und Schrecken versetzten. Oder so gut wie mit einem seiner DCs verlobt waren.

Sie grinste ihn an, setzte einen verruchten Blick auf und sagte: »Nein, ich bin heftig hetero, Mr. Dalziel. Aber das werden Sie mir schon glauben müssen.«

»Da hab ich Sie wohl falsch eingeschätzt, was? So geht's mir immer. Trotzdem weiß ich vorher ganz gern, worauf ich mich einlasse. Weiter mit Ihrer Geschichte.«

»Es gibt nichts mehr zu erzählen. Auf den Bändern, die ich von ihr habe, ist manchmal ein Schluchzen zu hören, manchmal ging sie nachts in ihrer Wohnung auf und ab. Und manchmal redete sie mit sich selbst, sprach mit ihrem toten Bruder, war häufig wütend dabei, als würde sie ihm die Schuld geben, dass sie so unglücklich ist. Und zu Hat, immer voller Liebe, voll des Bedauerns und der Entschuldigung. Eher wie jemand, der vorhat, Abschied zu nehmen, nicht wie jemand, der zu der Person spricht, mit der er sein restliches Leben teilen will. Aber das war vor …«

»Vor was?«

Sie leerte ihr Whiskyglas, füllte es auf, leerte es erneut.

»Ich weiß nicht, ob ich das Recht habe, Ihnen das zu erzählen, ich glaube nicht, dass ich es Ihnen erzählen könnte, wenn ich noch länger hier bleiben würde. Schließlich hält sie mich für ihre Freundin – für die ich mich ebenso halte oder jedenfalls glaube, dass ich es bin, weshalb ich abreise und sie nie mehr sehen werde und weshalb ich auch mein Versprechen breche, das ich ihr gegeben habe.«

»Langsam, langsam, Liebes«, sagte Dalziel. »Dieser Scotch steigt euch Deutschen zu Kopf. Mit dem Vertrauensbruch ist es wie mit dem Abziehen eines Pflasters. Es gibt nur eine Möglichkeit, es muss mit einem Ruck geschehen.«

Sie nickte, atmete langsam ein und sagte: »Am Montag war sie im Krankenhaus und hat sich untersuchen lassen. Sie hat einen Gehirntumor. Sie wird sterben.«

»Fick mich doch, bis ich versteinere, und verscheuer mich an die Tate!«, rief Dalziel aus, der ein halbes Dutzend Möglichkeiten im Kopf durchgespielt hatte, ohne der Lösung auch nur nahe zu kommen. »Man kann nichts dagegen tun?«

»Sie will nicht, dass man was dagegen tut«, sagte Richter.

»Scheiße. Jemand muss mit ihr reden«, sagte der Dicke aufgewühlt. »Heutzutage kann man doch alles kurieren, von Maul- und Klauenseuche und Politikern mal abgesehen. Weiß Bowler schon davon?«

»Keiner weiß davon. Nur ich. Und Sie jetzt. Was jetzt zu tun ist, liegt nun also in Ihrer Verantwortung, nicht mehr in meiner. Deshalb bin ich froh, dass ich abreise. Mein Job, den ich nie hätte annehmen dürfen, ist getan. Ich kann mich wieder meiner richtigen Arbeit zuwenden.«

»Sie können abhauen, meinen Sie, und das arme Mädel mit ihrem Leid allein lassen, nachdem Sie sich ihr Vertrauen erschlichen

haben? Mein Gott! Was man über euch Drecksäcke erzählt, ist doch noch nicht mal die Hälfte der Wahrheit!«
Seine Verachtung berührte sie nicht.
»Sie irren sich, Superintendent. Wenn sie so unglücklich wäre, wie ich es an ihrer Stelle wäre, könnte ich kaum so leicht abreisen. Nein, was mir den Abschied ermöglicht, ist die Tatsache, dass die Neuigkeiten sie nicht völlig aus der Bahn geworfen haben, im Gegenteil, sie ist glücklich! Es ist, als wäre sie mit der Erwartung ins Krankenhaus gegangen, dass man ihr Krebs bescheinigen würde, aber stattdessen hat man ihr gesagt, dass sie frei sei! Ich kann Verzweifelte trösten. Aber ich kann nicht jemanden, der voller Freude ist, in die Verzweiflung treiben. Ich glaube, ich habe jetzt alles gesagt, was ich Ihnen sagen wollte, Superintendent. *Auf Wiedersehen*, aber nicht sofort, was?«
Dalziel trank sein Glas aus. »Nur eins noch, bevor ich gehe. Wenn Sie nichts dagegen haben, dann ziehen Sie dieses Hemdchen aus oder wie Sie es nennen wollen …«
Sie sah ihn an, wirkte verwirrt, lächelte dann, stand auf und zog das T-Shirt über den Kopf.
»Drehen Sie sich um«, sagte er.
Sie gehorchte.
»Gut«, sagte er. »Sie können sich wieder anziehen.«
»Einen Augenblick lang glaubte ich schon, Sie hätten Ihre Meinung geändert«, sagte sie und zog einen koketten Schmollmund.
»Nein, nehmen Sie's nicht persönlich, Mädel«, sagte er, während er sich erhob. »Wollte nur sichergehen, dass ich nichts als bloße Haut zu sehen bekomme. War übrigens ein sehr netter Anblick.«
Sie lächelte ihm zu, als er zu ihrem Schreibtisch ging, ihre Waffe nahm, sie untersuchte, sicherte und dann in seine Tasche gleiten ließ.
»Sie können sie sowieso nicht mitnehmen, wenn Sie das Land verlassen«, sagte er. »Zumindest nicht legal. Also pass ich lieber mal auf sie auf.«
»Ich darf dann also abreisen?«
»Sehe keinen Grund, der dagegen spräche. Aber noch eins. Sie

haben vorhin das Tapedeck auf Aufnahme geschaltet. Falls Sie sich Hoffnung machen, dass auf der Kassette irgendwas drauf ist, was mich in Verlegenheit bringen könnte, dann seien Sie nicht enttäuscht, wenn Sie feststellen, dass ich die Überspiellasche eingedrückt habe. Was auch besser so war, sonst wäre jetzt ja Ihr guter alter Wagner ruiniert.«

Er drückte auf »Play«, und erneut tönte die unheilschwangere Musik durchs Zimmer.

»Ich hätte es ja sowieso nicht gebrauchen können«, sagte sie gleichgültig. »Sagen Sie mir, Mr. Dalziel, warum haben Sie sich dieses Stück ausgesucht?«

»Weiß nicht. Warum fragen Sie?«

»Manche meinen, dass in ihr die besten und schlimmsten Eigenschaften der deutschen Seele zum Ausdruck kommen«, sagte sie. »Ich dachte mir, Sie wollten damit eine Art Aussage verbinden, vielleicht sogar mit rassistischen Untertönen.«

»Ich? Ein Rassist?«, sagte er empört. »Nein, Mädel, mir gefallen eben eingängige Melodien, auch wenn sie von einem toten Kraut geschrieben wurden. Werden Sie Charley vor Ihrer Abreise noch mal sehen?«

»Ja.«

»Was werden Sie ihm sagen?«

»Was er wissen muss«, sagte sie.

»Mehr kann ein Mann von einer Frau nicht verlangen«, sagte Andy Dalziel.

Einige Kilometer entfernt, eng umschlungen, was im schmalen Einzelbett notwendig und auch erwünscht war, lagen Rye und Hat in der Dunkelheit.

»Bist du wach?«, sagte Hat.

»Ja.«

»Du machst dir doch keine Sorgen, oder?«

»Worüber sollte ich mir denn Sorgen machen, wenn ich doch alles habe, was ich will? Sehe ich so aus, als würde ich mir Sorgen machen?«

»Na ja, nein ...«

Tatsächlich schien sie in den letzten Tagen vor Glück geradezu gestrahlt zu haben. Wohl wahr, manchmal, wenn er sie unbemerkt betrachtete, dachte er bei sich, sie sehe blasser aus, die Schatten unter ihren Augen seien dunkler. Doch sobald sie ihn wahrnahm, glühte sie vor solcher Freude, dass Gedanken wie diese wie Blasphemie erschienen.

Er strich ihr über den Körper. »Du hast doch nicht abgenommen?«

»Vielleicht. Nach Weihnachten, im neuen Jahr fang ich gern mit einer Diät an, um die Pfunde loszuwerden. Aber mir ist aufgefallen, dass Bullen auf Frauen mit ein wenig Gewicht stehen.«

»Ich nicht«, erwiderte er entschieden. »Aber ich will auch nicht das Gefühl haben, ich geh mit einem Xylophon ins Bett – autsch!«

Sie hatte ihm in den Hintern gepikst, bis es wehtat.

»Mein Körper ist meine Sache«, sagte sie. »Du wirst dann eben lernen müssen, das Xylophon zu spielen. Und wenn du dich weiterhin von Junkfood ernährst, werde ich lernen, den Dudelsack zu spielen.«

»Wir sollten uns dann lieber ein Haus auf dem Land suchen, sonst beschweren sich die Nachbarn noch, wenn wir miteinander schlafen. Apropos ...«

»So schnell wieder? Nimmst du irgendwas?«

»Nein, ich meinte bezüglich des Hauses auf dem Land ... wann wollen wir zusammenziehen? Ich meine, so richtig, dauerhaft. Damit wir nicht immer hin und her wechseln müssen, deine Wohnung, meine Wohnung. Eigentlich meine ich so richtig dauerhaft. Was hältst du davon, wenn wir heiraten?«

Sie antwortete nicht; nach einer Weile sagte er: »Denkst du darüber nach, oder denkst du darüber nach, wie du mir am besten einen Korb geben kannst?«

»Ich denke darüber nach«, sagte sie. »Der beste Rat scheint mir zu sein, dass eine Heirat mit einem Polizisten wohl keine so gute Idee ist.«

»Du hast dir von jemandem Ratschläge geholt?«, sagte er mit gespielter Entrüstung, um zu verbergen, dass ihre Antwort ihn doch ein wenig verletzt hatte.

»Natürlich nicht, aber ich lese viele Bücher, und wenn irgendwo ein Bulle auftaucht, geht meistens eine Ehe in die Brüche.«

»Bücher! Was wissen diese Schreiber schon? Sie sollten mehr rausgehen, statt immer nur zu Hause rumzusitzen und irgendwelches Zeug zu erfinden.«

»Aber es stimmt doch«, sagte sie. »Es ist ein anstrengender Beruf. Und gefährlich.«

Sie drückte sich so weit wie möglich weg von ihm, ohne aus dem Bett zu fallen, und sagte: »Das ist das eine, was mir Sorgen bereitet, Hat. Dein Beruf ist gefährlich, und wird es mehr und mehr. Ich weiß nicht, was ich machen soll, wenn dir was zustößt.«

»Sei nicht albern«, sagte er. »Die Wahrscheinlichkeit dafür ist ... ich weiß nicht, geringer, als im Lotto zu gewinnen.«

»Es wäre fast schon geschehen, vergiss das nicht«, sagte sie. »Ich war nah dran, dich zu verlieren.«

»Okay, aber ein Blitz schlägt nicht zweimal in die gleiche Stelle ein, das macht es also noch unwahrscheinlicher, dass es wieder passiert.«

»Ich wollte, ich könnte das glauben. Ich weiß nur, wenn dir etwas zustößt, wäre es mein Ende. Von allem, meine ich. Mein Leben wäre ebenfalls vorüber. Es hätte keinen Sinn mehr weiterzumachen.«

»Nein, so was darfst du nicht sagen«, drängte er sie. »Nichts wird passieren.«

»Aber wenn doch?«

»Dann wirst du damit zurechtkommen, nehme ich an ...«

»Auf keinen Fall.«

»Doch, das wirst du. Du bist stark, Rye. Stärker als ich. Du schaffst alles, wenn du es nur willst.«

»Ich will es aber nicht.«

»Du musst. Versprich es mir!«

»Was? Dass ich dir Rosen aufs Grab werfe und mich dann eiligst zum nächsten Single-Club aufmache?«

»Nein, red keinen Blödsinn. Dass du dem Leben eine Chance gibst.«

»Das klingt, als hättest du es von einem Abreißkalender.«

»Tut mir Leid, dass ich das nicht eleganter formulieren kann, aber ich glaube einfach, jeder beschäftigt sich heutzutage viel zu sehr mit dem Tod. Immer geht es nur um Sterbehospize und solche Sachen. Gut, der Tod selbst ist nicht das Problem, meine ich, und wenn, dann löst es sich schnell. Das Leben auf die Reihe zu bekommen, das ist schwierig. Das Leben ist das, was wirklich wichtig ist.«

Er verstummte. Sie berührte sein Gesicht und zeichnete in der Dunkelheit die Umrisse seiner Augen und seiner Lippen nach.

»Ist nicht der schlechteste Kalender, den du da hast«, sagte sie.

»Okay. Ich verspreche es. Aber du musst es mir auch versprechen.«

»Wie?«

»Ist nur fair. Falls mir etwas zustoßen sollte, musst du mir versprechen, dass du dich auch an das hältst, was du mir eben gepredigt hast, dass du nicht Schmerz mit Verzweiflung verwechselst, dass du um mich trauerst, aber nicht für immer, dass du mich nie vergessen wirst, dass du aber auch dieses Versprechen nie vergessen wirst. Dass dir klar ist, ich werde erst Ruhe finden, wenn du wieder glücklich bist. Kannst du mir das versprechen? Falls nicht, kann ich es auch nicht.«

Er griff nach ihrer Hand.

»Ich verspreche es«, sagte er.

»Gut, dann tu ich es auch.«

Er zog sie an sich. Ihr weicher Körper, ihr Duft, ihre Wärme umhüllten ihn wie die Luft des verlorenen Garten Edens. Dennoch runzelte er in der Dunkelheit die Stirn, während er dieses seltsame Gefühl zu analysieren versuchte, dass mit ihm etwas geschehen war, was er nicht verstand.

Rye presste den Kopf gegen seine Brust, auf ihren Lippen lag ein Lächeln.

9. Brief, erhalten: Freitag, 18. Jan., per Post

The University of Santa Apollonia, CA.

Gästesuite Nr. 1
Geisteswissenschaftliche Fakultät

Mittwoch, 16. Jan.

Lieber Mr. Pascoe,

was für eine Woche! Und welch seltene Stimmung bei mir! Sie können sich nicht vorstellen, wie sehr ich Amerika genieße. Als träte man in einen Film ein und stellte fest, dass man ein Star ist! Waren Sie schon mal hier? Ich bin mir dessen sicher – ein kultivierter, umfassend gebildeter Mensch wie Sie wird sich nicht damit zufrieden geben, die Welt nur vom Hörensagen zu kennen. Sie werden wahrscheinlich die gesamte Welt bereist, alles beobachtet, aufgenommen, abgewogen haben. Mein überschwängliches Gebaren erscheint Ihnen wahrscheinlich als kindlich, naiv, vielleicht sogar als kindisch. Aber vergessen Sie nicht, diese schöne neue Welt ist tatsächlich für mich vollkommen neu. Alles, was ich bislang darüber wusste, wurde mir durch das Kino vermittelt; kein Wunder, dass mir alles wie eine Filmkulisse erscheint!

Natürlich speiste sich mein guter Eindruck dieser hellen, sonnendurchfluteten Welt aus dem Gegensatz zu dem, was ich hinter mir gelassen habe. Frankfurt war verregnet und windig, Göttingen unter Schnee und Eis begraben. Jeder, der die düster-romantische Stimmung der Deutschen verstehen möchte, sollte dort einen Winter verbringen! Nicht dass ich irgendwelche Unannehmlichkeiten zu erleiden hatte, schließlich konnte ich mir, Linda beharrte darauf, ganz anständige Quartiere leisten. Doch ich erzielte an beiden Orten keine nennenswerten Fortschritte bei meinen Recherchen. In Frankfurt spürte ich einige Einwohner namens Degen auf, die vielleicht, vielleicht auch nicht zu den Nachfahren des jungen Konrad gehören, dem Bäckergesellen, mit dem Beddoes zusammenlebte, mit dem er reiste und den er in einen Shakespeare-Schauspieler verwandeln wollte. Sie besaßen keinerlei Papiere oder Gegenstände, die von ihren entfernten Verwandten gezeugt hätten, und mir drängte sich der Eindruck auf, dass ihre wenigen angeblichen Familienerinnerungen an den Mann nichts weiter waren als nachgeplappertes Zeug, das sie von meinen, Beddoes' Spuren folgenden Vorläufern (unter ihnen auch Sam) aufgeschnappt hatten. (Allerdings gab es einen jungen blonden Degen, der mir mit seidenen Wimpern zuzwinkerte … ach, die Dinge, die wir Biographen tun, um sich ganz in die Gefühlswelt ihres Gegenstands zu versetzen!)

Göttingen nun ist eine ziemlich kleine Stadt, die zum größten Teil noch so aussieht wie zu Beddoes' Zeiten. Meine Hoffnungen wuchsen, doch abgesehen davon, dass ich in den Universitätsaufzeichnungen seinen Namen entdeckte, konnte ich nichts finden, was er über sein Leben dort nicht bereits in seinen Briefen erzählt hätte. In einer der »Imaginierten Szenen« lässt Sam Heine und Beddoes, die beide an der Universität studiert und ihre literarischen Interessen und radikalen politische Ansichten geteilten haben, aufeinander treffen und miteinander diskutieren, allerdings stimmen die chronologischen Daten nicht, weshalb Sam die Szene schließlich strich, denn selbst die Schwingen der Fantasie brauchen mindestens eine in der Wirklichkeit verhaftete Feder, um entschweben zu können.

Alles in allem, angesichts des schlechten Wetters, der fehlenden Fortschritte, des schweren *Deutschen*, das auf allem lastete, stumpfte ich mit jedem Tag mehr ab. Die Zeit schien dahinzukriechen, als hätte man mich auf einen unbequemen Sitz zwischen zwei dicken, streng riechenden Männern platziert, während gerade eine von Wagners langen Opern beginnt, aufgeführt von einer dilettantischen Musikgesellschaft, die von einem Schulorchester begleitet wird, und man gesagt bekommt, dass es keine Pausen geben werde.

An dieser Weggabelung dachte ich mir, wie weise es doch von Ihnen war, mein lieber Mr. Pascoe, das akademische Leben zugunsten des detektivischen getauscht zu haben. Die unfeinen Straßen, in die Ihre Arbeit Sie führt, scheinen nichts zu sein verglichen mit den düsteren Gassen, in denen ich mich verirrt hatte. Kein Wunder, dass der arme Beddoes mit seiner Todesfixierung sich dazu entschieden hatte, den größten Teil seines Erwachsenenlebens hier zu verbringen. Selbst jetzt im Zeitalter des universalen Lichts, wenn Kinder in englischen oder amerikanischen Großstädten aufwachsen können, ohne jemals einen Stern zu Gesicht zu bekommen, gibt es dort Schatten und Miasmen und schaurig-romantisches Dämmerlicht in Hülle und Fülle. Wie musste dies erst zu Beginn des neunzehnten Jahrhunderts gewesen sein, ein Gedanke, der die Vorstellungskraft übersteigt! Beddoes suchte die Aufklärung durch die Medizin, der gesellschaftlich wohltätigsten aller Wissenschaften, sowie durch die Unterstützung radikaler egalitärer Bewegungen, beide Wege aber führten ihn nur zur selben Schlussfolgerung: dass der Mensch ein verpfuschtes Wesen sei, dessen angemessene Heimstatt die Finsternis und dessen einzige Erlösung der Tod ist.

Je länger ich dort blieb, desto mehr spürte ich, dass ich ihm zustimmen konnte!

Glücklicherweise lud mich an diesem Punkt die US-Botschaft in London, mit der ich seit dem Gespräch mit Dwight in Korrespondenz stand, zum Gespräch vor, weshalb ich mit erheblicher Erleichterung Abschied nahm!

Nicht dass sich in England etwas besserte. Das Wetter war schlecht, und die Botschaftsangestellten behandelten mich wie den Staatsfeind Nummer eins, der es darauf abgesehen hatte, die Republik zu stürzen. Das einzig Gute war, dass ich in Lindas Westminster-Apartment erneut Frère Jacques vorfand, und nachdem wir nun so gute Kumpel geworden waren, hatte keiner von uns beiden etwas dagegen, wenn ich für einige Tage auf der Couch mein Nachtlager aufschlug. Es stellte sich heraus, dass er auf seiner Promotiontour nach Norden fahren würde, und da ich, bevor ich mich in den Westen aufmachte, kurz noch im heimatlichen Mid-Yorkshire vorbeischauen wollte, bot er mir an, mich bis Sheffield in seinem Mietwagen mitzunehmen.

Es war eine interessante Reise. Ich hatte das Gefühl, für ihn habe sich etwas verändert. Vielleicht spielte dabei der Tod von Frère Dierick eine Rolle. Ich bin mir sicher, dass zwischen dem Mann und dem Mönch in Jacques immer ein fein austariertes Gleichgewicht bestanden hatte. Mit der Entfernung dieses sauertöpfischen Todesengels, der ihn immer an das zölibatäre Leben erinnert hatte, scheint der Mann in ihm die Oberhand zu gewinnen. Er sprach von Emerald, und ich hege die starke Befürchtung, dass er in sehr naher Zukunft den großen Schritt ins Auge fasst, sein klösterliches Gelübde in ein eheliches zu verwandeln! (Ich muss mit Schamesröte gestehen, dass mir einen Augenblick lang durch den Kopf ging, Jacques könnte mehr über die Umstände von Diericks Tod wissen, als er eigentlich sollte … was ich jedoch schnell wieder verwarf. Unbegründete Verdächtigungen sind ein Krebsgeschwür für den Geist. Wir sollten unseren Freunden absolut vertrauen, meinen Sie nicht auch, Mr. Pascoe?)

Was Linda davon hält, weiß ich nicht. Wir werden es sehen.

Mein Aufenthalt in M-Y war nur kurz, leider viel zu kurz, um mit Ihnen Kontakt aufzunehmen. Wie gut hätte es getan, Ihnen von Angesicht zu Angesicht gegenüberzustehen und von Ihnen das gute Verhältnis bestätigt zu bekommen, das, davon bin ich im Geiste überzeugt, sich durch meine Briefe zwischen uns entwickelt. Aber durch ein oder zwei gemeinsame Bekannte bekam ich Neues von Ihnen zu hören, im Allgemeinen nur Gutes, obwohl mein guter alter Charley Penn, der Sie in der Stadt erspäht hatte, meinte, Sie würden ein wenig abgemagert und kränklich aussehen. Passen Sie auf sich auf, mein Freund. Ich weiß, Ihr Beruf verlangt unregelmäßige Arbeitszeiten und zwingt Sie bei jedem Wetter ins Freie. Aber auch Sie werden nicht jünger und dürfen es nicht zulassen, dass der unverwüstliche Dalziel Sie überfordert.

Zurück zu meinem großen Abenteuer. Schließlich ließ ich diese wolkenverhangenen Hügel hinter mir, nach einem nicht enden wollenden Flug durch Nebel und trübe Luft und einer noch längeren Passage durch den Morast der US-Einwanderungsbehörde wurde ich von einem jungen Gott und einer jungen Göttin begrüßt, die Baseballkappen trugen, strahlend lächelten (strahlend im wahrsten Sinne des Wortes; die liebe alte Apollonia weiß wirklich, wie sie ihren Verehrern zu huldigen hat!) und Schilder schwenkten, auf denen mein Name stand. Sie stellten sich als Dwights Teenager-Zwillinge heraus, die er geschickt hatte, um mich abzuholen, und alle meine Sorgen fielen von mir ab, als sie mich blinzelnd in den hellen Sonnenschein hinausführten und zu ihrem hübschen Heim fuhren, das, auf Stelzen erbaut, an einem Strand mit goldenem Sand lag, der in den tiefen, tiefblauen Pazifik hinabführte.

Die ersten Tage, in denen ich mich entspannte und akklimatisierte, verbrachte ich am Busen von Dwights Familie – nicht im wahrsten Sinne des Wortes; dies war strikt verbotenes Terrain, obwohl durch die Vorliebe der Kinder, mit ihren Freunden und Freundinnen nackt zu baden, mir die Versuchung ständig vor Augen geführt wurde. Glücklicherweise war das Meer, trotz der bei Sonnenschein angenehm milden Luft, zu dieser Jahreszeit noch ziemlich kalt, was mein Interesse vor einem peinlichen Anschwellen bewahrte. Dennoch schien Dwights scharfer Blick etwas entdeckt zu haben, denn nachdem ich meinen Jetlag überwunden hatte und bereit war, seinen Verlegerfreunden stolz mein Material zu präsentieren, schlug er vor, dass, nachdem das neue Semester begonnen hatte (ein wenig früher, als Sie vielleicht von Oxford gewohnt sind – oder war es Cambridge?, ich kann mich nicht mehr erinnern), es für mich doch bequemer sei, wenn ich eine Wohnung auf dem Campus bezog. Eine nette Vorstellung, dass sogar moderne, liberale Westküsten-Akademiker und Dads ein Auge auf die Tugend ihrer Kinder haben.

Das Leben auf dem Campus ist großartig, vor allem, da ich überall als renommierter akademischer Gast vorgestellt wurde und eine der Gästesuiten der Fakultät bewohne, die historisch gesehen nicht so beeindruckend ist wie das Quästorenquartier am God's, dafür aber sehr viel benutzerfreundlicher. Dwight lud mich ein, an einigen seiner Veranstaltungen teilzunehmen, und überredete mich, für einige ausgewählte Studenten und Fakultätsmitglieder ein Seminar über Beddoes' Dichtung zu halten. Es lief hervorragend, die Studenten schienen sich regelrecht auf Beddoes zu stürzen, bald darauf erhielt ich Einladungen für Vorträge von allen möglichen Gruppen. Dwight war darüber hocherfreut, solange das alles nicht mit seinem eigenen Programm kollidierte, dessen Zweck, wie ich bald herausfand, darin bestand, so gute PR-Arbeit für mich zu leisten, dass ich auf einer Woge goldener Begeisterung schwamm, als ich schließlich mit den Top-Leuten des Universitätsverlags zusammentraf.

Ich machte alles mit, besuchte die Partys, schüttelte Hände, sagte meine Sprüchlein auf und nickte an den richtigen Stellen. Mehr Vergnügen aber bereitete mir das Zusammensein mit den Studenten. Wie widerstrebend nur geben wir zu, dass wir alle von der Jugend Abschied nehmen! Mit welch kleinen Schritten und innig verweilenden, rückwärts gerichteten Blicken schreiten wir doch voran! Wenn man dann die Wahrheit in Byrons Zeilen versteht ›Kein Glück ist, das die Welt uns gibt, dem gleich, /das sie uns nimmt‹, dann weiß man, dass man mit dem langen Abschied begonnen hat. In Gegenwart dieser Kids fühlte ich mich an die wenigen Tage in Fichtenburg erinnert, an denen ich mit Zazie, Hildi und Mouse Schlittschuh lief, rodelte, süßen Kaffee trank und Sahnetorten aß, Freuden ohne Verantwortung, Zeit ohne Grenzen, eine Welt ohne Ende. Vielleicht liegt es an der grausamen Plötzlichkeit, mit der meine eigene Studentenzeit Schiffbruch erlitt (ja, ja, meine eigene Schuld, ich nehme Ihnen nichts übel, ich mache Ihnen keine Vorwürfe!), weshalb ich mich so verzweifelt an diese Strohhalme klammere, die das Wrack nun umspülen. Haben Sie jemals dieses Gefühl verspürt, Mr. Pascoe? Sie dürften solchen unreifen Empfindungen weit enthoben sein, ich weiß, aber gab es eine Zeit, vielleicht sogar nach Ihrer Heirat, als Ihre liebenswürdige Tochter kaum mehr war als eine Stimme mit Appetit im Strampelanzug, als Sie sich danach sehnten, wieder achtzehn, neunzehn, zwanzig zu sein, als kein einziges Ihrer jetzigen Besitztümer den Verlust jener grenzenlosen Horizonte, der unergründlichen Lust wert gewesen zu sein schien? Oder vielleicht sogar noch später, als Ihre kleine Tochter schwer krank darniederlag oder Ihre geliebte Frau bedroht wurde; kam Ihnen da nie in den Sinn, dass Sie dem Glück diese Geiseln nie hätten stellen wollen, wäre Ihnen bewusst gewesen, was Sie erwartete?

Wahrscheinlich nicht. Sie sind nicht wie ich, schwach und der Welt verhaftet, obwohl ich glaube, dass wir uns in manchen Dingen sehr ähnlich sind. Und noch ähnlicher werden, wie ich hoffe und worum ich bete.

Jedenfalls traf ich, wie gesagt, mit jungen Menschen zusammen und fühlte mich in ihrer Gegenwart wieder jung. Es gehört vermutlich zu den immer wieder durch alle Zeiten hindurch verbreiteten Gerüchten, dass amerikanische Studenten weniger wissen als europäische; wahr aber ist sicherlich, dass sie eifrig bemüht sind, mehr zu erfahren! Sie schluckten alles, was ich ihnen über Beddoes auftischte, und als ich fortfuhr, ihnen vom Third Thought zu erzählen (denn es fiel mir leicht, von Beddoes' Todesobsession auf meinen Umgang mit diesem Thema überzuleiten), schluckten sie auch das! Man weiß hier nichts von dieser Bewegung, Frère Jacques' Buch hat anscheinend noch keinen amerikanischen Verleger gefunden. Ich vermute, in Amerika im Allgemeinen und in Kalifornien im Besonderen gibt es so viele hausgemachte mystische, metaphysische, quasi-religiöse Trends und Sekten samt Anhängern, dass keiner das Bedürfnis verspürt, fremde importieren zu müssen! Diese Bewegung aber kam wirklich an, vielleicht deshalb, weil ich sie mit wahrhaft amerikanischen Slogans präsentierte wie: Lebe mit dem Tod und sei danach für immer glücklich! Bald darauf hielten wir regelmäßige Treffen ab, die jedes Mal (meine Idee!) mit dem Chor »Oh, welches Glück« aus *Acis und Galatea* eingeleitet wurden. (Es sind natürlich amouröse Verse, doch unterstreicht dies nur die Beziehung zum Tod, auf die der Third Thought abzielt. Und wie passend auch, wenn meine Vermutungen zu Jacques richtig sein sollten!) Dann las ich eine Passage aus meinem Exemplar von Jacques' Buch, und es dauerte nicht lange, bis fotokopierte Auszüge verteilt wurden wie *samisdat*-Literatur weiland in der Sowjetunion. Dabei wurde mir bewusst, dass es (trotz aller Technologie, mit der wir alles Mögliche tun können) keinen Ersatz gibt für den unmittelbaren persönlichen Kontakt. Bald darauf verbreitete sich auf dem Campus die Kunde von uns, unterstützt von der Begrüßung der Initiierten – *einen schönen Tod noch!* (Was ebenfalls auf mich zurückgeht, obwohl ich gestehen muss, dass Beddoes' Scherz, Champagner aufzuheben, um »seinen Tod damit zu begießen«, daran keinen geringen Anteil hatte.)

Ein Spin-off dessen war, dass den Verlagsleuten bereits Gerüchte über den Third Thought zu Ohren gekommen waren, als ich mich schließlich bei ihnen vorstellte, und sie an Jacques' Buch ebenso Interesse zeigten wie an meinem (oder Sams, obwohl mein Anteil daran nach Dwights lobpreisender Empfehlung unverhältnismäßig aufgebläht erschien; aber wie sagte er, als ich milden Protest einlegte: »Du bist *heiß*, du lebst noch, und du bist hier!«).

Wie auch immer, sie waren an beiden Büchern sehr interessiert, weshalb sie mir nach Abschluss unseres Gesprächs ein Angebot für Beddoes vorlegten und sich mit Jacques in Verbindung setzen wollten. Sofort rief ich Linda an, die sich überaus erfreut zeigte und Jacques nötigte, mich anzurufen. Nun, langer Rede kurzer Sinn, man gab mir die uneingeschränkte Vollmacht, im Namen beider zu handeln, wie ich es für richtig halte.

Hier ist er also: der Triumph. Ich kam, sah und siegte. Aber ich habe nicht das Gefühl, dass ich dafür verantwortlich bin. Vor kurzem noch schien ich hin und her geworfen zu werden. Die Frage lautet nur, wer schüttelt den Würfelbecher? Ursprünglich stand ich dem Third Thought äußerst skeptisch gegenüber. Ich fand ihn ganz interessant, aber nicht interessanter als das ganze wunderliche metaphysische Zeug, mit dem ich mich als Teenager beschäftigt hatte, und dass Sex und Drogen nicht Teil der ganzen Sache waren, nahm ihm zudem einiges von seinem Reiz! Lindas Engagement gab mir einen Grund dabeizubleiben, je mehr ich dann aber mit Frère Jacques zu tun hatte, umso mehr gelangte ich zu der Überzeugung, dass es wirklich etwas für mich sei.

Ich weiß nicht genau, wo Sie religiös stehen, Mr. Pascoe. Irgendwie kann ich mir nicht vorstellen, dass Ihre gute Lady ... nun ergehe ich mich schon wieder in Vermutungen. Eine schlechte Angewohnheit. Es wäre wirklich wundervoll, eines Tages mit Ihnen, von Angesicht zu Angesicht, darüber und über so viele andere Dinge reden zu können. In der Vergangenheit waren unsere Begegnungen von – wie soll ich es ausdrücken – rechtlichen Gesichtspunkten geprägt. Doch in den vergangenen Wochen, seitdem ich Ihnen schreibe, hat sich bei mir das starke Gefühl eingestellt, dass wir uns näher kommen, sodass ich glauben muss oder zumindest von der großen Hoffnung erfüllt bin, dass es Ihnen ebenso ergeht.

Wenn ich also nach Mid-Yorkshire zurückkehre, dann könnten wir uns ja vielleicht treffen und uns am offenen Kamin gegenseitig über einen öden Tag oder Ähnliches hinweghelfen? Bitte.

Übrigens, Dwight hat mir gesagt, dass ich uneingeschränkt den Postdienst verwenden kann, der sonst nur hochrangigen Fakultätsmitgliedern offen steht, ich werde diesen Brief daher per Express wegschicken, sonst komme ich noch vor ihm nach Hause!

Bis bald!
Immer der Ihre

Franny

P.S.: Es gefällt mir wirklich ausgesprochen gut an der St. Poll. Wesentlich mehr nach meinem Geschmack als das plüschige alte Cambridge! Wann immer sich mir die Möglichkeit bietet, lasse ich mich treiben und schlendere allein durch die Straßen – ja, das ist das Vortreffliche an den amerikanischen Städten, man kann meilenweit gehen, ohne das Interesse der lokalen Constables auf sich zu ziehen! Es gibt so vieles zu sehen. Große moderne Shopping Malls natürlich, daneben aber haben sich auch viele kleine, sehr individuelle Läden erhalten, Delis mit allen möglichen erlesenen Köstlichkeiten, Antiquariate, wo man noch immer ein Schnäppchen herausziehen kann, Buchhandlungen, angefangen vom Uni-Laden, wo man sich bei Kaffee und Bagel in seine Lektüre versenkt, bis zu liebenswert pittoresken Second-Hand-Buchhandlungen und Antiquariaten.
Durch einen dieser Zufälle, die das Leben so vergnüglich machen, starrte ich in das Fenster eines dieser Läden, bis mir dämmerte, dass mir der Name bekannt vorkam. Ich kramte in meinem Gedächtnis und fand mich an jenen Abend am God's zurückversetzt, an dem Dwight dem bedauernswerten Dekan Albacore versicherte, er kenne an der St. Poll einen Buchhändler, der auf alles, sogar auf ein so unschätzbares Werk wie Reginald von Durhams *Vita S. Godrici*, einen Preis nennen könne. Sein Name lautete Fachmann. Trick Fachmann. Und das war der Name, auf den ich starrte.
Einer Laune folgend ging ich hinein und stellte mich vor.

Ein sehr faszinierender Mann. Dünn, dass man fast durch ihn hindurchsehen kann, mit stechend blauen Augen, wirkte er gelehrt, gebildet und gleichzeitig überaus weltgewandt. Eine solche Kombination findet man nur in Amerika. Die UK-Akademe ist, das weiß ich, voller Möchtegern-Machiavellis – Albacore war so einer –, Mr. Fachmann allerdings hätte ein mittelalterlicher Asket und gleichzeitig ein moderner *consigliore* eines mächtigen Mafia-Paten sein können.

Ich erzählte ihm, wie ich von seinen Namen erfahren hatte, und erkundigte mich ausschließlich zu meinem Amüsement, ob er Dwights große Töne bestätigen und mir einen Preis für die Originalausgabe von Reg von Durhams *Vita S. Godrici* nennen könne. Ohne zu zögern, sagte er: »Kein Problem.« Ich sagte: »Und wie lautet er nun?« »Das«, antwortete er, »hängt davon ab, ob ich kaufe oder verkaufe.« Ich lachte, aber er meinte: »Ich mache keine Witze. Es gibt für alles einen Markt. Dabei ist zwischen zwei Arten von Besitztum zu unterscheiden. Gewöhnlich will man etwas, um es herzeigen zu können. Wenn du's hast, Baby, dann protz damit herum! Die andere Art bleibt eher im Verborgenen und tritt dann auf, wenn man einen Gegenstand besitzt und zugleich von ihm besessen ist. Die Welt muss davon nichts wissen, solange man selbst weiß, dass man ihn hat.«

»Und Sie kennen den Markt?«, sagte ich, worauf er lächelnd erwiderte: »Ich *weiß* davon. Es in die Tat umzusetzen wäre natürlich illegal. Der Markt ist wie jeder andere auch, überall herrscht dichtes Gedränge, dazwischen die Ladenbesitzer, die lautstark ihre Waren anpreisen. Das amüsiert Sie? Hören Sie, wenn irgendwo irgendwelche Antiquitäten ihren Standort wechseln, spitzen alle die Ohren. Wie an der Börse. Standortwechsel heißt, es ist verfügbar. Ich kenne Antiquitätenhändler, die jedes Mal, wenn das Getty unten in Malibu einen Ankauf vornimmt, ein Dutzend Anfragen erhalten. Soeben ist ein großer Deal mit irgendeiner britischen Sammlung abgezogen worden. Wenn sie erst einmal im Getty ist, dann können Sie sie vergessen. Aber um dahin zu kommen, muss sie den Standort wechseln, also kommt der Markt in Bewegung.«

Ich nehme an, er meinte den Elsecar-Schatz, über den wir, die wir in Yorkshire wohnen, bestens Bescheid wissen. Er klang sehr ernst dabei, also halten Sie lieber mal Ihre Augen auf, Mr. Pascoe! (Ich trage Eulen nach Athen – tut mir Leid!)

Wie auch immer, Trick und ich unterhielten uns lange, wobei ich alles über mich erzählte. Als ich Beddoes erwähnte, ging er zu einem der Regale und kam mit einem Exemplar der Pickering-Ausgabe von *Death's Jest-Book* aus dem Jahr 1850 zurück. Davon wurden nur sehr wenige gedruckt, noch weniger sind bis heute erhalten. Ich schlug es auf und las die Widmung, und sofort sehnte ich mich danach, das Buch zu besitzen. Nach dem Preis wagte ich gar nicht zu fragen, in meinen Augen aber musste die Frage ganz deutlich zu lesen gewesen sein, denn er sagte, als hätten wir bereits darüber verhandelt: »Okay, hier ist mein letztes Angebot. Sie nehmen es mit, und dafür schicken Sie mir die signierte Erstausgabe Ihres Beddoes-Buches und jedes weiteren, das Sie noch schreiben werden. Abgemacht?«

Was konnte ich tun, als meinen Dank zu stammeln? Langsam entdecke ich, was Sie schon immer gewusst haben, dass selbst in diesen höchst niederträchtigen, selbstsüchtigen Zeiten noch immer ein großes Reservoir an uneigennütziger Güte und liebevoller Freundlichkeit schlummert. Wir sprechen uns bald wieder.

Immer der Ihre,

                   Franny

ie sehen, was er damit sagen will?«, drängte Pascoe. »Bitte, sagen Sie mir, dass Sie es sehen.«

»Meiner Meinung nach könnten wir die Sache etwas beschleunigen, Peter, wenn Sie es mir gleich mitteilen«, sagte Dr. Pottle sichtlich irritiert.

Pascoe war unangemeldet erschienen, hatte die Einwände von Pottles Sekretärin beiseite gewischt, der zufolge der Arzt viel zu sehr mit der Arbeit an seiner Eröffnungsrede für das Symposium der Psychandrischen Gesellschaft beschäftigt sei, die er am folgenden Tag zu halten hatte.

»Er wird mich reinlassen«, erklärte Pascoe nicht ohne drohenden Unterton. »Zwei Minuten nur. Fragen Sie ihn.«

Kurz darauf wurde er hineingebeten, Pottle versicherte ihm dabei, wenn er nicht nach genau hundertzwanzig Sekunden wieder verschwunden sei, würde seine Sekretärin den Sicherheitsdienst rufen.

»Er will mir zu verstehen geben, dass er, als er Albacores Arbeitszimmer in Brand steckte, um dessen Forschungsarbeiten zu vernichten, auch gleich die Gelegenheit ergriff und sich zu dem Exemplar des *Libellus de Vita Sancti Godrici* verhalf, das er an jenem Abend gesehen hat.«

»Wobei er natürlich wusste, dass alle Welt annehmen würde, es sei beim Brand in den Flammen aufgegangen?«

»Genau«, sagte Pascoe triumphierend. »Sie haben's kapiert. Langsam verstehen Sie, wozu dieser Hurensohn fähig ist.«

»Nun, ich vermag zumindest zu sagen, dass ich langsam verstehe, warum Sie davon überzeugt sein wollen.«

Pascoe ließ sich die Antwort durch den Kopf gehen, die alles andere war als die erhoffte Zustimmung.

»Wie?«, fragte er.

»Nachdem Sie davon überzeugt sind, dass er sich der Brandstiftung und des Mordes schuldig gemacht hat, werden Sie auch nicht mehr

davor zurückschrecken, ihn einer so kleinen Sache wie eines Diebstahls zu bezichtigen.«
»Kleine Sache? Das Ding war unschätzbar!«
»Und macht das irgendeinen Unterschied?«
Pottle notierte sich etwas auf einem Block. Auf dem Kopf stehend sah es wie sinnloses Gekritzel aus. Pascoe hatte einmal, als Pottle aus dem Sprechzimmer gerufen wurde, die Gelegenheit ergriffen, schnell einen Blick auf den Notizblock geworfen und dabei festgestellt, dass die Aufzeichnungen auch richtig herum betrachtet wie sinnloses Gekritzel aussahen. Vielleicht waren sie nur sinnloses Gekritzel, sollten jedoch das Gefühl vermitteln, der Psychiater notiere sich jede klitzekleine Regung, die Pascoe gegenüber Roote verspürte.
»Haben Sie mir noch was zu erzählen, bevor Sie gehen?«, sagte Pottle und sah auf die Uhr.
Der Arsch weiß es ganz genau, dachte Pascoe.
Er überlegte kurz, dies zu verneinen, aber das wäre ja zu albern gewesen. Völlig sinnlos, wenn man einen Geschirrspüler besaß und seine Töpfe selbst schrubbte.
Er sagte: »Rosie hat zu Weihnachten so einen Spielkasten zur Ahnenforschung geschenkt bekommen, und Ellie meinte, wär doch interessant, wenn sie mal Roote nachspüren ...«
»Wirklich? Eine etwas seltsame Idee für jemanden, der so vernünftig ist wie Ellie!«
»Sie halten meine Frau für vernünftig?« Ernsthaft zweifelnd betrachtete Pascoe den Arzt.
»Sie nicht?«
»Ich meine, sie hat dafür ihre Gründe, von denen sie selbst nichts weiß«, sagte Pascoe vorsichtig. »Jedenfalls, das sind die Ergebnisse ihrer Nachforschungen.«
Er reichte ihm die Akte mit den Informationen, die Ellie ihm gegeben hatte, plus den Ergebnissen seiner eigenen Recherchen.
Pottle las es sich durch und stieß einen Pfiff aus.
»War das ein freudianischer oder jungianischer Pfiff?«, fragte Pascoe.

»Es war ein undefinierbarer Ausdruck meines Erstaunens, dass eine unvernünftige Frau so leicht Dinge aufspüren kann, die der hoch organisierte Polizeiapparat anscheinend jahrelang übersehen hat.«
»Wir haben die offiziellen Aufzeichnungen nie hinterfragt. Es scheint nur, dass die Informationen, die denen zugrunde liegen, von Roote selbst ins System eingespeist worden sind. In sehr jungen Jahren, sollte noch angefügt werden.«
»Das heißt, er hat sehr früh beschlossen, dass seine Erinnerungen an den Vater, die guten wie die schlechten, vollkommen privat bleiben sollten. Wie immer die Wahrheit über Mr. Roote aussehen mag, er stellt zweifelsohne ein faszinierendes Studienobjekt dar. Ich verstehe, warum Haseen sich so sehr für ihn interessierte. Ellies Erkenntnisse scheinen darauf hinzudeuten, dass Haseen sich von ihm keineswegs täuschen ließ; ganz im Gegenteil, sie hat ihn dazu gebracht, sich wesentlich weiter zu öffnen als jemals zuvor. Lediglich dass er sich, wie er in den Briefen schreibt, nicht mehr an seinen Vater erinnert, ist eine Lüge.«
»Hab ich nicht immer gesagt, dass man dem Dreckskerl nicht trauen darf?«, sagte Pascoe. Als er spürte, wie irrational das war, fuhr er eilig fort: »Jedenfalls untermauert das nur, warum er die Polizei so verabscheut. Seiner Meinung nach hat sie seinem Vater Unrecht getan. Und das alles zeigt, wie richtig es ist, wenn ich seinen Annäherungsversuchen mit Argwohn begegne.«
»Damit schütten Sie das Kind mit dem Bade aus«, sagte Pottle. »Seine Gründe, warum er Ihnen über seinen Vater Lügen erzählt, können sich geändert haben. Hatte er zunächst vielleicht nur das Bedürfnis, dass Sie Ihre lange Nase nicht in seine Angelegenheiten stecken, vermischen sich für ihn nun möglicherweise Ihre Funktion und die des toten Vaters. Seine Erinnerungen an den Vater als Polizist, der mit allem zurechtkommt, was die Familie bedroht, sind sehr stark. Und es ist klar, dass er vor Ihnen enormen Respekt hat …«
»Kommen Sie! Er verarscht uns doch alle! Er ist so arrogant, dass er glaubt, er sei intelligenter als wir alle zusammen.«
»Ich glaube, da irren Sie sich. Vielleicht hat er sich das mal eingeredet, aber nachdem er gefasst wurde und im Syke landete, bemerkte

er, dass er nicht das Superhirn ist. Es musste ihn regelrecht schockiert haben, als ihm bewusst wurde, wie viel Haseen über ihn herausgefunden hat. Und weil er große Stücke auf Sie hält, nimmt er an, dass Sie nicht nur Haseens Buch lesen, sondern ihn darin auch erkennen werden. Also kommt er dem zuvor, indem er en passant Ihre Aufmerksamkeit darauf lenkt und sich dafür rühmt, Ms. Haseen übers Ohr gehauen zu haben, indem er ihr Sensationsgeschichten über seinen Vater auftischte. Haben Sie das Buch übrigens mittlerweile gelesen?«
»Nie und nimmer werde ich es lesen«, sagte Pascoe. »Selbst wenn es mir zufällig in die Finger geraten wäre, hätte bereits ein halber Absatz ihres schwülstigen Stils gereicht, um es sofort wieder zuzuklappen. Er hält sich für überschlau.«
»Nur weil er Sie für noch überschlauer hält.«
»Das stimmt. Er hält mich für intelligent genug, um zwischen den Zeilen lesen und die eigentliche Botschaft erkennen zu können, weiß aber, dass ich nichts dagegen unternehmen kann. So kann er es genießen, sich damit zu brüsten, und muss nicht mit den negativen Folgen eines Geständnisses rechnen. Aber eines Tages wird er sich übernehmen, und dann habe ich ihn!«
»Aber bislang sind Sie ihm doch keinen Schritt näher gekommen?«
»Nein, aber eines Tages ... irgendwas muss es geben ... vielleicht Sam Johnsons toter Student in Sheffield ... auf den kommt er immer wieder mal zu sprechen ... ich bin mir sicher, irgendwas ist da ...«
»Vielleicht. Aber, Peter, Motive können sich ändern, das müsste Ihnen aufgefallen sein. Der Grund, etwas anzufangen, hat häufig nicht viel mit dem Grund zu tun, warum an einer Sache auch weiterhin festgehalten wird. Der Mittellose, der aus Notwendigkeit stiehlt, kann zu einem Wohlhabenden werden, der aus Habgier stiehlt. Oder die ehrgeizige Politikerin, die sich für Wohlfahrtsorganisationen einsetzt, weil sich das gut für die Publicity macht, wird vielleicht zu einer leidenschaftlichen Fürsprecherin einer ganz bestimmten Einrichtung, auch wenn es ihrer Karriere schaden könnte.«
»Und der objektive Psychiater kann zum Pfaffen werden«, sagte Pascoe. »Ich schätze, meine zwei Minuten sind um. Tut mir Leid, dass

ich schon vor dem Ende des Gottesdienstes gehe, aber Ihre Predigt habe ich sehr genossen.«

»Die Unverschämtheit eines höflichen Menschen ist wie ein Sommergewitter; die Blumen werden erfrischt, der Staub legt sich«, murmelte Pottle.

»Freud?«

»Nein, hab ich gerade erfunden. Peter, lesen Sie noch einmal diesen Brief, lesen Sie alle noch einmal und versuchen Sie nicht nur das zu sehen, was Sie sehen wollen.«

»Ich an Ihrer Stelle würde mich aufs Tagesgeschäft beschränken«, riet ihm Pascoe. »Ich muss los.«

Er ging. Kurz darauf steckte er den Kopf noch einmal zur Tür herein.

»Tut mir Leid«, sagte er.

»Die Entschuldigung eines unverschämten Menschen ist wie winterlicher Sonnenschein ...«

»Ficken Sie sich doch ins Knie«, sagte Peter Pascoe.

n diesem Freitagmorgen war ein Laster mit einem großen Container-Auflieger im Hafen von Hull von der aus Holland kommenden Fähre gerollt. Der Fahrer händigte die Papiere aus und fluchte wütend, als die Beamten ihn dazu einluden, sein Gespann auf einem abseits gelegenen Parkplatz abzustellen, wo bereits ein Durchsuchungsteam in voller Montur samt Ausrüstung und den Hunden wartete.

»Der arme Kerl«, sagte der Fahrer des Kühllasters, der als Nächstes in der Schlange stand. »Der Vormittag ist für ihn wohl gelaufen.«

»Mehr als der Vormittag, wenn das stimmt, was wir so gehört haben«, sagte der Beamte, der die Papiere prüfte. »Alles in Ordnung, Joe?«

»Alles in Ordnung«, sagte der Beamte, der den Laster in Augenschein genommen hatte.

»Gute Fahrt noch.«

Der Kühllaster verließ in aller Ruhe das Hafengelände und röhrte bald darauf auf der Autobahn in Richtung Mid-Yorkshire. Der Fahrer griff nach seinem Handy und wählte eine gespeicherte Nummer.

»Bin unterwegs«, sagte er. »Läuft wie geschmiert. Kein Grund zur Sorge.«

Damit war er etwas voreilig. Eine halbe Stunde später bemerkte er, dass seine Ölanzeige in unregelmäßigen Abständen aufflackerte. Er schlug gegen das Armaturenbrett, das Flackern hörte auf. Nun leuchtete es durchgehend knallrot.

»Scheiße«, sagte er, während er am Seitenstreifen anhielt.

Und »Scheiße, Scheiße, Scheiße« fügte er an, als er aus der Fahrerkabine glitt und einige hundert Meter hinter sich den Wagen einer Autobahnpolizei bemerkte, der sich schnell näherte und anzeigte, dass er anhalten werde.

»Probleme?«, fragte der Polizist, der aus der Beifahrertür stieg.

»Ja. Der Öldruck. Nichts Schlimmes wahrscheinlich.«

»Werfen wir doch mal einen Blick drauf.«

Während sie sich zu schaffen machten, ging der Fahrer des Streifenwagens hinten um den Laster herum.

»Ah«, sagte der Fahrer. »Ich glaube, ich hab's. Sollte in ein paar Minuten zu reparieren sein. Danke für Ihre Hilfe.«

»Wirklich?«, fragte der Polizist.

»Ja. Kein Problem. Zwanzig Minuten, länger dauert's auf keinen Fall.«

»Gut. In einer halben Stunde ist unsere Schicht zu Ende. Wenn es sich doch als komplizierter herausstellen sollte, ist das nicht mehr unser Problem«, sagte der Polizist grinsend.

»Harry. Hast du mal kurz Zeit?«

Er ging zu seinem Kollegen.

»Ich glaub, ich hab was gehört.«

»Was?«

»So ein Kratzen.«

Sie lauschten. Der Fahrer beobachtete sie einen Augenblick lang und stieg dann in seine Kabine.

»Da. Hast du es gehört?«

»Ja.«

Der Beamte rannte am Laster entlang und hievte sich auf die Stufe zur Kabine.

Der Fahrer hatte wieder sein Handy gezückt und lächelte wenig überzeugend. »Dachte mir, ich ruf lieber mal meinen Boss an und sag ihm, dass ich 'ne kleine Panne habe.«

Der Polizist entriss dem Fahrer das Handy, betrachtete die gewählte Nummer auf dem Display und schaltete das Gerät aus.

»Na«, sagte er, »sehen wir uns doch erst an, wie klein die Panne wirklich ist, bevor wir ihn beunruhigen.«

Achtzig Kilometer weiter und eine Stunde später saß Wield im Turk's.

Als Lee ihn anrief und um ein Treffen bat, hatte der Sergeant erneut das mehrgeschossige Kulturzentrum vorgeschlagen, worauf der Junge nur sagte: »Auf keinen Fall. Hab mir das letzte Mal schon die Eier abgefroren, und heute ist es noch kälter. Nein, das Turk's.«

Er trifft die Entscheidungen, dachte Wield nervös. Was, ganz unabhängig vom Stand ihrer Beziehung, schlecht war. Und was sollte das eigentlich heißen, *Stand ihrer Beziehung*. Lubanski war ein Informant, Punkt. Bullen, die anfingen, sich wie Sozialarbeiter zu benehmen, durften sich nicht wundern, wenn sie in Schwierigkeiten gerieten. Und egal welchen Eindruck er machte, er war kein in Gefahr geratenes Kind, sondern ein Erwachsener, der nur dann Schutz beanspruchen konnte, wenn er darum bat.

Als er ihm jetzt aber gegenübersaß und sich nolens volens von der unverhohlenen Freude des Jungen in seiner Gegenwart anstecken ließ, sah Wield die Szene so, wie ein Passant sie wahrgenommen hätte, wenn sein scharfer Blick die angelaufene Fensterscheibe durchdrungen hätte: Onkel und Neffe auf einem gemeinsamen Tagesausflug. Vielleicht sogar Vater und Sohn. Es war das erste Mal, dass sie sich nach dem Karaoke-Auftritt sahen. Dalziel schien glücklicherweise mit anderem beschäftigt gewesen zu sein, und Wield selbst hatte problemlos Entschuldigungen gefunden, um sich vor einem Treffen zu drücken.

Lee sah ihn unverwandt an. Obwohl sich Wield sicher war, dass seine Miene nichts verriet, versteckte er das Gesicht hinter der Tasse fauligen Kaffees, zu dem ihn das frostige Wetter verleitet hatte.

»Also, was hast du?«, fragte er brüsk.

»Hast du's eilig? Hast du noch eine Verabredung oder was?«, fragte Lee. Aber nicht aggressiv, noch nicht einmal provokativ. Nur ein salopper Spaß zwischen Freunden.

»Ich hab zu arbeiten, ja«, sagte Wield.

»Dann machst du hier Kaffeepause, was? Außerdem nehme ich an, dass du das doch als Arbeitszeit anrechnest.«

Er wollte ihn zum Widerspruch anstacheln, auch wenn er sich dabei noch so ungeschickt anstellte.

»Richtig«, sagte Wield. »Und ich hoffe, es kommt was dabei raus. Also, was hast du?«

Der verletzte Ausdruck im Blick des Jungen ließ Wield erneut die Tasse hochnehmen.

»Der Typ hat letzte Nacht angerufen«, sagte er mürrisch.

»Welcher Typ?«
»Der, den er Matt nennt.«
»Was hat er gesagt?«
Lee zog einen Zettel hervor und begann vorzulesen.
»Er sagt, von seiner Seite aus ist für Donnerstag alles klar, und Belchy sagt, gut, keine Änderungen mehr, alles so wie geplant. Dann rief er den anderen Typen an …«
»LB? Ich dachte, er ruft ihn nicht direkt an?«
»Macht er normalerweise auch nicht. Aber es klang so, als wäre er nur schwer über das Netz zu erreichen.«
Klar. Trauer war ein großer Liebestöter. Und ein großer Feind rationalen Denkens. Vielleicht gab Linford Belchamber nun die Schuld dafür, dass er seinen Sohn aus der Untersuchungshaft herausgeholt hatte.
»Sie sprachen also miteinander?«
»Ja. Und ich sag dir noch was. Ich weiß jetzt, wer LB ist. Es ist Wally Linford, der Dad von diesem Wichser Liam, der letztes Wochenende umgekommen ist.«
Das sagte er mit solch triumphierender Begeisterung, dass Wield es nicht übers Herz brachte, ihm zu offenbaren, dass er es bereits wusste.
»Woher weißt du das?«
»Er hat sich mit ›Linford‹ gemeldet. Und Belchy hat ihn von da an ebenfalls Linford genannt. Sie stritten sich fürchterlich. Linford hat gebrüllt. Belchy brüllt nie, aber es war zu spüren, wie angespannt er war. Sein Schwanz war ganz lusch.«
Wield fühlte sich von Lee eindringlich beobachtet.
Er weiß, dass es mich mitnimmt, wenn er erzählt, was er mit Belchamber wirklich treibt, dachte er. Und wenn es mich mitnimmt, impliziert es, dass wir eine Beziehung haben. Nicht gut. Aber seine Stimme klang gleichmütig und neutral, als er fragte: »Worüber haben sie sich gestritten?«
»Über Geld. Belchy macht sich Sorgen wegen irgendeiner Zahlung, die er leisten muss, und Linford brüllt, er will mit diesem ganzen Scheiß nichts zu tun haben, und Belchy sagt, das sollte er aber lieber,

denn wenn sein Kumpel die nächste Zahlung nicht bekommt, dann würde der ziemlich aufgebracht sein, und Linford sagt, was seinen Kumpel angeht, mit dem hat er verdammt noch mal überhaupt nichts zu tun, er ist nur ein Investor und hält sich schön von seinen beschissenen Kunden fern, genau wie so ein beschissener Anwalt, und wenn die Sache den Bach runtergeht, dann ist er raus aus dem ganzen Scheiß, ich lass mir doch nicht die Haut abziehen, steck dir das verdammt noch mal an deine Krone, du beschissene Majestät!«
Es klang, als zitierte er wörtlich. Wields Gedanken rasten. Linford, noch ganz durcheinander vom Tod seines Sohns, ließ in Ermangelung eines anderen alles an Belchamber aus. Aber es ging nicht nur darum, dass ein Klient seinen Anwalt niedermachte. Ihre Vermutung, dass Belchamber aus irgendeinem Grund die Grenze zum Illegalen überschritten hatte, schien richtig zu sein. Er war hier involviert, und nicht als Anwalt, der sich im Hintergrund bereithielt und erst dann in Aktion trat, wenn etwas schief lief, noch nicht mal als widerstrebender Geldeintreiber, sondern als eine der Hauptfiguren, als Initiator. Aber wovon? Und warum zum Teufel sollte er diesen gefährlichen Schritt wagen, wenn es ihm doch zur zweiten Natur geworden sein müsste, auf der legalen Seite zu bleiben?
Und was sollte überhaupt dieses »Majestäts«-Gerede?
Nur ein Witz? Von einer Dragqueen zur anderen? Oder …
»Na, taugt das was?«, sagte Lee.
»Was? Tut mir Leid. Ja, es ist sehr hilfreich. Noch mehr?«
»Nein, das ist alles. Aber keine Sorge, wenn ich wieder was erfahre, meld ich mich sofort.«
»Lee«, sagte Wield. »Ich finde, es ist an der Zeit, dass du Belchamber sein lässt.«
»Ja? Warum denn? Willst du wieder meine Seele retten, Mac?«
Seine großspurige Abgeklärtheit versetzte Wield einen Stich.
»Nicht deine Seele. Aber vielleicht deinen Arsch. Wenn er herausfindet, dass du mir Informationen weitergibst …«
»Nie und nimmer! Ich hör nur zu. Ich brech nicht in Safes ein oder so was. Außerdem komm ich mit Belchy schon zurecht. Er ist ein ziemliches Weichei.«

»Vielleicht. Aber er hat mit Leuten zu tun, die das nicht sind, die sind doppelt so widerlich.«
»Meinst du? Ich habe viel mit widerlichen Typen zu tun, Sergeant Mac. Kein Grund, sich um mich Sorgen zu machen.«
»Aber ich mach mir Sorgen, Lee.«
»Wirklich?«
»Wirklich.«
»Na, dann bist du der Erste.« Er versuchte, es beiläufig und abgebrüht klingen zu lassen.
»Ich glaube nicht«, sagte Wield. »Deine Mam würde sich auch Sorgen machen.«
»Vielleicht. Und mein Dad auch. Wahrscheinlich hätte er sich Sorgen gemacht, wenn er davon gewusst hätte.«
Er hält noch immer an der Vorstellung fest, dass sein Vater seiner schwangeren Mutter nicht aus Gleichgültigkeit, sondern aus Unwissenheit den Laufpass gegeben hat, ging es Wield durch den Kopf.
Leise sagte er: »Ich bin mir sicher, dass er das getan hätte, Lee.«
»Ja. Ich hätte gern ein Bild von ihm oder so was. Mam hatte nichts. Obwohl er wahrscheinlich nicht viel hergemacht hat, äußerlich, wie sie immer gesagt hat. Für die meisten war er wohl ein ziemlich hässlicher Kerl. Aber Aussehen ist nicht alles, hat sie gesagt, er war richtig sexy, und sie wusste, dass er der Richtige für sie war, als sie ihn das erste Mal gesehen hat. Sie waren noch Kinder, wohl jünger als ich jetzt, er muss jetzt also in den Dreißigern sein. Wo immer er sich auch rumtreibt.«
O Gott, dachte Wield entsetzt, als ihm wieder einfiel, dass sich der Junge für seine mögliche Hetero-Vergangenheit interessiert hatte. Edwin hatte ihn davor gewarnt, dass Lee in ihm vielleicht einen Vaterersatz sah – doch zumindest da hatte er sich mit seinem erfahrenen Scharfsinn einmal getäuscht.
Der arme Kerl ist nicht hinter einem Vaterersatz her, er will mich als seinen eigentlichen Vater anheuern!
Lee hatte seinen schweifenden Blick auf Wields zerklüftete Gesichtszüge gerichtet. Seine Miene zeugte von Trotz, nicht von Verzweif-

lung. Hoffnung war ein hartnäckiger Virus. Man konnte sich dagegen impfen, soviel man wollte, es blieb einfach haften.
Wield sagte: »Hör zu, Lee …«
Dann flog die Tür auf, und mehrere uniformierte Polizisten stürmten ins Lokal.
Einer stellte sich an die Tür, zwei gingen hinter die Theke und packten den Türken mit mehr Gewalt, als seinem widerstandlosen Verhalten angemessen war, zwei weitere verschwanden in den rückwärtigen Räumen, während ein weiterer das halbe Dutzend Gäste ansprach.
»Gentlemen, bleiben Sie sitzen. Wir brauchen Ihre Namen und Adressen, nur als Zeugen, verstehen Sie, dann können Sie wieder gehen.«
Lee warf einen finsteren, anklagenden Blick zu Wield. »Da hab ich nichts mit zu schaffen, Junge«, sagte Wield. Davon offensichtlich nicht überzeugt, versuchte Lee sich zu erheben, als eine Hand auf seine Schulter niederfuhr und eine polternde Stimme losdröhnte. »Bleib sitzen.«
O Scheiße, dachte sich Wield, als er die Stimme erkannte, bevor er das dazugehörige Gesicht erblickte. Es gehörte zu PC Hector, dem Mühlstein, den die Mid-Yorkshire Constabulary um den Hals hängen hatte, der Splitter in ihrem Auge, der Stachel im eigenen Fleisch. Er war, laut Dalziel, der verlässlichste Polizeibeamte – er machte immer alles falsch. Wenn er lange genug überleben sollte, würde er selbst den Dicken als unerschöpfliche Quelle erstaunlicher Anekdoten übertreffen.
Sein Blick nun, nachdem er mit feierlichem Argwohn Wields schwarze Lederklamotten beäugt hatte, wanderte hoch zu den Gesichtszügen des Sergeant. Es folgte ein Moment geistiger Verwirrung, dann rollte der Moment des Erkennens wie Donnergrollen über ihn hinweg, und er polterte drauflos: »Hallo, das sind ja Sie, Sergeant! Was tun Sie denn hier? Undercover, was?«
Hinter sich bekam Wield mit, wie der Türke jedes Wort davon registrierte und sein Blick zu Lee huschte.
Wield erhob sich, schob sein Gesicht nah an das von Hector und

sagte mit leiser Stimme: »Ich hab hier nur einen Kaffee getrunken, Gott sei Dank, denn wenn ich hier einen Job zu erledigen gehabt hätte, hätten Sie ihn gerade versaut.«

Hector sah so geknickt aus, dass es nahezu unmöglich war, kein Mitleid mit ihm zu haben; flüsternd, fast mit einem Raunen, wie es die Götter umgibt, sagte er: »Tut mir Leid, Sarge, hab ich nicht dran gedacht.«

»Irgendwann wird's ein erstes Mal geben, vielleicht.« Dann wandte er sich an den Beamten, der die Gäste angesprochen hatte, von denen keiner auch nur das geringste Interesse zeigte für das, was hier abging. »Johnstone, was geht hier vor sich?«

»Auf der Autobahn von Hull ist ein Laster liegen geblieben. Zwei unserer Leute hielten an und wollten ihm helfen, dabei hörten sie Geräusche. Stellte sich heraus, dass er voll mit Illegalen war. Der Fahrer versuchte noch anzurufen, wurde aber unterbrochen, bevor er durchkam. Das hier war die Nummer, die er gewählt hat.«

»Verstehe. Haben Sie einen Durchsuchungsbefehl?«

»Ist unterwegs, wir meinten, es sei besser, wenn wir uns den Kerl gleich schnappen.«

»Ja. Nun, dann würde ich, bis er eintrifft, die beiden hinten aber wieder zurückholen, damit es auch als Beweis anerkannt werden kann, falls Sie was finden.«

»Ja, da haben Sie Recht, Sarge.«

Wield wandte sich wieder an Lee. Er hatte sich erhoben, ihm war anzumerken, dass er am liebsten ganz woanders gewesen wäre. Und erst jetzt fiel Wield ein, dass der Junge bei ihrer ersten Begegnung einen Witz über die Sandwiches des Türken gerissen hatte, die aus den Überresten der illegalen Einwanderer bestünden, die es nicht geschafft hatten.

»Weißt du irgendwas über den Türken, ob er im Menschenschmuggel verstrickt ist?«, fragte er.

»Hab da mal was läuten gehört, mehr nicht.«

»Und du hast es nicht für nötig befunden, das zu erwähnen?«

»Nein. Ist ja kein richtiges Verbrechen, oder? Nur ein paar arme Schlucker, die reinwollen. Mein Gott, stell dir nur mal vor, wie mies es denen gehen muss, wenn sie glauben, sie könnten hier was Besseres finden!«

Es hätte eine interessante Lektion in vergleichender Soziologie werden können, die nun allerdings auf einen günstigeren Zeitpunkt verschoben werden musste.

Er führte Lee zur Tür. »Er kann gehen, ich hab alle Angaben«, sagte er zum Posten an der Tür.

Der Polizist trat zur Seite, und Lee schlüpfte hindurch wie ein Kanarienvogel aus seinem Käfig.

»Ich werde mich melden«, rief Wield ihm nach.

»Entschuldigen Sie, Sarge«, kam eine Stimme hinter ihm.

Er drehte sich um, trat zur Seite und ließ den Türken und seine beiden Begleiter passieren.

Sein Blick und der des Cafébesitzers trafen sich. Was er sah, war die gleiche leere Gleichgültigkeit, mit der der Mann seinen unsäglichen Kaffee ausschenkte.

Nichts Schlimmes passiert, redete Wield sich sein, als er dem sich entfernenden Streifenwagen nachblickte. Der Türke wusste jetzt also, dass er von der Polizei war. Dass Lee ein Strichjunge war, hatte er vermutlich bereits vorher gewusst. Weiß Gott, was ihm über ihre Beziehung durch den Kopf gegangen war, aber was soll's? Außerdem hatte er sich um wichtigere Dinge zu kümmern.

Trotzdem rumorte etwas in ihm, als hätte er Verdauungsstörungen.

Er blieb noch ein wenig, stellte sicher, dass alles vorschriftsmäßig ablief, dann verzog er sich. Die Infos, die er von Lee bekommen hatte, gingen ihm weiterhin durch den Kopf, aber erst jetzt konnte er ihnen wieder seine volle Aufmerksamkeit widmen. Irgendwie sagten sie ihm was. Vor allem das über die *Krone* und die *Majestät* ...

Anders als jene, die nach etwas suchten, was ihnen dunkel durch den Kopf spukte, wandte sich Wield nicht völlig anderen Dingen zu, um, so die Hoffnung, dabei zufällig über das Gewünschte zu stolpern. Er vertraute mehr dem Computerprinzip. Man gab die Informationen dem Programm ein, drückte auf *Suchen* und wartete auf die Ergebnisse.

Die Antwort kam ihm zwei Minuten später, als er im Leerlauf vor einer Ampel wartete.

Er befand sich auf der rechten Fahrspur. Als die Lichter rot und gelb zeigten, zog er die Maschine nach links, vorbei am Bug eines stattlichen alten Morris, in dem drei alte Ladys mit Pelzkappen auf dem Weg zum Mittagessen beim Bischof waren, die ihm mit einer den Beverley Sisters zur Ehre gereichenden Synchronizität den Stinkefinger zeigten und »Arschloch!« kreischten.

ierzig Minuten später bog Wield in den Parkplatz der Polizeidienststelle ein.
Da die Nähe zum Sitz der Gesetzeshüter noch lang nicht für Sicherheit bürgte, ging er in die Hocke und wickelte eine lange Kette um das Hinterrad und den Sozius und bemerkte dabei den großen schwarzen Lexus, der auf dem Besucherparkplatz abgestellt war.
Das Nummernschild lautete JUS 10. Hinter dem Lenkrad saß ein Mann, der in sein Autotelefon sprach und durch die getönte Scheibe nur schwer zu identifizieren war. Als Wield das Schloss zuschnappen ließ, stieg er aus und eilte ins Gebäude. Der römische Schädel, die hindrapierten Locken waren unverkennbar.
Marcus Belchamber.
Als Wield sich aufrichtete, spürte er erneut rumorende Unruhe im Bauch.
Belchamber war bereits verschwunden, als er den Eingangsbereich erreichte. Des Bowman, der diensthabende Sergeant, sah auf. »Hallo, Wieldy. Wie geht's?«
»Großartig, Des. War das nicht Belchamber, den ich da gerade gesehen habe? Was treibt der hier?«
»Fungiert als Rechtsbeistand für Yasher Asif, kennst du den? Hat dieses Café am Bahnhof, das Turk's. Wurde zur Befragung reingebracht, geht um irgendwelche Illegale, die ins Land geschmuggelt wurden.«
»Danke, Des. Lässt du mich durch?«
Der Sergeant gab die Sicherheitssperre frei, Wield schritt durch die Tür und eilte die Treppe zum CID hinauf. Durch die offen stehende Tür erspähte er Pascoe in seinem Büro; er trat ein.
Der DCI studierte einen Brief, dessen Handschrift Wield mit einem Blick identifizierte. Franny Roote.
Scheiße, dachte er, lässt der Blödmann sich davon immer noch ablenken?

Bevor er etwas sagen konnte, sah Pascoe auf. »Wieldy, was weißt du über den Elsecar-Schatz?«

Es war, als hätte er seine Gedanken gelesen.

»Wesentlich mehr als noch vor einer Stunde«, antwortete Wield.

»Warum fragst du?«

»Gibt keinen bestimmten Grund ... nur so eine Idee ... ach, Scheiße, was soll die Geheimniskrämerei? Es geht um das, was Roote in seinem Brief schreibt.«

»Gibt er dir jetzt Tipps? Ich dachte, er beschränkt sich auf versteckte Geständnisse?«

»Von denen hab ich wohl auch wieder welche bekommen«, sagte Pascoe grimmig. »Aber es ist ein Spiel zwischen ihm und mir. Jedenfalls hat er den Schatz erwähnt, in einem Gespräch mit einem Hehler, der anscheinend in der obersten Liga mitspielt. Und das hat mich nachdenklich gemacht. Im Moment befindet er sich in Sheffield, aber er kommt bald hierher ...«

»Am Sechsundzwanzigsten, morgen in einer Woche«, sagte Wield.

»Du bist gut informiert.«

»Manche von uns kommen durch ehrliche Polizeiarbeit zu Schlussfolgerungen, die gewissen Müßiggängern durch fantasievolle Gedankensprünge zufallen«, sagte Wield. »Wenn du von dem Job sprichst, den Matt Polchard plant, dann liegst du damit richtig.«

Nun war es an Pascoe, sich zu fühlen, als hätte jemand seine Gedanken gelesen.

Wield erzählte ihm von seinem Gespräch mit Lubanski.

»Die Sache mit der Krone hat mich stutzig gemacht. Und natürlich, warum zum Teufel Belchamber sich persönlich dabei engagieren sollte. Dann erinnerte ich mich an das Plakat für die Schatzausstellung, das ich im Kulturzentrum gesehen habe. Und an den Artikel, den Belchamber für die *Gazette* geschrieben hat und in dem er über den Verkauf wettert. Hab ihn selbst nicht gelesen, aber Edwin interessiert sich für solche Dinge und hat sich darüber ziemlich aufgeregt. Hat mir sogar beim Essen daraus vorgelesen, bis ich ihm sagte, die moralische Entrüstung einer Arschgeige wie Belch sei nicht gut für meine Verdauung. Na ja, jedenfalls bin ich in die Stadtbibliothek und hab mir im Zeitungsarchiv den Artikel noch mal angesehen. Und auch noch mal einen genaueren Blick auf das Plakat geworfen. Bei der Ausstellungseröffnung wird Belchamber einen Vortrag über den Schatz halten. Ist doch seltsam.«

»Wieso? Er kennt sich mit diesen Dingen aus. Ich hab ihn im Fernsehen gesehen. Er mag ein Arschloch sein, aber er kann seine Meder von den Persern unterscheiden.«

»Seltsam deshalb, weil er hin- und hergerissen ist. Ich zeig dir, was ich meine. Das Mädel von Bowler hat mir sehr geholfen. Hab sie seit dem Zwischenfall an Neujahr nicht mehr gesehen.«

»Wie sah sie aus?«

»Ein wenig blass vielleicht, andererseits aber voller Frühlingsgefühle.«

Tatsächlich hatte Rye ihn ziemlich frostig empfangen, bis ihr klar wurde, dass sein Auftauchen nichts mit ihr zu tun hatte. Daraufhin war sie aufgetaut, und auf seine Frage nach ihrem Gesundheitszustand hatte sie erwidert: »Ging mir nie besser. Nur so ein Virus, der die Runde macht, aber ich bin schon darüber hinweg. Wie geht es Ihnen, Mr. Wield?«

»Gut. Zumindest fehlt mir nichts, was nicht ein wenig Frühlingssonne kurieren könnte. Es ist hoffentlich bald so weit, was?«

»Ja«, sagte sie. »Ich kann es kaum erwarten.«

Was ihr aus irgendeinem Grund als überaus witzig erschien, worauf sie in ein so ansteckendes Lachen ausbrach, dass er sich dem einfach anschließen musste.

»Dieser Artikel …«, forderte Pascoe.

»Es sind eigentlich zwei. Rye hat mich auf den anderen aufmerksam gemacht. Er erschien vor einiger Zeit, als Belch sich mit den Elsecars noch besser verstand. Ich hab beide kopiert. Hier ist der frühere.«

Er reichte ihn Pascoe, der ihn schnell überflog und dann ein weiteres Mal langsamer las.

Beschrieben wurde ein Besuch, der Belchamber und anderen hohen Mitgliedern der Achäologischen Gesellschaft Mid-Yorkshires zur Besichtigung des Schatzes gewährt worden war. Der Artikel strotzte vor ekelhafter Dankbarkeit gegenüber den Elsecars, die sich freundlicherweise dazu herabgelassen hatten, den Besuch zu ermöglichen.

Die einzelnen Bestandteile des Schatzes wurden in gelehrtem, objektivem Tonfall beschrieben, der später jedoch ins Vertraulich-Persönliche fiel, als Belchamber über die Herkunft der verschiedenen Stücke und ihrer früheren Besitzer sowie die Umstände, die zum Verlust der Pretiosen führten, seine Theorien entwarf oder, besser gesagt, zu verklären begann.

Leser, die meine früheren Artikel über das römische Yorkshire kennen, erinnern sich vielleicht, dass ich bei einer Gelegenheit die Abstammung meiner eigenen Familie mit einigem Recht auf das fünfzehnte Jahrhundert zurückführte und von dort mit einiger Fantasie auf Marcus Bellisarius, einen Beamten aus der Intendantur des Provinzverwalters, der bei Tacitus eine kurze Erwähnung findet. Und nun, als mir erlaubt wurde, das Schlangendiadem in Händen zu halten (oder Cartimanduas Krone, wie die Viktorianer sie fälschlicherweise bezeichneten), muss ich gestehen, dass der Schauer, der mich bei der Berührung der glatten Windungen durchlief, mehr war als nur die allzu natürliche Freude eines Amateurhistorikers. Denn ein Gedanke kam mir in den Sinn: Angenommen, der Sammler dieser wunderbaren Stücke war wirklich mein angeblicher Vorfahre Marcus Bellisarius. Angenommen, das Schlangendiadem kam als Teil der Mitgift der von ihm geehelichten Briganten-Prinzessin in seinen Besitz (solche Verbindungen waren unter den älteren römisch-britischen Familien keine Seltenheit), weiterhin angenommen, er und seine Kinder überlebten, auch wenn der Schatz auf der Flucht vor weiß Gott welchen Gefahren verloren ging, und zudem angenommen, sie alle gediehen und gründeten die Familie, konnte es dann nicht sein, dass sechzehn Jahrhunderte später dieser unwürdige Nachfahre das Symbol dieser Vereinigung erneut in Händen hielt?
Dann nahm mir jemand das Diadem aus der Hand, und die Realität hatte mich wieder.

»Zwei sich ineinander windende Schlangen. Ein gutes Symbol für die Belchamber-Familie«, sagte Pascoe.
»Du siehst, wie besessen er von dem Schatz und vor allem dem Diadem zu sein scheint?«, sagte Wield. »Es überrascht also nicht, dass er

ziemlich sauer ist, wenn der Schatz nach Amerika gehen soll. Hier ist der zweite Artikel, über den sich Edwin so echauffierte.«
Pascoe überflog ihn. In hochtrabender Prosa, deren pompöser Stil nicht verbergen konnte, wie sehr ihm alles an die Nieren ging, brachte er seine Entrüstung zum Ausdruck, dass eine schwache und nur der Gegenwart verhaftete Regierung erlaubte, dass solche Schätze ins Ausland abwandern würden. Der Artikel schloss folgendermaßen:

Mein Beruf führt mich mit einer Vielzahl von Menschen zusammen, die alle möglichen Verbrechen begangen haben, selten jedoch wurde ich mit einer so verbrecherischen Tat konfrontiert wie dieser. Will ich die Familie beschreiben, von der dieser Vorschlag kam, oder die Politiker, die dies zulassen wollen, muss ich als Anwalt Vorsicht walten lassen. Obwohl ich natürlich hinter dem Grundsatz unseres Rechtssystems stehe, dass jeder Anspruch auf Verteidigung hat, gebe ich hiermit zum Ausdruck, dass ich persönlich in diesem Fall und bei Leuten wie diesen die Grenze ziehen und von einer Verteidigung absehen würde.

»Da reibt er es ihnen aber deutlich hin«, sagte Pascoe.
»Klar. Aber seltsam ist doch, dass er sich mit den Elsecars seitdem arrangiert hat. Er hat Vorträge gehalten und geholfen, die Ausstellung zu organisieren.«
»Deren Ziel es ist, genügend Geld aufzutreiben, damit der Schatz im Land bleiben kann«, sagte Pascoe. »Genau was er will.«
»Ja, ja. Genau das will er«, sagte Wield. »Aber jeder, der eins und eins zusammenzählen kann, weiß, dass durch die Eintrittskarten nie und nimmer so viel zusammenkommt, um auch nur annähernd die Summe zu erzielen, die die Yanks dafür bieten.«
Pascoe verkniff sich ein Lächeln. Der Sergeant verbreitete sich hier über Dinge, an die er sicherlich vor wenigen Stunden noch keinen Gedanken verschwendet hatte.
»Du sagst also, Belchamber setzt sich deshalb so sehr für diese Wanderausstellung ein, damit der Schatz der Öffentlichkeit zugänglich gemacht wird und er ihn sich schnappen kann? Das ist ein ziemlicher Gedankensprung, Wieldy. Wir reden hier über Belchamber,

einen Typen, der nicht furzt, ohne vorher dazu Präzedenzfälle studiert zu haben.«

»Der Typ ist besessen davon, dafür macht er alles«, sagte Wield ein wenig scharf. »Und er ist ein arroganter Drecksack, ganz klar. Nimm das, was er in diesen beiden Artikeln schreibt, dazu seinen Gesinnungswandel und das, was Lee aufgeschnappt hat …«

»Du könntest Recht haben, Wieldy. Aber wenn … Hör zu, hat dir Lubanski wirklich alles erzählt, was meinst du? Oder hält er was zurück, damit er später von dir noch mehr Zuckerstückchen bekommt?«

»Ich glaube, er hat mir alles erzählt«, sagte Wield, der bei der Erwähnung von Lees Namen erneut Unruhe verspürte. »Du weißt, dass Belchamber hier ist?«

»Ja. Bin ihm draußen begegnet, hab ihn reinbegleitet. Wir haben nett geplaudert, aber ich glaube nicht, dass er mir verziehen hat, was ich ihm nach der Einweisung des jungen Linford gesagt habe. Vertritt hier anscheinend einen Typen, der wegen Menschenschmuggel aufgegriffen wurde.«

»Ich weiß. Asif. Er hat das Turk's Café. Ich war dort, als er aufgegriffen wurde.«

»Mit Lubanski, meinst du?«

»Ja.«

Pascoe ließ sich die Information durch den Kopf gehen, sah die Besorgnis in Wields Blick und ahnte den Grund dafür.

»Ah. Aber dieser Asif weiß doch nicht, dass du ein Bulle bist, nehme ich an.«

»Wusste es nicht, bis Hector seine große Schnauze aufmachte. Diesen Kerl sollte man einfach nicht rauslassen!«

Es kam selten vor, dass Wield so entschieden seine Meinung zu einem Kollegen äußerte.

»Aber weist irgendwas darauf hin, dass Asif von der Verbindung zwischen Lubanski und Belchamber weiß? Ist doch sehr unwahrscheinlich, oder?«

Das Telefon klingelte. Pascoe ignorierte es. Wield zu beruhigen hatte jetzt Vorrang.

Wobei Wield kaum den Eindruck machte, als würde er sich beruhigen lassen.

»Du weißt ebenso gut wie ich, Pete, dass vieles, wofür wir gutes Geld zahlen, allgemein bekannt ist, wenn man sich nur in den richtigen Kreisen bewegt. Lee zum Beispiel wusste, dass der Türke Menschen schmuggelt. Nein, er hat mir keinen Tipp gegeben, er hat nur beiläufig einen Witz darüber gemacht, auf den ich nicht eingegangen bin. Er hat angenommen, es wisse ja sowieso jeder! Pete, du sagtest, du hättest Belchamber getroffen und ihn reinbegleitet. Aber vor ein paar Minuten hab ich ihn auf dem Parkplatz gesehen…«

Pascoe griff zum Telefon und sprach kurz mit dem Sergeant an der Rezeption.

Er legte den Hörer auf. »Ja. Sie warten auf irgendein hohes Tier von der Einwanderungsbehörde. Belchamber war einige Minuten mit Asif allein, dann kam er wieder raus. Hat anscheinend was im Wagen vergessen. Ging raus, kam wieder rein. Da musst du ihn gesehen haben.«

Wield dachte darüber nach.

»Der Dreckskerl hat mit dem Autotelefon jemanden angerufen. Scheiße, das gefällt mir nicht.«

»Komm schon, Wieldy«, sagte Pascoe, beunruhigt, seinen sonst so phlegmatischen Freund so aufgewühlt zu sehen. »Mal den Teufel nicht an die Wand. Was soll denn deiner Meinung nach unten im Zellenbereich geschehen sein? Dass Asif zu Belchamber gesagt hat ›ach, übrigens, lässt man mal außer Acht, dass ich hier ziemlich in der Scheiße sitze aufgrund einer schwer wiegenden Anklage, wegen der ich dich angerufen habe, könnte es dich vielleicht interessieren, dass der Junge, der dir den Schwanz lutscht, ganz vertraulich in meinem Café einige Male mit einem Bullen rumgemacht hat‹? Und dass Belch dann zu seinem Wagen stürzt und einen Killer anruft und ihm sagt ›knöpf dir mal diesen Lee Lubanski vor, Aktion läuft ab sofort‹? Glaubst du das, Wieldy?«

Wenn er geglaubt hatte, er könnte dem Sergeant durch Galgenhumor die Sorgen vertreiben, hatte er sich getäuscht.

»Du kannst offensichtlich Gedanken lesen, Pete«, sagte Wield aufgebracht. »Sag mir, warum ich falsch liegen sollte.«
»Weil das hier Mid-Yorkshire ist und nicht der Mittlere Westen. Weil ein Typ wie Belchamber vielleicht nicht sonderlich wählerisch ist, wie er sein Geld verdient, aber die zivilisierte, respektable Fassade, die er zur Schau stellt, ist mehr als nur eine Fassade. Er mag zu vielem fähig sein, aber ich bezweifle, ob er einen anderen Menschen umbringen lassen kann!«
»Pete, du kapierst nicht. Männer, die Jungs benutzen, wie Belchamber es mit Lee tut, sehen in ihnen keine menschlichen Wesen. Sie sind für sie Spielzeug. Deshalb glaubt er, er kann am Telefon übers Geschäft reden, obwohl Lee anwesend ist. Lee ist für ihn eine zu vernachlässigende Größe. Der Junge hat eine Funktion, aber außerhalb dieser Funktion existiert er nicht. Und falls sich herausstellt, dass es doch so ist, dann bedeutet das nur, dass dieses Spielzeug kaputt ist, also wirfst du es weg und besorgst dir ein neues!«
Wield stand am Ende seiner Ausführungen kurz davor, lauthals zu brüllen. Pascoe starrte ihn alarmiert an, als von der Tür Dalziels Stimme erdröhnte.
»Was ist denn hier los? Ein Ehekrach? Nehmt doch etwas Rücksicht. In diesem Gebäude versuchen manche zu schlafen.«
Pascoe erklärte es ihm.
Der Dicke hörte aufmerksam zu, dann sagte er: »Also, Wieldy, was hängst du hier noch länger rum? Such den Burschen. Biete ihm Polizeischutz an, und wenn er nicht geschützt werden will, dann nimmst du ihn in Schutzhaft und bringst ihn hierher. Mach dich auf die Socken, hopp, hopp.«
Wield zögerte nicht. Was er brauchte, war nicht die Erlaubnis, sondern die Bestätigung, dass sich seine Gefühle nicht mit seinem Verstand aus dem Staub gemacht hatten.
Dalziel schloss hinter sich die Tür und wandte sich an Pascoe.
»Ich hoffe, der Bursche ist den ganzen Aufwand wert. Hat heute Morgen wieder was Interessantes zu berichten gehabt, oder?«, fragte er.
Pascoe brachte ihn auf den neuesten Stand und zeigte ihm die beiden

Zeitungsartikel. Der Dicke las sie ohne erkennbares Interesse und sagte: »So, auf welchen Holzweg führt uns dieses ganze Zeug?«
Pascoe, der aus Erfahrung wusste, dass Dalziels Dumme-Ochsen-Nummer präzise Ausführungen provozierte, brachte seine Gedanken in Aufstellung und sagte: »Wir haben zwei Dinge. DI Roses Tipp, dass was Großes geplant sei, das in deren und unser Gebiet fällt, und das, was Lee Lubanski mitbekommen hat, während er Belchamber bedient hat. Die vermutlich mit Matt Polchard und ganz sicher mit Linford geführten Gespräche deuten auf Planungen hin, bei denen es sich sehr gut um die besagte Sache handeln könnte. Frage: Warum engagiert sich Belchamber auf der kriminellen Seite, statt sich nur bereitzuhalten, falls er auf der juristischen gebraucht wird? Mögliche Antwort: Er hat die Sache selbst angeleiert.«
»Und dabei geht's drum, diesen Schatz zu rauben, weil er ihn, wie ein guter kleiner Patriot, für England retten will?«, sagte Dalziel und klang dabei wie der Papst, dem man sagte, Gott sei eine Frau.
»Nach diesen Artikeln zu schließen, dürfte das sicherlich sein Ausgangsmotiv gewesen sein. Irgendwas musste unternommen werden, alles war dazu recht, damit der Schatz im Land bleibt. Aber irgendwann, wahrscheinlich als er merkte, dass das Land und die Elsecars die monetären Anreize über das patriotische Gewissen stellten, fragte er sich dann vielleicht, ob das Land überhaupt verdient hatte, wenn man ihm den Schatz bewahrte.«
»Und seine Antwort darauf lautete …?«
»Nein, es hat ihn nicht verdient, weil es sein Erbe nicht ausreichend zu würdigen weiß. Ich andererseits weiß es zu würdigen. Warum rette ich den Schatz also nicht für mich selbst? Und wie ließe sich das bewerkstelligen? Nun kam ihm zugute, dass er sich jahrelang mit diesem verkommenen Pack im Dreck getümmelt hat. Er braucht Profis, er weiß, wo er sie finden kann, und er weiß, wie das System funktioniert.«
»Und welches System wäre das?«
»Das System zur Finanzierung von Verbrechen«, sagte Pascoe ungeduldig. Manchmal übertrieb der Dicke es mit seinem sich Dummstellen und seinen Elenktik-Spielchen. »Er braucht die besten Leute.

Und er will die alleinige Kontrolle behalten. Er bietet keinen Anteil des Erlöses an. Bei dem Job ist nichts rauszuholen. Also muss er harte Dollar zahlen. Ich weiß nicht, bei welchem Vergütungsniveau Polchard überhaupt noch die Beine aus dem Bett schwingt, aber ich nehme an, es liegt ein wenig über dem gesetzlichen Mindestlohn. Und, Erlös hin oder her, Matt wird sicher um den nominellen Wert des Zeugs wissen.«

»Warum schnappt er es sich dann nicht selbst?«

»Weil er auf Bares steht. Weil er weiß, wie schwer sich solche Dinge verhökernn lassen. Und weil er ebenfalls weiß, dass Belchamber häufig genug der Einzige war, der ihm noch mehr Jahre im Syke erspart hat.«

»Aus Dankbarkeit, meinst du?«, fragte Dalziel skeptisch.

»Nein. Schach. Du kannst alles opfern, nur nicht deine Dame.«

»Warum dann noch Linford mit in die Sache ziehen? Belchamber muss doch ziemlich gut betucht sein.«

»Bestimmt. Aber das meiste davon dürfte fest angelegt sein. Außerdem will er wahrscheinlich keine Aufmerksamkeit erregen, wenn er plötzlich seine Vermögenswerte flüssig macht. Also wendet er sich an Linford, den Experten, wenn es darum geht, große Summen in gebrauchten Scheinen zur Verfügung zu stellen.«

»Er wird dafür kräftig Zinsen verlangen.«

»Bekommt er durch den Erlös.«

»Dachte, es gäbe keinen Erlös? Dachte, Belch möchte den Schatz in seinem Keller einlagern, um von Zeit zu Zeit runterzugehen und sich einen abzuwichsen.«

»Nein, wenn du seine Artikel gelesen hättest, den ersten, dann geht daraus hervor, dass ein großer Teil des Schatzes aus Goldmünzen besteht, sie sind ziemlich wertvoll, aber keineswegs einzigartig. Die zu verschieben dürfte kein größeres Problem sein. Ich vermute, was er wirklich privat besitzen möchte, wonach ihn wirklich gelüstet, das ist das Schlangendiadem. Und viele der anderen Stücke dürfte er bereitwillig mit ähnlich gestrickten Sammlern zu einem angemessenen Preis teilen.«

»Und du und Wieldy, ihr habt euch das alles zusammengebosselt, nachdem einer einen Witz über Belch und seine Krone hat fallen lassen?«, fragte Dalziel.

»Dazu kommt die Tatsache, dass die Ausstellung momentan in Sheffield, auf DI Roses Gebiet, gastiert und am sechsundzwanzigsten Januar hier im Kulturzentrum eröffnet werden soll.«

»Es ist trotzdem ein ziemlicher Sprung«, sagte Dalziel.

»Wenn dir was Besseres einfällt, warum rückst du nicht einfach damit heraus?«, schnappte Pascoe.

Der Dicke grinste zufrieden.

»Nein, nein, Bursche, wenn du so sehr daran glaubst, dass du sogar gereizt reagierst, dann ist das schon in Ordnung.«

An der Tür klopfte es, kurz darauf erschien Novellos Kopf.

»Ach, Sie beide sind da«, sagte sie.

»Na, Pete, was sag ich immer? Eine ganz Aufgeweckte, unsere Ivor«, sagte Dalziel.

»Sergeant Bowman hat unten einen von Ihnen gesucht. Irgendein Beamter von der Einwanderungsbehörde ist aufgetaucht«, sagte Novello.

»Ach ja. Sag ihm, er soll ihn irgendwo hinsetzen und ihm einen Tee bringen.« Der Dicke grinste. »Noch besser, sag Bowman, er soll Hector bitten, ihm eine Tasse Tee zu bringen.«

»Ja, Sir.«

»Shirley«, sagte Pascoe. »Ich glaube mich zu erinnern, dass Sie sich mit Heiligen auskennen.«

Novello musste an Schwester Angela denken, die ein scharfkantiges Lineal wie ein Breitschwert schwang, wenn man auch nur eine Einzelheit durcheinander brachte.

»Ein wenig, Sir«, sagte sie.

»Die heilige Apollonia. Hat die was mit Zähnen zu tun?«

»Ja, die wurden ihr beim Martyrium ausgeschlagen oder gezogen. Zu ihr betet man, wenn man an Zahnschmerzen leidet.«

»Danke, das hilft mir weiter.«

Novello ging.

»Hat«, sagte Dalziel, »das irgendwas mit irgendwas zu tun, oder ist dir gerade eine Plombe rausgefallen?«

»War nur neugierig.«

»Neugier ist in Ordnung«, grummelte der Dicke. »Ich hoffe, du trägst dich nicht mit dem Gedanken überzulaufen. Eine praktizierende Katholikin in der Einheit ist genug.«

»Solltest du dich nicht mal auf den Weg zu dem Typen von der Einwanderungsbehörde machen? Wahrscheinlich hüpft er wie wild durch die Gegend, weil ihm mittlerweile schon der Schritt verbrüht worden ist.«

Dalziel stieß ein donnerndes Lachen aus. »Dann bleibt uns also noch ein wenig Hoffnung. Wenn Arschgeigen wie er ein wenig mehr Menschlichkeit zeigen würden, dann gäbe es vielleicht nicht so viele arme Kerle, die meinten, sie könnten nur zusammengekauert zwischen gefrorenen Schweinehälften ins Land einreisen. Warum gehst du denn so komisch? Hast du dir den Fuß verstaucht?«

»Nein, Boss«, sagte Pascoe. »Will nur nicht in diese Milch der Menschenliebe treten, die hier literweise verschüttet wurde.«

»Ha, ha. Das ist das Problem mit euch beschissenen Liberalen. Ihr meint immer, ihr hättet die Menschlichkeit für euch gepachtet.«

»Wenn wir schon davon sprechen, Boss, glaubst du wirklich, dass Wieldys Sorgen um Lubanski berechtigt sind?«

»Vermutlich nicht«, sagte Dalziel.

»Warum hast du ihn dann dem Jungen hinterhergeschickt?«

»Wenn wir uns schon ernsthaft mit dieser Schatz-Sache befassen, hätte ich nichts dagegen, eine halbe Stunde mit diesem kleinen Scheißer allein zu sein, mal sehen, was er wirklich weiß. Schien mir die beste Möglichkeit zu sein, Wieldy ihn holen zu lassen, ohne dass bei ihm gleich der Muttertrieb ausbricht. Kann es nämlich nicht ertragen, einen Mann weinen zu sehen, das war schon immer mein Problem. Also mach dir keine Sorgen, in einer halben Stunde wird er mit dem Burschen zurück sein, und dann geb ich dem Jungen mal wirklich was zum Kauen!«

a allerdings sollte Andy Dalziel sich täuschen.

Mehr als eine Stunde war vergangen, als Wield zurückkehrte. Allein.

»Er war nicht zu Hause. Ich hab überall nachgesehen, wo er sich sonst immer rumtreibt, keine Spur von ihm. Einer meinte, sie hätten ihn in einen Wagen steigen sehen, war sich aber nicht sicher.«

»So ist das eben«, sagte Pascoe beruhigend. »Hat sich mit einem Freier aus dem Staub gemacht.«

»Mitten am helllichten Tag?«

»Komm schon, Wieldy! Was hat das denn damit zu tun? Okay, vielleicht war's ein Kumpel, der ihn abgeholt hat. Dein Zeuge sagt, ›in einen Wagen gestiegen‹, nicht ›in einen Wagen gezerrt‹. Also, wo immer er sich jetzt rumtreibt, er hat sich freiwillig dorthin begeben, und ich zweifle nicht, dass er irgendwann wieder auftaucht.«

Dalziel kehrte von den Verhandlungen mit dem glücklicherweise nicht verbrühten Beamten von der Einwanderunsbehörde zurück.

»Kein schlechter Kerl«, ließ er sich vernehmen. »Ein irrer Blick und Schultern wie ein Ochse. Weiß nicht, ob das Asif beeinflusst hat, aber er zeigte sich doch sehr kooperativ. Hob seine Hand wie der Lieblingsschüler des Lehrers. Wahrscheinlich hat der Rülpser von seinem Auto aus den Typen angerufen, der wirklich hinter dem Türken steht. Der Rülpser und er unterhielten sich, der Türke wollte wissen, wie der Deal aussieht, wenn er alle Schuld auf sich nimmt, der Rülpser sagte es ihm. Und hoch ging die Hand des Türken, und das war's dann, er übernimmt die Verantwortung.«

»Hoffentlich haben Sie damit Recht«, sagte Wield, klang aber nicht sehr hoffnungsvoll.

Und als es achtzehn Uhr wurde und von Lubanski noch immer jede Spur fehlte, kam er mit neu entfachter Leidenschaft auf seine erste Theorie zurück.

»Ich finde, es ist an der Zeit, dass wir mit Belchamber reden«, sagte er entschieden.

»Und was soll er uns sagen? Ja, ich hab dafür gesorgt, dass Lee gekidnappt wird? Wieldy, komm auf den Boden der Tatsachen.«

»Hängt davon ab, wie man ihm die Fragen stellt«, sagte Wield finster.

Pascoe und Dalziel tauschten Blicke aus.

»Wieldy«, sagte der Dicke, »ich versteh dich ja. Die Vorstellung, den Rülpser an ein ruhiges Plätzchen zu bringen und so lange auf ihn einzuprügeln, bis er seine Eingeweide auskotzt, ist sehr verlockend. Aber dann musst du es schon ganz durchziehen und ihn umbringen. Denn wenn es einen gibt, von dem sich ein guter Bulle kein Verfahren an den Hals wünschen sollte, dann ist es Marcus Belchamber.«

Pascoe, der nicht so sehr an die niederen Instinkte appellieren wollte, sagte: »Und falls du dich täuschen solltest und Belchamber keinen Grund hat, sich von Lee verraten zu fühlen, dann reitest du Lee damit erst so richtig rein. Und außerdem hätten wir dann unsere Karten ziemlich offen auf den Tisch gelegt.«

Wield ließ es sich durch den Kopf gehen. »Sagen wir, du hast Recht. Warum ist Lee dann verschwunden?«

»Ganz einfach«, sagte Dalziel. »Du hast ihn davor gewarnt, dass es gefährlich sein könnte, was er treibt, richtig? Hast ihm gesagt, dass er auf der Hut sein soll.«

»Ja, aber er hat das doch kaum zur Kenntnis genommen, verdammt noch mal«, sagte Wield.

»Hat vielleicht den Eindruck erwecken wollen, dass Kids wie er tollkühne Helden sind, was? Wenn du auf der Straße Angst zeigst, wirst du fertig gemacht. Aber er vertraut dir, Wieldy, nach allem, was du über ihn erzählt hast. Wenn du ihm also was sagst, dann frisst er es. Und was passiert dann? Er sitzt mit dir im Turk's, und plötzlich wimmelt es von Bullen. Ich weiß, du hast ihm erklärt, es hätte nichts mit ihm zu tun, aber auch wenn er dir glauben sollte, war ihm das doch eine Warnung. Du magst für ihn die weise Vaterfigur sein, aber du bist auch ein Bulle, er kuschelt sich in der Öffentlichkeit an dich und wird dabei von weiß Gott wem gesehen. Also ist es vielleicht an der Zeit, ein wenig Ferien zu machen. Die Geschäfte liefen gut, er hat ein wenig auf der hohen Kante. Würde mich also nicht wundern, wenn er schon in diesem Moment auf dem Weg nach Marbella wäre.«

Dem war eine gewisse Logik nicht abzusprechen, es klang überzeugend. Wield war anzusehen, wie er in Gedanken die Hypothese des Dicken mit allem, was er über Lubanski wusste, abglich und zu dem Schluss kam, dass vieles übereinstimmte.

Das gab ihm Hoffnung; ein Köder, bei dem man schon ein Beckett sein musste, um ihn wieder auszuspucken.

»Gut«, sagte er. »Sie könnten Recht haben. Aber wenn nicht ...«

Er ließ die Drohung unausgesprochen, vielleicht hatte er auch die Einzelheiten noch nicht ausgearbeitet, wusste aber, dass es die Hölle auf Erden sein würde.

»Glaubst du wirklich, dass er nach Spanien unterwegs ist?«, fragte Pascoe, nachdem Wield gegangen war.

»Weiß der Teufel. Aber nehmen wir einfach mal an, er wurde gekidnappt. Warum? Weil sich jemand Sorgen darüber macht, was er Wieldy über Belchs Plan erzählt hat. Was hat er Wieldy über Belchs Plan erzählt? Nun, wir haben nicht viel mehr als ein paar Mutmaßungen, alles andere sind lediglich Luftschlösser. Und wenn sie mit ihm umspringen wie mit deiner Santa Aspidistra, nach der du Ivor gefragt hast, weil sie herausfinden wollen, was er erzählt hat, dann bekommen sie auch nur heiße Luft präsentiert. Und da sie nicht wissen, über welch regsame Fantasie Wieldy und du verfügen, werden sie wahrscheinlich annehmen, dass noch alles in Ordnung ist.«

»Wenn wir also Recht haben und sie wirklich hinter dem Elsecar-Schatz her sind, der am nächsten Samstag, also morgen in einer Woche, hierher transportiert wird, dann bleibt uns nicht mehr viel Zeit.«

»Nein, trotzdem haben wir nicht viel, worauf wir aufbauen könnten«, grummelte Dalziel. »Was wir also brauchen, ist ein hinterhältiger Drecksack, der mit Engelszungen spricht, der morgen nach Sheffield fährt und ihnen alles so verkauft, dass der schwarze Peter bei ihnen liegt, wenn sich die Sache als Reinfall herausstellen sollte, wir aber die Lorbeeren kassieren, wenn wir ins Schwarze treffen.«

»Das erfordert wirklich eine überaus gewandte Engelszunge und ein Maß an Hinterhältigkeit, dass einem dabei ganz anders werden könnte«, sagte Pascoe. »Hast du schon einen im Visier, Boss?«

»Halt den Mund und zieh ab«, sagte Dalziel.

11

Der Krämer

ascoe mochte Sheffield. Jeder, der einen Blick für das Schöne hat, der das Vergnügen sucht, den nach Abwechslung gelüstet, mag Sheffield. Da die Stadt wie Rom auf sieben Hügeln erbaut wurde, ist es möglich, vom Frühling in ihren Tälern zum Winter auf ihren Hügeln zu schreiten, ohne auch nur ihre Grenzen verlassen zu müssen.

Vielleicht rührt ihr ganz besonderer Reiz daher, dass sie eine Grenzstadt ist. Hier endet Yorkshire im Besonderen und der Norden im Allgemeinen. Danach, man kann es drehen und wenden, wie man will, befindet man sich in den Midlands. Die Ausläufer des White Peak mögen in Derbyshire noch etwas vom Norden an sich haben, doch in der hügeligen Landschaft ändert sich die Blickrichtung. Man sieht hier eher von den Hügelkämmen hinab und nicht zu den Gipfeln hinauf.

DI Stan Rose jedenfalls sah mit Sicherheit hinab und nicht hinauf. Sein verloren gegangener Informant war in London aufgegriffen worden, als er eine gefälschte Kreditkarte verwenden wollte. Rose war in den Süden gefahren, um sich mit ihm zu treffen. Er hatte einen sehr verängstigten Menschen angetroffen, der auf das Heftigste verprügelt worden zu sein schien.

Als Pascoe das hörte, dachte er beunruhigt an Lee Lubanski. Matt Polchard war nicht für unbegründete Gewalttätigkeit bekannt, aber sicherlich befürwortete er alles, was die Situation erforderte. Und weiß Gott, welche hirnlosen Schläger er beschäftigte.

Dann kam Rose von selbst auf den Elsecar-Schatz zu sprechen, und alle Besorgnis über den vermissten Strichjungen war mit einem Mal vergessen.

Deutliche Hinweise, dass Rose gegen weitere Informationen zum Sheffield-Job ein gutes Wort für den Informanten bei der Londoner Polizei einlegen könnte, hatten Rose zunächst nur die sinnige Erwiderung eingebracht, dass er, der Informant, drinnen besser aufgehoben sei als draußen. Worauf Rose erwiderte, dass er in diesem

Fall dafür sorgen würde, dass er auf Bewährung rauskomme, und in Sheffield überall verlauten lasse, dass er, Rose, unten war, um mit ihm zu plaudern.

Doch auch dann bekam er nicht mehr als ein Datum. Der 26. Januar, vom jetzigen Tag an in einer Woche, der Tag, an dem der Schatz von Sheffield nach Mid-Yorkshire überstellt werden sollte.

»Aber was hat dich dazu veranlasst, den Schatz als Ziel des Unternehmens zu sehen?«, fragte Pascoe.

»Polchards Strafregister brachte mich auf die Idee, es könnte sich um einen Überfall auf einen Geldtransporter handeln, also besorgte ich mir eine Liste mit allen in diesem Monat geplanten Einsätzen«, sagte Rose stolz. »Als ich sah, dass das Datum mit der Überführung des Schatzes zusammenfiel, holte ich mir alle Videoaufnahmen des Museums und ging sie durch. Und weißt du was, Polchard hat sich mindestens zweimal die Ausstellung angesehen. Er hatte den Kragen hochgestellt, den Hut tief ins Gesicht gezogen, aber es war definitiv er.«

»Vielleicht interessiert er sich für römische Geschichte«, sagte Pascoe trocken. »Du hattest doch vor, mir das alles zu sagen, oder, Stan? Ich meine, wir sprechen doch vom nächsten Samstag?«

»Natürlich wollte ich dir das alles mitteilen. Ich hab einige Ideen zusammengestellt, wollte sie nur meinem Boss noch vorlegen, er lag mit dieser Kung Flu im Bett, kam erst heute wieder zum Dienst – aber natürlich wollte ich dich anrufen. Außerdem ist das alles noch ein wenig spekulativ, oder?«

»Meiner Meinung nach ist es mehr als das, Stan«, sagte Pascoe. Als er ihm die Gründe für seinen Besuch erläuterte, besaß Rose so viel Anstand, sich peinlich berührt zu zeigen über Pascoes Freigebigkeit, mit der dieser seine Informationen vor ihm ausbreitete, während er vorgehabt hatte, sich nicht in die Karten schauen zu lassen.

»Pete, das ist gut, das ist wirklich gut. Das ist alles, was ich brauche, um das Startzeichen für meine … für unsere Operation zu bekommen.«

»Das freut mich für dich. Aber natürlich, falls der Überfall während der Überführung geplant ist, wovon wir sehr wahrscheinlich ausgehen können, wird er wahrscheinlich, überaus wahrscheinlich sogar auf Andy Dalziels Spielfeld stattfinden.«

Er hielt kurz inne, damit Rose sich die lebensbedrohlichen Gefahren eines Machtkampfs mit dem Dicken vergegenwärtigen konnte, und fuhr dann fort: »Wer zuerst kommt, mahlt zuerst, oder? Es ist deine Show, Stan. Wir unterstützen dich von unserer Seite des Zauns aus – solange wir von dir vollständig auf dem Laufenden gehalten werden.«

»Pete, das ist großartig. Vielen Dank. Hör zu, ich hab eine Menge Ideen für diese Operation. Ich nenne sie übrigens Operation Schlange. Dachte mir, das passt ganz gut.«

In seiner Stimme lag beinahe so etwas wie Trotz. Pascoe verkniff sich ein Lächeln.

»Also, wenn du schon da bist, warum machen wir uns nicht daran, einige Pläne zu entwerfen?«, fuhr der DI fort.

»Um ehrlich zu sein, ich würde mich jetzt lieber zum Museum aufmachen, um mir anzusehen, worum es hier überhaupt geht«, sagte Pascoe.

Er kannte Fotos verschiedener Einzelstücke aus dem Schatz, die ihn jedoch nicht auf die überwältigende Pracht des Ganzen vorbereitet hatten. Es war keine große Sammlung, aber eindeutig von jemandem zusammengestellt, der einen Blick für das Schöne hatte und den es sicherlich gefreut hätte, mit wie viel Sorgfalt seine Stücke präsentiert wurden. Ringe, Armreifen, Broschen, Halsbänder, sie alle kamen auf den sich langsam drehenden, mit schwarzem Samt bezogenen Kissen, angestrahlt von variablen, stufenlos geregelten Leuchten, deren Licht vom grellen Schein der Sonne bis zum sanften Glühen einer Kerze changierte, wunderbar zur Geltung. Das Zentrum der Ausstellung jedoch bildete das Schlangendiadem. Es war auf einem eiförmigen Fiberglaskörper platziert, der, selbst zwar gesichtslos, einen dazu animierte, jene Züge zu sehen, die man selbst am schönsten fand.

Als Pascoe es eingehend betrachtete, konnte er fast verstehen, warum Belchamber so versessen darauf war, es in seinen Besitz zu bringen. Auf jeden Fall teilte er dessen Empörung, dass man erlaubt hatte, den Schatz ins Ausland zu verkaufen.

Sie trafen sich mit dem Ausstellungsleiter und befragten ihn über die Einzelheiten zum Transport der Ausstellungsstücke.

Sie wollten so wenig Aufmerksamkeit wie möglich erregen, betonten, dass es sich um Routineanfragen handelte, die bei dem enormen Wert der Ladung notwendig seien. Vorbeugung mochte besser sein als Heilung, aber keiner von beiden verspürte große Lust, die Bande auf ihre Verdachtsmomente hinzuweisen und sie dadurch abzuschrecken. Wie Dalziel es einmal ausgedrückt hatte: Für schwere Jungs war das Gefängnis die einzige wirkliche Verbrechensprävention. Alles andere sei nur ein Hinausschieben des Unvermeidlichen.

Eine Information erregte Pascoes Interesse. Der Transport würde von Praesidium Security übernommen werden.

Rose, mit einem sehr feinen Gespür für Reaktionen ausgestattet, das für seine Karriere Gutes verhieß, bemerkte Pascoes kurz aufflackerndes Interesse und brachte die Sache zur Sprache, als sie das Büro des Ausstellungsleiters verließen.

Pascoe erzählte ihm von dem Überfall auf den Praesidium-Geldtransporter und der Verbindung zu Belchamber.

»Du meinst, das könnte so eine Art Generalprobe gewesen sein?«

»Möglich. Würde jedenfalls erklären, warum sie es nicht aufs Geld abgesehen hatten. Wenn sie allerdings glauben, die Mannschaft beim Schatztransport würde bei einem Café anhalten, um sich eine Tasse Tee zu genehmigen, dann müssen sie wirklich unglaublich dämlich sein.«

Auf dem Weg durch das Hauptfoyer blieb Pascoe unvermittelt stehen. An einer Anschlagtafel war ihm ein Plakat aufgefallen, die Bekanntmachung der eintägigen Konferenz, die die Psychandrische Gesellschaft von Yorkshire an der Universität abhielt – und natürlich fiel der heutige Tag genau auf diesen Termin. Er fragte sich, wie Pottles Eröffnungsrede gelaufen sein mochte.

Er trat näher, um sich die Einzelheiten anzusehen.

Amaryllis Haseen war am Morgen dran gewesen, sie hatte er also

verpasst. Aber Frère Jacques, Rootes Guru, sprach nach der Mittagspause über sein neues Buch und den Third Thought.
Wieder im Hauptquartier der Polizei von Sheffield, traf er sich anschließend mit Roses Boss. Er sah nicht gut aus, und trotz seiner Versicherung, es sei nicht mehr ansteckend, versuchte sich Pascoe im Lee zu halten, wenn er durch sein Kettenrauchen den nächsten gewaltigen Hustenanfall auslöste.
Er war weniger überzeugt als sein DI, dass Pascoes Neuigkeiten definitiv auf einen sich abzeichnenden Überfall hindeuteten, befragte ihn aber eindringlich zu dem Standpunkt, den Andy Dalziel bei der Sache einnahm. Die Meinung des Dicken hatte hier offensichtlich einiges Gewicht. Schließlich gab er Rose seinen bedingten Segen, der Pascoe nur allzu bekannt vorkam. Im Klartext: Wir brüsten uns mit deinem Erfolg, geht die Sache aber in die Hose, trägst du dafür die alleinige Verantwortung.
Stan Rose war höchst erfreut. Vor der Räucherkammer sagte er: »Pete, ich lade dich zum Mittagessen ein. Das ist das wenigste, was ich tun kann. Das bin ich dir schuldig.«
»Danke, Stan«, sagte Pascoe, »aber ich hab noch was an der Universität zu erledigen. Apropos, da ist noch was ... erinnerst du dich an diesen Frobisher, Sergeant Wield hat dich darüber befragt, damals im Zusammenhang mit dem Tod dieses Professors ...?«
»Ja, klar. Überdosis mit Todesfolge, hat versucht, sich wach zu halten, um seine Arbeit zu Ende zu bringen.«
»Genau der. Hör zu, wenn ich schon hier bin, würde ich mich gern in dem Haus umsehen, in dem er gewohnt hat, kurz ein paar Worte mit den noch vorhandenen Nachbarn wechseln, nichts Großes – aber falls einer von denen muffig wird, würde es nicht schaden, wenn ich sagen könnte, es sei mit dir abgesprochen.«
Rose sah ihn an wie einen armen Verwandten, der plötzlich aufs Geld zu sprechen kam.
»Hat das irgendwas mit diesem Roote zu tun?«, fragte er.
»Entfernt.«
»Pete, es war ein normaler Todesfall, keinerlei Verdachtsmomente, längst Gras über die Sache gewachsen.«

»Laut deiner eigenen Aussage ist seine Schwester da aber anderer Meinung.«

»Wofür sind Schwestern denn sonst da? Pete, es ist Zeitverschwendung.«

»Wahrscheinlich hast du Recht. Und mir ist klar, dass ich meine Energie darauf konzentrieren sollte, dich bei dieser Schatz-Sache zu unterstützen ...«

Ganz leicht betonte er das Wort *unterstützen.*

Rose seufzte.

»Mach, wie du willst, Pete. Ich kann ja immer noch sagen, dass du deinen Dienstrang ausgespielt hättest.«

»Das wäre mein nächster Schritt gewesen«, grinste Pascoe.

ascoe betrat den Vorlesungssaal der Universität, als Dr. Pottle soeben mit seinen einleitenden Worten zu Frère Jacques fertig war. Die vordersten Reihen waren ausnahmslos besetzt, hinten aber gab es noch genügend freie Plätze. Vielleicht lag es an dem Grippevirus. Pascoe setzte sich in die hinterste Reihe neben ein Studentinnen-Trio, das aussah, als wäre es der Welt längst überdrüssig und hier nur aufgetaucht, um der Kälte zu entgehen. Pottle trat vom Podium und nahm ganz vorne Platz. Eine Frau neben ihm wandte den Kopf und sprach mit ihm einige Worte, und obwohl Pascoe nur das Foto auf dem Schutzumschlag kannte, glaubte er Amaryllis Haseen erkannt zu haben.

Frère Jacques war eine Überraschung. Mit seinem kurz geschnittenen blonden Haar und dem eng anliegenden schwarzen Rollkragenpullover, der einen muskulösen Oberkörper ohne Anzeichen von Fett umhüllte, sah er eher wie ein Skilehrer als ein Mönch aus.

»Na, aber hallo«, sagte eines der Mädchen neben Pascoe. »Ob da wohl auch sein Schniedel mithalten kann?«

Es kam ganz selbstverständlich, genauso, als würde ein junger Mann beim Anblick einer vollbusigen Frau *tolle Möpse* raunen. War dies ein Schritt hin zur Gleichberechtigung oder eher ein Schritt zurück?, fragte sich Pascoe.

Jacques begann mit seinem Vortrag. Sein Englisch, grammatikalisch perfekt, wies einen genügend schwachen Akzent auf, um sexy zu klingen. Er plauderte vom Tod, von seinen eigenen Erfahrungen als Soldat, seiner Ansicht, dass die westliche Zivilisation aufgrund ihrer zunehmenden Besessenheit, die sie lebensverlängernden Mitteln und Wunderkuren entgegenbrachte, sich idiotischerweise die einzige vom Menschen nicht zu besiegende Konstante der Natur zum Feind gemacht hatte.

»*Man soll sich seine Freunde gut aussuchen*, das ist ein kluger Leitspruch«, sagte er. »Noch besser allerdings sollte man sich seine Feinde aus-

suchen. Das wäre noch klüger. Denn sie wird man nicht so leicht los wie Freunde.«
Seine Ideen waren sorgfältig in die Sprache der Psychologie und Philosophie gebettet, nicht in die der Religion. Nur einmal wich er in Richtung eines christlichen Dogmas ab, als er mit seinen leuchtend blauen Augen ironisch blinzelnd auf den einzigartigen Trost zu sprechen kam, den das *Book of Common Prayer* seinen Lesern offerierte. »Den Trauernden bei der Beerdigung wird darin versichert, ›der Erdenmensch, vom Weib geboren, an Tagen arm und voller Leid, geht gleich der Blume auf und wird dahingemäht‹. Kein Wunder, dass sich die Tradition herausgebildet hat, nach dem Begräbnis sofort nach Hause oder ins Wirtshaus zu stürmen und so viel wie möglich zu bechern, um diese frohe Botschaft aus dem Gedächtnis zu tilgen!«
Von Humor waren alle seinen Ausführungen über die Strategien und Disziplinen geprägt, mit denen die Third-Thought-Bewegung ihren Anhängern das Bewusstsein des Todes angenehmer zu machen versuchte, das, wie er argumentierte, grundlegend war, wenn man ein erfülltes Leben führen wollte. Sein Vortrag allerdings enthielt nichts Frivoles, Gekünsteltes oder gar leere Worthülsen. Er schloss mit den Worten: »Es ist ein Allgemeinplatz, wie viele große Wahrheiten Allgemeinplätze sind, vom Wunder des Lebens zu sprechen. Die Geburt ist nur eines der beiden großen Wunder, derer die Menschheit teilhaftig wird. Das zweite ist natürlich der Tod, ein Wunder, das in vielerlei Hinsicht noch größer ist. Der wunderbare schottische Dichter Edwin Muir hat das verstanden, die Eröffnungsverse seines Gedichts ›Das sterbende Kind‹ zeugen davon:

> *Unschönes, schönes Universum,*
> *Ich pack deine Sterne in meinen Ranzen*
> *Und sag dir, sag dir Lebwohl.*
> *Dass ich dich verlassen, einfach*
> *Verlassen, abhauen kann,*
> *Ist, sagt mein Vater, das Wunder.«*

Er setzte sich. Der Applaus, angeführt von den nun alles andere als gelangweilten Mädchen, fiel enthusiastisch aus. Pottle erhob sich und verkündete, dass Frère Jacques nun Fragen beantworten und anschließend sein neues Buch signieren werde.

Die Fragen wurden wie immer von den Jungakademikern angeführt, die eifrig bemüht waren, Fleißpünktchen zu sammeln. Einer zitierte mit starkem ironischen Unterton aus einer späteren Strophe von Muirs Gedicht, die von »der verborgenen Seite der Verzweiflung« und der »leeren Ewigkeit« handelte und fragte, was denn die religiösen Oberen des guten Bruders von dieser Alternative zum christlichen Himmel hielten, die er seinen Proselyten zu versprechen schien. Worauf eine von Pascoes Nachbarinnen sehr hörbar »blöder Hammel« raunte. Doch Jacques benötigte keine fremde Hilfe, leichthin parierte er den Schlag, indem er äußerte, der Fragesteller, ob Atheist, Christ oder was auch immer, müsse nicht fürchten, dass seine Überzeugungen angegriffen würden, denn der Third Thought sei eine nicht-säkulare, nicht-proselytische Bewegung und beschäftige sich nur mit den Lebenden.

Das Mädchen, das »blöder Hammel« gesagt hatte, fragte dann in sehr ernstem Tonfall, welche Rolle der Sex mit seinem »kleinen Tod« in der Philosophie des Third Thought spiele, worauf Jacques ebenso ernsthaft antwortete, wenn sie sich die Mühe machte, Kapitel sieben seines Buches zu lesen, würde sie sicherlich eine Antwort darauf finden. Und daraufhin lächelte er, nicht in Richtung der Fragenden, sondern zu jemandem, der am anderen Ende von Pascoes Reihe saß. Pascoe beugte sich vor und entdeckte dort eine erstaunlich schöne blonde junge Frau, die das Lächeln des Mönchs erwiderte.

Nachher kaufte Pascoe ein Exemplar des Buches und überlegte, ob er sich in die Signierschlange einreihen sollte (in der sich samt und sonders seine drei Nachbarinnen eingefunden hatten), als Pottle ihm auf die Schulter tippte und sagte: »Peter, schön zu sehen, dass der Drang des Polizisten nach Erkenntnis nicht im gerichtsmedizinischen Labor endet. Darf ich Sie Amaryllis Haseen vorstellen?«

Rootes Beschreibung der Frau war wenig, nur ein klein wenig übertrieben, ging Pascoe durch den Kopf, als er ihr die Hand gab. Sie war auf ihre leicht aufgedonnerte, grelle Art und Weise definitiv sexy. Er konnte sich gut vorstellen, dass sie am St. Godric's im holzgetäfelten Aufenthaltsraum der rangältesten Fellows für so manche Unruhe und Überreiztheit und Aufwallung gesorgt hatte.

Er sagte: »Es tut mir sehr Leid, vom Tod Ihres Ehemanns gehört zu haben, Ms. Haseen. Sir Justinian ist ein großer Verlust für die Wissenschaft.«

Engländer sind berüchtigt für ihre kläglichen Kondolenzversuche, Pascoe aber glaubte, dass er die Sache ganz gut gemeistert habe, die Frau allerdings betrachtete ihn mit unverhohlener Skepsis. »Sie kannten meinen Mann, Mr. Pascoe?«

»Na ja, nein ...«

»Aber Sie kennen seine Bücher? Welches hat Sie am meisten beeindruckt?«

Flehentlich sah Pascoe zu Pottle, der mit mildem Lächeln sagte: »Amaryllis, Sie und der Chief Inspector haben, soweit ich weiß, einen gemeinsamen Bekannten. Einen gewissen Mr. Franny Roote.«

Dankbar sowohl für den Themenwechsel als auch für die Eröffnung, sagte Pascoe: »Ich habe mit großem Interesse gelesen, was Sie über ihn in *Dunkle Zellen* geschrieben haben, das mich übrigens sehr beeindruckt hat. Ein tolles Werk. Es würde mich wirklich freuen, wenn Sie einen Moment Zeit hätten, damit wir uns darüber unterhalten können.«

Sein Versuch, sie durch Schmeicheleien abzulenken, misslang kläglich.

Mit eisiger Stimme erwiderte sie: »Ich kann nicht über meine Patienten reden, Mr. Pascoe, von denen übrigens auch keiner im Buch namentlich erwähnt wird.«

»Nein«, sagte er, »aber Franny hat sich in einem Brief an mich selbst zu erkennen gegeben. Inhaftierter XR, wenn ich mich recht erinnere. Die Schweigepflicht trifft damit vielleicht nicht mehr zu. Er sprach sehr offen von den Sitzungen mit Ihnen und dass er in Ihrer Schuld stehe, weil Sie seine Überführung vom Syke zum Butlin befürwortet haben.«

Wenn du eine Peitsche hast, sagte das Evangelium nach St. Dalziel, reicht meistens schon ein kleiner Knall – solange dein Gegenüber überzeugt ist, dass du Blut sehen willst.
Pascoe fixierte sie mit einem starren Blick voll Dalzielesker Entschlossenheit, wie er hoffte.
Treib sie in die Ecke, und dann zeigst du ihnen, wie sie wieder rauskommen können, lautete ein weiterer Tipp seines Herrn und Meisters.
»Sie haben ihn doch kürzlich am St. Godric's getroffen, da war er schon lange nicht mehr Ihr Patient, es sollte also, moralisch gesprochen, kein Problem sein, über ihn zu reden, oder? Ich weiß, Sie haben sehr schmerzliche Erinnerungen an diese Konferenz. Gleichzeitig muss es Sie doch sehr gefreut haben, dass jemand, dem sie als Strafgefangenen geholfen haben, für seinen Vortrag den Applaus eines ausgewählten akademischen Publikums erhielt. Waren Sie davon nicht beeindruckt?«
»Von dem Vortrag? Nein. Wie die meisten so genannten literaturwissenschaftlichen Analysen war er ganz großartig, was das Geschwafel anbelangt, in Hinblick auf die psychologische Durchdringung des Themas jedoch sehr schwach. Er war es kaum wert, dass man sich deswegen beim Mittagessen so beeilen musste. Außerdem war es ja auch nicht Rootes Arbeit, oder? Und außerdem interessierte mich mehr seine Beziehung zum verstorbenen Dr. Johnson.«
»Sie mussten Sam gekannt haben, als Sir Justinian noch in Sheffield war.«
»O ja. Wir kannten uns.«
»Ich kannte ihn ebenfalls«, sagte er. »Meiner Ansicht nach ein sehr kluger, sehr attraktiver Kerl.«
»Sie fanden ihn attraktiv?« Sie musterte ihn.
»Ja, durchaus. Ich habe gehört, es gab einige Zwistigkeiten mit Ihrem Ehemann.«
Sie zuckte mit den Schultern. »Auf Johnsons Seite vielleicht. Gewisse Charaktere können nicht anders, sie müssen immer jene von sich stoßen, die ihnen unter die Arme greifen, so wie Jay es bei Johnson mit dessen Beddoes-Buch getan hat. Manchen fällt es leichter, mit

denen, die ihnen geholfen haben, einen Streit vom Zaun zu brechen, als die Hilfe anzuerkennen. Ich kannte ihn nicht besonders gut, aber er erschien mir immer als ein sehr launenhafter, vielleicht sogar als ungefestigter Mensch. Es überraschte mich nicht, als ich hörte, unter welchen Umständen er Sheffield verlassen hat.«

»Sie meinen den Tod des Studenten Jake Frobisher?«

»Sie wissen davon? Aber natürlich wissen Sie das. Auch hier haben Sie wieder eine enge Beziehung, auf die Zurückweisung folgt. Das gleiche Muster wie bei Jay, außer dass die Nähe in diesem Fall natürlich sexueller Natur war, nicht akademischer. Johnsons Tod dürfte meiner Meinung nach für Roote ein glücklicher Umstand gewesen sein, in vielerlei Hinsicht.«

»Ich bin mir nicht sicher, ob er das genauso sieht. Und sicherlich sah er den Zwist zwischen Ihrem Ehemann und Johnson in einem etwas anderen Licht«, sagte Pascoe, der sich eingestehen musste, dass er eine ernsthafte Antipathie zu dieser Frau zu entwickeln begann.

Er nahm an, dass sie auch nicht unbedingt verrückt nach ihm war, was sie sogleich demonstrierte.

»Ihr Name ist Pascoe, sagen Sie? Kommt mir irgendwie bekannt vor. Hieß der Polizist, der für die Verurteilung Rootes mitverantwortlich zeichnete, nicht ebenfalls Pascoe?«

»Das war ich«, sagte Pascoe.

»Und er schreibt Ihnen Briefe, sagten Sie?« Sie lächelte ganz offensichtlich befriedigt. »Das muss Sie doch sehr beunruhigen, Mr. Pascoe.«

»Warum?«

»Jedes Mal, wenn er über seine Verurteilung sprach, behauptete er zwar, alle Rachegedanken sublimiert und auf andere Felder übertragen zu haben, vor allem auf seine akademischen Forschungen, dennoch spürte ich bei ihm verborgene Animositäten und das Gefühl, ihm sei Unrecht getan worden. Natürlich ist das mittlerweile einige Jahre her, und mit der Zeit ändert sich vieles, zumindest in manchen, sehr seltenen Fällen ...«

»In der Tat«, unterbrach Pottle. »Und Mr. Roote, von dem ich einige

Briefe gesehen habe, schrieb an den Chief Inspector, um ihm explizit zu versichern, dass er keinerlei Rachegedanken hege.«
Wieder lächelte Amaryllis, wie eine Borgia, die sah, wie ein Gast ihr sein Weinglas zum Nachschenken hinhielt.
»Nun, dann ist ja alles in Ordnung. Wenn jemand, der so hinterhältig, so vielschichtig und so intelligent wie Franny Roote ist, sagt, dass er einem keinen Schaden zufügen will, was haben Sie dann zu befürchten? Und wenn Sie mich nun entschuldigen wollen, ich fahre heute noch nach Cambridge zurück und muss noch packen.«
Sie entfernte sich.
»Das«, sagte Pascoe zu Pottle, »klang mir doch so, als würde sie meiner Interpretation von Rootes Motiven zustimmen. Sie bemüht sich kaum, ein wenig Charme zu zeigen, oder?«
Pottle lächelte. »Peter, Sie waren aggressiv, bedrohlich sogar, und brachten versteckte Kritik an ihrem kürzlich verstorbenen Ehemann an. Was lässt Sie glauben, dass Psychiater über Hassgefühle und Rachegedanken erhaben sind? Ich sehe, Sie haben das Buch des guten Bruders erworben. Wollen Sie es signieren lassen? Er sieht mir ganz danach aus, als wäre er froh, wenn er hier erlöst wird.«
Die Signier-Schlange hatte sich auf die drei Studentinnen verkürzt, die sich um Jacques drängelten, an seinen Lippen hingen und aussahen, als würden sie auch gern an allem anderen hängen, dessen sie habhaft werden konnten. Neben ihnen, mit etwas Abstand, stand die schöne Blonde, die sich alles mit einem spöttischen Lächeln besah.
Das räuberische Trio sah unwirsch auf, als sich Pottle und Pascoe näherten.
»Tut mir Leid für die Störung, aber Sie haben Ihren Termin einzuhalten, Bruder. Meine Damen, es wird sich sicherlich noch die Gelegenheit ergeben, die Unterhaltung zu einem späteren Zeitpunkt fortzusetzen.«
Jacques verabschiedete sich von den Mädchen, die ihre Widmungen vergleichend den Rückzug antraten.
»Welcher Termin …?«, fragte er Pottle.
»Mit Mr. Pascoe hier«, sagte Pottle. »Chief Inspector Pascoe, der

unter anderem sein Buch signiert haben möchte. Suchen wir uns einen Ort, an dem wir etwas ungestörter sind.«

Als er sie wegführte, sah Jacques entschuldigend zur Blonden. Pottle hieß sie in ein kleines Büro eintreten und schloss hinter ihnen die Tür.

»Pascoe?«, sagte Jacques nachdenklich. »Sagen Sie, Sie sind nicht zufällig Franny Rootes Inspector Pascoe?«

»Kommt darauf an, wie Sie das besitzanzeigende Pronomen verstehen«, sagte Pascoe.

»In dem Sinne, dass Sie der Polizist sind, der ihn zwang, sich mit seinem antisozialen Verhalten auseinander zu setzen, seine Motive dafür zu verstehen, die notwendige gesetzliche Strafe anzutreten und schließlich die bessere, reifere Persönlichkeit zu werden, die er jetzt ist.«

»In diesem Sinne scheint es mir ein wenig übertrieben«, sagte Pascoe.

»Ja, er hat mir gesagt, Sie hätten Probleme gehabt, mit Ihrer Rolle in seinem Leben zurechtzukommen«, sagte Jacques.

»Ich hatte Probleme!« Pascoe schüttelte entschieden den Kopf. »Glauben Sie mir, Bruder, das einzige Problem, das ich hatte, war, mit Rootes Problemen zurechtzukommen!«

»Welche sind?«

»Dass er im Grunde ein Soziopath und Fantast ist, dessen unwägbares Verhalten mich sehr um mein Wohlergehen und das meiner Familie fürchten lässt.«

Was, fragte sich Pascoe noch im selben Moment, ist nur aus meinem Plan geworden, mit diesem Kerl still und leise über seinen beknackten Kumpel zu plaudern und ihm dabei viele interessante Informationen aus der Nase zu ziehen, ohne dass er mein wahres Interesse erraten würde?

»Das scheint ein sehr weit reichendes Urteil zu sein, das lediglich auf einigen wenigen und vermutlich nicht bedrohlichen Briefen basiert.«

»Woraus ziehen Sie Ihre Vermutungen?«, wollte Pascoe wissen.

»Und woher wissen Sie überhaupt, dass er mir schreibt?«

»Weil er es mir gesagt hat. Und da ich davon ausgehe, dass schriftliche Drohungen eines ehemaligen Häftlings an einen Polizisten schnell

zu Verdächtigungen und Anklagen führen würden, nehme ich an, dass solche Drohungen nicht ausgesprochen wurden. Wie auch immer, Mr. Pascoe, ich hoffe, ich kann Sie beruhigen, wenn ich Ihnen sage, dass er Ihren Namen immer mit großem Respekt und voller Bewunderung erwähnt hat, die, spüre ich, an Zuneigung grenzt.«
»Sie haben sich also über mich unterhalten?«
»Er hat geredet, ich habe zugehört. Mein Eindruck dabei war: Er hat seine Gefühle gegenüber einer anderen Person erkundet und war sehr überrascht, was er dabei entdeckte. Ich bin kein Psychologe – es dürfte sich auszahlen, wenn Sie Dr. Pottle in dieser Sache konsultierten –, aber mein Instinkt sagt mir, dass Franny sich in sehr jungen Jahren eine gewisse geistige Reife erwarb, emotional und moralisch aber noch immer in seiner Spätpubertät feststeckt.«
Kurz betrachtete er Pascoe, als wollte er einschätzen, wie er auf diese Analyse reagierte, dann fuhr er fort: »Sie sind vielleicht versucht, zum Gegenschlag auszuholen, indem Sie aus seinen Briefen einige abschätzige Kommentare über mich zitieren. Aber ich würde vermuten, dass seine anfängliche Haltung, ich sei nur eine Art – wie nennen Sie es? – eine Art religiöser Wichser, dem man nur deswegen höflich begegnen muss, damit er es sich nicht mit seiner Mäzenin Mrs. Lupin verscherzt, sich doch etwas abgemildert hat. Sie sehen, was man in meinem Metier lernt, ist zu unterscheiden, ob jemand nur Lippenbekenntnisse ablegt oder sich wirklich engagiert. Und Franny, glaube ich, hat eine wirkliche Wandlung erfahren.«
»Franny versteht es meisterhaft, die Leute so zu beeinflussen, dass sie genau das fühlen und denken, was sie seinem Willen nach fühlen und denken sollen«, sagte Pascoe kühl.
»Vielleicht. Soll ich jetzt Ihr Buch signieren, oder war das nur Ihre Eintrittskarte, Chief Inspector?«
»Nein, bitte signieren Sie es«, sagte Pascoe; er war für einen Tag bereits undankbar genug gewesen.
Der Mönch ergriff das Buch, schlug die Titelseite auf, kritzelte einige Worte hinein und gab es zurück.
Pascoe besah sich, was er geschrieben hatte. Seine Unterschrift, gefolgt von *Thessalonicher 5,21.*

»Okay«, sagte er. »Sie haben mich ertappt. Ersparen Sie es mir, dass ich es nachschlagen muss.«

»›Prüft alles! Das Gute behaltet!‹«

»Nett, für einen Polizisten aber muss es etwas anders heißen«, sagte Pascoe. »Prüft alles! Und das Böse behaltet. Danke, Bruder.«

Er öffnete die Tür. Draußen sah er die Blonde warten. Plötzlich wusste er, wer sie war.

»Sie haben bezüglich Miss Lupin also eine Entscheidung getroffen?«, fragte er.

Jacques war nicht überrascht.

»Ja, ich habe eine Entscheidung getroffen.«

»Meinen Glückwunsch. Ich hoffe, es fügt sich alles zum Besten für Sie beide.«

»Danke. Franny hat Recht, Sie sind ein scharfsinniger Mensch, Mr. Pascoe. Wir möchten die Neuigkeiten vorerst noch für uns behalten. Bis wir es allen nahe stehenden Personen erzählt haben. Meinen Brüdern, Emeralds Mutter.«

»Wird das auf Ihre Arbeit über den Third Thought irgendwelche Auswirkungen haben?«, fragte Pascoe.

»Warum sollte es? Ich habe die anderen beiden Gedanken nie verneint.«

»Nun, viel Glück dann. Und passen Sie auf sich auf.«

»Sie auch, Mr. Pascoe. Gott segne Sie.«

Draußen nickte er Emerald freundlich zu und machte sich anschließend auf die Suche nach Pottle.

»Und, irgendwas dabei herausgekommen?«, fragte der Psychiater.

»Ich wurde gesegnet. In unseren beiden Sprachen«, sagte Pascoe.

as Haus, in dem Jake Frobisher den Tod gefunden hatte, war ein großes, halb frei stehendes Gebäude aus monumentalen Granitsteinen, die durch das Alter und die Witterung zu einem Mausoleum-Grau nachgedunkelt waren. Es lag zwischen der Innenstadt und dem Vorort Fulford; verglichen mit den anderen Gebäuden in der Straße wirkten sein kleiner vorderer und die beiden seitlichen Gärten traurig verwahrlost, die Farbe an den Türen und Fenstern war rissig und blätterte ab.

Pascoe, immer geneigt, zwei und zwei zusammenzuzählen, sah in dem Gebäude das Herrenhaus eines reichen Kaufmanns, dessen schleichender Niedergang dazu geführt hatte, dass es in Einzelwohnungen aufgeteilt worden war, bis es, entweder durch Verkauf oder langjährige Verpachtung, vollends nur noch von Studenten bevölkert wurde, ein Umstand, der wahrscheinlich die Bewohner der angrenzenden und allem Anschein nach erneut als Familienresidenzen genutzten Häuser verärgerte, nachdem die Gegend in den letzten Jahrzehnten des zurückliegenden Jahrhunderts ihren ursprünglichen Status zurückgewonnen hatte.

An einer der Türsäulen war eine Reihe von Klingelknöpfen angebracht. Sie weckten nicht den Eindruck, als würden sie funktionieren. Pascoe betrachtete sich die abgestoßenen Namensschilder und erkannte bei der Nummer 5 den Namen Frobisher. Daran, nahm er an, hatte sich seit vergangenem Sommer, als der unglückliche Junge gestorben war, nichts geändert. Er drückte auf den Knopf, hörte nichts, wollte bereits andere Klingelknöpfe probieren, als die Tür aufging und ein junger Mann ein Fahrrad herausschob. Pascoe hielt ihm die Tür auf und bekam dafür ein fröhliches »Danke, Kumpel«.

Er ging hinein.

Der Geruch erinnerte ihn an seine Studentenzeit, die, an Jahren gezählt, noch nicht so lange her war, in seiner Erinnerung aber ein ganzes schmerzhaftes Lebensalter zurücklag. Er filtete den Geruch von Curry und anderen Gewürzen heraus, das leichte Odeur verfaulenden Gemüses, einen Hauch Kanalisation, eine Prise Schweiß, einen Duftkringel von Räucherstäbchen und das Aromagespenst von Dope. Das olfaktorische Gemenge, gefangen in der Kühle zwischen unbeheiztem Flur und Treppe, attackierte weder die Nase noch verursachte es Brechreiz, trotzdem war er froh, dass es nicht Hochsommer war.

Er ging die Treppe hinauf und fand auf dem ersten Treppenabsatz eine mit der Ziffer 5 markierte Tür. Sie stand leicht offen.

Er klopfte; als keine Antwort kam, drückte er sie auf und rief: »Hallo?«

Nichts zu hören. Wenn sich niemand in dem großen viktorianischen Schrank oder, was noch unwahrscheinlicher war, unter dem ungemachten Futon versteckt hielt, dann gab es auch niemanden, der hätte antworten können.

Er stand in der Tür und wollte ... was? Er hatte keine Ahnung, wonach er überhaupt suchte, konnte sich noch nicht einmal vorstellen, was er hier zu finden hoffte. Okay, vor einige Monaten war in diesem Zimmer ein Junge gestorben, aber in einem so alten Haus fand sich höchstwahrscheinlich kein einziger Raum, in dem nicht irgendwann einmal jemand gestorben war.

Also, was erwartete er sich? Eine Botschaft aus dem Jenseits? Die Verse aus dem Gedicht im Beddoes-Sammelband, der aufgeschlagen neben Sam Johnson lag, als er die Leiche des Dozenten gefunden hatte, kamen ihm in den Sinn:

Geister, sie sind nicht aufzuwecken,
aus Todesgründen ist kein Weg zu finden!

Also, nur ein Zimmer. Er trat ein, als wollte er sich selbst bestätigen, dass er den Gedanken an eine mögliche böse oder übernatürliche Kraft kurzerhand verbannt hatte. Sein Fuß blieb an etwas hängen. Er beugte sich hinab, um das Objekt, in dem er sich verheddert hatte, zu lösen, und bekam einen geblümten BH zu fassen, dessen blaurotes Muster vom Teppich, der nahezu den gesamten Boden bedeckte, kaum zu unterscheiden war. Erst jetzt bemerkte er, dass auf dem zerknautschten Laken weitere Einzelteile einer Damenbekleidung verstreut lagen.

Zeit, den Rückzug anzutreten und an einige Türen anzuklopfen, mal sehen, ob sich jemand fand, der sich an Frobisher erinnerte und bereit war zum Plaudern.

»Wer verdammt noch mal sind Sie?«, hörte er eine Stimme hinter sich.

Er drehte sich um. In der Tür stand eine junge Frau. Sie trug einen Kimono und trocknete mit einem Handtuch ihr langes blondes Haar. Sie sah so unfreundlich aus, wie sie klang.

Pascoe lächelte und vollführte eine beruhigende Handbewegung, keine besonders gute Idee, wie sich herausstellte, da er damit die Aufmerksamkeit auf den BH lenkte, den er in der Hand hielt.

»Tut mir Leid«, sagte er. »Mir war nicht klar ...«

Dass das Zimmer bewohnt ist? Dass es von einer Frau bewohnt wird?

Er änderte die Richtung und begab sich auf sicheres Gelände.

»Ich bin Polizist«, sagte er, griff nach seinem Ausweis, was ihm die Möglichkeit verschaffte, beiläufig den BH fallen zu lassen.

Er schlug den Ausweis auf, hielt ihn ihr hin, machte aber keine Anstalten, auf sie zuzugehen.

Sie betrachtete ihn. »Okay, Sie sind also Bulle und ein Perverser dazu. Typen wie Sie dürften im Gefängnis eine wirklich tolle Zeit verbringen.«

»Hören Sie, es tut mir Leid. Ich hätte nicht reinkommen sollen. Und ich bin mit dem Fuß in Ihrem BH hängen geblieben ...«

»Ach, das ist neu«, sagte sie. »Das wird vor Gericht aber auf einiges Interesse stoßen.«

Es lief nicht so, wie es hätte laufen sollen. Es war an der Zeit, einen barscheren Ton anzuschlagen.

Er sagte: »Ich weiß nicht, ob Sie darüber informiert sind, aber letzten Sommer ist in diesem Haus jemand gestorben. Ein Student namens Frobisher ...«

»Wovon«, entfuhr es ihr mit neu entflammtem Zorn, »zum Teufel

reden Sie überhaupt? Und was sind Sie überhaupt für ein Bulle? Zeigen Sie mir noch mal Ihren Ausweis.«
Erneut zog er ihn heraus, diesmal überreichte er ihn ihr.
Sie studierte ihn eingehend. »Mid-Yorkshire?«, sagte sie. »Sie sind aber ganz schön weit von Ihrem Revier entfernt? Sind Sie dazu überhaupt berechtigt?«
»Ja, natürlich. DI Rose ...«
»Dieser Wichser!«
»Sie kennen ihn?«
»O ja. Dieser unnütze Drecksack.«
Sie schob sich an ihm vorbei und ließ sich auf einem klapprigen Stuhl vor einem ebensolchen Schminktisch nieder, wo sie ihr Haar zu kämmen begann.
»Wenn Sie DI Rose kennen, dann wissen Sie sicherlich auch von Frobishers Tod ...«
»Ja, alles. Aber es war nicht in diesem Zimmer.«
»Tut mir Leid, der Namen unten an der Tür ... ah.«
Es dämmerte ihm; es war so offensichtlich, dass er sich peinlich berührt fühlte.
»Sie sind Jakes Schwester«, sagte er. »Sophie.«
»Richtig.«
»Aber das war nicht sein Zimmer ...«
»Natürlich nicht. Hören Sie zu, ich habe meinen Bruder geliebt, er hat dafür gesorgt, dass ich hier ein Zimmer bekommen habe, als ich im Herbst mit dem Studium anfing, aber Sie können sich doch wohl denken, dass ich nicht das gleiche Zimmer genommen habe, in dem er umgebracht wurde, oder? Das wäre wirklich ziemlich makaber gewesen!«
»Ja, natürlich, tut mir Leid. Und es tut mir Leid, dass ich hier eingedrungen bin, Miss Frobisher ...«
»Es wird Ihnen noch wesentlich mehr Leid tun, wenn ich Anzeige gegen Sie erstatte«, sagte sie. »Wegen Hausfriedensbruchs, Herumschnüffelns in meiner Unterwäsche, käme nicht gut für Ihre Karriere.«
»Ich werde es darauf ankommen lassen müssen«, sagte er, noch

immer unsicher, wie er hier am besten vorgehen sollte. Es wäre ein Leichtes gewesen, sie auf seine Seite zu ziehen, indem er angedeutet hätte, er wäre mit der gerichtlichen Untersuchung zur Todesursache ihres Bruders nicht zufrieden. Doch wenn sie lauthals verkündete, dass er ihr Verbündeter sei, wäre dies für seine Karriere noch schlechter, als von ihr wegen perverser Machenschaften angezeigt zu werden.

»Also, verdammte Scheiße, was wollen Sie hier?«, fragte sie.

Zeit, die Karten auf den Tisch zu legen, Pascoe, sagte er sich.

»Sie sagten soeben, ›das Zimmer, in dem er umgebracht wurde‹. Was meinten Sie damit?«

Sie drehte sich zu ihm hin, der Kamm verharrte auf halber Höhe ihrer langen nassen Strähnen.

»Was, meinen Sie, könnte ich damit wohl meinen?«, sagte sie.

Es klang wie eine ernsthafte Frage, nicht wie eine trotzige Retourkutsche.

Vorsichtig sagte er: »Ich möchte mich nur selbst von den Umständen überzeugen, unter denen Ihr Bruder gestorben ist.«

»Wirklich? Ich brauche schon ein wenig mehr, Inspector. Entschuldigung, Chief Inspector. Ich meine, ist doch verständlich, ich bin ja nur eine dumme junge Frau und Jakes Schwester, die noch ganz durcheinander ist von seinem Tod und völlig hysterisch reagiert, oder? Ich wette, das hat DI Rose über mich gesagt, das heißt, wenn er sich höflich ausgedrückt hat. Aber Sie, ein hochrangiger Bulle aus einer anderen Stadt, was führt Sie hierher?«

Wie jeder Anwalt weiß, lässt sich die ganze Wahrheit am besten durch einen kleinen Ausschnitt der Wahrheit kaschieren.

»Einer von Jakes Dozenten«, sagte Pascoe, »Sam Johnson, ist letzten Herbst in meinem Zuständigkeitsbereich unter verdächtigen Umständen ums Leben gekommen. Zunächst sah es wie Selbstmord aus, aber da er relativ kurz nach Jakes Tod nach Mid-Yorkshire umgezogen war, mussten wir der Möglichkeit nachgehen, ob da nicht eine Verbindung bestand. Sie wissen schon, Gemütsverfassung und solche Dinge. Später stellten wir fest, dass Dr. Johnson umgebracht wurde, die Verbindung zu Ihrem Bruder erschien also nicht mehr von Bedeutung. Aber aus bestimmten Gründen habe ich mir über seinen Tod Gedanken gemacht ...«

Es klang schwach, die Augen des Mädchens aber leuchteten. »Sie meinen, so wie sich bei Johnson herausstellte, dass er nicht Selbstmord begangen hat, sondern umgebracht wurde, könnte sich bei Jake Ähnliches herausstellen? Kein Unfall, sondern Mord? Vielleicht der gleiche Täter, der auch Dr. Johnson umgebracht hat?«

»Bestimmt nicht«, sagte Pascoe, der sich Trimbles Reaktion, von Dalziels ganz zu schweigen, vorstellte, wenn er die Schlagzeile las TOTER STUDENT – EBENFALLS OPFER DES WORDMANS? »Es gibt wirklich keinerlei Verbindung zwischen den beiden Todesfällen, glauben Sie mir.«

Außer natürlich Roote ...

Aber auch Roote würde er nicht erwähnen, was ihm die Antwort nicht erleichterte, als Sophie Frobisher irritiert fragte: »Und was zum Teufel tun Sie dann hier?«

»Ich war wegen einer anderen Sache in Sheffield, und DI Rose hat mir von Ihren Vorbehalten erzählt. Und von der vermissten Uhr. Und weil ich in der Vergangenheit mit dem Fall befasst war, dachte ich mir, könnte es ganz nützlich sein, mit Ihnen zu reden. Um die letzten losen Fäden festzuzurren, sozusagen.«

Das war noch schwächer als vorher, erwiesenermaßen, da es wie eine wunde Schniefnase herausstechen musste, dass er keineswegs die Absicht gehabt hatte, sie zu treffen.

Aber sie schien damit zufrieden zu sein. »Okay, fangen Sie an mit dem Festzurren.«

»Warum sind Sie sich so sicher, dass Jake nicht an einer zufälligen Überdosis gestorben ist, als er seine Arbeit zum Abschluss bringen wollte?«

Sie sah ihn nun schräg durch den Spiegel an, vor dem sie sich das Haar kämmte.

»Es war nur ... na ja, Sie müssten dazu Jake kennen. Als Erstes schien er sich bei seinem Studium nie anstrengen zu müssen. Ich habe ihn, glaube ich, wenn ich zu ihm hochkam und ihn besuchte, nie auch nur ein einziges Wort schreiben sehen. Alles aufgeräumt, hatte er immer gesagt. Das Deck sauber gemacht, damit ich meine kleine Schwester empfangen kann! Und bei den Drogen, da nahm er das übliche Zeug, aber er war immer ziemlich vorsichtig. Musste immer wissen, woher der Stoff stammte. Sagte mir immer, wenn ich Ecstasy wollte, sollte ich zu ihm kommen und nicht das Risiko eingehen, mir irgendeinen Scheiß von einem Dealer in der Disco andrehen zu lassen. Er war der Letzte, der wegen eines Unfalls hopsgegangen wäre.«

»Es liegt in der Natur der Drogen, dass sie das Urteilsvermögen beeinträchtigen«, sagte Pascoe. »Anfangs ist man vielleicht vorsichtig, aber wenn man erst mal unter dem Einfluss …«

»Sie hauen sich eine Menge von dem Zeug rein, was?«, sagte sie wütend. »Ich kenne meinen Bruder … ich kannte meinen Bruder …«

Tränen traten ihr in die Augen, sie begann den Kamm durch ihr Haar zu zerren, als wollte sie es sich mitsamt den Wurzeln ausreißen.

»Vielleicht ist es so geschehen«, sagte sie halb schluchzend. »Vielleicht will ich einfach nicht akzeptieren, dass er tot ist … dass er tot ist … Ich weiß doch gar nicht, was das heißt … tot …«

Pascoe lagen tröstende Worte auf der Zunge, aber er schwieg. Falls die junge Frau sich eingestehen konnte, dass der Tod ihres Bruders ein Unfall war, wäre es äußerst egoistisch von ihm, wenn er mit seiner Roote-Obsession alles zunichte machte.

Er wechselte das Thema. »Erzählen Sie mir von der vermissten Uhr.«

Sie fuhr sich mit dem Handrücken über die Augen. »Er hat sie geschenkt bekommen, ich weiß nicht von wem, von jemandem, der wohl wirklich auf ihn gestanden hat. Ein großes schweres Ungetüm, genau sein Stil, eine Omega, glaube ich, mit Goldarmband – na ja, ob es echtes Gold war, weiß ich nicht, aber sie sah ziemlich echt aus. Und auf der Rückseite war eine Gravur.«

»War daraus nicht abzulesen, von wem sie stammte?«

»Nein. Ich hab ihn danach gefragt, aber er hat nur gelacht und gesagt, ›Schwesterlein, Schnüffelschwein, steckst deine Nas' in Dinge rein, ist der Zinken nicht mehr klein!‹ Das hat er immer gesagt, wenn wir …«

Wieder kamen ihr die Tränen.
Pascoe, der den Tränen Einhalt zu gebieten versuchte, fragte: »Diese Gravur, können Sie sich daran noch erinnern?«
»Ich kann sie Ihnen zeigen«, sagte sie. »Sie war ziemlich lang, kleine Buchstaben, und kreisförmig eingraviert, damit sie aufs Uhrgehäuse passt, sie war nicht einfach zu lesen. Deshalb hab ich's abschraffiert, wie ich es als kleines Mädchen mit Münzen getan habe.«
Sie ging zu einer Schublade, kramte darin herum, dann reichte sie ihm ein Blatt Papier.
Sie hatte Recht, es war schwierig zu lesen; die Wörter standen in ihrer eigenwilligen Typographie so eng zusammen, dass man kaum erkennen konnte, wo das eine aufhörte und das nächste begann. Er zog das zusammenklappbare Vergrößerungsglas, das er immer bei sich trug, aus der Tasche, klappte es auf und betrachtete erneut die Lettern.
Es dauerte eine Weile, bis er, nicht ohne Mühe, den Satz entziffern konnte.

DEINS BIS DIE ZEIT
ÜBER ZERSTÖRTEN WELTEN
IN DIE EWIGKEIT FÄLLT

»Kann ich das haben?«, fragte er.
Sie sah ihn zweifelnd an.
»Ich lass es fotokopieren, dann schick ich es sofort wieder zurück.«
»Warum nicht? Mal was anderes, wenn jemand Interesse zeigt.«
»Ja, ich bin interessiert. Aber machen Sie sich bitte keine allzu großen Hoffnungen. Wann haben Sie Ihren Bruder zum letzten Mal gesehen?«
»Drei Wochen bevor er ... starb.«
»Und da hatte er die Uhr noch?«
»Ganz bestimmt. Mein Gott, es macht mich wirklich fertig, wenn ich mir vorstelle, dass irgendein Wichser sie sich geschnappt hat. Und seinen Stoff auch. Ist das keinem seltsam vorgekommen? Dass sie nur ein paar Pillen gefunden haben, die zufällig herumlagen?«

Sie starrte ihn anklagend an.

»Welchen Eindruck hatten Sie von ihm, als Sie ihn das letzte Mal gesehen haben?«, fragte er. »Zu der Zeit musste er bereits gewusst haben, dass er mit dem Abgabetermin in Schwierigkeiten gerät.«

»Schien alles bestens. Einer seiner Kumpel sagte irgendwas in der Richtung, aber Jake lachte nur wie immer und meinte, ›alles in Ordnung, Schwesterlein‹. Wie er es immer tat.«

»Verstehe.« Er suchte nach den richtigen abschließenden Worten, die keine falschen Hoffnungen weckten. Er klammerte sich ja selbst nur an Strohhalme oder die Schatten von Strohhalmen, und angenommen, er würde durch irgendein Wunder herausfinden, dass es beim Tod von Jake Frobisher nicht mit rechten Dingen zugegangen war, welchen Trost konnte Sophie dann daraus schöpfen?

Er sagte: »Wenn ich schon mal da bin, könnte ich mir ja Jakes Zimmer ansehen. Welche Nummer hatte er?«

»Elf. Oben. Aber dort wohnt jemand.«

»Gut. Und vielen Dank, Miss Frobisher. Hören Sie, wie ich schon sagte, ich erwarte nicht, dass hier irgendetwas Neues herauskommt, aber so oder so, wir bleiben in Kontakt. Also, passen Sie auf sich auf! Und das mit der vermissten Uhr, das tut mir sehr Leid.«

»Mir auch«, sagte sie.

Sie richtete ihre gesamte Aufmerksamkeit auf den Spiegel. Sie schien in ihrem Kimono geschrumpft zu sein; als Pascoe ging, sah sie nicht sehr viel älter aus als Rosie, die, mit dem Morgenmantel ihrer Mutter bekleidet, Erwachsene spielte.

Die Tür zu Zimmer 11 wurde auf sein Klopfen hin geöffnet. Vor ihm stand ein junger Mann mit der Statur eines Rugby-Stürmers, was er nach den Stollenschuhen, die in einer Ecke lagen, und dem über die Heizung drapierten Ringeltrikot wahrscheinlich auch war. Warum er allerdings an diesem Samstagnachmittag nicht mit all den anderen schlammverkrusteten Hornochsen auf dem eiskalten Feld herumrannte, war unklar.

Der Grund dafür wurde offenbar, als er den Mund aufmachte.

»Ja?«, sagte er mit schwerem ausländischen Akzent – so klang es zunächst. »Kann ich Ihnen helfen?«

Doch kein Ausländer, sondern ein echter Yorkshireman, der entweder auf dem besten Weg zu einer schweren Attacke der gefürchteten Kung Flu war oder sie gerade hinter sich hatte.

Pascoe wandte den Kopf ab und stellte sich vor. Vom Risiko abgesehen hatte der Grippevirus den positiven Effekt, dass der junge Mann, der laut eigener Angabe Keith Longbottom hieß, keinerlei Neugierde äußerte, warum Pascoe das Zimmer zu sehen wünschte, sondern lediglich sagte: »Machen Sie sich's bequem, Kumpel«, und sich auf das ungemachte Bett fallen ließ.

Pascoe sah sich um. Eine sinnlose Beschäftigung. Was gab es schon zu sehen?

»Kannten Sie Jake Frobisher?«, sagte er.

Longbottom öffnete die Augen, umrundete geistig einige Male die Frage, dann sagte er: »Ja. Hat ja im gleichen Haus gelebt, da lernt man sich schon kennen.«

»Sie haben letztes Jahr schon hier gewohnt?«

»Ja.«

Pascoe dachte darüber nach, dann fuhr er fort: »Aber offensichtlich nicht in diesem Zimmer?«

»Nein. Ich meine, es war ja Frobishers Zimmer, oder?«

»Ja, natürlich. Also wie …?«

»Wie ich's bekommen habe? Na ja, es ist größer als mein altes Zimmer, das noch dazu unten im Keller lag, also dachte ich mir, als das hier frei wurde, warum nicht? Fühlte sich ein wenig gespenstisch an, aber mein Mädel sagte, sei nicht blöd, nimm's. Und wie sie sagt, es war ja nicht so, dass ich den Typen wirklich gekannt hätte. Hatten ja nichts gemeinsam. War so ein Kunstschnösel, studierte Englisch oder so was, Sie kennen die Typen.«

Die ausführliche Antwort schien ihn erschöpft zu haben, die Augen wurden ihm wieder schwer.

»Und was studieren Sie, Mr. Longbottom?«

Geographie, vermutete er. Oder Sportverletzungen. Heutzutage gab es ja auf alles einen Abschluss!

»Mathe«, sagte der Jugendliche.

Du überheblicher Arsch, wies Pascoe sich zurecht, während sein

Blick von den Sportsachen zu den Büchern schweifte, die auf dem Tisch lagen und auf dem Fensterbrett standen.

Die Tür ging auf, eine junge Frau kam herein und knöpfte noch im Gehen ihren Mantel auf.

Als sie Pascoe bemerkte, blieb sie in der Tür stehen. »Hi, Liebes«, sagte Longbottom, »hab dich eigentlich erst heute Abend erwartet.«

»Heute Abend schaff ich nicht. Muss eine Extraschicht übernehmen«, sagte die Frau und zog ihren Mantel aus, unter dem eine Schwesternuniform zum Vorschein kam. »Dachte ich mir also, ich komme noch schnell vorbei, mal sehen, ob du noch am Leben bist. Mein Gott, was für ein Saustall!«

Sie begann aufzuräumen, wobei sie Pascoe argwöhnisch beäugte.

»Das ist Jackie«, sagte Longbottom, »meine Freundin. Jackie, das ist Inspector Pascoe. Er hat nach Frobisher gefragt, du erinnerst dich...«

»Ich erinnere mich«, sagte sie schroff. »Ich dachte, das sei alles geklärt?«

»Ist es auch«, sagte Pascoe. »Nur ein, zwei lose Fäden noch.«

»Sie wissen, dass seine Schwester hier wohnt?«, sagte Longbottom.

»Ja, hab mich gerade mit ihr unterhalten.«

»Sie haben sie doch wohl nicht aufgeregt, hoffe ich«, sagte Jackie, die am Handwaschbecken einen elektrischen Wasserkocher füllte.

»Ich hoffe, ich konnte das vermeiden«, sagte Pascoe. »Mr. Longbottom, in der Nacht, in der das geschehen ist, da haben Sie nicht zufällig etwas Ungewöhnliches mitbekommen? Ich nehme an, das hat man Sie schon mal gefragt.«

»Ja, die Bu... die Polizei hat uns alle vernommen. Nein, ich hab nichts gehört, hab auch nichts gesehen. Sagte doch schon, wir waren unten im Keller.«

»Wir?«

»Ja, ich und Jackie.«

Pascoe blickte zur Krankenschwester, die, wie er bemerkte, Kaffee für zwei Personen machte. Sollte ihm Recht sein. Er hatte sowieso keine Lust, aus einer Tasse zu trinken, die vielleicht in die Nähe von Longbottoms Lippen gekommen war. Krankenschwestern entwickelten vielleicht eine natürliche Immunität dagegen.

»Manchmal bleibe ich über Nacht«, sagte sie.
»Und in jener Nacht waren Sie auch da?«
»Ja«, sagte Longbottom und lächelte versonnen. »Es war eine tolle Nacht, ich erinnere mich gut. Wir haben uns Pizza kommen lassen, dazu eine Flasche Vino, hörten Musik, und dann …«
»Ich glaube nicht, dass der Inspector das alles hören will«, sagte Jackie.
»Nein«, sagte Pascoe und ließ ihr ein Lächeln zukommen, das sie nicht erwiderte. »Wie auch immer, Sie waren also viel zu beschäftigt, um irgendwas gehört oder irgendjemanden gesehen zu haben. Gut, ich danke Ihnen für Ihre Zeit. Dann verschwinde ich mal wieder.«
Er hatte bereits die Türklinke in der Hand, als die Frau sagte: »Da war jemand.«
Er hielt inne und drehte sich um.
Sie sagte: »Ich bin nicht die ganze Nacht geblieben. Ich hatte Frühschicht und musste noch ins Heim, um mich umzuziehen. Um etwa halb zwei bin ich aufgewacht und dachte mir, steh lieber gleich auf, bevor du noch verschläfst. Man kann sich nämlich nicht auf ihn verlassen, dass er einen weckt; wenn er mal weg ist, dann schläft er wie ein Toter.«
Longbottom nickte selbstgefällig.
Die Krankenschwester fuhr fort: »Also stand ich auf, zog mich an und ging. Ich war gerade durch die Tür und wollte die Treppe ins Erdgeschoss hoch, als ich hörte, wie die Eingangstür geöffnet wurde und ein Typ das Haus verlässt. Ich hab mir nichts dabei gedacht. Es war ja nicht so spät, und in seinem Metier gibt's ja keine festen Öffnungszeiten.«
Longbottom hatte einen heftigen Hustenanfall, die Krankenschwester betrachtete ihn mit besorgtem Blick, der sich in Gleichgültigkeit verwandelte, als sie wie Pascoe bemerkte, dass der Husten eher ein Zeichen als ein Symptom war.
»Sein Metier?«, sagte Pascoe und erinnerte sich daran, was Sophie über Jakes fehlendes Dope gesagt hatte – dass nur ein paar Tabletten herumgelegen hätten und sie ihr Ecstasy von ihm bezogen hatte …

»Er hat Stoff verkauft?«, sagte er. »Ein Dealer?«
»Das wussten Sie nicht? Mein Gott, wo werdet ihr Typen nur immer aufgegabelt?«, sagte die Schwester mit einiger Verachtung.
»Groß im Geschäft?«
Er sah zu Longbottom, der abwehrend sagte: »Nein, er kannte nur einfach die richtigen Leute, konnte dir immer was besorgen.«
»Verstehe.« Aber Sophie hatte Recht, es hätte was von dem Stoff gefunden werden müssen. Wenn er nicht alles selbst genommen hatte, was sehr unwahrscheinlich war. Es konnte nur bedeuten, dass es irgendwie verschwunden war.
»Haben Sie meinen Kollegen irgendwas von diesem Typen erzählt?«, fragte er Jackie.
»Nein. Hätte ich das tun sollen? Hat mich ja keiner gefragt. Ich meine, ich war nicht da, als sie den armen Kerl gefunden haben. Ich hab's ja erst einige Tage später erfahren. Und wir hatten damals viel zu tun. Außerdem spielt es meiner Meinung nach sowieso keine Rolle. Außer Sie wissen was, was Sie uns nicht erzählen.«
Eine kluge junge Frau, dachte Pascoe.
Er sagte: »Nein, leider nicht. Und wahrscheinlich haben Sie Recht. Es spielt keine Rolle. Diesen Typen, den Sie weggehen sahen, wohnte der auch in diesem Haus?«
»Nein, bestimmt nicht.«
»Sie kennen alle Bewohner so gut?«
»Nein, nicht alle.«
»Wie können Sie dann so sicher sein, dass er kein Hausbewohner war?«, fragte er leicht verwirrt.
»Weil ich den Typen kannte. Nicht persönlich, aber ich hab ihn in der Arbeit gesehen.«
»In der Arbeit? Im Krankenhaus, meinen Sie?«
Pascoe spürte, wie es in seinem Magen kribbelte. Er kreuzte die Finger und sagte: »In welchem Krankenhaus arbeiten Sie denn, nur so aus Interesse?«
»Dem Southern General.«
Wo Franny Roote als Pfleger angestellt war, als er noch in Sheffield gewohnt hatte, vor seinem Umzug nach Mid-Yorkshire.

»Und dieser Typ, den Sie gesehen haben, was hat er im Krankenhaus gemacht? War er Sanitäter? Arzt?«

»Nein, er schob die Rollbahren herum. Er war Pfleger.«

»Sie kennen nicht zufällig seinen Namen?«

»Tut mir Leid. Ich hab ihn auch seit Monaten nicht mehr gesehen, er muss umgezogen sein.«

»Aber Sie sind sich sicher, dass es der gleiche Mann war?«

»O ja. Den kann man nicht verwechseln. Er war leichenblass, und immer in Schwarz gekleidet. Jemand sagte mal, er sollte eigentlich selbst auf der Bahre liegen, statt sie zu schieben. Dr. Tod, so haben ihn die Jüngeren genannt.«

Leichenblass, in Schwarz gekleidet.

Dr. Tod.

O danke, Gott, frohlockte Peter Pascoe.

Das junge Kind

er Burrthorpe-Kanal, zu Viktorias Zeiten angelegt, um die Kohle von den Bergwerken in South Yorkshire zu den neuen, weiter nördlich aus dem Boden gestampften Industrieanlagen zu bringen, war die erste Wasserstraße, die nach der Jahrhundertwende dem Konkurrenzdruck durch das verbesserte Straßennetz, den motorisierten Lastwagen und den sich entwickelnden Schienentransport zum Opfer gefallen war. Er befand sich daher bereits im fortgeschrittenen Zustand des Verfalls, als die Zeit der Kanalrenovierungen anbrach. Da er relativ kurz war und nicht mit einem schiffbaren Fluss in Verbindung stand, übte er als Erholungsgebiet kaum Anziehungskraft aus; nur einige hartgesottene Angler tummelten sich an seinen Ufern und träumten davon, aus seinen verwachsenen Tiefen einen Monsterkarpfen zu ziehen.

Der Treidelpfad war längst verschwunden, die Ufer waren überwuchert, den einzigen Hinweis, dass dieses Gewässer nicht von der Natur, sondern von Menschenhand geschaffen war, lieferte der Chilbeck-Tunnel, kurz hinter der Grenze zu Mid-Yorkshire. Der Tunnel durchstieß eine niedrige Kuppe (tatsächlich ein Hügelgrab aus der Bronzezeit, was nur dem leitenden Ingenieur bekannt war, der den Fund bedenkenlos hinter seiner glänzenden Ziegelwand verschwinden ließ, um die termingerechte Fertigstellung und seinen Vertrag nicht zu gefährden), und obwohl seine Länge nicht einmal dreißig Meter betrug, übte das Innere auf kleine Jungs und andere mit troglodytischen Neigungen einen so großen Reiz aus, dass im Interesse der öffentlichen Sicherheit beide Enden mit Brettern vernagelt werden mussten.

Nägel allerdings rosten, Holz verfault, und als zwei abgehärtete Sonntagsangler, die sich damit brüsteten, dass noch nicht einmal das schlimmste Januarwetter sie von ihrem Sport abhalten konnte, sahen, wie der Himmel sich zuzog und dann der Regen mit einer Gewalt niederkam, die selbst ihre Toleranzgrenze überschritt, schoben sie kurzerhand ein gelockertes Brett zur Seite und traten in den Stollen, um dort Schutz zu suchen.

Als sich ihre Augen an das fahle Dämmerlicht gewöhnt hatten, erkannten sie ein Seil, das auf dem Wasser trieb. Seile sind für Angler potenziell Gegenstände von Interesse, vor allem, wenn ein Ende steil in der Tiefe des Wassers versinkt. Mit seiner Angelrute holte er das Seil ans Ufer und begann es einzuholen.

Nach einer Weile hakte es.

»Hilf mir doch mal«, sagte er zu seinem Freund.

Und zusammen zogen sie.

Was immer am anderen Ende hängen mochte, es war auf jeden Fall schwerer als ein großer Monsterkarpfen.

Und sicherlich schwerer als ein Paar Turnschuhe, die sie als Erstes zu Gesicht bekamen, als diese durch die Wasseroberfläche brachen.

Dann enthüllte der nächste Zug am Seil, dass in den Turnschuhen noch Füße steckten und dass sich an den Füßen Beine befanden …

An diesem Punkt ließ einer der beiden los, und der andere bemühte sich nur halbherzig, das Seil festzuhalten. Ungeachtet des Regens eilten sie nach draußen, um die Polizei zu rufen.

Eine Stunde später – mehrere Polizeifahrzeuge und ein Sanitätswagen schickten auf der hundert Meter entfernten Straße ihre pulsierenden Lichter in den dichten Regen – wurde die Leiche, die auf den ersten Blick einem Kind gehörte, auf das Kanalufer gelegt. Das Seil war fest um beide Fußknöchel gebunden.

Der Polizeiarzt erklärte, woran keiner zweifelte, dass der Tod bereits eingetreten sei. Blitzlichter der Fotografen erhellten die Szenerie inner- und außerhalb des Tunnels. Funkgeräte knarzten, der Regen rauschte.

Dann war ein neues Geräusch zu hören, das Röhren eines schweren Motorrads, das voll ausgefahren wurde.

Schlitternd kam es auf der nassen Straße zum Halt, der Fahrer stieg ab und lehnte die Maschine gegen eine Hecke. Er zog seinen Helm ab, und beim Anblick des Gesichts traten die Beamten, die ihn bereits zurückweisen wollten, wieder den Rückzug an.

Er schob sich an ihnen vorbei, schlitterte den Abhang hinab aufs Feld und stapfte über die Grasbüschel zum Kanalufer.

Dort stand er und sah hinab auf das kleine, junge Gesicht zu seinen Füßen.

Dann schritt er durch die herausgerissene Planke in den Tunnel, und einen Augenblick später kam jede Arbeit zum Erliegen, als ein Schrei wie das Wüten eines verwundeten Minotaurus aus der Dunkelheit brach.

Erst am darauf folgenden Morgen erfuhr Pascoe von der schaurigen Entdeckung. Den Sonntag hatte er in Lincolnshire beim Besuch von Ellies Mutter verbracht. Dem Dicken hatte er eine Zusammenfassung seiner offiziellen Mission in Sheffield zugefaxt und vorgeschlagen, sich am Montag, gleich am Morgen, zu treffen, um über die sich daraus ergebenden Folgen zu beratschlagen. Selbst wenn er sich auf einem Trip in der Umlaufbahn befunden hätte, wäre dies für Dalziel kein Hinderungsgrund gewesen, ihn aufzuspüren, wenn er einen früheren Termin gewünscht hätte. Die Entdeckung der Leiche aber hatte den großen Geist auf Trab gehalten.

»Eindeutig Lubanski«, sagte Dalziel. »Bereits seit einigen Tagen tot. Da er im Wasser lag, lässt sich der genaue Zeitpunkt nur schwer angeben.«

»Wie ist er gestorben?«, fragte Pascoe.

»Ertrunken. Aber, nach den Indizien zu schließen, wurde er davor verprügelt. Danach, so sieht es jedenfalls aus, hat ihm jemand das Seil um die Knöchel gebunden und ihn in den Kanal geworfen, ein wenig durchs Wasser gezogen und wieder rausgeholt. Ging wohl mehrere Mal so.«

Pascoe verzog das Gesicht. »Du meinst, Sie haben ihm Fragen gestellt.«

»Möglich.«

»Könnte also sein, dass sie ihn gar nicht umbringen wollten, sondern nur zu weit gegangen sind?«

»Oder sie haben gehört, was sie hören wollten, und ihn dann reingeworfen und ertrinken lassen. So oder so, für mich ist es Mord.«

»Keine Frage. Wie hat Wieldy es aufgenommen?«
»Wie wird er es verdammt noch mal schon aufgenommen haben?«, giftete Dalziel. »Ich war kurz davor, ihn hier festzubinden, damit er nicht postwendend zum Rülpser läuft und ihm die Scheiße aus dem Leib prügelt.«
»Scheint keine so schlechte Idee zu sein«, sagte Pascoe.
»Ach ja? Unser alter Leisetreter und Mr. Menschenrechte hat sich plötzlich zum Experten fürs Verprügeln gemausert? So, ich hab Goldmedaillen in dieser Disziplin gewonnen, und glaub mir, diese Option stellt sich uns hier nicht. Belchamber wird nur vorgewarnt, Wieldy eingesperrt, was hilft uns das weiter?«
»Wenn sie Lubanski zum Reden gebracht haben, sind sie sowieso schon vorgewarnt.«
»Kommt drauf an. Wenn das, was er Wieldy gesagt hat, alles war, was er wusste, dann war's verdammt wenig. So oder so, nach allem, was Wieldy über den Burschen erzählt hat, frag ich mich jedenfalls, ob er überhaupt was ausgeplaudert hat – außer dass Wieldy sein Freier ist, der hinter seinem Arsch her war. Was ja gut nachzuvollziehen ist. Belchamber, und daran zweifle ich nicht im Geringsten, weiß, dass Wield schwul ist. Schwuler Bulle in enger Ledermontur kreuzt mit einem Stricher im Turk's auf. Was denkt sich da so ein Verbrecherhirn, doch nur, dass er in jeder Hinsicht ein umgedrehter Bulle ist, der seine Stellung dazu ausnutzt, Freinummern zu schieben. Nein, ich schätze, das war die Geschichte, an die sich der Bursche gehalten hat.«
»Meinst du wirklich, dass einer wie Lubanski diese Entschlossenheit aufbringt?«
»*Einer wie Lubanski?* Schande über dich, Chief Inspector. Okay, wenn du dem kleinen Arsch keine edlen Motive unterstellen willst, wie wäre es mit schnödem Selbstinteresse? Ein Irrer fragt dich, ob du ihn an die Bullen verpfiffen hast. Sagst du Ja, weißt du, dass du auf jeden Fall sterben wirst. Sagst du Nein, wirst du vielleicht, nur vielleicht überleben. Hat eben nicht geklappt, das war alles. Entweder hat sich der Irre verrechnet, oder er ist ein wirklicher Irrer. Spielt jedenfalls keine Rolle. Und so werden wir die Sache den Zeitungen auftischen:

Leiche wurde im Kanal gefunden, die Identifikation ist schwierig, weil sie lange im Wasser lag und damit unkenntlich ist; weitere Ermittlungen wurden eingeleitet.«
»Und Wieldy, wird er mitspielen?«
»Das sollte er mal lieber. Ich hab diesen Digweed angerufen, er soll ihn nach Hause bringen und ihn dort erst mal lassen, auch wenn das heißt, dass er ihn ans Bett ketten muss. Ketten haben die alten Furzer wahrscheinlich sowieso.«
Hatte er das wirklich zu Digweed gesagt? Pascoe beschloss, dass er es nicht wissen wollte. »Darüber wird Wieldy nicht gerade begeistert sein«, bemerkte er.
»Soll er auch nicht. Ich will nur nicht, dass er irgendwas unternimmt, was den Eindruck erwecken könnte, er sei kein umgedrehter Bulle, der sich vor Angst in die Hosen scheißt, weil der Bursche, den er zu Freinummern gezwungen hat, plötzlich tot auf der Bildfläche erscheint. Das sollte die Jungs vom Rülpser überzeugen, dass Lubanski uns nichts gesagt hat.«
Pascoe dachte nach. »Dann bist du jetzt also davon überzeugt, dass Belchamber vorhat, den Elsecar-Schatz zu überfallen? Am Freitag warst du noch etwas skeptisch. Dich hat mein Trip nach Sheffield überzeugt, was?«
Dalziel grinste.
»Hat etwas dazu beigetragen, aber eigentlich war es die positive Identifizierung der Leiche. Jedes Ding hat zwei Seiten, Pete. Wäre Lubanski noch am Leben und würde er Wieldy mit kleinen Leckereien füttern, weil er ihn so gern lächeln sieht, hätte das gar nichts zu bedeuten. Aber ein gefolterter und toter Lubanski heißt, dass definitiv was am Laufen ist, und höchstwahrscheinlich steckt Belchy dahinter, der den Schatz in die Finger bekommen will. Also, Gott segne den Burschen. Aber erzähl das nicht Wieldy!«
Pascoe betrachtete seinen Boss mit unverhohlenem Widerwillen. Von Zeit zu Zeit hatte er Ellie davon zu überzeugen versucht, dass der rüde Ton des Dicken, ganz zu schweigen von seinen gelegentlichen rassistischen und sexistischen Ausfällen und seiner immerwährenden politischen Inkorrektheit meist bewusst provozie-

rend eingesetzt wurden und nicht seiner tiefsten Überzeugung entsprachen.

»Vielleicht ist es so eine Art Sicherheitsventil«, hatte er in solchen Fällen theoretisiert, »damit er den ganzen Scheiß verarbeiten kann, so wie ein Chirurg Witze reißt, wenn er seine Patienten aufschlitzt.«

»Vielleicht denkst du dir das nur, damit du dem fetten Drecksack nicht ständig in die Eier treten musst«, hatte Ellie darauf geantwortet.

»Würde mir dabei wahrscheinlich sowieso den Fuß brechen«, hatte seine Erwiderung gelautet.

Doch wenn er den Dicken wie jetzt reden hörte, wollte er nicht mehr die Hand für ihn ins Feuer legen.

Andererseits hatte seine Reaktion vielleicht weniger mit der ihm angeborenen Sensibilität seiner Seele zu tun, sondern a) mit seinen Schuldgefühlen, weil er Wields Beziehung zu dem Jugendlichen äußerst zwiespältig gegenübergestanden hatte, und b) mit der Tatsache, dass er eine lausige Nacht hinter sich hatte und sich ein wenig daneben fühlte. Es war zwei Tage her, dass er ins grippal verseuchte Sheffield gefahren war, genau die richtige Inkubationszeit, sein Frühstück hatte aus Orangensaft bestanden und einigen Grippetabletten, die zwar unter einem exklusiven Markennamen firmierten, sich bei Verbrauchertests jedoch als weniger wirksam als simples Aspirin herausgestellt hatten, dafür sechsmal so viel kosteten und deren Durchschlagskraft er ein geradezu abergläubisches Vertrauen entgegenbrachte.

Dalziel starrte ihn finster an. »Was ist los mit dir? Hat dich Ellie letzte Nacht von der Bettkante gestoßen?«

»Alles in Ordnung«, blaffte Pascoe. »Übrigens, werde ich jemals erfahren, was sich in Hinblick auf diese deutsche Journalistin und Rye Pomona ergeben hat? Oder betrifft das die nationale Sicherheit und ist nur für deine Augen bestimmt?«

»Vielleicht. Vielleicht ist es genauso wie bei dir und Roote.«

Das war ein vielsagender Gegenschlag. Er hatte Stillschweigen bewahrt über seine anhaltende Besorgnis wegen Franny Roote und war überzeugt, dass auch Wield nicht über seine Recherchen zur

Vergangenheit des Ex-Sergeant Roote geplaudert hatte. Aber es war schwierig, in diesem Gebäude irgendwas zu tun, ohne an einen der Fäden zu stoßen, die in Kankras Höhle zusammenliefen.
»Wenn du mir deins zeigst, zeige ich dir meins«, sagte er.
»Du glaubst, das wäre ein fairer Tausch?«, sagte Dalziel skeptisch.
»Ich schätze, ich bekomme dann noch was raus. Aber gut. Zwei Schwänze sind besser als einer, wie die Schauspielerin zu den siamesischen Zwillingen sagt.«
Trotz seiner gespielten Zurückhaltung, musste sich Dalziel eingestehen, war es eine Erleichterung, die Einzelheiten seines Gesprächs mit Mai Richter mit jemandem teilen zu können. In der Woche, die seitdem nun vergangen war, hatte er alles, was er von ihr erfahren hatte, von allen Seiten betrachtet und feststellen müssen, dass er nicht die geringste Ahnung hatte, worauf es hinauslaufen sollte. Er hatte sogar schon überlegt, Pascoe alles aufzutischen, aber jedes Mal, wenn er diesen Entschluss fasste, hatte sich ihm sofort das Gegenargument aufgedrängt – dass es nur das Eingeständnis von Schwäche war, wenn er eine Last, die er bereitwillig geschultert hatte, auf einen anderen ablud, und überhaupt war die Frau ja schon lange wieder ins Land des Siegfried und der Loreley zurückgekehrt.
Eine seiner Stärken jedoch war, dass er um seine Schwächen wusste, die glücklicherweise und bis zu einem gewissen Grad wiederum Pascoes Stärken waren. Gut, manchmal war er bestrebt, sich auf diesen schwankenden, sensiblen Gefilden zu tummeln, wenn er zum Beispiel von Sauerarsch und Rostdumm und dem Aralsee schwadronierte. Der Unterschied aber war, dass er Gedichte zwar auswendig herzusagen wusste, aber keine Ahnung von Dichtung hatte, wie sie funktionierte, wofür sie stand. Pascoe kannte sich damit aus. Sensibilität, Intuition, Fantasie, das waren die Gaben, die dem kleinen Pascoe in die Wiege gelegt und die von den wuchtigeren Preziosen eines ehernen Willens und einer vorschlaghammerharten Unerschrockenheit erdrückt worden waren. Man konnte es drehen und wenden, wie man wollte, Pascoe war ein nützliches, vielleicht sogar notwendiges Komplement. Gott sei Dank hatte er nach einem etwas zähen Beginn den Mistkerl wirklich ins Herz geschlossen!

Erleichtert also teilte er ihm alles mit, was er unternommen und entdeckt hatte.

Pascoe hörte aufmerksam zu. Körperliches Unwohlsein, solange es sich nicht zu tatsächlichen Schmerzen auswuchs, schien seinen Verstand schon immer zu noch größerer Schärfe zugeschliffen zu haben. Der Dicke lieferte kaum Erklärungen zu dem, was ihm durch den Kopf ging, aber Pascoe füllte die nackte Beschreibung der Ereignisse schnell aus, erkannte gerührt die Bereitschaft seines Chefs, die alleinige Verantwortung für das »Aufräumen« zu übernehmen (oder »Verschleiern«, wie es zweifellos in den Schlagzeilen des Boulevards genannt worden wäre), wodurch sie die Ungereimtheiten von Dick Dees Tod, sowohl am Tatort als auch bei den späteren Zeugenaussagen, ausgemerzt hatten. Von dieser Seite jedoch schien nun keine Gefahr mehr zu drohen, was zu einem ganz anderen Problem führte, wobei Dalziels implizites Eingeständnis, dass er hier Hilfe und vielleicht auch Trost brauchte, Pascoe als noch rührender erschien.

Aber nicht, dass dies alles auch nur annähernd angedeutet wurde.

»Das war's also«, grummelte er abschließend. »Was hältst du davon, Klugscheißer?«

»Vergiss es«, sagte Pascoe.

»Was?«

»Das ist die Antwort des Klugscheißers. Mach dich drauf gefasst, Bowlers Einzelteile einzusammeln und zusammenzusetzen, wenn Rye stirbt. Aber bis dahin kannst du die Sache vergessen. Wenn es so weit ist, wird noch genug Trauerarbeit zu leisten sein. Warum also schon vorher damit anfangen?«

Die Seiten waren vertauscht, stellte er fest. Nun bin ich der Pragmatiker, der sich auf die nackten Fakten stützt, während er mit Zweifeln und vielleicht sogar mit seinem Gewissen ringt!

Aber er wusste, womit Dalziel wirklich rang, war es doch das, was sie trotz aller Gegensätze vereinte – das Bedürfnis, die Wahrheit zu erfahren.

»Außer …«, sagte er.

»Hätte mir denken können, dass es noch ein ›Außer‹ gibt«, sagte Dalziel.

»Außer, dass es uns nichts nützt, wenn wir es vergessen, solange es all die anderen nicht auch vergessen. Diese Frau, Rogers/Richter, welchen Eindruck hat sie auf dich gemacht?«
»Hat nette Titten«, sinnierte Dalziel.
Pascoe widerstand dem Köder. »Du glaubst, sie lässt die Sache fallen?«
»Aye. Nicht ihre Kragenweite. Und sie mag Pomona und hat ein schlechtes Gewissen. Plus die feministische Solidarität, Sisters, Sisters ... gibt's da nicht irgendein Lied?«
Aus Angst, Dalziel könnte jeden Moment in schmetternden Gesang ausbrechen, fuhr Pascoe eilig fort.
»Dann hak sie ab. Charley Penn?«
»Charley wird nie den Mund halten. Aber er ist wie eine Uhr. Man nimmt ihn erst wahr, wenn er aufhört zu ticken.«
»Bleibt noch der zweite Lauscher. Die zweite Wanze, du weißt doch? Wo war die noch mal versteckt?«
»Im Schlafzimmer, hinter dem Kopfbrett. Ich hab's mir angesehen, bevor ich das Church View verlassen habe. Nach allem, was Lilley Richter erzählt hat, verfügte sie über eine eigene Energiequelle, wurde durch Stimmen aktiviert, Reichweite etwa fünfzig Meter, und nach vierzehn Tagen war wahrscheinlich der Saft alle. Der Kerl konnte also in einem Auto, das in der Peg Lane geparkt war, zuhören. Oder, wenn er nicht die ganze Nacht herumhängen wollte, hätte er irgendwo ein auf die Frequenz eingestelltes Aufnahmegerät ablegen können. Gleich gegenüber liegt der Friedhof von St. Margaret, dort gibt's viele nette überwachsene Grabsteine, unter denen man was verstecken könnte. Ich hab mich da mal umgesehen, aber nichts gefunden. Was ist los mit dir?«
Pascoe war aufgesprungen und hatte sich von der zwischen ihnen liegenden Schreibtischplatte das Telefon gegriffen.
Er wählte, lauschte, sagte: »Hallo, hier ist Chief Inspector Pascoe. Ich muss mit Dr. Pottle sprechen. Ja, dringende Polizeiangelegenheit. Oder eine medizinische Angelegenheit, was immer ihn ans Telefon bringt.«
Pause, dann begann Pascoe erneut zu sprechen. »Ja, tut mir Leid, es

wird zur Angewohnheit, was? Hören Sie zu, ich will nur Haseens Handy-Nummer. Nein, ich werde ihr nicht sagen, woher ich sie habe.«

Er kritzelte sie auf die Schreibtischunterlage und wählte erneut.

»Ms. Haseen, hallo, hier ist DCI Pascoe, wir haben uns am Samstag in Sheffield gesehen. Tut mir Leid, dass ich Sie noch mal störe, aber Sie haben da was gesagt, als wir uns über Franny Roote unterhalten haben …«

Dalziel stöhnte, rollte mit den Augen und zog seine »Wie lang noch, o Herr, wie lange«-Nummer ab.

»Nein«, sagte Pascoe. »Nichts Persönliches oder Privates. Es geht nur darum, Sie sagten, als er Johnsons Vortrag über das Lachen in *Death's Jest-Book* hielt, war es das kaum wert, dass er Ihnen deswegen das Mittagessen versaute. Im Konferenzprogramm aber war Roote am Samstagmorgen um neun Uhr morgens vorgesehen … ja … ja … wunderbar. Eine große Hilfe. Vielen Dank, und, nochmals, entschuldigen Sie die Störung.«

Er legte den Hörer auf und wandte sich triumphierend an Dalziel. Der sagte: »Erzähl es mir nicht. Du hast eine Möglichkeit gefunden, Roote mit hineinzuziehen. Mein Gott, Pete, das nächste Mal sagst du mir, dass er Jack the Ripper war, aber erst, nachdem er die Prinzen im Tower umgebracht hat.«

»Sein für neun Uhr vorgesehener Vortrag war auf seine Bitte hin verlegt worden. Er hatte am Abend zuvor unter fürchterlichen Zahnschmerzen gelitten und für Samstagmorgen gleich einen Arzttermin bekommen. Professor Duerden, der eigentlich um dreizehn Uhr dreißig dran war, hatte nichts dagegen, mit ihm zu tauschen. Ich wette, Roote war ihm überaus dankbar! Amaryllis aber war verärgert, denn um Roote zu hören, was sie entweder aus beruflichen Gründen oder weil ihr Alter ihre Expertenmeinung zu dessen geistiger Verfassung einholen wollte, musste sie ein opulentes Essen nach der Hälfte abbrechen, zu dem sie von jemandem eingeladen worden war.«

»Pete, ich weiß nicht, wovon du verdammt noch mal redest«, sagte Dalziel.

»Ich hab ihn an jenem Morgen auf dem Friedhof von St. Margaret gesehen. Schlag neun Uhr. Ich hielt es schon für eine optische Täuschung oder, schlimmer noch, für eine Art übernatürliche Erscheinung, als ich seinen Brief bekam, in dem er erklärte, dass er am Anfang seines Vortrags um neun Uhr eine Vision von mir hatte. Aber der Bastard hat damit nur seine Spuren verwischt, verstehst du?«
»Einen Moment. Du sagst, dass Roote an jenem Morgen hier war ... wie?«
»Mit dem Auto.«
»War nicht einer dieser Briefe im Zug geschrieben? Und war sein Wagen nicht in der Werft?«
»Du passt aber gut auf, Sir«, sagte Pascoe. »Dann hat er sich eben einen Mietwagen genommen ... nein, einen Moment, Blaylock, dieser DI aus Cambridge, er sagte irgendwas von einem zerstreuten Akademiker, der an diesem Morgen seinen Wagen als gestohlen meldete und dann feststellte, dass er ihn auf der anderen Seite des College geparkt hatte. Roote hat ihn gestohlen, ist damit hierher gefahren, war wohl so um halb acht da, erledigte alles, was er zu erledigen hatte, fuhr zurück ... er konnte es bis halb elf, elf schaffen, blieb noch genügend Zeit, sich blicken zu lassen und sich auf seinen nachmittäglichen Vortrag vorzubereiten.«
»Warum?«, fragte Dalziel.
»Weil er Penn ständig davon schwafeln hörte, dass Dick Dee unschuldig sei, und vielleicht zu dem Schluss kam, er könnte Recht haben, vielleicht lief der Typ, der seinen Gönner Sam Johnson umgebracht hatte, noch immer frei herum. Also beschloss er, Penns Theorie, wonach die Polizei in dem Fall was zu verbergen hatte, selbst zu überprüfen. Er wusste, dass Rye in jener Nacht fort war, ihm wurde bewusst, dass die Konferenz ihm ein wunderbares Alibi verschaffte, falls was schief laufen sollte, also dachte er sich, na, eine tolle Chance, mal in ihrer Wohnung zu stöbern und eine Wanze zu platzieren. Er musste gerade das Aufnahmegerät versteckt haben, als ich ihn sah. Und als er das letzte Mal da war, hat er ihn wahrscheinlich wieder eingesammelt. Es passt alles zusammen!«
Bis auf ein oder zwei Unstimmigkeiten, wie zum Beispiel, warum er

die Wohnung völlig auf den Kopf stellte, obwohl doch jeder, der eine Wanze anbrachte, eher bemüht sein sollte, keine Spuren zu hinterlassen.

Dalziel suchte nicht nach Unstimmigkeiten, er schüttelte nur verwundert den Kopf. »Weiß nicht, ob du damit Recht hast oder völlig falsch liegst, Bursche, aber das spielt keine Rolle. Denn im Grunde sagst du nur: Wenn da draußen noch so ein Kerl herumschnüffelt, dann ist es an uns, ihn ausfindig zu machen, bevor er seine Nase in die Stellen steckt, aus denen der Geruch kommt.«

»Oder ihn woandershin zu verfrachten, wo uns seine Nase nicht stört«, sagte Pascoe.

Er erzählte von seinen jüngsten Entdeckungen in Sheffield.

»Er hat also Frobisher umgebracht, weil er auf dessen Beziehung zu Johnson eifersüchtig war?«

»Er hat davor schon Leute umgebracht. Aus weniger wichtigen Gründen.«

»Vielleicht«, sagte Dalziel. »Und deine Beweise? Was eine Krankenschwester auf dem Weg zu ihrer Frühschicht gesehen hat? Nachdem sie die Nacht im Nest lag und wahrscheinlich so durchgevögelt wurde, dass sie bei einer Bettpfanne nicht mehr oben und unten auseinander halten konnte!«

»Es gibt noch die vermisste Uhr! Und die fehlenden Drogen!«

»Ach ja? Die Roote geklaut hat? Warum?«

»Den Stoff, ganz klar, um ihn sich selbst einzuwerfen oder zu verkaufen. Die Uhr, weil Johnson sie Jake Frobisher als Liebesbeweis vermacht hat. Roote nahm sie als Trophäe, vielleicht.«

»Vielleicht. Hast du die Gravur dabei?«

Pascoe hatte sie fotokopiert und die Original-Schraffur wie versprochen an Sophie Frobisher zurückgeschickt. Er zog die Kopie heraus, der er seine eigene Transkription hinzugefügt hatte.

»Wieder was verflucht Poetisches«, sagte Dalziel düster.

Er fasste in seine Schublade, fand das Vergrößerungsglas eines Juweliers und betrachtete die Schraffur.

»Schätze, du hast das falsch aufgefasst«, sagte er nicht ohne Befriedigung.

»Falsch? Wieso?«

»Ich würde sagen, es lautet nicht *DEINS BIS DIE ZEIT ÜBER ZERSTÖRTEN WELTEN IN DIE EWIGKEIT FÄLLT*, sondern *BIS DIE ZEIT ÜBER ZERSTÖRTEN WELTEN IN DIE EWIGKEIT FÄLLT DEIN S*.«

»Lass sehen.«

Er spähte durch das Glas. »Du könntest Recht haben. Aber damit ist es nur noch eindeutiger, dass die Uhr ein Geschenk von Sam war!«

»Oder von Simon oder Syd oder dem verdammten Santa Claus.«

»Nein, es muss Sam Johnson sein. Ich hab das Zitat nachgesehen ... oder ließ es vielmehr Ellie nachschlagen. Es stammt aus *Death's Jest-Book,* einem Theaterstück von Beddoes, über den Sam geforscht hat. Das Buch, das Roote von Linda Lupin vermacht wurde, um es fertig zu schreiben. Sie ist ...«

»Bitte, mein Gott, nichts mehr davon! Mein Hirn fühlt sich an, als würde da jemand mit einer Porridge-Schöpfkelle herumrühren. Ich strecke die Waffen. Die Uhr war ein Geschenk von Johnson an Frobisher. Gut, aber was beweist das? Wenn wir uns auf dich verlassen müssten, um genügend Beweise zu sammeln, damit wir ihn wieder ins Syke stecken können, stehen uns ein paar lange, mühselige Arbeitstage bevor. Wir pinkeln hier im Dunkeln. Wenn wir uns keine nassen Füße holen wollen, ist es wohl das Beste, wenn ich mit der kleinen Miss Pomona Herzensangelegenheiten austausche und herausfinde, was hier wirklich abgeht. Und auch wenn sie nicht reden will, findet sich vielleicht ein Hinweis, wie lange es ihrer Meinung noch dauert, bis sie ins Grab fährt!«

Pascoe schüttelte den Kopf.

»Jetzt fängst du schon wieder an«, sagte er. »Genau wie bei Lubanski. Für dich ist der Tod nur ein beliebiges Polizeiwerkzeug, oder? Aber das sind wirkliche Menschen, über die wir hier reden!«

»Nein«, sagte Dalziel. »Lubanski nicht. Er ist ein toter Mensch, Pete. Und nicht mehr wirklich. Wo er war, da ist jetzt eine Lücke. Deswegen ist Wieldy so durcheinander. Wir treten ab, und trotz aller Gedenkgottesdienste und Denkmäler und dem ganzen ehrfürchtigen Scheiß über das Weiterleben in der Erinnerung haben wir aufgehört zu existieren. Wo wir waren, da ist jetzt eine Lücke, durch die ein Elefant hindurchfurzen könnte, und wir würden noch nicht einmal den Gestank bemerken. Das ist wie bei einem Zahn, den man verliert. Es tut ein wenig weh, dann bemerken wir eine Zeit lang die Lücke, dann fangen wir an, auf dem Zahnfleisch oder der anderen Seite herumzukauen, und bald sind der Zahn und die Lücke vergessen. Ende der beschissenen Predigt. Ich werde mit dem Mädel reden, mal wieder den Alten raushängen lassen. Sie lieben alle ihren Daddy, das sagt doch Freud, oder? So, und nun zu den wichtigen Dingen: Dieser DI Rose, wie schätzt du ihn ein?«

»Ich glaube, er ist in Ordnung.«

»Na ja, ich hab da so meine Zweifel, wenn jemand mit einem Namen wie Operation Schlange kommt. Sieht zu viele Filme, was? Okay, okay, ich akzeptiere dein Urteil. Es ist seine Show. Aber wir bekommen die Scheiße ab, wenn auf unserem Gebiet was schief läuft. Ich werde kurz mit Desperate Dan sprechen, und wenn ich seine Zustimmung bekomme, dann nur, weil ich ihm erzählen werde, dass du die Sache leitest. Er hält nämlich verdammt große Stücke auf dich, das tut er, jawohl.«

»Das ist aber nett«, sagte Pascoe.

Er stand auf, schwankte, leicht nur, aber nicht so leicht, dass Dalziel es nicht bemerkt hätte.

»Alles in Ordnung?«, sagte er.

»Glaube schon.«

Aber das war gelogen. Er hatte sich am Samstag die Luft mit Kung-Flu-Viren geteilt, und jetzt wusste er, dass sie auf dem Vormarsch waren, dass sie ihre wilden asiatischen Kampfschreie ausstießen und alles, was sich ihnen in den Weg stellte, niederknüppelten und wegtraten und klein hackten.

Aber er würde sich nicht unterkriegen lassen! Niemals ... niemals ... niemals ...

as Leben ist nichts ohne den Tod, denn es ist der Tod, der das Leben definiert, ihm einen Sinn verleiht, auch wenn es vollkommen sinnlos erscheint. Frag dich selbst, was könnte sinnloser sein als ein Leben ohne Tod?

Darniederliegend auf seinem Schmerzensbett, war Peter Pascoe uneingeschränkt für den Tod. Jeder Knochen in seinem Leib schien seinen ganz eigenen Schmerz zu haben. Niemals zuvor war ihm so bewusst geworden, dass er aus Knochen bestand, einem Konstrukt aus Gliedern und Gelenken. Seltsam erschien ihm, dass in der Kunst der Tod so häufig als Skelett dargestellt wurde. Denn in seinen Knochen harrte doch das Leben aus, das schmerzensreiche, schaurige, unerträgliche Leben. Sein Körper und sein Geist und seine Seele sehnten sich nur danach, die Fahne der Kapitulation zu schwenken, die rebellischen Knochen aber beharrten darauf, den grausamen Machenschaften des Todes zu widerstehen. Er lag da wie Leningrad unter der Belagerung, am Leben gehalten vom schieren Schmerz des Angriffs, der auf seine Vernichtung abzielte.

Aber nicht dass seine Knochen für nichts anderes gut gewesen wären als für Schmerzen. Am Dienstagmorgen war er aus dem Bett gekrochen, hatte Ellies Versuche, ihn davon zu überzeugen, dass er sogar für Dalziels Gesellschaft nicht fit genug wäre, als typisches Frauen-Gehabe abgetan, war in seinen Wagen gestiegen und hatte eine Weile lang dagesessen, wobei ihn das Gefühl beschlich, irgendetwas stimme nicht, ohne dass er jedoch den Finger darauf legen konnte. Das Hauptproblem schien darin zu bestehen, etwas zu finden, wo er den Zündschlüssel reinstecken konnte. Allmählich dämmerte ihm, dass er auf dem Rücksitz saß. Bei dem Versuch dann, seinen Irrtum zu korrigieren, machte sich die Unzuverlässigkeit seiner Glieder äußerst deutlich bemerkbar. Daraufhin erschien Ellie, die seine Verrenkungen vom Haus aus mit wachsender Besorgnis beobachtet hatte, und halb führte, halb zerrte sie ihn wieder hinein.

Der Tod ist ab dem Augenblick unserer Geburt unser ständiger Begleiter, er ist nie weiter als einen Herzschlag entfernt, und dennoch machen wir ihn zu einem Fremden, einem gefährlichen Fremden noch dazu, einem erbitterten Feind.

Ich nicht, sagte Pascoe voller Inbrunst. Ich nicht. Komm schon, Kumpel. Ich bin ganz dein, hauen wir ab, über die Berge und fort, weit fort!
Er hörte auf dem Treppenabsatz Rosie, der von Ellie der Zutritt zu seinem Zimmer untersagt wurde.
»Warum?«, fragte sie. »Wird Daddy sterben?«
»Natürlich nicht«, sagte Ellie. »Er hat nur die Grippe.«
Warum log sie? Man soll Kinder nicht anlügen. Sag ihnen die Wahrheit. Natürlich lag er im Sterben! War es möglich, dass ein Mensch, der sich so fühlte wie er, nicht im Sterben lag? Sein Körper zumindest, die meisten Teile davon wussten es. Würden nur die verdammten Knochen, der unbestechliche, der unsterbliche Teil, das Mehrheitsvotum akzeptieren und ihn in Frieden sterben lassen! Wenigstens seine Tochter wusste, wie ernst es wirklich um ihn stand.
»Wenn Daddy vor Samstag stirbt, heißt das dann, dass ich nicht zu Suzies Party im Estotiland kann?«, fragte Rosie besorgt.
»Nicht unbedingt«, sagte Ellie. »Ich bin mir sicher, dass sich irgendwo in der Hüpfburg eine Ecke finden lässt, wo wir ihn aufbahren können.«

Wenn die Sonne scheint, blau der Himmel über uns prangt und wir voller Hoffnung sind, danken wir Gott für unser Leben. Nur wenn die Gewitterwolken alles Licht verdunkeln und unsere Hoffnungen zerstört am Boden liegen, wenden wir uns an den Tod, um ihm vorsorglich unseren Dank auszusprechen. Doch auch am strahlenden Morgen sollten wir dem Tod danken.

Später natürlich, als er sich erholte, erfüllte ihn die Erinnerung an sein weinerliches Selbstmitleid mit Scham. An welchem Punkt er Frère Jacques' signiertes Buch, das auf den Nachttisch lag, zur Hand genommen hatte, vermochte er nicht mehr zu sagen. Aber von Zeit zu Zeit warf er einen Blick auf eine zufällig gewählte Stelle und hoffte, eine Strategie zu finden, um den Kung-Flu-Angreifern standzuhalten.

Wenn wir am Leben sind, sollte jeder dritte Gedanke unserem Grab gehören, wenn wir aber im Sterben liegen, sollte jeder dritte Gedanke unserem Leben gehören.

Er versuchte es damit und musste feststellen, dass das Possessivpronomen im Plural durchaus zutreffend war, denn die fiebrige, albtraumhafte Welt, in der er sich die meiste Zeit aufhielt, wurde blitzartig von kurzzeitigen Phasen vollkommenen Bewusstseins erhellt, in denen er alles wusste, was um ihn herum vor sich ging. Vielleicht hatte er einiges von Ellie aufgeschnappt, vielleicht auch bei den kurzen, auf Abstand bedachten Besuchen von Dalziel und Wield, der zum Dienst zurückgekehrt war und sich anscheinend wieder unter Kontrolle hatte.

Zum Beispiel wusste er, dass Dalziel mit Rye Pomona gesprochen hatte, denn Dalziel hatte ihm bei seinem Besuch davon erzählt, aber irgendwie glaubte er ihre Unterhaltung selbst mitzuerleben und nicht nur einer kurzen Zusammenfassung zu lauschen ...

»Zeit für einen kurzen Plausch, Liebes?«, sagte Andy Dalziel.
»Für Sie, Superintendent, immer«, sagte Rye.
Dalziel sah sie an und dachte sich, sie weiß, warum ich hier bin.
Hier war ihre Wohnung. Er war einmal hier gewesen, illegal, nach seinem illegalen Eindringen in Mai Richters Wohnung nebenan. Im Tageslicht und durch ihre Anwesenheit sah alles anders aus. Auch sie sah anders aus als bei ihrer letzten Begegnung. Sie hatte definitiv abgenommen. Und sie war blasser, auch wenn dies durch einen Glanz kaschiert wurde, der durch ihre durchscheinende Haut zu schimmern schien. Dieser Glanz, ihre lebhaften Bewegungen, ihre Fröhlichkeit, all das verbarg die Tatsache oder lenkte zumindest davon ab, dass sie allmählich ernsthaft krank aussah.

Er setzte sich ihr gegenüber, ihre Blicke trafen oder, besser, verbanden sich, denn nichts mehr lag zwischen ihnen, kein Zwist, keinerlei Vorbehalte.

»Myra Rogers«, hörte er sich sagen, »die von nebenan, hieß in Wirklichkeit Mai Richter und ist eine investigative Journalistin. Ich nehme an, das wissen Sie bereits.«

»Ich hab's mir gedacht. So was Ähnliches. Aber erst nach ihrer Abreise. Sie sagte, man habe ihr im Süden einen Job angeboten, aber ich wusste, dass da mehr dahinter steckt. Dass bei ihr mehr dahintersteckt.«

»Sie mochte Sie. Sie hat es nicht ausgehalten, in Ihrer Nähe zu sein, nachdem Sie ihr gesagt haben, dass Sie sterben und sich keiner ärztlichen Behandlung unterziehen werden.«

Er hatte es nicht sagen wollen, zumindest nicht auf diese Weise. Er hatte vorgehabt, so lange wie möglich den Vorteil zu nutzen, mehr zu wissen als sie.

»Ich mochte sie auch.«

»Genauso wie ich«, gestand Dalziel. »Ich weiß, wie sie sich gefühlt hat. Ich bin auch nicht scharf darauf, herumzusitzen und nichts zu tun, während Sie langsam abkratzen.«

»Wenn Sie mich nicht eigenhändig zum Operationssaal schleifen wollen, dann gibt es nichts, was Sie noch tun könnten«, sagte sie lächelnd.

»Wie geht es dem jungen Bowler? Wie wird er sich fühlen?«

»So schlecht, wie man sich nur fühlen kann, und dann wird er weiterleben«, sagte sie niedergeschlagen. »Aber er wird weiterleben. Ich bin froh, dass Sie die Wahrheit kennen, Mr. Dalziel, weil Sie dann Hat helfen können. Sie und Mr. Pascoe. Er hält Sie beide für großartig. Das ist Ihre Chance, ihm zu zeigen, dass er Recht hat.«

Alle Argumente kamen ihm in den Sinn, die er ihr auftischen konnte, damit sie ihren Entschluss noch änderte, nur um sie im selben Moment wieder zu verwerfen. Im Verhörraum wusste er meistens schon noch wenigen Minuten, ob es sich noch lohnte weiterzumachen. Nun wusste er es auch.

Er sagte: »Mädel, machen Sie, was Sie wollen. Meiner Erfahrung nach machen das Mädels sowieso. Nur eines noch – haben Sie vor, irgendein kleines Briefchen zu hinterlassen?«

»Meiner Erfahrung nach können Sie ruhig ein wenig direkter sein«, sagte sie.

»Gut. Es gibt Typen wie Charley Penn und vielleicht auch noch andere, die meinen, der Wordman sei noch nicht tot. Es interessiert mich nicht, was Dee und Sie an jenem Tag draußen am Stang vorhatten. Aber ich würde gern Ihre Meinung hören. Ist der Wordman tot?«

Sie dachte lange genug darüber nach, um ihn unruhig werden zu lassen. Dann sagte sie mit leiser Stimme: »Ja, ich glaube, er ist tot. Und ich bin davon überzeugt, dass er, wenn er auf seine Taten zurückblickt, trotz aller Bitte um Strafmilderung, so erfüllt ist vom Entsetzen über sich selbst, dass er den Tod willkommen heißen wird. Aber Charley Penn hat Recht. Dick Dee war ein liebenswerter Mensch. Charley hat Recht, wenn er ihn als solchen im Gedächtnis bewahrt. Wenn wir sterben, spielt wohl kaum noch etwas eine große Rolle, wenn aber etwas noch eine kleine Rolle spielt, dann, wie uns unsere Freunde im Gedächtnis bewahren. Gehen Sie jetzt, Mr. Dalziel.«

Sie sah ihm nach. Und Pascoe mit seinem fiebrigen Blick sah ihn ebenfalls am Ende seines Krankenbesuchs gehen und stellte fest, dass er ihm durch Rye Pomonas kühle, braune Augen nachblickte und er dachte, was sie dachte, was allerdings so undenkbar war, dass er sich in diesen turbulenten Gedanken krümmte wie ein Ertrinkender und wild nach einem nicht vorhandenen Ufer schlug und sich plötzlich mitten in Edgar Wields Schmerz wiederfand ...

»Tut mir Leid«, sagte Wield. »Es ist dumm. Ich sollte es nicht tun. Es ist noch schlimmer als dumm, es ist ungerecht. Ich sollte dir das nicht antun.«

»Und wem solltest du es sonst antun?«, sagte Digweed. »Also halt den Mund und iss deine *frikadeller*. Sie sind, obwohl ich das nicht sagen sollte, weil ich ja derjenige war, der in der Küche dafür geschuftet hat, ziemlich perfekt.«

Wield, der keinen Unterschied zu den tiefgefrorenen Fleischbällchen feststellen konnte, die er in der Mikrowelle erhitzte, nahm pflichtschuldigst eines in den Mund.

»Ich weiß wirklich nicht, warum ich mich jetzt so fühlen sollte«, sagte er kauend. »Zwischen uns war wirklich nichts, Edwin, das weißt du, oder?«

»Doch, natürlich war zwischen euch was«, sagte Digweed. »Er muss ein bemerkenswertes Kind gewesen sein. Ich hab dir schon an Weihnachten gesagt, er sucht nach einem Vater, und ich glaube, er hat einen gefunden. Du führst dich nicht wie ein Liebhaber auf, der verlassen wurde, sondern wie ein Vater, der ein Kind verloren hat. Das ist in Ordnung. Seltsam, aber in Ordnung. Aber wenigstens einmal stimme ich diesem voll gestopften Kaldaunensack, diesem gebratenen Krönungsochsen zu, Superintendent Dalziel. Du solltest auf gar keinen Fall den Racheengel spielen. Keiner profitiert davon, wenn du auf einen Anwalt losgehst. Außerdem, nach allem, was ich über Marcus Belchamber weiß, erscheint es sehr unwahrscheinlich, dass er dieses brutale Vorgehen gutheißen konnte.«

»Er wird wahrscheinlich den Überfall auf einige Wachmänner gutheißen, der sich als äußerst brutal herausstellen könnte«, erwiderte Wield.

Gewöhnlich behandelte er Einzelheiten seiner Arbeit so diskret wie ein Beichtvater, Wut und Trauer allerdings hatten seine Zunge gelockert.

»Aber das nimmt er nur aus der Distanz wahr, außerdem geht es dann um Menschen, die er nicht kennt, und natürlich um seine Obsession«, sagte Digweed. »Ich wage zu behaupten, dass ihn das innehalten lassen wird. Der Schock über Lees Tod sowie die Angst, was er dir alles verraten hat, könnten gut und gern dazu führen, dass die ganze Sache abgeblasen wird.«

»Das hoffe ich nicht«, sagte Wield. »Denn wenn wir ihn nicht deswegen erwischen, werde ich in sein Büro stürmen und ihn windelweich prügeln.«

Er wollte hart klingen, fühlte sich aber nicht so. Rache war etwas für Helden. Er fühlte sich nicht wie ein Held. Nichts, was er jemandem antun konnte, würde ihm die beiden Erinnerungen nehmen, die für immer die Macht besaßen, dass er sich schwach fühlte, so schwach wie ein müdes Kind, das versuchte, dieses sorgenvolle Leben wegzuweinen. Die erste war die Erinnerung an das zerschlagene, aufgedunsene Gesicht des anderen müden Kindes, das ihn vom Kanalufer aus anstarrte. Die zweite die Erinnerung an das gleiche Gesicht, das nun aber aufmunternd, liebenswürdig lächelte, als es auf der Karaokebühne ein Lied schmetterte:

I really need you tonight ... forever's going to start tonight ...

Vielleicht hatte Pascoe das aus Wields einsilbigen Kommentaren aufgeschnappt ... vielleicht hatte sich der Sergeant gegenüber Ellie offenbart, zu der er schon immer ein enges Verhältnis gehabt hatte ... aber es gab andere Projektionen, die sehr viel schwieriger zu erklären waren.

Marcus Belchamber saß in seinem komfortablen Arbeitszimmer, in dem Lee Lubanski ihn so oft besucht hatte, und versuchte den erhabenen Kitzel wiederaufleben zu lassen, den er verspürt hatte, als seine Hände das Schlangendiadem zum ersten Mal berührten. Es gelang ihm nicht. Alles, was er sah, war Lees schlanker Leib, der aus dem kalten, trüben Wasser des Burrthorpe-Kanals gezogen wurde. Er hatte niemals etwas für den Jungen empfunden. Er war eine Hure. Man mietete seinen Körper, wie man ein Hotelzimmer mietete, sah nach, dass auch alles da war, wofür man bezahlte, und machte es sich darin heimisch, hielt es aber nicht eine Sekunde lang für das eigene Zuhause. Und am Ende ging man, ohne einen Blick zurückzuwerfen. Und trotzdem ...
Wäre der Junge bei einem Autounfall ums Leben gekommen, hätte er alles nur für eine kleine Unbequemlichkeit halten können. Als würde einem das Hotel abbrennen. Dann musste man sich eine andere Bleibe suchen.
Aber das hier war etwas anderes. Obwohl er sich weigerte, die Verantwortung dafür zu übernehmen, konnte er nicht leugnen, dass

zwischen ihm und diesem scheußlichen Todesfall eine stringente Kausalitätskette verlief. Es war nicht seine Schuld, dass der Junge nun tot war. Aber durch dessen Tod lag jetzt in vielerlei Hinsicht ein Makel auf ihm.

Seine erste Reaktion war es gewesen, die ganze Sache abzublasen. Polchard hatte kalt lächelnd klargestellt, dass er und seine Leute trotzdem auf die volle Bezahlung bestanden. Da sich der trauernde Linford der fällig gewordenen Vorauszahlungen entzogen hatte, hatte Belchamber Polchard einen großen Anteil des Erlöses versprochen, mit dem aus dem Verkauf der übrigen Stücke aus dem Schatz zu rechnen war. Das war schon schlimm genug, schlimmer aber war, dass nun, nachdem die ursprüngliche Vereinbarung durch Linfords Defätismus gebrochen war, zu befürchten stand, dass Polchard sich einfach den gesamten Schatz nahm und die Einzelstücke einschmolz, um sie besser verhökern zu können.

Das Diadem könnte also das gleiche Schicksal erleiden wie so viele Kunstwerke, die gestohlen wurden und permanent bei schmutzigen Drogendeals als Zahlungsmittel mit im Spiel waren.

Dieser Gedanke war ihm unerträglich.

Letzten Endes musste er Polchards Zusicherung akzeptieren – nein, nicht Zusicherung, der Mann hatte es nicht nötig, anderen etwas zuzusichern, er stellte einfach nur klar –, dass er sich mit seinem Anteil zufrieden geben würde. Was es einfacher machte, seine Zusicherung zu akzeptieren, dass Lee durch einen übereifrigen Untergebenen zu Tode gekommen war und bis zum Schluss behauptet habe, dass seine Beziehung zum hässlichen Bullen ausschließlich beruflicher Natur gewesen war. Mit anderen Worten, der kleine dreckige Arsch hatte Freinummern geschoben, um dafür von ihm beschützt zu werden. Also, scheiß drauf. Kein Problem.

Daher gab er das Signal zum Weitermachen und versuchte die Illusion aufrechtzuerhalten, dass er nach wie vor die Sache leitete. Und nun saß er in seinem Arbeitszimmer und versuchte sich an den Kitzel zu erinnern, den er verspürt hatte, als er das Schlangendiadem in Händen hielt.

Es gelang ihm nicht …

Der Tod ist ein großes Abenteuer. Für viele Menschen jedoch, vor allem für jene, die bereits eine Pauschalreise als ein traumatisches Erlebnis empfinden, ist es eine ganz und gar fürchterliche Vorstellung, dass sie sich auf ein Abenteuer einlassen sollen. Aber wie bei Ferienreisen finden die meisten dann ihren Spaß daran, wenn sie erst einmal da sind. Und aus der Ferne betrachtet, empfinden wir dann nicht erwartungsvolle Vorfreude?

Ein unerwarteter Besucher an Pascoes Krankenlager war Charley Penn gewesen, auch wenn er gekommen war, ohne zu wissen, dass Pascoe krank darniederlag. Warum er kam, war nicht ganz klar ... es hatte irgendwie mit Rye Pomona zu tun ... oder vielleicht mit Mai Richter ... oder vielleicht, weil er bei seiner Suche nach Antworten nun nicht mehr genau wusste, welche Fragen er ursprünglich eigentlich gestellt hatte ...

Charley Penn saß in der Bibliothek und versuchte sich auf das Gedicht zu konzentrieren, an dem er arbeitete.
Es hieß *Der Scheidende*, was er mit »Man on his way out« übersetzt hatte, obwohl er vielleicht versuchen sollte, das Scheiden im Sinne der Trennung aufrechtzuerhalten, was seiner Meinung nach der sterbende Heine mit seiner *Doppelgänger*-Obsession sicherlich im Sinn gehabt hatte.
Er hatte die ersten sechs Zeilen übersetzt, als Dick Dee noch am Leben gewesen war.

Within my heart, within my head
Every worldly joy lies dead,
And just as dead beyond repeal
Is hate of evil, nor do I feel
The pain of mine or others' lives,
For in me only Death survives.*

---

* Im deutschen Original: Erstorben ist in meiner Brust / Jedwede weltlich eitle Lust, / Schier ist mir auch erstorben drin / Der Haß des Schlechten, sogar der Sinn / Für eigne wie für fremde Not – / Und in mir lebt nur noch der Tod!

Seit Dicks Tod allerdings war es ihm nicht mehr möglich gewesen, sich wieder an das Gedicht zu setzen. Bis jetzt.

Warum war Mai so unvermittelt abgereist? Sie hatte gesagt, es sei alles Zeitverschwendung gewesen, es gebe nichts zu finden, er solle seine Obsession vergessen und wieder zur Tagesordnung übergehen. Aber ehrlich hatte sie nicht geklungen. Irgendwie hatte Pomona sie in ihren Bann geschlagen. Mai war die cleverste Frau, die er kannte. Er respektierte sie sehr, was sogar der Liebe nahe kam, die er jemals für eine Frau empfunden hatte. Aber sie hatte es zugelassen, von ihr in den Bann geschlagen zu werden.

Er drehte sich auf seinem Stuhl herum und sah zur Theke.

Sie war wie immer an ihrem Platz und anscheinend in ihre Tätigkeit vertieft. Aber schon in der nächsten Sekunde hob sie den Blick und sah ihn an. Bis vor kurzem war er stolz gewesen auf diese seine Fähigkeit, ihr seinen anklagenden Blick aufzuzwingen, seit einigen Tagen aber fragte er sich plötzlich, ob diese Blickkontakte nicht eher auf ihre präkognitiven Fähigkeiten zurückzuführen waren als auf seine Willenskraft.

Er brach den Kontakt ab und wandte sich dem zweiten Teil des Gedichts zu.

The curtain falls, the play is done,
And, yawning, homeward now they've gone
My lovely German audience.
These worthy folk don't lack good sense.
They'll eat their supper with song and laughter
And never a thought for what comes after. *

Ein wenig frei, aber es brachte die Stimmung rüber, was in einem Gedicht schon die halbe Bedeutung ausmachte. Er betrachtete sich seinen Entwurf der letzten sechs Verse. Spielte es eine Rolle, dass er

---

* Im deutschen Original: Der Vorhang fällt, das Stück ist aus, / Und gähnend wandelt jetzt nach Haus / Mein liebes deutsches Publikum, / Die guten Leutchen sind nicht dumm; / Das speist jetzt ganz vergnügt zu Nacht, / Und trinkt sein Schöppchen, singt und lacht –

Stuttgart in Frankfurt geändert hatte, weil der Main besser zu seinem Reim passte als der Neckar? Er hatte nichts finden können, was darauf hinwies, dass die Bewohner Stuttgarts im Ruf standen, ausgeprägte Philister zu sein. Frankfurt andererseits war selbst um 1850 herum eine große deutsche Metropole gewesen. Goethe hatte sie »die heimliche Hauptstadt« genannt. Heines kurzer Aufenthalt dort, erst in einem Bankkontor, dann in einem Kolonialwarenladen, war keine glückliche Zeit gewesen. Zum Teufel, wenn irgendein Gelehrter ihm nach der Veröffentlichung des Buches schreiben sollte, um ihm die besondere Bedeutung von Stuttgart zu erklären, dann hatte der Pedant seine Freude daran und er einen kleinen Erkenntnisgewinn!

Er brachte einige kleinere Änderungen an und begann die Verse ins Reine zu schreiben.

He got it right that man of glory
Who said in Homer's epic story
»The least such thoughtless Philistine
Is happier living in Frankfurt am Main
Than I, dead Achilles, in darkness hurled,
The Prince of Shades in the Underworld.«*

Wieder drehte er sich auf seinem Stuhl und sah zu Rye. Diesmal beobachtete sie ihn bereits. Ihr Gesicht war blasser als sonst, sogar ihr natürlicher mediterraner Teint konnte das nicht verbergen, und ihre Augen, schon immer groß und dunkel, wirkten jetzt noch größer und dunkler. Doch schien dies weniger eine kränkliche Blässe zu sein als die kalte Ausstrahlung, die die alten Meister den Heiligen im Augenblick ihres Martyriums verliehen.

Oder so ähnlich, fügte er für sich noch hinzu als Reaktion auf den seltsamen Gedanken. Doch das Mädchen hatte etwas an sich, das

---

* Im deutschen Original: Er hatte recht, der edle Heros, / Der weiland sprach im Buch Homeros': / Der kleinste lebendige Philister / Zu Stukkert am Neckar, viel glücklicher ist er, / Als ich, der Pelide, der tote Held, / Der Schattenfürst in der Unterwelt.

den Geist eines Mannes auf solche exotischen Abwege schicken konnte, ein Anderssein, etwas Disjunktives, das den Blick über eine völlig andere Landschaft gestattete, die einen Augenblick später wieder genau so ist, wie sie immer gewesen war, und einen an sich zweifeln ließ.

Was die Zukunft für sie und Hat Bowler bereithielt, der ihm als ein unkomplizierter junger Mann erschien und in einer Welt der geraden Linien und Primärfarben lebte, vermochte er nicht zu sagen. Er hatte das Gefühl, dass sie Akteure in einem Drama waren, in dem sein eigener Schmerz über Dick Dees Tod nicht mehr länger eine große Rolle spielte.

Auf ihren Lippen lag ein schwaches, sanftes, süßes Lächeln. Galt es ihm?

Er war sich nicht sicher, ertappte sich aber dabei, dass er es sich wünschte.

Vielleicht wurde er auch in ihren Bann geschlagen?

Nebel steigt die Hügel hinab, silbrig glänzt der aufgehende Mond auf stiller See, Stille und Einsamkeit in der dicht bevölkerten Stadt, Blicke in der U-Bahn, die auf fremde Blicke treffen, sich wieder lösen, davor aber ein Augenblick des Erkennens, das Gefühl des Was jetzt?, nachdem der Applaus für deine größte Leistung verebbt, dein Hund plötzlich kein Welpe mehr ist, eine Melodie, die immer dein Herz berührte, eine Burgruine, beiläufige Abschiede, Pläne für Morgen: Die Liste der plötzlichen Ereignisse, an denen man an den Tod denkt und die das Leben niemals müde wird uns zu schenken, könnte ewig weitergehen. Ignoriere sie nicht. Nutze sie. Dann mach mit dem Leben weiter.

Spätabends am Freitag, den 25. Januar, brach Peter Pascoe durch die Oberfläche des aufgewühlten Ozeans aus seltsamen Träumen und Visionen, in dem er drei Tage lang getrieben war, und dachte an eine heiße schottische Hackfleischpastete mit Erbsenbrei und Oxo-Sauce und fragte sich, fast fünf Minuten lang, bevor er die Augen wieder schloss, fast enttäuscht, ob er nun vielleicht doch nicht sterben werde.

Das Jüngste Gericht

Am Samstag, dem 26. Januar, erwachte Rye Pomona auf dem Fußboden ihres Badezimmers. Sie wusste, dass ihr in der Nacht unwohl geworden und sie aus dem Bett gestiegen war, an mehr aber erinnerte sie sich nicht. Als sie aufstand, bemerkte sie, dass sie sich beschmutzt hatte. Sie zog das Nachthemd aus, trat in die Badewanne und drehte die Dusche bis zum Anschlag auf.

Während der eisige Wasserstrahl sich langsam erwärmte, spürte sie, wie ihre Lebensgeister zurückkehrten. Sie trällerte ein Lied, nicht die Worte, nur die einfache eingängige Melodie. Das erstaunte sie, hatte sie seit kurzem doch festgestellt, dass sie sich an alles erinnern konnte, sogar an Dinge aus ihren allerersten Lebensjahren.

Dann kam ihr, dass sie sich an den Text ja gar nicht erinnern konnte, weil sie ihn niemals gekannt hatte. Auch die Melodie hatte sie nur einmal gehört. Sie war von einem Jungen mit einer Bouzouki in der Taverna gesungen worden, dem griechischen Restaurant in der Cradle Street. Von allen Liedern, die er an jenem Abend vorzutragen gebeten wurde, war dies das einzige gewesen, das authentisch, griechisch geklungen hatte. Den Text hatte sie nicht verstanden, die Melodie aber beschwor in ihrer Intensität das Bild eines blauen Himmels herauf, des blauen Meeres und eines jungen Schäfers, der auf einem von der Sonne verdorrten Hügel unter einem Olivenbaum saß.

Sie zog sich an, räumte alles auf, ließ alles so, wie sie es gern wieder vorfinden würde, und schloss sorgfältig die Tür hinter sich.

Mrs. Gilpin kam mit der Morgenmilch die Treppe herauf.

»Na, geht's zur Arbeit«, sagte sie.

»Nein, ich arbeite heute nicht«, sagte Rye mit einem Lächeln. »Ich hab den netten Blumenkasten an Ihrem Fenster bewundert. Solche Farben, mitten im Winter, beeindruckend, und deswegen habe ich mir überlegt, fahr doch mal zu dem großen Gartencenter in Carker hinaus, mal sehen, ob ich nicht auch so was Schönes finde.«

Mrs. Gilpin, nicht gewohnt, dass ihre Nachbarin mit ihr mehr als nur eine kurze Begrüßung austauschte, errötete bei dem Kompliment. »Wenn ich Ihnen helfen soll, dann sagen Sie es nur.«
»Danke, aber das ist nicht nötig«, erwiderte Rye.
Sie rannte die Treppe hinab, glücklich, da sie wusste, dass sich jedes Wort des kurzen Gesprächs in Mrs. Gilpins Gedächtnis eingeprägt hatte, und auch ein wenig traurig, da sie es bislang niemals über sich gebracht hatte, der Frau ein freundliches Wort zu schenken.
Sie hatte nicht die geringste Ahnung gehabt, wohin sie wollte, bis sie ihre Nachbarin getroffen hatte; nun wusste sie es. Und sie wusste auch, warum, was sie aber für sich erst formulieren konnte, als sie die Stadtgrenze hinter sich ließ und der Wagen ruhig den sanften Hügel hinaufkletterte, der zum Anfang der Römerstraße führte.
Oben hielt sie am Straßenrand an und wartete.
Unter ihr erstreckte sich die alte Römerstraße, die knapp acht Kilometer entlang einer alten Buchenallee pfeilgerade auf das Dorf Carker zuführte. Dort unten hatte sie auf den Jungen mit der Bouzouki gewartet, hatte gesehen, wie das Scheinwerferlicht seines Motorrads auf sie zugerast kam, dann hatte sie ihre eigenen Scheinwerfer aufgeblendet und war ihm entgegengefahren.
Von all ihren Opfern bedauerte sie ihn wohl am meisten. Er war jung gewesen, unschuldig, hatte nichts Böses im Herzen und Musik in den Fingerspitzen gehabt. Sie hatte ihn nicht getötet, aber seinen Tod verursacht, was sie in ihrem Wahnsinn als Lizenz zum Töten angesehen hatte.
Wenn sie jemanden zum Leben erwecken könnte ...
Bei diesem Gedanken fühlte sie sich Sergius gegenüber illoyal, ihrem Bruder, den sie ebenfalls durch einen Autounfall getötet hatte, nicht absichtlich, einfach nur aus Egoismus und Nachlässigkeit.
Aber er würde es verstehen.
Sie wartete, bis die Straße vor ihr leer war. Im Rückspiegel sah sie in der Ferne einen Wagen. Konnte es wirklich sein ...? Ja!
Ein gelber AA-Wagen.
Einen passenderen Zeugen konnte sie nicht verlangen!
Aber Zeuge wofür? Hier war ein Problem. Wie konnte man auf

einem vollkommen geraden und verkehrsfreien Straßenabschnitt einen Unfall verursachen?
Aber irgendwie empfand sie es nicht als Problem.
Sie setzte sich auf der Römerstraße in Bewegung, den Fuß hart auf das Gaspedal gepresst.
Mit zunehmender Geschwindigkeit spürte sie, wie die Zeit sich verlangsamte, sodass die Buchen, die vor ihr eigentlich verschwimmen müssten, gemessenen Schrittes wie in einer Prozession an ihr vorbeizogen. Dies gehörte zur Aura, die ihren schrecklichen Taten immer vorausging, der gleichen Aura, die im klinischen Sinn oft Epilepsie- oder andere Anfälle einleitete. In ihrer jetzigen Situation konnte es beides sein, der Tumor, der sich an seine zerstörerische Aufgabe gemacht hatte, oder der Vorbote ihres finales Mordes. Im Großen und Ganzen würde sie es vorziehen, wenn ihr medizinischer Zustand bei ihrem Tod keine Rolle spielte. Sie konnte sich nicht vorstellen, dass es Hat tröstete, wenn er wusste, dass er sie sowieso verloren hätte; aber sie konnte sich vorstellen, wie er sich fühlte, wenn er erfuhr, dass sie ihren wahren Gesundheitszustand vor ihm verborgen gehalten hatte.
Aber wenn es sein musste, musste es eben sein.
Dann sah sie das Reh, das links von ihr über das Feld auf die Straße zugelaufen kam.
Es bewegte sich sehr schnell, vermutete sie, ihrem trägen Blick aber erschien es als gemächlicher Gang.
Sie erinnerte sich, mit Hat zum Stang Tarn gefahren zu sein, als vor ihnen auf der Straße ein Reh auftauchte, woraufsein kleiner MG ins Schleudern geriet und schließlich auf der Grasbankette zum Stehen kam; dabei waren in ihr Erinnerungen geweckt worden, die zwischen ihr und Hat eine gefährliche Nähe entstehen und sie zum ersten Mal – und bereits zu spät – an das Glück denken ließen.
Glück, sie hatte es erfahren, wenngleich es nur von kurzer Dauer und von anderem überschattet war.
Mit einem Reh hatte es begonnen, mit einem Reh würde es enden. Das war gut. Hat würde sich daran erinnern, Muster wie diese, vom Schicksal entworfen, sind ein Trost für die Verzweifelten. Wir

klammern uns an alles, was uns die Hoffnung gibt, dass das anscheinend Sinnlose einen Sinn hat, dass das anscheinend Endgültige nur ein Innehalten vor dem Neuanfang ist.

Das Reh erreichte die Hecke und sprang darüber hinweg, eine Bewegung von solcher Schönheit, von solcher Vollkommenheit, dass ihr Herz darüber aussetzte.

Dann war es auf der Straße. Sie riss das Lenkrad herum, trat leicht auf die Bremse, um dem AA-Mann, der nun in Sichtweite war, eine glaubwürdige Reaktion vorzugaukeln, und steuerte mit nahezu unverminderter Geschwindigkeit auf die andere Straßenseite zu. Dennoch, in ihrer außerzeitlichen Welt fühlte sich die Annäherung an den Baum, der sie töten würde, so langsam an, dass sie deutlich den zerfurchten, vernarbten Stamm erkannte und voller Freude wusste, dass es dieselbe Buche war, unter der der Bouzouki-Junge den Tod gefunden hatte.

Selbst der Eintritt des Todes, den der Coroner als sofortig beschrieb, dauerte für sie lange genug, um die Linie zu sehen, die es zu überschreiten galt. Auf der einen Seite kniete Hat, er sah blass und verzweifelt aus, auf der anderen standen Sergius und der Bouzouki-Junge, sie überlappten sich und gingen ineinander auf und hießen sie lächelnd willkommen.

Dann war es dunkel, und im Kontrollraum von Praesidium Security, wo Hat abkommandiert war, um den Weg des Wagens zu verfolgen, der den Schatz transportierte, wurde es ebenfalls dunkel.

»Was ist los mit Ihnen?«, wollte Berry wissen, der Firmenchef, der besorgt zum jungen DC blickte, der sich von seinem Stuhl erhoben hatte und sich mit beiden Händen an sein blasses Gesicht fasste.

»Ich weiß nicht. Nichts. Gab es nicht gerade einen Stromausfall?«

»Was? Das hätte ich doch gemerkt.«

»Nein, irgendwas war ... sehen Sie! Das Signal ist verschwunden.«

Berry sah zur computerisierten Karte, lächelte und begann zu zählen.

»... vierzehn, fünfzehn, sechzehn, siebzehn ... hier ist es wieder!«

Ein Blinkpunkt war auf dem Bildschirm aufgetaucht und bewegte sich in südliche Richtung.

»Das ist die Estotiland-Unterführung«, sagte er. »Die hält das Signal ab. Dauert meistens zwischen zwölf und zwanzig Sekunden, je nach Verkehr. Auf jeden Fall kein Grund, um sich in die Hosen zu machen. Ihre Top-Verbrecher wollen den Wagen auf dem Rückweg mit dem Schatz an Bord überfallen, nicht den leeren Wagen auf dem Hinweg. Hat man Ihnen an der Polizeischule denn gar nichts beigebracht?«

Hat antwortete nicht. Es fühlte sich an, als sei etwas in seinem Kopf gelöscht worden. War es möglich, dass man in seinem Alter einen Gehirnschlag erlitt? Aber er war nicht halbseitig gelähmt, sein Mund zuckte nicht, nichts deutete darauf hin, dass die Verbindung zwischen Gedanke und Sprache verloren gegangen war.

Trotzdem, etwas war verloren gegangen.

»Sie sehen wirklich nicht gut aus«, sagte Berry bei näherem Hinsehen. »Setzen Sie sich, Junge, ich bring Ihnen eine Tasse Tee. Sie haben sich doch nicht von jemandem diese Kung Flu eingefangen?«

»Was? Doch. Den DCI hat's erwischt.«

»Das wird's wohl sein. Wie alt ist Ihr DCI? Ich hab gehört, sie kann tödlich verlaufen.«

Peter Pascoe aber ging es wieder sehr viel besser.

Zum ersten Mal seit fünf Tagen war er nicht mit dem Gefühl aufgewacht, dass er gegen seinen Willen aus dem Grab auferweckt worden war. Die einzige Spur, die noch auf die beängstigenden Visionen der letzten Tage verwies, hatte etwas mit einer schottischen Hackfleischpastete zu tun.

Er hatte zu seiner Bequemlichkeit und Ellies Sicherheit allein geschlafen. Er schlug die Decke zurück und schwang die Beine über die Bettkante. Ausgezeichnet. Kein Schwindelgefühl, keine unvermittelte Überhitzung des Körpers.

Die Tür ging auf, und Ellie kam mit einem Tablett herein.

»Na, Lazarus«, sagte sie. »Was soll das? Ein dringender Ruf der Natur?«

»Irgendwas in der Art. Was hast du mir letzte Nacht zu Essen gegeben. Ich erinnere mich fahl an eine schottische Hackfleischpastete mit Erbsenbrei. Kommt mir wie ein Wunderheilmittel vor.«

»Schottische Fleischpastete? Nein, du delirierst noch. Steh auf.«
Er stand auf und krachte vornüber.
»War also nur ein kleines Wunder. Soll ich dich ins Bett hieven, oder levitierst du allein zurück?«
Schmollend kroch er unter die Decke.
»Aber ich fühle mich wirklich viel besser«, protestierte er.
»Natürlich tust du das. Warum nehmen deine Krankheiten nur immer den Verlauf einer hyperbolischen Parabel? Bei einer simplen Erkältung springst du mit einem mächtigen Satz vom Totenbett direkt ins Olympiastadion.«
»Simple Erkältung? Quatsch. Und hyperbolische Parabel klingt für mich nach Tautologie.«
»Ich weiß, dass es dir besser geht, wenn du dich wieder über meine Sprache lustig machst. Und ich bin froh darüber«, sagte Ellie, während sie das Tablett absetzte. »Das heißt nämlich, ich kann dich guten Gewissens allein lassen.«
»Allein lassen? Ich weiß, ihr Schriftsteller seid ja so sensibel, aber das ist die Höhe!«
»Ich überlass dich dir selbst, während ich dein aufgedrehtes Kind davon abzuhalten versuche, Suzies Geburtstagsparty im Estotiland aufzumischen.«
»Typisch. Ihr amüsiert euch, während ich auf meinem Schmerzensbett liege«, sagte Pascoe.
»Was ist denn nun mit dem Wunder? Und wenn dir wirklich nach einem Ortswechsel ist …«
Pascoe schloss die Augen, stellte sich die Party vor – den Lärm, den Krawall, das Erbrochene – und sagte: »Ich glaube, ich erleide einen Rückfall.«
Später aber, als er hörte, wie sich hinter Ellie und seiner ausgelassenen Tochter die Eingangstür schloss, stieg er erneut aus dem Bett, und diesmal, als er mit seinem wiedergekehrten Athletentum niemanden beeindrucken musste, schaffte er es, aufrecht zu stehen und einige zögerliche Schritte zu tun, ohne dabei mehr zu schwanken als ein torkelnder Betrunkener.
Er zog seinen Morgenmantel an und ging nach unten, machte

sich eine Tasse Tee und schaltete das Dienstfunkgerät ein. Er nahm keinen Zucker mehr, aber was gab es für einen Mann Süßeres, als von zu Hause aus zu belauschen, wie seine Kollegen hart schufteten?

Auf der allgemeinen Frequenz war nicht viel los. Im Stadtzentrum ein Ladendiebstahl. Ein paar Rangeleien am Bahnhof, wo Besucher des nachmittäglichen Fußballspiels von den Fans der heimischen Mannschaft brüderlich empfangen wurden. Und ein Unfall auf der Römerstraße. Nur ein Wagen war betroffen, man schnitt noch das Opfer aus den Trümmern.

Er versuchte es mit den Frequenzen, die das CID gewöhnlich benutzte. Auf dem zweiten Band hörte er Dalziels Stimme, die nach einem Bericht von Schlange 3 verlangte. Operation Schlange. Die hatte er ganz vergessen. Schon seltsam, wie ein Virus Dinge von anscheinend überbordender Bedeutung auf ein Nichts schrumpfen lassen konnte. Bowler, der sich im Kontrollzentrum von Praesidium aufhalten musste, berichtete, dass der Wagen sich nun im Stadtgebiet von Sheffield befand. Schlagartig überkamen Pascoe Schuldgefühle. Es wäre sein Job gewesen sicherzustellen, dass auf ihrer Seite der Operation alles reibungslos ablief. Und zumindest hätte er Stan Rose anrufen und ihm alles Gute wünschen sollen. Er erinnerte sich an seinen eigenen ersten großen Job, nachdem er zum DI befördert worden war, wie sehr er darum bemüht gewesen war, alles richtig zu machen, allen zu versichern – vor allem dem dicken Andy –, dass er die Sache durchziehen konnte. Jetzt war es zu spät, um sich noch einzumischen, aber er nahm sich fest vor, der Erste zu sein, der gratulierte.

Das Telefon klingelte.

Er ging ins Wohnzimmer und nahm den Hörer ab.

»Pascoe«, sagte er.

»Mr. Pascoe! Wie schön, Ihre Stimme zu hören!«

Er setzte sich. Nicht ganz freiwillig, bequemerweise aber war ein Sessel so glücklich platziert, dass er seinen Hintern aufnahm.

»Hallo? Hallo? Mr. Pascoe, sind Sie noch dran?«

»Ja, ich bin noch dran.«

»Ah, schön, ich dachte schon, ich hätte Sie verloren. Hier ist Franny, Mr. Pascoe. Franny Roote.«
»Ich weiß, wer dran ist«, sagte Pascoe. »Was wollen Sie?«
»Reden. Tut mir Leid. Habe ich einen schlechten Zeitpunkt erwischt?«
Um mit dir zu reden? Dann ist jeder Zeitpunkt ein schlechter Zeitpunkt!
»Wo sind Sie, Mr. Roote?«, sagte er. »In Amerika? Der Schweiz? Deutschland? Cambridge?«
»Kurz hinter Manchester. Ich bin heute Morgen aus den Staaten zurückgekommen. Der Flug hatte etwas Verspätung. Ich fühlte mich ein wenig zerschlagen, hing also nur rum, nahm eine Dusche und danach ein herzhaftes Frühstück, und jetzt bin ich auf dem Weg nach Hause. Hören Sie, Mr. Pascoe, als Erstes wollte ich mich bei Ihnen für die Briefe entschuldigen, mit denen ich Sie bombardiert habe. Ich hoffe, Sie haben sich dadurch nicht allzu gestört gefühlt. Obwohl mir natürlich bewusst ist, dass ich Ihnen niemals die Möglichkeit gegeben habe, das kundzutun, falls Ihnen danach gewesen wäre. Vielleicht hatte ich Angst davor. Ich meine, wenn Sie mir nicht direkt sagen konnten, dass diese Briefe Sie genervt haben, dann konnte ich mir ja einbilden, dass alles in Ordnung sei, dass Sie vielleicht sogar Gefallen an der Lektüre gefunden und sich auf den nächsten Brief gefreut haben … Okay, das geht vielleicht zu weit, aber es ist für mich sehr wichtig gewesen, sie zu schreiben, und ich bin mir sicher, in Ihrem Beruf ist es unerlässlich, den Einfallsreichtum der Menschen zu verstehen, wenn diese die Dinge rechtfertigen wollen, die ihnen wichtig sind.«
»Das verstehe ich sehr gut, Mr. Roote«, sagte Pascoe kühl. »Die überzeugendste Rechtfertigung, die ich wohl jemals gehört habe, stammte von einem Mann, der kurz davor seine Frau und seine beiden Kinder mit einem Schlachterbeil zerstückelt hatte.«
Schweigen. Dann sagte Roote: »O Scheiße. Sie sind wirklich angearscht, nicht wahr? Tut mir Leid. Hören Sie, ich werde Ihnen keine Briefe mehr schreiben, versprochen. Aber wollen Sie nicht wenigstens mit mir reden?«

»Das tue ich gerade«, sagte Pascoe.
»Von Angesicht zu Angesicht, meine ich. Es ist erstaunlich, ich habe das Gefühl, Sie wirklich gut zu kennen, wie einen ... wirklich gut. Aber Sie wissen doch, wenn wir uns bisher von Angesicht zu Angesicht unterhalten haben, dann immer nur, wenn Sie mich aus offiziellen Anlässen aufgesucht haben. Unter diesen Umständen war die Themenbreite sehr eingeschränkt, meinen Sie nicht auch? Alles, worum ich Sie bitte, ist ein Treffen, ein einziges, es würde mir sehr viel bedeuten. Ich könnte Sie besuchen kommen ... nein, das ist vielleicht keine so gute Idee. Verletzung der Privatsphäre und so. Vielleicht könnten Sie mich besuchen. Sie wissen doch, wo meine Wohnung liegt – 17a Westburn Lane. Jederzeit, wenn es Ihnen passt. Oder schauen Sie einfach mal vorbei. Wenn ich in der Stadt bin, werde ich mich meistens dort aufhalten. Ich werde mich wirklich an die Arbeit von Sams Buch machen müssen. Es gibt einiges zu redigieren, einige Kapitel müssen mehr oder weniger komplett neu geschrieben werden, und ich habe mich an einigen seiner ›Imaginierten Szenen‹ versucht, Sie wissen schon, Ereignisse und Unterhaltungen, wie sie sich seiner Meinung nach abgespielt haben könnten. Man muss sich ihnen mit großer Umsicht nähern, aber das wissen Sie ja selbst, Mr. Pascoe, denn liegen nur wenige gesicherte Fakten vor, muss man seinen gesamten beruflichen Erfahrungsschatz bemühen, wenn man ein plausibles Bild der Ereignisse schaffen will. O Gott, ich gerate ins Schwafeln, nicht wahr? Ich kann Ihnen gar nicht sagen, wie sehr es mich freuen würde, wenn Sie mich besuchen kämen. Und wenn ich zufällig nicht da sein sollte, dann gehen Sie nicht wieder fort. Ich bin nie weit weg. Mein Ersatzschlüssel ist bei meiner Nachbarin, Mrs. Thomas, sie verlässt nie das Haus, wegen ihrer Arthritis, sagen Sie ihr, es sei schon in Ordnung, das habe Francis gesagt, sie nennt mich immer Francis, wenn Sie ihr das sagen, dann weiß sie, dass Sie wirklich mit mir gesprochen haben. Ich lege jetzt auf, bevor Sie ablehnen können. Bitte kommen Sie.«
Die Leitung war tot.
Pascoe dachte lange nach. Trotz allem berührte ihn der flehentliche Ton in der Stimme des jungen Mannes.

Aber das gehörte doch zu seiner Kunst der Täuschung, oder? Das freute den hinterhältigen Bastard. Jetzt dürfte er dasitzen, das Gesicht so blass wie immer, aber innerlich grinste er wie ein Totenschädel beim Gedanken an die kleinen Samen der Angst und Ungewissheit, die er mir eingepflanzt hat.

Mit plötzlicher Entschlossenheit, die neue Stärke durch seine Adern strömen ließ und seine geschwächten Glieder wiederbelebte, stand er auf.

»Danke für die Einladung, du Dreckskerl«, sagte er. »Keine Sorge, ich werde komme!«

Er ging nach oben und zog sich an. Wäre er in die Küche zurückgekehrt, hätte er Edgar Wield gehört, Codewort Schlange 5, der an der Grenze von South und Mid-Yorkshire auf seiner Thunderbird saß und Schlange 4 (Andy Dalziel) berichtete, dass er soeben von Schlange 1 (DI Rose) gehörte habe, der Schatz sei verladen und der Wagen auf seinem Weg aus Sheffield hinaus nach Norden.

Und hätte er zum ersten Kanal zurückgeschaltet, hätte er erfahren, dass die registrierte Besitzerin des völlig zerstörten Wagens auf der Römerstraße eine gewisse Raina Pomona und die Leiche der jungen Frau, die soeben aus dem Wagen befreit wurde, vermutlich jene der Fahrzeughalterin sei.

Doch Pascoe hörte nur auf die Stimmen in seinem Kopf.

ie Party in der Junior Jumbo Burger Bar würde ein voller Erfolg werden. Unter dem Vorwand, aufs Klo zu gehen, hatte Ellie erneut die Küche inspiziert und sich vergewissert, dass seit ihrem letzten Besuch nicht von den frischen einheimischen Zutaten auf recycelten Müll umgestellt worden war.

Zufrieden kehrte sie gerade noch rechtzeitig zur Party zurück, um einen von Rosie angeführten Angriff auf eine benachbarte Hüpfburg mitzuerleben, die von einem Stamm kleiner Jungs okkupiert war, welche sich unüberlegterweise zu der Äußerung hatten hinreißen lassen, Mädchen seien doof und sollten für alle Zeiten aus dem Estotiland verbannt werden.

Freudestrahlend grölten die Jungs über den abgewehrten Angriff. Ihrer Freude schlug dann plötzlich in Entsetzen um, als aus ihrer Hüpfburg die Luft zu entweichen begann. Ohne jeden ersichtlichen Grund starrte Ellie anklagend zu ihrer Tochter.

»Ich hab's mir nur *gewünscht*«, sagte Rosie abwehrend.

O Gott, dachte Ellie. Sag mir nicht, dass ich eine von *denen* hab!

Fünfzehn Kilometer entfernt bewegte sich der mit dem Elsecar-Schatz beladene Praesidium-Transporter stetig nach Norden, nicht zu dicht gefolgt von einem Zivilfahrzeug, in dem DI Stanley Rose und drei seiner Kollegen aus South Yorkshire saßen. Ebenfalls nach Norden fuhren, auf Seitenstraßen und Nebenwegen, mehrere andere Polizeifahrzeuge und hielten sich mehr oder minder parallel zur Hauptroute, sodass sie jederzeit in wenigen Minuten eingreifen und, falls etwas schief laufen sollte, sämtliche Fluchtwege in kürzester Zeit abriegeln konnten.

Noch wenige Tage zuvor hätte Edgar Wield gegen diese Taktik laut sein Veto eingelegt. Vorbeugung war seiner Meinung nach immer besser als Heilung. Klar, für die Statistik machte es sich besser, und sicherlich konnten die Polizei und insbesondere Stan Rose sich eine

größere Feder an den Hut stecken, wenn sie ein positives Ergebnis erzielten und Matt Polchards Bande auf frischer Tat ertappten. Doch wie schnell sie auch im Fall des Falles zuschlagen mochten, immer bestand die Gefahr, dass die Wachleute dabei verletzt wurden. Sehr viel besser wäre es gewesen, den Transporter mit heulenden Sirenen und blitzenden Lichtern zu eskortieren, sodass das Ungeziefer eilends in seine stinkenden Löcher zurückhastete.
Doch das war vor der Entdeckung von Lees Leiche gewesen.
Jetzt, als er auf seiner Thunderbird dem South-Yorkshire-Wagen folgte, sehnte er sich nach dem erwarteten Hinterhalt, verlangte danach, dass ihm Leiber vor die Hände und seinen Schlagstock gespült wurden.
Vor ihm wies ein riesiges Schild mit einem Richtungspfeil nach *Estotiland – Besucher*, und einen halben Kilometer später öffnete sich links die Abbiegespur. Gut geplant, musste er zugeben. Der Komplex selbst war noch acht Kilometer entfernt, wurden die Besucher jedoch schon so früh auf ihre eigene Spur abgezweigt, vermied man einen möglichen Rückstau, der gefährlich auf die Hauptspur der Autobahn übergreifen konnte. Noch während er sich diese Gedanken zur effektiven Verkehrsführung durch den Kopf gehen ließ, wusste er, dass er damit nur unterdrücken wollte, was das Estotiland-Schild für ihn wirklich bedeutete. *And I need you now tonight ... and I need you more than ever ...* und das stinkende Kanalwasser drängte in Lees Rachen und in seinen Magen, seine Lungen ...
Energisch schüttelte er den Kopf, richtete seine Aufmerksamkeit wieder auf die Operation Schlange und spähte auf dem vor ihm liegenden Streckenabschnitt nach den ersten Anzeichen von Gefahr.

Peter Pascoe stand auf der Schwelle zu Franny Rootes Wohnung. Es war äußerst einfach gewesen, den Schlüssel zu bekommen. Schwieriger war es, sich von Mrs. Thomas, der Schlüsselbewahrerin, wieder loszueisen. Doch nachdem er ein langes und fugenloses Loblied auf ihren liebenswerten jungen Nachbarn, Francis, ertragen hatte, der ein solcher Ausbund an Tugend war, dass man ihn als Spende an Wohltätigkeitsorganisationen verschicken könnte, war er

schließlich von ihrem Fernseher, in dem das nächste Pferderennen angekündigt wurde, erlöst worden.
Und nun, als er in die Höhle seines Feindes starrte, fragte er sich erneut, nicht ohne Selbstzweifel, aber verwundert über die Leichtgläubigkeit seiner Mitmenschen, warum er anscheinend stets gegen eine Flut von Rootophilie anzuschwimmen hatte.
Und er fragte sich, was zum Teufel er durch sein Kommen zu bezwecken gedachte.
Es kam ihm sogar so vor, dass die Erwähnung des Ersatzschlüssels ihn lediglich hierher locken sollte, damit er seine Zeit verschwendete, eine Strategie, die der Kerl doch so sehr liebte.
Nun, wenn er schon seine Zeit verschwenden sollte, dann wollte er sie schnell verschwenden!
Er trat ein und begann systematisch die Wohnung zu durchsuchen.

Marcus Belchamber stand vor einem seiner liebsten Gegenstände in seinem Arbeitszimmer – einer lebensgroßen Puppe in der Uniform und mit der Ausrüstung eines Militärtribuns des späten römischen Kaiserreichs.
Auf seinem Schreibtisch stand ein hochleistungsfähiges Funkgerät, illegalerweise auf die Polizeifrequenzen eingestellt, durch die er gesurft war, bis er jenen Kanal gefunden hatte, der ihn interessierte.
Operation Schlange! Welcher Schwachkopf von Bulle hatte sich das bloß ausgedacht? Als wollten sie einem sagen, wenn du über unsere Gegenmaßnahmen auf dem Laufenden bleiben willst, dann bist du hier genau auf dem richtigen Kanal, den es abzuhören gilt.
Es bedeutete aber auch, dass entweder der Informant aus Sheffield oder der arme kleine Lee genügend Hinweise preisgegeben hatten, dass selbst die Schwachköpfe von der Polizei auf den Plan gerufen worden waren.
Aber laut Polchard spielte es ja keine Rolle, ob sie Bescheid wussten. Tatsächlich hatte ihr Plan immer in Betracht gezogen, dass die Bullen etwas wussten. Aber natürlich nicht alles.
Polchard, obwohl sonst eher ein Furcht einflößender Mann, hatte dabei doch gar etwas tröstlich Beruhigendes an sich gehabt.

Für alle Fälle hatte Belchamber eine gepackte Tasche im Kofferraum seines Lexus und ein Flugticket nach Spanien im Handschuhfach liegen. Wenn es Probleme gab, klingelte der professionelle Verbrecher seinen cleveren Anwalt an. Aber an wen wandte sich in einer solchen Situation der clevere Anwalt? Nein, bei den ersten Anzeichen von Problemen würde er verschwinden und sich die weitere Entwicklung aus sicherer Entfernung ansehen.

Die Uniform war natürlich eklektizistisch; ein wenig von hier, ein wenig von dort, über die Jahre hinweg für viele tausend Pfund zusammengetragen. Nur die Tracht und die schöne purpurfarbene Feder auf dem Helm waren nicht original. Der Helm gefiel ihm besonders. Er liebte es, ihn in Krisenzeiten aufzusetzen. Wenn er allein war, natürlich. Der einzige Mensch, der jemals gesehen hatte, wie er die Uniform ganz oder teilweise getragen hatte, war der tote Junge gewesen.

Denk nicht an ihn.

Mit dem Helm auf dem Kopf stellte er sich manchmal vor, er sei sein hypothetischer Vorfahre, Marcus Bellisarius. Auf jeden Fall aber sah er die Dinge klarer, wenn er ihn trug, vielleicht mit dem unbarmherzigen Blick eines Militärstrategen, der so und so viele verlorene Männer gegen so und so viel gewonnenen Boden gegeneinander aufrechnete.

Er nahm den Helm von der Puppe. War etwas geschehen? Die Stimmen über Funk klangen nicht mehr so routiniert-gelangweilt.

Er hob den Helm und setzte ihn sich auf den Kopf.

Stanley Rose begann zu schwitzen. Er hoffte, seine Kollegen würden es nicht bemerken, aber wenn fünf große Männer in einem Mittelklassewagen zusammengepfercht waren, ließ sich der Schweiß kaum verbergen. Wenn sie es wahrnahmen, dann wussten sie auch, warum. Und versteckten hinter ihren mürrisch-leeren Gesichtern ihr Grinsen. Als er die Genehmigung für Operation Schlange erhielt, hatte er es in vollen Zügen genossen, den Obermacker spielen zu können, was er vor den anderen nicht hatte verbergen können. Mochte er es noch so sehr versucht haben, er wusste, dass er bei den

Besprechungen ziemlich dick auftrug, dass er immer das letzte Wort hatte und allen klar machte, in wessen Show sie hier auftraten. Mein Gott, selbst auf dem Klo hatte er autoritärer gepinkelt, wenn zufällig andere aus dem Team anwesend waren!
Klar, wenn der Schatz sicher in Mid-Yorkshire abgeliefert wurde, hatten sie gute Arbeit geleistet. In Sheffield würde die Sache jedoch anders aufgenommen werden. Wäre er ein wenig vorsichtiger, zaghafter aufgetreten, würden sich die anderen nur schwer über ihn lustig machen können. Aber hatte man den Obermacker raushängen lassen, würde einem eine Aktion, die einen so hohen Aufwand an Zeit und eingesetzten Beamten erforderte, fast genauso schlimm angekreidet werden wie ein erfolgreich durchgeführter Überfall.
Sie näherten sich der Estotiland-Unterführung. Noch zwanzig Minuten, und sie wären zu Hause.
Polchard!, schrie er innerlich. Wo zum Teufel steckst du?

Hundertfünfzig Meter vor ihm hatte Matt Polchard über den Rückspiegel im Praesidium-Transporter Roses Wagen im Blick.
Die Bullen hielten nach wie vor ihren Abstand. Er hatte darauf gesetzt. Sie hatten es nicht nur darauf abgesehen, den Schatz sicher zum Kulturzentrum in Mid-Yorkshire zu eskortieren. Nein, sie wollten den großen Coup, sie wollten spektakuläre Festnahmen, Verbrecher in Handschellen, Zeitungsschlagzeilen. Aber sie hatten nicht daran gedacht, den leeren Transporter bereits von Mid-Yorkshire aus zu eskortieren. Es war nicht schwer gewesen, ihn bei der Unterführung in die Lieferantenausfahrt für Estotiland abzudrängen. Und während die Typen in seinem Team, die für das Grobe zuständig waren, sich des Fahrers und des Wachmanns annahmen, tauchte das Ersatzfahrzeug, dessen Signal sorgfältig dem des anderen angeglichen worden war, am südlichen Ende der Unterführung auf.
Den Vorgang wieder umzukehren erforderte etwas mehr List und Geschicklichkeit.
»Geschwindigkeit halten«, sagte er zu seinem Fahrer.
In der letzten Viertelstunde hatten sie langsam die Geschwindigkeit reduziert, sodass sie mittlerweile nur noch knapp über siebzig

fuhren. Schöpften die Bullen Verdacht? Warum sollten sie? Wie auch immer, es war bereits zu spät, überlegte er und richtete den Blick wieder auf den ihnen folgenden Wagen.

Der Möbelwagen, der sich auf der äußeren Spur schnell von hinten näherte, hatte kein Problem, sich am Polizeiwagen vorbeizuschieben, während der Transporter auf der leicht abschüssigen Strecke die Unterführung ansteuerte. Schilder warnten davor, anzuhalten oder zu überholen, der Möbelwagen aber setzte, nachdem er den Polizeiwagen überholt hatte, unbeirrt den Blinker und scherte vor diesem wieder ein.

»Arschloch!«, brüllte Rose. »Um Gottes willen, zieh an ihm vorbei!« Sein Fahrer blinkte und wollte ausscheren, doch nun wurden sie von einem langsamen weißen Transit überholt, der das Manöver blockierte.

Polchard beobachtete das alles in seinem Rückspiegel, und dann, als der Polizeiwagen nicht mehr zu sehen war, sagte er: »Los!«

Der Fahrer trat das Gaspedal durch.

Vor ihnen war ein Schild mit einem nach links weisenden Pfeil, darunter stand *Estotiland Lieferantenausfahrt – nur mit Sondererlaubnis*. Der Sicherheitstransporter raste auf der Abbiegespur davon. Weiter vorn, auf der Zufahrt vom Lieferantenbereich, fädelte sich der ursprünglich vorgesehene Praesidium-Wagen mit angemessener Geschwindigkeit in die Fahrspur zur Unterführung ein.

»Alles in Ordnung, Boss, er biegt ab«, sagte Roses Fahrer, als der Möbelwagen auf die Abbiegespur hinüberwechselte. »Kein Grund zur Sorge. Dort vorn ist unser Wagen.«

»Wo zum Teufel soll er denn sonst sein? Soll er sich in Luft aufgelöst haben?«, blaffte Rose, verärgert, dass er sich seine Nervosität anmerken ließ. »Schließ ein wenig auf. Und lass nicht noch mal so einen Arsch zwischen uns.«

»... fünfzehn, sechzehn, siebzehn, achtzehn ... hier sind sie wieder«, sagte Berry, als der Blinkpunkt auf dem Monitor auftauchte. »Dauert nicht mehr lange. Sieht ganz so aus, als wär da viel Lärm um nichts gewesen, was?«

»Ja«, sagte Hat Bowler. »Nichts.«

Die Operation konnte ihm nicht schnell genug zu Ende gehen. Obwohl sich das extreme Symptom der Krankheit, die er sich wohl zugezogen hatte, nicht mehr einstellte, fühlte er sich seit dem Anfall vor einer Stunde geistig irgendwie weggetreten; ihn fröstelte. Ein anderes Symptom war der dringende Wunsch, Ryes Stimme zu hören.

Als daher Berry für einige Minuten aus dem Kontrollzentrum abberufen wurde, nützte er die Gelegenheit, um sich telefonisch in der Bibliothek zu melden, wo ihm mitgeteilt wurde, dass Rye heute nicht arbeitete.

Das überraschte ihn. Als er ihr erzählt hatte, dass er am Samstag dienstlich festsaß, hatte er den Eindruck, dass sie ebenfalls zur Arbeit musste. Er rief in ihrer Wohnung an. Nichts, nur der Anrufbeantworter.

Also war sie unterwegs. Was erwartete er von ihr, wenn er nicht da war? Dass sie zu Hause saß und Trübsal blies?

Dennoch verspürte er eine Unruhe, wusste aber nicht, warum.

Die Tür zum Kontrollraum ging auf.

»Hallo, Superintendent. Wollen Sie sich selbst ein Bild machen?«, sagte Berry. »Muss schon sagen, ihr nehmt das ziemlich ernst, aber bislang läuft alles wie am Schnürchen.«

Hat wandte sich nicht vom Monitor ab. Sämtliche vorherigen Symptome hatten sich wieder eingestellt. Er wusste, es war nicht Dalziel, der den Raum betreten hatte, sondern der Tod.

Der Tod, der Meister des Rollenspiels, der doch stets er selbst war. Er konnte als Krankenschwester maskiert auftauchen, als enger Freund, mit der Schellenkappe eines Gauklers oder als großer dicker Polizist, die eingefallenen Augenhöhlen und das grinsende Knochenantlitz aber waren unverkennbar.

Also blieb er sitzen und starrte auf den Lichtpunkt, der auf dem Bildschirm wie ein Herz pulsierte.

»Hat«, sagte Dalziel, »könntest du kurz rauskommen. Ich muss mit dir reden.«

»Überwache den Wagen, Sir«, sagte Hat steif. »Dauert nicht mehr lange, bis er beim Museum ist.«

»Mr. Berry wird ihn für uns überwachen«, sagte Dalziel sanft.
»Komm, Junge. Wir müssen reden. Ihr Büro steht uns offen, Mr. Berry?«
Mittlerweile wusste auch der Firmenchef, dass sich eine Finsternis über den Raum gelegt hatte, die düsterer war als die Halbdämmerung eines grauen Januartags.
»Klar«, sagte er.
Hat erhob sich und verließ den Raum, ohne den Dicken auch nur anzusehen.
»Wird er noch mal kommen?«, sagte Berry.
»Nein«, sagte Dalziel. »Ich glaube nicht. Sie kommen hier allein zurecht, nehme ich an.«
»Womit zurechtkommen?«, sagte Berry und blickte zum Monitor. »Meiner Meinung nach ist es vorbei.«
»Da könnten Sie Recht haben«, sagte Dalziel. »Es ist vorbei.«

Allmählich stellte sich bei Pascoe das Gefühl ein, dass er lieber im Bett hätte bleiben sollen.
Er saß auf einem Sessel und sah sich unsicher in Franny Rootes Wohnung um.
Gewöhnlich war er äußerst gründlich, wenn er eine Wohnung durchsuchte, übersah kein potenzielles Versteck, und ebenso gewissenhaft war er darauf bedacht, keine verräterischen Spuren zu hinterlassen. Seine weniger strengen Kollegen scherzten des Öfteren, dass man ein Zimmer nur von Pascoe durchsuchen lassen musste, wollte man es mal so richtig gründlich aufräumen.
Aber irgendetwas war heute schief gelaufen.
Rootes Wohnung sah aus, als hätte sich ein völlig durchgeknallter Jugendlicher bei seinem ersten Einbruch an ihr vergangen.
Und ohne jegliches Ergebnis bislang, außer dass er so viel Energie dabei verschwendet hatte, dass er schweißgebadet war. Er zog seine Jacke aus und wischte sich über die Stirn.
Was tun?, fragte er sich verzweifelt.
Fliehen und hoffen, alles würde einem durchgeknallten Jugendlichen angehängt?

Bleiben und alles unverfroren aussitzen, wenn und falls Roote auftauchte?
Oder versuchen, alles wieder aufzuräumen und seine Spuren zu verwischen?
Das würde ein hartes Stück Arbeit werden, überlegte er, als er sich umsah. Er hatte eine ziemliche Sauerei veranstaltet und wusste, dass er es beileibe nicht auf seine Krankheit schieben konnte. Er hatte sich Wohnungen betrachtet, in denen eingebrochen worden war, und sich oft dabei gefragt, warum die Diebe nicht nur Dinge entwenden, sondern auch noch alles kurz und klein schlagen mussten, was sie zurückließen. Nun begann er es zu verstehen. Manchen genügte es nicht, einfach nur etwas zu stehlen; sie mussten jene, die sie beraubten, auch noch hassen und ihnen sogar die Schuld daran zuschieben.
Er hatte nichts gefunden, was er gegen Roote verwenden könnte, aber, bei Gott, er hatte den Dreckskerl jetzt wissen lassen, was er von ihm hielt!
Er schämte sich für das, was er getan hatte; es war unentschuldbar.
Aber, Gott sei Dank, es gab Grenzen.
An einer Wand stand ein in Grabesschwarz gehaltenes Bücherregal, eindeutig mehr zum Gebrauch als zur Zierde bestimmt. Das Einzige, das er nicht angerührt hatte, waren die Bücher.
Obwohl es keine bewusste Entscheidung gewesen war, glaubte er auch zu wissen, warum.
Er ging zum Regal und zog ein Buch hervor. Er hatte Recht gehabt. Der Name auf dem Schmutztitel lautete Sam Johnson. Die Bücher gehörten zu dem Erbe, das Roote von seinem alten Freund und Tutor vermacht worden war. Wenn Pascoe Roote wirklich etwas abnahm, dann seine Trauer um Johnsons Tod.
Und natürlich half es, dass seine Theorie, wonach Roote am Tod von Jake Frobisher beteiligt gewesen war, auf Rootes Liebe zu Johnson basierte, die zu mörderischer Eifersucht geführt hatte.
Er fühlte sich etwas besser, als ihm klar wurde, dass er nicht den Punkt des wahren pathologischen Hasses erreicht hatte, der ihn dazu genötigt hätte, das zu zerstören, was das Objekt am meisten liebte.

Er entdeckte eine zweibändige Ausgabe von Beddoes' Gedichten, die er zu erkennen glaubte, ziemlich alte Bände mit marmorierten Buchdeckeln. Er nahm einen heraus und schlug ihn auf. Ja, es war die Ausgabe der Fanfrolico Press; Band zwei, genau der Band, der aufgeschlagen auf dem Schoß des toten Akademikers gelegen hatte.

Er schob ihn sorgfältig zurück und bemerkte dabei, dass dahinter etwas lag, ein schmales, in ein schwarzes Seidentaschentuch gewickeltes Päckchen, das vor dem schwarzen Hintergrund beinahe unsichtbar war.

Er nahm es heraus und wickelte es auf.

Es enthielt eine Omega-Uhr mit goldenem Armband; sie sah sehr teuer aus.

Er drehte sie um und besah sich die Rückseite.

Dort war es, ein Buchstabenkreis, der auf Sophie Frobishers Schraffur einfacher zu entziffern war als hier auf der glänzenden Oberfläche. Er kannte die Worte auswendig.

BIS DIE ZEIT
ÜBER ZERSTÖRTEN WELTEN
IN DIE EWIGKEIT FÄLLT DEIN S

Nun, für beide von ihnen war jetzt die Zeit in die Ewigkeit gefallen und hatte, wie bei jedem Tod, zerstörte Welten hinterlassen.

Und jetzt endlich, dachte er in geringerer Hochstimmung, als er sich für den Moment seiner Rechtfertigung vorgestellt hatte, lag es in seiner Macht, die Welt des Francis Xavier Roote für immer zu zerstören.

Hinter ihm ging die Tür auf.

Er drehte sich so schnell um, dass ihn erneut sein Kung-Fu-Schwindelgefühl überkam.

Als er wieder klar sah, erkannte er Franny Roote.

»Hallo, Mr. Pascoe«, sagte der junge Mann lächelnd. »Es freut mich ja so sehr, dass Sie kommen konnten. Tut mir Leid wegen der Unordnung hier. Hey, Sie sehen ein wenig blass aus. Ist mit Ihnen alles in Ordnung?«

ls sich der Möbelwagen vor Roses Wagen setzte, fühlte sich Wield instinktiv genötigt, auszuscheren und zu überholen, wurde jedoch ebenfalls von dem weißen Transit daran gehindert.

Schließlich, als der Möbelwagen auf die Abbiegespur bog, schaffte er es, sich in den schmalen Spalt zwischen dem Fahrzeug und der mittleren Leitplanke zu drängen. Vor sich, weit entfernt, sah er das Heck des Transporters des Sicherheitsunternehmens.

Sehr weit entfernt.

Vielleicht hatte er beschleunigt. Aber warum sollte er das tun? Verlor man sein Begleitfahrzeug im Rückspiegel aus den Augen, bremste man doch normalerweise ab.

Er beschleunigte, bis er ihn dicht vor sich hatte. Der Transit hatte ebenfalls beschleunigt und fuhr nun wieder an ihm vorbei. Manche Fahrer waren eben so, hassen es, überholt zu werden, vor allem von einem antiquierten Rocker im schwarzen Lederoutfit, auf dessen Rücken in Silberlettern *Eat my Dust* stand. Der Typ auf dem Beifahrersitz kurbelte das Fenster herunter, und Wield erwartete bereits, dass er den Stinkefinger zu sehen bekam. Doch die Geste bestand nicht aus dem Finger, sondern dem nach oben gereckten Daumen. Und sie galt nicht ihm, sondern dem Praesidium-Wagen, an dem der Transit vorbeirauschte.

Was zum Teufel hatte das zu bedeuten? Konnte nichts anderes sein als die Kameraderie der Straße, ein Berufsfahrer, der einen anderen grüßt, so wie man morgens auf dem Weg in die Arbeit einem Fremden zunickte und Hallo! sagte.

Doch als der Wagen vor dem Praesidium-Fahrzeug auf die Innenspur bog und sich dessen Geschwindigkeit anpasste, schwante ihm Böses.

Plötzlich erinnerte er sich an Lee Lubanskis Praesidium-Tipp, der mit einem Fiasko geendet hatte, ein Überfall, bei dem lediglich der Transporter verloren gegangen war, aber nicht dessen Inhalt. Sie

hatten sich halb totgelacht, hatte sich doch einmal mehr gezeigt, dass die meisten Kriminellen einfach saudämlich waren. Aber angenommen, es sei in Wirklichkeit alles nach Plan gelaufen und sie hatten nicht mehr gewollt als den Transporter? Was bedeuten könnte ...
Er wurde langsamer, bis Roses Wagen zum Überholen ansetzte, dann passte er sich dessen Geschwindigkeit an und deutete dem DI auf dem Beifahrersitz an, dass er mit ihm reden wollte.
Rose kurbelte das Fenster herunter.
»Was?«, brüllte er.
»Ich glaube, sie haben sie ausgetauscht«, schrie Wield. »Ich glaube, das ist nicht unser Wagen.«
Es war, als würde er bei einem armen Kerl an die Tür klopfen und ihm sagen, seine Frau hätte einen Autounfall gehabt. Rose wurde kreidebleich, wirkte, als wollte er es nicht wahrhaben.
Das war die große Prüfung für den jungen DI. Er konnte jetzt wütend werden, sich weigern, daran zu glauben, weitermachen, als wäre nichts geschehen. Oder ...
»Erzählen Sie keinen Schwachsinn«, rief er zornig. Er wollte es nicht hören, wollte unter keinen Umständen wahrhaben, dass Operation Schlange sich selbst in den Schwanz biss.
»Unserer ist im Estotiland«, brüllte Wield. »Der Lockvogel wird Sie in die Stadt führen, an einer Ampel stehen bleiben, der Fahrer und sein Kumpel werden rausspringen, um die Ecke verschwinden und mit diesem Transit abhauen.«
Er war sich dessen nicht sicher, konnte sich nicht sicher sein, aber er wusste, er musste überzeugend klingen, wenn Rose die Kavallerie rufen sollte.
Sie hatten mittlerweile die Unterführung durchquert. Estotiland blieb hinter ihnen zurück. Sie befanden sich wieder auf Höhe der umliegenden Landschaft, die Fahrbahn vollführte zwischen niedrigen Straßendämmen eine Kurve, dahinter begannen die Felder.
Zeit für Entscheidungen, nicht für Diskussionen.
»Ich fahre zurück«, brüllte er.
Er gab Gas, brach mit der Maschine über die harte Bankette und bretterte den holprigen Grashang hinauf.

»Mein Gott, der kann mit seiner Maschine aber umgehen«, entfuhr es Roses Fahrer mit unverhohlener Bewunderung. Er konnte es sich leisten, ruhig zu bleiben. Er musste nur tun, was man ihm sagte, und das ohne Widerspruch.
In der gleichen Geisteshaltung sahen die drei auf der Rückbank zusammengepferchten Männer zu ihrem Chef, und ihre leeren Mienen schienen zu sagen: Na, Boss, der ist sein Geld aber wert.
»Schnauze, alle zusammen«, brüllte Rose. Dann griff er sich das Funkgerät. »Schlange eins an alle ...«

»Es ist vorbei, Franny«, sagte Pascoe müde.
Roote lächelte vor Freude.
»Das ist, glaube ich, das erste Mal, dass Sie mich Franny nennen«, sagte er. »Was ist vorbei?«
»Die Spielchen«, sagte Pascoe. »Das hier ist die Abschlussfeier.«
»Aber vorher kommt doch die Preisverleihung«, sagte der junge Mann. »Hätten Sie gern was zu trinken? Müsste aber Tee sein. Kaffee ist wohl ausgegangen.«
Bedauernd sah er zu den Häufchen, die Pascoe aus der Dose in den Ausguss geschüttet hatte.
»Die Preisverleihung überlasse ich dem Richter«, sagte Pascoe.
»Sagen Sie mir bitte nicht, Sie hätten schon wieder was gefunden, was Sie mir anhängen können«, rief Roote. »Ich habe geglaubt, das hätten wir hinter uns gelassen. Nein, ich sehe, Sie meinen es ernst. Gut, schaffen wir das aus der Welt, dann können wir wirklich miteinander reden. Also, was ist es diesmal?«
Er wirkte oder klang in keiner Weise beunruhigt, aber wann war das jemals der Fall gewesen?
Pascoe sammelte seine Gedanken. Das Klügste wäre gewesen, ihn zur Dienststelle zu bringen, in einen Verhörraum zu setzen, ihn ordentlich einzuschüchtern und das Tonband anzuschalten.
Aber bei Roote kam man nicht weit, wenn man sich klug verhielt. Also sei offen, sag ihm, was du hast, verschaff dir einen ersten Eindruck, wie er die Sache spielt, damit du dann zumindest teilweise vorbereitet bist, um seine Taktik zu kontern, wenn es offiziell wird.

Er ging in Gedanken seine Verdachtsmomente durch. Das Zeug aus den Briefen kam hier nicht in Betracht. Roote hatte sich das alles selbst zurechtgelegt und war zweifellos vollkommen dagegen gefeit. Knall ihm was Unerwartetes hin.

»Sie sind in Rye Pomonas Wohnung eingebrochen«, sagte er.

»Das stimmt«, bestätigte Roote, ohne zu zögern. »Meines Wissens aber impliziert der Straftatbestand des Einbruchs verbrecherische Absichten.«

»Die Sie nicht hatten? Aber ich glaube nicht, dass Sie abstreiten können, keine Schäden hinterlassen zu haben.«

»Nun«, sagte Roote und sah sich lächelnd in seinem verwüsteten Zimmer um, »da beuge ich mich Ihrem fachmännischen Urteil, Mr. Pascoe.«

Pascoe errötete. »Also, welche Absicht hatten Sie dabei, wenn Sie nichts stehlen wollten?«

»Sie werden es sicherlich schon erraten haben. Es geht um den lieben alten Charley Penn, wirklich. Er hat so oft über seinen Kumpel Dee schwadroniert, dass er unschuldig sei, dass ich mir schließlich selbst die Frage gestellt habe. Dee ist mir ziemlich egal, aber wenn es stimmt, dass er nicht der Wordman war, dann heißt das, dass der Typ, der Sam Johnson umgebracht hat, noch immer frei rumläuft. Natürlich ist Charley besessen, und so jemand kostet mit einem verdorbenen Geschmack, wie Sie sicherlich wissen, Mr. Pascoe. Ich muss gestehen, ich habe immer gespürt, dass an Ms. Pomona etwas … anders ist, dass eine seltsame Aura sie umgibt. Wie auch immer, ich hatte nicht die geringste Ahnung, wonach ich suchen sollte, aber ich glaubte es Sam schuldig zu sein, wenn ich mich da etwas umsehe.«

»Und deshalb haben Sie sich die Wohnung einer allein stehenden Frau ausgesucht?«

»Wo hätte ich denn sonst anfangen sollen, Mr. Pascoe? Charley war bis oben hin voll mit Verschwörungstheorien, die gegen die Polizei gerichtet waren. Natürlich wusste ich, dass dieser Vorwurf, was Sie anbetraf, völlig abwegig war, und ich hatte auch ganz gewiss nicht vor, in Mr. Dalziels Haus einzubrechen. Aber bei dem jungen Mr.

Bowler, da genügte ein Blick, und man wusste, dass er für Ms. Pomona sogar seine Seele verkaufen würde. Deshalb fing ich bei ihr an. Ich wusste, dass sie nicht da sein würde, und durch die Konferenz hatte ich ein ausgezeichnetes Alibi. Mein Vortrag war für den Morgen vorgesehen, aber es war kein Problem, mit einem anderen zu tauschen. Als ich dann unerwartet auf Sie stieß, war ich ein wenig entsetzt, muss ich zugeben. Sie sahen aus, als hätten Sie einen Geist gesehen, also überlegte ich mir, ich könnte Sie vielleicht in dieser Richtung noch bestärken. Deshalb mein zweiter Brief. Hätte ich ihn geschrieben, wenn wir uns nicht begegnet wären? Ich weiß es nicht. Mein erster Brief hatte wirklich die Absicht, alles zwischen uns zu bereinigen. Doch nach dem zweiten musste ich feststellen, dass ich es tatsächlich genoss, jemanden zu haben, bei dem ich meine Probleme abladen konnte. In gewissem Sinne betrachte ich unsere Begegnung als Fingerzeig Gottes. Es tut mir Leid, wenn die Briefe Ihnen Unannehmlichkeiten bereitet haben.«

Wenn er noch ein wenig glaubwürdiger klang, würde ich ihm glatt seine alte Karre abkaufen, dachte sich Pascoe.

Er sagte: »Sie fanden also heraus, dass es nichts zu finden gab, hinterließen aber trotzdem eine Wanze?«

»Die haben Sie gefunden? Clever. Natürlich hatte ich vorgehabt, keinerlei Spuren zu hinterlassen, leider warf ich aus Versehen eine Vase um, die sich als Begräbnisurne herausstellte. Das bestärkte mich in meiner Meinung, dass Ms. Pomona anders ist. Menschen, die tote Menschen in ihrem Schlafzimmer aufbewahren, sind anders, dem müssen Sie zustimmen. Es wäre unmöglich gewesen, das aufzuräumen, also machte ich mich daran, es wie einen normalen Einbruch aussehen zu lassen, so ähnlich wie Sie es hier getan haben, Mr. Pascoe. Bevor ich ging, spähte ich vorsichtshalber durch den Spion, und wen sah ich auf dem Flur herumlungern? Charley Penn! Das brachte mich auf die Idee, etwas auf ihrem Computer zu hinterlassen, das Charley zum Hauptverdächtigen machte.«

»Loreley«, sagte Pascoe.

»Genau. Gut. Dann ging ich auf den Friedhof, um unter dem Efeu eines recht vulgären Grabsteins mein Empfangsgerät zu verstecken, und dabei haben Sie mich gesehen. Übrigens die reine Zeitverschwendung. Es waren nur einige Geräusche zu hören und ein paar prä- und postkoitale Gespräche, dann gab das unnütze Ding den Geist auf. Deswegen also können Sie mich haftbar machen. Andererseits, wird Mr. Dalziel wirklich so darauf erpicht sein, dass ich unter den Augen der Öffentlichkeit vor Gericht mein Verhalten in allen Einzelheiten erläutern muss? Vielleicht sollten wir einfach weitermachen. Nach der Art, wie Sie diese Uhr umklammern, nehme ich an, dass es noch mehr gibt.«

Warum habe ich immer das Gefühl, dass ich Textzeilen spreche, die er mir in die Feder diktiert hat?, dachte Pascoe verzweifelt. Warum kann ich kein guter altmodischer, stumpfsinniger, fantasieloser Bulle sein, der ihn ab einem gewissen Punkt auf die gute altmodische, stumpfsinnige, fantasielose Weise verprügelt und ihn dann einfach fortschickt? Was mache ich hier? Es gibt genügend Orte, wo ich lieber wäre. Zu Hause im Bett. Bei der Operation Schlange durch die Landschaft gondeln. Sogar, Gott hilf mir, im Estotiland, wo ich zwanzig kleinen Mädchen dabei zusehe, wie sie in der Jumbo Burger Bar Radau schlagen!

Warum in aller Verstandes Namen bin ich hier?

Eine Weile lang, als die Kids über ihre Jumbo-Burger herfielen, herrschte relative Ruhe. Selbst Rosie fiel es schwer zu reden, als sie ihre Zähne in das saftige, vom Ketchup rot triefende Stück erstklassigen Rindfleisches mit gehackten Zwiebeln schlug. Ellie knabberte an ihrem, musste sich eingestehen, dass es von ausgezeichneter Qualität war, dann nahm sie einen weiteren langen Schluck von ihrem schwarzen Kaffee, der dem Niveau des Burgers nicht ganz entsprach, aber als Aufputschmittel genügen musste, bis sie in vernichtende Nähe eines großen Gin Tonic kam. Einige der anderen Mütter bemühten sich noch, vor Witz und guter Laune zu sprühen, Ellie aber blieben die verräterischen Anzeichen nicht verborgen.

Rosie verdrückte ihren Burger, spülte ihn mit einem Viertelliter einer malvenfarbigen Flüssigkeit hinunter, die aussah, als könnte sie

Tapeten lösen, kam dann auf ihre Mutter zu und sagte: »Kann ich mit Mary auf dem Drachen spielen?«

Der Drachen war eine Figur im Spielbereich, die Ellies Ansicht nach als Sexhilfsmittel für Perverse vermarktet werden konnte. Das Wesen, aus weichem, aber widerstandsfähigen Plastik in Kotzgrün und Blutrot, kauerte mit dem Kopf bedrohlich am Boden. Man betrat es über den Anus und kletterte durch die Eingeweide nach oben, um auf dem Rückgrat herauszukommen. Dann glitt man mit gespreizten Beinen über eine Reihe von kräftigen Höckern nach unten, bis durch das Eigengewicht ein Mechanismus ausgelöst wurde, durch den der Drache einen spitzen Schrei und einen orgasmischen Strahl scharlachroten Rauchs ausstieß, während man über das klaffende Maul in eine Sandgrube stürzte.

Rosie liebte es.

Ellie warf einen Blick zu Marys Mutter, die einen Blick zurückwarf. Beide nickten, eine Sekunde später eilten die zwei Mädchen kreischend vor Freude davon.

Ellie beobachtete sie liebevoll und nippte an ihrem Kaffee. Sie hörte das Röhren eines Motors und sah ein Motorrad auf dem Fußgängerweg vorbeischießen. Irgendein Arsch in schwarzer Lederkluft. Wo zum Teufel steckte der Sicherheitsdienst? Das gesamte Areal um die Spielzone war als Fußgängerbereich ausgewiesen. Da musste sie mit jemandem ein ernstes Wörtchen reden, beschloss sie. Aber nicht jetzt. Ruh dich aus, solange es noch möglich ist. Und außerdem war das Motorrad längst wieder fort.

Wield hatte einige Felder überquert, bis er auf die Zufahrtsstraße zum Estoti-Komplex traf. Am Haupteingang stauten sich einige Wagen. Er schlängelte sich mit hoher Geschwindigkeit an ihnen vorbei, bis sich ihm ein irritierter Wachmann in den Weg schob. Er stellte sich glücklicherweise als ein Ex-Polizist heraus. Mit einem Blick erfasste er Wields Ausweis und wies ihm auf dessen knappe Darstellung der Situation ebenso knapp die Richtung zum Hauptdeck der Anlieferungszone. Er sprach bereits in sein Funkgerät, als Wield auf seiner schlammverkrusteten Thunderbird losraste.

Die Richtungsangaben des Mannes waren gut, keine Minute später befand er sich auf der geschwungenen Rampe, die ihn zum unteren Deck der Lieferzone brachte. Am äußersten Punkt der ersten Kurve beschleunigte sich sein Herzschlag, als er unten die unverkennbare Silhouette des Praesidium-Wagens erkannte.

Hatten sie genügend Zeit gehabt, den Schatz auf ein anderes Fahrzeug zu laden und auf der Abfahrt zur Unterführung zu entkommen?

Mit dem Hinterrad schlitterte er in die letzte Kurve und stellte erleichtert fest, dass er gerade noch rechtzeitig angekommen war. Zwei Gestalten in Praesidium-Uniformen unterhielten sich mit einem Wachmann vom Estotiland. Etwa dreißig Meter von ihnen entfernt brachte er seine Maschine zum Stehen und versuchte die Situation einzuschätzen.

Der Möbelwagen war neben dem Sicherheitstransporter geparkt. Zwei weitere Männer, einer klein und gedrungen, der andere groß und muskelbepackt, schleppten eine Kiste vom Lieferwagen zum größeren Fahrzeug. Beide trugen marineblaue Overalls und tief in die Stirn gezogene Wollmützen. Wield vermutete, der Wachmann hatte die Ankunft dieser nicht autorisierten Fahrzeuge bemerkt und deshalb mal nachgefragt. Wahrscheinlich wollten sie, falls möglich, jeden Ärger vermeiden, weshalb sie sich bislang relativ freundlich zu unterhalten schienen. Allerdings war damit zu rechnen, dass der Wachmann jeden Augenblick über sein Funkgerät alarmiert werden würde, und dann konnte die Sache aus dem Ruder laufen. Sie brauchten Verstärkung, und das ziemlich schnell. Was trieb eigentlich DI Rose? Hatte er die Nerven verloren? Wo blieb die Kavallerie?

Und vor allem, wo zum Teufel steckte Andy Dalziel, wenn man ihn brauchte?

Andy Dalziel hatte beide Arme um Hat Bowler geschlungen und wusste nicht, ob er ihm Trost spendete oder ihn in Gewahrsam hielt. Ein sehr seltsames Gefühl hatte sich seiner bemächtigt, nämlich das äußerster Hilflosigkeit.

Später, als er jedes Fitzelchen an Information über die Umstände von Rye Pomonas Tod zusammengetragen hatte, war er in der Lage, sie mit den anderen Hinweisen und Indizien und Geistesblitzen zusammenzufügen und zu einer Schlussfolgerung zu gelangen, die zu monströs war, um sie offen auszusprechen, weshalb er sich sagen würde, so sei es am besten. Damit wäre ein notwendiger Schlussstrich unter alles gezogen.

Doch hier, in dem unordentlichen Büro, den Jungen in den Armen, dessen Körper sich so leblos anfühlte wie der jener Toten, die nun im Leichenschauhaus lag, hätte er alles darum gegeben, um ihnen beiden wieder Leben einzuhauchen.

In seiner Tasche begann sein Handy wie eine Fledermaus zu quietschen.

Er ignorierte es.

Das Quietschen hielt an.

»Gehen Sie dran«, befahl Hat.

Er glaubt, jemand könnte anrufen und sagen, alles sei ein schrecklicher Irrtum, dachte sich Dalziel. In seinem Leben, in dem viel zu viele Tote vorgekommen waren, hatte er zur Genüge erfahren, welch armselige, fadenscheinige Strohhalme Verzweifelte oft zu erhaschen versuchten.

Er löste einen Arm aus der Umklammerung und zog das Handy heraus. »Dalziel«, sagte er.

Hat, dicht an den Dicken gepresst, verstand jedes Wort, das aus dem Handy kam.

»Chef, hier ist Novello. Hab schon die ganze Zeit versucht, Sie zu erreichen. Die Schlange ist baden gegangen. Sie haben vor dem Estotiland-Komplex die Fahrzeuge getauscht. Keiner scheint zu wissen, wo der Schatz ist ...«

»Gottsdonner!«, rief Dalziel aus.

Er ließ Hat los und eilte in den Kontrollraum zurück.

Berry sah von seiner Zeitung auf.

»Fast da«, sagte er fröhlich und wies mit einem Kopfnicken auf den Monitor, wo das Blinklicht gerade die Stadtgrenze überquerte. »Sie wollen zum Empfangskomitee?«

»Wichser!«, schnaubte Dalziel.
Er stürmte wieder hinaus, wo ihm Hat über den Weg lief.
»Wo willst du hin?«, fragte er ihn.
»Zum Krankenhaus, wohin sonst?«, gab der junge Mann zurück.
Wenn ein Halm bricht, greift man sich den nächsten.
»Ich komme mit.«
»Lassen Sie den Quatsch«, sagte Hat entschieden. »Sie sind hier beschäftigt.«
Er schob den Dicken zur Seite und rannte die Treppe hinab.
Dalziel sah ihm nach, das ungewohnte Gefühl kehrte verstärkt zurück.
Dann legte er das Handy ans Ohr und sagte: »Ivor, bist du noch da?«
»Ja, Sir.«
»Bin unterwegs. Hör zu, du verfrachtest dich ins Leichenschauhaus des Krankenhauses. Bowler ist dorthin unterwegs. Ich will, dass du dich an ihn heftest wie die Scheiße ans Laken, verstanden? Lass ihn nicht aus den Augen. Wenn er aufs Klo geht, zählst du bis zehn, dann trittst du die Tür ein. Kapiert? Gut.«
Er warf das Handy in seine Tasche und eilte so schnell die Treppe hinab wie der junge DC. Es fühlte sich wirklich so an, als würde es ein sehr, sehr schlechter Tag werden.
Wenigstens konnte er, soweit er sah, nicht noch schlimmer werden.

Pascoe sagte: »Ja, es gibt noch mehr und Ernsteres. Jake Frobisher. Sie erinnern sich an ihn?«
Rootes Miene wurde ernst.
»Ja, ich kannte ihn vage. Ein intelligenter junger Mann. Ein tragischer Unfall. Wurde sehr vermisst.«
»Vor allem von Sam Johnson.«
»In der Tat. Sam stand Jake sehr nahe, und natürlich war er zutiefst betrübt, als sich herausstellte, dass Jake zu weit gegangen war, dass er sich Pillen einwarf, um sich wach zu halten und sein Arbeitspensum zu schaffen.«
Er formulierte sorgfältig seine Worte, wie ein Kind, das eine Lektion aufsagte.

»Ja, ich verstehe, das war die offizielle Version«, sagte Pascoe. »Und ich verstehe auch, dass unter diesen Umständen Sam so betrübt war, dass er es kaum erwarten konnte, von Sheffield wegzukommen. Was seinen beinahe überstürzten Wechsel an die MYU erklärt, mit all den traurigen Folgen. Komisch. Man könnte sagen, wenn Jake nicht gestorben wäre, würde auch Sam noch am Leben sein.«

Das hat gesessen!, dachte Pascoe freudig, als er sah, wie über die Maske höflichen Interesses, die Roote aufgesetzt hatte, kurz ein schmerzlicher Ausdruck huschte.

»Ich habe oft das Gleiche gedacht«, sagte der junge Mann leise.

»Darauf will ich wetten«, sagte Pascoe. »Ich wette, Sie könnten einen netten kleinen Aufsatz über das Thema der tragischen Ironie schreiben, nicht wahr, Mr. Roote? Tragische Ironie und das ewige Gesetz, von F. X. Roote, MA. Ein neues Forschungsthema, wenn Sie mit der Rache durch sind.«

»Worauf wollen Sie hinaus?«

»Ich will es Ihnen erklären. Sam und Jake waren Liebhaber. Das hat Ihnen nicht gepasst. Sie wollten, dass Sam keinen anderen Lieblingsschüler neben Ihnen hat. Also freundeten Sie sich mit Jake an und warteten auf die Gelegenheit, deren Beziehung zu zerstören. Vielleicht haben Sie dem Jungen sogar eingeredet, dass seine Nähe zu Sam ihn von den normalen akademischen Anforderungen enthob. Wie auch immer, jedenfalls kam es dazu, dass die Universitätsleitung Sam zwang, die Peitsche zu schwingen und Jake zu sagen, dass er entweder seine Seminararbeit zum Abschluss brachte oder relegiert werden würde. Mission erfolgreich beendet, müssen Sie sich gedacht haben, außer dass es vielleicht doch möglich schien, dass Jake seine Arbeit fertig stellte – oder dass Sie es Sam doch zutrauten, dass er bei den Noten nachhalf. Und deshalb, unter dem Vorwand, Jake zu helfen, suchten Sie ihn in der Nacht vor dem Abgabetermin auf und füllten ihn mit Uppers zu, damit er geistig auf der Höhe blieb, schoben ihm aber noch weiß Gott was unter, bis der Junge schließlich zusammenbrach. Die Auswahl war ja groß genug, nachdem er im kleinen Umfang selbst gedealt hat. Dann schlichen Sie sich fort. Sie haben nur zwei Fehler gemacht, Franny. Der erste, Sie

wurden von einem Zeugen gesehen, der Sie positiv identifizieren kann. Der zweite, Sie konnten nicht widerstehen, Jakes Stoff mitzunehmen und, noch verräterischer, seinen Liebesbeweis, bei dessen Anblick es Ihnen das Herz zerrissen haben musste, wenn Jake vor Ihnen damit herumfuchtelte.«
Er hielt die Uhr hoch.
Er erwartete nicht, dass Roote sich wie ein kleines schuldiges Ding über alle Maßen überrascht gab, aber dieser junge Mann war voller Überraschungen. Sein Gesicht zerknitterte, Tränen traten ihm in die Augen, als er die Uhr betrachtete. War das vielleicht doch der Zeitpunkt für eine Beichte?, fragte sich Pascoe.

Das Funkgerät des Wachmanns knarrte. Er nahm es ans Ohr und drückte auf Senden: »Ja, kommen.«
Dann lauschte er.
Wield konnte die Worte nicht verstehen, das war auch nicht nötig.
Der Wachmann trat einen Schritt von seinem Gegenüber in der Praesidium-Uniform zurück.
Das Funkgerät spuckte ihm weiterhin dringliche Worte ins Ohr.
Spiel jetzt nicht den Helden, schoss es Wield durch den Kopf, während er seine Maschine sanft anrollen ließ.
Der größere der beiden Männer griff in die Fahrerkabine des Möbelwagens.
Als er sich wieder aufrichtete, hielt er etwas in den Händen.
Wield, der sich damit auskannte, konnte sie selbst aus der Entfernung als Mossberg 500 ATP8C identifizieren.
Er ließ die Thunderbird auffröhren.
Der große Kerl schob sich zwischen die beiden in den Praesidium-Uniformen, richtete die Waffe auf den Wachmann und feuerte.
Der Wachmann taumelte nach hinten, machte einige Schritte seitwärts, dann sackte er zusammen.
Wield musste ausweichen, um ihn nicht zu überfahren, er spürte, wie die Maschine unter ihm ausbrach. Dass er die Kontrolle über sie verlor, rettete ihm wahrscheinlich das Leben. Denn der große Typ hatte die Waffe herumgerissen und feuerte erneut. Wield hörte die

Querschläger vom Betonboden abprallen, spürte, wie sich Splitter in seine Ledermontur fraßen. Einer der Männer in der Praesidium-Uniform schrie voller Zorn, seine Worte aber gingen im Lärm einer sich schnell nähernden Sirene unter. Gleichzeitig kamen weitere Wachleute die Rampe herabgelaufen.

Wield rollte sich ab und wurde erst durch den Vorderreifen des Sicherheitstransporters gestoppt, gegen den er schlug. In einer fließenden Bewegung kam er auf die Beine, warf sich durch die offene Tür und zog sie hinter sich zu, als der nächste Schuss gegen die gepanzerte Seitenwand knallte. Der Schlüssel steckte. Er drehte ihn um, drückte aufs Gaspedal, riss hart am Lenkrad und ließ das Fahrzeug in die Vorderfront des Möbelwagens krachen.

»Versucht doch, hier rauszukommen«, brüllte er dem großen Typen zu; dieser gab einen weiteren Schuss auf die Scheibe des Transporters ab, die sich ausbeulte und von Rissen durchzogen wurde, aber standhielt.

Auf der Autobahnzufahrt kam ein Mannschaftstransporter der Polizei mit hoher Geschwindigkeit näher.

Die Täter schienen unschlüssig zu sein, mit Ausnahme des Großen, der sich von der Ladefläche des Möbelwagens die Kiste gegriffen hatte, den anderen zubrüllte, dass sie ihm helfen sollten, während er sie in das Gebäude und zum Lastenaufzug zerrte.

Die anderen folgten ihm. Polizeibeamte und Wachleute begannen vorzurücken. Einhändig gab der große Typ einen Schuss in ihre Richtung ab. Er fand kein Ziel, es reichte aber aus, um jeden Heldenmut zu unterbinden und die Verfolger in Deckung gehen zu lassen. Die vier Flüchtenden und die Kiste verschwanden im Aufzug, die Türen schlossen sich.

Über ihnen hörte Ellie Pascoe zwar die Polizeisirenen, wusste aber glücklicherweise nichts von dem, was sich unter ihren Füßen abspielte; sie verzog das Gesicht, als Suzies Mutter, die Initiatorin des Festes, anerkennend meinte, dass die Partygäste so viel gegessen hätten, wie nur reinginge. Als nächster Programmpunkt stand eine Kasperltheateraufführung an, eine bittere Herausforderung an die politische Korrektheit, aber eine gute Gelegenheit, die aufgefrischten

625

Energien und Aggressionen der kleinen Blagen in andere Bahnen zu lenken.

Während die anderen Mütter versuchten, ihre Kinder in einer Reihe Aufstellung nehmen zu lassen, ging Ellie nach draußen, um Rosie und ihre Freundin zu holen. Die kleine Mary kam sofort, Rosie allerdings rief »Einmal noch!« und verschwand im Drachen. Die Sirenen waren nun näher und ertönten von allen Seiten. Auf dem Fußweg hinter dem Spielbereich sah Ellie vier Männer laufen, zwei davon in einer Art Uniform. Einer der Uniformierten und ein kleiner, stämmiger Kerl in einem Overall schleppten zwischen sich eine Kiste. Der zweite Uniformierte rannte neben einem weiteren Overall-Träger her, der sehr groß war und etwas in seiner rechten Hand hielt.

Es sah aus wie ein Gewehr.

»O mein Gott«, sagte Ellie.

Dann schrie sie: »Rosie!«

Ihre Tochter erschien oben auf dem Drachen. Sie winkte ihrer Mutter zu und stürzte sich auf dem Achterbahn-Hals nach unten. Das Untier röhrte, karmesinroter Rauch quoll, Rosie verschwand darin, und als sie zwischen den Schwaden wieder auftauchte, war sie gefangen unter dem linken Arm des großen Typen.

»Mum!«, schrie das kleine Mädchen.

Ellie lief los. Ihre Wege mussten sich kreuzen. Die Waffe schwenkte in ihre Richtung, aber das spielte keine Rolle. Jetzt wäre mehr als eine Waffe nötig, um sie aufzuhalten.

Bevor ihre suizidale Tollkühnheit auf die Probe gestellt werden konnte, ertönte hinter ihr eine Sirene, und um die Ecke der Jumbo Burger Bar kam ein Polizeiwagen.

Die fliehenden Männer schlugen eine andere Richtung ein, eilten nun vom Spielbereich weg und hin zum Einkaufsbereich des Estotiland, wo sich die Menschen drängten.

Ellie setzte zur Verfolgung an, als sie jedoch durch die automatisch aufgleitenden Glastüren verschwanden, wurde sie von hinten gepackt.

Sie ging auf ihren Widersacher los, schwang die Fäuste und ließ erst von ihm ab, als sie die unverkennbaren Gesichtszüge von Edgar Wield wahrnahm.

»Sie haben Rosie«, schluchzte sie.

»Es wird alles gut, Ellie«, sagte er. »Sie können nicht fort.«

Sie wollte ihm glauben, sie wollte ihrer Tochter hinterher, sie wollte ... vor allem anderen – Scheiß auf die Emanzipation – sie wollte ihren Ehemann hier haben.

»Wieldy«, sagte sie. »Ruf Peter an. Bitte. Hol Peter her!«

as ist komisch«, sagte Roote. »Sie wissen, woher das Zitat stammt?«
»Aus *Death's Jest-Book*«, sagte Pascoe. »Was ist daran so komisch?«
»Der Kontext. Eine Liebesbotschaft von Sam. Aber wenn man sich den Kontext des Zitats ansieht, sind wir wieder mitten in der tragischen Ironie, von der Sie gesprochen haben, Mr. Pascoe. Hier ist es.«
Er nahm den anderen Band von Beddoes' Werken heraus und schlug eine Seite auf, die anscheinend mit einem Blatt Briefpapier gekennzeichnet war.
»Athulf«, sagte der, »der Sohn des Herzogs, spricht mit seinem Bruder Adalmar. Er sagt, ›Ich habe mich unsterblich getrunken‹. Worauf sein Bruder erwidert, ›Du wurdest vergiftet?‹ Und Athulf sagt:

Ich bin gesegnet, Adalmar. Ich hab es selbst getan,
Fast ist's vorbei, denn seltsame, aber süße Töne
Dringen an mein Ohr und der laute, harte Schlag der
Wellen, wo die Zeit über zerstörten Welten
In die Ewigkeit fällt.«

»Ist das nicht schön?«
»Ich bin nicht hier, um ästhetische Fragen zu diskutieren«, sagte Pascoe müde. »Wenn Sie was zu sagen haben, sagen Sie es, und dann verhafte ich Sie.«
»Ja, tut mir Leid. Was ich zu sagen habe ... ich glaube, Sie sollten lieber das hier lesen, Mr. Pascoe.«
Er nahm das Lesezeichen heraus und reichte es ihm.
Es war wirklich ein Blatt Briefpapier, wie Pascoe sah, das in einem transparenten Plastikumschlag steckte, durch den Schriftzüge zu erkennen waren.
Er sah zu Roote, der ermunternd – und mitfühlend – nickte.
Lies es nicht, sagte sich Pascoe. Wieder so ein Zauber, mit dem dich

dieser Hexer umgibt. Nimm ihn fest, übergib ihn dem dicken Andy, dem obersten Hexenjäger!
Aber noch während er sich das sagte, überflog sein Blick bereits die gekritzelten Worte.

Liebster Sam es ist alles zu viel es ist nicht nur die Arbeit obwohl das auch zu viel ist ich kann es ohne deine Hilfe die du mir versprochen hast nicht schaffen es geht darum was du mir gesagt hast ich dachte du liebst mich mehr als das alles ich betrachte die Uhr die du mir gegeben hast während ich das schreibe ja meine Welten sind jetzt wirklich zerstört warum tust du mir das nur an du trägst mich nun seit zwei Jahren du hast immer gesagt solange du da bist muss ich mir um die Noten keine Gedanken machen was hat sich geändert Sam außer dass du mich nicht mehr liebst oder vielleicht war ich für dich nie mehr als eine bequeme Möglichkeit um an Stoff zu kommen eine andere Erklärung habe ich nicht und das kann ich nicht ertragen ich werde es nicht ertragen Jake

»Was soll das sein?«, sagte Pascoe, der sich vergeblich in mokanter Skepsis versuchte. Roote jedenfalls schienen solch schwache Waffen nichts anzuhaben; mit leiser, drängender Stimme begann er zu erzählen, als kehre er an einen Ort zurück, an dem er nicht sein und von dem er schnell wieder fort wollte.

»Ich war an jenem Abend bei Sam, wir wollten über meine Doktorarbeit sprechen, aber er war dazu nicht in der Lage, er konnte über nichts anderes reden als seine Psyche. Er trank und erzählte von Jake und was er ihm bedeutete. In der akademischen Welt, Mr. Pascoe, treiben sich eine Menge abscheulicher Gestalten herum, und als bekannt wurde, dass Jake mit seiner Arbeit dem Zeitplan weit hinterherhinkte, wurde Sam unmissverständlich zu verstehen gegeben, dass der neue Termin absolut der letzte sei und nicht mehr verlängert werde, und falls der geringste Hinweis auftauche, dass Sam ihm besondere Unterstützung zuteil werden lasse, sei es, dass er selbst die Arbeit schreibe oder ihn bei der Bewertung bevorzuge, würde Jake zum Richtbeil geführt werden. Also hatte er ernsthaft mit ihm geredet und ihm schlagartig klar zu machen versucht, dass er sich selbst erlösen müsse. Und dann hatte er das Gefühl, dass er zu weit gegangen sei. Man sollte so nicht mit jemandem reden, den man liebt. Er wollte zu Frobisher, ihn aufsuchen und sich entschuldigen. Was war denn so eine dumme Note wirklich wert? Sie könnten zusammenziehen, Jake könnte sein Forschungsassistent bleiben, das immer währende Glück sei nach wie vor im Bereich des Möglichen, solchen gefühlsduseligen Scheiß eben.«

»Verstehe, dass das Ihr Herz berührt hat«, sagte Pascoe sarkastisch.

»Ich sage nicht, dass es mir Leid tat zu sehen, wie die Beziehung den Bach runterging«, sagte Roote. »Ich hielt ihn davon ab wegzugehen, er trank weiter, und um Mitternacht herum brachte ich ihn schließlich ins Bett. Dann klingelte das Telefon. Ich ging ran. Es war Frobisher. Er nahm einfach an, ich sei Sam, und fing an, unzusammenhängendes Zeug zu quasseln. Ich weiß noch, ich dachte mir, mein Gott, jetzt hast du den einen selbstsüchtigen Monolog hinter dich gebracht, und nun hörst du dir den nächsten an. Und dann dämmerte mir langsam, was Jake eigentlich sagte. Er hatte irgendwas genommen, eine ganze Menge verschiedener Sachen, so wie es sich anhörte. Mein erster Gedanke war: Na, was bin ich froh, wenn ich den los bin! Ich bin nicht stolz darauf, aber so war es nun mal. Schließlich hielt er den Mund, und mir wurde klar, was das zu bedeuten hatte. Und ich wusste, dass ich zu ihm musste.«

»Um sicherzustellen, dass er es auch richtig gemacht hat?«, sagte Pascoe.

Roote lächelte schwach, ging auf den Sarkasmus aber nicht weiter ein.

»Ich ging zu ihm, seine Tür war nicht abgeschlossen, und er lag auf dem Boden. Er war tot.«

»Na, wie praktisch.«

»Es war schrecklich«, sagte Roote kühl. »Ich fand dieses Schreiben. Ich wusste, Jakes Selbstmord würde Sam vernichten. An der Uni wetzte man doch schon die Messer. Die Anspielung, dass Frobisher ihn mit Dope versorgt hatte, wäre beruflich sein Ende gewesen. Also musste ich aufräumen, soweit es möglich war. Ich setzte Jake an den Tisch, kramte seine unvollendete Arbeit hervor und breitete alles um ihn herum aus, damit es so aussah, als hätte er wirklich versucht, sie noch zum Abschluss zu bringen. Dann stellte ich den Krug und das Glas neben seine Hand, dazu einige Tablettenfläschchen, die bis auf ein paar Aufputschmittel leer waren. Überprüfte noch mal alles, ob es auch wirklich wie ein Unfall aussah, und ging. Aus verständlichen Gründen nahm ich das Schreiben mit. Und die Uhr, da ich nicht wollte, dass irgendein cleverer Polizist eine Verbindung zu Sam herstellte, sowie den gesamten Stoff, damit im Haus keine unangenehmen Fragen gestellt wurden. Den Rest kennen Sie.«

Pascoe saß lange schweigend da. Wieder einmal fühlte er sich in der Rolle des Tantalus; je näher er dem Ziel kam, umso bitterer war es mitzuerleben, wie es ihm wieder entzogen wurde.

Dann sagte er: »Und dieses Schreiben haben Sie behalten, weil ...?«

»Weil ich etwas brauchte, um meine Geschichte untermauern zu können, falls irgendwann ans Tageslicht käme, dass ich in jener Nacht dort gewesen war. Sie können es überprüfen, es ist Frobishers Handschrift, und natürlich sind darauf auch seine Fingerabdrücke. Sie werden mir sicherlich zustimmen, Mr. Pascoe, ohne dieses Schreiben dürfte ich ein Problem haben, manche Menschen davon zu überzeugen, dass ich wirklich nur einem Freund helfen wollte.«

»Das stimmt«, sagte Pascoe und betrachtete nachdenklich das Blatt.

Roote lächelte.

»Ein anderer, Mr. Dalziel zum Beispiel, könnte versucht sein, dieses Schreiben zu verlieren. Oder zu verbrennen.«

»Warum glauben Sie, dass ich so anders bin?«

Roote antwortete nicht, nahm Pascoe nur das Schreiben aus den wehrlosen Händen und zog es aus dem Plastikumschlag. Dann kramte er durch den von Pascoe auf dem Teppich verteilten Inhalt einer Schublade, fand ein Feuerzeug und ließ es aufflammen.

»Was tun Sie da?«, fragte Pascoe völlig unnötig. Er wusste, was geschehen würde, hatte aber nicht die Kraft, ihm Einhalt zu gebieten.

»Aufräumen«, sagte Roote.

Er hielt die Flamme unter das Papier, bis es verschrumpelte und zu Asche zerfiel.

»So«, sagte Roote. »Nun, Mr. Pascoe, können Sie fortfahren, ohne

Gefahr zu laufen, dass ich Ihnen widerspreche. Wenn Sie so von meiner Schuld überzeugt sind, ist der Weg für Sie jetzt frei. Sie können beweisen, dass ich da war. Ich gebe zu, dass ich mich am Tatort zu schaffen gemacht habe. Und was den Rest betrifft, da gilt nur das Wort eines Ex-Häftlings. Sieht aus, als hätten Sie einen ziemlich guten Fall. Sollen wir jetzt zur Dienststelle fahren?«

Immer bin ich es, der geprüft und beurteilt wird, dachte Pascoe verzweifelt. Soll ich sagen, er blufft, wenn er denn blufft? Könnte es sein, dass er den Zettel in Wahrheit nur verbrannt hat, damit ihn keiner mehr auf Fingerabdrücke und die Handschrift untersuchen kann? Könnte es sein, dass er ihn für genau diesen Fall selbst geschrieben hat? Und nun bin ich der Einzige, der noch am Leben ist, der bezeugen kann, dass er jemals existierte!

Sein Kopf fühlte sich schwer und benebelt an. Er sollte noch im Bett sein. Er war nicht in der Verfassung, um eine Entscheidung zu treffen. Was tun? Was sollte er tun?

Irgendwo klingelte ein Telefon.

»Wollen Sie nicht rangehen?«, forderte er Roote auf.

»Ich glaube, es ist Ihres.«

Pascoe fasste in seine Tasche und zog sein Handy heraus.

Er wollte jetzt eigentlich mit niemandem sprechen, aber mit niemandem zu sprechen war vielleicht immer noch besser, als sich mit Roote zu unterhalten.

»Ja«, krächzte er.

»Pete, bist du das?«, erklang Wields Stimme.

»Ja.«

»Pete, ich bin im Estotiland. Wir haben hier eine ziemlich beschissene Situation.«

Pascoe hörte zu. Nach einer Weile gaben die Beine unter ihm nach, er ließ sich schwer fallen. Fragen gingen ihm durch den Kopf, aber er fand nicht die richtigen Worte.

Er sagte: »Ich komme.«

Mit Mühe erhob er sich.

Roote betrachtete äußerst besorgt sein farbloses Gesicht. »Mr. Pascoe, geht es Ihnen nicht gut?«

»Ich muss los.«
»Wohin? Bitte setzen Sie sich, ich rufe einen Arzt.«
»Ich muss zum Estotiland. Meine Tochter ...«
Schwankend setzte er sich zur Tür in Bewegung.
»Sie können nicht fahren«, sagte Roote. »Und ohne Schlüssel sowieso nicht.«
Er hob Pascoes auf dem Boden liegende Jacke auf, tastete sich durch die Taschen, zog die Schlüssel heraus.
»Geben Sie sie mir«, blaffte Pascoe.
»Nie und immer«, sagte Roote. »Sie bringen sich ja um. Ich sage Ihnen was, ich fahre Sie hin. Abgemacht? Kommen Sie, Mr. Pascoe. Sie wissen, dass ich Recht habe.«
»Das haben Sie immer, Franny, das ist Ihr Problem«, sagte Pascoe widerstandslos. »Sie haben verdammt noch mal immer Recht.«

oote fuhr so, wie Pascoe es von ihm erwartet hätte, wenn er in der Lage gewesen wäre, es wahrzunehmen. Zügig, effizient, ging nie ein unnötiges Risiko ein, kam immer als Erster von der Ampel weg, schob sich auf Kreuzungen noch in die schmalste Lücke, überholte langsamere Fahrzeuge bei der ersten sich bietenden Gelegenheit, sodass sie in der kürzestmöglichen Zeit aus der Stadt waren und die Straße zum Estotiland entlangfuhren.

Dabei stellte er Fragen. Pascoe, der seinen ganzen Willen aufbieten musste, um geistig und körperlich auf dem Posten zu bleiben, hatte keine Kraft mehr, um sich gegen das Verhör zu wehren; seine Antworten kamen automatisch. Die gesamte Geschichte wurde ausgebreitet.

Nur einmal, als Polchard erwähnt wurde, unternahm Roote den die Höflichkeit gebietenden Versuch, Trost zuzusprechen.

»Matt?«, sagte er. »Dann gibt es nichts zu befürchten. Gewalt wird nur im äußersten Notfall angewandt. Er weiß, dass nichts für ihn rausspringt, wenn er Ihrer Tochter was antut.«

»Was sprang für ihn raus, als er Lee Lubanski ersäuft hat?«, erwiderte Pascoe träge. »Er hat's trotzdem getan.«

Als sie sich dem Komplex näherten, sagte Roote: »Sieht aus, als ob sich vor uns alles staut. Haben Sie zufällig eines von diesen komischen Lichtern dabei? Sonst brauchen wir ja ewig.«

Pascoe fasste nach hinten und fand das Blaulicht. Er hatte es seit dem Morgen nicht mehr gebraucht, als er auf der Busspur entlanggerast war, um Rosie noch rechtzeitig zu ihrem Klarinettenunterricht zu bringen. An jenem Morgen, an dem er seine scheinbare Vision von Roote gehabt hatte.

Trotz des Blaulichts schienen einige Polizeibeamte geneigt, ihr Vorwärtskommen kontrollieren zu wollen, sprangen aber schnell zur Seite, als Roote sich mit unverminderter Geschwindigkeit zwischen den stehenden Wagen hindurchschlängelte.

»Wir sollten herausfinden, wohin wir zu fahren haben«, sagte Pascoe und griff nach seinem Handy.
»Schon gut. Ich folge einfach Mr. Dalziel.«
Pascoe hatte zwar den Wagen vor ihnen bemerkt, erst jetzt aber wurde ihm bewusst, wer darin saß.
Und im selben Moment kam der andere Wagen mit quietschenden Reifen vor einem Seiteneingang des Einkaufszentrums zum Stehen. Der Dicke stieg aus und eilte hinein. Pascoe griff ins Lenkrad und lehnte sich auf die Hupe. Dalziel blieb stehen, sah sich um und wartete dann auf sie. Sein Blick schweifte neugierig zu Roote, seine Hauptbesorgnis aber galt Pascoe.
»Pete, du siehst aus wie ein Stück Scheiße. Aber ich bin, um Ellies willen, froh, dass du hier bist. Die Situation ist, soweit ich weiß, unverändert. Gehen wir rein und sehen uns die Sache an.«
Sie gingen hinein. Einige Schritte dahinter folgte Roote.
Sie stiegen eine Treppe hinauf, bis sie eine Tür mit der Aufschrift *Wachdienst – für Unbefugte Zutritt verboten* erreichten. Ein uniformierter Constable stand davor. Kurz sah er aus, als wollte er sie aufhalten, änderte aber seine Meinung, nachdem Dalziel ihm nur einen Blick zuwarf.
Drinnen eilten sie durch ein großes Büro, von dem sie in einen noch größeren Überwachungsraum gelangten, in dem eine Wand nur aus TV-Monitoren bestand. Mehrere Personen hatten sich eingefunden, darunter Wield und DI Rose. Und Ellie.
Als sie ihren Mann sah, kam sie auf ihn zugestürzt, worauf sie sich wie zwei Liebende auf einem sinkenden Schiff umarmten, jeder dem anderen die letzte Hoffnung in einer untergehenden Welt.
»Lage?«, sagte Dalziel.
Er sprach zu Wield, nicht zu Rose.
»Es sind vier«, sagte der Sergeant. »Sie halten sich im obersten Geschoss auf, an der Rückseite des Gebäudes, in der Damenwäscheabteilung.«
»Damenwäsche!«
»Hat keine Bedeutung. Ist zufällig nur die Abteilung, in die man kommt, wenn man immer nach oben hinauf zum Dach geht, was sie

vermutlich vorhatten. Es ist ein Flachdach mit mehreren Notausgängen. Als sie dort auftauchten, hatten wir die Ausgänge bereits besetzt. Das war der Geistesgegenwart von DI Rose zu verdanken.«
Zum ersten Mal sah Dalziel nun zum DI aus South Yorkshire.
»Sie heißen Stan, oder?«, sagte er. »Stan die Schlange. Dann zischeln Sie mal los, wie Sie die Sache sehen, Stan.«
Der arme Kerl, dachte sich Wield. Er hatte ein Häufchen auf Andy Dalziels Teppich hinterlassen, und nun wurde er mit der Nase reingestupst.
»Wir haben ein Spezialeinsatzkommando in Position«, sagte Rose, »alle Ausgänge sind besetzt. Den Befehl hat Inspector Curtis, er ist im Moment draußen, dreht eine Aufklärungsrunde.«
Pascoe und Ellie hatten sich mittlerweile gelöst.
»Gab es Kontakt zu den Entführern?«, fragte Pascoe. »Stellen sie irgendwelche Forderungen?«
Er sah noch immer wie ein Stück Scheiße aus, dachte sich Dalziel, aber nicht mehr wie ein schlimmes Stück Scheiße. Nichts stählte mehr die Muskeln und brachte das Blut gewaltiger in Wallung als ein Einsatz an der Front.
»Noch nicht. Es gibt dort oben ein Telefon, wir rufen sie immer wieder mal an, bislang aber hat noch keiner abgenommen.«
»Können wir irgendwas auf den Überwachungsmonitoren sehen?«, fragte Pascoe, der verzweifelt zur Monitorwand starrte.
»Sorry. Die beiden da, B3 und 4, decken das obere Stockwerk ab.«
»Sie haben sie kaputtgeschossen?«
»Glaube nicht«, sagte einer in einem schwarzen Anzug. »Ich bin Kilroy, Leiter der Sicherheit für Estotiland. Sie haben wohl einen, der sich mit der Elektronik auskennt. Vermutlich haben sie sie einfach vom Netz genommen.«
»Aber«, sagte Ellie zu Pascoe, »sie haben sie gesehen, bevor die Kameras ausgingen. Rosie war bei ihnen, es hat ihr anscheinend nichts gefehlt, das stimmt doch, oder?«
Sie wollte sich selbst und ihren Ehemann damit beruhigen.
Einer der Wachmänner vor den Monitoren drehte sich zu ihr um und nickte.

»Ja, sie war bei ihnen, einer von ihnen hielt sie an der Hand, aber sie wirkte nicht verängstigt. Eigentlich sah es aus, als hätte sie alle in Grund und Boden gequatscht.«

»Ein Mädel ganz nach meinem Geschmack«, sagte Dalziel. »Es wird ihr nichts passieren.«

Pascoe ignorierte seinen Kommentar. »Haben sie sich noch andere Geiseln geschnappt? Es muss hier doch von Leuten nur so gewimmelt haben.«

»Wir haben Feueralarm gegeben«, sagte Wield. »Schafften jeden sofort raus. Wir wussten ja nicht, wohin sie wollten, also schien es uns das Beste, wenn wir das gesamte Gebäude räumen.«

»Unsere Probealarme machten sich bezahlt«, sagte Kilroy. »In achteinhalb Minuten waren alle sicher draußen.«

»Schön zu wissen, dass Ihre Notfallmaßnahmen so toll funktionieren«, grummelte Dalziel. »Wahrscheinlich bekommen Sie jetzt eine Gehaltserhöhung.«

»Sir, einer von Kilroys Männern liegt im Krankenhaus, sein Zustand ist kritisch«, wandte Wield warnend ein.

»Ja? Das tut mir Leid, Mr. Kilroy.«

Das Funkgerät, das Wield in der Hand hielt, knarrte.

»Zentrale an Schlange fünf.«

Dalziel packte das Gerät. »Scheiß auf die Schlangen. Dalziel hier. Was gibt's?«

»Wir haben jetzt alle vier, Sir. Sie wissen, die ersten beiden haben wir uns geschnappt, als sie den Sicherheitstransporter abstellten ...«

»Verschwende nicht meine Zeit mit Dingen, die ich verdammt noch mal schon weiß!«, brüllte Dalziel.

»Entschuldigung, Sir. Die beiden im Transit haben das mitbekommen und sind geflohen. Wir haben sie über achtzig Kilometer verfolgt, dann bauten sie auf der A1 einen Unfall, keine ernsthaften Verletzungen.«

»Umso schlimmer. War's das?«

»Höre gerade von Sergeant Bowman und dem Team, das sich auf den Weg gemacht hat, um Mr. Belchamber zu verhören. Klingt ein wenig komisch.«

»Ich mag komische Sachen«, sagte Dalziel. »Stell mich durch. Bowman, hier ist Dalziel. Wie sieht's aus?«
»Wir sind vor Belchambers Haus. Sein Wagen steht da, offen. Eine Tasche ist drin mit einem Haufen Geld und einem Flugticket nach Malaga. Ist es okay, wenn wir jetzt die Eingangstür aufbrechen, Sir?«
»Von mir aus mit einem Bulldozer«, grummelte Dalziel.
Er sah zu den anderen. Den beiden Pascoes war anzumerken, dass sie es für eine unnötige Ablenkung hielten. Aber er würde ihnen nicht auf die Nase binden, wie notwendig es für ihn war. Er musste Zeit gewinnen, um sich zu überlegen, was zum Teufel hier als Nächstes zu tun war.
»Sir. Hier ist Bowman. Wir sind drinnen. Wir haben Mr. Belchamber gefunden, hat so ein komisches Kostüm an. Sieht aus wie ein römischer Soldat. Und er hat ein Schwert im Bauch stecken. Der Krankenwagen ist schon unterwegs.«
»Er ist noch nicht tot?«, fragte Dalziel.
»Noch nicht, aber es wird wohl nicht mehr lang dauern, Sir.«
»Na, dann sag ihm, er soll sich alle Zeit der Welt lassen«, sagte Dalziel. »Halt mich auf dem Laufenden.«
Er warf Wield das Funkgerät zurück und sagte: »Gut, Mr. Kilroy, Sie sind hier der Experte. Wie schätzen Sie die Lage ein?«
»Wir haben sie eingekreist«, sagte der Sicherheitsmann. »Es gibt keinen Weg nach draußen. Aber es gibt auch keinen einfachen Weg nach drinnen, wenn wir sie überrumpeln wollen. Sie haben sich, um sich zu verteidigen, die beste Stelle im gesamten Komplex ausgesucht.«
»Da hat er Recht«, kam eine neue Stimme.
Der Tür war geöffnet worden, und ein Mann in der Montur des Spezialeinsatzkommandos war eingetreten.
»Sind Sie Curtis?«, sagte Dalziel.
»Ja, Sir.«
»Also, wo ist das Problem? Es sind doch nur vier, oder?«
Der Neuankömmling, ein Mann mit kurz geschorenem Schädel, der aussah, als würde er auch zwischen den Trainingseinheiten trainieren, sah stirnrunzelnd zu Ellie.

»Schon gut«, sagte Dalziel. »Sie können in Gegenwart von Mrs. Pascoe ruhig reden. Sie gehört zu uns.«

Was, dachte sich Wield, bedeutete, wenn ich könnte, würde ich sie rausschaffen lassen, aber das kann ich nicht, also ziehen wir es mit ihr durch.

»Vier reichen, je nachdem, wie viel von ihnen bewaffnet sind«, sagte Curtis.

»Ich habe nur eine Waffe gesehen«, sagte Wield.

»Wollen Sie darauf wetten, dass sie nicht mehr haben?«

Wield schüttelte den Kopf.

»Ich auch nicht. Der Punkt ist, da, wo sie sich befinden, gibt es keine Fenster. Nur ein Büro mit einem Zugang zur Verkaufsabteilung. Hinter dem Büro schließen sich Lagerräume mit dem Lastenaufzug an. Sie haben den Lift blockiert; wenn wir also reinwollen, dann nur frontal über den Verkaufsbereich durch die Bürotür. Und den Verkaufsbereich können sie wahrscheinlich über Monitore vollständig überwachen.«

»Alle Abteilungen haben ihre eigenen Monitore, um damit Ladendiebe etc. überwachen zu können«, erklärte Kilroy. »Sie mussten nur die Verbindung zu uns kappen.«

»Wir könnten den Strom abstellen, aber das Einzige, was wir von ihnen bislang gehört haben, war, als einer rausbrüllte, wenn wir die Elektrik anrühren, würden sie mit dem Mädchen voran wild um sich ballernd rausstürmen.«

Entschuldigend sah er zu Ellie.

»Also, sie können uns sehen, aber wir sie nicht? Großartige Situation«, sagte Dalziel. »Was empfehlen Sie, Inspector?«

»Ich fürchte, unsere Möglichkeiten sind begrenzt. Entweder lassen wir uns auf ein langes Spielchen ein, oder direkter Angriff, frontal ...«

»Sie meinen Rauchgranaten und CS-Gas?«, sagte Ellie. »Andy, um Gottes willen, sag was!«

»Schon gut. Wir werden nichts unternehmen, was Rosie gefährden könnte«, versicherte der Dicke. »Wie steht's mit Abhörgeräten? Wir müssen wissen, was drinnen vor sich geht.«

»Wir arbeiten daran«, sagte Curtis. »Wie ich schon sagte, es ist schwer, dort reinzukommen.«
»Er scheint es zu schaffen«, sagte einer der Wachmänner vor den Monitoren.
Alle richteten den Blick auf ihn. Auf einem der Bildschirme war eine Gestalt zu erkennen, die zwischen den Verkaufsständen von Herren-Outdoor-Kleidung in Richtung der Aufzüge schritt. Ein Mann in Zivilkleidung trat ihm entgegen und wechselte mit ihm einige Worte, worauf er etwas aus seiner Tasche zog, es ihm hinhielt und anschließend einen der Aufzüge betrat. Hinter ihm schloss sich die Tür.
»Allmächtiger Gott, das ist Roote!«, rief Dalziel aus. »Wer ist dieser Penner, mit dem er geredet hat?«
»Einer meiner Leute«, sagte Rose und zückte sein Handy.
Er wählte. Der Mann auf dem Monitor zog sein Handy hervor und hielt es sich ans Ohr.
»Joe«, sagte Rose, »der Typ, den du soeben in den Aufzug gelassen hast …«
Er hörte zu, dann sagte er: »Er sagt, er sei DCI Pascoe, er hat ihm seinen Ausweis gezeigt.«
Pascoe fasste sich an die Tasche. »Scheiße!«, sagte er. »Der Dreckskerl hatte seine Finger in meiner Jacke.«
»Wo will er hin?«, sagte Dalziel.
»Hier ist er, im obersten Stock. Sieht aus, als hätte er es auf die Damenwäscheabteilung abgesehen«, sagte Kilroy.
»Wir werden ihn gleich aufhalten«, sagte Curtis und hob sein Funkgerät.
»Nein!«, schrie Ellie.
Curtis sah zu ihr, dann zu Dalziel.
»Andy«, sagte Ellie, »er macht wenigstens was. Sonst tut niemand was.«
»Pete?«, sagte der Dicke.
Pascoe fuhr sich mit der Hand übers Gesicht, das, schon vorher blass, durch diese Bewegung auch noch die letzte Farbe zu verlieren schien.

»Lasst ihn gehen«, sagte er völlig hoffnungslos. »Warum nicht? Vielleicht ... Lasst ihn gehen.«

»Inspector, sagen Sie Ihren Männern, Sie sollen sich nicht einmischen«, befahl Dalziel.

»Ihre Entscheidung, Sir«, sagte Curtis in einem Ton, der ganz deutlich zum Ausdruck brachte, was er davon hielt.

Er gab die Anweisungen über Funk durch. Sie sahen Roote aus dem Sichtbereich des Monitors verschwinden.

»Er ist jetzt in dem Bereich, in dem die Kameras abgeschaltet sind«, sagte Kilroy.

Curtis, das Funkgerät am Ohr, sagte: »Sir, meine Männer haben ihn im Sichtfeld. Er blickt in Richtung der Bürotür, als wollte er gesehen werden. Jetzt geht er durch den Verkaufsbereich. Er ist an der Tür. Jetzt ist er drinnen verschwunden.«

»Und was tun wir jetzt?«, sagte Stan Rose.

Sie alle sahen zu Dalziel.

Er rieb sich die linke Hinterbacke, als sei er der Graf von Monte Christo, der sich gerade an den Wänden seiner Zelle zu schaffen machen wollte.

»Wir warten«, sagte er. »Pete, Bursche, du hast immer gesagt, dieser Roote kann einen Rabbi dazu überreden, dass er eine Packung Schweineschwarten verdrückt. Hoffen wir, dass du damit Recht hast!«

ranny Roote! Du bist es wirklich. Hier, was hältst du davon?«

Matt Polchard saß hinter einem Schreibtisch, auf dem er ein Reiseschachset mit Magnetfiguren aufgebaut hatte. Auf dem Boden, gegen einen offenen Karton gelehnt, saß Rosie Pascoe und aß einen Schokoriegel. Auf ihrem Kopf ruhte ein Goldkranz in Form zweier Schlangen. Sie blickte zu dem Neuankömmling, beschloss, dass er nicht aussah, als könnte man mit ihm seinen Spaß haben, und richtete ihre Aufmerksamkeit wieder auf den Schokoriegel. Ganz in der Nähe saß ein kleines, gedrungenes Blockhaus von Kerl in einem blauen Overall vor einigen Überwachungsmonitoren, über die die gesamte Damenwäscheabteilung beobachtet werden konnte. Von den anderen beiden Bandenmitgliedern war nichts zu sehen.

Roote trat näher und betrachtete die Figuren auf dem Brett. Es handelte sich um eine frühe Phase des Mittelspiels, die Situation hatte sich entwickelt, noch keine Verluste auf beiden Seiten, aber Schwarz hatte ein kleines Problem in der Mitte.

»Samisch – Capablanca 1929«, sagte er. »Schwarz ist am Arsch.«

»Ein wenig früh, um das zu entscheiden, oder?«, sagte Polchard stirnrunzelnd.

»Das hat Capablanca auch gedacht. Hat noch fünfzig Züge weitergespielt. Aber trotzdem verloren«, sagte Roote. »Wäre besser gewesen, wenn er sich elegant in die Niederlage gefügt und sich dann ein wenig aufs Ohr gehauen hätte.«

»Meinst du?«

»So ist es, Matt«, sagte Roote. »Wie du mir mal gesagt hast, vom Schach lernt man, Dinge zu sehen, die passieren, bevor sie passieren.«

»Das hab ich gesagt? Muss wohl stimmen. Wie ist dir's ergangen, Fran? Bist mich nie in Wales besuchen gekommen.«

»Du weißt doch, wie das ist«, sagte Roote. »Auf Bewährung drau-

ßen, und dann sehen sie, wie du dich mit dem König des Verbrechens triffst, da hören sie dir doch gar nicht zu, wenn du ihnen erzählst, dass wir nur Schach gespielt haben. Und dann, später, hab ich mir ein neues Leben aufgebaut. Ich bin jetzt Akademiker. Eine Art Lehrer.«
»Ich weiß, was ein verdammter Akademiker ist«, sagte Polchard.
»Wirklich? Wünschte, ich wüsste es auch«, sagte Roote nachdenklich.
»Viel Geld zu verdienen?«
»Wenn du weißt, wo du danach zu suchen hast.«
»Das ist das Geheimnis, was? Zu wissen, wo man zu suchen hat. Dieses Mädchen hier, auf seiner R‚übe sitzt mehr Kohle, als du wahrscheinlich jemals gesehen hast, nehme ich an.«
»Ich komm schon zurecht«, sagte Roote mit einem stillen Lächeln.
»Du weißt, wer sie ist, oder?«
»Sie quasselt ständig davon, dass ihr Dad irgendein VIP ist und kommt, um uns den Arsch zu versohlen. Reden, das kann sie, keine Frage, das muss man ihr lassen. Wusste gar nicht, wie ich sie ruhig stellen sollte, bis ich herausfand, dass der, der hier normalerweise sitzt, ein Schokoholic sein muss. Einen Mars-Riegel gefällig?«
»Nein danke. Sie ist die Tochter von DCI Pascoe.«
»Wirklich?«, sagte Polchard gleichgültig. »Schlechte Wahl. Könnte aber auch schlimmer sein. Wenn sie das Mädel von dem fetten Bastard wäre.«
»Ist trotzdem nicht gut, Matt. Der Wachmann, der angeschossen wurde, ist übrigens noch am Leben.«
»Freut mich zu hören. Aber damit hatte ich nichts zu tun. Heutzutage bekommt man einfach keine vernünftigen Leute mehr.«
»Nein? Ist es derselbe irre Dreckskerl, der diesen Jungen in den Kanal geworfen hat?«
»Du weißt eine ganze Menge«, sagte Polchard und sah grübelnd zu Roote. »Das hatte definitiv nichts mit mir zu tun. Was willst du hier überhaupt?«
»Einem Freund aushelfen. Zwei Freunden, wenn ich dich mit einschließe, Matt. Denk darüber nach. Ein guter Anwalt, ein paar

Jahre, in denen du dein Schach verbessern kannst, keine schwere Arbeit.«

»Guter Anwalt.« Polchard lächelte schwach. »Hatte mal einen guten. Schätze, ich muss mir jetzt einen neuen suchen. Was schwebt dir so fürs Endspiel vor, Franny?«

»Ich geh mit dem Mädchen raus, sag ihnen, dass du auch rauskommst. Ein paar Minuten später tauchst du auf; die harten Typen mit den Gewehren werden laut rumbrüllen, aber nicht ballern, und bevor du dich versiehst, bist du hübsch und nett untergebracht und musst dich nicht mehr um deine Steuern kümmern.«

Polchard saß lange über das Brett gebeugt. Dann schnippte er mit dem Zeigefinger den schwarzen König von seinem magnetischen Fundament. »Na, dann geh mal los«, sagte er.

»Gut«, sagte Franny. »Wie steht's mit den Waffen? Soll ich sie auch gleich mitnehmen?«

Polchard lachte.

»Es gibt nur die eine, und von der wusste ich nichts, bevor sie losging. Nein, Franny, überlass die mal mir. Ich glaub wirklich nicht, dass du hier noch länger rumhängen und deinen alten Kumpel überreden willst, sie dir auszuhändigen!«

»Meinen alten Kumpel?«, sagte Franny verwirrt.

Zum ersten Mal wirkte Polchard überrascht.

»Das weißt du nicht? Na, na. Und ich dachte schon, du wärst wirklich mutig! Er streicht hier rum und sucht nach einem Weg nach draußen.« Polchard sah zur Tür, die zum Lagerraum führte, und senkte die Stimme. »An deiner Stelle würde ich lieber mal abhauen, bevor er zurückkommt.«

»Wer …?«

»Hau ab, solange noch Zeit ist!«

Wenn Polchard in diesem dringlichen Tonfall sprach, waren im Chapel Syke sogar die Wärter gesprungen.

Er ging zu Rosie und streckte ihr die Hand hin. Sie stand auf. Ihr Mund war mit Schokolade verklebt. Das für ihren schlanken Kopf zu große Schlangendiadem war zur Seite gerutscht. Sie sah aus wie ein beschwipster Cupido.

»Dein Dad hat mich geschickt«, sagte er.
Sie sah ihn musternd an. Den gleichen Ausdruck hatte er bei ihrem Vater gesehen. Dann wurde er von einem Ausdruck des Vertrauens abgelöst, etwas, was ihm bei Pascoe nie passiert war.
Hand in Hand gingen sie zur Tür. Langsam öffnete er sie, blieb kurz stehen, damit die Beobachter auf der anderen Seite der Verkaufsräume erkennen konnten, wer er war.
Er verharrte einen Moment zu lange.
»Roote! Tatsächlich! Roote, du Drecksack! Ich habe lang auf diesen Augenblick gewartet! Bring das Mädchen wieder rein.«
Franny, der trotz seiner gelassenen Fassade fieberhaft nachdachte, wusste, wovon Polchard gesprochen hatte. Es war nicht schwer. Er hatte nur die Liste der Personen, die er im Syke kennen gelernt hatte, durchgehen und nach jemandem suchen müssen, der so irre war, dass er sogar die Anweisungen des großen Matt ignorierte und bei diesem Job eine Waffe reinschmuggelte und sie auch noch benutzte.
Er nahm das Schlangendiadem vom Kopf des Mädchens und sagte leise: »Rosie, wenn ich sage, lauf, dann läufst du los! Aber nicht geradeaus. Sondern nach rechts. Verstanden?«
»Okay«, sagte Rosie und kam zu dem Entschluss, dass sie sich geirrt hatte und man mit ihm vielleicht doch seinen Spaß haben konnte.
Langsam drehte sich Roote um und sah zu dem Mann, der im Eingang zum Lagerraum stand.
Er war groß, sehr groß. Er trug, sehr tief in die Stirn gezogen, eine schwarze Wollmütze, die aussah wie eine für eine Beerdigung gestrickte Teemütze. Und er hielt das Gewehr in Händen.
Als er sah, dass Franny seine ganze Aufmerksamkeit auf ihn richtete, nahm er eine Hand von der Waffe und riss sich die Mütze vom Kopf, unter der ein glatzköpfiger Schädel mit der Tätowierung eines Adlers zum Vorschein kam, dessen Klauen sich über den Augen spreizten.
Roote musste breit grinsen.
»Nein, Dendo, das … das kann nicht wahr sein! Du hast dich im liebenden Andenken an den armen alten Brillo tätowieren lassen! Wie rührend! Du gibst einen tollen Grabstein ab!«

»Rein mit dir! Brillo hätte es gern gesehen, dass das alles ganz langsam vor sich geht!«

»Klar hätte er das«, sagte Franny Roote und trat einen Schritt vor, damit er zwischen dem Mann mit dem Gewehr und dem Mädchen stand. »Alles musste für ihn doch ganz langsam gehen, den armen Bastard. Lauf!«

Rosie spurtete nach rechts davon. Roote schleuderte das Schlangendiadem in Richtung Bright und sprintete nach links. Der erste Schuss streifte seine Schulter, aber er lief weiter. Bright trat an die Tür, sein Gesicht war vor Zorn so gerötet, dass kaum noch zu erkennen war, wo die Tätowierung aufhörte und die blanke Haut begann. Und dann punzte eine Salve der auf ihren Positionen ausharrenden Scharfschützen ein neues und endgültiges Muster in seinen Körper. Aber er schaffte es noch, einen Schuss abzugeben.

Roote spürte einen Schlag mitten im Rücken. Er war gar nicht so schlimm, fast wie der gratulierende Schlag eines sehr energischen Sportlers, der einen zu einem guten Spielzug beglückwünschte. Aber er durchtrennte die Verbindung zwischen Gehirn und Gliedmaßen, und Roote sackte wie ein mit einem Schlachterbeil getroffener Stier zu Boden.

Bewaffnete Männer in der Kampfuniform der Polizei liefen durch den Verkaufsbereich in Richtung Lagerraum. Rosie Pascoe warf sich Ellie mit solcher Wucht in die Arme, dass beide zu Boden gingen, und noch während sie dort eng umschlungen lagen, begann das Mädchen von ihrem wunderbaren Abenteuer zu erzählen. Dalziel nahm den keinen Widerstand leistenden Matt Polchard in Empfang. Wield trat über Dendo Brights Leiche, als wäre er ein Hundehäufchen, und hob das Schlangendiadem auf. Er sah nichts von dessen Schönheit. Für ihn war es nur ein Stück gebogenes Metall, das nicht eine Sekunde von Lee Lubanskis Leben wert war.

Und Pascoe, der kurz das Gesicht in das Haar seiner Tochter tauchte, löste sich von ihr und ihrer Mutter und eilte zu Franny Roote. Er legte ihm den Arm unter, um es ihm etwas bequemer zu machen, und spürte das Blut durch seine Finger quellen.

»Sanitäter!«, brüllte er. »Holt verdammt noch mal Hilfe!«

»Na, Mr. Pascoe, haben Sie sich jetzt entschieden?«, sagte der junge Mann mit einer Stimme, die kaum mehr ein Flüstern war. »Wollen Sie mich vor Gericht bringen? Nein, natürlich nicht, dazu sind Sie nicht in der Lage ...«

»Seien Sie sich da nicht so sicher. Ich kann ein ziemlicher Dreckskerl sein, wenn ich mich anstrenge«, sagte Pascoe und versuchte unbeschwert zu klingen. »Wir reden darüber, wenn Sie wieder gesund sind.«

»Wieder gesund? Das glaube ich nicht.«

Sein Blick trübte sich kurz, wurde dann wieder klar, er schien die Umgebung wahrzunehmen und begann unter Schmerzen zu lachen.

»Erinnern Sie sich noch an die Inschrift, von der ich Ihnen geschrieben habe? Die muss jetzt geändert werden. Franny Roote ... in Hope geboren ... in Damenunterwäsche gestorben ... das ist noch besser, was?«

Ein Sanitäter kam und kniete sich neben den Verwundeten. Pascoe wollte zur Seite rücken.

»Nein, bleiben Sie«, sagte er. »Wissen Sie, welches Datum heute ist? Der sechsundzwanzigste Januar. Der gleiche Tag, an dem Beddoes gestorben ist. Komisch, was?«

»Reden Sie nicht vom Sterben«, sagte Pascoe scharf und ergriff Rootes Hand. »Sie können noch nicht sterben. Es ist nicht an der Zeit.«

»Wollen Sie mich am Leben erhalten, Mr. Pascoe? Wäre ein guter Trick. Manchmal glaube ich, dass Beddoes, nachdem er so oft vom Tod gesprochen hat, das gefallen hätte. Aber warum wollen Sie mich am Leben erhalten, wenn Sie mir nicht vertrauen wollen?«

»Damit ich Ihnen danken kann, Franny«, sagte Pascoe verzweifelt. »Sie dürfen also nicht sterben.«

»Sie kennen mich, Mr. Pascoe ... immer auf der Suche nach jemandem, der mir sagt, was ich zu tun habe«, sagte Roote lächelnd.

Der Sanitäter tat, was in seiner Macht stand, sprach in sein ans Revers geheftetes Funkgerät, wollte wissen, wo verdammt noch mal die Krankenbahre bliebe, wies an, dass sie hier einen Hubschrauber brauchten, ein Krankenwagen wäre zu langsam. Franny zeigte keinerlei Reaktion, weder auf seine Worte noch auf die Berührung seiner Hände oder das Piksen seiner Nadeln. Noch immer lag seine Hand in Pascoes, sein Blick war noch immer auf dessen Gesicht gerichtet. Pascoe sah ihm in die Augen, als könnte er durch schiere Willenskraft bewirken, dass sie hell und leuchtend blieben.

Um sie herum herrschten Chaos und Lärm, Menschen rannten, Männer schrien Befehle, Funkgeräte knisterten, ferne Sirenen heulten; und auch wenn sie all dem Beachtung schenkten, so wirkten sie doch wie zwei stille, einsame Gestalten, die unter dem fernen Mond in der ruhigen choresmischen Öde saßen, dort, wo der Oxus auf seiner langen, gewundenen Reise in den Aralsee floss.

Imaginierte Szenen
aus
Unter anderem: Die Suche nach
Thomas Lovell Beddoes
Von Dr. phil. Sam Johnson

(überarbeitet, herausgegeben und vervollständigt von
Dr. phil. Francis Xavier Roote)

Es ist der 26. Januar 1849. Thomas Lovell Beddoes erwacht im städtischen Hospital von Basel. Es ist noch früh. Der große Garten, der von seinem Zimmer aus zu sehen ist, liegt noch in Dunkelheit, die Vögel, die hier den Winter verbringen, haben noch nicht die ersten Töne ihres Morgengesangs angestimmt. Er spürt einen schmerzhaften Stich im rechten Bein kurz unterhalb des Kniegelenks. Er verzieht das Gesicht, dann lächelt er, als der Schmerz nachlässt. Das Gespenst eines Gedichts im komisch-makabren Stil huscht ihm durch den Kopf. Die amputierten Gliedmaßen, die in die Verbrennungsöfen des hospitaleigenen Leichenschauhauses geworfen werden, singen darin von ihrer Empörung über diese aufgezwungene Vertreibung aus ihrer angestammten Sphäre und schicken Abschiedsbotschaften an die Körper, von denen sie verraten wurden.
Er wälzt sich im Bett, ein Buch fällt auf den Boden. Er teilt sich das Bett mit zahllosen Bänden, die die gesamte Bandbreite seiner Interessen abdecken, von medizinischen Abhandlungen über moderne deutsche Romane und Übersetzungen der Klassiker bis zu einer neuen Sammlung von Goethe-Briefen an Frau von Stein. Lediglich die radikalen Traktate der frühen Jahre fehlen. Davon hat er Abschied genommen.

Er liegt da, starrt in die Dunkelheit, bis an den Kanten der schweren Vorhänge das Licht durchzusickern beginnt, dann wirft er die Decke zurück, sturzbachartig fallen die Bücher. Dann rollt er sich aus dem Bett.

Mithilfe einer Krücke hat er eine Agilität erlangt, die Dr. Ecklin und Dr. Frey und alle Hospitalpfleger erstaunt. Sein gewöhnlich lebhaftes Gebaren lässt sie hoffen, dass er sich auch geistig entsprechend erhole, und wenn seinen Witzen ein makabrer Zug zugrunde liegt, dann ist daran ja nichts Neues.

Später am Tag, als er eilig die Hospitalanlagen verlässt, erwidert er fröhlich den Gruß jener, die er trifft und die häufig genug innehalten, um bewundernd seinem Vorwärtsstreben nachzublicken.

Auf dem Weg in die Stadt passiert er das Haus, in dem Konrad Degen untergebracht ist, aber er hält nicht an. Auch das ist vorbei. Degen ist von gemeinsamen Bekannten dazu überredet worden, von Frankfurt nach Basel zurückzukehren, um seinem alten Patron bei der Genesung beizustehen. Aber ein wahrer Freund hätte nicht erst überredet werden müssen. Und ein Sohn wäre über glühende Kohlen gekrochen, um seinen vom Unglück heimgesuchten Vater zu trösten.

In einer ruhigen Nebenstraße bleibt er eine Weile lang stehen, um sich zu vergewissern, dass keiner seiner Bekannten ihn beobachtet.

Dann betritt er eine Apotheke, wo er ehrerbietig als Herr Doktor Beddoes begrüßt wird und wo man ihm einen Stuhl anbietet, auf dem er Platz nimmt und über seine medizinischen Forschungen plaudert, während die von ihm geforderten Rezepturen zubereitet werden.

Wieder im Hospital, erzählt er seinem Pfleger, dass seine Exkursion, so vergnüglich sie auch war, ihn ermüdet habe und er nun einige Stunden zu ruhen gedenke.

Er verschließt die Tür und entnimmt seiner Tasche die Arzneien, die er sich besorgt hat. Nur für eine von ihnen hat er Verwendung. Er mischt sie in ein Glas mit schwerem Rheinwein, nippt daran, verzieht das Gesicht, fügt mehr Wein hinzu, nippt erneut, setzt sich dann an den Tisch, der vor dem Fenster steht, und spitzt einen Stift. In Gedanken geht er die Liste der möglichen Empfänger durch. Obwohl es ihm an den notwendigen praktischen Fähigkeiten mangelt, weshalb er sich lediglich literarischer Stückeschreiber nennen kann, ist sein Sinn fürs Dramatische so weit ausgeprägt, um zu wissen, dass mehr als ein Abschiedsbrief eine ans Absurde grenzende Verschwendung wäre.

Seine Entscheidung ist gefallen. Phillips, ein guter, nobler Mensch, Oberhaupt einer glücklichen Familie und vorbildlicher Vater.

Als Kopfzeile der Seite kritzelt er *An Mr. Revell Phillips, The Middle Temple, London*, und beginnt zu schreiben, hält nur von Zeit zu Zeit inne, um am Wein zu nippen.

Draußen stirbt der Tag einen jungen Tod.

Mein lieber Phillips,
ich bin Speise derer, derer ich wert bin – der Würmer.

Speise derer … derer ich wert bin … könnte ich noch gebrauchen. Eine Notiz machen? Lohnt sich kaum noch! Der Nachhall von Hotspurs letzten Worten lenkt seine Gedanken zu Konrad. Er wischt sie beiseite.

Ich habe ein Testament aufgesetzt, von dem ich wünsche, dass es respektiert wird, und füge eine Spende von £ 20 an Dr. Ecklin, meinen Arzt, bei.
W. Beddoes muss eine Kiste (50 Bouteillen) 1847er Champagne Moët haben, mit denen er auf

Er hält inne. Meine Gesundheit? Kaum. Dann lächelt er und fährt fort:

meinen Tod anstoßen soll.

Dank für die erwiesenen Freundlichkeiten. Nehmen Sie sich die £ 200. Sie sind ein guter & ehrenwerter Mann, & Ihre Kinder müssen aufpassen, dass sie so werden wie Sie.
Ihr,
wenngleich mein eigener,
T.L.B.

Er wirft den Stift hin.
Es ist vorbei.
Doch der abtretende Schauspieler verlässt nicht die Bühne, ohne viele Blicke zurückzuwerfen, und der abtretende Sänger kann nie einer nochmaligen letzten Zugabe widerstehen, und ein wirklicher Schriftsteller kann niemals abtreten.
Also nimmt er erneut den Stift zur Hand und kritzelt einige weitere Zeilen.

Alles Liebe an Anna, Henry, die Beddoes in Longvill und an Zoe und Emmeline King –

Jemanden vergessen? Natürlich, den Wichtigsten überhaupt.

und auch an Kelsall, den ich bitte, einen Blick auf meine Manuskripte zu werfen und alles in Druck zu geben, was ihm dafür geeignet erscheint. Ich sollte, unter anderem, ein guter Dichter gewesen sein. Das Leben ist auf einem Bein, und einem schlechten noch dazu, eine zu große Last.

Ein wenig selbstbemitleidend das? Vielleicht. Schließe mit einem Scherz, das ist die wahre Natur des Todes! Er windet sich, als sich seine Eingeweide unter der Wirkung des Giftes verkrampfen. Dann lächelt er wieder. Ein kleiner medizinischer Witz zum Abschluss.

Kaufen Sie für den oben erwähnten Dr. Ecklin eine von Reades besten Magenpumpen.

Vielleicht sollte er das noch ausführen, aber er spürt, wie ihm der Stift in der Hand und die Lider schwer werden.
Er legt den Stift zur Seite, nimmt das Blatt und heftet es sorgfältig an sein Hemd. Er trinkt das Weinglas aus und hüpft durch das Zimmer zu seinem Bett, auf dem er sich auf dem Rücken liegend ausbreitet.
Mittlerweile ist es draußen ziemlich dunkel. Oder gehört die Dunkelheit nur ihm? Er weiß es nicht. Seine Gedanken durchschreiten sein Leben, seine hehren Hoffnungen – für sich, für die Menschheit – und deren großartiges Scheitern, das in diesem Moment des Abtretens irgendwie gar nicht so großartig erscheint. Fantastische Bilder kreisen durch sein Gehirn, instinktiv versucht er sie zu greifen und in einem Netz aus Worten zu fangen. Nun sieht er den Tod, nicht auf dem Grabstein, auf der Bühne, der gedruckten Seite, sondern wirklich und wahrhaftig vor sich stehen und weiß, dass die vielen Tausend Worte, die er gebraucht hat, um ihn zu beschreiben – die Splitter zerbrochenen Glases, die Asche eines verbrannten Bildes, der Nachhall einer fernen Melodie –, völlig unzureichend waren. Könnte er jetzt seinen Stift erheben, könnte er vielleicht doch noch mehr als ein guter, er könnte ein großer Dichter werden.
Ist es zu spät? Wer weiß? Kann der Tod so gut einstecken, wie er austeilen kann?
Seine Lippen teilen sich, die kollabierenden Lungen mühen sich, um sich wieder zu öffnen und die lebensspendende Luft einzusaugen. Aber es fehlt ihm an Kraft. Der Schwank des Todes neigt sich seinem Ende zu.
So gibt Thomas Lovell Beddoes seinen letzten Atemzug von sich, der die Worte mit sich trägt:
»Holt die Kuh ... holt die Kuh ...«

»Ein Muss!«
WDR

Reginald Hill bei Knaur:

Der Schrei des Eisvogels
Roman

»Spannung und Unterhaltung auf höchstem Niveau«
Der Spiegel

Das Haus an der Klippe
Roman

»Intelligent und augenzwinkernd geschrieben,
in einer Prosa voller Eleganz und Charme.«
Donna Leon

Das Dorf der verschwundenen Kinder
Roman

»Der beste Kriminalroman der
neunziger Jahre.«
Val McDermid

»Ein Meister der Form und ein
Zauberer des Stils.«
New York Times

Knaur Taschenbuch Verlag